红色长篇小说经典

一代风流第一部

三家巷

欧阳山 著

人民文学出版社

图书在版编目（CIP）数据

三家巷 苦斗：全2册／欧阳山著．—北京：人民文学出版社，2017（2024.3重印）
（红色长篇小说经典）
ISBN 978-7-02-012792-4

Ⅰ．①三… Ⅱ．①欧… Ⅲ．①长篇小说—小说集—中国—当代 Ⅳ．①I247.5

中国版本图书馆CIP数据核字（2017）第101228号

策划编辑　胡玉萍
责任编辑　李　宇
装帧设计　陶　雷
责任印制　张　娜

出版发行　人民文学出版社
社　　址　北京市朝内大街166号
邮政编码　100705

印　　刷　北京中科印刷有限公司
经　　销　全国新华书店等

字　　数　540千字
开　　本　880毫米×1230毫米　1/32
印　　张　21.875
印　　数　17001—20000
版　　次　1960年1月北京第1版
印　　次　2024年3月第6次印刷

书　　号　978-7-02-012792-4
定　　价　59.00元（全二册）

如有印装质量问题，请与本社图书销售中心调换。电话：010-65233595

目 录

一	长得很俊的傻孩子	1
二	证人	11
三	鲁莽的学徒	20
四	受屈的人	28
五	看牛娣	34
六	枇杷树下	41
七	美人儿	48
八	盟誓	54
九	换帖	61
一○	姐弟俩	67
一一	幸福的除夕	76
一二	人日皇后	85
一三	迷人的岁月	91
一四	画像	100
一五	风暴	107
一六	永远的记忆	114
一七	雨过天青	125
一八	在混乱的日子里	136
一九	快乐与悲伤	146
二○	分化	154
二一	出征	163

二二	敌与友	171
二三	控告	178
二四	破裂	189
二五	血腥的春天	198
二六	假玉镯子	208
二七	夜深沉	217
二八	密约	228
二九	冰冷的世界	236
三〇	迫害和反抗	244
三一	兄弟回家	251
三二	红光闪闪	259
三三	通讯员	266
三四	巡逻队	275
三五	长堤阻击战	284
三六	伟大与崇高	292
三七	观音山防御战	301
三八	退却	307
三九	夜祭红花冈	315
四〇	茫茫大海	322

一　长得很俊的傻孩子

公历一千八百九十年，那时候还是前清光绪年间，铁匠周大和他老婆，带着一个儿子，搬到广州市来住。周大为人和顺，手艺精良，打出来的剪刀又好使，样子又好，真是人人称赞。他自从出师以后，就在西门口一间旗下人开的正岐利剪刀铺子里当伙计，几十年没换过东家。他老婆也贤德勤俭，会绣金线，手艺也很巧。夫妇俩省吃俭用，慢慢就积攒下几个钱来，日子倒也过得满欢喜。后来生了一个儿子，取名叫周铁，日过一日，这孩子也慢慢长大了。他夫妇一来嫌孩子不懂事，总爱和同屋住的别家孩子打闹淘气，二来手头宽裕些，也想挪个地方松动松动，就放声气寻房子。恰巧官塘街三家巷有一个旗下的大烟精要卖房子，他同族的人怕跟首尾，宁愿卖给外姓。正岐利剪刀铺子的东家见周大身家清白，就一力保荐，做成了这桩买卖。

刚搬进三家巷没几天，那年方九岁的孩子周铁就问他爸爸周大道："爸爸，这巷子里住着六家人家，为什么叫个三家巷？"周大在他的后脑勺上狠狠地给了一巴掌，瞪大眼睛对他说："叫你上铺子里学手艺，你不去，整天跑到城上面去玩儿！你又不是一个读书人，吃着饭没事儿干的，你管他三家六家做什么？"后来他悄悄问他娘，他娘也回答不上来，只是安慰他道："你去招你那蛮老子干什么，没得找打！一条街、一条巷，都是皇上叫大官儿定的名字，谁猜得透是什么主意？只怕那和过番的李太白才能猜出几分呢！"当下周铁见问爸爸吃了大亏，问娘又不得要领，也就收起闲心，规规矩矩上正岐利剪刀铺子去当徒弟。过不几年，他也就成了一个又老实又精壮的家传铁匠了。

在他们刚搬到三家巷居住的时候,那里的确没有什么有名有姓的人家。他们是不愁柴、不愁米的,其他的住户多半是些肩挑、小贩、轿夫、苦力之类,日子过得很艰难。比较好一点的,算是有一家陈家跟一家何家。陈家住在他们紧隔壁,只有一个单身男子,名叫陈万利,当时才二十二岁,靠摆个小摊子,卖些粉盒针线、零碎杂货度日。他既无父母叔伯,又没兄弟姊妹,一早锁上门出去,傍晚才回家做饭,静幽幽得像一只老鼠一样。何家住在进巷子头一家,离他们最远。当家的叫何小二,是在监牢里看门的狱卒。他老婆一连生四个儿子,都没养成,别人都在暗地里说那是报应。后来第五个男孩子养活了,名叫何应元,他夫妻俩把他宝贝得什么似的,不吃给他吃,不穿给他穿,凡是粗重一点的事儿,就摸也不叫他摸一下。这何应元当时也十五岁了,生得矮小瘦弱,尖嘴缩腮,挂了名儿是念书,其实是整天穿鞋踏袜,四处鬼混。

出三家巷,往南不远,就是窦富巷。在窦富巷口,有一间熟药铺子,叫百和堂。百和堂里有一个大夫,叫杨在春。他看病谨慎,为人正直,虽然不算很行时,生意倒也过得去。他有三个女儿和一个儿子。儿子叫杨志朴,年纪还小,大姑娘已经十八岁了。杨在春平日看见陈万利孤苦伶仃,勤俭过人,早想把女儿许给他。百和堂的老板猜出他的心事,就出来替陈万利做媒,果然一说就成,不久就娶了过门。这陈杨氏虽然从小信佛,但是生性孤僻,贪财势利。过门头一两年还好,后来就簸弄是非,吵街骂巷,搞得家门不静,邻里不安,有那些刻薄的人就给她起了个诨名叫"钉子"。几年之后,她看见紧隔壁铁匠周大的儿子周铁慢慢长大成人,也学得一门好手艺,加上脾气忠厚,和他老子周大一模一样,就和她爹杨大夫商量,要把她二妹许给他。杨在春一听,果然不错,就央百和堂的老板去做媒。可是周大和他老婆一商量,都觉得这陈杨氏已经是一个钉子,她的妹妹难保不是一个凿子;一个钉子在隔壁已经闹得六畜不宁,一个凿子进了门,那还能过日子?就这样,这门亲事就耽搁了下来。没多久,铁匠周大就生病死了。

到了一千八百九十八年,陈杨氏第一胎生了一个女儿,取名叫陈文英。吃满月酒的那一天,她外家的人都来了。周铁的娘亲眼看见了杨家的二妹。这位姑娘那年才十八岁,比周铁大一岁,长得相貌端正,性情温和,和陈杨氏大不相同。还有那待人接物的亲热劲儿,更加逗人喜爱。她一见周铁的娘,左一个周大婶儿,右一个周大婶儿,嘴上就像涂了蜜糖的一样,叫得周铁的娘心花怒放,当晚一夜没睡着,第二天一早爬起来,就去找那百和堂的老板。百和堂的老板昨天也去吃了满月酒的,把什么没有瞧在眼里,不用她开口就抓到了个八八九九,到了她真的开口,他就一心拿起架子来了。不管周铁的娘怎么央求,他只是不肯去提这门亲事。他说他从前做过媒,周家嫌人家是凿子,这回又去吃回头草,只怕杨家也不买账了,人家的姑娘,又不是嫁不出去的黄花女,没得来白费唇舌。后来还是周大婶赔了不是,又许这,又许那,才把百和堂老板说活了。谁知他到杨家去,一说就成,跟着第二年就过门成亲。

时间过得飞快,转一转眼就过了二十年。到了一千九百一十九年的时候,三家巷已经完全不是旧时的面貌了。

三家巷如今是名副其实的三家巷。这儿本来住着六家人,陆陆续续地搬走了三家,只剩下周家、陈家跟何家了。当杨在春老大夫还在世的时候,他总爱当着他大女婿陈万利和二女婿周铁的面,讲一些世道兴衰的大道理。他说照他所知,五十年前,这三家巷本来叫作忠义里,住着安分守己的六家人。后来有几家人上去了,又有几家人下来了,只剩下三家人,那名字也改成三家巷。谁知后来那三家人又败坏了,房子陆续出卖,又变成了六家了,名字却没再改动。他十分感慨地说:"世道循环,谁也不能预先知道。只是阅历多了,就约莫有一个谱子。那贪得妄想的人,总是守不住的。经久不衰的,还是那些老实忠厚的人。"陈万利一向聪明伶俐,就接着嘴说:"爹说得一点不差。我宁可贫穷一世,再也不想做那贪得妄想的人。真正不义而富且贵,那又有什么光彩?何况富贵本来不过只跟浮云一样呢!"周铁生性淳朴,只是站着木然不动,把老丈人的话想了又想。

如今已经是一千九百一十九年,老丈人杨在春已经去世,他的儿子杨志朴已经继承他的衣钵,行医济世,而且人缘不错,名望一天天往上长。老丈人说的什么忠义里、三家巷的变迁,周铁已经没有什么兴致去管它,还有那什么世道循环,贪得妄想之类,他本来就不大了了,这时候更忘得一干二净。这二十年之中,他的周围的变动是很大的。第一桩大事就是皇上没有了。跟着就是辫子没有了。不过这些他不在乎,没有了就算了。最叫他烦恼的,是屋顶漏了,墙壁裂了,地砖碎了,没钱去修补。再就是一年一年地打仗,东西一年一年地贵,日子过得一天一天地紧。还有就是人丁越来越多,这个要这,那个要那,简直掇弄不过来。这二十年之中,他每天照样早出晚归,在打铁炉旁边干活,他老婆周杨氏也每天照样打水、破柴、洗衣、煮饭,跟老铁匠周大夫妇在世的时候一模一样过日子。周铁的手艺即使说不比周大更高明,也至少是不相上下,他们打出来的活儿,就是再有本领的行家也分不出高低。西门口一带的妇道人家总是挑着拣着到他东家的铺子里买他打出来的剪刀,就是用了十年也还记得那店铺的名号。周杨氏还是和她做姑娘的时候一样,见人先带笑,又和气又傻,别人因为她姐姐陈杨氏绰号"钉子",就替她取了个诨名叫"傻子"。就是旁人有时仗势压她,或者嘲笑她贫穷破落,她也只是笑一笑了事。纵然他夫妇是这样手艺高明,贤德出众,可还是一天比一天更受熬煎。

有一桩事,不论陈家、何家都比不上他们,也对他们羡慕得不得了的,就是在这二十年之中,他们养了四个孩子,除了第三个是女的之外,其余三个全是男的。别人都说,他们虽然财不旺,可是丁旺。这也算给他们争一口气。还有人说,这就是周铁一生忠厚的好处。在这上头,别说陈家万利比不上,就是何家应元也输了一筹。如今,这四个孩子全长大了。大儿子周金,今年十九岁,生得矮矮胖胖,浓眉大眼,性格刚强。早两年已经在石井兵工厂做工。活虽然重,工资还算不错,一出身已经比他爹强了。周铁常常摸着自己那又短又硬的络腮胡子笑着说:"我打剪刀,是绣花用的;他造枪炮,是打仗用的。这年头兴打仗,不兴绣花,该他比我赚的多!"二儿子周榕,今年十八岁,中等身材,长着一个高高的鼻子和一对长长的眼睛,性情又稳重又温和,正在中学里念书,有人说毕了业可以当官儿,周铁只是半信半疑。大女儿周泉,今年十六岁,也考进了中学了。她长得身长腰细,脸白嘴小,直像画里的美人儿。那时候,女孩子念书是很少的,她能考上中学,那才情已经出众,何况再加上她长得标致,别人都说要不反正,她准能考上个女状元。她的性情和她二哥周榕相像,只是比他更加驯良,更加温柔。周铁夫妇最偏心这个女儿,把她宠爱得像心头一块肉一样。唯有那小儿子周炳,却是一个奇怪的人物。他今年才十二岁,可是长得圆头大眼,身体壮健,已经和他大姐周泉差不多高。凡是见过他一面的人,没有不说他英俊漂亮的。还有人说,要是把他打扮成女孩子装束,他要比他姐姐周泉更加美貌。为了这一桩事,周铁已经很不高兴。他对周杨氏说:"咱们是卖力气的人家,有两只胳膊就够了,要那副脸子干什么!莫非他将来要去当堂倌?莫非他将来要去唱花旦?莫非他将来靠相貌卖钱?莫非他将来靠裙带吃饭?"那绰号"傻子"的周杨氏拿眼睛望着地,许久没有开腔,后来才慢慢地说道:"他年纪还小,你怎么就看准他没有大用?人养儿子都望他俊,哪有望他丑的!长得丑,不见得都有出息;长得俊,也不能说都没出息呀!"她话虽这么讲,可是暗地里也替周炳担心。因为一年之前,他还在小学校里念书的时候,就不肯好好地用心上学。他既不是逃学,也不是偷懒,更不是顽皮淘气,打架闹事。他也和别的孩子一样,天天上课,堂堂听讲,可是总像心不在焉的样子,听了一截,忘了一截,成绩老落在别人后面。街坊邻里,师长同学,兄弟姊妹,亲戚朋友,都异口同声地说周炳是天生笨拙,悟性不高。还有人十分感慨地叹息道:"想不到他长得那么俊俏,却配上这么一副资质!难怪人说长皮不长肉,中看不中吃!这才真是金玉其外,败絮其中呢!"周杨氏听了,很不服气。有一天,她背着大家把周炳叫到跟前,紧紧地搂着他问道:

"好儿子,你身上什么地方觉着不自在么?"

他摇摇头说:"没有。"

娘又问:"你的记性很坏么?"

他又摇摇头说:"不。我的记性可好哪!"

周杨氏拿指头点了一点他的前额,说:"别吹。老师教的你都听得懂么?"

周炳听见妈妈这样问,倒诧异起来了。他用惊疑不定的眼光打量着周杨氏,说:"全懂得。我又不是傻子,怎么能不懂呢?"

周杨氏笑了。笑了一会儿,就接着问道:"要是这样,为什么老师教的功课你全记不住?"

周炳变得犹豫不安起来,回不上话了。歇了一阵子,他才自言自语地说:"记不住就是记不住。谁还知道为什么记不住呢?"

妈妈突然严肃起来了。她说:"好的孩子什么时候都不扯谎。"

周炳的漂亮的小脸蛋全变红了。眼睛呆呆地望着他娘不动,眼珠子里的光泽都变暗了,变迟滞了。妈妈瞧他这情景,知道他没有扯谎,就开导他道:"你想想看,总有个缘故的。你身上又不是不自在,记性又不是没有,听又不是听不懂,可你功课总是记不住,倒说是没有缘故,人家不把你当傻子看待?"周炳歪倒在娘的怀里,用小手轻轻拍着娘的脊背,好大一阵子没有作声。后来,他突然挣脱了娘的胳膊,跑到神厅外面去。不一会儿又跑回来,在娘的耳朵边悄悄说道:

"老师讲的课不好听!"

周杨氏打算问问他为什么不好听,哪一句不好听,他早就一溜烟跑掉了。娘只好一个人坐着叹气。她十分可怜自己的小儿子周炳,觉着他这么一副好模样,原不该配上这么一副傻心眼,真是可惜。又想到为了这副傻性子,不知要吃多少的亏。越想越心疼,不知不觉就流下了眼泪来。过了几天,她瞅着旁边没别人,就又问起周炳功课的事。周炳这回胆子大了一点,见娘问,就说了:

"老师说世界上最蠢的东西是梅花鹿跟猪。猪是蠢了。梅花鹿怎么能蠢呢?梅花鹿不是世界上最聪明、最伶俐的么?"

周杨氏真是又好气又好笑,说道:"乖儿子呵,这就是你的不对了。你管你念书,管那梅花鹿干什么?它蠢也好,不蠢也好,与你什么相干?你去跟它打抱不平,呆不呆?傻不傻?老师既是这么说了,想必是有点来由的,你只管听着就对了!"

周炳接着又说:"还不光是梅花鹿呢!后来老师又说,世界上不念书的人都是愚蠢的。这越发不像话了!妈你说,爸爸、大哥跟你,你们都是没有念过书的,可怎么能说你们愚蠢呢?"

周杨氏当真恼了。她长长地叹了一口气道:"嘻,傻小子!你尽管说这些疯话干什么?你究竟要到什么时候才明白过来呵!书上说的归书上说的,咱们做人归咱们做人。人家又没有指名道姓,你动不动就东拉西扯地胡缠些什么?就任凭人家骂两句蠢,那又有什么?咱们不是蠢么?不蠢又怎么会穷?"

这几年,铁匠周铁觉着日子挺不好过,柴米油盐,整天把心肝都操烂了,又听说出了这么一个糊涂儿子,一点不通人情,就和周杨氏商量道:"反正两个做工的养不活三个念书的。阿金也大了,还没有置家,老这么下去也不是法子。阿炳看样子也不像个知书识墨的人,索性不念那些屎片子了,跟我打铁去吧!"事情就这么决定下来。周炳退了学,每天跟着周铁上那间正岐利剪刀铺子当学徒去了。

7

三家巷里,住在周家紧隔壁的陈万利家,这二十年来也有了很大的变动。陈万利发了很大的洋财。他本人如今再不是什么摊贩小商,而是堂堂的万利进出口公司总经理。他的公司到底经营一些什么项目,连他的紧隔壁邻居、他的连襟周铁都说不上来。说到他是怎么发起洋财来的,他如今到底有多少家财,那全是永远不会揭开的谜。有人赌咒说他的发财和私运鸦片有关,另外有人甚至有证据可以判断他的发财和一个因为"欧战"回国的"红毛"商人有关。可是陈万利本人根本否认他曾经发过什么财,并且常常嚷着他的进出口公司是一桩赔钱生意。总之,那是一个真正的谜。别人只能私下议论,而哪种议论都有道理,都不能证实。大家亲眼看见的,就是陈家的吃用慢慢讲究起来,穿戴也慢慢讲究起来。后来,用的使妈也加多了。再后来,把他家另一边紧隔壁的房子也买下来了。而最后,把两幢平房都拆掉,在原来的地址上面建筑起一座三层楼最新式的洋房来。到这时候,人们不再发什么议论了,他们只是拿陈杨氏那"钉子"跟周杨氏那"傻子"两姊妹做比较,感慨不已地说:"当年要论人才,谁能不挑二姐?可是,人都是人,一个就上了天,一个就下了地。这真是同人不同命,同伞不同柄!"

不过,倘若说陈万利从此再没有什么烦恼了,那也不是公平之论。他是有美中不足之处的,那就是他夫妻俩养女儿太多,儿子太少。这二十年来,他们养了五个孩子,竟有四个都是女儿。大女儿陈文英,今年二十一岁,已经出嫁给香山县一个地主的儿子,叫张子豪的。大儿子陈文雄,今年十八岁,和他姐夫张子豪,和他隔壁周家的二儿子周榕,都是同一间中学里的同班同学。第三个孩子养下来,父母指望他是个男的,而她自己却长成个女的。陈万利给他二姑娘取了个吉利的名字,叫陈文娣,是要她必须带一个弟弟来的意思。她如今十五岁,也跟她大哥一道上中学。第四个孩子生下来,还是个女的。陈万利很不高兴,就给这位三姑娘取个名字,叫陈文婕,是"截"止再生女孩子的意思,今年也有十三岁。谁知截也截不住,第五个孩子生下来,又赫然是个女的。陈万利生气极了,就给这位四姑娘取个气势汹汹的名字,叫作陈文婷,是命令所有的女儿"停"止前来的意思。但是这么一停,就连什么都停掉,陈杨氏再也没有生养。在这上面,看来他是非输给周铁不可了。也许别人对于有钱的人心存妒忌,也许别人对于有钱的人爱开点玩笑,在陈万利觉着烦恼的问题上,还传出点闲言闲语。人们都爱传陈家的使妈跟主人陈万利的暧昧关系,也有当风流韵事传的,也有当为非作歹传的。还有人言之凿凿地传说某年、某月、某日,陈家的使妈阿发到香港去养孩子,不幸又养了个女的,就立刻送给了育婴堂。要是养下男的,陈万利就要光明正大地收阿发做姨太太云云,简直说得"像煞有介事"。对于这种不负责任的流言蜚语,陈万利并不放在心上。他想谁也没有赃证,说说不妨事,也就一笑置之了。

此外,住在三家巷里的,还有一家何家,就是何五爷何应元他家。这二十年,他家也发得很厉害。有人细细给他算过一本家账,算出他比陈家还有钱,不是多一两千一两万,而是多得多。陈家的发迹是暗的,何家的发迹是明的。何家老太爷在世当狱卒的时候,据说就曾经干过一桩也许跟阴骘有关的事情而发了大财。何应元本身在二十几岁的时候,就出来办税务;往后在大灾荒的年头,又出来办赈济。这都是社会公认的肥缺。在这上面得到点好处,任何人都会认为理所当然。不久,他就收买了他旁边的一幢房子。又不久,他又收买了另外一幢。这样,他就和陈万利家变成了紧贴的近邻,而三家巷的六幢房屋,他家独占了三幢,也就是独占了半条三家巷了。除此以外,他又在广州城里和西关的热闹繁盛街道里,添置了许多产业,据说到一千九百一十九年,他拥有的大小房屋店铺一共有三十几幢之多。他曾经请许多风水、阴阳先生来仔细商议,都说他的好房子虽多,却没有一处比得上三家巷的祖居,因此他就在三家巷定居下来。他不喜欢洋楼,就把三家巷的三幢平房拆掉了,重新起了一座三边过、三进深,水磨青砖,纯粹官家样式的"古老大屋",全家居住。其实这城里的房屋,也还算不得什么。据跟他算过细账的人说,何五爷在乡下置下的田地,那才是真正的家财。离城四十里,那儿就是他的乡下震南村。别的地方不算,光震南村的土地,就有一半是归在何福荫堂名下,也就是说,归何应元个人所有的。他娶头一个太太何胡氏的时候,那胡氏也是震南村人,一个十足的村妇,就因为有十二亩田做嫁妆,当初老太爷何小二才做了这门亲的。谁知她的八字生得那么正,竟把半条震南村的田地,不管原来属于哪一姓、哪一房的,一起带进了何应元家。可惜的是,何胡氏虽然能带田地来,却不能带儿女来,过门八年还没生育。到一千九百零一年,何应元娶了一个广西小商人的十六岁的女儿白氏做姨太太,第二年就生了一个儿子,叫何守仁,如今十七岁。以后两房又都不生养。到一千九百一十一年,何应元着了急,又娶了一个人家的十六岁的丫头杜氏做三姨太太。说也奇怪,他娶了三姨太太之后的一年,那十八年没生育的正室何胡氏竟然头胎生下个男孩子,叫何守义,今年七岁。距今两年之前,三姨太太何杜氏又生了个女儿,叫何守礼。到这个时候,何应元才算放下一桩心事。因为在少年的时候,他就听到一种轮回报应的迷信传说。按那传说来推测,他们何家是应该断绝后嗣,灭了香灯烟火的。几十年来,他昼夜担心这件事。如今看来,那轮回报应的迷信传说,毕竟是虚妄无稽,不足置信的。他十分得意地自己对自己说道:

"我姓何的比那糊涂人周铁,虽然还比不上,那不过应了一句古话,叫作庸人多厚福!他三个儿子,我才两个。可是比那吃人不吐骨头的陈万利,我却是绰绰有余的。这口气也算争回来了!"

二　证　人

周炳跟着爸爸去那间正岐利剪刀铺子当学徒之后,倒也高高兴兴,早出晚归。别人看见他那衣服褴褛,满脸煤灰的样子,就说这蠢材将来大概不是个干文的,却是个干武的。他在铺子里,除了拉风箱之外,只做些零碎小件活儿,只要师傅们一说,他就能做得出来,倒不觉得怎么特别笨钝难教。东家、师傅都喜欢,爸爸高兴,他自己也高兴。周铁摸着他儿子的光脑袋说:"看来你一不当官,二不当商,还是要当祖传的铁匠了!"当铁匠,周炳觉着不坏;如果是祖传的,那就更抖了。只有一桩,当铁匠比不上当学生的,那就是当学生的时候,下课很早,又有星期天,可以到处玩耍,可以上南关珠光里他三姨家里,和表兄弟姊妹们玩儿。他三姨爹是个有名的皮鞋匠,家里好玩的东西多得很。自从当了铁匠学徒,这就不成了。一天亮就起来,回铺子里打开铺门,要到天黑,才上了铺门吃晚饭。吃过饭回家,拿冷水冲个凉,已经累得不行,倒下床就睡了。天天这样,三姨家里,连一回也没去。

看看到了一千九百二十年的二月中旬,残冬将尽,又快要过旧历年了。周炳从前没有那样盼望着过年的,今年才刚到立春,就眼巴巴地盼望得不得了。有一天,年底了,铺子里派他去收一笔账,他走到那家小商店,那个人已经出去了,要晚半天才回来。他往回走,经过"将军前"大广场,那里正在演木头戏。贴出来的戏招是他从来没有看过的《貂蝉拜月》。他一下子入了迷,只想进去看一看。可是又怕误了正事。后来他一想,不要紧,反正那个人要晚半天才回来,他可以看这么半场,然后中途退出来,再去收账不迟。打算好了之后,他就掏出四个铜板,买了一根竹签,昂然进去看戏。谁知不进去还好,一进去,他就叫那戏文整个儿迷住,再也出不来了。那些木偶又会动手,又会眨眼,一个个全是活的。那貂蝉多么懂事,多么伶俐,又多么大胆,简直看得他津津有味儿。赶散场出来一看,天色已晚。他急忙赶到那家小商店去收账,可是那个人已经回来过,如今又回家去吃晚饭了。他想要是空了手回去,准得挨骂,不如等那个人吃了晚饭回来,把账收起了才回去。那么,现在往哪儿走呢?他自己问,又自己回答:

"对,对。上三姨家里去,上三姨家里去。"

他三姨就是陈杨氏、周杨氏的三妹,也是如今的有名医生杨志朴的妹子。从前杨在春老医生在世的时候,就把这第三女儿嫁给了南关一个叫区华的皮鞋匠,后来这区杨氏自己也学会了这门手艺,成了皮鞋匠了。他们成亲之后,养了两女两男。大女儿叫区苏,今年十五岁,二女儿叫区桃,今年十三岁,都到外面去做工了。大儿子叫区细,今年十一岁,二儿子区卓,今年才六岁,都在家里帮着做些零活,也帮着扫地做饭,接货送货。这区杨氏生来的性情,和大姐、二姐都不一样。她是有名豪爽泼辣的,因此人家给她起个诨名叫"辣子"。她的第二女儿区桃年纪虽然还小,却已经长得顾盼不凡,人才出众,见过她的人都赞不绝口,认为她长大了,必定是个"生观音"。他们和周铁家离得虽然远,一个在南关,一个在西门,但往来却是最密的。周铁和区华不但是两挑担,同时又是很要好的朋友。两家的孩子们也是经常你来我往,玩做一块儿的。从很小的时候起,周炳就喜欢跟他的同年表姐区桃玩耍,区桃也喜欢他。大人们看来是一个聪明,一个笨钝,他们自己,倒也并不觉得。要说区华家里好玩的东西之多,那是哪一家也比不上的。那儿有皮子,有绳子,有锤子,有钉子,还有白布、油彩和黄蜡,什么东西做不出来!

当下周炳走到南关珠光里区家,已经是掌灯时分。大厅里三姨爹和三姨还在做皮鞋,里面区家姊妹已经做好了晚饭。周炳开始讲貂蝉怎样在凤仪亭摆弄吕布和董卓,大家都听得出了神,后来索性就扮演起来。区苏演董卓,周炳演吕布,区桃演貂蝉。大家都说吕布演得真像,又说貂蝉太爱笑了,不成功。到了吃晚饭,周炳也就一道吃。吃过了又开场演戏,把什么收账不收账的事情,全忘记得干干净净。那边周铁在剪刀铺子里,看看响午了,没见周炳回来。直到晚半天了,黄昏了,掌灯了,上铺门了,吃晚饭了,还没见周炳回来。周铁记挂着他身上有账款,放心不下,上了铺门,吃了晚饭,就到欠账的那家小商店去查问。人家说他去过两回,往后就没再去,账款也还没拿走呢。周铁听了,心里明白,就一个劲儿往珠光里走去。到了区华家,那出《貂蝉拜月》还不过演到《吕布窥妆》。周铁一把将那吕布揪了出来,当着众人就把他打了个半死。第二天,那正岐利剪刀铺子的老板对周铁说:"我看令郎那副相貌,谅他将来也不是贫贱队伍当中的人。他既是爱演戏,就打发他去学唱戏好不好?"从周大那一代到周铁这一代,他们已经在这铺子里干了三四十年的活,不管是老东家还是少东家,都没有对他们多说过一句话。当下周铁听了,心里着实不好受,嘴里又不想多说,就一声不响地给周炳辞了工,打发周炳回家。

过了旧历年,那万紫千红的春天就到来了。周炳既没有读书,又没有做工,整天除了到将军前大广场去看戏、听"讲古",看卖解、耍蛇、卖药、变戏法之外,就是到三姨家去玩儿,去演戏。碰到阴天下雨,他就在门外胡乱种花、种树,把一条三家巷的东墙脚下,全种得花枝招展。可是种尽管种,种活了的却不多。别人看见他游手好闲,不务正业,都替他担忧,他自己却满不在乎。有一天,陈万利家的大姑娘陈文英回外家,在门口碰见了周炳。她这时已经二十二岁,嫁给张子豪之后,也曾生下一男一女两个孩子,可是她老觉着自己还是一个小孩子。她蹲在地上和周炳一道种花,和周炳一道扮演戏中的角色,甚至把周炳抱起来亲嘴,使周炳感到十分愕然。她是相信基督教的,后来她就和他讲起"道理"来,讲完就问他

13

道：“阿炳，这回你相信上帝了么？”周炳说：“大表姐，你讲得上帝这么好，我为什么不相信？”陈文英高兴极了，又亲了他两下，才回家去。当天晚上，她就和弟弟妹妹们谈起周炳这个人物来。她认为周炳如果能够进了基督教，他一定会成为一个道德高尚、人人爱慕的传教士。中学生陈文雄却认为周炳如果学会了英文，入了洋务界，他会成为一个出色的经理，因为外国人是专门挑选脸孔漂亮的人物当经理的。二姑娘陈文娣一提起周炳的名字，脸就红了。她认为周炳最好还是去学唱戏，她说这样漂亮的戏子，就算是个哑巴，也会倾倒了全广州的女人。三姑娘陈文婕是个沉静淡漠的人，光微笑着，拿眼睛望着她的四妹，不说话。她今年就要小学毕业，预备升中学了。四姑娘年纪最小，但是和她三姐刚刚相反，最是热烈不过。她连说带嚷地叫道：“他什么都不该做。他该回咱们学校去念书！那阵子咱们总是天天一道上学的，这阵子他不去了，我也不高兴去了！”二姐陈文娣讥笑她道：“原来是这样，怪不得人家说你们是小两口子！”四妹陈文婷噘起嘴道：“什么小两口子不小两口子！小两口子又怎么样？”三姑娘陈文婕拿手指勾着脸说："羞哇，羞哇！人家是周家的儿子，人家不是也有哥哥姐姐，咱们替他摆布就行了？咱们瞎操这份闲心干什么？"大哥陈文雄插嘴说道："咱们三妹总是那样冷淡的！要知道，历来的伟人都是极其富于同情心，富于人道主义精神的呵！"大姐陈文英接着说："可不是么，我看见阿炳表弟，就好像看见一个孤儿流浪在街头一样！"陈文娣做出很高贵、很有教养的样子说："或者不如说，一只美丽的、被遗弃的小猫！"小妹妹陈文婷争辩道："还不对。是一个没人要的洋娃娃！"陈文雄点头赞同道："真是亏四妹想得聪明。洋娃娃倒也恰当：只有漂亮的脸孔，没有头脑，没有灵魂。"

　　他们兄弟姊妹在二楼书房里纵情谈论的时候，陈万利也在二楼南边的后房、陈杨氏的卧室里和她谈论着。陈万利本人这阵子已经五十多岁，陈杨氏也已经四十八岁，要靠她生育什么的，已经没有指望了。如果不想别的办法，恐怕再弄不到男孩子。有些看相算命的向他献过计，叫他买一个粗贱人家的男孩子来养，或者把一个贫穷下贱人家的男孩子认作干儿子，就说不定能给他带上几个真儿子来。陈万利把这些情形和陈杨氏说了，就一起商量办法。陈杨氏斩钉截铁地说道："我已经给你生了一男四女，是对得起你陈家有余的了！要说是男是女，那不由我主张，多半还要看看你祖上的功德怎样。你现今想要个男的，我倒管不着你。你只管去勾三搭四，什么烂货使妈，婊子娘姨，我眼不见，只当是干净。可是你想弄到家里来，那万万使不得！孩子们都大了，也不会答应。咱陈家可不比他何家，他家那乱七八糟，浑没个上下的，谁瞧得惯！你如今想出好主意来了，想弄个野孩子回来了，那可不成！"陈万利连忙分辩道："谁使那个心？我如今不是跟你商量么？我要是那样做，还用得着什么商量？你要想清楚，一个儿子，那后嗣是太单薄了。"后来商量来商量去，陈杨氏只是不肯买孩子养，她怕买来的孩子养大了，将来总是个祸根，不如认个干儿子，倒是干手净脚，就是将来有些拖累，也不会成大害。说到认干儿子，他们慢慢就想到周炳身上了。陈杨氏觉着周炳这孩子倒还将就。第一，这孩子是够粗生贱养的。第二，这孩子是她的亲姨甥，将来有什么话还好说。第三，这孩子如今正没书念，没工做，流离浪荡，周家正在发愁，有人肯要他，包管一说就成。陈万利一想也是，就定夺了。定夺之后，陈万利走出书房，对他的儿女们说："这里有一个谜，你们猜一猜。"大家争着问是什么谜，陈万利又说："过几天，你们就要加多一个兄弟。你们猜是怎么回事儿！"大家笑着、嚷着，都没能给猜出来。

过了几天，陈杨氏去跟妹妹周杨氏提起这件事，周杨氏就跟周铁商议，又跟弟弟杨志朴、妹妹区杨氏商量；周铁自己没主意，也去找他连襟、皮鞋匠区华商量。大家都觉着没什么妨碍，这事就成了。又过几天，周炳就去陈家"上契"。陈万利也摆了几桌酒，请了至亲、邻里来吃。又给周炳打了一把金锁,封了一枚"金仔",二十元"港纸"给周炳做上契的礼物。从此周炳就不叫陈万利和陈杨氏大姨爹和大姨妈,改口叫干爹和干妈;那些表兄弟姊妹,一向叫惯了,也就不改了。那时候陈家有三个女用人,一个使妈叫阿发,三十好几岁了,就是曾经有谣传,说她去香港养过孩子的;一个使妈叫阿财,二十岁左右,也有些不干不净的话传来传去;一个"住年妹"叫阿添,十六七岁,提起她的名字,别人就掩着嘴笑的。她们私下里曾经多次商量,不知道该怎么称呼周炳才好。要称呼他"表少爷"吧,这本是合情合理的,只是周炳吃饭跟她们一道吃,做工跟她们一道做,住也住在她们旁边、那楼下的贮物室里,穿戴既不像"上人",又一直撑着她们叫"姐姐",倘若称呼他"少爷",反而显得不亲热了。要不称呼他"表少爷"吧,他又明明是老爷的干儿子,明明有上下之分。而且他每天吃过晚饭,洗了脚,脱下木屐,换上青乌布鞋,夹上几本硬皮书,吊着一瓶洋墨水,去念英文什么的,又分明不是"下人"干的勾当。她们拿这个去问陈杨氏,陈杨氏倒也聪明,就吩咐她们跟着四姑娘陈文婷,叫他"小哥哥"。这是平辈之中略带尊敬,尊敬之中又还是平辈的称呼,真是再合适不过的。可是她们这番苦心,周炳倒没怎么留神。他按着他干爹的吩咐,怎么吃、怎么住就怎么吃、怎么住,白天从井里打水出来淋花,淋完花就松土、上肥、剪叶子,晚上去念英文。事情倒也轻松。后来,他淋完花之后,还有空闲,就去帮助那三个女用人打水、扫地、破柴、煮饭。晚上念完英文之后,就上三姨家玩,和那边的表姊妹兄弟们演这个戏,演那个戏。没多久,他就觉着那英文越来越难,越来越和自己没缘分,索性就爱上不上的,有时溜到三姨家,痛痛快快地一直玩到打过三更才回家。这样子,又过了两个多月。

有一天晚上,已经打过十一点钟,他才离开区家,朝西门走去。五月的晚上又暖和,又幽静,江风带着茉莉花的清香,吹得人懒懒地打瞌睡。天空又柔软,又安宁,闪着光,好像一幅黑缎子一样。

周炳静悄悄地走进三家巷,一推陈家的铁门,门只虚掩着,没有闩上。他进去一看,屋里的电灯全灭了,只有楼下客厅的门还开着,有灯光从里面射出来。周炳朝客厅走,先发现有两个人影。后来走到客厅门口,才看清楚那是一个女的,一个男的。女的绕着当中的酸枝麻将桌子缓缓走着,男的跪在地上,用磕膝盖走路,在后面追赶,样子挺滑稽。他再一看清楚,在前面走的正是使妈阿财姐,在后面跪着撵的,不是别人,却是他的干爹陈万利。周炳吓得出了一身冷汗,连忙倒跳三步,大声不停咳嗽。客厅里的电灯突然熄灭了。陈万利粗着嗓子大声喝问:"谁?"周炳低声回答道:"我。"陈万利接着骂道:"混账东西,还不把铁门关好!"到周炳关好铁门,回身往屋里走的时候,那里是一片漆黑,什么东西都没有了。第二天,他看见陈家的人个个都像平常一样,好像没有什么事儿;就是那阿财姐,那陈万利本人,也觉着没有什么似的。他心里暗暗纳闷。他害怕会有一场很大的争吵,可是没有。他不敢对别人讲,只对他的同年表姐区桃一个人讲了。区桃也不敢对别人讲,只对她姐姐区苏一个人讲了。区苏告诉她妈妈区杨氏,区杨氏告诉了她丈夫区华,区华当作笑谈和他连襟周铁说了,周铁也当作笑话和周杨氏说了。周杨氏一听,连忙掩住他的嘴,叫他不要胡说八道,免得别人听见了,传出去不雅相。

但是已经有人听见了。那就是他们的大姑娘周泉。她住的房间和周杨氏的房间只隔了一个小天井,因此早已听得清清楚楚。她不听还好,一听就气得咬牙切齿,满脸通红。她认为这是她的同学表哥陈文雄的一种耻辱。而一个纯洁的、年轻的、有知识的、道德高尚的中学生,哪怕她只有十六七岁,也不能让她的同学表哥蒙受耻辱。因此,她第二天就非常严肃地把这个消息转告了陈文雄。陈文雄发誓要把这件损害了陈家的荣誉的丑案追查清楚。恰巧那天早上,陈万利因为商务上的事情去了香港,要一个礼拜以后才能回家。陈杨氏企图阻止陈文雄闹事,但是他不听劝阻。从傍晚的时候起,连晚饭都不吃,他一直从他二姨爹周铁家追查到他三姨爹区华家,最后又追查到周炳的身上。陈杨氏一听是周炳传出去的,料想事情有八九分可靠,就首先哭嚷出来。阿发、阿财、阿添这几个使妈、住年妹,看见老爷不在,太太又做不了主,大少爷发了那么大的脾气,把家里闹得天翻地覆,也就不敢作声。阿财是当事人,更加害怕,也就跟着大哭大闹,又要吃毒药,又要吞金子,又要投井,又要撞墙。这时候,大姑娘已经回了婆家,陈文雄、陈文娣、陈文婕三个人围着周炳又是审问,又是侦查,又是威逼,又是利诱,周炳叫他们吓呆了,只是眼睛发愣地直望着前面,连一句话也说不出来。陈文婷看见他的样子可怜,想斟一杯茶递给他喝,但是走到半路上,看见大哥哥拿眼睛瞪了她两下,她就缩回去了。这样,一直闹到半夜十二点多钟,还闹不出个名堂。陈文雄没办法,就用一把铁锁把周炳锁在贮物室里,待明天下午放学回来,再继续进行追查。

  第二天早上八点多钟,年轻人都上学去了,陈杨氏一个人悄悄地开了锁,走进贮物室里。她预先想好了许多话安慰周炳,叫他不要难过,不要惊慌,不要害怕等等,可是都没用上,周炳正在呼呼大睡,睡得又香又甜呢。她叫醒了那孩子,给了他一杯茶喝,又给了他两个油香饼吃。他一面揉着那叫人疼爱的圆眼睛,一面吃东西。吃完了,就对着陈杨氏傻笑。那白白红红的脸蛋上,一左一右露出两个不算很深,但是很圆的笑涡来。那红红的舌头老在舔着那两片不算很厚,但是很宽的嘴唇,露出嘴馋的样子。陈杨氏看见他那样子,心里实在爱得不得了,就抱住他亲了几下,再慢慢问他那天晚上到底看见什么。他不知道陈杨氏这样问,有什么用意;也没有心思去打量这些。见她问,他就把那天晚上所看见的情形,一五一十照直说了一遍。他没有想到这样说,会在什么人的身上引起什么样的后果。陈杨氏听了,既没有笑,又没有恼。这样的事情,她早就听俗了。这时候,只是长长地叹口气道:

"嗐,小哥哥,那天晚上你要是什么都没有看见,那有多好!"

周炳不大明白她的意思。他是一个脾气随和的孩子,因此就顺着他干娘的口气说了:"是呵,是呵。我回来早一点就好了。不,我回来迟一点就好了。要不然,客厅里没灯就好了。再不然,我先使劲把铁门一关就好了。可是……"

"不,不,不,傻孩子!"陈杨氏说,"你现在说你没看见,还来得及!"

周炳急忙分辩道:"那怎么成!那不是扯谎了么?妈妈说过,好孩子什么时候都不扯谎。"

陈杨氏说:"谁告诉你的?哪有那么回事儿!你只要说你什么也没看见,你跟区桃只是闹着玩儿的,那么,其他的事就不与你相干了。我也不哭了。阿财姐也不寻死寻活了。你大表哥也不生气了。你干爹也不见怪你了。你也可以出去玩儿了。"

周炳耳朵软,经不住别人一求,就答应了。他说:"好吧,那我就说,我当真什么也没有看见。"

陈杨氏给了他一个双银角子,欢天喜地走了。陈文雄、陈文娣他们中午放学的时候,陈杨氏就吩咐他们把杨家舅舅,周家二姨爹,区家三姨爹这几门至亲的全家大小,今天晚上都请来,大家当面将这桩丑案断个一清二楚。年轻的使妈阿财听见陈杨氏这样摆布,没见过这样大的场面,不知是祸是福,心里很害怕,就悄悄地和年纪大、阅历广的使妈阿发商议。阿发说:"阿财,这是你的运气来了。"阿财说:"都要当众出丑了,还有什么运气?"站在一旁的住年妹阿添也说:"丑死了!要是我,我宁可上吊!"阿发说:"要丑,是他家丑。咱们不过为了两餐,有什么丑!阿财,你愿不愿意当陈家的二太太?你要是不愿意,那就算了。你要是愿意,那就要买通这位小哥哥,让他今天晚上使劲顶证,说老爷跟你已经生米煮成了饭。他们大家大业的,哪会多余你这双筷子、碗?家丑不可外扬,就顺便把你收作二房,也是有的!你自己上了岸,还得带挈我们!"阿财听了，一想也对，就说："本来生米就早已煮成了饭，这也不算冤枉他家。"当天下午，阿财看看四围没有人，就悄悄开了贮物室的铁锁，递了一大包用干荷叶包着的芽菜炒粉给周炳吃。芽菜炒粉又香又热，好吃极了。小哥哥吃完之后，阿财不说话，只对着他呜咽流泪。周炳不明白怎么回事儿，见她凄凉苦楚，也就陪着她掉眼泪。哭了好大一会儿，阿财才开口说："小哥哥，你救救我！"周炳问她情由，她一面痛哭，一面诉苦。她说老爷骗了她，答应娶她做二奶奶，又想赖账。她要求周炳今天晚上替她顶证，咬定说实在有那么一回事，不然的话，陈家一定会辞掉她。要是当真辞掉她，她一定没脸见人，肚子里的小孩又没有爸爸，她准是活不成的了。周炳细想，她的身世比貂蝉更加受罪，就一口答应下来，还当真陪她哭了半天。

当天晚上，亲戚们都到齐了。轮到周炳说话的时候，他一张嘴就说："那天晚上，千真万确，我亲眼看见大姨爹跪在阿财姐面前，拿磕膝盖这样走路……"人们笑着，叫着，恨着，骂着，哭着，乱作一团，都没听清他往后还说了些什么。这样子，周炳当天晚上就叫陈家撵出来了。

三　鲁莽的学徒

不久，陈万利从香港回来，知道了这些事情，只说了一句成语："天下本无事，庸人自扰之。"跟着就下了一个命令：谁都不许再提这件事。谁要是再提了，就把谁赶出大门口，永远不准回来。以后果然大家都不提它。陈家的荣誉也没有受到什么损害，风潮也就平息了。开头十天八天，周炳心中还有些纳闷：怎么还没听说他大姨爹娶阿财姐当二奶奶？怎么阿财姐肚子里的娃娃还没养下来？

后来慢慢地也就把这些事儿忘记了。官塘街这一带的住户,有些知道一点内情的,都认为周炳为了一个不相干的女用人,白白把一个少爷的身份给丢了,是一个真正的戆大。只有皮鞋匠区华很赏识他,曾经对他爹周铁说:

"看那孩子,外面黏糊糊得像个浑人,里面的胆子却大。"

周铁笑着回答道:"他又不走军界,要么大个胆子干什么!不知道胆子大的人当皮鞋匠合适不合适,要合适,就给了你吧。可你别光看中了他的相貌长得好,将来又埋怨我!"

区华鼻子里哼了一声,不服气地说道:"看你招摇到那个劲儿!光你家阿炳的相貌长得好,我们家的阿桃就长得比他差?就这样吧。跟着我当个鞋匠,也总不能说委屈了他!"

旧历五月初五那一天,周炳就到南关珠光里区华家里去当学徒。大清早起,周杨氏就忙着给他收拾东西。家里没有别的人,只剩下他母子两人。周铁一早就上打铁铺子去了。周金在石井兵工厂做工,一个月难得有两天在家。周榕和周泉都上学去了。可就是母子两人,却比往常更加热闹。衣服鞋袜,手巾牙刷,堆满了整个神厅。依周杨氏的意思,这也得带上,那也得带上;依周炳的意思,这也不带,那也不带,光带一条洗脸手巾,一把牙刷就行。一个包袱解开了又结上,结上了再解开,两个人争执不休。后来妈妈还要在包袱外面,再捆上一张草席,这才算停当了。周炳背起了那分量不轻的行李,兴高采烈地举步就走。妈妈一直送出大街外面,望着他走远了,才转回三家巷,一面进屋,一面擦眼睛。

区家那天停工过节,全家人都穿了新衣服,在神厅里和天井里玩耍,十分快活。大表姐区苏和二表姐区桃都涂了胭脂水粉,梳了光滑粗大的辫子,十分漂亮。区苏一见周炳,就剥粽子给他吃。区桃拿了几个喷香的蒲桃,揣在他的衣兜里,又拿雄黄、朱砂在他的天堂上画了一个端端正正的"王"字。周炳一面嚼着蒲桃,一面捧着区桃那张五官精致的杏仁小脸,拿雄黄、朱砂给她点了一颗圆圆的眉心。点完了,大家就嘻嘻地笑。区细和区卓本来在天堂上已经画了"王"字,看见姐姐点了眉心,又缠住周炳要点眉心,点了眉心又要画脸,后来都把脸画得像大花脸一样,大家这才无忧无虑、无牵无挂地大笑一阵。中午的时候,全家大小都和客人一道,围坐着一张矮方桌子吃过节饭。栗子炖鸡,猪肉做汤,还有大盘的鱼,大盘的菜。区华还让周炳喝了半杯双蒸酒。周炳从来没有喝过烧酒,从来没有吃过这么香的菜,没有跟这样快乐的人一道吃过饭,很快就红了脸,眯起眼睛,痴痴迷迷地笑着,昏昏沉沉地又饱又醉了。吃过饭之后,周炳就闭上眼睛,躺在神厅里的杉木贵妃床上。这时候,他的脸蛋两边红通通的,鼻子显得更高,更英俊,嘴唇微弯着,显得更加甜蜜,更加纯洁。他的身躯本来长得高大,这时候显得更高大,也更安静。初夏的阳光轻轻地盖着他,好像他盖着一张金黄的锦被,那锦被的一角又斜斜地掉在地上一样。姑娘们都没事装有事地在他跟前走来走去,用眼睛偷偷地把他看了又看。周炳睡了一会儿,区华又叫区桃推醒他。以后,区华就带着区苏、区桃、周炳、区细、区卓这五个孩子,到长堤外面去看龙船。看了一会儿龙船,又带他们到海珠戏院,买了几张"木椅"票子,爬到最高的三层楼上面去看戏。这一天,直把孩子们乐坏了。

　　后来,在皮鞋匠区华家里的事实可以证明:周炳不单是不笨,也不是光爱玩耍,不想干活的懒人。不管什么手艺,画样子,切皮子,上麻线,砸钉子,打蜡,涂油,他都一学就会。加上他手劲也大,心思也巧,干活又实心实意,一坐在板凳上,就干到天黑,也不歇手。因此不久,区华把皮鞋,布鞋,绱鞋,补鞋,什么活都交给他做,他也都做出来了。区华常常摸着他那剃光了的圆脑袋说:"好小子,不到十五岁,你就会变成一个真正的皮鞋匠了!"周炳也想过自己会成为一个真正的皮鞋匠,并且想得很远。他悄悄地拿眼睛瞅了一下坐在缝纫机后面车皮鞋面子的三姨区杨氏,就想到将来他有一天会像三姨爹那样坐在铁砧子后面砸皮鞋,而坐在缝纫机后面车皮鞋面子的不是别人，正是自己的表姐区桃。不过他虽然这么想了，却没敢说出口来。那左邻右里的孩子们跟他们一道玩耍的时候，也常常拿小两口子这一类的话来取笑他们。周炳听了，心里高兴，脸上可不敢露出来。区桃只是红着脸，低着头，不作声。大人们听见了，也没有说什么。提起左邻右里的孩子们，周炳觉着十分快活。在三家巷的时候，那儿只有陈家跟何家的孩子在一起玩儿，官塘街外面的孩子不大进来，他们也不出去，就是那么死窟窟的几个伴儿。珠光里这边可是大不相同。这里是通街大巷，时常有二三十个朋友，在一起玩耍。其中，有些是跟区苏在一起做工的，有些是跟区桃同出同归的。有些男孩子，都是十二三岁年纪的，像手车修理店小工丘照，裁缝店小工邵煜，蒸粉店小工马有，印刷店小工关杰和清道小工陶华，都跟周炳十分要好，有空闲在一道玩儿，有好戏在一道唱，有东西在一道吃，有钱在一道赌，有架在一道打，简直谁也离不开谁。这样讲义气的朋友，从前在打铁铺的时候，隔篱邻舍还有那么两三个，在三家巷里是再也找不出来的。

　　不过在这许多好朋友中间，也有一个他最不喜欢的人。这个人是南关大街上青云鞋铺的少东家，名字叫林开泰，今年十六岁，整天穿着一套香云纱衫裤，游手好闲，不务正业。他喜欢东家串一串，西家串一串，一串就是半天，也不用人家招呼，自己看见地方就坐下，光说一些不等使的废话。那些话也不过是香港的市面如何繁华，澳门的赌场如何热闹之类，全无斤两。有时在街头玩耍，他总仗着他家是珠光里最老的住户，又在永汉路上开着铺子，就恶言恶语地欺人，有时还动手打人。大家都管他叫"地头蛇"，没有谁不恨他。有一回，周炳拿了八双礼服呢、浅口、翻底、学士鞋到大街上青云鞋铺去交货，恰好碰上林开泰坐在柜台上打盹。也不知道他什么地方不舒服，把那八双鞋看了又看，就是不肯收。问他什么道理，他说那不是区华亲手做的活，一定是学徒做的活，手工不好，要重做。可那八双鞋是礼服呢配的面子，恰恰是有名的匠人区华怕周炳做不好,自己亲手做的。当时周炳把鞋子拿了回去,区华气得不得了,用切刀把麻线都切断了,扔给周炳重新上线,又愤愤不平地说道:

"那狗仔既是嫌我的手工不好,你就给他做吧!"

快活不知时日过,不知不觉又到了旧历七月初六。三家巷的人们听说周炳这许久都没出岔子,还在区华家里相安无事地干活,都觉着十分稀罕。也不知道那皮鞋匠使唤什么神通,把他降得服服帖帖的。那天,区桃歇了一天工,大清早起,打扮得素净悠闲,轻手轻脚地在掇弄什么东西。神厅前面正中的地方,放着一张擦得干干净净的八仙桌子,桌上摆着三盘用稻谷发起来的禾苗。每盘禾苗都用红纸剪的通花彩带围着,禾苗当中用小碟子倒扣着,压出一个圆圆的空心,准备晚上拜七姐的时候点灯用的。这七月初七是女儿的节日,所有的女孩子家都要独出心裁,做出一些奇妙精致的巧活儿,在七月初六晚上拿出来乞巧。大家只看见这几盘禾苗,又看见区桃全神贯注地走出走进,都不知道她要搞些什么名堂。偏偏这一天,青云鞋铺的少东家林开泰上区家来闲串,看见区桃歇工在家,就赖着不走。每逢他的手把拜七姐的桌子摸了一下,区桃就皱着眉心,拿湿布出来擦一回。林开泰想看区桃,就故意把手不停地去按那张桌子。区桃没奈何,只得拿着湿布,紧皱眉心,把桌子擦了又擦。后来他索性坐下,吹起他的"香港经"来了。

"你们看,我这只袋表。"他一面说,一面从前胸的袋子里掏出一块黄色的袋表来,摇晃着,摆动着那黄色的链子,接下去道,"是有历史的。是真有历史。"

周炳点头赞叹道:"是真有历史。是真没地理。"

大家笑了。林开泰发脾气道:"你懂什么,快闭嘴。这只表,不光是全金的就算数,它还有一件有价值的古董。有人出过八十块钱,我都没卖给他。你们知道么?当初,一个英国人把它送给一个美国的情妇,那美国的鬼婆把它送给一个法兰西的小伙子,那法国的年轻人娶了一个葡萄牙姑娘之后,不久……"

周炳忍不住,又给了他一句道:"你讲你的表吧。又拉出那么些亲戚礼数来!"大家又笑了,林开泰本人也笑了。笑了一会儿,他又另外给大家讲吃西餐的故事。

"你们猜猜看,人家鬼子一顿饭要吃几道菜?"他卷起袖子,好像当真要动刀叉似的说道:"我去吃过一回,简直把我的脖子都吃累了。后来一数,不多不少,一共十九道菜!第一道是南乳扣肉,第二道是炖海参,第三道是全鸭,第四道是蒸禾虫,第五道是蒸虾卵,第六道是……"后来大家又笑了,他自己实在扯不下去,也笑了。隔不多久,他又忽然没头没脑地讲起英国人爱认"唐人"做干儿子的事情来。他说在香港,只要稍微有点眉目的"唐人",没有一个没有"红毛"干爹,干爹越多,就越体面。区华问他道:

"泰官,想必你也是有的了?"

林开泰骄傲地扭歪了嘴唇说:"你这个人真是!我又不像周炳那样傻,怎么能没有?人家还抢着要呢!"

周炳瞅了他一眼,没生气,也没开腔。区杨氏的缝纫机哒、哒、哒、哒地响着。她忽然插问了一句:"你那干爹是什么人?"

林开泰十分神气地站了起来,装出用两边大拇指勾着吊带的姿势回答道:"你们知道什么!他是一个纯正血统的红毛鬼。身材高大极了,一把胡子硬极了。他是一个大花园的看门人。你们笑什么?真不文明!你们别当给大花园看门是下贱的事儿,那可不像你们上皮鞋呀,打铁呀,尽是笨活儿!在西人看来,大花园看门人的身份可高贵着呢。"

就这样,林开泰把他们结结实实地缠了一个后响。好容易等他说够了,伸了一个大懒腰,回去吃饭了,区桃才又央求周炳给她帮个忙,把那张八仙桌子重新擦洗一遍。

到天黑掌灯的时候,八仙桌上的禾苗盘子也点上了小油盏,掩映通明。区桃把她的细巧供物一件一件摆出来。有丁方不到一寸的钉金绣花裙褂,有一粒谷子般大小的各种绣花软缎高底鞋、平底鞋、木底鞋、拖鞋、凉鞋和五颜六色的袜子,有玲珑轻飘的罗帐、被单、窗帘、桌围,有指甲般大小的各种扇子、手帕,还有式样齐全的梳妆用具,胭脂水粉,真是看得大家眼花缭乱,赞不绝口。此外又有四盆香花,更加珍贵。那四盆花都只有酒杯大小,一盆莲花,一盆茉莉,一盆玫瑰,一盆夜合,每盆有花两朵,清香四溢。区桃告诉大家,每盆之中,都有一朵真的,一朵假的。可是任凭大家尽看尽猜,也分不出哪朵是真的,哪朵是假的。只见区桃穿了雪白布衫,衬着那窄窄的眼眉,乌黑的头发,在这些供物中间飘来飘去,好像她本人就是下凡的织女。摆设停当,那看乞巧的人就来了。依照广州的风俗,这天晚上姑娘们摆出巧物来,就得任人观赏,任人品评。哪家看的人多,哪家的姑娘就体面。不一会儿,来看区家摆设的人越来越多,有男有女,有老有小,哄哄闹闹,有说有笑,把一个神厅都挤满了。大家都众口同声地说,整个南关的摆设,就数区家的好。别处尽管有三四张桌子,有七八张桌子的,可那只是夸财斗富,使银子钱买来的,虽也富丽堂皇,实在鄙俗不堪,断断没有一件东西,比得上区家姑娘的心思灵巧,手艺精明。

大家正在得意流连的时候,忽然有个姑娘唉呀一声惊叫起来。大家回头一看,原来是青云鞋铺的少东家林开泰正从外面挤进来。他一面往女孩子们中间乱挤,一面动手动脚,极不规矩。大家没奈何,只得陆续走散,避开了他。站在一旁的周炳、区细、区卓跟他们的好朋友丘照、邵煜、马有、关杰、陶华,都气得目瞪口呆,心中不忿。周炳想说句什么话儿,把人们留住,可是怎么的也说不出来,只瞪着眼儿干着急。区苏、区桃两姊妹也不理那林开泰,只顾点上香烛,祭拜七姐。拜完之后,两姊妹一人一个蒲团,并排儿跪在香案前面,区杨氏一个人给一根针,一根线,叫她两个人同时穿针,看谁穿得快。区桃露出洁白整齐的牙齿,把线头咬了一下,用手指把线头拈了一拈,跟着,只见她的小脑袋微微一低,她的细眼轻轻一眨,小手指动了一动,就把线穿进针孔里,站了起来。那动作的轻巧敏捷,十分好看。大家正看得入神,忽然林开泰在旁边浪声浪气地叫起好来。大家都吃了一惊。区桃生气了,脸红红的,鼻尖上冒出汗珠子,站在八仙桌旁边不动。林开泰走到香案前面,伸手就去抓那朵莲花。区桃忍无可忍,就大声吆喝道:

"不许动!那是莲花!"

林开泰嬉皮笑脸地说:"怎么莲花就动不得?就是桃花,我也要动呢!"说罢,就用手把区桃那娇嫩的脸蛋拧了一下。区桃受了侮辱,那眼泪簌簌地直往外流。周炳看见这种情形,一步跳到家私柜子旁边,顺手捞起一把铁锤,又一步跳开来,往林开泰那只不规矩的胳膊上,使劲就是一锤!林开泰捂着手臂,哎哟哎哟直叫唤。他本想扑上前去抢那把铁锤,看见周炳那突眼睁眉的样子,又看见周炳后面,一平排站着丘照、邵煜、马有、关杰、陶华几个小家伙,个个咬牙切齿,怒目而视,就软了下来,只在嘴里不停嚷着:"好,你敢打人,你敢打人。你别走,你等着瞧!有本事的,你别走,你等着瞧!你等着瞧……"一面嚷,一面溜掉了。

七夕过后不久,有一个在南关的商会办事处帮闲的人来找皮鞋匠区华。他郑重地介绍了自己的身份以后,就说区华这里的伙计拿凶器伤人的事,南关的大小商号都传遍了。商会的值理们都非常震怒。他又着重地指出,商会有权叫房东收回区华的房子,商会有权叫全市的鞋铺不把订货发给区华,商会还有权叫牛皮厂子不卖牛皮给区华,而如果惊动了官府,大概区华的营业执照就会被吊销。他是本着一片好心,来给区华通风报信的。要是区华能够马上把那行凶的伙计辞歇掉,值理们的怒气消了,事情也许就好办得多。区华拿了一块钱茶钱把他打发走了,就叫周炳收拾包袱回家。

周炳对他三姨爹说:"可是咱们没错呀!"

区华斩钉截铁地回答道:"对。没错的人总得避开那有错的人!"

四 受屈的人

　　于是周炳又回到三家巷自己家里来了。左邻右里都说,周炳真是一条"秃尾龙"。在广州,每年清明前后,都要刮一场风,人们把那场风叫作"秃尾龙拜山",意思是说"秃尾龙"回家扫墓,因此就有风灾。"秃尾龙"本身就代表着造反、叛逆、破坏、灾难。周铁对周杨氏说:"人家都说这孩子糊涂,你不相信。这回你可是亲眼看见了!人家叫他去收账,他去看戏;干妈的话他不听,可听了使妈的话;人家孩子们在玩耍,他却拿起铁锤去砸人。光长副好相貌有什么用处?只怕将来连一碗饭也混不上呢!"周杨氏也没法替他护短,只是赌气说道:"人家说他糊涂,让人家说去。我可不信!到底还是你做老子的没本事。你不供他的书,叫他怎么明白道理?我不信那些供饱了书,当了官儿的,就从小都比他聪明能干!"周铁一想,这话也有几分道理,家里穷,供不起他念书,也就没什么好说的了。不过在三家巷里,也有一个人真心佩服他,不认为他是糊涂的,那就是他的表妹陈文婷。她一有空,就要求周炳给她讲珠光里的故事。她要求周炳把丘照、邵煜、马有、关杰、陶华这些好朋友一个一个地仔细介绍。听到林开泰退了她三姨爹的鞋子,她三姨爹叫周炳重做,她嗤嗤地笑个不停。听到区桃拜七姐,做了那许多精巧的玩意儿,她就羡慕得默默无言,只是发呆。听到林开泰调戏区桃,叫周炳一铁锤打得他哎哟、哎哟直叫唤,她就眉飞色舞,赞叹不止。她说有那么一铁锤,就是叫林开泰拧一下脸蛋,她也甘心情愿。

　　有一天晚上,天气很热。吃过饭之后,周炳和陈文婷在门口乘凉,就演起《貂蝉拜月》来。因为没有董卓,他们就演《吕布窥妆》。

演到貂蝉要哭的时候,陈文婷竟真的哭起来了。周炳连忙丢了那顶树枝做成的"束发冠",摇着她的肩膀,问她什么缘故。她一面哭,一面说:"要是有人欺负我,你帮我不帮?"周炳说:"自然帮了,那还用问!"陈文婷说:"你只帮区桃,哪里会帮我!"周炳加重语气说:"没有的事儿!你先告诉我,谁欺负了你。"陈文婷说:"我每天上学,路上总有一两个人撩我。到了学堂,撩我的人就更多。"周炳说:"那就难了。我又不到学堂里。"陈文婷说:"你也上学吧。你也上学吧。咱俩一道上学,多好!"周炳觉着为难,着实踌躇了大半天,才缓缓说道:"回头我问娘去。"

正在这个时候,有六七个年轻的中学生从官塘街外面走进三家巷来。头里走的一对是周炳的二哥周榕和陈文婷的二姐陈文娣,跟着走的一对是陈家的大少爷陈文雄和周炳的姐姐周泉,其次是陈家的大姑爷张子豪和何家的大少爷何守仁,最后是一个年纪最大,个子最高,国字脸儿的同学,叫作李民魁的。他们在这个暑假期间,经常晚上游逛之后,到三家巷来乘凉,一面谈一些国家大事,一面谈各人的未来的梦想。一谈就谈到三更半夜,津津有味儿。今天晚上,他们交谈的还是那个老题目:怎样才能使中国富强。当下有人主张刷新吏治,有人主张改选国会,有人主张振兴实业,有人主张重整军备。这里既有共产主义,也有三民主义,既有国家主义,也有无政府主义。各人唇枪舌剑,好不热闹。周炳在一旁静听,觉着这些有学问的人,个个都有才情,有志气,满腹经纶,字字珠玑,不由得十分羡慕,兴起那上学读书的念头。大家正谈到起劲之处,没想到忽然从大街转进来一个年纪才十五岁的年轻人。他的名字叫杨承辉,是有名的中医杨志朴的大儿子,和陈家、周家的年轻人都是姑表兄弟。他为人爽朗、热情,主张医药救国,不喜欢高谈阔论。当下他一面走进来,一面大声笑道:

"眼前放着一个周炳表弟,你们都没法叫他富强,倒舍近求远地去谈论中国富强,好笑不好笑!"

大家都低声咒骂他道:"捣蛋鬼!"他一向和周炳很要好,就不理会别人,一手拉了周炳,往周杨氏房间跑去。南关的商会办事处要周炳辞工的事儿,区苏首先告诉了杨承辉,杨承辉很替周炳不平,就和他爹杨志朴商量,杨大夫也是好打抱不平的人,就想叫外甥周炳来问问,看别处是否能想法子安插安插。当下周杨氏听了,十分欢喜道:"既是舅舅想法子,那就准是好的喽,也不必再问他老子,明天大清早叫阿炳去给舅舅请安就是。"果然第二天天不亮,周炳就起来,洗刷一下,就上他舅舅杨志朴家里去。杨志朴今年三十八岁,脉理已经十分精通。他一向埋头行医,瞧不起那些官场人物,提起那些挂着革命党招牌,大刮地皮的政客,他就嬉笑怒骂,妙趣横生。他的老婆杨郭氏,今年三十六岁,生了两个儿子。杨承辉是大儿子,今年就要进中学;二儿子杨承荣,今年才五岁。杨志朴除了在自己住的地方四牌楼师古巷开医寓行医之外,又跟他的小舅子郭寿年合伙在珠江南岸的河南大基头同福西街,开了一间"济群"生草药铺子。这郭寿年自己又会采生草药,又会医人,生意倒也不错。当下杨志朴问明情由,觉着自己的外甥受了委屈,就开玩笑道:

"那林开泰年纪虽小,可大有革命党之风!谁叫你这么不小心,碰到这样的人的手上!除非你到我这里来学医,就不怕他们了。当医生,只有人求你,没有你求人。就是丧尽天良的角色,他也得怕你三分!"

周炳觉着他舅舅挺有意思,就兴致勃勃地去河南济群生草药铺子当伙计。那郭掌柜早上出去采药,总要喝过午茶,半后晌才能回来。看管铺面的,原来有一个叫作郭标的伙计。这郭标是郭掌柜的同族侄儿,今年十七岁,整天油头粉面,饮茶喝酒,和那些不正经的女人勾勾搭搭。周炳不管别人怎样,只顾勤勤谨谨,实心实意地干活。上工不久,郭标就向他提议道:"小炳,你不出去玩玩儿,看看海去?大基头有个摆摊子卖海蜇的,实在不错,又甜,又脆!

唉,要是整天把我关在铺子里,只要那么三天,我就要闷死了!"广州人是把珠江叫作海的。大基头就是珠江南岸的一个码头,那里有一个广场,跟城里将军前那个广场差不多,也有唱戏、卖药、讲古、卖艺、糖食、酸果和各式各样卖零吃的。那天过江的时候,他就看中了那个地方,总舍不得走开,现在听郭标这一说,反而瞪着眼,没有了主意。经不起郭标一再撺掇,他就去了。他站在珠江边上,看了约莫半个时辰。那秀媚的珠江,流着淡绿色的江水,帆船和汽船不停地来回走着,过江的渡船横过江心,在那帆船和汽船中间穿来穿去,十分好看。北岸长堤上的车辆和行人,像用一根长线牵着似的缓缓移动。微微的秋风吹起市面的声音,有一阵没一阵地在江水上浮浮沉沉。周炳怕误了事,不敢多看,急急忙忙穿过广场,吃了两块又甜又脆的海蜇,就回到济群药铺,郭标反而怪他怎么不多玩一会儿。往后,他俩就轮流着出去玩儿。郭标有时候一出去就是一整天,只是在郭掌柜快要回来的时候才回来。有一回,周炳看见郭标打开柜台的抽屉,抓了一把铜板揣在衣兜里。他只是记在心里,不敢作声。又有一回,他看见一个年轻女人来买"田灌草",郭标随手抓了一把给她,也没有向她讨钱,还跟她眉来眼去,打情骂俏。周炳不懂,就直通通地问郭标道:"她跟你什么亲戚,你不收她的钱,还这么熟络?"郭标推了他一掌,说:"去你的吧,你这个笨蛋!我跟她有什么亲?不过她是一个熟客,小小不言的东西怎么好拿钱!"又过不几天,郭标就公然唆摆他"漏柜底"。郭标把柜台的抽屉打开,对他说道:

"你瞧这些银毫铜板!咱们拿几毛钱出来分了花,谁也不会知道。这儿的存货是没有账的,钱呢,卖了多少算多少。自然,你先得发个誓,死都别说出去才行。"

周炳的象牙色的,光溜溜、圆鼓鼓,端正纯洁的脸唰的一下子红了起来。他问郭标道:"你老是这么干么?"

郭标点头承认道:"自然,我有时是这么干的。不这么干,我拿什么钱花？"

但是周炳摇头了。他拒绝这么干。他说："要干你一个人干。我不来！"

郭标举起拳头吓唬他道："哎哟哟，假正经，我出去的时候，你也这么干过的。你还当我没看见？你对我叔叔说不说？你要说出了我，我也不替你瞒。看谁厉害！"

周炳急得没有办法，哭了。他不敢把这件事告诉郭掌柜的。他怕一说出来，郭标就会受到惩罚，说不定还会叫掌柜的辞退，打破了他的饭碗。看见郭掌柜每天晚上结账，总要问三问四，掂一掂这样，又称一称那样，好像看出什么毛病似的，周炳就担惊害怕起来，心神不定地躲在一边。这种情形，郭寿年也看出几分来了。有一个晚上，郭寿年支使开郭标，把周炳仔细追问了一番。周炳什么也没敢说。郭掌柜心中怀疑他手脚不干净，嘴里又不便直说，只是留心侦察，相机行事。有一天，郭掌柜又发觉银钱有些短少，就支使开周炳，把郭标叫来细问。郭标怕事情瞒不住，就恶人先告状，把事情推在周炳身上道："叔叔，我每天要买菜、做饭、送货、收账，也不能每天十二个时辰守在店里。银钱的事情我没亲眼看见，可是他天天出去玩儿，一溜就是半天。在外面吃点什么，喝点什么，大基头那里看看耍把戏，听听讲古，准是花了不少钱的。可我怎么知道呢？"郭掌柜听了，不住点头，竟是相信了他的话，还叫他留心察看周炳的动静，按时报告。自此以后，郭标越发放手行事，银钱货物，大胆盗窃；周炳越看越怕，可是黑狗偷食，白狗当灾，掌柜的越来越疑心他。后来，掌柜的把这些情形告诉他姐夫杨志朴。杨志朴对济群生草药铺的事情，从来就不过问，只听任郭寿年一手经理的，听见这么说，就微笑道："看阿炳那孩子的举动人品，倒不像是他干的事儿。不过小孩子贪玩，一时做了也是有的。该怎么办，还是怎么办。你别碍着我是他的舅舅，就不敢管教他。只要细心查明，不枉不纵就是了。"那郭标看见郭掌柜并不疑心自己，就一面怂恿周炳出去玩耍,还叫周炳不要害怕,有事都归他姓郭的担待;一面不断向郭掌柜送小嘴,说周炳如何贪吃,如何贪玩。有一天,郭掌柜故意提前两个钟头回店,走到大基头,看见周炳正在那里蹲着吃涮鱿鱼。他登时冒起火来,也不说话,就往周炳后脑勺上扇了一巴掌。回到店里,他把周炳逐一拷问,要周炳说出一共偷过多少药材,偷过几回银钱,都拿到什么地方去,买了什么,吃了什么。郭标也在一旁帮腔道:"小炳,好好招认了吧。你招认了,叔叔一定不会为难你。也免得别人受累。"周炳看见郭标忽然翻了脸,帮着来踩自己,不免又气又怕,只是一面哭,一面说:"吃涮鱿鱼的钱不是店里的,是我妈给的。"也说不出别的话来。郭掌柜说:"阿标,我知道不关你的事,你别睬他。要他自己讲。"说罢就拿起藤条,把周炳噼里啪啦地抽了一顿。周炳看见掌柜的已经帮定了郭标,料想多说也没用,就只是呜呜咽咽地哭着不开口。郭掌柜打了他一顿,见他毫无悔过之心,就把他打发了回家。

　　这次回家,周炳的声誉比前三次更为低落。从前不过是痴、傻、呆、笨,没些见识,没个高低;就算把他叫作秃尾龙,也不过是犯上作乱,闯祸招灾。这回可不同了。掌柜的说他手脚不干净,打发回来,竟是个盗窃的罪名,最为人所不齿。左邻右里,料想此后一定再没人敢收留他,因此都把他叫作"废料",判定他此后一定是个不成材的没用东西了。可是事有凑巧,周炳回家之后,济群药铺的银钱还是日见短少。郭寿年有一次在抽屉里的银毫铜板上做了记号,假意出外一转,回来查看,竟不见了一大半,再一追问,郭标就都招认了。郭寿年把情形详细告知了杨志朴,辞退了郭标,想把周炳再叫回药铺里。周铁和周杨氏想想也不错,可是周炳心里害怕,再也不肯回去。爹娘没法,只得由他。人家把他叫"废料"叫惯了,也就不改口了。

五 看 牛 娣

陈家二姑娘陈文娣和她邻居何家大少爷何守仁虽是同学,在学校里一向很少说话。因为何守仁身材矮小,女同学们都瞧不起他。哪怕他有钱,穿得漂亮,也无济于事。只要她跟何守仁在一块儿说上三句话,女同学们就要公开取笑她。平时在图书馆里,在运动场上,甚至在校园之中,就是何守仁跟着她跟上一两个钟头,没机会说一句话的时候,也往往是有的。有一天,他们又在校园里碰上了。陈文娣瞅见四周没人,就对何守仁说道:

"何君,依你看起来,人类的灵和肉是互相一致的呢,还是互相反对的呢?拿咱们三家巷里的小怪物周炳来说吧。他的漂亮是大家公认的了,可是他的灵魂就聚讼纷纭。如果灵肉是互相一致的,他就应当是个好人;如果是互相反对的,他就应该是个坏人。何君,请你指教我。"她一面说,一面热情地笑着。她的头发是棕色的,眼睛是棕色的,脸也是棕色的,全身就像一团棕色的烈火一样。何守仁望着她,好像被她烤熔了似的,既不会动弹,也不会答话。陈文娣看见他这样狼狈,用一种自我欣赏的声音笑着笑着就走掉了。何守仁十分后悔。为什么平时胡思乱想,倒什么话都想得出来,到了该用上它的时候,却连一句也不见了呢?他后悔得直揪头发。后来他把陈文娣的话仔细想了又想:"人类灵肉互相一致?对,她说得对,是一致的。小怪物周炳?为什么把那小王八蛋叫作小怪物?是了,这是喜欢他的意思。不然,为什么说他的漂亮是大家公认的呢?对,喜欢和漂亮也是互相一致的!"最后,他从那段话里证明了许多东西。他证明了陈文娣认为周炳是好人。他证明了陈文娣要求他帮助周炳。他证明了陈文娣对他说这段话是对他一种感情的表示。因此,他也认为周炳是好人,又逐渐对他喜欢起来。他觉着这样才配得上跟陈文娣互相一致。过不几天,他就对他爸爸何应元提出建议,要周炳到他们乡下震南村给他家放牛去。何五爷说:

"他不偷别人的东西么?"

何守仁辩白道:"不!哪有这回事!事实证明了他是好人!"

何应元见儿子这样说,就点头答应。周铁和周杨氏看看没有别的去处,也就将将就就。等乡下有管账的出来走动,就把周炳带回震南村去。那管账的人叫作何不周,胖得跟一只肥猪一样,年纪四十多岁,和何应元同年,论辈分却是何应元的族叔,大家都管他叫"二叔公"。震南村离省城四十里,走路可以去;坐一段火车,走一段路也行。可是这位二叔公却连一步路也不想走,雇了船去。上了船,也不教导周炳,也不和他说话,只顾呼噜呼噜睡大觉,好像把周炳忘了似的。周炳也乐得他不来打扰自己,拿起桨就帮船家划船,一路上经过许多村庄河汊,浏览不尽的花果树木,棕榈桑麻,十分开心。到了一个清幽僻静、树枝都低低垂在水里的渡口,船家把橹一拐,船靠了一条矮矮的围堤,到了震南村了。这震南村是一片浮在水上的沙洲,虽在初冬,还是林木葱茏,鸟声不绝。那千顷的良田,一眼望不到头,如今刚割了晚稻,雀鸟成群,到处觅食。这里的土地,有一半是何应元家的。除批给佃户耕种之外,他家留下最好的二百多亩水田,雇了十几个伙计,自己耕种。周炳就早出晚归,给他家放牛。

在那一百几十家佃户之中,周炳最喜欢胡源那一家人。胡源今年已经五十岁,他的老婆胡王氏,今年四十三岁。他们生了两个女儿,两个儿子。大女儿胡柳,今年十二岁;大儿子胡树,今年十岁;二儿子胡松,今年八岁;二女儿胡杏,今年才六岁。胡源是何应元大太太何胡氏的远房哥哥,原来祖上也留下几亩薄田,勉强得个温饱。只因后来娶妻生子,天灾人祸,家业都败了。算是凭着大太太的面子,何不周问准了何应元,免了他的押租,批了几亩田给他耕种。儿女都还年幼,只靠胡源跟胡王氏下田,干一顿、湿一顿地糊弄着。胡源做人,老实忠厚,因此常常照顾周炳,替他洗洗缝缝,有汤水凉茶,也叫他来喝上一口半口。孩子们见他是省城来的,见识多,阅历广,也经常围着他问这问那。不论是三家巷里何应元家的大房、小房争吵,是陈万利家的奇闻怪事,或是青云鞋铺少东家林开泰的荒唐无耻,还是济群生草药铺的伙计郭标的阴险毒辣,他们都听得津津有味儿。对于区桃的颜容天资,他们非常心爱,都想看看这个美人。对于周炳的光荣经历,他们更是羡慕得不得了,觉着哪怕碰上一件那样有趣的事儿,也不枉活过这一辈子。不多久,周炳就成了他家的熟客;再过不多久,周炳跟他们简直就成了一家人一样了。

冬天没事,何不周就叫周炳去打扫谷仓。有空闲的时候,周炳就上胡源家玩儿,学一点刮风下雨、种植收藏的本事,还帮他们挑水担粪,种些菜蔬萝卜。有一天天阴下雨,十分寒冷,胡源家没米下锅,一家大小都在发愁发闷。周炳舂了一天米,十分乏累,就披了一件蓑衣,上胡源家里去。这时已经半后晌,冬天天短,家家户户都烧灶做饭了。周炳推开胡家大门,一面脱去蓑衣,一面大声叫道:"阿柳,阿柳!"一家人都在神厅里,可是没有人答应他。胡源躺在神厅灶台对面的木板床上,像睡着,又像醒着。胡王氏坐在床边,只顾低着头缝补破烂。胡柳坐在神像前面一张竹椅上,好像浑身无力,懒得动弹。只有胡树、胡松、胡杏三个人坐在地上玩"抓子儿",倒还显得热闹。周炳起初不知怎么才好,后来走到灶台前面,用手摸了一摸,灶是冷的,就说:

"怎么,大爷,还没做饭?"

"不饿!"胡源好像赌气似的回答了,跟着长长地叹了一口气。

周炳看见胡源今天神色不对,其余的人又都不开口,不知道出了什么岔子,就悄悄坐在一张矮凳上,再不声张。过了约莫半袋烟工夫,胡源又说起话来了:"阿炳,你今天干什么活来了?"周炳小心翼翼地回答道:"没做什么,舂了一天米。"胡源说:"给谁舂的?给二叔公舂的么?"周炳说:"不,给五爷自己舂的。快过年了,那边只管催着要送米去。"胡源说:"省城没米卖么?怎么买来吃还不好,倒要家里送去?"周炳说:"大爷,你可不知道。五爷吃那安南米、暹罗米、上海米,都不对口,只爱吃家乡米。"胡源兴致来了,一咕噜翻身坐了起来,意气自豪地说道:"真是的!那安南米、上海米、暹罗米,不管怎么说,就是没有咱们家乡米好吃。可是拿到碾米厂里,叫人家碾一碾也就行啦,白白地自己忙着干什么!"周炳说:"那可不呢!五爷全家大小,都不吃机器米,嫌有一股洋油味儿。要自己舂的米才吃。"胡源还在揣摩何五爷全家的脾胃,胡王氏在一旁听着,已经十分不耐烦了。她插嘴道:"你少管些闲事吧!人家爱吃什么米,跟你有什么相干?你先搞点吃的回来,把孩子肚子塞饱了再说!"胡源泄了气,摊开两手说:"那有什么法子呢?米是没有了。借也借不来了。要么,像今天早上一样,再吃一顿煮萝卜吧!"听说又吃煮萝卜,胡王氏不作声。胡树、胡松、胡杏一齐嚷道:"爸爸、妈妈,我不吃煮萝卜!不吃煮萝卜!吃番薯吧!吃番薯吧!"胡柳年纪稍微大一点儿,比较懂事些,她知道番薯也没有了,只在一旁垂泪。外面凄风苦雨,飘着洒着,滴答不停。胡王氏想着想着,就也哭起来道:"割了禾才几天?就没了米了!几时才到得明年?几时才又割禾?人家过年吃鸡、吃鸭、吃鱼、吃肉,咱们就光吃萝卜?就是光吃萝卜,你也吃不到正月十五呀!这样的日子,你可叫人怎么过呵?还不如死了的好!死了倒干脆!免得来一月盼不到一月,一年盼不到一年!"

周炳听了,知道他们没吃的了,也没说什么,披上蓑衣就往外跑。跑到厨房里,看见大师傅正在埋头埋脑做饭,他拿起一个饭碗,在米缸里舀起了四碗白米,一个衣兜里装了两碗,足足有两斤来重。谁也没有看见他。舀了米,他又披起蓑衣,一口气跑到胡源家里,脱了衣服,把两口袋的米都倒在一个筲箕里,上气不接下气地喘着。孩子们都高兴得跳了起来,围过来看,口里不停地嚷着:"有米了,有米了!有饭吃了,有饭吃了!"胡王氏也放下破烂,跳下床来,端起筲箕就要往锅里倒,叫胡源一手把她拦住道:"慢着!"随后又问周炳:"好孩子,你这些米是什么地方弄来的?"周炳扯了一个谎,说:"是舂米的时候撒出来的。"胡源不相信,就说:"没有的事儿!舂米怎么能够撒出米来呢?"胡王氏急了,一把推开他的手道:"管它是舂米的时候洒出来的,还是洒米的时候舂出来的,反正咱吃了再说!"说着就把一筲箕米簌簌地倒下了锅里,放了水,又拿几个大萝卜切了放进去。几个孩子人多手脚快,噼里啪啦地生了火,一会儿就闻到喷香的饭味儿了。大家叫周炳吃,他不吃。看见他们吃得那样香,他的嘴里不由得也跟着香起来。第二天天晴了,更加寒冷。周炳在舂米的时候,先把一些米舀出来藏好了,待舂完了米,做完了其他的事情,就把那些米拿出来,装在贴身的衣兜里,外面用破棉袄盖着,朝胡源家里走。胡源不说话,只是不肯要。周炳拿手一把一把地将米掏出来,放在筲箕里;胡源又拿手一把一把地将米抓起来,往周炳口袋里送,嘴里一个劲儿直说:"不能要,不能要,不能要……"米洒了不少在地上,隔壁的鸡就两个三个地跑进来抢着、啄着。周炳没办法,只得对那年方六岁的女孩儿胡杏说:"走,咱们外边玩儿去。"到了外边,就把米塞在胡杏的衣兜里。以后,周炳就老是使这个法子。一有空,就来找胡源的孩子们玩耍,乘机把些雪白的上等丝苗米,不是塞在胡杏的口袋里,就是塞在胡松的口袋里;不是揣在胡树的怀中,就是揣在胡柳的怀中。

　　这件事叫胡源又是感激,又是害怕。于是他就寻些小事,和胡王氏争吵起来。有时争吵得很厉害。吵完之后,他就坐在一旁自言自语道:"该拿的东西你才拿,不该拿的东西你可别乱拿!就拿,你也得看看是哪家的东西。拿那东西,你当是好玩儿的!他家的东西,有个随便扔的么?看见好吃的就吃,也不管是死是活。哼!"

有时候，饭做出来了，热腾腾地摆在矮桌子上，胡源坐在一旁叽叽咕咕地不知说些什么，只是不肯吃。胡王氏说："吃吧，辛苦赚来自在吃。难道那里面有毒药么？光看着怎的！"他说："岂但有毒药，倒比毒药还毒呢！我不心疼我自己，我只是心疼这些孩子！"胡王氏听了，又哭起来了。她拿湿手巾捂住脸说："这日子，你叫我怎么过呵！神灵保佑！神灵保佑！要死，就是吃毒药也好。痛痛快快地吃，痛痛快快地死，比如今这模样可强得多！你是硬心肠，你哪里心疼孩子？你瞧把他们个个都饿成什么样儿了，你还不肯吃呢！"胡源望望孩子们，果然一个个眼睁睁地望着他，只是不敢吃。胡源没法，长长地叹了一口气，也就举起筷子来吃了。周炳听见孩子们给他说起这些事，心里十分烦闷。"他们觉着什么地方不对劲呢？"他想了又想，总是想不出来。有一回，他听见胡源对孩子们说："吃吧，吃吧。有一天叫别人知道了，祠堂里议事的时候，咱们就有得好看的了！"他本心是为胡源一家人好，却没想到反而叫他们苦恼。他不知道祠堂里为什么要议这回事，议了又怎么样，只在心里暗暗着急。

  胡家的日子虽然过得不顺坦，那一天好比一年般难得过去，可是日子还是悄悄地溜过去，转眼又过了旧历年，到了一千九百二十一年的春天了。在春耕的时候，周炳跟着胡源学了不少东西。犁、耙、整地，都学会了。胡家没有牛，一家大小用绳子拉犁。周炳有牛，却不能借给他们使，只好把牛放在附近的围堤上，自己去帮着他们一道拉犁。到了要浸谷了，胡家又没有谷种，还是周炳从何五爷的仓库里想法子，这时弄一口袋，那时弄一口袋，勉强给他凑了一个数目。胡源再也不能推，只是说："我赌咒！将来一定要还给他。一粒也不少他的。这一辈子还不清，下一辈子做牛做马也要还清他！"后来浸了种之后，周炳还是时常捎些谷子给他做口粮。他也再没推辞，只是每收下一次就赌一次咒，说世世代代总得还清这笔账。胡柳、胡树、胡松、胡杏这几个孩子和周炳玩耍惯了，大家非常要好,一天不在一块儿,就觉着浑身不自在。胡柳听她爹妈说过,可惜他们没有个像周炳这般年纪的男孩子,不然,倒是一个好帮手。于是她就向周炳提起,要周炳做她的哥哥。旁边胡杏用手指勾着脸蛋羞她不害臊,可是过一会儿,她自己也哥哥长哥哥短地叫起来了。胡源夫妻二人,看见孩子们这般亲热,也想着要把周炳认作干儿子,只是没有机会说出口来。

不料有一天,天气很暖和,周炳装了两衣兜谷子,披着棉袄,从仓库里走出来。这样的天气,棉袄实在披不住,但是怕人看见,不披住又不行。没走几步,迎面碰上大胖子何不周。那二叔公见他慌慌张张,形迹可疑,又在大暖天气,披着破棉袄,就喝问他:"上哪儿去?"跟着扯了一扯他的破棉袄。周炳把身子一摆,挣脱了他的手,却没提防那些谷子稀里哗啦地撒了出来。这样,事情就弄坏了。何不周照例又是打他,又是哄他,他总不肯说出真情。末了,他说赌钱输了,没有法子,只好拿些谷子去还账。问他输了给谁,他又不肯说了。何不周气得浑身的肥膘都在打抖,连一顿晚饭都不让他再吃,就立刻把他轰了出去。周炳背起包袱,出了何家大门,坐在村边大路旁自思自想道:"要不要去胡大爷家辞个行,跟阿柳、阿树、阿松,还有那小丫头阿杏,说上一声?胡大妈对我那么亲热,不去一去,行么?"往后他又想,这样一点小事,也叫自己给弄糟了,还有什么脸去见人,就又不想去。想了半个时辰,他就把卸下的包袱重新背起来,拍拍身上的泥土,沿着大路懒洋洋地朝广州走去。到家的时候,已经是二更过了。

周铁看见这孩子越来越不像样,真想叫他再去念几年书,明白明白道理,可是没有钱,光想也不中用。周杨氏生怕他生气,要打骂周炳,可是他一不生气,二不打骂,倒是坐在一边,摇头叹气。有时候,他还带点吃的给周炳,又把周炳叫到身边,问长问短,岂止没有生气,还着实心疼他。等到周炳把那些情形,一五一十对全家人说了,周铁才悄悄对周杨氏说道:"这傻小子的心肠还算不坏,只是塞了心眼儿,不明事理。要是有钱人家,供他几年书,那痴病就会好的。可是谁叫他运气不好,命中带穷,生在咱们这样的人家?看来这孩子只好白白糟蹋了!"说着就揉起眼睛来,好像委屈了自己的儿子,对不起自己的儿子似的。周杨氏想:"人到四十,那心肠就软了,慈了,这话真不错。"就乘机怂恿周铁把他带回正岐利剪刀铺子去打铁。第二天,周铁豁出老脸去跟东家说去,东家看见周炳已经长到一十四岁,骨骼粗大,手脚有劲儿,名誉虽不好,却顶一个大人用,就答应了。周炳这回再回到剪刀铺子,名誉实在是坏。连本店里的老师傅,没事都爱说几句笑话取笑他。本店和别的店里的学徒,其中还有他的好朋友王通、马明、杜发等人,都是跟他一样赚二分四厘银子一天,满脸黢黑,浑身破烂的角色,也跟着别人取笑他,还给他取了一个诨名叫"周游"。只有陈家四姑娘陈文婷的眼光与众不同,她看出她表哥的脑袋长得更大了,眼睛长得更圆了,那胸膛也更向前挺出来了,总之是越来越像个大人,也就是越来越漂亮了。别人怎么说他,"周游"还是不"周游",她一点也不在乎。她只是整天撵着他叫"炳哥",又竭力怂恿他跟自己一道回学校里念书去。

六　枇杷树下

一千九百二十一年夏天的一个晚上,铁匠周铁和他的儿子周炳在自己的门口乘凉。周炳对他的父亲说:

"爸爸,从昨天起,我就满了十四岁了。什么时候我才能够回学校里去念书呢?"

爸爸叹了一口气,很久很久都没有开腔。他在想:"是呀。这小混蛋是该念书了。可是我拿什么去给他念呢?明天买菜的钱还不知道在哪儿哪!"天气真热。巷子里没有一点风。热气像针似的钻进毛孔里,像煮热的胶涂在身上一样,随后就淌出汗来。周铁坐在巷子北边尽头一张长长的石头凳子上,周炳也躺在这张长长的石头凳子上,一棵枇杷树用阔大的叶子遮盖着他们,使得巷子当中的街灯只能照亮周炳的半身,照不到他的赤裸的、壮健的上身和他的整个脸孔。沉思着的铁匠周铁的整个人都躲在树影里面,好像他不愿意让人瞧见自己似的。周炳留心听着他父亲的回答,可是什么回答也没有,只听见他父亲时不时用手轻轻拍打着蚊子。他知道父亲很为难,就唤起一种体贴的、差不多低到听不见的低声说:"爸爸,别像往时一样老不吭声。你说行,咱明天就到学校去报名,还不一定插不插得上班呢!你说不,我明天照样回到铺子里开工。"父亲还是不开腔,只用他那只粗大的、有肉枕子的手抚摩着儿子那刚刚剃光了的脑袋。他的眼睛已经淌出眼泪来了。但是他怕儿子知道,不敢用手去擦。他的手在轻轻地发抖。周炳立刻感觉出来了。他说:"怎么啦,爸爸,你冷么?"周铁叫他一问,问得笑起来了,说:"小猴子,你冷不冷?把我热得都快要跳海了。混账东西!"说完一连吸了两下鼻涕。周炳全都明白了。他说:"算了,算了。我又不是认真要上学。明天,我还是回到铺子里去开工。老板说过,明年起就给我算半工的工钱。这也好。"周铁突然生气了,说:"哼,半工的工钱,那狗东西!你什么地方不顶一个全工?"说到这里,又不往下说了。周炳头枕着两手,望着黑黢黢的树顶出神。树叶纹丝不动,散出番石榴一样的香味儿。他透过叶缝,偶然可以看见一两颗星星在眨眼儿。老鼠在石凳旁边,唧唧啾啾地闹着玩儿。

除了他们爷儿俩之外,如今只有一盏昏昏黄黄的电灯,照着这空空荡荡、寂静无人的小巷子。这条小巷子大约有十丈长,两丈来宽,看来不怎么像一条街道,却有点像人家大宅子里面的一个大院落。它位置在广州城的西北角上,北头不通,南头折向东,可以通出去官塘街,是一条地势低洼,还算干净整洁的浅巷子。巷子的三面是别人的后墙,沿着墙根摆着许多长长的白麻石凳子,东北角上,长着一棵高大的枇杷树。这儿的大门一列朝东,住着何、陈、周三姓人家。从官塘街走进巷子的南头,迎面第一家的就是何家,是门面最宽敞,三边过、三进深,后面带花园,人们叫作"古老大屋"的旧式建筑物,水磨青砖高墙,学士门口,黑漆大门,酸枝"趟栊",红木雕花矮门,白石门框台阶;墙头近屋檐的地方,画着二十四孝图,图画前面挂着灯笼、铁马,十分气派。按旧社会来说,他家就数得上是这一带地方的首富了。那时候,何家门口的电灯一亮,酸枝趟栊带着白铜铃儿哧溜溜、哗啷啷一响,主人出来送客。客人穿着白夏布长衫,戴着软草帽,看样子像个不小的官儿,主人穿着熟绸长衫,戴着金丝眼镜,两个人互相打躬作揖,絮语叮咛一番,才告别去了。主人进去之后,门还没关,却溜出一个四五岁年纪,头梳大松辫子,身穿粉红绸衫,脚穿朱红小拖鞋,尖尖嘴脸,样子十分秀丽的小姑娘来。她是何家的第三个孩子,叫作何守礼,是何家五爷的第三房姨太太何杜氏养的。她很快地跑到周炳跟前,用小拳头在他的大腿上捶了一下,说:"炳哥,你再不给我把小刀子打出来,你当心。我可真的要揍死你!"周炳还来不及用手去挡她的小拳头,她家的使妈叫唤着要关门,她就一溜烟跑回去,酸枝趟栊又带着白铜铃儿哧溜溜、哗啷啷一响,紧紧关上,门口的电灯也熄灭了。周炳叹了一口气,说:"这小姑娘多好呵!吃得好,穿得好,住得好,人也好!"周铁也叹了一口气,接着说:"好是好,可你别跟她闹得太狠了。她万一有什么不如意,五爷肯依?"周炳连忙分辩道:"那可不是我要跟她闹。她一见我,总要闹着玩儿。她家里没人跟她玩儿。"周铁在黑暗中点点头说:"不管谁跟谁闹,总是一个样子……"周炳觉着爸爸有点不讲道理,可是没再说话。过了一会儿,周铁却自言自语地说开了:

"唉,好儿子,你哪里懂得呢?这叫作一命、二运、三风水……"

他这样开头说道：："不管你相信不相信，这样就是这样。咱们刚搬到这儿的时候，那是说的三十年以前的话了，咱们何、陈、周三家的光景是差不多的。那时候还有皇上，谁也不知道有个孙大总统。你爷爷、奶奶都在，你大哥，你二哥，你姐姐，都没有出世呢，更不要说你了。可是谁想得到，光绪年间闹了一场很大很大的水灾，饿死了很多很多的人。五爷那时候虽然还年轻，不晓得到哪里去办粮救灾，这一下子发了。往后他有了钱，就做官，做了官，又买地，就积攒下这么大一副身家。如今，外面收租的楼房店铺全不算，光他家住的就从一幢房子变成了三幢房子，占了这么半条巷子。五爷自己就娶了三个老婆。乡下里的田地，是数也数不清。谁说死人是不好的事情？当初要是不饿死那许多人，何家怎么发得起来？就说何家那大房太太，原来也是乡下普通人家姑娘，可那运气就是好，在闹大水灾前一年就过了门了。当初要娶她，不过贪她有十二亩田做嫁妆。我听老一辈子的人说，要是再迟一年，何家可就不会娶那乡下姑娘了，要娶十个有钱女也不难。你想一想，人家吃得好，穿得好，住得好，人也好，物也好……这是眼红得来的么？这不是命中注定的么？"说到这里，周铁没有一口气往下说。他歇了一歇，听听儿子毫无动静，这才接着说下去道："看看咱们自己，一幢房子一天比一天破烂了，还是这一幢房子。为什么发了何家，不发咱周家？这恐怕只有老天爷才会知道。咱们没坑人，没害人，没占人一针一线的便宜，可那又怎么样？你爷爷有一副打铁的好手艺，传了给我，三十年了，一副好手艺还是一副好手艺，不多也不少，天顶刻薄的东家也没有半句话说。就是这个样子。如今我又把这一副好手艺传给你……从惠爱首约到惠爱八约，人家一看咱们出的活儿，就认得是周家祖传的，就是这样，还有什么？就不说何家，说这陈家吧——"周铁用手指了一指巷子后半截那陈万利家的门口，随后又用手背擦了一擦嘴巴，说："不说他家了吧。亲戚上头，说了怪没意思。回头你妈又骂我得罪了大姨妈。"周炳一个劲儿催他讲,他只是不肯讲,这样,又沉默了一袋烟工夫。

这三家巷,除了何家占了半条巷子之外,剩下半条巷子,陈家又占了三分之二,余下的三分之一,才是周家那一幢破烂的、竹筒式的平房。陈家的宅子跟何家的公馆不同,又是另外一番气派。这里原来也是两座平房,后来主人陈万利买卖得手,把紧隔壁的房子也买了下来,连自己的老宅一起,完全拆掉重修,修成一座双开间、纯粹外国风格的三层楼的洋房。红砖矮围墙,绿油通花矮铁门,里面围着一个小小的、曲尺形的花圃。花圃的南半部是长方形的。当中有一条混凝土走道,从矮铁门一直对着住宅的大门。门廊的意大利批荡的台阶之上,有两根石米的圆柱子支起那弧形的门拱。花圃的北半部是正方形的。那里面摆设着四季不断的盆花,也种着一些茉莉、玫瑰、鹰爪、含笑之类的花草,正对着客厅那一排高大通明的窗子。二楼、三楼的每一层房子的正面,都是南、北两个阳台,上面都陈设着精制的藤椅、藤几之类的家私。因为建筑不久,所以这幢洋房到处都有崭新的、骄人的气焰。附近的居民也还在谈论着,陈家的新房子哪里是英国式,哪里是法国式,而另外的什么地方又是西班牙式和意大利式,那兴趣一直没有冷下来。在这种情况之下,周家的房子时常都会被人忘记,也是很自然的事了。何家是又宽又深的,陈家是又高又大的,周家是又矮又窄,好像叫那两幢房子挤来挤去,挤到北边的角落里不能动弹,又压得气也喘不出来似的。总之,大家都公认这三幢房子并列在一起,那格局不大相称,同时还显得滑稽可笑。这时候,周炳睁大着眼睛等了老半天,还不见爸爸开腔,有点不耐烦了,就说:"爸爸,你怎么了?话说了半截,吊得人怪难受!难道他家也是发的死人财,你不好意思说出口?"周铁鼻子里哼了一声,笑着说道:"不是发死人财,就是发病人财,那光景也差不大离儿!你大姨妈嫁到他家的时候,你大姨爹的身家也厚不到哪里去。我打铁,他做小买卖,咱两挑担也都是难。可是后来,约莫十来年光景,那升的升、落的落,渐渐地就分作两岔儿了。这富贵的事儿,算是谁也料不定。要不,你外公肯把你大姨妈给了你大姨爹,把你妈给了我?说不定那时候咱家比他家还好看些儿呢!可是就坏在这个后来:他不知怎的沾了个洋字的光,几个筋斗就翻上去了。我呢,像刚才说过的,还是抡我的大铁锤。自从革命党干掉了凤山将军之后,你看他陈大爷那股浪劲儿,真是没得说的。年年打仗,咱们忧柴忧米,人家忧什么?怕钱没处放!再后来,说是全世界都打起仗来了,他更乐。就像是越打的仗多,越死的人多,他越像个纸鹞儿似的往云里蹿。你看这大楼房不是全世界打仗给打出来的么?"

周炳淘气地说:"这样说来,打仗还是好!"

铁匠拉长声音说:"好——怎么不好?不是好到咱们现在这个样子?"他拿起葵扇使劲拍打着小腿上发痒的地方,然后接着说下去道,"蚊子真凶。不用问,这就得看运气了!你爷爷在世的时候,我就对他说过,看来剪刀铺子还好赚,不如开个店儿吧。就跟你大姨爹寻了几个钱,把咱们这间破房子押了给他,开起剪刀铺子来了。可也真怪。生意倒挺好,天光打到天黑,都不够卖,就是算起账来,没有钱赚!人家又是怎么赚的呢?这才有鬼!因此上不到两年,铺子倒了,背了一身臭债,咱两父子还是去给人打工去。这不是命么?我活了四十岁,没见过谁像陈大爷发得这么快的!不信你自己试试看,那可不成。人家糟蹋陈大爷,说他跟洋鬼子倒尿壶。就算带倒尿壶,咱们也不成。我是认了命了。我什么也不想望了。抡大锤就是!遇上你大姨爹发脾气,不讲亲戚情分,我也不吭声,悄悄走开拉倒。嫌穷爱富,谁不这样呢?有钱的人命硬,发脾气也怕是命中注定,该他发的。"

周炳差不多自言自语地低声说:"哦,原来都是发死人财的!"

周铁连忙禁止他道:"当着人家的面,你千万不能把真情戳破。千万不能这样说。总之,一句话,你在他两家人面前,万事都要留神。就是小孩子家玩耍,也得有个分寸,别乐到了尽头。你会吃人家的大亏的！"

"知道了。"周炳这样应承了，可是又说道，"不好是何五爷跟咱大姨爹不好。他两家的哥哥、姐姐，是咱哥哥、姐姐的同学；他两家的弟弟、妹妹，又是我三年前的同学。他们对咱总不会坏，总不会嫌咱穷的。我倒怕自己再不上学，人家一定会嫌咱没知识，愚蠢。"

这时候，陈家的两扇矮铁门带着沉重的、缓慢的响声打开了，四小姐陈文婷穿着漆花木屐，手拿一把鹅毛扇子，从里面走了出来。她今年才十三岁，长得苗条身材，鹅蛋脸儿，编一条大松辫子，穿一身白底绿花绉布短衫裤，浑身上下，透出一股无拘无束的快活劲儿，十分逗人喜爱。她走到街边灯下面的另一张长石凳跟前，坐下来，对屋里叫道："快来，三姐。这里凉快多了。"屋里有圆润的嗓子拖长地应了一声，说："来，来，就来了。"跟着有一个身材略短，肌肉丰满，圆脸孔，圆眼睛，辫子又粗又短的大姑娘走了出来。她是这屋里的三小姐陈文婕，今年才十五岁，性子又温柔又沉静，人人称赞。她穿着一身点梅纱短衫裤，一双黑漆木屐，看来她是喜欢黑色的。她两姊妹坐在那长石凳上，说了一会儿，又笑一会儿。这个跑进去，那个跑出来。你捏我一下，我打你一下。自从她们出来之后，这三家巷顿时有了生气，连电灯也亮了许多。过了一阵子，那姐姐独自把眼睛仰望着满天的星斗出神，不理那妹妹。陈文婷走到周炳两父子跟前，问周炳道：

"阿炳表哥，你答应给我到光孝寺去摘菩提叶子去，为什么还没有摘回来呢？"

周炳还是躺着不动，漫不经心地回答道："答应了就去的。可得有工夫才行。"陈文婷嘻嘻笑了两声，说："你怎么没有工夫？"周炳说："可不。你喝一口水，老板都拿眼睛瞅着你哪。连吃饭都稀里哗啦，塞饱就算，没好好吃过半顿。"陈文婷摇着头说："那就奇怪。我只道念书才不得闲，你打铁也这么不得闲哩！"周炳认真生气了，说："是呀，是呀。我得闲。你没见我整天闲坐着，坐到屁股

47

都长起疹子来了?"爸爸按住他的性子道:"小炳你干什么啦,说话老是这么偃声偃气的!"可是陈文婷倒不理会这些,她早就想到别的事情上面去了。她仍然使唤那种爽朗利洒的声调说道:"说正经的,你这个学期念书不念书了?念吧。咱俩天天一道上学,多好!"周炳还来不及回答,爸爸就抢先替他说了:"婷婷,上学敢情好,可哪来的钱哪?他大哥就是因为没有钱,才丢了书包,上兵工厂做工去的呀。靠我两个赚钱,他二哥才能念书。可是他姐姐又要念书了。阿炳不得不停了学,跟我打铁去。他停了学,都已经三年了。如今,你都撵上他了,你的年级都比他高了。"陈文婷不假思索地说:

"二姨爹,你没钱,怎么不跟爸爸借呢?"

周铁说,"不,不。好孩子,我不愿意借。"陈文婷不作声了。周铁又说:"这样吧。他二哥今年中学毕业了,升学是一定不升的,看找不找到个差事吧。要是他二哥能赚钱的话,他就能念书。"陈文婷拿起那把鹅毛扇子,在周炳鼻子前面摇晃着,说:"不用,不用。哪里要等阿榕表哥去赚钱!我每天把点心钱拿一半出来,叫三姐也拿一半出来……"周炳听到这里,一咕噜翻身坐了起来。陈文婷已经跑去找姐姐去了。陈文婕不知什么时候,已经回到屋里。陈文婷也跟着跑进屋里,许久都没出来。周铁对儿子说道:"我去睡了。你也不要歇太久。明早还要开工呢!"说完就回家去了。剩下周炳一个人坐在石头长凳上,怎么着也不是味道。

七　美　人　儿

这时候,何家门口的电灯忽然又一亮,那酸枝趟栊带着白铜铃儿哧溜溜、哗啷啷一响,何五爷又出来送客。客人走了,何应元正想转身回去,没想到巷口出现一个雪白的、不大的身影儿,把他整个人给吸引住了。这个人就是周炳的同年表姐区桃,穿着碎花白夏布短衫,白夏布长裤,绿油木屐,踏着清脆的步子,走进三家巷来。她的前胸微微挺起,两手匀称地、富于弹性地摆动着,使每个人都想起来,自己也曾有过这么一段美妙的青春。她的刘海细细地垂在前额的正中,像一绺黑色的丝带,白玉般的脸蛋儿泛着天然的轻微的红晕,衬着一头柔软的深黑的头发,格外鲜明。她的鼻子和嘴都是端正而又小巧的,好看得使人惊叹。她的细长的眼睛是那样天真、那样纯洁地望着这整个的世界,哪怕有什么肮脏的东西,有什么危险的东西,她一定也不曾看见。黑夜看见她来,赶快让开了路;墙头的电灯却照耀得更加光明。所有这些,把何应元整个儿看得呆了。他像掉了魂似的向她走过去,越来越接近,接近得使她惊慌怪叫起来道:

"呵唷!何大爷!"

何应元猛然惊醒过来,伸开两手,拦住她的路,说:"怎么不上我家里玩儿去呢?阿义、阿礼他两个天天在盼望你呐!你进去看看,八音钟呀,蝴蝶琴呀,檀香匣呀,留声机呀,哪样没有!还有那吃的,玫瑰糖、杏仁霜、松子糕、桂花卷,尽你吃个饱!还有,你给我家里的人,每人做他一双鞋。快进去,快进去!"

区桃摇着她那发光闪闪的脑袋说:"我不去,我不去。我不听你的留声机,我不吃你的糖!"

何应元说:"你不听我的留声机,你不吃我的糖,难道你不给我们做鞋子?快进去,快进去!"

区桃说:"不!我告诉爸爸,让他来给你们做。"

何应元说:"谁要你爸爸做鞋子?人家只是要你做。快进去,快进去!你要是不进去,我就不放你过去!"

区桃用木屐顿着巷子中心的白麻石说:"别激人了,别激人了。快让我过去,我还有正经事呢!"后来又加上一句哄他道,"你先让我过去。回头我出来,就上你们家里做鞋子去!"听她的口气,好像她是个大人,那四五十岁的何五爷倒反而是个小孩子的一般。没想到何应元透过金丝眼镜,一眼望见她手里还拿了一个小布包,就得了个新题目,一定要看那布包里包的是什么东西,否则不让过去。区桃不依,他就想动手去抢,可是哪里抢得到,只见区桃把那又苗条又灵活的腰身一摆动,一弯曲;左一闪,右一躲,忽然往左边虚晃一下,跟着往右边一钻,像一条鱼一样,楚鲁一声就钻过去了。正在这个时候,矮矮胖胖的陈万利从官塘街外面走进巷子里面来。他一面走,一面问道:"阿桃,慌慌张张做什么?要跑到哪里去?"区桃听见是他,只好叫了一声:"大姨爹!"站定在陈家门口。何五爷对陈万利说道:"你看这个阿桃,多么没规矩,我叫她上我家里去做鞋子,她就是不肯去!"陈万利没有理会何应元,只是一面喃喃自语:"哼,这早晚天气,做鞋子。"一面朝区桃走去。走到区桃面前,左手端起区桃那杏仁尖一般的下巴,右手在区桃那浅浅的酒涡儿上面,实实在在地拧了一下。他是长辈,区桃没敢声张,只痛得她脸上一阵火辣味儿,怪不好受。她像那种叫作"彩雀"的、会跳的小热带鱼一样,使足劲儿,往周家那边一跳,她的身体好像被弹簧抛进半空中,又从半空中掉下来。却巧这时候周炳刚冲过凉,打着赤膊,穿着牛头裤,从家里走出来。区桃往下一掉,不歪,不斜,恰好掉进周炳的怀里。周炳伸出两条有肉腱子的手臂,紧紧地抱着她。她在周炳耳朵边悄悄地、急急地、甜甜地说道:"走,走,回屋里去。有东西给你。"于是两双木屐一同发出踢里跶拉的细碎响声,跑进了周家大门,把何、陈两位老爷甩在冷冷清清的巷子当中。陈万利幸灾乐祸地摊开两手说:"五爷,时候不早了,冲凉吧。"何应元也只得学着他的样子摊开两手,无可奈何地说:"不是么,现在的孩子,总是越来越不懂规矩。咱冲凉去吧。"

原来区桃知道周炳的鞋子破了,就亲自画了鞋底样子,给他做了一双黑帆布月口反底鞋子送来。两个人在周杨氏房间里说一会、笑一会,谈得十分欢喜。周杨氏也捧着鞋子在电灯下面翻来覆去地看,看见手工做得那么精巧扎实,也就赞不绝口。区桃还怕大小不知怎样,只顾催周炳穿穿试试看。周炳一穿,大小正好,还分了左右脚呢。大家又笑乐一阵,区桃才走。临走的时候,她对周杨氏央求道:"二姨妈,叫阿炳送我一送。外面有老虎呢!"周杨氏拿起她那只柔软的小手,轻轻打了一个手心,说:"看三妹把你惯成什么样儿,越大越娇了呢!阿炳,送送你表姐去!"周炳捞起一件白布衫穿上了,就送区桃回家。陈万利在二楼的阳台上眼巴巴地望着他俩肩并着肩,手挽着手,亲亲热热地一路走出官塘街。想听他们在说些什么,那声音太低,一点也听不着,直把他羡慕得牙痒痒地不得开交。他隔壁何家那何应元、何五爷,虽是回了家,也还是恨恨不已。他把这件事跟大太太何胡氏说了,又跟她商量,看有什么法子把区桃弄来做妾侍。

何胡氏把他的话想了一想,就点头说道:"也怪不得你这花心鬼又起了坏心肠。论人才,那是没有比的!别说咱们家里没有,就是这西城一带,怕也找不出配对儿的来。可有一桩,你自己想想看:你今年四十六了,她才十四岁呢,你看你配她,是配得了,是配不了。"

何应元说:"人人都讲:十八新娘八十郎,我怎么配她不了?我比她才不过一总大了那么三十来年,一定是配得了的。"

何胡氏说:"人家年纪还小。你不心疼,人家爹妈可是心疼的呀!"

何应元说:"那又有什么?你把她养到十四岁,也是嫁;把她养到四十岁,也是嫁。难不成能养到她一百四十岁?总不过是钱字作怪罢了。就算她一岁一两金子,又怎样?金子兑银子是三十换。到时候,看钱心疼,还是女儿心疼!"

何胡氏又说:"你娶二姨太太的时候,她是十六岁;娶三姨太太的时候,她也是十六岁。如今又要娶个十四岁的?咱们大孩子阿仁,今年已经十九岁了。就算我那小心肝阿义,今年也九岁了。将来那十四岁的进门之后,叫孩子们怎么和她相处!叫姐姐、妹妹,还是叫妈妈?"

何应元觉着她不明事理,非常好笑,说:"你光担心一些不相干的闲事!自然称呼她'细姐',有什么为难?全省城都这么叫,他们也这么叫就是了。要是将来我高兴,我把她赏给阿仁做妾侍,也是可以的。要不然,等我死了,阿仁把她收留做妾侍,也没有什么不行。古人就有这个干法,还是在宫廷里面干的呢!"

何胡氏说:"哎哟,罪过。有这么肮脏的古人!"

何应元后来要她去给周杨氏说说看,她怎么也不肯去。她只是叫何应元亲自去跟陈万利说,叫陈万利去问他的连襟、皮鞋匠区华。她说在三家巷里,肯干这种事情的,恐怕只有陈大爷一个人。何应元没法,只得把那最年轻、最会说话、平时专管大太太房间的使妈阿贵叫来,要她去请陈大爷过来坐一坐。阿贵在房门外边,早把他们的话听清楚了,一进房门,就说:"恭喜老爷,恭喜太太,咱们又多一位小太太了!"后来她到了陈家,也是一面和陈万利说话,一面掩着嘴笑。陈万利看见她那轻浮样子,已经猜着了八九分。阿贵去了之后,他就对陈杨氏说起这件事,估量何五爷一定是要他去做冰人。陈杨氏听了生气道:"这个世界还有体统没有?你先给我使劲扇他一个耳光子!阿弥陀佛。"陈万利到得何家大书房,五爷已经坐在那里等候。一见客人,沏过茶,何应元就说:"我真羡慕你,老兄。凭你怎么调笑她,她也不恼!"陈万利说:"话虽然是那么讲,可也还有点长辈小辈之分。"何应元说:"尽管你有那长辈小辈之分,你入手却容易;我没有长辈小辈之分,我入手却难。可见长辈小辈,不但不碍事,反而造成机缘呢!"陈万利说:"算了,别瞎扯,说正经的吧。你别想入非非了!"何应元笑着说:"已经想入非非了!有劳大驾,就是谈的这一桩正经事。凭良心说,你瞧区桃那小家伙,能不能说是一位真真正正的神仙?"以后,他们就转入低声密谈,没有人能听见他们说些什么了。

时间不久,陈万利就告辞回家。陈杨氏问他什么事,他笑着说果然不出所料,让他猜了个正着。陈杨氏问他扇了五爷的耳光没有,他没有回答,却把何大太太如何问五爷配得了,配不了,如何怕人家区华不肯答应,如何怕儿子们难以相处,五爷说古人有把自己的妾侍赏儿子的等等,仔细说了一遍,最后就说:

"看这桩事,恐怕还要先下手为强!"

陈杨氏一听,吃了一惊道:"什么?什么先下手为强?怎么先下手为强法?"

陈万利说:"世界上的事情,有时是很难说的。也许区华会心肠软弱,也许你三妹会见钱眼开,那时候眼睁睁望着一个'生观音'掉进别人的手掌心里,那就悔之晚矣了。我想,既然古人能把妾侍赏儿子,哪怕姨爹娶姨甥女儿也是有的了。与其让他把阿桃娶得去,还不如咱们把阿桃娶过来,做一个亲上加亲。"

陈杨氏冷不防扇了他一个耳光子,骂道:"混账东西!"

陈万利的脸上辣了一辣,红了一红,随即堆下笑脸说:"好,打是打了。那你就去对你三妹说吧!总之,肥水不流过别人田。"

陈杨氏顿着脚道:"胡说八道!"

陈万利急忙分辩道:"不,我是说正经的。我一定要保护这样天下少见的美女,免得她遭了何家的毒手!如果他姓何的按年纪算,一岁出一两金子,那么,我一岁出二两金子。你赶快去跟你那'辣子'三妹说去!早来三天梁家妇,迟来三天马家人哪!"

陈杨氏把嘴唇一扁,说:"要说你自己说去,我没那么不要脸!真不成一个人!"

八 盟 誓

约莫到了晚上九点钟的光景。银河当空,星光灿烂。四面的街道非常寂静,城外的虫声一阵阵地传到三家巷来,昏黄的电灯也放出了银样的光辉。浑身疲倦的铁匠学徒周炳送完表姐区桃回来之后,躺在石头长凳上都快要睡着了,忽然叫一阵杂沓的皮鞋声惊醒,一翻身坐了起来。有七八个青年人,三三两两地,一面高声谈笑,一面走进三家巷来。他们之中,有五个是男的,都是应届的中学毕业生,年纪也都在二十上下;有两个是女的,年纪在十七八之间,还在中学念书,一个是周家的大姑娘周泉,一个是陈家的二小姐陈文娣。他们都在学校里参加了为本届毕业同学举行的欢送会,如今正兴致勃勃地步行回家。走在最前面的,是年纪比较最大的李民魁。他是番禺县一个相当有名的地主的儿子,今年二十一岁,长得浓眉大眼,国字脸儿,魁梧出众。这一群人里面,只有他不属于何、陈、周三姓的家族,也和他们没有任何亲戚关系。他一面走,一面和跟在他后面的张子豪、何守仁两个青年说:"唉,今天晚上真有意思,真有意思!你们说不是么?"后面两个人对他不约而同地做了一个会心的微笑,点点头,没说什么。张子豪是陈家的大姑爷,出身于香山县一个地主家庭,和陈家大小姐陈文英结了婚,并且已经生了一男一女两个孩子。在这一群人里面,只有李民魁和他,是有了家室孩子的。何守仁是何家的大少爷,生得短小精悍,如今正在狂热地追逐陈家的二小姐陈文娣,但是还没有什么眉目。他们的后面,是陈家大少爷陈文雄和周家大姑娘周泉一对,如今正手臂扣着手臂,身体靠着身体,一炉火似的,默默无言地走着。他们都觉着语言在这时候是多余的,考虑走到什么地方去也是多余的,就这样走着,一直走着就好。那走在最后面的两个人,是陈文娣和周榕。他们和陈文雄、周泉一样,也是一对表兄妹;他们和陈文雄、周泉不一样,是他们没有手臂扣着手臂,没有身体靠着身体,却偷偷地互相握一下手,偷偷地互相依偎一下,又赶快偷偷地分开,显出一种若即若离、难舍难分的样子。

大家走到三家巷的正中,何家和陈家交界的地方,本来应该分手,道晚安的了,可是大家都不愿意在这样美满的时刻分手,就都自然而然地,疏疏落落地,在东墙下面的几张石头凳子上坐了下来。不用说,每个人的心里都充满了幸福的感觉。每个人都觉着有一个五彩绚烂的世界,在前面给自己领着路,几乎一伸手就摸得到。不消说,整条三家巷是属于他们的,就是整个广州市,整个中国,哪怕说大一点,整个世界,都是属于他们的了。他们要在今天做的事情,都已经做完。但是他们总感觉到还不满足,还有剩余的精力没有使用出来,还该做点什么。李民魁站起来,向前走两步,然后拧转身,摊开两手对大家说:

"无论如何,咱们今天既然离开学校,就一定要把中国治好。这是确定不移的。这虽然只是一种抱负,但是从今天起,发愤为雄,一定会达到目的。"大家都附和他的快言壮语。张子豪说:"李大哥说得一点不错。如今中国的局面太乱了。反正已经十年,还是民不聊生。咱们要不做出一番事业来,也算白活世上枉为人。人生那样,也就没有意义!"何守仁接上说:"官场黑暗,国势一天比一天弱,世界又都是只讲那强权,不讲那公理。看着这样的情形,咱们不来管,叫谁来管?"

周炳一直坐在巷子尽头,枇杷树下那黑暗的角落里看着,听着,看得出神,也听得出神。大家都没有留意他,都把他忘记了,他自己也把自己忘记了。他对于哥哥姐姐们的这种凌云的壮志,觉着无限的钦佩。使他感到有点美中不足的,是他们光管那些国家大事,而对于他所受的不公平待遇,比方读书问题,却一个字也没有提到。正想着,他见他二哥周榕从座位上站起来了。周榕也像李民魁那样,走前两步,拧转身,对着大家。电灯的光辉像水银一样倾泻在他的雪白的斜布制服上。他缓慢地微笑着对大家说:

"是呀,如今老百姓正处在水深火热之中,这是千真万确的。年年兵荒马乱,你砍我杀。如今又要打广西了。砍来砍去,还是砍在老百姓身上。一个都督倒了,换来另外一个,还是都督。不然就叫督军,也是一个样。除了烧杀抢劫、奸淫掳掠之外,谁还把黎民百姓当人看待?工人做工活不成,农民种田吃不饱,学生念书念不上,女同胞受宗法礼教束缚不能自由。咱们就是要来打抱这个不平!有咱们大伙儿齐心协力,还有什么不成功的道理?"他一说完,大家一阵融洽的笑声,纷纷赞成道:"是的,是的。说得对,说得对。"因为他提到学生念书的事儿,周炳听了,更加带劲儿,心里面悄悄说道:"你看,还是咱二哥行。"在那一阵低沉的人声之后,周炳看见陈文雄挥动起他那两只特别长的胳膊,沉着有力地说:

"这就是为什么人才那样可贵!为什么青春那样可贵!咱们有能力,有青春,有朝气,那是锐不可当,无坚不摧的!咱们看三十年之后吧!到了一千九百五十一年,也就是到了后半个二十世纪,那时候,三家巷,官塘街,惠爱路,整个广州,中国,世界,都会变样子的!那时候,你看看咱们的威力吧!世界会对着咱们鞠躬,迎接它的新的主人!"这一番话把大家说得更加踌躇满志,纷纷表示赞成。一直到现在为止,周泉和陈文娣这两位少女都是并排坐着,听着,满脸绯红,像喝醉了似的傻笑着,对于哥哥们的事情,一直没有插嘴。这时候,周炳看得出来,她们之间大概发生了什么事情了。陈文娣年轻一点,正要从座位上站起来,周泉年长一点,拼命使劲拽住陈文娣,不让她站起来打扰那些正在以天下为己任的中学毕业生们。可是表妹的身体结实,劲儿又大,她哪里拽得住呢?眼见得陈文娣一下子挣脱了表姐的手,用一种非常美丽的姿势跳了出来,她那雪白上衣的前摆在夏夜里飘动了一下,迅速地,服帖地落在那黑色的短裙上面。她像唱歌似的说道：

"大哥，你说得多好呵！你叫人多么兴奋呵！可是咱们该从哪里着手呢？要挽救咱们可爱的祖国，我宁愿牺牲一切。为了自由，为了幸福，我什么都可以不顾。可是我该做些什么呢？"陈文雄和张子豪听着，没有作声，差不多同时举起手去解开了白斜纹布制服领子上的扣子。天气实在太热，他们的领口都叫汗水打湿了。周泉埋怨表妹过于冒失，拿那双白帆布胶底鞋轻轻顿着地。周榕瞪着有点愕然的眼睛望着她。何守仁连忙奉承地接上说："对呀。陈君年纪虽小，极有见地。咱们应该从何着手呢？"李民魁一直站着，没有回到座位上，这时候，他觉着自己应该出来说几句话，他说了：

"依我看，咱们应该大大地来一番破坏工作。把旧的政府，旧的社会，旧的家庭，旧的人格，通通给它一个彻底摧毁，让世界上的一切都尽情解放！旧的不破坏，新的不生长。咱们应该像巨人一样，像罗马王尼罗一样，踏着旧世界的废墟前进！"说完了之后，他慢慢地坐下来。他觉着自己的话说得很响亮，没有什么遗漏。可是其他的人却没有强烈的反应。不久，张子豪就开口了。他说："李大哥的话，用意是极高的。见解是极透辟的。可惜得很，我说实话，一般人却不容易理会得。依我之见，不如依照咱们大总统孙文的主张去做。那就是：先统一两广，然后北伐。祸国殃民的人都是拥有实力的，你不先用军队打掉他的实力，说什么他也不听。这倒不是因为孙文是我的同乡，我对他就有什么偏袒。"按照在学校时候的惯例，有事情总是李民魁、张子豪、何守仁三个人带头的。李、张是因为年纪较大。何守仁年纪虽最小，但是勇于任事，所以其他的人都让他。这时候，他觉那两个人的办法都不好，对陈文雄、周榕谦让了一下，就提出自己的主张道："哪里的话？张君做人，是极其公正的，哪有偏袒之理？依我的愚见，北伐虽好，一下子却不一定见效。吴佩孚、张作霖、张宗昌、孙传芳，都是了得的军事家。人家有多少军队，咱们有多少军队？再说人心厌乱，一时也不会有人来响应。我看还是大家努力仕途,发抒伟略,凭着咱们的才干,掌握着政府的实权,把中国造成世界一等强国,恐怕容易得多。那些武人虽不会治国,但是爱国却不假的。咱们拿出真本领来,抗强权,除国贼,不怕他不用,也不怕他不依!"陈文雄见大家谈得高兴,也不甘落后,就紧接着说:"大家的谋略都很高明,但是事情太大了,只怕一时也张罗不来。我看咱们最好还是先来振兴实业。开工厂,办银行,修铁路,买洋船,和世界各国进行商战。在这商战的世纪,落后的一定招人欺侮。像何君的尊翁这样的殷实人家,只要出来振臂一呼,是没有哪个有心人,会不乐于响应的!这样,咱们大家都有正经事可做了。"周榕越听越不受用,觉着大家越讲越离题。他是一个老实人,既不会说话,又不敢得罪大家,因此只得赔着笑脸,试探着说道:

"好了,好了。一套治国大纲,一个晚上就都定出来了。可是讲到从哪一点着手的话,我还斗胆,有个左道旁门的意见说一说。依我看,当今最要紧的事情是办好工会。为什么这样说呢?分两个方面:一方面,我认为要挽救中国,工会是个最强大的堡垒。过去的事实可以证明,督军也好,洋鬼子也好,他们不怕学生,不怕军队,单单怕那工会。咱们拿几年前安源煤矿的罢工,拿去年粤汉铁路的罢工来看,就都可以证明。咱们一定要把工会拿在手里,才谈得上安邦治国。一方面,目前的劳工生活也太苦了。他们大都过着牛马式的非人生活,一定要有工会来替他们争一争待遇。不然,只怕咱们的理想虽然远大,可是到咱们把中国治得富强起来,他们已经等不了啦!自然,这还得李大哥和表姐夫领着头干,咱们好跟着走。正是斯人不出,如苍生何!大家不妨想想看。"

李民魁和张子豪还没说话,何守仁就抢先驳斥了。他使唤恨恨的,不友善的调门说道:"那怎么使得?那怎么使得?周君虽然有仁人志士的心肠,但是太偏颇了,太过激了!"争论一起,大家就七嘴八舌地吵嚷起来。这一下,可把个周泉给急坏了。她是一个那样好心肠,只爱快乐,不爱忧愁的少女,最怕看见别人争吵。况且这些男子们的理想,她觉着都是好的,都是对的,也看不出有什么争吵的理由。她只是埋怨陈文娣不识好歹,千不该,万不该,竟在这样一个充满人生意义的、伟大无比的晚上挑起大家的不和。这巷子里正在人声鼎沸,热闹非常的时候,陈家的铁门缝里伸出一个小小的人头来,一条短辫子在脖子下面摇摆着。这是小姑娘陈文婷。周炳立刻看见了她。她向那铁匠学徒点了两下头,又缩回铁门里面去。那男孩子敏捷地离开了自己的座位,沿着短围墙快步走着,一溜烟钻进了陈家的花圃里面。谁也没有注意他。

周炳一进院子,只见里面的电灯把满院的花草照得玲珑明亮,陈文婷站在茉莉花丛前面,两只脚跳着,两只手举到肩膀那样高,一齐向他召唤,嘴里说:"来呀,来呀。快来,快来。"他一高兴,跳上前去,两手紧紧抓住她的手,问道:"干什么了?干什么了?"可没提防陈文婷满脸的笑容忽然都消失了,嘴巴忽然想哭似的扭歪了,脸色都变苍白了,嘴里喃喃说道:"阿炳表哥,你怎么这样不讲规矩?人都那么大了,还捏手捏脚的,人家看见了不说咱们不懂礼法?我不跟你那区桃表姐一样,像她那样的人家,随便你怎么胡来乱来都可以。我可是讲究这些个的!"周炳自问无他,就脸讪讪地放下了手,说:"阿婷,你这是说到哪里去了?我可没有一点坏念头呀!"陈文婷搓着自己的衣角说:"你有什么念头,你自己知道。可是你要想跟我好,你就正正经经地来!"周炳知道她的脾气变幻无常,好也好不了多久,恼也恼不了多久的,就和她耍笑道:"你看你那旧礼教,还敢和男人要好呢!你没看见你大哥怎样搂着我大姐的腰走路?我大姐才配得上叫自由女。你不配!"陈文婷嗤地笑了,说:"我不配?我才配呢!你正正经经搂着我的腰走路,我也敢!"周炳鼓起他那双顽皮的大眼睛,说:"你敢?咱们现在就到惠爱路去走一转!"陈文婷没法了,就说道:"算了,算了。我不跟你胡缠了。我要告诉你,三姐已经答应了。她也每天分一半点心钱给你。"周炳搔着他那剃光了的圆脑袋。想了一想,就摆着手道:"不。这事儿还慢着。我还得问问爸爸。"陈文婷说:"行了。还问什么呢?我这就去把钱给你拿来!"她说完就跑了回去,周炳也从花圃里退了出来。

外面的景况也变了。那些穿着一色雪白制服的中学毕业生都离开了座位,在巷子当中站着,因为争论激烈,都显得有些冲动。那两个白衣黑裙的姑娘毫无主宰地站在一边。后来还是那个子长的周泉,为了珍惜这幸福的时辰,扭动着她的细瘦的腰肢,挺身出来调和道:"可以了。各人的志向都已经说清楚,谈到这里就行了。我看所有的事情都是好的,都是应该做的,只等咱们将来一件一件去做就是了。现在,大家看看,今天晚上还该做些什么吧。咱们永远都不要忘记这个晚上!"她的建议立刻获得一致的赞赏。空气立刻和缓下来,后来又立刻变为融洽而且愉快,像他们刚从欢送会的会场里走出来的时候一模一样。陈文雄甚至十分欣赏地说:"瞧吧,咱们要是没有了小泉,就不知道要浪费掉多少宝贵的生命力!"后来大家就开始商量今天晚上怎么办。最初,张子豪提议组织一个永久性的学会。大家研究了一下,觉得学会虽然好,但是范围窄了一点,麻烦又多,因此兴致不高。后来何守仁提议大家换帖,结为异姓金兰,将来在社会上彼此提携,可以施展抱负。周泉和陈文娣连声叫好,李民魁望着陈文雄,没作声。可是周榕认为这件事用意虽好,到底带点旧封建色彩,不太相宜,大家也就再没坚持。最后,陈文雄拿主意道:"这样吧。既不搞学会,也不用结拜兄弟,咱们就来一个当天发誓吧。我想了一下,不知道可不可以用这样的誓词。"大家都没有作声,等他把誓词说出来,他念道:

"我等盟誓:今后永远互相提携,为祖国富强而献身。此志不渝,苍天可鉴!"

他念完之后,登时响起一片掌声。李民魁说:"陈君这几句话,词清义明,用意远大。寥寥二十八个大字,把大家的意思都包括得一点不剩,佩服,佩服。"何守仁立刻自动举起右手,照那誓词念了一遍。跟着其余几个人也模仿何守仁的样子,把誓词逐个念过了。周泉、陈文娣两人,不消说是满心欢喜,就是站在一旁看热闹的周炳,也觉得怪有意思。最后念完誓词的张子豪说:"盟誓完了。想个什么办法留下个永久性的纪念呢?"经他一提醒,大家就重新议论纷纷起来了。

九 换 帖

　　大家商量的结果,都认为最好的办法是每人用纸把誓词写下一张来,每人在这五张誓词上都签上名字,然后交换收藏。这样,一来有换帖的意思,二来可以留做永久性的纪念,万一将来有谁口不对心,大家还可以互相对质。商量已定,李民魁问大家道:"咱们还是明天写好再拿来交换呢?还是今天晚上就写?"大家异口同声地说:"打铁趁热,今天晚上就写!"但是到哪儿去写呢?却又煞费思量了。本来何家的地方最雅静宽敞,纸笔也讲究,可是何守仁爸爸何应元性情孤僻,不爱吵闹,这么多人拥进书房,怕他见怪。何守仁因此不敢开腔。陈家地方,客厅更加富丽堂皇,可是没个写字的地方,纸、笔也不方便。陈文雄因此也不好开口。剩下周家,老铁匠人倒随和,纸、笔也有,就是地方浅窄肮脏,不像样子。周榕因此也就不好意思开口。后来商量来商量去,还是选定地点在周家,何守仁回去拿纸、笔、墨过来,陈文雄回去拿茶壶、茶杯,并带些上好茶叶过来。周炳帮助何守仁去拿纸、笔、墨砚,周泉帮助她大表哥去拿茶具,各人分头行事,剩下的人跟着周榕,挤进周家那竹筒房子的神厅来。这神厅大约丁方丈二,在这一类建筑物里本来是不算小的,但是由于居住在这里面的神灵太多,几十年来随手放着、挂着、吊着在这里面的物件用具等等也不少,就显得非常湫隘。正面神楼上供着祖先牌位,放着香筒、油壶,神楼前面吊着一盏琉璃灯,如今还点燃着,灯芯发出吱吱声和细碎的爆裂声。神楼之下是一幅原来涂了朱红色,近几年来已经褪淡了的板障,板障之前放着一张长长的神台,神台之上供着关圣帝君的图像。神台下摆着一张八仙桌,桌子底下供着地主菩萨。神厅左首进门处,在墙上的神龛里供着门官神位,神龛两旁贴着对联,写道:"门从积德大,官自读书高。"门官之下,有一眼水井,井口用一个瓦坛子堵着,井旁又有井神。神厅大门上,还贴着"神荼、郁垒"一对门神。这许多神灵都集中在这个厅堂里,看来是有点拥挤不堪。大家进来之后,周榕扭亮电灯,陪李民魁坐在北边的竹床上,对面南边竹椅上,张子豪和陈文娣两姐夫姨子分坐在一张竹几的两边。灯也不亮,也没事儿可干,大家就闲聊着。

不一会儿,人都来了,东西也都拿来了。亏周泉想得到,她还带了一个一百支光的大灯泡过来。她的热情是叫人感动的。她一放下东西,立刻带着周炳到厨房里去烧水冲茶。她大哥周金在石井兵工厂做工,不回家住。爸爸、妈妈早睡下了,也不管儿女们的事。这周家就变做高朋满座的临时雅集了。周榕换了灯泡,整个神厅照得通亮。大家喝过茶,把八仙桌子搬到神厅当中,磨好墨,铺开纸,一个挨着一个地写起来。这时候,神厅里除了周榕、周泉、周炳、陈文雄、陈文娣、何守仁、李民魁、张子豪等八个人之外,又来了张子豪的夫人、陈家大姐陈文英,陈家三小姐陈文婕,跟何家的小妹子何守礼,她们听说周家有新鲜事儿,就都走过来看热闹。陈文英今年二十三岁,在这些人当中,年纪最大,身体瘦弱,个子很高,一张尖长脸儿,上面嵌着一个小巧的嘴巴和一个精致的鼻子。她一声不响,心疼地望着她的弟弟妹妹们和她的丈夫在干着一桩有意思的、出色的事情,感动得几乎流出泪来。陈文婕年纪虽小,也刚刚够得上了解这样的盛举。她躲在一边望着,仿佛在努力不叫人发现自己。只有那年纪才四五岁的何守礼不懂得这件事有多么隆重的意义。她跪着竹椅,趴在桌面上,一面看人家写字,一面和周炳挤眉弄眼。如今这神厅里的气氛,对她说来是过于庄严,过于肃穆了。她觉着很不舒服,觉着大家的脸色都很沉重。她不明白为什么写字还得绷着脸儿。想说话,又不敢说话;想走,又不敢走。好容易挨到写完了,大家稍微舒松一点儿,她这才长长地透了一口气。为了礼貌,也为了买好陈家,何守仁向大家提议道:"文英大姐也是中学毕业生,同时还是咱们的老前辈,怎么不请她也写一张呢?"大家都赞成,只有张子豪不作声。陈文英说:"算了,别拿我开玩笑。何君真会做人,面面周到。可我呢,头脑旧了,养过两个孩子了,不在你们这个节令上了。我拿什么跟你们排班呢?"正说笑着,门外走进一个工人打扮,矮矮胖胖,圆头圆脸的人来。他的面貌神气,有点像周铁,又有点像周榕,只是年纪比周榕长一点。他就是这里的大哥哥周金,在石井兵工厂做工,每次从厂里坐火车回家,总是这早晚才到家的。他一进屋,大家都站了起来。他一面让大家坐,一面听周榕给他讲明原委。才听了几句,好像他就全都明白了。他一面放下手里提着的小藤篓子,一面豪爽地大声笑着说:"好极了,好极了。你们读书人就是有意思,会转念头。大家坐,坐!"他走到八仙桌前面,伸出手来,打算拿起一张誓词来看。可是他的手指头太粗了,抓来抓去都抓不起一张那样薄的宣纸。他把手指头伸进嘴里蘸了一点吐沫,打算把那些薄纸粘起来的时候,陈文雄开玩笑说了:

"大表哥,别粘了吧。那不是有现成的纸,你也来写上一张吧!"

周金并不生气,反而哈哈大笑道:

"你瞧,真是一行归一行,一点也错不得。你叫我拿大锤,我拿得动,可是这张鬼东西,你别瞧它又软又薄,可就是拿不动!"

小姑娘何守礼听了,乐得从心眼儿里笑出声来。大家又说笑了一阵,就商量这些誓词,怎么换法。这倒是个难题。谁跟谁换,一时决定不下来。论有钱,该数何守仁;论有面子,该数陈文雄。谁跟他们换呢?各有各的想法,可是说不出口。周金看见他们为难,就开口建议道:"你们聪明人怎么又糊涂了?拈阄不就对了么?谁年纪最大?对,老李,你先把你自己的拿开,闭上眼睛拈一张,然后把你自己的重新放进去。你拈到了谁,谁就是下一个,这不就成了么?"大家一想真成,就照周金的办法行事。听说大人们也要拈阄,何守礼更加乐了,小嘴巴只是张着,合不拢。拈阄的结果,是李民魁拈了何守仁的,何守仁拈了张子豪的,张子豪又拈了李民魁的。三人拈定,剩下陈文雄、周榕两个,不用拈,互相交换了。礼成,大家鼓掌祝贺。李民魁想恭维陈文雄两句,就说道:

"你们瞧,陈君表兄弟俩换帖,真是亲上加亲!"

大家又是一阵哄笑。陈文雄得意扬扬地拿眼睛望了望周泉,她的白净的长脸马上羞红了,把头幸福地低垂着。周榕也高高兴兴地拿眼睛去看陈文娣,她却是六神无主地拿眼睛望着门官神位。何守仁看见这种情景,心中痛苦万分。他的脸变苍白了,嘴巴也不自然地扭歪了。正在这个时候,门外有个小姑娘的声音低声叫唤着:

"阿炳,阿炳。"

周炳一听就知道是他表妹陈文婷叫他,很不高兴地离开这动人心魄的场面走了出去。他一见陈文婷,就气嘟嘟地说:"叫我什么事?你可知道我这里着实忙着哩!"陈文婷也有点不高兴地说:"我在外面等你多久了,只是不见你伸出头来。你忙什么?"周炳就和她并排儿坐在枇杷树下,告诉她,那些大哥哥们怎样发誓,怎样写帖,怎样拿周金取笑,后来又怎样换帖,谁跟谁换了,最后说到"亲上加亲"。陈文婷听得很出神,最后听到"亲上加亲",就啐了一口,说:"就数那大头李坏,老没正经!"周炳连忙分辩道:"话也不是那么说。人家说表兄弟换帖呢,不是多了一重了么?"陈文婷轻轻笑了一笑说:"蠢人！表兄弟可以换帖,表兄妹能不能够换帖?"周炳大模大样地笑着说:"可以是可以。只是我不跟你换！"陈文婷说:"谁跟你换？你别不害羞！"周炳说:"不换就拉倒。"陈文婷也接上说:"拉倒就拉倒。可是我问你:中学生能换,小学生能换不能换?"周炳说:"怎么不能？只怕你不会写字。"陈文婷说:"写不来,不会拿嘴巴说么?"周炳一想也对,就同意了,教她说道:

"你瞧我。这样站着。举起右手。不对,不是这只手。是那只手。这样子,你念吧:我对你赌咒,我们一定要永远提携,为中国的富强而……"

陈文婷说错了。她说成:"我们一定要永远富强,为中国的提携而……"周炳气极了,一面骂她:"你怎么尽傻头傻脑?"一面挥动那抡大锤的胳膊,把那小姑娘举着的手给打下来。陈文婷正要发作,只见从周家敞开着的大门口钻出一个小小的人影儿来。那是何家的小女孩子何守礼。她在周家神厅里看完了热闹,觉着有点瞌睡,见那些大哥哥还在龙马精神地说话,她也听不出味道,就打了两个哈欠,悄悄溜了出来。一出门,因为里面的灯光太亮了,只觉着一阵昏黑,似乎掉进了一个无底洞里。到她定了定神,看清楚那是两个小哥哥姐姐在学大人样子的时候,她又乐开了,不想睡了。她快步上前,指着陈文婷说:"羞,羞。老鼠偷酱油！女孩子家背着人,悄悄跟男孩子赌咒！"陈文婷想不到有人窥探,登时不好意思起来,直拿脚顿地。周炳举起拳头威胁何守礼道:"你再说？看我揍不揍你！回去,不许你在这里耍！"何守礼并不害怕他的恐吓。她缓缓地退到陈家门口对过的石头凳前面,在那盏街灯的下面坐下来,眼睁睁地望着他们,一句话不说。这里,周炳好容易把宣誓的内容和形式都教会了陈文婷,最后平安无事地度过了整个仪式。何守礼因为没有人理睬,就独自一个人在那里宣起誓来。等大家都办完了正经事,周炳搓着手道:"好了。这会儿咱们干什么好?"陈文婷也想不起该干什么,恰巧有一个卖豆腐花的老头儿挑着担子,敲着铃铛走进三家巷来,在他们面前当地响了一下。她就说:"说了那么老半天废话,口都渴了。咱们来吃豆腐花吧。"老头儿给他们舀了两碗。周炳说:"再来一碗。"陈文婷说:"为什么?"周炳不答话,等豆腐花舀好了,浇了糖浆,就给何守礼端过去。那小家伙愣了一阵子。按何家的家教,她不该吃街上卖的东西,更不该吃别人胡乱给她的东西。可是她如今十分想吃豆腐花,那又香又甜的、滑溜溜的嫩豆腐叫她心神飘荡,结果她端起小碗,一口气咕噜噜地喝了下去。吃完豆腐花,照例是陈文婷来付钱。一掏钱,她才想起口袋里还装了许多银角子。那是她和她三姐陈文婕两个积攒下来的点心钱,凑起来准备送给周炳明天去交学费上学的。等那卖豆腐花的老头儿挑起担子,敲着铃铛走了之后,她才掏出那些银角子,有双的,也有单的,一共有十几二十个,递给周炳道:"阿炳表哥,你拿着,明天上学校报个名,邀我一道去。"无论如何,周炳这回是真正受到了感动。想起他自己过不几天就要离开那打铁铺子,离开他爸爸身边的手艺活儿,重新背起书包,当真和大家一起上学,他的眼泪就忍不住流出来了。陈文婷双手捧着银角子,顽皮地笑着催他道:"快些接住吧。人家的胳膊都发酸了。还要我下跪么?"周炳正想伸手去接,忽然想起爸爸刚才说过他不愿意向陈家借钱,就把手缩回来了,说:"不,我不能要。我得先问准了爸爸。"陈文婷生气了,她瞪大了那双小而圆的眼睛,使唤威胁的口气说:

"你如今到底是要,还是不要?你说个一刀两断!"

"不要!"周炳并不害怕威胁,坚持地这样说:"我不能要。"

只见陈文婷把手一扬,那些银角子丁零当啷地落在麻石铺成的地堂上,到处乱滚。她把脑袋一扭,一枝箭似的蹿回家里去了。周炳没法,只得垂头丧气走进神厅,打算把这件事告诉他二哥。可是神厅里如今正在谈论着一件重大的事情,李民魁正在慷慨激昂地对大家说:"咱们的抱负只不过是咱们的抱负。目前整个世界,还是没有一片净土!三家巷就是咱们的圣地。愿咱们的三家巷永远干净!愿世界都变成咱们的三家巷!当心着:你一步踏出了这条巷子,就有一个活地狱在等着你!为了这件事,我整天是义愤填膺!恨不得……唉!……"处在这种情况之下,周炳觉着自己的事情太小了,插不上嘴。

外边,何守礼正蹲在地上,不声不响地把那些银角子一个一个地拾起来。她的小哥哥何守义从半开着的趟栊慢步走出来说:"阿礼,怎么还不回来睡觉?爸爸叫你呢。"这何守义是何家的二少爷,今年九岁,身躯瘦弱,面无血色,一举一动,好像都没有一点劲儿似的。当下何守礼听见哥哥叫唤,就站起来回答道:"我帮炳角哥拣银角子。炳哥明天要上学呢!"何守义说:"他上学不上学,要你管?"妹妹听得哥哥没好声气,就也丧谤他道:"我要管,怎么样?"哥哥说:"偏不许你管!"妹妹说:"偏要管!偏要管!"何守义没法了,就跑过去捆了她一巴掌。何守礼是受得了委屈的人?当下就扯住哥哥的衣服不放,号啕大哭起来。拾起来的银角子又重新掼到地上,咕噜噜直滚。看来事情像是没个了局。

一〇　姐弟俩

铁匠周铁下了狠心,要把自己现下所住的房子卖掉,供周炳念书,好让他长大了深通文墨,明白事理,说不定将来也能像何五爷那样,捞个一官半职,光大门楣。周杨氏却舍不得这幢竹筒式的破烂平房,两人一时拿不定主意。她对周铁说道:"你自己的产业,你要卖就卖,我也拦不定你。只是你要想清楚,想透彻,免得将来又后悔。阿炳本来念书念得好好的,是你叫他不念了。怎么现在又变了心肠?"周铁点头承认道:"不错,是我又改变了念头。你瞧咱们门官神位两旁那副对子:'门从积德大,官自读书高'!咱们积德也积了不少了,就是读书还读得不多。阿炳这孩子傻里傻气,又蠢又笨,打铁不成,当鞋匠也不成;做买卖不成,放牛也不成。说不定读书当官儿,还有几分指望呢!"周杨氏一想也是,可总舍不得房子,就说:"话虽然说得不错,可是没见官,先打三十板。你卖了房子,指望他去当官儿,总觉着不大牢靠。房子一卖出去,要买回来可难呐!"周铁笑着说道:"妇道人家的见识!"

周家的房子要寻买主,自然最好还是去找陈万利。第一,他那房子本来就向陈家押了钱使;第二,周、陈两家是亲戚;第三,周、陈两家是紧隔壁,不先问问陈家要不要,在人情、道理上也说不过去。陈万利听说周家要卖房子,也就暗中和陈杨氏商量过这件事儿。论住房,他家是不缺的,但是他家缺了个花园。按陈万利的意思,把周家的房子拆掉,和这边打通,做个花园,倒也可以将就使得。陈杨氏觉着把自己亲妹子的房子买来拆了,给自己做花园,恐怕别人会说话,因此一时也定不下来。

有一天,陈文雄约周泉去逛荔枝湾。他俩租了一只舢板,顺着弯弯曲曲的水道,向珠江的江面上划去。两岸的荔枝树长得十分茂盛,刚熟的荔枝一挂一挂地下垂着,那水中的倒影漂亮极了,就像有无数千无数万颗鲜红的宝石浸在水里的一样。陈文雄坐在船头,背向着前方,脸对着周泉,使劲划着。周泉也是脸对着陈文雄,坐在船尾,用桨有时划两下,有时斜插在水里,掌握着前进的方向。陈文雄眼睛都不眨一眨地看着她,把她看得怪不好意思,就低下了头,注视着树荫下的墨绿色的水面。这样过去了一分钟,又一分钟,又一分钟,陈文雄还是既不眨眼,又不说话地看着她。她窘极了,就说:

"密斯忒陈,我想我不久就要搬家了。"

陈文雄用英文说了一句话,那意思是:"为什么?多么耸人听闻的和不可思议的,像是真实又像是幻想的奇迹呀!"跟着又低声念了一首短短的英文诗,那大意是说老家的风光多么美丽,老家的回忆多么甜蜜,要离开那里,怎么也舍不得。一抹阳光从荔枝叶缝里伸出来,斜斜地掠过周泉的脸蛋,陈文雄看见那上面有泪水的闪光,就着急地用英文催问她道:"告诉我吧,我的安琪儿,究竟发生了什么事儿了?"

周泉好像不胜重压似的,气喘喘地说:"咱们的房子要卖了!"

陈文雄不说英文了。他在船头大声问道:"为什么要卖呢?不卖不成么?"

"不成。"她胆怯怯地回答了。

"卖给谁?"他又大声问。

周泉用一只手掌着桨,那一只手捂住脸说:"卖给你爸爸。"

陈文雄受了侮辱了。他觉着比别人当众捆了他一巴掌还要难过。他急急忙忙地否认道:"没有这回事!不,我完全不晓得!陈家买了周家的房子?笑话!我宁愿把我所住的三层楼洋房,全幢都奉献给你,连一片瓦也不留下!"往后,他们也不划船了,让那只小舢板随着微风,飘过一个湾又一个湾。当天晚上回家之后,陈文雄就向他爸爸陈万利严肃地提出了这个问题。他慷慨陈词,认为他们要买房子,哪怕把整个广州市都买下来,也没有什么相干,就是周家的房子,可万万动不得。不只他们自己不能买,也不能让任何别的人买去那幢房子。陈万利和陈杨氏见他来势汹汹,不想在这个时候惹他,就问他该怎么办。陈文雄要他们把周家的房契、押单一起退给周铁,从前使过的银子一笔勾销,另外再送给周家一百两银子。陈万利这几天正碰上一桩高兴事情,心里很快活,因此一口就答应了,当堂把房契、押单拿出来,交给陈文雄,要他拿去还给周家。只是那一百两银子,后来他只给了五十两。剩下那五十两,陈文雄没有追问,大家都忘记了,也就算了。周家的众人看见陈万利忽然慷慨仗义起来,都十分惊异,那不用说。就是陈文英、陈文娣、陈文婕、陈文婷这几姊妹,都有点摸不着头脑。只有陈杨氏一个人清楚:那是因为她家的住年妹阿添今年满了十八岁,前几天陈万利把她提升了一级,任用做正式的使妈。陈万利为了这桩事,着实高兴。

那一天晚上,周炳和爸爸收工回家,见神厅坐着妈妈和姐姐两个人。神厅里和那天哥哥们在写誓词的时候一样,在神楼上面点着琉璃盏。电灯没有开,显得非常昏暗。她俩好像在商量一桩什么严重的事情,见他两父子来了,就住了嘴。周炳经过他姐姐面前的时候,还看得出她脸上有一种又骄傲又快活的神情,一直没有消散。他回到"神楼底"自己的房间,拿了干净衣服和毛巾去冲凉。周泉见爸爸回来了,也就悄悄走回她自己的睡房里。她如今举一举手,走一步路,都是那样得意扬扬地充满了幸福的感觉,这一点,连周铁也看出来了。等周泉回房之后,他就问周杨氏道:

"怎么了?又出了什么喜事了?"

周杨氏也喜不自胜地说:"她陈家大表哥告诉她,从这个学期起,他愿意把她的学费担起来。他要阿炳也去上学。要是去,他就把她姐弟俩的学费全部担起来。阿泉正在和我商量这件事。"

周铁用手搔着脑袋说:"他家才退了咱们的房契和押单,又送了咱们五十两银子,如今又逐月贴补;这样重的人情,咱们怎么受得了?"

周杨氏点头附和道:"这也是实情。可文雄那孩子,倒是仗义疏财,一番美意,不像他爸爸那样。人家是诚心诚意的,咱们要是不受,反而显得是咱们不近人情了!"

周铁露出满脸的感激之情说:"你说得也是,你说得也是。难为文雄那孩子,待咱们这样好心。谁说民国的世界就一定没有古来的世道了呢?怪不得那些年轻人整天在讲自由、平等,说不定这就是自由、平等的意思了吧!"

周杨氏忽然像她年轻时候那样子甜蜜蜜地笑起来道:"叫作自由平等,还是叫作别的什么,我一点也不懂得。只是大姐往常总爱说这世界上已经没有一个好人,倒是不确实的了。她自己的儿子就有这么好的禀性,她自己也还不知道呢!"

周铁说:"是了,我说你的傻劲又要发作了。人家大姨妈说的是世界上那多数的人,又没有说个个都是坏人呐!"

周炳冲完了凉,走进姐姐房间,问周泉道:"姐姐,你为什么只管乐,像是喝了门官茶一样的?"周泉忍不住心头的喜悦之情,一手将周炳搂在怀里,嘴上的笑意还未消散,说:"姐姐怎么不高兴呢?姐姐浑身都是高兴!从今以后,你姐姐能够继续念书,你自己也能够继续念书,不用再去打铁了!陈家大表哥答应全部供给咱俩的学费,你说欢喜不欢喜!你要知道,读书跟不读书,那可差得远呐。读了书,你就是上等人;不读书,你就是下等人。你愿意做上等人,还是愿意做下等人?"说完了,还只管迷迷痴痴地笑。周炳从来没有听见过他姐姐说话的声音像今天那样好听。他望着她那绯红的笑脸,顺着她道:

"我愿意做上等人。可是……"他踌躇了一会儿,心里还在盘算是否真有那么一回事。周泉看出他的心事来了,就说:"怎么,这件事儿太不平凡了吧?你不相信?好兄弟,你该知道:咱们所处的时代是一个伟大的,又令人惊奇又令人痛苦的动乱时代,不可想象的事情,往往就在你的身边发生。你以为是做梦,想不到却是真的!"周炳仍然半信半疑地说:

"姐姐,我相信你说的话。可是大表哥为什么要帮助咱俩呢?"

"为什么?"周泉重复他的语气说,"我可没有想到过这个为什么。也许是由于一种同情心的驱使,也许是包含着一种冲破贫富界限的远大理想,也许是一种崇高的人格在发生作用,也许是一种见义勇为的侠士心肠,也许是一个伟大的人道主义者的普通行为,也许什么也不是,仅仅只是一个美丽的谜。"

周炳在心里想,他的姐姐一定已经成了一个极有学问的人,要不她说的话怎么这样难懂。他望着周泉那张像喝醉了的、长长的、纯洁的脸,一声不响地发起呆来。果然过不了几天,周炳就回学校里念书去了。他自己满心欢喜,那是不用说的。周铁、周杨氏、周金、周榕,总之周家全家,也都是非常高兴。特别高兴的是陈家四小姐陈文婷,她天天跟周炳一道上学,只等着别人来笑她"小两口子"。何家大少爷何守仁瞅着机会就结结实实地把陈家二小姐陈文娣全家恭维了一番,说她有了这么一个仁慈的家庭环境,真是一种天生的幸福。她把这意思对大姐陈文英、三妹陈文婕说了,大家也十分高兴。慢慢地,周炳和姐姐周泉一天比一天更加亲热,对陈文雄也一天比一天更加爱慕起来。陈文雄觉着周炳比从前乖了,懂事了,每逢和周泉出去玩乐的时候,就把周炳也带上一道去。这个时候,周炳也觉着陈文雄是一个漂亮的人,是一个有学问的人,是一个热情爽快,又聪明又有见识的人,就不知不觉地对他的语言行动,都渐渐模仿起来,心里头只想着自己将来长大了,也要变成像他那样一个人才好。在这大家都兴高采烈的时候,只有何五爷何应元有一次在催问陈万利给他说区桃做妾侍的事儿当中,夹杂了一句不中听的话。

"你倒好,"何应元对陈万利说,"五十两银子就给儿子买了一个漂亮媳妇!"

陈万利虽然得意,却用责备的语调反击道:"看,看,看!你们读书官宦人家,世兄别见怪,怎么说出这般下流的话来!"说完了,两家相对着微笑。

一千九百二十一年的十月九日,正是旧历的重阳节,又是星期天。陈文雄想到这一年真是广州的太平年,孙中山做了非常大总统,战争只在广西进行,广州倒是出奇地安静,就动了个登高游玩的念头。他买了许多油鸡和卤味,又买了不少面包和生果,约了周泉,带上周炳和陈文婷,那一天大早就动身,去逛白云山。他们出了小北门,走过鹿鸣岗和凤凰台,踏着百步梯,缓步登上白云山的高处。到了白云寺,他们看了看佛像字画,又看了看集的欧阳询所写的"怡云"两个大字,喝了茶,签了香油钱,就到寺门外面去眺望风景。这天天气极好,暑热刚刚退去,凉风慢慢吹来,太阳照着山坡,连半点云雾都没有,从高处望下去,可以望到很远很远的所在。有几十万人在那里忙碌奔走,在那里力竭声嘶地吵吵嚷嚷的省城,如今却驯服宁静,不像包藏着什么险恶的风云。珠江围绕着大地,像一根银线一样,寒光闪闪。周炳和陈文婷高兴得你追我,我赶你,满山乱跑。陈文雄忽然觉得万虑俱消,飘飘然有出世之感,就叹一口气说:"嘻,这真有诗意!"随后又用英文低声念了什么人的一些诗句,但是周泉并没有留心去听。她这时候觉着自己正站在整个地球的尖顶上,一切人都趴在她的脚下,她满足了,她知道什么叫作幸福了。逛了好一会儿,他们才下山往回走,沿着百步梯,弯弯曲曲地在山谷里转。后来,他们又到双溪寺去看了一会儿,才找了一座上下一色、全用白麻石砌成的古老大坟,在那地堂上坐着野餐。周炳和陈文婷哪里有心思去吃东西,只把面包掰开,胡乱塞上些肉呀什么的,就拿在手里跑开,去摘野花,拣石子玩儿去了。这里陈文雄看见周泉兴致很高,忽然想起一件事儿,想趁这机会和她说一说,就用试探的口气说道:

"爱情是伟大而崇高的,又是自私和残忍的,是么?"周泉不明白什么事儿,就把面包从唇边拿开,一面咀嚼一面说:"是呀,真是这个样子。"陈文雄把身体更向她靠近一些,一半是恳求、一半是威胁地说:"小鸽子呀,我的小鸽子呀,你知道我多么爱你,多么想完完全全地整个占有了你!我要用我的双手,把我自己的谷子喂饱你,让你为了我而更加美丽。只要我有一次看见你吃了别人的谷子,我的心就碎了,我就疯狂了。我完全不能够让别人的谷子,经过别人的手送到你的嘴里,而你却吞了下去。妒忌会撕碎我的心,会使我立刻就疯狂。一定会的!"周泉不明白他的用意,就用眼睛望着天空,不作声。陈文雄继续说道:"你为什么那样傲慢,不睬我?我要求你笑就对我一个人笑,说话就跟我一个人说话,走路就跟我一个人走路,总之,除了有我在之外,你就是一块不说、不笑、不动的石头。你能够答应我么?"周泉还是不明白,就说:"我不懂你的意思,一点也不懂。如果照你这么说,我自己还存在么?我还有个性么?我还有独立的人格么?"陈文雄说:"小鸽子,你要知道,爱情的极致就是自我的消失。从来懂得爱情的人都能够为爱自己的人牺牲自己的幸福。这就叫作伟大。"周泉轻轻摇着头,说:"按那么说,我应该……"陈文雄立刻接上说:"对,对。你个人的意志应该服从我们共同的意志。你的一举一动都应该得到我的同意。哪怕是看电影、吃冰淇淋那样的小事!"周泉这时候才明白了,原来陈文雄是指的最近她同何守仁去看了一次电影,吃了一次冰淇淋的事儿,她的脸唰的一下子绯红起来了。

"那不过是普通的社交,"她低声地、含含糊糊地解释道,"社交公开不是你极力主张的么?况且他不是别人,还是你的拜把兄弟呢!"

陈文雄非常固执地说:"社交公开是一回事,爱情又是一回事。我从来没说过爱情也可以公开。至于说到何守仁,那样势利卑鄙的小人,还是不提他为好。他对你既不存好意,对二妹也怀着歹念头。"

周泉很生气地说:"你太冷酷了。我保留我的看法,我保留我的权利。"

陈文雄盛气凌人地扭歪脖子说:"小鸽子,你过于傲慢了。这对你自己没有什么好处。就是对你周家全家也不会有什么好处。你要想清楚。"

周泉受了很重的打击。她的身体摇晃了一下,脸上立刻转成苍白。一对雄伟的山鹰,振着翅膀啪啪地掠过他们的头上,一阵微风送过来一片云影,石头缝里的小草轻轻地摇摆不停。周泉一声不响,浑身打战地站起来,也不告别,一脚高、一脚低地往山下走。周炳发觉了这种情形,飞跑前来,撑上了她。陈文婷拉着她哥哥的衣服,一个劲儿追问究竟。走到山脚下,周泉站着喘气,周炳就问

她怎么回事,她余怒未消地说:

"不用说了。他干涉我的自由,还侮辱我的人格,还侮辱了咱们全家!"跟着把刚才经过的情形,一五一十地告诉了周炳,还叮嘱他不要对别人说。周炳听了也很冒火,就安慰他姐姐道:"我还当他是个侠义之人,原来也是一个坏东西。有钱的少爷没有一个好的!咱们回家去,不理他,让他跪在咱家门口三天三夜,也不理他!"周泉万般无奈地点点头说:

"对。咱们不理他!"

姐弟俩继续往家里走,谁都没有说话。可是走了半里路,周泉就停下来,眼巴巴地往回望。周炳不好催她,只有闷着满肚子气,站在路边等候。周泉望了半天,不见一个人影,就叹了一口气,继续往回走。这回没有走几步,又停下来了。周炳问:"累了么?"她说:"累极了。"就这样走走停停,停停望望,可始终没见个人影儿。来的时候兴致冲冲,回的时候清清冷冷。不知道陈文雄是坐在石头坟上不动呢,还是绕另外的道路走了,他们姐弟俩一直回到家,还没见他赶上来。周泉失望了,悲伤了。回到家里,也不吃饭,只是睡觉。周杨氏着了慌,怕她撞了邪,得了病,追问周炳,又问不出个究竟,急得不知怎么才好。一天过了,没见陈文雄来。两天过了,没见陈文雄来。三天过了,还是没见陈文雄来。周泉当真病了,连学校里也请了假了。周炳看见她这个样子,很替她担心,可是也没有什么法子。

谁知一个星期之后,有一天周炳和陈文婷放学回家,在三家巷口却碰上陈文雄和他姐姐周泉成双成对地往街上走,看样子怪亲热的。等周泉回家,周炳把她拉到神楼底自己的房间里,避开妈妈的耳目问她道:

"姐姐,你们怎么又好起来了?是他赔罪了么?"

周泉说:"没有。是我去找他了。"

周炳吃了一惊,连忙追问道:"你服从了他的专制了?"

她的眼睛红了,声音发抖地回答道:"我服从了。那有什么关系呢?自古说:'小不忍则乱大谋',不过是些小事情,也犯不着因小失大。"

一向老实和气,不容易发火的周炳生气了。他十分粗鲁地说:"你怎么那样没有志气?你失什么大?"

姐姐抚摸着他的刚刚留长了的头发说:"你年纪还小,你还不懂得这些个事情。俗语说,'穷不与富斗,富不与官争'嘛。你不懂这些个,因此你这几年做了不少的傻事情,不少的傻事情,哦,真是的,不少的傻事情!你跟老师闹翻了,你跟剪刀铺子东家闹翻了,你跟干爹、干娘闹翻了,你跟鞋铺子的小老板闹翻了,你跟药店掌柜的闹翻了,最后,你跟那管账的也闹翻了。他们纵有不是,可他们都是社会上的体面人物嗄!番薯、芋头,也没有个个四正的——看开一点就算了!"

"屠头!"周炳恶狠狠地骂了一声,把周泉骂得哭起来了。从此以后,周炳整天跟爸爸、妈妈吵嚷,闹着要退学,要回到剪刀铺子去打铁去。

一一　幸福的除夕

平常的时间过得快,动乱年头的时间过得更快。还来不及计算打了几回仗,谁上了台,谁下了台,一下子就过了四年。大人们老了,孩子们长大了。一千九百二十五年一月底,旧历除夕那天晚上,皮鞋工匠区华一家人,正在吃团年饭。他忽然感慨万端地放下酒杯,对他的老婆区杨氏说了一句话。这句话说得很简短,但是说得那么斯文,简直使举座为之惊奇。他说:

"日子这个东西,简直像只老鼠。你望着它的时候,它全不动弹;可是你拧歪脸试试看,它出溜一下子就溜掉了。不是这样么,老伙计?"

老伙计笑了。其余的人都笑了,他自己也笑了。在桌上吃饭的,除了他俩是四十左右的中年人之外,其他两个女儿、两个儿子都是十几二十岁的年轻人,笑得搁下饭碗,掏出手帕来擦眼泪。大女儿区苏,今年二十岁了,是个熟练的手电筒女工,笑得很开心,但是还有点矜持。二女儿区桃,今年十八岁,在电话局里当接线生,人家都不叫她本名,只管她叫"美人儿"。拿省城话来说,就叫作"靓女"。她笑得恰合身份,既是无忧无虑的开怀大笑,又显得妩媚又温柔。第三是儿子区细,今年才十六岁,在一间印刷所里当学徒。他笑得前仰后翻,差一点儿坐不牢,摔在地上。小儿子区卓,才十一岁,在家里跟着学做鞋。他本来还没听懂什么意思,只是跟着大家笑。区华望着这一群儿女,又望着他的能干的老伙计,那车皮鞋面的巧手女工,就不管自己说的话是错是对,从心里面生出一种无边的乐趣。

区华这种感慨是有所指的。他想到自己家里,也想到住在三家巷的那两个连襟,周铁家和陈万利家,不过他嘴里没说出来。当初杨家老丈人把三个女儿陆续嫁给陈家、周家和他区家的时候,也是经过了一番挑选,斤两都差不离儿的。可是大姨妈跟着大姨爹先发了,享了福了,儿女穿鞋踏袜,粉雕玉琢的一般。二姨妈跟着二姨爹,前几年光景不大顺坦,这几年做工的做工,读书识字的读书识字,也看着要发起来了。只有三姑娘嫁到南关珠光里他区家,如今还得起早睡晚,做一天吃一天,儿女们也都没有半点文墨。幸亏他的老伙计那门手艺还不错,他在这一项上还夸得上口。这样,他虽比不上他那两家连襟,也就心满意足了。

说实在话,这四五年的变动也真大。单说周家:周铁的头发和满嘴的络腮胡子都花白了;周金右手的大拇指叫机器给轧扁了;周榕当了小学教师;周泉中学毕了业,在家里闲住着;周炳也从小学毕了业,如今在中学念书了。照区华看来,这就好像大家都在匆匆忙忙地奔赴前程,而他自己就老是对着那钉皮鞋掌的铁砧子,一点也不动弹。说到陈家,这几年更加锦上添花,叫别人连正眼都不敢望一望:陈万利越老越结实,生意也越做越大;大小姐陈文英当了军官太太;大少爷陈文雄当了洋行打字;二小姐陈文娣当了商业会计;三小姐陈文婕、四小姐陈文婷都在大学、中学念书。要是加上何家的何守仁读大学,何守义读中学,何守礼读小学的话,区华给他们算了一下,在三家巷里面,如今就有两个大学生,八个中学生,两个小学生。三家人的孩子个个念书,不能不说文昌帝君的心有点不公正。就算周金念书不多,可他总算念过正经的学堂。区家跟他们比起来,那是"八字都没有一撇"呢。区家三代都没进过学堂,也都没开过蒙,没拜过孔夫子。如今还算区桃自己争气,有了电话局一份工,晚上抽点休班的时间,自己买了些课本、簿子,请她表弟周炳教着认识一两个字。区华觉得日子过得快,觉得社会上确实发生了一些新的事情,就是这些了。至于社会上还发生了一些别的什么事,为什么许多人都兴高采烈地吵吵嚷嚷,刘震寰、杨希闵跟莫荣新、邓本殷有什么不同,蒋介石和陈炯明有什么差异,他就弄不大清楚,也没有心思去多管了。团年饭刚吃过,区桃换上一件浅蓝镶边秋绒短上衣,一条花布裙子,带上区细、区卓两个弟弟出门去了。周榕夹着几本小书,穿着黑呢子学生制服,从外面走进来。他最近正在帮助区苏她们组织工会,常常夹着些既不裁开又不切边的小书来,和她谈天,又和她一道出去找她那些工友。这个晚上,周榕看来心情特别好,他向大家问过安,没马上到区苏房间里去,却在那皮硝味儿很浓的大厅里,紧挨着区华坐下来,东拉西扯地闲聊着,区苏也陪坐在一边。区华一面抽着生切烟,一面打着饱嗝,说:

"阿榕,如今这世界,到底是好了些了,还是坏了些了?"

周榕连想都不想就回答道:"自然是好得多了。"

区华轻轻摇着脑袋说："何以见得呢？仗还要打。捐税还要缴。柴米油盐，一分银子都不减。"周榕热心地解释道："三姨爹，那些事可不能急，慢慢会弄好的。咱们现在要革命，要打倒那些万恶的军阀，要打倒那些侵略咱们的帝国主义。等到那个时候，日子就会好起来的。"区华说："那倒不错，可是你们拿什么去打倒人家呢？人家可不是空着手站在那里等你们打的呀！"周榕理直气壮地说："不错，咱们目前力量还差一些。可是俄国人会来帮助咱们的——孙中山已经同意了。现在有一股浪潮，正在用无比的威力推着全国民众向前冲，军阀和帝国主义虽有枪炮，是再也挡不住的！三姨爹，你想想看，全国的党派都到广州来了。这些不是力量么？像我大哥，他是共产党。像我的同学李民魁，他是无政府主义派。像表姐夫张子豪和文雄表哥，他们是国民党。像同巷子住的何守仁，他是国家主义派。这些党派都是了得的家伙！"鞋匠向他摆着手说："好了。够了。别再往下宣传了。我问你：那无政府主义派如果坐了天下，政府没有了，所有的钱粮捐税都归谁得？"周榕笑着回答道："那不过是理想中的事儿。"区华拍着手笑着："着呵！我就晓得那不过是你们年轻人理想中的事儿！"说完他就走开了，剩下区苏陪着她表哥谈天。看看快到十点钟，周榕露出要走的样子，区苏舍不得他走，就说："再坐一坐有什么相干？还早着哪。横竖年三十晚了。"周榕望一望她那张白净瘦削的、纯洁无瑕的脸，也有点舍不得走。但是想起表妹陈文娣和他有约在先，还是非走不可。几分钟之后，周榕带着负疚的心情在头里走，区苏带着迷惘的神态在后面送，两家都不说话。出了珠光里，到了永汉南路，区苏站住了。她过分用力地握了握她表哥的手，说："你说了许多话给我听。有时想起来仿佛都是对的。可有时呢，又觉着不那么对。我该怎么办？"周榕没有回答清楚，不太愉快地分别了。他没有走双门底、惠爱路回家，却走了大市街、维新路、臬司前、贤藏街折进师古巷，准备上他舅舅杨志朴家里去坐一坐。谁知走到杨家门口，却遇着他表弟杨承辉恰好从屋里走出来,说是要去找区苏上街逛去。他知道杨承辉心里很爱区苏,可是区苏却不太喜欢他,就对他说道:"老表,我忠告你一句,你对姑娘们不能像对男人们那样暴躁,那样不耐烦,那样不留余地,懂么?"杨承辉匆匆忙忙地答道:"表哥,你真是我的知己!"说完就走掉。周榕这时候也不想进杨家了,就顺着师古巷横过四牌楼,走进云台里,又从忠襄里走出陶街,尽走一些小路。在陶街碰上一群逛街卖懒的少年人,那就是区桃、区细、区卓、陈文婕、陈文婷、何守义、何守礼和他弟弟周炳八个人。他只对陈文婕问了一句:"你娣姐在家么?"陈文婕挤眉弄眼地回答了一句:"不知道,你不会自己瞧去!"也没有多说话,就走过去了。在朝天街口,他又碰见了陈文雄和他妹妹周泉,两个人手臂扣着手臂在惠爱路上走,说是要逛公园去。他十分心急地一面走,一面搔着脑袋自言自语道:"怎么,真是不夜天了呀!"

　　不多一会儿,陈文雄和周泉两个走进了第一公园。他们向左拐,在音乐亭后面不远的地方,找着那张坐得惯熟了的、绿色油漆的长椅子,两人紧挨着坐下来。这地方灯光不太亮,也不是没有灯光。他们彼此只看见对方的身影,却看不清对方的面目。——没有比这里更好的去处了。陈文雄一只手围住周泉的斜削的、没肉的肩膀,一只手随意插在西装外衣的口袋里,感到非常幸福。周泉也不作声。她那半睨的眼睛望着那疏星点点的、黑沉沉的天空。轻微的寒气在花木之间流动着。她感觉到坐在她身旁的男子那种混合着烟草气味的、身体上面散发出来的暖气。后来,陈文雄说:"泉,五四运动到现在,已经过去六年了。你的斗志还坚决么?打倒礼教,提倡欧化,解放个性,男女平权,你对这些还有劲头么?"周泉说:"当然。为什么不呢?"陈文雄说:"是这样:我觉得你二哥阿榕是真正要革命的,可是——"周泉抢先说:"你自己呢?你不是沙面罢工胜利声中的英雄人物么?"陈文雄说:"我自己自然也是真心真意,可是李大哥、大姐夫、何守仁他们,我看就难说。我也举不出确实的凭据。"周泉想了一想,就说:"人有时也得看环境,很难个个一样齐心。人家当了党官、军官、大学生,都是青云直上的人物,比你们这些洋行打字、小学教师,自然就不同一些。比方拿我自己来说,我又不能升学,又找不到职业,我真担心自己在社会上是不是能够保持独立平等的地位!"陈文雄说:"你怎么又傻起来了?有职业,不一定有独立平等;没职业,不一定没独立平等。在我的灵魂里,你永远是尊贵的,独立的,平等的,庄严的。"周泉嘻嘻地、满足地笑着,眼睛因为受了感动,充满了眼泪。陈文雄又说:"自然,你的生活应该有些变动。如果你想升学,我负完全的责任;如果你想组织一个幸福的新家庭,我也不敢有半点异议。"周泉的心突突地跳着,低声问道:"你呢?你怎么说呢?你知道,你说一句话,比我想三天还要来得清楚。"陈文雄说:"要按我的想法,我觉着咱们应该向新的乐园跨进一步。咱们果然能够创造一个最新式的家庭的话,这件事本身就是一个革命的、大胆的行动!咱俩会更加幸福,更加热烈,更加充满人生的勇气!"说到这里,他们热烈地互相拥抱起来了。他们热烈地吻着,说着幻想的、美妙的诗句,周泉的泪水沿着发烧的脸颊淌下来……

这时候,在三家巷陈家的楼下客厅里,完全是另外一种场面。陈文娣完全像一个成熟的少女,雍容华贵地坐在那种棉花和干草做垫子的安乐椅里,她身上那件黑色的、闪光的薄棉袍,把她脸上的愠怒和恐惧映照得更加鲜明。何守仁在她磕膝盖前面的地板上缩成一团,好像一只受伤的野兽,也分不清他是在坐着,蹲着,还是跪着。挂钟滴答滴答地响。忽然之间,何守仁从地板上跳了起来,像和敌人骂阵似的说:"你还不开腔么?你还是那样残忍么?你要把我的心撕成碎片么?你要把我的生命整个儿毁掉么?你对我连一点点怜悯也没有了么?"这种腔调完全不是平日那种矜持、老成、悠闲、永远立于不败地位,像俗语所说,"永远站在赢的一边"的大学生何守仁的腔调。他的瘦小的身体,因为暴躁而更加瘦小了。

那脸上的五官,也紧紧地收缩到一块儿去了。陈文娣除了感觉到威胁和厌恶之外,丝毫感觉不到别的什么有趣的东西。她一声不响地瞪大眼睛望着那求爱的男子,她那两只手藏在衣袋中,紧紧握着拳头。幸亏在这个紧急的危险关头,周榕推门进来了。何守仁看见有人来,立刻恢复了平时那种恬淡的尊严脸孔,对陈文娣说:"祝你新年快乐幸福!"说完,弯腰深深地一鞠躬,旁若无人地走出去了……

陈文娣立刻把手伸给周榕,气喘吁吁地说:"榕表哥,快来!他……压迫人家!不,怎么说呢,我像是做了一个噩梦!多么可怕呵!"周榕赶快跑上前去,紧紧抓住她两只冰冷的手,用温存的眼光望着她那张椭圆形的脸,看见她左边眼皮上那个小疤还在可怜地颤动着。陈文娣借着她榕表哥的力,从安乐椅上站了起来,把他的手拉到自己的胸前,说:"你看!在这里。它跳得多么凶!"周榕右手半搂着她的肩背,左手轻轻按住她的心窝,立刻感觉到她的心扑通扑通地,果然跳得十分厉害。他说了一些安慰她的话,把她搂紧一些,用嘴唇去亲她的前额。她温柔地抬起头,半睁着那棕色的眼睛,像喝醉了似的望着他。他俩深深地接了一个吻。这时候,才听见挂钟又滴答地走起来。远处,不知哪些人家已经稀稀疏疏地燃起爆仗来了。陈文娣把脑袋藏在周榕的胸前,藏了好一会儿,才抬起半边脸说:"表哥,春天已经到了。咱们该怎么办呢?"周榕低声回答着:"要是你爹不反对,咱们该结婚了。"她说:"是呀。爸爸也不一定就反对到底的。你叫你妈跟我妈讲。她们是嫡亲两姊妹,好说话。"表哥诚恳地问道:"你坚持么?"这句话虽然问得老实,但在表妹听来,却有点迂腐,不得体。当下她就笑着回答道:"我不坚持?什么叫作新女性?难道我不懂得什么叫作自由么?我不爱自由么?"说着,他两个分坐在两张安乐椅上。周榕沉醉在快乐的、勇敢的春宵里,一声不吭,只顾拿眼睛看她。陈文娣在心里自己问自己道:"你究竟是爱他,还是感激他?或者仅仅是他的举止稳重大方,博得你的好感？难道你对于何守仁,真是一点也不喜欢么？"因为对自己提出的这些问题,自己竟然回答不上来,她于是开始觉着茫茫然了……

区桃、区细、区卓、陈文婕、陈文婷、何守义、何守礼、周炳这八个少年人一直在附近的横街窄巷里游逛卖懒,谈谈笑笑,越走越带劲儿。年纪最小的是区卓跟何守礼,一个十一岁,一个才八岁,他们一路走一路唱:"卖懒,卖懒,卖到年三十晚。人懒我不懒!"家家户户都敞开大门,划拳喝酒。门外贴着崭新对联,堂屋摆着拜神桌子,桌上供着鸡鸭鱼肉,香烛酒水。到处都充满香味,油味,酒味,在这些温暖迷人的气味中间,又流窜着一阵阵的烟雾,一阵阵的笑语和欢声。这八个少年人快活得浑身发热,心里发痒。转来转去,转到桂香街,却碰到了另外一个年轻人。他叫李民天,是常常在三家巷走动的那李民魁的堂弟弟,和陈文婕是大学里预科的同班同学,年纪也一般大小,今年都是十九岁。他一看见陈文婕,就长长地透了一口气,站住了。大家望着他,他一面掏出手帕来擦汗,一面说:"你害得我好找！不说假话,我把每一条小巷子都找遍了！"陈文婕只是嗤嗤地、不着边际地笑。大伙儿再往前走,李民天和陈文婕慢慢落到后面;一出惠爱路,借着明亮的电灯一看,他俩连踪影儿都不见了。陈文婷噘着小小的嘴巴说:"咱们玩得多好！就是来了这么一个小无赖。咱们不等他了,走吧!"走到惠爱路,折向东,他们朝着清风桥那个方向走去。马路上灯光辉煌,人行道上行人非常拥挤,他们这个队伍时常被人冲散。有一次,区桃站在一家商店的大玻璃柜前面,只顾望着那里面的货物出神。那货柜可以说是一个国际商品展览会,除了中国货以外,哪一个国家的货物都有。周炳站在她后面,催了几次,她只是不走。陈文婷和区细、区卓、何守义、何守礼几个人,在人群中挤撞了半天,一看,连周炳和区桃都不见了,她就心中不忿地顿着脚说:"连周炳这混账东西都开了小差了。眼看咱们这懒是卖不成的了。咱们散了吧!"区细奉承她说:"为什么呢,婷表姐?咱们玩咱们的不好?"陈文婷傲慢地摇着头说:"哪来的闲工夫跟你玩?我不想玩了!"说罢,他们就散了伙。区细、区卓两个向东走去,陈文婷、何守义、何守礼朝西门那边回家……

周炳和区桃两个人离开了货柜,其余的人都找不见了。周炳正在暗中着急,忽然看见区桃那张杏仁脸上,浮起两个浅浅的笑涡,十分迷人。他知道她是使了金蝉脱壳之计,就笑着说:"阿桃,你倒聪明。"区桃拿那双细长的眼睛灵活地扫了他一眼,说:"学生还能比先生更聪明么?"凭着这迅速的、闪电似的一瞥,周炳看清楚了她的细长的眉毛:弯弯的、短短的、稀稀疏疏的,笼罩着无限的柔情和好意。周炳感到舒服,就更加靠拢一些,低声问道:"咱俩现在该怎么办才好?"区桃被他吸引着,也更靠近他一步,简短回答道:"表弟,随你。"到哪里去还没有定论,他们只顾信步往前走,你望着我,我望着你,不说话,也不分南北东西。在区桃的眼睛里,也没有马路,也没有灯光,也没有人群,只有周炳那张宽大强壮的脸,那对喷射出光辉和热力的圆眼睛,那只自信而粗野的高鼻子,这几样东西配合得又俊、又美、又匀称,又得人爱,又都坚硬得和石头造成的一般。走了一程,周炳提议道:"咱们逛花市去。"区桃说了一个字:"好。"这真是没话找话说。他俩哪里像是去逛花市呢?花市在西关,他俩如今正朝着大东门走去。又走了一程,两旁的电灯逐渐稀少了,区桃就提醒周炳道:"表弟,你看,咱们敢情把方向闹错了。"周炳挥动着他的葵扇般的大手说:"没有的事。走这边更好!"实际上,他们从大东门拐出东堤,沿着珠江堤岸走到西堤,又从那里拐进西关。也不知道走了多久,就把这广州城绕着走了一圈。到了花市,那里灯光灿烂,人山人海。桃花、吊钟、水仙、蜡梅、菊花、剑兰、山茶、芍药,十几条街道的两旁都摆满了。人们只能一个挨着一个走,笑语喧声,非常热闹。周炳看见人多,怕挤坏了区桃,就想拿手搂住她的腰。没想到区桃十分乖巧,她用手把周炳的手背轻轻打了一下,嘴里像相思鸟低声唱着似的说道:"你坏!"又拧回头对他用天生的、特殊的魅力露齿一笑,就往前跑,一眨眼就像一只野兔钻进稻田里去似的,跑得无影无踪了。在这乱哄哄、人头汹涌的花市里,这大个子周炳显得十分笨拙,他自己也知道,要想钻进人缝当中去追赶区桃,可不是一桩轻便的事儿。他努力向前赶,出了满头大汗。撞了人,赔不是;掉了鞋,拔不起——闹了多少笑话,可哪有半点影儿!

一二 人日皇后

"人日"那天的绝早,医科大学生杨承辉就起了床,急急忙忙地洗脸,刮胡子。他曾经和他的姑表兄弟姊妹周榕、陈文雄、区苏等人约好,今天要到郊外去短足旅行。同时他和他父亲杨志朴最近发生了一些政治上的争论,也急于到三家巷去找人谈论谈论,所以天不亮就醒了,再也睡不着。那杨志朴一直居住在四牌楼师古巷,现在已经成了归德门一带很有名气的中医生。他最近主张不管段祺瑞提倡的善后会议也好,不管共产党和国民党坚持的国民会议也好,只要使得中国不打仗,他都赞成。这一点,他的大儿子,今年才二十岁的杨承辉,大为反对。今天他的心情特别畅快,收拾停当之后,区苏和区桃就来叫他。三个人一同在书房里吃了稀粥和煎萝卜糕,一同出门,往西走去。到了三家巷,太阳才出来一会儿,那边也起得早,人都在忙着了。还差一年就要毕业的法科大学生何守仁穿着整齐的厚呢子制服,满脸晦气,没精打采地坐在东墙根的石头凳子上,好像他并不知道今天有郊游这么一回事。看见杨承辉和区苏、区桃三个人,也只是懒懒地打了一个招呼。杨承辉好容易抓住一个空闲的人,就和他谈论起来道:"我爸爸说善后会议和国民会议都可以,只要中国不打仗。我看这样说可不行吧!"何守仁冷冷地说:"为什么呢?杨大夫是很有见地的。你应该尊重他。况且,多数人也是这么想的。"杨承辉显然是失望了,说:"多数人?谁?共产党和国民党都反对善后会议。"何守仁嘲笑地说:"赫!共产党和国民党可不能算是多数。我爸爸就赞成善后会议。他说,光闹意气不行,得看实际效果。唱唱国民会议的高调,中听倒还中听,只怕一百年也开不成。他很坚持他的意见。"杨承辉急得什么似的问:"你同意你爸爸的意见么?"何守仁还是慢条斯理地回答道:"也不能说是全部同意。可是我看得出他是有理由的。咱们读书就在于明理。人家有法统,这且不说。你知道我是讲究法律观的。就照你们医家来说,身体极度衰弱的人也能够开刀么?咱们光说段祺瑞不行,只怕咱们当了段祺瑞那一份儿,乱子还要闹得大!"杨承辉乱了,也顾不得去陪伴区苏了,只是连声叫嚷道:"算了,算了。咱们没有什么可谈的了!"正嚷着,陈文雄拉开矮铁门走了出来。杨承辉恭恭敬敬地站起来道:"大表哥,今天还上工?人日呀!"陈文雄穿着崭新的翻领洋服,没有穿大衣,只在洋服里面加了一件英国制造的纯羊毛外套,风度潇洒,又很有身份地微微弯了弯腰,笑着说:"我的职业是一种欧洲式的职业。人家洋大人又不讲人日、狗日,有什么办法呢?"杨承辉像掉在水里的人摸着了救生圈似的扯着陈文雄的西装衣袖央求道:"你来得正好,你来得正好。你是爱国的。你是革命家。你替中国人争回了人格。你说说你对于善后会议和国民会议的看法吧!"自从去年陈文雄参加了沙面大罢工,并且取得了胜利之后,他的地位就十分醒目。在公司里,英国大班对他显然客气得多,并且总好像要取得他的好感。在三家巷里,他成了一个英雄人物,成了民族的良心。他每一次在政治问题上的发言都带着权威的性质。这时候,他审慎地想了一想,就说:"要把问题说清楚,得有时间,改天吧。但是大体说来,我倾向于国民会议。好吧,再见。"最后那四个字,陈文雄觉着中文的分量轻了一些,就在说完了中文之后,又用英文重复说了一遍,才走了。这里,剩下杨承辉得意扬扬地对何守仁说:"听见了么?怎么样?"何守仁不甘示弱,就站起来,摊开两手说:"不怎么样。他的答案是早就料得到的。他没有时间做冷静的思考。但是我不同。我不是狂热的宗教信仰家,我不偏南,也不偏北。"

杨承辉正准备开口,来参加郊游的人都到了,就没有再谈下去。来的人当中,除了区苏、区桃之外,还有陈家大姐姐陈文英、大姐夫张子豪,李大哥李民魁和他的堂兄弟李民天,加上原来在这里的周榕、周泉、周炳、陈文娣、陈文婕、陈文婷、何守义、何守礼两个小孩子,登时把一条三家巷闹得乱哄哄的,又追又打,又说又笑,谁的衣服如何,谁的鞋袜怎样,有人忘了带手巾,有人嚷着带水壶,十分高兴。临出发的时候,何守仁说肚子疼,想不去。陈文娣走到他跟前,说:"你怎么啦?你看大家多么高兴。只当作你赏脸给我好不好?"他才勉强笑着答应去了。这十六个人当中,数陈文英年纪最大,已经二十七岁了,何守礼年纪最小,才八岁,其他多半是二十上下的青年人,个个都是浑身带劲儿的。当下沿着官塘街、百灵街、德宣街,朝小北门外走去。街上的人看见这八个男、八个女那么年轻,又那么兴致勃勃,都拿羡慕的眼光望着他们,觉着他们都是占尽了人间幸福的风流人物。出了小北门之后,他们沿着田基路走进一些小小的村庄,穿过这些村庄,向着凤凰台走去。走在最前面的是李民魁、张子豪、周榕、何守仁、杨承辉、李民天六个人,他们在继续谈论善后会议呀,国民会议呀;孙中山呀,段祺瑞呀;谈得津津有味儿。这些人多半都穿着黑呢子学生制服,有新的,有旧的。只有李民魁在国民党党部里面做事,穿着中山装,浑身上下,都闪着棕色的马皮一般的光泽;张子豪从中学毕业之后,又进了黄埔军官学校第二期,出来当了军官,因此穿着姜黄色呢子军服,皮绑腿,皮靴,身上束着横直皮带。这两个人都十分神气。加上大家谈话,都按着学校里的习惯,彼此称呼某君、某君,只有他两个彼此称呼,都叫"同志",这也使得他们的地位,十分新颖,十分出色。

走在当中的是周泉、陈文娣、陈文婕、陈文婷、区苏、区桃六个姑娘,加上一个小伙子周炳。他的左臂挂着一帆布口袋饼干,右肩挂着一帆布口袋甘蔗,还没有出城,就已经累得满头大汗。这些表姐表妹们都穿着漂亮的新衣服。周泉和陈家三个都穿着短衣长裙,有黑的、有白的、有花的、有素的、有布的、有绒的、有镶边的、有绣花的。区家两个是工人打扮,区苏穿着银灰色的秋绒上衣,黑斜布长裤,显得端庄宁静;区桃穿着金鱼黄的文华绉薄棉袄,粉红色毛布宽脚长裤,看起来又鲜明,又艳丽。在一千九百二十五年的广州,剪辫子的风气还没大开,但是她们六个人是一色的剪短了头发,梳成当时被守旧的人们嘲笑做"椰壳"的那种样式。区桃的头发既没有涂油,又没有很在意地梳过;那覆盖着整个前额的刘海儿,其中有两绺在眉心上叠成一个自然妩媚的交叉,十分动人。她们缓缓地走着,从远处望过去,就不觉得是一群人在走路,而是一大簇鲜妍的花儿在田基路上移动。不知道由于受了男子们的影响,还是由于什么偶然的原因,她们也在争论着一个什么问题,边走边谈,指手画脚,热闹得很。走在最后面的是陈文英大姐和何家两个小兄妹,他们对于青年们的论题也好,对于姑娘们的论题也好,都没有听出味道,就离开大家,拉在后边很远,这里看一看花,那边斗一斗草,倒也自在快活。

姑娘们的争论,是从陈文娣引起的。她在一间郊外茶寮的菱形窟窿眼儿篱笆上看见一张宣传标语,就气嘟嘟地说:"这是什么道理?到处都写着工农兵学商!那工就一定在最前,那商就一定在最后。算是哪道圣旨?"区苏在她近旁走着,就搭腔道:"这不过是人们说惯了罢了,哪里有什么意思呢?"陈文娣睁大那棕色的眼睛说:"没有意思,那就巧了。我把它颠倒过来,说成商学兵农工成不成?"区苏天真地笑着说:"娣表姐,那可不成。人家都不惯。"陈文娣紧接着道:"我说呢。这里面就有道理。不是我爸爸做生意,我就偏帮商人。依我看,商人对国家的贡献不一定最小,工人对国家的贡献不一定最大。"区苏觉着陈文娣不讲道理,就有点生气,声音也紧了,说:"劳工神圣这句话,你也打算推翻么?依你说,就是商学兵农工才对?"陈文娣一想,区家是她三姨家,那一家人全是工人,觉着不好说,就没有马上回答。大家沉默下来,在风和日暖的田野里漫步走着。菜田里是绿油油的一片,稻田里还漫着水,最初来到岭南的春光紧紧跟随着这一群出色的女孩子。一会儿,陈文婷插嘴进去说:"别怪我人小,不知世界。我看论功劳大小来排,应该是学商兵工农才对。学生应该领头。工人要是押尾,也有点委屈。农民虽然人多,但作用不大,又没知识,该掉一掉。"陈文娣说:"这我也赞成。五四运动就是学生搞出来的。带头也成。商人之中,那些有力量、眼光远大的新式商人,其实也都是学生出身的。还有外洋的留学生呢!"区苏说:"就是这样,我还要反对。谁能离开工人的两只手?没有工人,就什么也没有了。"区桃接上说:"我也反对。共产党也好,国民党也好,都承认工人最重要。"后来陈文婕加入了她姐姐这一边,周泉加入了区家姊妹那一边,就旗鼓相当地辩论不休。谁知越辩论越带意气,说话慢慢就离谱儿了。陈文娣赌气地说:"阿苏表妹,反正你说的话,我听来都不对头。你应该多读点书!"区苏也气了,就冷笑一声,高声说道:"这我知道。娣表姐你饱读诗书,我没法给你争。可是你大人自有大量,何必多余我一个没要紧的人呢?"陈文娣一听,就听出了一些弦外之音,是沾到周榕的身上去了。她也不甘退让,就说:"谁跟你争来?你要是有什么不遂意的事儿,那该怪你自己,怪不得我。我是不屑跟你争什么的!"区桃还没作声,陈文婷就帮上去了,说:"苏表姐的话,反正我到死那天,也不能赞同。"区桃在旁,也接上说道:"大人日的,别说那样不吉利的话。我可是相反,娣表姐的主张,我无论怎样还是反对!"周泉和陈文婕都比较胆小怕事,就齐声劝阻道:"算了吧,谈别的吧。要不就让别人来谈一谈,咱们听一听,多琢磨琢磨。"区桃说:"对。"又拿手让一让到如今为止还一句话没说过的周炳道,"炳表弟,你说一说!"周炳好像很有准备似的,一点也不谦逊就说出来道:"我当过工人,如今又是学生,谁也不偏帮。说老实话,我是工农兵学商派。商人当然不能带头。带了头就出陈廉伯,办起商团来,从英国人那里弄来些驳壳枪,请孙中山下野。这是不行的。学生带头也不行。莫说学生不齐心,就是心齐了,顶多也不过罢课。帝国主义和军阀都不怕罢课,只怕罢工。这一点,这几年还看不清楚么?"陈文娣听了,觉得自己这边占了下风,就高声向前面叫道:"榕表哥,你来!"周榕丢下了善后会议,跑到后边来,听了听双方的议论,就说:"这问题很大。大家要慎重研究,不忙做结论。文娣提出来的疑问是有道理的。商人来领导革命是不是一定不好?学生坐第一把交椅是不是就不行?工人不带头是不是就算不重要?这些题目都很有趣味,值得咱们平心静气,坐下来慢慢探讨。大家知道,陈独秀就主张资产阶级来领导革命,资产阶级不就是商人么?"他说完,就赶到前面去了。周泉拍手笑道:"好呀,好呀。四票对四票,这个议案只好保留了。"陈文娣说:"不对。是五票对四票。你没有把陈独秀的一票算到我们这边来。"提起陈独秀这个响亮的名字,大家就不作声了。

  姑娘们继续拨开山光和云彩往前走。路旁的柳树摇摆着腰肢,紫荆花抬起明亮的笑脸,欢迎她们。陈文婷感到胜利的骄傲,就像黄莺似的唱起区家姊妹完全不能领会的英文歌来。走了好一会儿,到快要爬山的时候,前面的男子们停住了。李民魁一面掏出手帕来擦汗,一面兴高采烈地对姑娘们宣布道:"我们六个人一致投票,选出了今天最美丽的姑娘做'人日皇后',她就是区桃!你们赞成不赞成?"周炳问:"皇后要做些什么事?"陈文婷插嘴道:"还没选定呢。你看你急的!"李民魁解释道:"今天的皇后专管游山。到哪里,待多久,食物怎样分配,都归她管。"陈文婷唧唧咕咕地自言自语道:"好大一个皇后,怎么不把婚姻也管上!"她越想越生气,就抢先说道:"我一个人,投一万张赞成票。论人才,除了桃表姐还有谁呢? 咱们省城的大街小巷,哪一个不认得'美人儿'? 光论相貌鼻子嘴,我倒认真赞成工农兵学商的排班次序呢!"说完,她就不理别人,一个劲儿往凤凰台山顶上冲上去了。她那心灵,刚才不久才叫胜利的喜悦滋润过,如今却又叫突然的失败给扯碎了。她淌着汗,又淌着眼泪。她掏出手帕来,既擦汗又擦眼泪。下面,大家伙儿又愉快又兴奋地往上爬着,享受着这个春节的假日。区桃和周炳紧挨着走,看样子真令人羡慕。她脱去金鱼黄的文华绉薄棉袄,搭在手上,露出里面那件和长裤一样颜色的粉红毛布短褂子来,在温暖的阳光底下,简直就像一朵那种叫作"朱砂垒"的牡丹花一样。她微微喘着气,对周炳悄悄说道:"表弟,你看她们把人欺负成什么样子?"周炳说:"你还不知道么? 她就是那种脾气! 你不要怪她就是了。"区桃说:"自然,我不怪她们。"说完,又灵慧地笑了。

一三 迷人的岁月

他们的学校预定在人日之后三天开一个规模盛大的恳亲会,那天晚上要演出白话戏《孔雀东南飞》。为了这件事儿,陈文婷连日来都烦闷得愁眉不展。早在去年年底,那出戏着手排练之前,周炳就来找过她。周炳这时候虽然只念初中二年级,因为过去停学的缘故,比陈文婷低了两年,但是却被选做学生会的游艺部部长。初级中学的同学当部长,这是破格的事儿。在《孔雀东南飞》的演出里,大家推定他演男主角焦仲卿。陈文婷看见他来,心里就跳了一跳,听说要叫她演戏,心里就跳得更厉害了。她说:"你打算要我演什么角色?"一面心中猜想,一定是要她演女主角刘兰芝。后来她知道是要她演焦仲卿的妈妈——一个恶毒的老太婆,直气得从那深棕色的眼珠子里溅出两颗泪珠来。她冷冷地说:"不管怎样,反正我不高兴演戏!"等到她知道了演女主角刘兰芝的是她的表姐区桃的时候,她对演戏这桩事儿本身,也狠狠地咒骂了一顿,她说:

"演戏这个玩意儿,到底算个什么行当?当着这么一千几百人,摸摸捏捏,挨挨靠靠,还有个羞耻?说起话来,尽说些肉麻的话儿,叫人听了,起鸡皮疙瘩!你在戏台上和桃表姐成了夫妇,你将来也能和她当真成为夫妇么?女孩子演上几回戏,不知道要赚来几个丈夫呢!"

她骂了这几句,觉着还没有骂够,停了一停,又说:

"人家桃表姐就是比咱们开通,人家是接线生,整天在电话上送往迎来,也不知道要应酬多少男人!怪不得磨得牙尖嘴利,嗓门儿高高的,正好演戏。不是我故意糟蹋桃表姐,人家都说没事儿也要拿起电话筒,找女司机聊天,还可以请看戏,请吃饭,来者不拒呢!"

看见周炳的漂亮的圆脸涨得通红,一声不响,露出使人怜悯的心神不定的样子,她觉着很快活,就继续说下去道:

"你别以为你不作声,可以使别人更加爱你。你不吭气,我就来告诉你吧:整条三家巷都在背后笑你了。你要读书,就得求上进,慢慢从一个下等人变成一个上等人;从没有教养的人变成一个有教养的人。可是你如今还整天跟那些做粗工的'手作仔'混在一起,跟高贵斯文的读书人沾不到一块儿,这不是笑话么?"

周炳点头承认道:"阿婷,也许你说得对,跟他们来往没什么好处。可是他们都是我小时候的朋友,我心里实在爱他们。你要是跟他们来往一下,你也会爱他们的!"

陈文婷说:"少说废话!对于女性,你最好多一些恭维和奉承!"

周炳热情地、没主宰地笑着说:"阿婷,你一辈子就是爱为难我。"

陈文婷说:"我不为难你。你答应我别演戏了吧,答应我吧,唔?"

周炳实在为难起来了。他红着脸,温柔地笑着。他那壮健的身体,到处都显出青年男子的劲头来,好像手呀脚呀都一个劲儿往外长,往大里长,不知会生长到多么粗壮才算数。陈文婷望着他那强硬有力的,像雄马一样的颈脖,就感到说不出的愉快和幸福。只要周炳这时候能答应她不演戏,她就会跳起来,搂着他,吻他。但是周炳开腔了:

"好妹妹,"他说,"你能够从我的身上拿走我的生命,可是你不能阻挡我演戏。我多么爱演戏呵!"

陈文婷拿眼睛动都不动地望定他,要好好看清楚这世界上最美的动物和世界上最蠢的动物,这最美和最蠢又是怎样结合在一起的。后来,一片云雾遮住了她的视线。她长长地叹了一口气道:

"唉,炳表哥,你多么糊涂呵!"

可是周炳走了之后,她又十分后悔起来。最初,她想,周炳是喜欢演戏的,她自己却表示了相反的意见,这是她自己太笨了。其次,她想,演戏到底是在众人面前露头的好场合,不管演什么角色,都能引起大家的注意。跟着,她就越想越多,越想越深。她想到演刘兰芝的角色不一定就是好。那刘兰芝虽然和焦仲卿结成夫妇,然而最后却是要分离的,这明明是不吉利的谶语。和周炳演夫妻虽是一种快乐,可是和周炳分离却是一种不堪的痛苦。她又想到演焦仲卿的妈妈也不一定就是不好。那恶毒的老太婆虽然神憎鬼厌,可她却具有一种特殊的权利,她能够叫焦仲卿和刘兰芝分开,而焦仲卿只有服从的份儿,这却不坏。她就这么烦闷地想过来想过去,一直想到开场的那天晚上。那天晚上天气很暖和,她穿了一件圆摆白洋布上衣,一条黑洋布长裙,上衣外面披着一件纯羊毛英国薄外套,回学校里去担任招待员。天才黑,剧场里的电灯全亮了,五彩缤纷的观众成群结队地流进剧场。他们来自广州城的各个角落,有工人,有商人,更多的还是学生。陈文婷和每一个认识的人热情地打招呼,让座位,十分活跃。有几个从南关来的周炳的朋友,像手车修理店的工人丘照,裁缝工人邵煜,蒸粉工人马有,印刷工人关杰,清道伕陶华这些青年,都不认识陈文婷,只是望着这位人才出众的姑娘发呆。另外有几个从西门来的周炳的朋友,像年轻的铁匠王通、马明、杜发这几个,他们都是认识陈文婷的,就拿拐肘你碰碰我、我碰碰你,低声谈论起这位陈家四姑娘来。后来周炳的母亲周杨氏和区桃的母亲区杨氏,带着区苏、区细、区卓也来了,陈文婷立刻迎上前去招待他们。区杨氏说:"四表姐,你今天晚上为什么不上台,你要上台,那才算是真漂亮呢!"陈文婷高声大笑道:

"演戏,要能干的人才行,我这么笨,怎么能上台呀?"

她的声音这么高,这么清脆,这么动听,全场的人都听见了,都拧过脸来,羡慕地看着她。说公道话,在舞台前面的幕布还没有拉开之前,陈文婷已经演出了她的第一个戏了。

不久,锣声一响,《孔雀东南飞》正式开场。那时候,广州的观众对于话剧还是多少有点陌生的。他们看见幕布拉开,有一些厅堂的简单的布景,就感到惊奇而且高兴。等到他们看见有一些穿着清朝末年或民国初年的服装的"古人",涂着胭脂水粉,从帘子里大摇大摆走出来,说着广州话,做着一些细碎的动作,他们就有人说像,有人说不像,纷纷议论起来了。最先上场的是焦仲卿的母亲,焦仲卿的妹妹,和一个丫头身份的角色。焦仲卿的母亲完全是丑角打扮,脸上画着红道道,白道道,还贴着两块膏药。她叫观众哄哄闹闹地笑了几场,然后刘兰芝才上来。她一出场,上千的观众都静悄悄地没有一点声音。从观众第一眼看见她的时候起,她的天然的美丽,朴素的动作,温柔的性格,富于表现力的声音,把全部观众的心都给拴住了。她几乎完全没有化装,也好像没有涂过什么胭脂水粉,就是衣服,也是她平常喜欢的那种颜色:金鱼黄织锦上衣,粉红软缎长裤,只是加了一条白底蓝花围裙。额头上留下了一道一寸多宽、垂到眉心的刘海,只是后面装了一个假髻,看来更加像一个少妇。她在舞台上给婆婆斟茶,给婆婆捶背,收拾桌椅,然后坐下来织绢,那动作的干净,自然,妩媚,就好像她在家里操作一样。那女丑拼命地折磨她,打算用过火的滑稽动作和过多的、临时编造的台词博取观众的笑声,但是观众却不笑了。他们看着刘兰芝在受难,听着她在无可奈何的时候,用凄婉动人的声音对那凶恶的婆婆喊道:

"妈……"

他们就十分担心她的命运。那女丑越是滑稽,他们就越是憎恶。他们的心跳得很厉害,喉咙干燥,眼睛发痒,连气都出不出来,在等着解救她的人。陈文婷也是被感动的观众当中的一个,不过她不愿意承认自己受了感动,就经常提醒自己道:"这是剧情的力量,不是演员的本事,也不是她编对白编得好,叫我去演,一样能动人,一样能抓住观众。"周杨氏也悄悄对她三妹区杨氏说:"你听,阿桃喊一声妈,我的心都酸了!"正在这十分紧张的时候,焦仲卿上了场。他穿着湖水绉纱长袍,黑纱马褂,脸上搽了淡淡的脂粉,头上梳着从左边分开的西装,身材高大,器宇轩昂,真是一个雄伟年轻的美男子。区杨氏连忙碰了一碰她二姐说:"快看,阿炳,阿炳!"周杨氏歪着脑袋看了半天,都认不出来了,就惊叫起来道:"什么?什么?这是阿炳么?"旁边的人听见她这么高声叫嚷,不明白是什么缘故,都斜起眼睛望着她。

开头,焦仲卿的举动显得有点生硬,不大自然,不知道是由于不习惯穿那样的服装,还是由于其他的缘故。但是过不多久,他投进了那婆媳矛盾里面,他的感情在起着剧烈的变化,一会儿服从了那不合理的妈妈,一会儿袒护着那贤淑的妻子,他的对话编得矛盾百出,回肠荡气,把观众的情绪引进波涛澎湃的浪潮里,使每一个观众都在心里面叫绝。又过不多久,他写了休书,要休弃那纯洁无辜的刘兰芝,这等于他要亲手杀死他的心爱的妻子。这时候,他表现出了一种潜在的、隐秘的东西,这种东西使得他表面上服从了那吃人的旧礼教,实际上是越来越坚定站在刘兰芝这一边,站在真理的这一边。这使得每一个观众都变成了焦仲卿,都和他一道痛苦,一道悲伤,一道憎恨那吃人的旧礼教。

随后,戏是一幕一幕地发展下去了。焦仲卿送刘兰芝回娘家,彼此相约,誓不变心。刘兰芝在娘家受了许多欺负,最后叫娘家把她另外许配给别人。焦仲卿听到这个消息,赶去和她做最后的会面,并且约定用死来做最后的抵抗。到这里,他们的坚定的爱情和斗争的意志发展到最高的峰顶。在这一场戏里,他们把互相的爱悦和义无反顾、一往直前的心情发挥到了淋漓尽致的程度。在那刘家的荒芜的后园里,他们没有编很多的话,却表演了很多的动作。这些动作大半是原来的剧本所没有,而由他们创造出来的。正是这些无声的动作,使他们的生命成为不朽。这时候,区桃觉着周炳美丽极了,英勇极了,可爱极了。他的身躯是那样的壮健,举动是那样的有力,面貌是那样的英俊,灵魂是那样的高贵,世界上再没有更加宝贵、更加使人迷恋的东西了。他的全身具有无穷的力量,任何的灾难都不能损害他,随便怎样凶恶的敌人也打不败他。他举头望天的时候,他的鼻子是端正而威严的。他拿眼睛直看着她的时候,他的眼睛黑得像发光的漆,那里面贮藏着的爱情深不可量。他拿嘴唇吻她的时候,那嘴唇非常柔软,并且是热情地在跳动着的。区桃是那样地爱他,觉着分离两个字跟他们连不在一起,谁企图把这个男人从她身边抢走,那不过是一种无知的妄想。而在周炳这边,也有同样的感觉。他也觉着区桃美丽极了,英勇极了,可爱极了。她的身材看来比平时高了一些,腰也细了一些,这使得她更加飘逸。在辉煌的灯光底下,她的杏仁样的脸儿像白玉一样的光润透明。她那狭长的眼睛和那长长的睫毛都蕴藏着凛然不可侵犯的愤怒,而她的哀愁甚至比她的笑涡具有更深的魅力。

她的小小的鼻子,小小的嘴,那一绺不事修饰的刘海都表现出她的生命的顽强和她对于自己的将来的信心。周炳和每一个观众一样,感觉到她在战斗着,感觉到她在幸福的预感当中战斗着,感觉到她对于和她一起作战的男子的忠诚的信任。因此,他也和区桃一样,觉着他们一定会获得胜利,觉着一切的黑暗势力都将消失,觉着世界上还没有一种力量强大到能够把他们分开。就在这种感觉里面,他们忘记了舞台,忘记了观众,忘记了自己,使曾经在古代和黑暗势力搏斗过的,现在已经消逝了的生命重新发出灿烂的光辉。戏完了,观众给他们热烈地鼓掌,随后又议论纷纷,又叫着,嚷着,争辩着,许久都不肯离场。陈文婷也对着早已垂下来的幕布发呆——她也服了。

第二天,吃过中饭休息的时候,年轻的铁匠王通和马明都到正岐利剪刀铺子来找杜发聊天。他们不谈别的,尽谈《孔雀东南飞》那个戏。王通说:"唉,这个戏看不得。我一连哭了几场,回家睡觉,做梦还哭醒了呢!"杜发用他的黑手在嘴巴上擦了一下,使得脸上又增加了一道黑,说:"谁叫你这么笨,把做戏都信以为真。"王通说:"我不信你就没哭。"杜发说:"我不过哭了三回,没你这么多。"马明说:"真是呢。我一直对自己说:别傻,那都是做戏。可是眼泪哪里管得住,哗啦啦直往下淌!不过我后来又想,要是我,我可不去死!"杜发说:"你不死,怎么办?眼睁睁地望着别人把刘兰芝抬走?"马明说:"我不会一道逃走!"杜发说:"哪里有地方叫你躲?除非跑到深山野岭去,反正一样,活不成!"王通说:"那些神仙都到哪里去了?用得着他们的时候,偏一个都不在!"正在这个时候,周炳走进店中来了。杜发一见他,就喊道:"白天不说人,晚上不说鬼。焦仲卿,一说你,你就到。当心这里脏,把你的长衫马褂弄坏了!"周炳一拳撞在他的胸膛上,撞得他打了个趔趄,说:"叫你尝点厉害!我才没打几天铁,怎么就见这里脏了?我要是抡起大锤来,只怕你想跟还跟不上呢!"当下大家坐下,又谈起戏来。马明说:"戏还有什么说的？绝了！我不爱看白话戏，可这出不一样。我爱看这出戏，我愿意天天看。我简直分不清你们在那里做戏还是做真。后来，我自己也变成了焦仲卿，跟你一道发愁发恨。我总是想跟刘兰芝一道逃走，走金山，走南洋都好，一辈子都不回来！"周炳同情地笑了一笑道："现在可以走，古时可不成。要那样办，她就是不贞，我就是不孝，叫差役拿住了，百般羞辱不要说，到头来还落得个碎剐凌迟呢！自然，碎剐凌迟，我们也不怕，就是让那些大老爷高兴，却值不得！你们说对么？"王通拍掌赞成道："对极了，对极了。说来说去，还是出个神仙好！没人会扮神仙，我去扮也使得！"杜发推开他道："几时又用得着你？你这不等使的东西！人家区桃表姐不是一个活神仙么？"大家纵情大笑了一阵子，杜发又接着说下去道："怪不得我们东家说周炳虽有过人之力，却不是一个铁匠。你既然有这样的本领，你就一辈子演戏给咱们大家看，多好！说起戏来，我倒觉着马明说得对：你演得真极了！一直到如今，我还觉着你是一个焦仲卿。我睡觉也看见他，洗脸也看见他，吃饭也看见他。刘兰芝也演得的真。我一辈子也忘不了她！只有一桩不像的，就是那个婆婆。周铁大婶我很熟，却一点不像她那副嘴脸！"大家又乐得哈哈大笑起来。周炳撵着杜发要打，杜发一蹿就蹿出马路外面，周炳跟着后面追，追了半条马路，没追上，才算罢手。

晚上，周炳到南关去。在年轻裁缝邵煜的铺子里，他找了邵煜、丘照、马有、关杰、陶华这一伙子人。老裁缝师傅回家去了。他们正在谈得兴高采烈，又谈戏，又谈人，一见周炳进来，更乐得不可开交。清道伕陶华提议打酒，大家都赞成，他从邵煜的碎布箩里找出一个玻璃瓶子，拿起就走。印刷工人关杰跟着走出去，买了一包卤味，一包南乳花生。大家围着裁缝师傅的功夫案板，把酒倒进两只茶杯里，你一口、我一口地喝起来。后来，还是陶华先开口说："刚才你进来的时候，我们正在谈论你们昨天晚上演的戏。我们都觉着，只有你，才配得上她；也只有她，才配得上你。"周炳放下茶杯,露出那痴呆有余的样子望着陶华,见那清道侠这时候不像在开玩笑,自己的脸唰的一下子就红起来,登时手脚都没处安顿。众人看见他的窘态,越觉着他忠厚可爱了。过了好一会儿,又连连喝了两口白酒,周炳才吞吞吐吐地说:"老朋友,你这话从哪里说起?"陶华笑着,没回答,关杰说了:"依我看,是戏做得好,你做得好,她也做得好,这叫作双绝。要是你做得好,她做得不好,看的人就会说:休了她就休了她,不值得为她痴痴缠缠!要是反过来,她做得好,你做得不好,看的人就会说:这是个薄幸郎,你犯得着为他上吊!两家都做得绝了,这戏就成了真事,没有别的法儿收科了!"陶华说:"你们看,就是咱们印刷工人有字墨。他不单会看戏,而且会批戏。叫我学着说这么一通我也学不上来。"马有也说道:"双绝!双绝!你那么漂亮,她也那么漂亮。"邵煜也说道:"你那么真情,她也那么真情。"丘照也加上说:"难得你那么坚心,她也那么坚心。我听看戏的人说:全省城再也找不出这么一对儿了!"周炳叫大家你一句、我一句,说得耳朵根都红了,只好拿些不相干的话搪塞道:"做戏的事儿,原是当不得真的。"陶华说:"自然,自然。做戏的事儿当不得真。戏尽管那样结局,你们两个永远不会分开。我看,你们索性在一起过活吧,像俗话所说的:把天窗拉上吧!"大家拍起巴掌来。手车修理匠丘照抢先说:"要是到了那个好日子,坐汽车我管租车,坐花轿我管定轿,仪仗、吹打,都归我包。我跟他们都熟,很要好。"裁缝师傅邵煜接着说:"那么,凤冠、霞帔、长衫、马褂,喜幛、彩屏、桌围、椅垫,全归我管。"蒸粉师傅马有笑起来道:"既然如此,所有的松糕、大发,糖人、糖马,春果、煎堆,红包、红蛋,理所当然是归我的了。"印刷工人关杰搔着头说:"吃的、穿的、坐的,都有了。该管的,你们都管了。我该做些什么呢?这样吧:我给你们印礼帖,发喜信,登广告,办证书吧!"清道侠陶华喝了一大口酒,说:"想起那年七月七,一晃眼五年了,你打那林什么的开泰却打得好!来,让我再喝一口。那时候咱们大家年纪都还小,我就想过:只有你才配得上她。那林什么的开泰还差得远呢！到了那么一天,我没有别的,只有把从南关起,到西门为止的整条马路,都给你们打扫得干干净净就是了!"大家都叫好,又哄堂大笑起来。周炳恳求道:"兄弟们,别乱说。这里说说不打紧,传到她耳朵里,她就要气坏了。她是受不了一点粗鲁的……"陶华拍着胸膛说:"自然,有谁对她粗鲁,我就跟他拼了!"

在这些赞美的舆论当中,周炳的妈妈周杨氏却另有一番见解。有一天,她对周炳说:"阿炳,你们年轻人,没事做做戏,那倒不要紧。可你们怎么不挑些吉利团圆的出头来演,却演这些苦情戏干吗呢？人们看戏不图个快活？大新正月不图个好意头？何苦弄得来一把眼泪、一把鼻涕！再说,那个做婆婆的,我看就不近情理。世界上哪有这样一个疯婆子？放着一朵花似的一个小媳妇,连心疼都来不及呢,还说去糟蹋她!"周炳对她笑着点头,没有回话。

一四　画　像

人日之后的第二个星期天,是旧历正月十五,又是一个昏暗的阴天。年纪约莫五六十岁的陈万利起来很早,也不等老妈子打洗脸水,就从二楼南边他所住的前房走到陈太太所住的后房去,从低垂着的珠罗蚊帐里面叫醒了她。陈杨氏也有五十多岁年纪,一面撩开帐子,一面打哈欠,说:"你又狂什么？大清早的!"陈万利坐在她床边说:"我昨天晚上睡不好,老在翻来覆去想着两桩大事。"陈杨氏说:"是呀,我昨天晚上也没有睡好。前面何家新买来的那个丫头,整整哭了一夜,讨厌死了。"陈万利摆着手说:"我也听见的,真哭得凶。先别管人家家里的闲事,我把那要紧事先对你说吧:我决定要加入国民党了。"陈杨氏一骨碌翻身坐了起来,连衣服都不穿,说道:"你又不是平白地疯了,发什么老瘟呢?孩子们年轻,玩一玩儿也没要紧,你多大年纪了,还出那个丑?"陈万利摇头道:"你三步不出闺门,什么都不懂得。如今国民党看着要当权了,不加入要吃亏的。"陈杨氏不相信道:"没得乱嚼牙巴骨子!你做你的出入口买卖,谁给亏你吃?"陈万利说:"你还没睡醒!官场里没有一点手脚,什么都闹不成功的。人家国民党现在还要做买卖的人,可是北洋派的官僚,像前边何家五爷那样有本事的人,人家还不爱要呢!"陈杨氏说:"你做事别光迷住一边想。人家将来迟早是要共产的。你舍得拿出来跟别人一起共么?不说别的,就是叫你拿出三百块钱和后面周家共一共,你恐怕也要收他的房契。"陈万利点头赞许道:"你所见这点极是。不然我为什么会整晚去想它呢?可是你要知道,国民党如果真正要共产,那咱们加入也好,不加入也好,反正是会共的,咱们也挡不定。不过加入了,好处还是大些:说不定能推迟它一年半载也好。不然的话,就是要共,也能事先透个消息。"陈杨氏穿衣服下了床,不再说话了。她觉着世界又要不好起来,有什么灾祸就要来到,可是她自己又没法抵抗,只好忍耐着,见一步,走一步。一会儿,她丈夫又说了:"你刚才提到周家,我还有句话要说。"陈万利说到这里,用手指一指对门做陈文雄书房的北边后房,低声说下去道:"咱们老大不在书房么?不要他听也好。你在你们杨家三姊妹之中是大姐,是能干麻利的人,是拿得定主意的人,你怎么不晓得咱们三家巷闹出了些什么名堂?什么姑换嫂呀,什么亲上加亲呀,你到底知道不知道?真是枉费了人家还把你叫作'钉子'!我看这钉子是生了锈了,不中用了!"说到这些事情,陈杨氏并不退让,她抗声说道:"我怎么不知道?你别当我是废物!我看见的比你听见的还要多呢!可是我有什么法子?这个世界,人家兴自由。用你管?"她在找什么东西,随房子转。陈万利的眼睛,也跟着她转,像海岛上的灯塔一般,一面转一面说:"怎么不能管?我就要管一管试试看!你去对你二妹说,咱们老大娶她家阿

101

泉还将就说得过去,可是她家阿榕要娶咱们阿娣,那可万万使不得。说老实话,咱们阿娣也是娇生惯养的,周家房没个房,床没张床,连个使妈都不请,叫她怎么过日子?就是自由也没这个由法!"陈杨氏没办法了,只得说:"好吧,我只管去说说看,可你大清早,鬼哭狼嚎嚷什么呢?叫人听了好听!"

吃过早点之后,陈杨氏就走到她嫡亲二妹周杨氏家里来。两姊妹住在紧隔壁,本来可以像一家人一样经常来往的,可是两家都上了年纪了,家事又多,平常都没得闲在一处坐坐。周铁有些怪脾气,不让他老婆过陈家去。周杨氏也觉得自己穿没件穿的,戴没样戴的,一去碰到陈家亲戚朋友在打牌吃茶,映得自己孤饥寒伧,怪没意思,也就懒得去了。陈杨氏进了周家大门,经过周金、周炳同住的神楼底,经过周榕居住的头房,周泉居住的二房,一直走到周铁夫妇居住的后房。周家静悄悄的,好像没人在家。她拉开后房的"趟门",原来周铁也不在家,只有周杨氏正在梳头。陈杨氏说:"哎哟,二妹,什么时候了,大元宵节的,才梳头!"周杨氏比陈杨氏年轻得多,才四十五六光景,一见是她来,就连忙站起身来让座,说:"快坐,快坐。我这就给你烧水去。大姐,你过了年还没来过呢!"陈杨氏说不喝茶,叫她坐下,对她说道:"二妹,你知道不知道,何家昨天又买了一个丫头,说是他大太太外家的人,叫作什么名儿的。唉呀,真作孽!昨天晚上直哭了一整夜。还叫不叫别人睡觉呢?你看讨嫌不讨嫌!"周杨氏点点头说:"是呀,大姐。我也影影绰绰听见一声半声。那女孩子要是她外家的人,就一定是从乡下来的。孩子一离开了爹妈,多可怜哪!五爷一家,又不是好相与的!"坐了一会儿,大姐用手指着那隔了个小天井的二房问道:"阿泉在家么?"二妹说:"在什么家?是不是还不天亮就同你们文雄出去了?"大姐说:"说开就说吧,你可听见人家在讲咱们,说是亲上加亲呢!"二妹说:"听见的。怎么没听见?还有好听的呢,说是姑换嫂呢。"大姐说:"那么,你打什么主意?"二妹笑起来道:"你问得好新样儿！我打什么主意？这世界不是兴自由了么？还跟咱们往时一样么？轮得到咱们主张么？"大姐说："哼，看不出你倒开通！依我看，话可不能这么说。自由也得有个谱儿！同街同巷的，又是嫡亲姨表，别人能不说闲话？"二妹低头想了一想，还是不大明白，就走到后院子厨房里，把开水壶拿出来，替大姐沏了一扣盅六安骨茶，一边问道："依你说，看怎么办才好？大姐夫开了口没有？"大姐喝了一口茶，说："这里没有外人，咱们又是亲姊妹，敞开说了吧。像这样的事情，准要叫人笑话。依我看，我们老大跟阿泉的傻心眼儿，就依了他们算了。我们阿娣跟你们阿榕再这样搞，那可不中。姑换嫂虽是历来都有的事儿，可是一对是表兄妹，两对还是表兄妹，人们不笑话怎的！"二妹哦地叫了一声道："原来是这样。你们只进不出。你跟你们文娣说说看，我跟阿榕可说不来。他们要是悦意，怎么着都好。"大姐说："你这个人怎么没点儿主宰！老实跟你说，阿泉的脾气好，人又和睦，跟我相处得来。可是我们阿娣那脾气，你不是不知道的，她爹把她纵惯了，只怕你骑不住。我是替你想。"二妹不同意道："哪有这个道理！文娣哪桩都比阿泉强。我跟她也合得来。"大姐叹了一口气，说："二妹你可真难缠。你也不想一想，阿泉过我们家，是打楼下挪到楼上，这自然容易；可是阿娣到你家来，那是打楼上挪到楼下，这就成了打边炉跟打屁股，味道全两样了！"周杨氏真是又拙又直，她还坚持道："大姐，话也不能全朝那么说，有嫌穷的，也有不嫌穷的。文娣不是那样的角色。"陈杨氏没办法儿了。她站起身来，拍着自己的衣服说："人家说我是'钉子'，我倒还不像；说你是'傻子'，那是一点也错不了！"周杨氏以为她要回去了，只对她和气地咧着嘴笑，可是一会儿，她又重新坐下了。

　　前面，周泉和周榕都出去了，周金没"出粮"，也不回家，只剩下周炳坐在神楼底他自己那房间里，拿图画纸和铅笔在画着什么。陈文婷忽然走过来，拉开他的趟门，又不走进去，只探进一个脑袋，望着他说:"炳表哥,快出来看。何家又买来了一个小丫头。小得那个样子!比阿礼大不了一点点,好像还要吃奶哩。"周炳嘴里说:"何家已经用了三个使妈,还不够!"一面放下纸笔,跟着陈文婷走了出去。有几个小孩子在巷子里燃爆仗。一个是何守义,一个是何守礼,还有一个十一二岁的女孩子,他好像有点认得,又好像认不得。他向那小女孩子招手道:"你过来,你叫什么名字?"那女孩子听见有人叫她,先就吓了一跳。到她看清楚那是一个大手大脚的高大男人,她就认出来他是从前在震南村给何家放牛的炳哥哥。她哭了,又连忙退后几步,用身体紧挨着陈家的矮围墙。何守义替她回答道:"她叫胡杏,是我妈的侄女儿。昨天才打震南村来,要在我们家住几天。"周炳听说是胡杏,也呆住了,一时说不上话来。那女孩子听见她表哥说出她的名字和乡下的村子,登时惊慌万状,好像有什么祸事临头。那小小的圆眼睛闪露出黄金的光泽,那尖瘦的下巴像小牛牯似的磨动着。她的脸上没肉,罩着一层饥饿的青黄色的薄皮。身体又瘦又直,像根竹子。身上穿着男孩子的旧衣服,非常宽大,不合身。她的背后拖着一条又细又长的小辫子。天气还很冷,可是她没穿鞋子,一双赤脚冻得红通通的。何守礼跑到周炳身边,在他的大腿上打了一拳,拧回头鼓励胡杏道:"来,杏表姐。怕他什么?他是很好相与的,你瞧,我还敢打他呢!"陈文婷对周炳宠爱地望了一眼,然后献媚地对胡杏说:"过来吧,不要怕他。他外边粗鲁,里边可不粗鲁。他特别同情你们这样的穷人,是真正的人道主义者。正是金刚的外貌,观音的心肠。炳表哥,不是么?"周炳感慨万端地红着眼睛,走到胡杏面前,捧着她的脸看了又看,说:"杏子,原来是你!你长大了,又瘦成这个样子,我简直认不得了!别哭,别哭!——你姐姐好么?阿树、阿松都好么?你爸爸、妈妈怎样了?"说完又回过身来对陈文婷说,"阿婷,我跟她是老相识了,你少瞎扯!你——"话还没说完,只见区桃跟随着她母亲区杨氏,从官塘街外面走进三家巷里面来。周炳和她们打过招呼,又对胡杏说:"杏子,不要怕。三家巷是个好地方——过几天,你就会知道。"随后就甩开了文婷、守义、守礼,跟着区家母女回家去了。陈文婷没奈何,只得向地上啐了一口,骂道:"刘兰芝!好不害臊的狐狸精!"

区杨氏和区桃一直走进后房里,和大姨妈、二姨妈拜过年,三位老姐妹就坐下谈天。周炳对区桃邀请道:"走,到我前面神楼底去,我给你画一个像。"于是他俩就走了出来。神楼底很小,丁方不到一丈,摆了两张板床,一张书桌,一个藤书架,两张凳子,地方就显得很窄。周炳叫区桃坐在一张迎光的床上,自己坐在窗前的凳子上,就用铅笔在图画纸上替她画起像来。周炳说:"稍微向左一点。"她就把脸朝左边转过去。周炳说:"太多了,稍微正过来一点。"她就正过来一点。周炳说:"手放自然一点。别太用劲。"她的两手就放得非常柔软。周炳说:"小桃子,给你的老师轻轻笑一个。"她就浅浅一笑,露出两个难得的笑涡。周炳说:"这样正好,不要动了。"她就一点也不动弹,好像一座大理石的雕刻一样。她的敏捷的动作和控制筋肉的本领,叫周炳暗暗吃惊。到这个时候,他才真正地看出来区桃到底有多么美。在那张杏仁样的脸儿上,永远放射着那种惊人的魅力。五官是经过巧手雕刻出来的,非常精致。长长的凤眼含着饱满的青春,温柔和勇敢,配上窄窄的眉毛和长长的睫毛,显出自然的美丽,没有一点矫饰的痕迹。她的身材和四肢,是那样的合度,并且富于弹性和姿态,使她具有一种说不出来的美妙。区桃看见周炳那眼睁睁的怪模样,就忍不住笑倒在床上,说:"你怎么这样看我?敢不是发了神经?"周炳连忙分辩道:"我怎么发神经?画像就是要这样看法,才画得出来!"其实这句话他并不完全老实,他看区桃和画区桃完全是两回事。如果单要画,他满可以闭上眼睛把她一点不差地给画出来的。

正当区桃倒在周炳床上笑做一团的时候,他们的舅舅,那当中医的杨志朴也在这一天来姐姐家拜年。区桃斜眼瞥见一个身材矮小,满脸胡须的中年男子站在神楼底的趟门的门框当中,吓得一翻身跳了起来。周炳垂着手、躬着身叫了一声舅舅,她也跟着叫了一声舅舅。杨志朴鼻子里唔了一声,深不可测地笑了一笑,就走到后面去了。他一进周杨氏的房门,就跟他的老姐妹们开起玩笑来道:"哎哟,好齐全。这正是傻子碰了钉子,钉子吃了辣子!恭喜,恭喜。"区杨氏骂他道:"哥哥你老没正经,谁是辣子?"杨志朴挤眉弄眼地用嘴巴描了一描小院子对过周泉的房间,周杨氏说:"没人。早出去了。"他才说道:"我刚刚经过神楼底,他俩那么情投意合,叫我一眼就看穿了,不怕我当舅舅的说,就是二姐跟三妹你两家该做了亲,把阿苏配给阿榕,把阿桃配给阿炳才好,再也没有这样合适的了!"陈杨氏说:"可不?我也是这么说!"区杨氏抢着说道:"怎么?我可不答应!区家的姑娘没处塞了?都断了给周家?"她的话虽然说得厉害,脸上可是带着笑容。周杨氏像佛爷似的慢慢说道:"舅舅跟三妹一见面就斗口角,都是为老不尊。我跟你们癫什么?我一点主意也不拿,孩子们心爱怎样就怎样。"杨志朴点头称赞道:"噢呵,看二姐。贤德,贤德!"区杨氏说:"别高兴,她说你为老不尊呢!"

在神楼底里面,区桃坚持要到神厅外面去画,免得再有人来撞见,不好意思。周炳坚持不肯。区桃快走到神楼底门口,周炳连忙赶上前,双手抱住她,把她连抱带拉地拉到床前,让她坐在原来的位子上,口里连声说道:"不怕人看,不怕人看。我有办法,我有办法。"说完,就缓缓地把趟门拉上,把窗帘子也拉上,坐在凳子上,继续给她画下去。区桃经过这一场扰乱,脸也红了,心也跳了,坐在床上不动,可是嘴里却说:"不画了,不画了。坐得把人都累死了!"周炳专心一意地画着,没有睬她。不大一会儿,画好了。周炳觉着画得很像,又很漂亮,就得意扬扬地拿着画像坐在她身边,两个人一齐看。周炳说:"你看像不像?"区桃说:"像什么呢?连一点也不像!我哪有这么漂亮?"周炳单纯地笑着说:"她已经不错,你比她还要好得多!"说完,对着那画像深深地吻了又吻。区桃的脸又红了,笑涡一隐一现地跳动着,心忙意乱地对着周炳问道:"你这是什么意思?"周炳爽朗地说:"我要跟她在一起过活一辈子。除了她,我没有知心的人。我们会快活一百年,天天都像今天一样!革命也快要成功了。打倒军阀,打倒帝国主义之后,咱们这一代,不是最幸福的一代么?我觉着我完全是一个无忧无虑的人。一天对着她十二个时辰,我们的日子会美满得不能再美满!"区桃的杏仁脸儿跟真的桃花一样红了。她用那双激动的,充满了幻想的眼睛望着她的表弟说:"是么?真是这样么?你说的都是真话么?咱们这一代是最幸福的一代么?"周炳十分自信地说:"那当然。难道你不这么想?难道你还能有另外的想法?"区桃把身体靠在周炳胸膛上,摇着头说:"不。我是跟你一样想的。可是,我想得没有你那么容易。"周炳说:"为什么?你看见了什么障碍么?"区桃斜斜地抬起头,向后仰望着他道:"也没什么。也不知是障碍,不是障碍。我觉得人们不大齐心。像我爸爸——你三姨爹,像文娣表姐,像文婷表妹……"周炳坦率地笑着说:"那不要紧。十个手指还有长短呢!只要文雄哥,守仁哥,民魁哥,子豪哥这些人,大家齐心就行了。只要你和我,咱俩齐心就行了!"区桃又害臊起来了。她低着头,用蚊子一般微弱的声音重复着他的语气道:"你和我?你是真心的?你问过你妈妈——我二姨妈没有?"

一五 风　暴

　　白云山上的浮云时聚时散,晃晃眼又过了几个月,到了阳历六月下旬了。六月二十三那天的下午,一会出太阳,一会阴天,下着阵雨,十分闷热。陈万利吃过中饭,略为歇了一歇,也没睡着,就爬起来去找何应元。他走进何家的大客厅,没有见何五爷,却看见何守仁、李民魁和他的大女婿张子豪,在那里坐着。客厅十分宽敞。南北两边是全套酸枝公座椅,当中摆着云石桌子,云石凳子。东面靠墙正中是一个玻璃柜子,里面陈设着碧玉、玛瑙、珊瑚、怪石种种玩器;柜子两旁是书架,架上放着笔记、小说、诗文集子之类的古书。西面靠窗子,摆着一张大酸枝炕床,床上摆着炕几,三面镶着大理石。炕床后面,是红木雕刻葵花明窗,上面嵌着红、黄、蓝、绿各色玻璃。透过玻璃,可以看见客厅后面所种的竹子,碧绿可爱。陈万利是熟人,就随意躺在书架旁边一张酸枝睡椅上,和他们几个后生人拉话。他说:"人家今天又有示威大游行,你们年轻人不去出出风头,却躲在这里做什么?"张子豪、何守仁笑笑地没作声,李民魁打趣着说:"那么,你老人家为什么又不去凑个热闹?"陈万利装出愤激的样子说:"我是想去,可是你们要打倒我。你们不是整天嚷着要打倒买办阶级么?"李民魁顺着他的语气接上说:"正因为这样,我们就不去游行了。我们犯不着去给共产党捧场!"陈万利想了一会儿,才缓缓说道:"按那么说,这回香港罢工回来的工人,都是共产党了?"何守仁见大家不作声,就说:"话虽不能那么讲,可是共产党煽动了这次罢工,那是无可否认的。"陈万利鼻子里嗯了一声,再没说什么。后来他转向他的大女婿说:"子豪,我还没仔细问你,到底你们东征得好好地,为什么又班师回朝呢?"张子豪说:"爹,你不是亲眼看见的么?咱们要打刘、杨呀。"陈万利说:"滇、桂军开烟开赌,果然是军阀,该打倒。陈炯明呢,你们打倒了没有?"张子豪笑嘻嘻地说:"打倒了。"后来又赶快加上说:"差不多!"陈万利豪迈地大笑道:"我说了,你们这叫作枉费心机。一个小军阀都打不倒,还要打倒什么帝国主义!见过什么是帝国主义没有?我看赶快班师好。人家外国飞机、大炮、坦克、军舰是和你来玩儿的!"谈到这里,几个年轻人没和他多说,就退出客厅,走到对面何守仁住的书房里去了。

这里陈万利独自躺了一会儿,何应元才穿着透凉罗短打,珠花草底凉拖鞋,手里拿着一把鹅毛扇,缓步走出来。陈万利一见他,就从睡椅上坐了起来,说:"五爷,才不见几天,怎么你越过越瘦了?"何应元唔了一声,说:"像你就好,随便世界上出什么事,心里不烦。才不见几天,你就越过越胖了!"两人说笑了一会儿,才说到正经事。陈万利说:"五爷,省府里的咨议问题,如今闹得怎样了?"何应元回答道:"多谢你有心。这不是三天一小闹,五天一大闹,可总没闹出个名堂?如今总算暂时不撤销了。不是我小弟看中这份官职,贪恋这份钱财,可总不能让那些赤化分子独揽大权,为所欲为,别人在省府里连个说话的席位都没有!就是我小弟依了,展堂代帅肯依?"陈万利拍手赞成道:"对呀,对呀!我们做买卖的人参不透你们政治佬的鬼把戏,可是说老实话,这半年我是过得胆战心惊,没得过一天好觉睡!一件跟着一件的怪事情,不由得你不糊涂!你数数看:今年二月闹东征,三四月闹追悼孙大炮;五月更好看了,劳动大会和农民代表大会一齐开,十万人上街,大喊大骂,还不是骂的你我?五卅惨案之后,跟着就打刘、杨,香港罢工!这算是哪道菜?你不见我挑担家什么周金、周榕、周炳那些孩子,眼睛发愣了,又发红了。这不比疯子还疯?谁许他们这么闹的?咱们的公安局哪里拉屎去了!"何应元不动声色地笑了一笑,说:"买卖人到底是买卖人。闹有闹的好处,也不是全要不得。只是太过分了,那可不成!你看吧,他们总有一天要狠狠地摔下来的!他们之中,也是各色米养各样人,其中有一个蒋介石,就有点考究。现在,他好像还是左派呢!只有一桩,他跟展公有点一山不藏二虎的味道,这是他太狂妄。如果展公伏得住他,这人也有用处。"陈万利对这些他叫作"捉迷藏"的隐隐约约的事情,不大爱听,他就问起一些别的事儿道:"五爷,他们那些狗杂种今天又要游神了,听说还要游到'沙面'去呢,你也有点风声么?"何应元阴险地笑着:"我怎么不知道?还不是'八字脚'搞的名堂!人家沙面当局都准备好了。

一碰头,准是'摆路祭'！在上海有那么些冤魂,自然要到广州来找替身。这正是劫数难逃呵！"陈万利搔着花白脑袋想了一想,若有所悟地说:"按这么弄,英国还是要强硬下去了。"何应元转为得意扬扬的神气,并且把鹅毛扇使力一摔道:"自然啦！难道人家强硬不得？难道人家怕你？总之,我们只管看热闹,够好看的！"陈万利把声音压低了,问:"你这消息来源可靠么？"五爷装出生气的样子说:"可靠不可靠,谁知道？反正你晓得,我走的是外交路线！"

陈万利一言不发,走回家里,找着陈文雄,对他说道:"阿雄,你今天下午不要回沙面去上班了。连请假也不用去,顶多打个电话回去就行。"陈文雄刚穿好大翻领衬衫,把西装外衣搭在手上,听见他父亲这么一说,就放下外衣,好奇地问道:"为什么？有什么风声么？"陈万利严肃地低声说:"人家准备干了！经过上海南京路的教训,你们还不收敛一点？光送命也不是办法！"陈文雄一听,脸上一红,心突突地跳。后来他勉强镇定下来,说:"既然如此,不上班就是了。"说完,他走回房间里,躺在床上,好久没有动弹。后来他跑上三楼,想将这个消息对文娣、文婕、文婷她们说一说,但是她们没一个在家。他又匆匆忙忙跑到周家,想和他的表弟、表妹们说一说,但是周榕、周炳都不在。只有周泉在家,听了这么坏的消息,也只是干着急,没办法。陈文雄说:"泉,不要着急。论道理,咱们中国人是对的。就怕的是那些帝国主义不讲道理。你知道,咱们两家的年轻人今天都去游行么？"周泉善良地摇摇头说:"不知道。我只知道我们家那莽撞鬼阿炳,他是准去无疑的。"陈文雄用一只手捂着心坎说:"愿上帝保佑！"

这时候,十万人以上的、雄壮无比的游行队伍已经从东校场出发了。这游行队伍的先头部分,是香港罢工回来的工人和本市的工人,已经穿过了整条永汉路,走到珠江旁边的长堤,向着西濠口和沙基大街前进。其他的部分,农民、学生、爱国的市民等等,紧紧地跟随着。区桃、周炳、陈文婕、陈文婷都参加了这个队伍。除了区桃和周炳两人在出发之前打了一个照面,彼此点点头,笑一笑之外,此外谁也没看见谁。队伍像一条波涛汹涌的大河,怒气冲天地向前流着。它没有别的声音,也没有别的指望,只有仇恨和愤怒的吼叫,像打雷似的在广州的上空盘旋着,轰鸣着,震荡得白云山摇摇晃晃,震荡得伦敦、华盛顿、东京、巴黎同样地摇摇晃晃。区桃在工人队伍里面走着,呼喊着。她听不见自己的声音,却听见另外一种粗壮宏伟的声音在她的头上回旋着,像狂风一样,像暴雨一样。她听到这种声音之后,登时觉着手脚都添了力量,觉着她不是一个人,而是一个"十万人"。这是一个多么强有力的人哪！她一想到这一点,就勇气百倍。她希望赶快走到沙基大街。她深深相信这十万人的威力压在沙面的头上,一定能使帝国主义者向中国人民屈服。像这样的想法,周炳也是有的。他在学生的队伍里面,走得稍后一些,和区桃相隔约莫一里地的样子。他也在人群当中一面走,一面呼喊。他也听见一种粗壮宏伟的声音在自己头上回旋着,像狂风一样,像暴雨一样。他也觉着自己的手脚都添了力量,觉着自己不是一个人,而是一个"十万人"。他甚至在那十万人的巨吼之中,清清楚楚地听着了区桃的活泼热情、清亮激越的嗓子。他总觉着这十万人的呼喊口号是区桃在领着头的。他拼命提高嗓子,放宽喉咙,可是声音总不洪亮,好像字音才一离口,就叫别人的声音吞下去了,一点也听不清。他为这桩事儿十分苦恼。不久,走到海珠公园,离沙面越来越近了。周炳发现一种新的力量,一种更加坚决和勇敢的力量,从队伍的前头往后传过来。他的眼睛瞪得更大,他的拳头也握得更紧。什么声音他也听不见了,只觉着一股风暴在他耳朵边呼呼咆哮。他在许多年之后还有这种感觉,仿佛他们的队伍不是一个整整齐齐的四路纵队,而是彼此手臂扣着手臂,他扣着区桃的手臂,他们又扣着别人的手臂,排成一字横列式,向敌人压过去……向敌人无情地压过去……

一点不错,一阵愤怒的风暴向着沙面无情地压过去。那些大大小小的殖民主义者害怕了。就中有一个站在沙面"东桥"铁闸和沙包后面的外国下级军官,害怕得更加厉害。他本来已经接受了"在情况需要下可以向中国猪开火"的命令,这时不住地掏出手帕来擦汗。他亲眼看着英雄豪迈的工人们经过东桥,向"西桥"走去。他感觉到那阵风暴的威力,他觉着自己站立不牢,好像快要晕倒似的。他觉着沙面马上就要被包围了,沙面的房屋都倾斜了,马上就要倒塌了。他想起他的儿子正从本国坐船来远东,要接任一家洋行的副经理。他想起广州的黄包车夫,他昨天还用皮鞋尖教训过他们。他想起他从来就有权利摸任何一个他认为应该摸的女人的奶子。他想起他的卧室里堆着的那些鸦片烟、金子和其他的走私货。……这一切,眼看着就要完了。他的心跳得那么厉害,脸上给吓得全白了。他觉得自己像一只被赶进穷巷的癞皮狗,谁也不会可怜他。他就要被打死。他的尸体将被抛进大海里,让浪涛把它漂回家乡。他想到这地方,就想哭,想叫。后来他就叫出来了:

"为了祖国的光荣,为了光荣的祖国,孩子们,冲呀!"

那些外国的兵士都听懂了他这句外国话,都用奇怪的眼睛望着他,不明白为什么这样一个人忽然说出那样一句话来。再说,也不明白应该怎么执行他的命令。他们的面前是一重紧紧关闭的铁闸,铁闸之内和桥栏的两旁还堆塞着沙包,叫人怎么往前冲呢?那外国军官看见大家不动弹,就拔出手枪朝群众开了一枪,其余的人才跟着放枪……这样,一场卑鄙无耻的血腥谋杀公案就开始了。

首先受到损害的是有着光荣的革命传统的广州工人队伍。区桃走在广州工人队伍的中段,越接近沙面,她心里越是生气。她清清楚楚地看见东桥上面那些端着枪向自己瞄准的外国兵,就使尽全身力量喊道:"打倒帝国主义!"她觉着这不是一句口号,而是她现在心里要说的一句话,她目前要做的一件事。突然之间,四五丈远之外爆发了一种巨大的声响。随着一阵密集的爆炸声。她知道是怎么一回事了。她看见她身边的工友倒在地上了。她什么也没有想,只是大声叫嚷着:"冲上去!抢他们的枪!打死他们!工人万岁!中国万岁!"一边嚷,一边就冲上前。枪声更密了。火烟挡住了她的视线。她这时才想起周炳没在她身边。要是周炳在,他是会跳上去,把敌人的枪夺下来的。现在,她得自己去做这件事。但是一眨眼之间,她觉得周围非常混乱,好像有一块沉重的石头把她的胸部砸了一下,她觉着眼睛看不见了,耳朵听不见了,想叫嚷,声音也没有了。她觉着很奇怪,她自己到哪里去了呢?只有夏天的太阳,她还依稀认得:那太阳老是那么明亮,那么明亮……开头,队伍乱了一下。有些人继续往前冲,有些人向两旁分散,有些人向后面倒退。整个十万人的队伍也顿挫了一下。几秒钟之后,人们理解了这枪声的意义,就骚动起来,沸腾起来,狂怒起来,离开了队伍往前走,往前挤,往前蹿。有些人自动地叫出了新的口号:"铲平沙面!""把帝国主义者消灭光!""广州工人万岁!"周炳像丧失了知觉似的跟着大家往前冲。他什么也没有看见,什么也没有听见,只一心要找广州工人的队伍。走到西濠口,见前进的道路已经被警察封锁住,大队伍正在那里转弯,折入太平路向北走。一部分队伍已经解散,一部分队伍这里一堆、那里一堆地站立着,此起彼伏地在高呼口号。爆炸了的情绪正在不断燃烧。找来找去,总找不见广州工人的队伍,他回到警察封锁线的前面,掏出救护队的臂章套在袖子上,准备走进禁区。正在这个时候,一辆白色的红十字救护车飞快地开到他面前,车上有一个工人装束的人向他挥着手,大声说了几句话,他就攀上车头,在司机位子旁边的踏板上站着,像长了翅膀似的向东桥的出事地点飞去。到了马路的尽头,所有的人都跳下来,奔向沙基大街,大家一句话也不讲,严肃地、沉默地、迅速地工作着。整条沙基大街是静悄悄的。商店都紧紧关着大门。只看见一些灰色的和白色的人们在往来移动。刚下过阵雨,麻石街道上一片片的水光在闪亮。受难者们轻声呻唤着。他们鲜红的血液流在祖国的大地上,发出绚烂的光辉,而且深深地渗进石头缝子的泥土里面,就好像那里是红宝石镶成的一样。有一种沉重的预感压着周炳的心。他忽然发现一具仆倒在血泊当中的白色的尸体。他确信她是一个女的。他确信自己认识她。他向着她走过去。她俯仆在地上,两手向前伸,好像她准备跳起来,继续往前冲似的。她的下巴顶着石头,嘴巴愤怒地扭歪着,眼睛瞪得大大的,警惕地注视着敌人。周炳弯下身去,准备帮助她站起来,嘴里不断低低呼唤着:"阿桃,阿桃,阿桃……"但是她没有回答,只是柔软而平静地躺在他的怀里,他举起拳头向沙面的凶手示威地挥动了几下,然后两手托起她,刚一举步,就不知怎的,一阵天昏地黑,两个人一齐摔倒了。

一六 永远的记忆

当时救护队把周炳和其他受伤的人一道送进了医院,不久,医生们把他救醒过来,又把他送了回家。那天晚上,他就发起高烧,迷迷糊糊地躺在床上说胡话,不省人事。第二天,烧得更加厉害,既不吃,又不喝,只是似睡非睡的,时不时大声叫嚷,把床板蹬踏得通通地响。他叫嚷起来的时候,又像和人打架,又像痛楚呻唤,听不清说些什么,只有他妈妈周杨氏约莫猜出来有几声是叫唤区桃的名字。周家的远近亲戚,周炳的南关和西门的朋友,还有几个小学和中学的同学,都来看他的病。他舅舅杨志朴大夫来给他诊过脉,说是怒火伤肝,外感风寒,痰迷心窍。周榕给他抓了药,烧好了,给他灌了下去,一时也看不出什么效验。一连吃了几天药,到第五天的早上,他的神志才清醒过来了,喝了点米汤,就要他二哥给他找出那张区桃的小照片。周榕把区桃的小照片给了他之后,他就把脸拧到里边,对着那张照片淌眼泪。周榕连忙把这种情形告诉了周铁、周杨氏和周泉,大家去看他,见他清醒过来,都在心里面暗自欢喜。

何家的丫头胡杏听说周炳清醒过来了,立刻跑过来看他。她走到神楼底门口,见他朝里躺着,不敢走近床前,只挨着趟门轻轻叫了一声:

"炳哥!"

周炳听见叫唤,知道是她,连忙抹干眼泪,翻身朝外,对她说道:"多谢你,小杏子。我好了一些了。你好么?柳姐姐来看过你么?"胡杏听见他问,一句话也回答不上来,只是簌簌地掉着眼泪,哭了一会儿,听见何胡氏在那边叫她,又赶快跑回去了。不久,隔壁陈家的四位表姐妹一道来看他。陈文英抓住他的手说:"炳表弟,愿上帝保佑你!阿桃是无辜的,愿她的灵魂早进天国!"陈文娣也站在床前安慰他道:"阿炳,达观一些吧。人死不能复生,多想也是无益的了。"陈文婕坐在他的床沿,用手在他的天堂上摸了半天,才用一种富于感情的声调说:"好好保重自己!阿桃是为国牺牲的,她死得可惜,可也死得光荣。"周炳没有答话,只是在枕头上微微点头,表示感激她们的好意。陈文英、陈文娣、陈文婕三个人在神楼底站了一会儿,又到周杨氏的后房里站了一会儿,就回去了。陈文婷独自一个留在神楼底,坐在周炳床前的一张凳子上,陪着他闲聊。她低着头,眼圈红红地说道:

"炳哥,你说人生到底有什么意义?有什么价值?像桃表姐那样的相貌,那样的人才,莫说千中无一,就是万中也无一呢!她为什么不能够永远存在,永远活下去,却像一朵花一样,一眨眼就谢了,消逝了?"

周炳连连点头说:"对极了。阿婷,对极了。你这一问,问到我的心坎上来了。我今天早上一清醒过来,就在想这个问题,到如今还得不到解答呢。你念的书比我多,你来给我一个答复吧!究竟一个人为什么有快乐又有悲伤,这些快乐和悲伤又都有些什么根据——都有些什么意义?"

陈文婷在鼻子里哼了一声,说:"有什么意义?什么意义都没有!人生不过是一片空虚,到头来你什么也抓不住。一切对于你,都只是一种欺骗。比方你说你在舞台上演戏的时候,觉着一切都是真的,在快乐的时候你是真的快乐,在悲伤的时候你是真的悲伤,其实舞台上什么都没有当真发生过,你不过是在欺骗你自己。我在舞台下面看戏,跟着你快乐和悲伤,其实不过是受了你的欺骗。到戏演完了,离开戏场,就什么都没有了。"

周炳深受感动地说:"好极了,说得好极了,恐怕事实就是这个样子。李民魁大哥是主张虚无主义的,恐怕就是看准了这一点。这样看来,咱们大家不过在命运的簸弄之下过着可笑的生活,谁也不能幸免。一切都是虚妄,一切都是假象,一切都是幻梦!"

陈文婷点头说:"除此以外,还有什么呢?——因此,有时我想,什么都不要去争,什么都不要去希望,什么都不要去努力,最好是找个知心的同伴,一道逃到深山野岭里面去,与人无碍,与世无争地过着原始人的生活,那也许是一种真正的幸福!"

周炳深深地叹了一口长气道:"阿婷,我为什么现在会心乱如麻?我为什么现在浑身上下,连一点劲都没有?我为什么会悲观、软弱到这个地步?我为什么会觉着眼前一片漆黑,好像到了世界的末日?我为什么有一种可怕的预感,仿佛自己不能避免地要遭到毁灭?"

陈文婷没有回答。她呆呆地望着周炳,觉着他的脸上露出一种病态。这种病态使他失去了平日的英雄气概和硬邦邦的戆气,变得有点柔弱可怜。她认为这个时候的周炳有一种反常的、病态的美,这种美比其他任何种类的美都更加动人。——就这样对面坐着,陈文婷把他足足看了十分钟,才轻轻地叹息着回家去了。她刚走,周泉就走进神楼底,坐在她刚才坐过的凳子上,和周炳谈区桃出殡的情况。她告诉周炳,区桃是和其他的烈士一起出殡的,殡仪举行得非常庄严,非常肃穆。在追悼大会上,就有十万人参加,以后全体参加者排成了雄伟无比的送殡的行列,沿途又有许多群众自动参加,浩浩荡荡地把那些灵柩送到凤凰台上。她最后说:

"这是哀荣!这是国葬!这是又一次悲壮热烈的示威!上年纪的人都说,他们一辈子都没有看见过这样的出殡。——多么伟大的场面哪!凤凰台以后就要成为反抗帝国主义侵略的纪念碑,永远竖在珠江边上了。"

周炳躺在床上,动都不动。眼光迟滞,脸上带着麻木不仁的表情。听到凤凰台这几个字,他的眉毛仿佛动了一下,嘴里沉吟地重复道:

"凤凰台!"

他姐姐肯定地说:"是呀,就是那凤凰台。"

他继续往下说道:"不管怎样,她是看不见的了!她永远不会回来了!"

周泉一听鼻子就酸了,眼圈儿也红起来。她把脸拧歪,不叫周炳看见,匆匆忙忙地,假装成有什么事情似的走出了神楼底。往后又过了三四天,周炳慢慢地能够坐起来了,只是头昏眼花,吃不下东西,身体非常虚弱。那天早上,他坐在神厅一张靠背竹椅上,捧着区桃的画像尽看,从左边看看,又从右边看看;眯起眼睛看看,又闭上一只眼睛看看。看了许久,都没有放下,后来又拿出那张小照片来和它比着看,看着、看着,就对那画像说起话来。他时而低声细气地说,时而高声粗鲁地说;时而甜蜜蜜地笑着,时而咬牙切齿地生气。几道阳光越过周家门口正对面的枇杷树梢投射到他身上,映得他的脸孔更加苍白。周泉看见他这个样子,又拉了周杨氏出来,两家站在神楼底旁边那条冷巷里悄悄窥探,却听不清他说些什么,只当是他的痴呆性子又发作了。好在不久,南关的印刷工人关杰来看他的病,才把他的傻劲支使开。那印刷工人一见他的面就大声嚷起来道:

"赫!整个省城都滚起来了,就是你还在安闲自在地养病呢!"

周杨氏和周泉连忙跑出来招呼他坐下,斟了一碗热茶给他,又替周炳分辩说他目前还吃不下东西,还得扶着墙才能走路。周炳自己却像没听见似的茫然说道:"什么地方滚起来了?怎么滚法?你倒说说看。"关杰呷了一口热茶,就坐在他旁边慢慢谈起来。

"这真是山中方七日,世上几千年。如今的省城,整个变了样儿了。省港大罢工开始了!说是英国鬼子不答应条件,绝不复工!绝不复工!许多人都到西濠口去迎接从香港回来的罢工工人。听他们说,这回一罢工,不只是香港震动,伦敦震动,全世界都震动呢!"关杰这样开始说道,"你都没有走出去看看,满街满巷都在谈论罢工的事儿,满街满巷都看得见罢工工人的胸前都挂了个红条条,你一眼就看出来了。赫,那些罢工工人纠察队才威武,整整齐齐地,答、答、答、答地在马路上走着,除了木棍子之外,还有真枪呢!"说到这里,他看见周炳的眼睛眉毛有些活动起来,就停了一停,喝着茶,看周炳还有些什么反应。后来看见他没有什么反应,就又继续说下去:"怎么呢,你好像什么都不知道。你榕哥没有跟你说过?好!我告诉你吧:省港罢工工人代表大会已经成立了!省港罢工委员会也已经成立了!都在'东园'里面办公。听说里面还分了文书、宣传、交际、游艺许多许多的部,苏兆征当了委员长。有一次我在区苏家里看见你们榕哥,他告诉我,你们三家巷这一笼子里的陈文雄、何守仁、李民魁、李民天,还有你的泉姐和榕哥他自己,都在交际部工作呢。另外还有周金大哥,我看也参加了罢工运动了,这三四天工夫,我看见他到我们印刷所来了五六回。"关杰感情激动地讲着,周炳只是呆呆地听着,好像一个白痴一样。只是在听到周金也参加了罢工运动的时候,他才有气无力地插问了一句,说:"怎么?我大哥也到省城来了?他怎么不回家过夜?按道理说,他们石井兵工厂不会在这个时候罢工……"关杰说:"是呀,我不也觉着奇怪!"往后关杰又谈了许多罢工工友的宿舍和规模很大的罢工工人饭堂的情形,差不多每一件事情都令他感觉到新鲜、满意和惊奇。但是周炳仍然似睡非睡、似醒非醒地听着,一直到关杰讲完了,起身要走了,他始终没有开口说过一句话。

就这样子,又过了三四天。杨志朴大夫照样每天来看病,开药。他的病一天一天好起来,已经能吃点烂饭,也能下床走动了,可是他的心却一天比一天更加痛苦。整个世界对他都是陌生的,而且没有什么可以察觉出来的吸引力。周榕和周泉每天很早就出去,夜深才回来,很少和他说话,也没有跟他说在外面搞些什么。不过他按照关杰的话来推测,大概他们是在搞罢工委员会的事情。奇怪的是周金也经常回家——每次回来只是在神厅里坐一会儿,或者换换衣服,问问周炳的病,又走了,既不在家吃饭,又不在家睡觉。周炳问他道:"大哥,你们兵工厂也罢工了么?"他善意地笑一笑,说:"不。我是请假回来的。我给省港罢工委员会帮点忙。这是好管闲事——他们叫我做'热心家'!"此外也没有多说什么。不知道根据什么原因,周炳判断他大概在很久以前就是一个共产党员。有一次,周炳正在午睡,突然被一种捶打木器的声音所惊醒。他睁开眼睛,就听见周金大哥在神厅里一面拍桌子,一面大声吆喝道:

"有内奸,有内奸,有内奸!一定有内奸!社会上有,政府里面有,罢工委员会里面也有!怎么会没有内奸?你们没听说,香港有军火运进来么?不是有人要解散罢工委员会么?不是有不少工贼在那里运动工人回香港复工么?这些还不能证明有内奸?如果没有内奸,咱们搞肃清内奸大运动做什么?"

周炳听着,同时就想象出周金那睁眉突眼,脸红脖子粗的神态。他说完,大家就静下来了。许久以后,周炳才听见有一个人说话支持他。这个人虽然也肯定有内奸,但是语气软弱无力,听起来好像是农科大学生李民天。后来有另外两个人说话,好像是周榕和陈文雄,他们认为社会上、政府里有私通帝国主义,破坏罢工的内奸,但是罢工委员会里是纯洁的,没有这种凉血动物。此外,还有一种主张,说是无论社会上、政府里、罢工委员会内部,都没有什么内奸,说有内奸的人,是由于他们自己神经过敏。这一派也有两个人,其中一个很容易听出是何守仁,还有一个声音不太熟悉,想来想去,有点像李民魁。大家你一言、我一语,争执得不可开交。可是约莫过了半个钟头,大家又一哄而散,神厅里恢复了原来的寂静。周炳听得不明不白,也没有留心去研究谁是谁非,听见大家都走了,他就缓步踱出神厅。原来人并没有走光,还剩下陈文雄在和他姐姐周泉悄悄谈话。周泉见周炳出来,连忙站起来,很有风趣地说道:

"阿炳,过来,我介绍你认识一位有名人物。这位就是省港罢工工人代表大会的代表——陈文雄先生!"

周炳跟着叫了一声:"大表哥。"

陈文雄今天穿着高尚华贵的笔挺的西装,显得特别漂亮而体面。周炳一眼就看出来,他的精神里面有一种比他的衣服更加华贵,更加使他自傲的东西。他很有礼貌地站起来,向周炳弯腰问好,随后就精神抖擞,高视阔步地走到周炳跟前,缩起肩膀,摊开两手说:

"阿炳,你没想到吧?我们又罢工了!这一回,也跟从前随便哪一回一样,不达目的,决不罢休!"说完就和周泉一起上街去了。周炳把这几天来所见到的人、所听见的事想了一想,又把卧病这十几天来的生活回忆了一下,怎么也想象不出外面的世界发生了怎样的变化。——想来想去,不得要领,于是他叹了一口气,走回神楼底,又对着区桃的画像呆呆地看起来。

三天以后,周炳的病完全好了。那天一早,杨志朴大夫来看过,认为不用再吃药,只要注意起居饮食,过几天就会复原。舅舅走了之后,周炳也觉着身体有了点劲儿,在家闲着也闷得慌,就胡乱吃了两碗白粥,穿起衣服鞋袜,上街去溜达溜达。出了三家巷,他信步往北走去,经过百灵街、德宣街,一直走出了小北门。半年之前,旧历正月人日那天的情景,活生生地出现在他的眼前。他能够看得见周泉、陈文娣、陈文婕、陈文婷、区苏、区桃这六个姑娘簇簇拥拥地走在他的前面,他自己左肩挂着一帆布口袋饼干,右肩挂着一帆布口袋甘蔗,满头大汗地跟在后面,经过这些街道——经过这些茶寮、小店、元宝香烛铺子、凿石碑的铺子,卖山水豆腐干的铺子。他还能够看得见这六个姑娘都穿着漂亮的新衣服,他姐姐和陈家表姊妹都是短衣长裙打扮,有黑的、有白的,有花的、有素的,有布的、有绒的,有镶边的、有绣花的。区家两个表姐是工人打扮,区苏穿着银灰色的秋绒上衣,黑斜布长裤,显得端庄宁静;而区桃呢,她穿着金鱼黄的文华绉薄棉袄,粉红色毛布宽脚长裤,看起来又鲜明,又艳丽。他又看得见她们的头发的样式是一色的剪短了的款式,辫子没有了,长长的刘海覆盖着整个的前额,而这种发式使她们在当时的妇女界中成为爱好自由的革新派。在这当中,区桃之所以显得特别动人,是由于她的头发既没有涂油,又没有很在意地梳过;那额前的刘海,在眉心上叠成一个自然妩媚的交叉,随着吹来的微风,缓缓摆动……以后,他于是又看见大家沿着田基路走进一些小小的村庄,穿过这些村庄,又穿过一些菜田和稻田,拨开山光和云彩,掠过碧绿的杨柳和开着花的紫荆,向凤凰台走去;他又听见大家慷慨激昂地争论工农兵学商——该谁占第一位的问题。……最后,他陪伴着一朵牡丹花一样的"人日皇后"爬上凤凰台,他听到区桃轻轻喘气的声音,他闻到区桃身上散发出来的香味儿,他按着区桃的命令把饼干和甘蔗送给每一个人,然后在区桃身边坐下来。……

忽然之间,这一切都没有了。周炳喘着气,发现自己坐在荒凉寂寞的凤凰台的阳坡上,周围是重重叠叠,一穴紧挨着一穴的坟墓。他再一细看,正对着他的这一座小小的草坟当中,竖着一块小小的石碑,石碑上刻着:

"二姐区桃之墓"几个大字,又用银朱油把那些字填红了。

旁边的小字刻着年、月、日和立碑人区细、区卓两个人的名字。周炳到这时候,才觉着自己已经浑身酸痛,精疲力竭。他就坐在这坟前左边的山首上,默默无言地流着眼泪。也就在这个时候,他才认真感觉到,过去的那一切全都完了,全都不存在了。他用发抖的声音对着那坟墓说道:

"桃表姐,你听见我跟你说话么?你怎么这样狠心,连告别的话都不跟我说一句?我对你说了一千句话,一万句话,你都听得见么?你为什么一句话都不回答我?"

这时候,东边的太阳忽然从厚厚的云层里钻了出来,阳光直射在那新坟的深红色的地堂上,把那红土照得逐渐透明起来。透过这层深红的土壤,他仿佛看见了区桃的脸孔。她还像活着的时候一样鲜明,一样的秀丽,在那覆盖着整个前额的刘海下面,露出那妩媚的微笑。她的神气跟那张画像一模一样,就是只笑着,不说话。周炳对着她呆呆地看了足足有一个钟头。他不敢动,不敢说话,甚至不敢用力呼吸,就那么一声不响地看着——后来,乌黑的云层又遮蔽了太阳,区桃的笑脸也逐渐变成愁惨的面容,并且逐渐暗淡,逐渐消失,一直到完全看不见。墓地上仍然是一层又冷又厚的深红色的山土。他望望天空,天空虽然那样广阔,那样宏伟,但是阴森愁惨,空无一物。他望望四周,四周是重叠拥挤的坟墓,寂静荒凉,没有牛羊,没有雀鸟,没有任何生物的踪影。他望望下面的山谷和山谷以外的平川,山谷和平川的秧田和菜地虽然都是一片新绿,但大片的禾田却没插秧,现在也灰暗无光,静悄悄地没有人迹。他再望望那远处的珠江,只见一片灰蒙蒙的烟雾,慢慢蠕动,又像上升,又像下降,又像往前奔,又像往后退,看来十分空洞,十分臃肿。他无可奈何地叹了一口长气,捂着脸对坟墓说道:

"一切都完了,一切都完了。你再不回来了。这是千真万确的了。这世界怎么这样空虚,寂寞?人生怎么这样悲伤,痛苦?什么都是徒然的,什么都是灰暗的,什么都是残酷无情的!你能够知道你什么时候生下来,可是你不知道你什么时候会突然死去。世界上最美好的东西,也没有人爱护,也没有人惋惜,一下子就破坏了,毁灭了,阴消阳散了!生命不过像一颗露珠,一根小草,一片破瓦,一块烂布……美丽,智慧,温柔,妩媚,都不过是一种幻象!唉,这里还剩下什么有意义的东西,值得我去留恋,去羡慕,去珍重,去奋斗的么?没有了,没有了,一样都没了!我不如跟着你去,在漫漫的长夜里陪伴着你,在安静的黑暗里一道消逝……"

他这样哭了又诉,诉了又哭,没有层次,没有段落,没有开头,没有结尾,反复缠绵地对着那坟墓说话,不知不觉地太阳西斜了。这时候,冷不防有人在他背后叫了他一声:"炳哥!"他大吃一惊,仿佛从那虚无缥缈的云层当中掉落地上。他从那山首上跳了起来,定神一看,原来是陈文婷,就结结巴巴地问她道:"你怎么跑到这儿来?"她狡猾地笑着说:"家里面大家都担心着你,二姨更是急得不得了。我说:'蛇有蛇路,鼠有鼠路,让我来找。'我就一个劲儿跑到这里来了。走吧,跟我一道回去吧。桃表姐已经升了仙,你还是一个凡夫俗子,你撑不上她。走吧!"周炳带着感激的心情说:"阿婷,你对我真好。可是,你不想念桃表姐么?她生前对你是很好的!"陈文婷说:"我很想念她,我也知道她对我不错,可是,咱们走吧,天不早了。"周炳带着一副麻木不仁的脸孔跟着她下了山,沿着来路往回走。到家的时候已经黄昏了。陈文婷回家吃饭,他很想喝酒,就又披起衣服,到惠爱路正岐利剪刀铺子去找他的老伙计杜发,两个人一道去喝酒。他们刚走进"平记"炒卖馆门口,杜发眼快,一眼看见里面有两个人对面坐着,有说有笑,在一张桌子上喝酒,立即把周炳拖着往后退。周炳说:"干什么?"杜发露出很神秘的样子,低声说:"你没看见,那里面有两个人在一张桌子上喝酒?一个是你榕哥的拜把兄弟李民魁,一个是'茶居'工会的工贼梁森,怪不怪?"周炳再转回"平记"门口,探头往里仔细一看,果然见李民魁和一个蛇头鼠眼的人在喝酒。那家伙正是广州的著名工贼梁森。他过去曾经因为破坏罢工,被三个工会开除过,最近又混进了茶居工会,还当了一名执行委员。周炳认识他这个人,又听哥哥们谈过他的事儿,心里也觉得奇怪,可是他这时候不想多管闲事,就甩了一甩手,说:

"不管他!咱们另找一个干净地方喝咱们的!"

不多久,他俩就相跟着走进一家叫作"富珍"的小炒卖馆子里坐下喝酒。这酒馆不大,只有一个直厅和一个横厅,到处都密挤挤地摆满了小方桌子和小方凳子。他们拣横厅西南角上一个静处坐了,点了一个生筋田鸡,一个豉汁排骨,两个菜。菜还没到,每人先要了一碗四两重的双蒸酒,一口气咕噜咕噜喝了下去。以后每人又要了一碗,一面吃菜,一面慢慢地喝。越喝,酒馆里的客人越多。到他们喝完了两斤酒,吃完了另加的茄汁牛肉片和咕噜肉两个菜,每人又吃了一碗白饭之后,酒馆里已经坐满了客人,到处都高声谈笑,乌烟瘴气,连彼此说话都听不清了。一个唱曲的女孩子走到他们面前,要给他们唱曲,拉二弦的师傅站在她后面,笑眯眯地听候吩咐。杜发酒量本来浅,先就醉了。他拉住那女孩子的手,把一个双角子银币按在她的掌心里,含糊不清地问道:"你叫什么?住在哪里?"那女孩子狡猾地笑了一笑说:"我叫阿葵,住在擢甲里二百号,怎么样?"旁边知道擢甲里并没有二百号的酒客都因为她答得俏皮而哈哈大笑。杜发醉眼朦胧地望着阿葵,伸手去拧了她一下脸蛋,说:"走吧,等一会儿我到你家里去过夜。"阿葵走开之后,周炳和杜发也会了账,从富珍酒馆走了出来。晚风一吹,喝下去的酒直往上涌,两个人一面打着嗝,一面东倒西歪地迈着步,又不断说着胡话,全都醉了。

周炳回到家,一脚跨进神楼底,就看见有一位姑娘坐在灯前等候他。他心里十分诧异。开头,他以为那是区桃,仔细一看,又不太像。再一看,那位姑娘变出了七八个化身,在他的眼前来回旋转,又都成了区桃了。他高兴得快要发狂,大声叫嚷道:"区桃,桃表姐!"她却垂低了头,没有睬他。他纵身一跳,跳到她眼前,抱着她,在她的头上、额上、脸上吻了又吻,一面含糊不清地叫着她的名字:"桃子,桃子,小桃子……"那位姑娘开头全不动弹,任凭他吻着,后来突然发了脾气,用力把他一推,嘴里说道:"看你胡说什么!看你醉成什么样子!我不是区桃,我是陈文婷!"一面说,一面走出神楼底。周炳叫她一推,站立不定,倒退几步,就跌在自己的木板床上,醉吗咕咚地睡着了。

一七 雨过天青

七月十三日是区桃的"三七"。七月十二晚上,区家请了几个师姑来给她念经。才过午不久,周炳就穿起白斜布的学生制服,意态萧索地来到了南关珠光里区家。他看见这整个皮鞋作坊都陷在愁云惨雾之中,好像很久都没有开工了。东西乱七八糟,摔得满地都是。一块硝过的红牛皮,半截泡在水盆里,也没人管。他走到区桃的供影前面装了一炷香,默默地站了一会儿,觉着寂寞难堪,就没多流连,一直进去找区苏表姐。体态苗条的区苏看来更加瘦削,脸上显得苍白,眼睛也显得更大了。她把周炳领到自己的房间里,说:"阿炳,你也瘦了。你的脸没有从前那样红润,也有点变长了。"周炳摸摸自己的脸颊道:"真的么?我自己倒不觉得怎的。"区苏说:"自从阿桃死了之后,我们这一家人的日子过得就不像日子!你要多来,常来,给你三姨、三姨爹解解闷。不要像别的人那样,十天半月都不上门来一趟!我们那电筒工会的事儿,他也帮着我张罗一下。"周炳听得出来,那所谓"别的人",就是指他二哥周榕。从前周榕时常来邀她去看戏、逛街,又帮助她筹备电筒工会的事儿,如今周榕都忙在省港罢工委员会那一头,得闲的时候又顾得和陈文娣在一起,就顾不得上她这儿来了。他想安慰安慰区苏,可是说不出话来,只好连连点头。后来区苏又说了:

"咱们舅舅家的杨承辉表哥倒是经常来的,不过这个人冒失得很,不会同情别人,不会体贴别人,不会安慰别人,我不高兴他!"

周炳用富于同情的圆眼睛望着她,用深知一切的神气点着头,虽然没说一句话,却使她感到一点安慰。她得到别人的了解,也就纯洁天真地微笑了。这时候,陶华来找区苏,请她给补衣服,大家又出到神厅外面来坐。区苏接过衣服,就低着头补起来。陶华没事,就和周炳闲谈,他说:

"阿炳,近来怎样了?听说你喝了很多的酒。"

"是呀,喝得不少。"周炳说,"醉了比醒着好。死了比活着好。"

陶华高声大叫起来了:"为什么?醉了比醒着好,这就可以了。为什么死了会比活着好?我不信。我说受苦受难,还是活着好!"

周炳说:"心都死了。人活着有什么味道?你不记得《孔雀东南飞》么?你不是说桃表姐跟我做得像真的一样么?刘兰芝死了。焦仲卿能活着?"

区苏叹息道:"话是那么说,可做戏到底还是做戏。"

周炳抗议道:"不!做戏跟真的一点也不两样!"

陶华用更大的声音驳斥他道:"不!你们跟他们完全不同!他们除了死,没有别的法子。区桃并不想死。她是叫帝国主义强抢了的,叫帝国主义谋杀了的,叫帝国主义暗害了的!如果我是你,我就不那么屄头!我一定要给她报仇!"

周炳叫陶华骂得哑口无言,脸上红得像朱砂一般。他向区苏求救似的说:"表姐,你说呢?我想死了比活着好,这是屄头么?"区苏点点头,不作声。周炳更是羞得脸上发红发涨了。这时候,恰巧周金大哥背着一捆旧皮鞋走了进来。陶华一见就开玩笑道:"怎么,共产党人还收买皮鞋呀?"周金笑着说:"共产党人不拘干什么,只要对革命有利。不过这些破家伙却不是收买来的,是那些罢工工友的,要找人补。人手不够,我就背出来了。"说罢,他看见周炳坐在一边,脸红筋胀,郁郁不乐,就问起情由。区苏把刚才的情形告诉了他,他就说出他的意见道:

"这当然是陶华说得对。咱们要打倒帝国主义,要摧毁这整个旧社会,就要进行阶级斗争。这好比拿枪上战场和敌人打仗一样!难道在打仗的时候,你的好同伴倒下了,你不是更加勇敢地去打敌人,却逃回战壕里去自杀么?没有这种道理!"

周炳用两手捂住脸说:"好了,好了,不谈这个了。留下那些烂皮鞋,叫我来给你补!"周金说:"这样才是。免得我一个人东奔西走,张罗不过来。你想,十几二十万罢工工人一下子回到省城来,那衣、食、住、行的事情该多少人来办才办得通!"区苏说:"大表哥你尽管放心,阿炳的手艺是不错的。爸爸说过,他本来应该是个皮鞋匠。"陶华也高兴了。他指着区桃的供影说:"周炳,你要是打瞌睡的话,只要一想起她在旁边望着你,你就精神百倍了。你用锥子使劲戳下去,就好比戳在帝国主义的心上;你用铁锤使劲打下去,就好比打在帝国主义的头上!这样子,包管你通宵不睡也不累!"周炳不断地点头,没再说话。不久,师姑也来了。周炳找区华和区杨氏闲谈了半天,随便吃了点饭,就坐在神厅里听那些师姑念经。约莫二更天,吹鼓手敲起铜钹和小鼓,吹起横笛和篥管;师姑们拿着手卷,念着经文;区细和区卓捧着区桃的灵牌,到门口外面去"过桥"。桥是竹枝扎成的,上面糊着金色的纸和银色的纸,一共有两座,一座叫金桥,一座叫银桥。正位师姑宣读了手卷,吹鼓手奏起"三皈依"的乐章来,师姑们齐声念唱。每唱一节,正位师姑用手卷在桥上一指,灵牌就往上挪动一级。到了桥顶,又往下降;过了金桥,又过银桥。周炳一直看到过完了桥,才告辞回家。

从此以后,周炳找到了一件可干的事情。他参加了省港罢工委员会庶务部的工作。那一大捆破皮鞋,他只用了一个晚上的时间,就通通修理好。跟着,他就四处奔走,找地方开办新的饭堂。找好了地方,又要找工人;找到了工人,又要找桌、椅、板凳、碗、筷、锅、盆。开了一处新饭堂,过几天又不够用了,还得再开一处新的,又要大大倒腾一番。光是饭堂还不算,此外还得建立宿舍、洗衣馆、理发馆;光吃、住、洗、刮还不够,又要搞夜校、图书室、俱乐部等等,把周炳忙得一天到晚只在街上团团转。他使唤了不知道有多么高的,自己都不能控制的热情去工作,拿陈文婷的话来说,就像发了狂一样。奇怪得很,他不知昼夜,不知饱饿,不知冷暖地工作着,他的身体倒反而好了,比从前更粗壮,更健康,也更英俊,更漂亮了。在半个多月的时间里,他完全变成了另外一个人。他不再感觉到悲伤和丧气,不再感觉到缥缈和空虚,也不再去追究人生究竟有什么意义,只是高高兴兴,精力饱满地活动着,淹没在紧张繁忙的工作的大海里。有时半夜回家,他就在书桌前面的小凳子上坐下来,对着书桌上的区桃的画像出神。有时他就吻她一下,对她说:

"小桃子,你笑一笑吧!我要摧毁那个帝国主义,我要摧毁那整个旧社会!你瞧,我浑身都是劲,一天可以干二十四个钟头。咱们的同志多得很哪,简直数不清有多少。咱们要不了几个月,就会胜利的。那时候,北洋政府就会叫咱们砸个稀巴烂,帝国主义就会乖乖地撤走军队和战舰,把所有的租界交还给咱们,把所有的海关、邮政、矿山、学校、轮船、工厂一齐交出来。你说怎么样?好,你笑一笑吧!"

他看见区桃对他点头微笑,感到非常幸福,就又吻了她一下,说:"桃表姐,你太好了!"说完也对着她傻笑,一面笑,一面淌着眼泪……

有一天,别人告诉他,省港罢工委员会委员长苏兆征同志有事要找他。他一听说,就高兴得跳了起来。他感到说不出的光荣和愉快,但是又有点紧张和胆怯,到他见着苏兆征同志之后,才放下了心。苏兆征同志看来三十多岁年纪,瘦瘦的中等身材,神气清朗,待人十分亲切。他一见周炳,就抓住他的手说:"我听说你工作很努力,大家都很喜欢你。你演戏演得很好,不是么?我们要把你从庶务部调到游艺部,你给咱们演一出戏,好不好?咱们的条件很差:第一没有人,第二没有钱,第三没有服装道具。咱们现在只有一个剧本,是工友们自己写的,要在八月十一日把它演出来。那一天,咱们要举行'肃清内奸大运动',要游行示威。那天晚上,应该演出这个戏来助一助威。时间也不多,大概只有两个星期了。你看怎么样?"他的坚定有力的气概深深地感动了周炳,周炳毫不踌躇,用同样坚定有力的语调回答道:"没问题,准在八月十一日晚上演出来!"随后他就去找游艺部长,把剧本拿回家,一口气读完了。这剧本名叫《雨过天青》,讲香港一对青年男女的恋爱故事。男的是个海员,女的是那只轮船上买办的女儿。男的要回广州参加罢工,希望女的同去,女的有点动摇。那买办想破坏罢工,就要他女儿把男的留下来,并且派了一个被他收买了的海员在工人当中进行破坏活动。这个工贼在工人当中和那对青年男女当中挑拨是非,企图引起妒忌和冲突,使工人们和那对恋人都陷在分裂状态中,不能一致行动。后来经过一些曲折,买办和工贼的阴谋被揭破了,那双青年男女痛骂了他们一顿,和其他的工人一道回了广州。老实说,这剧本只是一个故事提纲,连分幕、分场、动作、对白都还没有的。周炳把剧本读完了,就用双手捂住脸,反复地在想。后来他放下了手,又看见区桃在书桌上对他微笑着,他就说了:

"小桃子,你演那个女的,我演那个男的,够多好!可是你如今往哪里去了呢?这角色,你演最合适。样子好,人又勇敢,不用化装都可以上台。你说怎么样?……哦,不。你不能演。这是一个买办的女儿,你不会答应的。是呀,你不会答应的。可是你为什么不和我说一句话儿呢?说一句吧。哪怕只说一个字也好。"等了一等,他又低声向她喃喃发问道:"你怎么了呢?我跟你说了一千句话,你可是一句话也不说！这个戏,你是不肯演的了,那么,叫我找谁演呢？找婷表妹演好不好？她倒当真是个买办的女儿,可是她肯么？她能演得好么？你说一说吧！"但是区桃只是对他微微笑着,一声不响。当天晚上,他就把陈文婷找到神楼底来,认真严肃地和她说道：

"自从那次你在凤凰台上提醒我,说我只是个凡夫俗子,区桃表姐是升了仙的,我怎么也撑不上她之后,我倒得到了一种新的启示。我对于人生的问题,有了一个新的想法。人生到底有没有意义呢,这要看怎么说法。如果能够打倒帝国主义,摧毁整个旧社会,重新建立一种美好的生活,那么,人生就是有意义的；如果不打倒帝国主义,不摧毁整个旧社会,不重新建立一种美好的生活,那么,人生就是毫无意义的了！你说怎么样,你能够同意我的想法么？"

"哎哟,看你变得多快！"陈文婷笑了一笑,又露出深思的样子说,"才十天半个月工夫,你就变成一个革命家了！好,我同意你的想法,一点保留也没有！"

周炳高兴了,用很快的调子说下去道："我们一家不用说。大哥经常向兵工厂请假,回省城来参加罢工运动。二哥也不管下学期有没有聘书,一天到晚搞交际部的事情。姐姐中学毕了业,还没找到职业,可是她除了奔走找事之外,也参加了交际部的活动。我自己在庶务部,忙得吃饭、睡觉都没时间。不说这些,就说你哥哥跟何守仁、李民魁、李民天这些人吧。他们都是有钱、有头脑、有社会地位的人,不是都参加了交际部的工作了么？只有你们四姊妹没有参加罢工委员会的活动！大表姐有家,又是信上帝的,难怪她了；二表姐当了兴华商行的会计,这也难怪；三表姐学校里有事,她又是个不爱活动的人,也算了。你呢？你为什么不参加工作呢？要是区桃表姐还在,她一定是豁出命来参加的！"

"对呀！我怎么早没想起来？我一定参加！"陈文婷想都不想

就说:"从前桃表姐在的时候,她可以干许多事情,如今她不在了,这些事就该由我来干。我应该做她的替身,对么?"周炳见她答应得爽快利落,不像调皮开玩笑的样子,就也十分欢喜。当下两人就把剧本研究了一番,甚至有许多重要对话都预先拟想出来了。周炳问她愿不愿意演那个女的,她想这女的和那刘兰芝不同,是大团圆结局的,也就高高兴兴地接受了。随后两个人又研究其他的角色如何配备,服装道具如何筹措,排练如何进行等等,谈得十分投契。看看事情各方面都计划得大致不离儿了,只差一个八九岁的小女演员还没找到,再就是演出费用两百块钱还没出处。陈文婷说:"不要紧,让我给咱想办法。"时间已经十二点多,就散了。

第二天,陈文婷果然展开了紧张的活动。她先找周泉,说明演剧的事情,要她和陈文雄商量经费的问题,约好了晚上八点钟碰头;其次又找二姐文娣,也说明演剧的事情,要她跟何守仁商量经费的问题,同样约好了晚上八点钟碰头;最后把何家的小姑娘何守礼邀到自己楼下的客厅里来,拿了几颗香港制造的巧克力糖给她吃,然后问她道:"我就要做戏了,你愿不愿意做?要做就做我的妹妹。"何守礼虽然才八岁年纪,看来倒像十岁。身材高高瘦瘦的,那副尖尖的嘴脸,大大的眼睛一会儿露出孩子的神气,一会儿露出大人的神气。她先装成大人的样子回答道:"不,我不做戏。爸爸不叫作。"等到陈文婷说:"唉,那多可惜!在台上做戏,大家都望着你,都说你漂亮、可爱,多么出风头呵!"她又变成小孩子了,说:"也好,算你赢了,我做!"陈文婷点点头说:"这才对!今天晚上八点钟上这儿来吧。"到了晚上八点钟,陈文雄、陈文娣、陈文婷,这边的周泉和周炳,那边的何守仁、何守礼,果然都陆陆续续来到了陈家楼下的客厅里。客厅正中的酸枝麻将桌子上,摆着一盘饱满、鲜红、喷香的糯米糍荔枝,一盘滚圆、橙黄、蜜甜的石硖龙眼,大家一面吃着,一面谈论演戏的事情。周炳一提起经费的问题,陈文雄先望了望周泉,看见她用一种默契的微笑对着自己,就通情达理而又慷慨大方地说:"既然如此,我捐一百块港纸。你们知道,资产阶级并不是没有用处的! 三大政策的联俄、联共,叫谁去联呢? 叫资产阶级。扶助农工,叫谁去扶助呢? 还是叫资产阶级。钱,我是出了,可是你们不能让爸爸知道。我出了钱,四妹出了人,我们一道来骂买办,这是说不过去的!"何守仁也先瞅了一瞅陈文娣,看见她的眼睛充满着善意的期待,也就爽朗明快地说:"陈君既然乐善好施,我自然也当仁不让。我捐一百块大洋! 你们知道,我是不理会什么党派,什么阶级,而只知道爱国的! 不管是谁,只要他爱国,我没有不乐于成全的。"后来谈到何守礼演戏的问题,他却为难起来道:"要我出钱容易,要我去说这桩事儿却难。家父的脾气,你们不是不知道的。"何守礼一听,像当头泼了一盆冷水,呜呜地就哭了起来。陈文娣仍然没作声,只是用恳求的眼光望着何守仁,后来,他到底还是答应下来了。

事情解决得这么顺利,又这么轻而易举,周炳心中不由得生出一种感激之情。他瞪大他那双诚实的大眼睛,把陈文雄、陈文娣、陈文婷、周泉、何守礼都轮流望了一遍,好像在向大家致谢。这时候,他特别崇拜陈文雄、何守仁这两位兄长辈,崇拜得简直要站起来,对他们两人说些赞美的话。他想起四年之前,他们刚从中学毕业的那个晚上的情景。那个不平凡的夏夜,他两人曾经和李民魁、张子豪、周榕换帖结拜,发誓要互相提携,为祖国的富强而献身。看来他们五个人都是正人君子,说得到做得到的。想着想着,周炳不知不觉站了起来,对着陈文雄、何守仁说:

"你们真是热心家! 我有满肚子的话要说,可是说不出来,你们……就……等于……用不着说,不只罢工工人感激你们——凡是中国人都会……感激你们!"

陈文雄摆了一摆手,表示不在乎的样子。何守仁缩着脖子,耸起肩膀笑。大家又闲谈了一会儿,周炳回了家,陈家姊妹和周泉、何守礼几个人到三楼上姑娘们的书房去了,客厅里只剩下陈文雄和何守仁两个人。何守仁对陈文雄说:"周炳以读书人的身份,整天和工人们周旋,过去曾经成为笑柄。想不到省港罢工爆发以来,他们平素喜欢跟工人来往的,倒占尽了便宜。你听见没有,说他们周家兄弟好话的人,的确不少呢。尤其是这个周炳,他在罢工工人里面,简直成了天之骄子!"陈文雄点头同意道:"不错,他是一个戆直的人。戆直的人往往就是一条心!共产党最喜欢这种头脑简单的材料了。对于我们这种有点头脑的人,共产党就一筹莫展。"何守仁说:"对极了,对极了。说到共产党,我倒要向你请教,你看国共合作长久不长久?"陈文雄笑道:"这就要看共产党的态度了。如果他们乖乖地跟着国民党走,那么合作就长久;如果他们硬要工人登上皇帝的宝座,那么合作就很难维持。"何守仁故作吃惊的神气说:"工人?皇帝?可是我不明白……你自己怎么看这个问题,你不也是一个工人么?难道要你当皇帝,大家都服从你,那还不好么?"陈文雄摇头道:"我是一个工人,但是我不是一个共产党!"往后他们就谈起国民革命该怎么革法,联俄、联共、扶助农工对不对,怎样才能够打倒军阀、打倒帝国主义,省港大罢工还要坚持多久,谁领头来办这一切事情等等,一直谈到深夜。在那个时候的广州,这样的谈话已经成为一种十分流行的风气了。

到了八月十一日,白天举行了肃清内奸大运动的示威游行,晚上就在东园的大礼堂里演出话剧《雨过天青》。这里原来就是一个剧场,设备虽然陈旧一点,还算是很不错的。天还没黑,观众早就坐满了。他们都是罢工工人,在场里面兴高采烈地谈白天的示威游行,又打又闹,又说又笑,有些年轻人不停地吹着呼哨,催促开场。陈文婷早就化好了装,但是她没给工人演过戏,听见台下嘈闹,自己就显得很紧张,老是揭开幕布向外面张望。周炳安慰她道:"不要紧的,婷!把信心提高一点,我们互相信任就行了。别看他们粗野,其实他们是很敏感的,很富于共鸣的。"陈文婷用手按着心窝说:"好,我听你的话。你看——我现在安静了。"其实周炳心里也感到紧张和混乱。那不是为了别的,而是因为他在这吵嚷忙乱的后台的环境中,老听到一种他很熟悉的声音,十分像区桃在对谁低声说话,等到他仔细一听,又没有了。他使劲搓捏着自己的耳朵,又喝了一杯冷开水,可是过了一会儿,那声音又听见了。这样反复了四五次,他心里有点着慌。后来他把区桃的小照片掏出来,竖在他面前的化妆台上,对她说道:"桃表姐,你帮助我把注意力集中起来,给我足够的勇气,让我把这个戏演好吧!"以后,果然慢慢地镇定下来了。那天晚上,整个戏演出得很顺利。每一个演员都感觉到观众对他们不是漠不关心的,而是支持和爱护的,任何感情上的轻微的波浪都能引起迅速的反应。这里面,只有陈文婷出了一点小差错。她的性格本来应该是两面的。一面是爱国,同情周炳的行为,想跟他一起回广州;一面是怀疑和动摇,舍不得家庭生活,舍不得香港的舒适和繁华。但是她突然觉着这样不带劲儿,不够理想,配不上周炳的坚强性格,她就自动把英雄那一面加强了,把软弱消极那一面减少了,说了一些不该她说的大言壮语,使得整个戏几乎演不下去。后来大家在后台围着她,把她劝说了一顿,她才勉强改正了。戏一幕一幕往下演,陈文婷开始想拖住周炳了,工贼出来了,这对青年男女之间,他们和其他工友之间的纠纷开始了。最后全部的纠纷都集中到一个场面上,事情弄得不可开交,罢工几乎流产,周炳决定不顾一切,抛弃爱人,带领愿意罢工的部分工友回广州的时候,工贼的阴谋被揭露了。大家明白了一切,陈文婷又震惊、又惭愧,只是哭,她那买办父亲还想用威逼利诱的办法来分化工人,周炳对那买办发出了词严义正的斥骂。他满怀仇恨和义愤,又压着这些仇恨和义愤,用激动的调子,圆熟的嗓音,沉重的吐字,指着那买办骂道:

"你自己想想看,你还有一丝一毫的人性没有?你为了多赚几个臭钱,就给帝国主义当走狗,当内奸,当奴才,破坏我们工人的团结,破坏你的儿女的幸福,要大家变成祖国的罪人!你要是还有一点儿人样,你能够忘记沙基大街上面的鲜血么?你能够忘记南京路上面的鲜血么?你能够忘记无数先烈在祖国大地上洒下的鲜血么?回答我,回答我,回答我!你敢回答我?不,谅你也不敢!你不过是一条小虫,你不过是一缕黑烟,你不过是一片云影!我们的祖国是光明的,我们的劳工是神圣的,我们的事业是胜利的,任你诡计多端,也不能损害我们分毫!你不过是秦桧、吴三桂之流,枉你人生一世,只落得千秋万载的臭骂!兄弟们,走吧!我们和帝国主义结下了深仇大恨,我们忘记不了那些奇耻大辱,他们欠下我们的血债,必须用血来偿还!走吧,我们到广州去,那里有无数的亲人等着我们,那里是革命的首都,那里有自由和幸福,我们一道走吧!"

他的表情是真挚和自然的,他说的每一个字都充满着仇恨,又充满着英雄气概,而从头到尾,他给人的整个印象是深沉、镇定和雄迈。他那深藏在心里的刻骨的仇恨随着他的眼光,他的字音,他的手势,甚至随着他的头发的跳跃,衣服的摆动,感染了每一个观众,使得大家跟着他愤恨起来,紧张起来,激动起来。他说完了这段话,台上的工人走到他这边来,买办的女儿也走到他这边来,他们一道从门口走出去,胜利了。观众叫嚷着,吹着呼哨,喊着"打倒帝国主义!""打倒内奸!"跟着就是长时间的情绪饱满的鼓掌。周炳抓住陈文婷的两手说:"婷,你听,我们演成功了!"陈文婷说:"英雄,英雄,你完全是个激动人心的小英雄!"以后,他们白天晚上都演,没有一场不成功。《骂买办》那一场戏成为大家谈话的资料,大家学着周炳编的那段台词,学着周炳的腔调和姿势,像他们学粤剧名演员朱次伯和盲歌伶桂妹师娘一样。在这些紧张的演出里,周炳觉着人生的前景光明灿烂,预感到革命成功的幸福,如痴如醉地过着高兴的日子。

一八 在混乱的日子里

一千九百二十五年八月二十日,周炳和陈文婷仍然在东园里面给罢工工人演日场。按照周炳的想法——也是当时几乎每个广州人的想法,参加省港大罢工的工人就是世界上真正的主宰。再过一些时候,他们就会逼使英国退出香港,而最后,他们就会收复沙面上的租界,赶走各国的军舰,夺回海关、邮政、工厂、矿山、学校、银行和军事、文化、政治、经济各方面的一切权利。到那个时候,大家就会给区桃修一座崇高巍峨的纪念碑,永远表扬她的刚烈的精神。区桃的仇恨得到申雪,国家也就一天天富强,大家都过着和平、自由、幸福的好日子。他把这个想法告诉了陈文婷,她也是同意的。他就带着这样的想法出场,去给那些世界上真正的主宰演戏。这一场的观众和前面十几场的观众一样,十分喜欢他们的演出,并且他们都听说过有《骂买办》一场好戏,于是就趁着换景的时候,在下面纷纷猜测。可是,突然的事变发生了!罢工委员会派人到后台来对大家宣布一个不幸的消息:

"廖仲恺先生被人暗杀了!"

廖仲恺先生是一位革命意志非常坚强,非常得到人民爱戴的革命领袖,又是一个坚决反对内奸,全力支持省港罢工的人,一听到这个坏消息,周炳就哭了。戏正演到半拉子,因为这里马上要开紧急代表大会,不能不腾地方,只好临时宣布停演,一下子戏场里的秩序搞得很乱……

每一个广州人恐怕到现在还能够回忆起来,在从一千九百二十五年八月二十日到一千九百二十六年三月二十日这七个月里面,他们经历了一次多么严重的精神上的混乱。在早些时候,他们曾经这样想过：所谓进行一次国民革命，就是联俄，联共，扶助农工，大家一起来打倒军阀，打倒帝国主义。为了达到这个目的，他们应该采取罢工、罢课、罢市的方法，甚至不惜最后诉之于战争。他们可能想得过于天真了一些，过于简单了一些，过于直线了一些，然而他们是真正热情地这样做过来的。有些人，比方说像区桃，就是在这种信念之下，献出了自己的生命。但是一千九百二十五年八月二十日，距离区桃被帝国主义者阴谋杀害还不到两个月，廖仲恺先生在中央党部门口被人暗杀了。这不能不在人们的精神上引起极度的混乱。区桃被人谋杀，那是容易明白的。至于廖仲恺先生，他是意志坚定，热情澎湃，精明强干，为人们爱戴的革命领袖之一，为什么要谋杀他呢？谁谋杀他的呢？怎样谋杀他的呢？这些问题，在那个期间，谁也弄不明白。因此，在这七个月里面，每一个人都在谈论着国民革命到底要往哪里走。人们问道：国民革命还干不干？联俄，联共，扶助农工还要不要？军阀还打倒不打倒？帝国主义还打倒不打倒？省港大罢工还要坚持多久？谁领头来办这一切事情，是共产党？是国民党？是胡汉民，是汪精卫，还是蒋介石？诸如此类。

九月二十日，当事情发生了一个月之后，在张子豪家里有一个小小的叙会，也在谈论这些问题。张子豪自从当了连长之后，把旧房子退掉，另租了一幢新洋房的二层楼居住。这里是朝南的一厅三房，十分宽敞。旧的家具都卖掉了，换了全新的藤制和杂木家具。他和陈文英都换了新衣服，他们一个七岁的男孩子叫作张纪文的，和一个五岁的女孩子叫作张纪贞的，也都全身上下换了新衣服。连招待客人的"雅各"牌饼干，"新基土"金山橙子，"伦敦"制造的杏仁奶油糖果，"斧头"牌白兰地酒等等，也都给人一种全新的感觉，好像这一家人是刚从别的星球来到广州似的。这天，张子豪、陈文英夫妇做主人，客人有李民魁、陈文雄、何守仁三个人。李民魁到得最早。六点钟吃饭，他五点钟就到了。到了之后，他结结实实地把张家的每一样事物恭维一番,然后说:"老学长,你这里的的确确象征着一个全新的中国。什么都是新的。但是我希望你那颗伟大的良心,还和从前的一模一样。"张子豪感慨地说:"那怎么变得了?我如今虽然投笔从戎,但是我还记得咱们刚毕业的那个夏天的晚上。在三家巷里的那一切,仿佛还是昨天的事儿。"李民魁说:"是呵。那时候,咱们都是多么天真可爱的人!算你有见地,你找到了一个盖世英雄的蒋校长。可是我呢?我该投奔谁呢?唉。"张子豪说:"怎么,你们陈果夫、陈立夫两位老板腰杆还不硬么?"李民魁又叹了一口气道:"嘻,那还是不定之天。咱们姑且走着瞧吧!"没多久,陈文雄跟何守仁也都来到了,大家一道入席喝酒。酒入欢肠,大家都兴高采烈。张子豪举起酒杯说:"这几年来,我想过许多事情。不能够说我没有一点心得。我们座上有共产党员么?我想没有。那好吧,干了这一杯再说吧。"说到这里,他停了一停,望了一望大家,大家都说没有共产党在座,于是干了一杯。张子豪做了一个虔诚的姿势,两手交叉着放在前胸上,说:"工人不能领导国民革命。农民、学生、商人也不行。共产党不能领导国民革命。国民党也不行。只有军队能够领导国民革命。只有蒋校长能够领导军队。你们说怎么样?如果是这样,一切妨碍国民革命的东西都应该肃清。包括陈炯明、刘震寰、杨希闵、邓本殷和其他一切的一切在内。你们说是么?民魁,你是无政府派,守仁,你是国家主义派,舅舅,你是英美派,我愿意听听你们的高见。"李民魁说:"立夫先生常常对众人谈起,蒋先生是总理以后的第一人。这是没有话说的。蒋先生肯实干,不像汪先生那样多嘴浮夸,可惜各方面还没有完全服他。不过吴稚老断过:将来总有一天,大家都会服他的。"张子豪笑道:"吴稚晖是你们虚无主义老祖宗,他说了,你就信。"陈文英插嘴说:"既然有这么好的一个人,愿上帝收留他。愿他成为一个虔诚的基督教徒。"何守仁非常诚恳地说:"如果拿胡、汪、蒋三个人来比,自然该推胡先生第一。论才学,论老练,论渊源,别人都无法相比的。但是他既然要出洋,也就没办法了。剩下汪先生虽然热情英俊,但是不及蒋先生多多了。人家说汪先生治党,胡先生治政,蒋先生治军,其实能够这样也不错。我的议论还是比较公正,不做左右袒的。"陈文雄大模大样地嬉笑道:"什么左右袒不左右袒,我都清楚。大姐夫为什么拥护蒋校长? 道理很不复杂:这房子、家具、衣服、食品,蒋校长都给换了全新的,连我这两个小外甥都重新打扮了,为什么不拥护? 至于我呢,可就不一样了。共产党胡闹,这一条没有问题。谈到拥护谁,是左派,是右派;是无政府派,是国家主义派;是黄埔派,是太子派;我想最好先别忙。让大家先看一看,谁真心从事国民革命,谁有本领驱逐帝国主义,安定政局,振兴实业,改善民生,大家就拥护他。我不吃谁的饭,不穿谁的衣,不住谁的房子,也不盲从谁。"张子豪打趣道:"说得好极了。除了'共产党胡闹'五个字以外,全是一派共产党口吻。其实共产党也为衣、食、住。难道他不吃饭? 不穿衣? 不睡觉? 不过不要紧,舅舅既是反对共产党,咱们就是一家。难就难在将来的舅母,不知是否也一样齐心!"往后,话头就转到周泉身上。大家都觉得她人好,不固执,没成见。谈到周榕,大家觉得他有时跟周金走,有时跟陈文雄走,没有定性。大家又觉得,既然同学一场,又起过誓要互相提携的,就应该拉周榕一把,使他走上正路。这样吃吃喝喝,谈谈笑笑,不觉一直闹到二更过。

九月二十日是阴历八月初二,也是中医杨志朴的生日。同在这一天的下午,杨家也大排筵席,在师古巷的住宅里请亲戚朋友吃饭。陈杨氏、周杨氏、区杨氏都早来了,区华也到得很早,周铁提前收工,也赶来了,只有陈万利没到。小一辈的周金、周榕、周泉、周炳、区苏、区细、区卓、陈文娣、陈文婕、陈文婷都到了,只有陈文英、陈文雄姐弟俩,说有事不能来。杨志朴为了陈家父子三个都不来,觉着很不高兴,但也只放在肚子里,没有说什么。酒饭过后,周金、周榕、周炳、区苏四个人跑到杨承辉的房间里聊天,也谈起国民革命的问题。周金坐在杨承辉的床上,身上所穿的运动背心卷到胸前,露出半截身子,右边的裤管也卷到大腿上,露出满腿的黑毛。他用手拍着床前的书桌,嘴里一面骂着粗话,一面说道:

"我操他祖宗十八代!那些内奸,你们把他当成人看?我只当它是畜生!我早就说有内奸了,你们不信,如今怎么样?千真万确:社会上有,政府里面有,罢工委员会里面也有!如果没有,为什么连苏兆征都有人造他的谣?"周炳、区苏、杨承辉都拿眼睛望着周金右手那只叫机器轧扁了的大拇指,没有作声。周榕踌躇了一下,就缓缓说道:"不是我们不信,文雄表哥和我都认为社会上、政府里有内奸,只是罢工委员会里不会有。李民魁大哥和守仁哥他俩是说过不论哪里都没有内奸的话,不过他们也是出于好意的,顶多是过于忠厚罢了。"周金十分生气地说:"忠厚?我不相信你那些大哥、小哥是什么忠厚的角色。我只知道,有些人是五分钟热度,有些人是压根儿就没有什么热度,你不妨拿怀疑的眼光去看看你那些大哥、小哥,还有表哥!"听见他这么说,大家全把脑袋搭拉下来。周炳特别感到不满意。他暗自思量道:"按大哥这么一说,李民魁、何守仁、陈文雄都是可疑之人了,那怎么会呢?不,不会的!他们都是纯洁的青年,都是爱国的志士,都是全力赞助省港罢工的好人……"想到这里,他不觉脱口说道:"要是这些人都不可靠,那么,剩下国民革命叫什么人去干呢?"周金说:"怎么会没有人干?真是小孩子说话!共产党不在干么?国民党左派不在干么?还有工、农、兵、学、商,你怕没有人?内奸总是祸害,不肃清不行!"周榕说:"要是那样干,国民党里面的达官、贵人、名流、学者都会跑光的。于是,国、共就会分裂,国民革命就会流产。那未免太可惜了。"杨承辉说:"那有什么可惜的!革命就是要革个彻底,对那些人迁就一定会给革命带来损害。我倒认为干脆点好。谁不干,就滚开!我们有了工人,有了学生,就算没有其余的人,你怕那些军阀推不翻,你怕那些帝国主义打不倒!"周炳听了,虽然觉得也有道理,但是心中的疑团究竟解不开。当天谈到很晚,才各自回家。又过了几天,有一次,周炳在陈家的客厅里碰见陈文雄和何守仁,他问他们国共是否会分家,省港罢工是否会失败,他们都异口同声说不会,这使他更加觉着周金的怀疑没有道理。他和陈文婷谈起,两人都觉得纵然社会上动荡不安,革命的前途还是光明的、乐观的。

忙忙碌碌又过了半个多月,到了阳历十月双十节。那一天清早,何应元在第二进北房他自己的书房里,把何守仁叫了进去,说:"阿仁,我那宝安税务局的差事,昨天发表了。我以为他们不会要北洋余孽办税务,谁知也不尽然。我把这桩事儿告诉你,等你也欢喜欢喜。"何守仁穿着藕荷色绸衫裤,白缎绣花拖鞋,勉强笑了一笑,就坐下来,又是方才那愁眉苦脸的样子,并没表露多大的欢喜。这一年来,他自从向陈文娣求婚被拒绝之后,就成了个悲观主义者,觉得人生漆黑一团,毫无意义和价值。何应元虽略有所闻,但也无法为他宽解。过了一会儿,何五爷又说:"听说你在什么地方瞎捧了胡展堂一阵,有这回事么?"何守仁说:"有这回事。"五爷说:"这就不对了。展堂固然好,但也不能一成不变。你是学政治、法律的,你应该知道政治上的事情不能一成不变。最近我看,介公的才华手腕,不但不比展堂弱,那见地魄力,还有过之。就是北洋大老之中,也找不出几个这样的角色。目前他固然还有些轻狂的言论,但是一旦到了成熟期,他一定会成为一个中流砥柱。"何守仁觉得没有趣味,就漫应道:"哦,是么?那往后瞧吧。"五爷觉着没办法,就单刀直入地说了:"你已经二十三岁了,大学也快毕业了,我看结婚算了吧。"何守仁一听,连忙站起来抗争道:"不,不,我不愿意结婚。我要独身过一辈子。"五爷也生气了,大声训斥道:"胡说!我要你马上结婚!你应该有点上进的志气,不应该在男女家室的小事情上,一成不变,弄得呆头呆脑!"何守仁用细弱的尖声大叫道:"不行,不行,我要坚持我的独身主义!"说完转身就走。五爷又好气又好笑,他用手搔着耳朵背,喃喃自语道:"独身还成为一种主义，真是不通之至！真是妙不可酱油！"吃过早点，他就去找陈万利，告诉他宝安税务局的事情，还问他对蒋介石的观感。陈万利说："过来过去，还是你们当官的好。你们腰缠万贯，没人知道。我们背了万载的臭名，人家天天骂洋奴买办，实地里却弄不了多少。说到蒋介石这种人，你看人有独到之处，我不敢驳，至于我自己，我宁愿多看两天。有朝一日，他把共产党杀光，我就相信他。"何应元说："原来你也要杀共产党的。我还当你要跟共产党对亲家呢！"陈万利捧着脑袋说："五哥，别提了。我们陈家的姑娘好像一点本事都没有，只会找共产党的新郎，把我的肚皮都气破了。"何应元说："也不是我敝帚自珍，实不相瞒对你说，我家阿仁和你家二姑娘，倒是天生一对！"陈万利说："那敢情好。我也不是毫无所知，可是我有什么办法？人家讲自由哇！"何应元临走的时候，向陈万利献计道："你应该给令爱讲清楚，共产党猖狂不了几天……蒋介石是个深谋远虑、奇智大勇的人……廖仲恺身上所受的不过是第一枪……如此这般！"客人走了之后，陈万利果然把这些话对陈文娣说了，文娣又将这番话对文婕和文婷说了，霎时间把这三位姑娘吓得坐立不安，心惊肉跳。

到阳历十一月，秋风一天比一天紧了，鞋匠区华家里的牛皮也因为天气干燥而翘起来了。有一天，吃过晚饭之后，区苏和她爸爸说："爸爸，你要能够去周家跑一趟才好。我们大姨妈家是大财主，人家迟早是要拿共产党开刀的。可是我们二姨妈家那些表兄弟姊妹，都把陈家那些少爷小姐，当作香橼，当作蜂蜜，闻了就不放手，吃了就不走开。有一天，终是个祸患！"区华把他大姑娘细看了一番，觉着她说的是，就欣然同意，放下皮鞋，换了布衫，从城东南走到城西北，去对周铁说去。见了周铁，他第一句就说："二姐夫，我是不相信什么省港罢工，也不相信什么国民革命的。那全是空话。都因为吃饱了饭，没有事情干。几时见米便宜了一两，柴便宜了一斤？阿桃死，是白送死。人家说她死得英雄，我说她死得冤枉。你得跟那些年轻人说一说,也开导开导他们:别那么相信那些官场的话。他们高兴了,要你罢工。他们不高兴了,也可以要你回'老家'去!"周铁叹口气说:"你说的真是金玉良言,可得他们听!那些混账东西就是不安分。咱们忍辱偷生,一辈子还过得这么艰难,现在他们这样不安分,怎么了局?"区华第二句就说:"二姐夫,我一齐说了吧:我们阿苏对你们阿榕,是有点傻心眼的。她只怕她知识不高,攀不上。你看给他两个拉在一起,怎么样?"周铁顿着脚道:"嘻,真是!在这些表兄弟姊妹堆堆里,我最心爱阿苏。人品性格,手艺针线,都没得说的。可是你叫我怎么办?人家天天都讲的是自由,叫我连嘴都不敢张!连隔壁阿婷,年纪都那么大了,半夜三更还跟我们那个小的在房间里说这说那。我只能当作没看见。"区华见不得要领,没坐多久就走了。客人走了之后,周铁走进神楼底,和周炳说:"这几个月来,就听到许多不好的消息。罢工的事情,是勉强不得的。不要帝国主义没打倒,自己倒先到了望乡台!你大哥停工的天数,一个月比一个月多了。你二哥的学校里,也请了别人代课了。我说了多少回不听!光罢工行了?连饭也不用吃了?你千万不要这样。白天上课,晚上不温习,光到罢工委员会去胡搞,那是不行的。将来要后悔的。"周炳听了,一声不响,铁青着脸儿走出门口,坐在枇杷树下的石头长凳上。何守义、胡杏、何守礼都在巷子里闲耍,周炳把他们叫到跟前,问道:"帝国主义打死了咱们的同胞,咱们就要站起来打倒帝国主义,可是有人要当内奸,要破坏省港罢工,这些人是不是卖国贼?"八岁的小演员何守礼立刻回答道:"卖国贼,凉血动物,怎么不是?"十一岁的丫头胡杏点点头,笑一笑,不作声,好像怕周炳给她当上似的。十三岁的何守义打着他哥哥何守仁那副腔调说:"唔,帝国主义很凶,像老虎一样,会吃人的,这谁不知道?偏你要去惹它!"周炳苦笑一声,又不睬他们了。

十二月,北风起,形势更加险恶。对罢工委员会什么好听的话都传出来了。周金、周榕、周泉、周炳、杨承辉、李民天六个人,这天喝过午茶之后,都回到罢工委员会交际部办公室来,一直继续谈论国民党对国民革命的态度问题。杨承辉坚持自己的意见道:"哪一个工人不清楚:国民党是没有诚心去干革命的。他们只想争地盘,升官发财!国民党里面有少数好人,也是束手无策!工人们都知道,要革命,只有依靠共产党。"周金说:"所以嗄!共产党如果把这些肮脏东西全都揭开,对全体民众讲清楚,我相信工人、农民、军队、学生,都会站到这边来的。这叫作你不干拉倒,我来干。"李民天说:"周大哥,这恐怕不行吧。广东是人家的地盘,人家就是主人,咱们只是客。喧宾夺主,怕对大局不利。段祺瑞正在说咱们赤化,咱们当真赤化了,不是凭空给他添些口实?"周榕接着说:"不添口实又怎么样?这我倒不怕。我是相信共产党的。我只怕倘若国民党当真不干了,咱们的力量太孤单,干不成器!"周泉小心翼翼地两边望了一望,才说:"我真怕听你们这些人讲话。动不动就是打打杀杀的!怎么干得好好的,又想起散伙来呢?我想存则俱存,亡则俱亡,这才是正理。大敌当前,自己人只当少说两句。受得下的就受,忍得下的就忍!"李民天最后说:"我看总想得出一个办法,既能实行共产党的主张,又能使国民党的大老们满意的。"周金讥笑道:"这个办法到哪里去找?你回去翻翻书看有没有?"李民天听他这样说,不觉满脸绯红。周金也有点懊悔,就转口说:"我不过是说万一国民党当真不干,咱们还要坚持下去。其实现在,咱们还是拥护国民党来领导的。共产党有政策在,我是要服从的。咱们大家从今天起,还是分头去活动,尽量争取更多的人来支撑大局才是。只要咱们自己团结得紧,敌人是作不了大恶的!"这才把大家说得重新高兴起来。

不管怎么说,周泉的心里总有一道阴影,有一个解不开的疙瘩。她和陈文雄的关系,一天比一天密切。但是她看见陈文雄和自己几个兄弟的关系,却一天比一天疏远。这样发展下去,将来会怎么样呢?她把这个问题,足足想了一个月的时光。在一千九百二十六年一月的一天晚上,她把自己的种种疑虑一齐告诉了陈文雄。那年轻的,别人管他叫"外国绅士"的工人代表笑起来了。他说:"你担心什么呢,小鸽子?别让纷纭的世事损坏了你纯洁的心灵。我们的意见有分歧,可那碍着谁的事呢?我自信是比较公正的。我不轻易同意阿金、阿辉他们,也不轻易同意张子豪、李民魁、何守仁他们。阿金、阿辉他们是豪爽的人,是一条肠子通下肚子里的,这我也知道;大姐夫,李大哥,何家大少爷,他们各有各的鬼名堂,这我也清楚。"周泉低声妩媚地说:"表哥,你不觉得我大哥、二哥、阿炳他们和你更亲近一些么?你要是和他们一致,对我来说,会更加好处一些么?"外国绅士笑得更加甜蜜了。他说:"你还是不明白。政治就是政治。政治上的亲疏跟血统上的亲疏完全是两回事。外国很多父子不同党的。小鸽子,你把爱情跟政治分开吧。让我们来享受爱情的甜蜜,把政治上的烦恼抛到九霄云外吧!"周泉一听也对,就再不说什么了。

像周泉这样的苦恼,陈文娣也是有的。她还多一重烦恼。因为她爸爸陈万利越来越明显地反对她和周榕的恋爱。二月间,阴历新年过后不久,她有一次和周榕去公园散步,顺便提出了这个问题。周榕热情激动地说:"娣,不要有任何一分一毫的怀疑。我可以用人格保证,也可以用生命保证,共产党是对的。我请求你,娣,你应该帮助我把你大哥拉到真理这边来,要他鲜明坚定地站在共产党这一边。你能够答应么?"那兴华商行的女会计感到他的爱和他的信任,就说:"我当然答应。你要什么我都可以给你的。"后来想了一想,她又加上说:"可是,我自己还没有想得透彻呢!"周榕紧紧搂住她的腰肢,孩子撒娇一般地追问道:"为什么?为什么?为什么?你不是说过永远跟我在一起的么?"陈文娣平静地回答道:"是这样。永远的永远。自从我中了'丘比特'的箭之后,我就决定献身给他。二表哥,我的感情整个是属于你的,但是我的理智不完全是这样。为了证明我是一个'五四'时代的新青年,为了爱情和自由,我不怕任何障碍,我什么都能够做出来。但是在政治上,我怀疑你是偏了一点。"周榕没法,摊开一只左手,半晌说不出话来。

　　类似的争吵,在周炳和陈文婷之间也经常发生。关于动荡不安的政局的种种流言、传说、揣测、疑惑和争论,他们都是听见了的。开头,他俩还相信一定会像他们所演的戏一样,《雨过天青》。可是后来,周炳照样相信国共不会分裂,国民革命不会停止,省港罢工不会失败,但是陈文婷却相反,觉得国共分裂不能避免,国民革命很快就要停止,省港罢工就要收束。这样,他俩之间就出现无穷无尽的争吵,一直吵了将近半年。一吵,周炳就赌气不理她,只顾没早没晚地和区桃的画像说话。对于学校的功课,他感到越来越厌倦;对于陈文婷,也感到越来越厌倦。可是过不几天,陈文婷又在神楼底门口出现了。她总是十分胆怯地说:"炳表哥,不生我的气了么?我又找到了一条花手帕,是桃表姐送给我的。让你看一看吧!"这样来买周炳的欢心。

一九　快乐与悲伤

　　一千九百二十六年三月十九日,就是段祺瑞在北京打死刘和珍、杨德群他们许多人的第二天,陈文雄和周泉举行了文明结婚礼。这在当时,是一种豪华、名贵、有地位、有教养,足以称为"人生快事"的大典。有充足的外国味道,很像基督教的仪式,而又不完全是基督教仪式。婚礼在一间大酒店的礼堂里举行。时间是那天下午五点钟。在四点半钟的时候,新郎和新娘坐着红绸装饰的汽车,由另一部汽车上面的乐队引导着,来到酒店门口。全广州的人几乎都看见了他俩。新郎穿着黑色燕尾大礼服,头戴高顶大礼帽,手上戴着白手套;新娘穿着雪白的轻纱大礼服,浑身上下,都用轻纱和素缎围绕着,好像她刚从云雾之中降落到人间来的一般。新郎先下车,举着新娘的手指尖,把她搀下车来,然后用手臂勾住她缓缓前进。主婚人、证婚人、介绍人等等在前领路,男女傧相在两旁护送,孩子们和亲友中的至亲至交,在后面跟随,走到电梯前面,才分批上去。在电梯当中,只有文雄、周泉和一个司机,新郎用英文对新娘说:"你今天美丽极了。你的颜色比雪还要洁白,你每一个微笑都包含着一千种的涵义。"新娘低声对新郎说:"你今天漂亮极了。你的身材比哪一个童话里的王子都要壮伟,你的一举一动都深沉而且豪迈。"新郎用英文说:"你快乐么?"新娘这回也用英文说:"超过你一千倍。"陈文雄压低了嗓子,改用广州话对周泉说:"可惜我们都不是基督教徒,不能全部采用宗教仪式。不过等一会你看一看吧,也就跟一个英国公爵结婚差不多了。"周泉快乐得不能再快乐,也就没听清他讲什么,只是笑着点头。出了电梯,只见大厅上张灯结彩,金碧辉煌;贺客们一个个衣服华丽,笑语迎人,好像走进了一个桃红柳绿、鸟语花香的神仙境界似的。到了五点整,乐师们奏起婚礼进行曲,两边亲友闪开一条小道,让这双英俊漂亮的夫妻缓缓通过。以后主婚人、证婚人、介绍人、双方亲友都说了些冠冕堂皇的吉利话,使得新郎新娘不论在门第上、学问上、性情上都更加圆满完备。以后又是交换戒指、行礼、拍照,乐声不断地此起彼伏地奏着,足足搞了那么两个钟头。婚礼完成之后,大家兴高采烈,但是斯文镇静地到餐厅里去参加宴会。这一切都经过得那么平安、美妙、高贵、热烈,简直连一点小小的遗憾也找不出来。

在陈文雄和周泉向餐厅走去的时候,陈文娣从一个小休息室里走出来,正碰着他俩。周泉拉住她的手问道:"娣妹,你快活么?"陈文娣说:"快活极了。今天的印象,我一辈子也不会忘记。从你的身上,我看见了五四精神的真正胜利!"说完,她掏出一封信给陈文雄道:"大哥,这是一个秘密。你答应我,到今天晚上十二点钟才把它拆开。你守信么?"陈文雄严肃地点了点头。陈文娣就一把搂住周泉,亲切地低声叫了一句:"大嫂!"叫完才走开了。他俩向前走不到几步,周榕从另一个小休息室里走了出来。好像他跟陈文娣早就约好了似的,他也掏出了一封信递给周泉道:"妹妹,这是一个秘密。你答应我,到今天晚上十二点钟才把它拆开。你守信么?"周泉也学她丈夫的样子,严肃地点了点头。陈文雄走上前,和周榕亲切地拥抱着,说:"二舅,你应当给我说几句话!"周榕温和而善良地笑着说:"首先,我应该表示的就是:我羡慕你!"陈文雄明白他是指自己的父亲反对他和陈文娣结婚的事情而言,就笑着点点头。周榕接着往下说:"其次,我希望你不要因为环境顺利而忘记了自己的抱负。你还记得我们中学毕业时候的誓言么?记得?好极了。无论什么时候都不要把它忘记吧!"说完又使力拥抱了一阵,才分手而去。

餐厅除了一个大厅以外,还有六个小厅。显贵的客人都聚集在小厅里。各人按照自己的兴趣,自然也按照社会地位,分成一小堆、一小堆的,喝茶,嗑红瓜子,聊天。看得出来,大家都在忙着,都在享受着生命的快乐,都在精神奕奕地迎接一个漫长的良夜。最主要的谈话在一个靠边的小厅里举行。陈万利亲自当主人,何应元当招待。这里面有不少的总经理、行长、局长、主任之流的人物。最不足轻重的谈话在大厅里举行。周铁亲自当主人,有名的中医生杨志朴当招待。至亲好友,同学同事,兄弟叔伯,三姑六婆全在这里。新郎和新娘各处走动,全没停脚。这些芸芸众生当中,也有几个不尽如意的人物。那就是何守仁、区苏和周炳。何守仁本来坐在张子豪、李民魁、李民天、杨承辉、陈文英、陈文婕、陈文婷这个小厅里,席面上还给陈文雄、周泉、陈文娣、周榕都留了座位。可是他坐了一会儿,不见陈文娣露面,就不安起来。他一个小厅、一个小厅地找,凡有堂客的地方都仔细观看,就是没有。有几位小姐叫何守仁拿眼睛贼里贼气地望过,觉着很不舒服,就在私下里议论他的为人。他躲在一个僻静的角落里,苦苦地自思自想道:"我再不能拖了。我的忍耐到了尽头了。我必须和她彻底长谈一次,该圆就圆,该扁就扁。必须当机立断!"区苏本来在大厅里坐着。可是不久就站起来,到处望。后来因为要洗手,甚至来回两次经过那些小厅。她故意走得很慢,以至于任何小厅里坐着的任何一个男子,她都看得清楚;就是不见周榕。她回到大厅里,在区杨氏身旁低头坐着,雪白的脖子上沁出细碎的汗珠。周炳本来到处乱窜,这里打打,那里闹闹,跟任何人都开个玩笑,看来是因为替他姐姐和陈家大表哥的喜事高兴,忘记了自己的烦恼了。谁知有一次在大厅的西窗下边遇见了调皮鬼何守礼。她自从参加《雨过天青》那个戏的演出以后,和周炳变得十分亲热,十分要好。他问那调皮鬼道:"胡杏呢?她为什么不来吃喜酒?"那调皮鬼回答道:"为什么?丫头也能吃喜酒?"周炳认为无论什么时候都该坚持真理,他就指出那九岁小女孩的错误道:"不对。她是你的表姐,不是你的丫头。"何守礼不高兴了,她说:"大个子周炳,你才不对。她就是我的丫头,不是我的表姐。你怎么样?气死么?"周炳没法,就说:"人家是跟你说真话,又不是跟你斗嘴。"过了一会儿,那调皮鬼忽然问道:"雄哥和泉姐今天结婚了,你也是个大个子,你今天为什么不结婚?我在《雨过天青》里听见你亲口对婷姐说过,一回到广州,你就要和她结婚的!"

这句笑话把周炳问住了。他闷闷不乐地走开。八九个月以来的烦恼一齐兜上心头。他自思自想道:"是呀。我为什么不结婚?我本来不是也可以在今天结婚的么?"这样一想,他觉着头很痛,嘴里透不出气来。他立刻悄悄离开了餐厅,连升降机也不用,一直从楼梯跑出马路外面。他沿着宽阔的太平路、丰宁路,一直向西门口走去。他找着从前在剪刀铺当学徒的时候几个最要好的朋友王通、马明跟杜发。他们有的比他大一岁,有的比他小一岁;有的和他在同一个字号里当学徒,有的在隔壁的字号里当学徒;如今都出了师,当了年轻的正式工匠了。他们碰在一道的时候,就商量往哪儿喝酒去。周炳说:"今天我做东。我看不是平记,就是富珍。"大家就往平记炒卖馆走去。在那里喝酒,一喝就喝到三更天气。等到喝得差不多了,周炳才迈开歪歪扭扭的步子,大声唱着《宝玉哭灵》开头那几句曲子:"春蚕到死丝还有,蜡烛成灰泪未收!好姻缘,难成就……"唱着唱着,慢慢走回家里,一进那一砖一石都非常熟悉的三家巷,他就看见有人在巷子当中摆了桌席在喝酒。他以为拐错了弯儿,正待抽身往回走,却被人叫住了:"阿炳,来呀,来喝一杯!"他再看看清楚,并没有拐错了弯儿,这里正是三家巷。那些喝酒的并非别人,正是陈家的使妈阿发、阿财、阿添,何家的使妈阿笑、阿苹、阿贵,还有一个年纪才十二岁的小丫头胡杏。这些使妈都是青春年少的女人,在名义上有结了婚的,有没有结过婚的,有拖儿带女的,也有自称"梳起"不嫁的,大约都在二十多三十岁上下,只有阿发年纪最大,大概四十出头了。周炳走到桌前,开玩笑道:"七姐妹都下凡了。怎么这样吃法?七个人一桌,又全是属阴的?"这六位"娘姨",全是开玩笑的好手,也就全不惧怕。其中最年轻的阿添就说:"那么,你这个属阳的,有胆量就来吧。我们一个人敬你一杯。你敢坐下来不敢?"周炳摇摇头说:"敢倒是敢,不过还是不坐下来的好。……我不能把你们七个人一气喝下去……我已经喝了很多了,不过……不是喜酒,是自己的酒!"其中最漂亮的,年纪约莫二十六七的阿苹举着杯站起来说:"今天就要喝喜酒,没有喝喜酒的不算数。我先敬你……"周炳用转动不灵的舌头说:"谁敬都可以。可是要说明,有什么理由。……这个理由,是自己……是自己……是自己身上的……"大家一时面面相觑,说不出理由来。却不提防那小小年纪的胡杏,忽然举着杯站起来了。她说:"炳哥,我来敬你。那一回我叫开水烫了手,你给我涂了药水,没肿没烂就好了。这一杯你该喝。"周炳望着她的脸,见那上面一纵一横地涂满了锅煤,但那乌烟却遮掩不住那莲子脸儿上的娇憨的笑容,十分天真,十分可爱。他点点头,举起杯,酒刚沾唇,其中最机灵的阿贵按住了他的手道:"不行,阿杏满满一杯,你才半杯。你们换了喝!"周炳说:"我已经喝脏了。"胡杏说:"我也喝脏了。算了吧。"其中最狡诈的阿财立刻接上说:"喝脏了有什么要紧?你没看见人家还喝交杯酒呢!"周炳、胡杏没法,只得换了杯子,喝了下去。其中最老实的阿笑,看见周炳那醉吗咕咚的模样,就说:"不闹了吧,让阿炳歇去吧。"大家还是不肯。

正在闹着,陈家四小姐陈文婷独自走进三家巷,大家就静悄悄地不作声了。她扶着周炳回家。周杨氏给他们拉开神楼底的趟门,相帮着把周炳平放在床上躺着,就去烧开水。陈文婷坐在床边,对周炳说:"刚才一下子不见了榕表哥,不见了我二姐,也不见了你……我就知道你触景生情,心里不快活了。我吃也吃不安乐,坐也坐不安乐,看见他们后来一面赌博,一面叫嚷,更不安乐。……你为什么老是要喝成这个模样,拿身子去糟蹋?"周炳说了一些听不清楚的话,就噢噢地哭了起来。陈文婷说:"你哭有什么用?她已经死了,你哭也活不转来。除了她,世界上再没有你惦记的人了么?你要替她报仇,光哭也不济事。要打倒帝国主义,你得像演戏那会儿一样,像一个英雄似的站起来,还有许多事情等着你去做呢!"周炳叹了一口气道:"对,你说的对。可叹的就是人心不齐,各怀异志。你说,你坚决替区桃报仇么?"陈文婷严肃地说:"我是坚决的。我可以起誓:凡是区桃表姐没有做完的事情,我都甘愿替她做完。我完全听你的话,你要我朝东我就朝东,你要我朝西我就朝西。要是有半个字假话,叫我不得善终。"周炳听了,十分高兴,一面说:"太重了。说得太重了。"一面把头枕在她的丰满的大腿上,长久都没有动弹。这时候,全广州市都在白云山脚下睡熟了,什么声音都没有,只听见断断续续的几声鸡啼。

在大酒店里参加婚礼的人们吃饱喝醉之后,就开始各种各样的赌博。光"麻将"就开了八桌,其余牌九、扑克、骰子、十点半,应有尽有,还有抽鸦片烟的,还有听卖唱曲子的,男男女女,尽情欢乐,把一间大酒店变做了一个大赌场。这样,一直闹到半夜十二点钟,陈文雄和周泉才把全部客人陆续送走。他们都觉着十分疲倦,坐着小汽车回家,连话都不愿说。到了家,在富丽堂皇的二楼的新房里刚坐下,周泉就想起她二哥给她的那封信,一看表,已经十二点半,早过了十二点了。她连忙从口袋里找出那封信,拆开来看,只见上面很简单地写着:"泉妹,我到上海去旅行,一个月后回来,请告诉爹妈。祝你幸福!"她把这封信交给陈文雄看,文雄说:"时间晚了,别惊动二姨爹跟二姨了,明早告诉他们吧。"周泉正在踌躇,忽然想起陈文娣也有一封信给她丈夫,就说:"二妹不是也有封信给你?看看说些什么!"陈文雄说:"哦,真是。你不提起我倒忘了。不过——明早看吧,累死人了。没什么好看的!"周泉坚持要看,他只好找出那封信来,两个人拆开看了。信上面也是很简单地写着:"雄哥,我到上海去旅行,一个月后回来,请告诉爹妈。祝你幸福!"陈文雄看完信之后,把信捏成一团,握着拳头,大骂一声:"畜生!"周泉指着头顶上三楼文娣的住房道:"你先上去看看还有人没有!"陈文雄跑上三楼陈文娣的房间一看,果然没人。这时候,住在三楼上的陈文婕和陈文婷都醒了,陈万利夫妇也起来了,大家集中到二楼的前厅里来商议。三个使妈本来没睡,也从楼下跑到二楼上来了,周铁夫妇叫周泉喊醒,也披着夹袄跑上这边二楼的前厅来了。周、陈两家,除了周金不在家睡,周炳沉醉没醒之外,所有的人都惊动起来,乱作一团。

这时候,一只叫作"济南"的海轮刚刚离开白鹅潭不久,向珠江口贡隆贡隆地驶去。夜深了,甲板上风很大,很冷。陈文娣紧紧挨着周榕,周榕紧紧搂着她的腰,两个人像一团火似的站在铁栏杆前面,不愿意回到舱里去。他们都愿意多看一眼广州。事实上,广州已经退到茫茫的黑夜里面去了。他们还愿意多看一眼那半边橙红色的天空。望着那天空,他们就想象得出广州的人们如今在做些什么活动。陈文娣说："大哥他们的筵席,这时候一定散了。"周榕说："对,一定散了。西门口那间富珍炒卖馆,如今也该收市了。"陈文娣说："对,该收市了。"周榕忽然感慨万端地说道：

"我们到底获得了绝对的自由了！"

"对,"陈文娣也应声说道,"我们到底获得了绝对的自由了！"

彼此都感到自由,他们于是靠得更紧。好大一会儿,都默默无言。后来,还是周榕先开口道："为了这个自由,我们付出的代价是很大的。但是正因为这样,这自由才更加珍贵。我们总还是幸运的。像区桃表妹,她为她的自由付出了更高的代价。不,她是付出了最高的代价了。世界上没有什么更高的代价了。"陈文娣觉着非常激动,觉着自己的灵魂这时候特别崇高而纯洁。她抬起头,吻了周榕一下,说："的确是这样。但凡我碰着失意的事儿,一想起区桃,就什么都不害怕了。我这回出来,也下了这个决心。万一有什么,我准备付出最高的代价。"周榕一边嗅着她的头发,一边说："这倒没有什么可怕的。一个人反对我们,我们反对一个人；一街人反对我们,我们反对一街人；全市的人反对我们,我们反对全市的人。有什么了不起！只要我们携手奋斗,永远在一起！不过你有没有想过,是谁把我们心爱的广州抢了去的呢？"她重复着那年轻教师的话道："是呀,是谁把我们心爱的广州抢了去的呢？"一时寻不出答案,两人又沉默起来。后来还是周榕自己来解答了,他说："还有谁？就是去年在沙基抢去了咱们的区桃,昨天在北京抢去了咱们的刘和珍的那一伙子野兽！你说对么？"陈文娣听了,长久没有作声。那时只听见机轮贡隆,江水哗啦,拼命在那里冲击茫茫的黑夜……

三家巷已经夜静无人了。陈家漂亮洋房二层楼上的前厅里还放射出明晃晃的灯光。大家还照样坐在那里,推测了又推测,假设了又假设,争论了又争论,没有个完。李民魁忽然慌慌张张走进三家巷,慌慌张张跑上陈家二楼,慌慌张张对大家说："不好了！政局又要变了！我回不了家了！在你们这里住一宿怎么样？"大家问他到底出了什么事,他又说:"东园已经被军队包围了！就是说,省港罢工委员会已经完蛋了！现在全广州都戒了严,哪一条路都走不通了！"他这番话只能叫大家乱上加乱。正在乱得不可开交的时候,大姑爷张子豪也来了。他是全副武装,枪头一挺一挺地,马刺咣当咣当地响着走进来的。大家看见这位连长,都倒抽了一口凉气,仿佛他本人的出现,就是一个不祥之兆。他不打招呼,也不坐下,只是站着对陈文雄说话,好像他正在下命令似的。他说:"共产党要暴动。中山舰擅自开进黄埔。现在中山舰长李之龙已经扣留了。省港罢工委员会已经查封了。苏联顾问已经监视了。大局已经转危为安了。只是文雄,你明天可不要再上罢工委员会去。弄上一点政治嫌疑就不大好办了。没有什么事的,大家歇去吧！"大家听了他的话,都像木头人一般,丝毫也没有动弹。每个人都有他自己的心事。谁能够去睡呢？那天晚上,除了周炳之外,周、陈两家的人没有一个睡得着。

二〇 分 化

一天早上,是阳历四月天气,院子里的杜鹃花都开了。何应元叫使妈阿苹给陈万利送去两瓶蚝油,一包鱿鱼,说五爷刚从税务局回来,想过去坐一坐。陈万利赶紧叫人泡了好茶,自己先下到楼下客厅里坐着等候。何应元不久就过来了。他满面春风地谈了些税务局的情况,紧接着就谈起"中山舰事件"来。陈万利说:"我虽然还没看准,不过我得承认,蒋介石这个角色还是有两下子的。"何应元说:"万翁,你这句话就不对了。这姓蒋的岂只有两下子而已？说实在话,简直是出类拔萃,剑胆琴心。我早就说过,国民党开什么代表大会,谈什么三大政策,其实是上了共产党的当。从此就自然要引狼入室。孙文是老实了一点。蒋介石迟早会用铁腕来矫正的。"两个又说笑了一番,才去了。

陈万利叫使妈阿财来,对她说:"你去叫他二姨爹过来,我有话讲。"旁边最年轻的使妈阿添插嘴问道:"老爷,要不要重新泡上一壶茶?"陈万利还没开口,阿财就挤眉弄眼地说:"行了。这壶茶才泡的。五老爷喝得,一个打铁匠还喝不得?"陈万利点头笑道:"到底阿财知悭识俭,明白道理!"阿财去了不大一会儿,周铁就过来了。他长久没进这华贵的客厅,这里摸一摸,那里捏一捏,不知站着的好,还是坐下的好。陈万利也没多让座,就发问道:"你儿子有信回来没有?"周铁摸摸自己两条大腿,仍然站着回答道:"没有。"陈万利说:"看,看!这不是不负责任?我们阿娣倒有信回来了,说不久就到家。"周铁好像想往沙发椅上坐,又没有坐下去,说:"是呀,去久了,论理也该回家了。"陈万利恶狠狠地说:"好一个论理!这简直就是共产公妻。论起理来,我就要到法院去告你!"周铁拧歪脸望着玻璃窗外的天空,驯服地微笑着,没有答话。陈万利又说:"咱们到底要做仇家,还是要做亲家,你浑不用脑子去想上一想?"周铁还是赔着笑脸,没有开腔。陈万利没法,只得缓和下来说:"二姐夫,不是我说你,你不能冷手拣个热'煎堆',混了一个便宜媳妇就算的。你至少该替他们弄间房子,买一张大床,还有桌、椅、板凳,哪样少得?不是你家阿泉过我家来,我头头尾尾也使了几千银子?他们到家,你总得有个地方给他们住,不成叫他们住到旅馆里面去?"周铁走到茶柜旁边,拿起茶壶自己斟了一杯香茶,可是举起茶杯又放下了,说:"事情我是想办的。可是我没有地方,又没有钱,怎么办?我们那房子,你是知道的,怎么叫阿娣进去住?要不你在那张房契上重新押几个钱给我使唤,要不索性把它卖断给你!"陈万利好笑起来了,说:"既没地方,又没有钱,学什么人家娶老婆!说起你那张房契,真有一篇故事呢!五年前,我就把本利一笔勾销,白白地双手奉还给你了。如今你又祭起那个法宝,拿它来讨钱使?世界上哪有这样好玩的事儿!我就是白送钱你花,也不要你那宝贝。你那房子,我也不想要。我的房子尽够住。要把它通通拆掉,改作花园,我如今又没有这样的闲心!"这样子谈来谈去,两位亲家总谈不出个所以然来。最后,陈万利又严厉、又沉痛地教训周铁道:"亲家老爷,我实实在在对你说了吧。这几年的事情,从大到小,都是错了的。民国世界,搞成什么样子!阿娣和阿榕的行为,根本就不对!我早就给你们说过了,可是你们谁都不管。你们大姐是佛爷,不管。你们夫妇又不管。阿娣不管,阿榕也不管。这怎么能不出事情?事到如今,你们通不管,我也懒得管了。随便闹到哪里算哪里吧。可是我还得提醒你一句:你得好好跟阿榕说清楚,别当那什么共产,什么主义,都是好玩的东西,看见它就像看见了蜜糖似的。说不定什么时候惹来杀身之祸!"这场谈话,就算得了个这样的结果。

　　过不几天,到了四月下旬,周榕和陈文娣就从上海回来了。他们一到家,都回到三家巷去。周榕回周家,陈文娣回陈家。白天,周榕还是到罢工委员会去工作,学校来请他回去教书,他只推不得闲,仍然请人代课;陈文娣还是回兴华商行当她的会计。晚上,有时两个人逛逛街,看看电影;有时就不回家,到旅馆去开开房间。对于结婚,请客,以后怎么办等等问题,两家都绝口不提。亲戚朋友的、社会上的舆论都来了。大家认为这是"新样",推测共产党结婚,大概就是这个样子。老年人看见他们,只是不冷不热地打个招呼,背过脸去就笑。或者等他们走远了,就感慨万端地说:"什么?如今民国了,革命了,什么都不对版了!"年轻人用惊奇和羡慕的眼光望着他们,老是追问他们上海如何,杭州又怎样,对他们有些尊敬,又有些害怕。听各种流言蜚语听得太多,陈文雄觉着面子实在下不去,就有点忍耐不住了。有一天早上,他拖了周榕到"玉醪春"茶室去喝早茶,准备把他父亲所没有解决的问题好好解决一下。

他们跑上楼去,找了一个最好的房座,泡了一盅上好的白毛寿眉茶,一盅精制的蟹爪水仙茶,叫了许多的虾饺、粉果、玫瑰酥、鸡蛋盏之类的美点,一面吃、一面谈。陈文雄绕了许多弯子,才谈到正题上,说:"你们的纯洁和勇气,按'五四'精神来说,是绰绰有余的了。可是你们有没有想到组织家庭的问题呢?你们准备怎样解决这个问题呢?"周榕没有立刻回答。陈文雄掏出一个美国制造的金属香烟盒子,抽出一支特别为客人准备的"三炮台"香烟,递了给他。周榕吸着烟,把房间四周那些镶嵌蓝色字画的磨砂玻璃槅扇屏门看了又看,才慢吞吞地回答道:"是呀,还没想过这个问题。现在想起来,重要的是爱情本身,不是社会上的承认,或者不承认。你说是么?"陈文雄说:"是倒是。这一点我能够理解。可是与其弄得社会上一般人哇哇叫,倒不如将就着点儿更好。"周榕说:"是喽,是喽。我承认你这种观点。我们的举动是鲁莽了一些。"说到这里,他们就无话可说了。正沉闷着,忽然有一个青年男子推开门走了进来,一面走,一面大声说:"我当你们躲到哪里去,原来在这里!好呀,喝茶都不打个招呼呀!"原来是何守仁,开茶坐下之后,又添了许多点心,话头也就跟着转到别的方面去了。何守仁兴高采烈地开头道:"老周,你知道么?世界变了!"陈文雄阴沉地微笑着。周榕老老实实地说:"我不知道。倒是怎么个变法?"何守仁说:"变化太大了。共产党飞扬跋扈的时代过去了。人家把他赶下了指挥台。他以后如果想投身国民革命之中,他就得乖乖地听别人指挥。就是这么一回事!"周榕做人,一向和气,这时也按捺不住,就挖苦他一句道:"按那么说,看来该轮着国家主义派上台指挥了。"何守仁冷笑一声道:"那也不一定,共产党下台是无可挽回的了。红肿得太厉害了,就该收敛一下。这也是天理人情。除非他退出国民革命,否则他就得去其私心,听从指挥。"陈文雄插进一句道:"老何讲的话,不是全没道理的。这是目下大家都在议论的事情。"周榕感到势孤,就说:"这我也知道一点。可是不管怎么说,政治上谁对,谁就是指挥;谁不对,谁就得听指挥。这不是很公道的么?"他说完,拿眼睛望着陈文雄,好像向他求援。陈文雄也有他的风度。他只是笑笑地不作声,何守仁把桌面上的点心通通吃光之后,又喝了一口茶,才说:"这样看,还不准确。应该是谁指挥,谁就对;谁听指挥,谁就不对!至于共产党跟国民党的政见,哪个对,哪个不对;甚至托洛茨基派和斯大林派也好,西山会议派和东山会议派也好,他们的政见,谁对、谁不对,我都抱着超然主义。"陈文雄是第一讲求效率的。他看见这样尽纠缠没有味道,就看了一看手表,推说有事,起身会账。

陈文雄也是真有事儿。他从玉醪春出来,坐着人力车,到处跑,差不多跑遍了整个广州城。看看快到十一点钟,他又坐着人力车赶到省港罢工委员会东区第十饭堂。这座饭堂实际上是一个很大的敞厅,能摆八九十张方桌子,每顿饭分三批,能容两千多人吃饭。它的前身本是一间茶居,后来因为债务纠葛,被法院封闭了,又由罢工委员会出面借来使用的。这里除了大厅之外,还有两三个工人住房。罢工委员会的苏兆征委员长,也经常来这里吃饭。饭前饭后,他有时也约了一些人到那工人住房里谈话,了解情况。约莫到十一点半钟,陈文雄来到了东区第十饭堂。他一直走进靠南边那间工人住房,苏兆征委员长已经在那里等候多时,便站起来和他握手,给他倒茶、让座。苏兆征是一个英俊、和气、中等身材、尖尖嘴脸的年轻人。头上梳着从左边分拨的发式,身上穿着燕黄色的中山装。陈文雄望着他那高高的颧骨和那双深深的眼睛,觉着从眼窝里闪射出一种热情而坚定的光辉,令他肃然起敬,令他不好意思说出不中听的话来。但是踌躇了一下,他还是说了。他说:"苏大哥,我真难开口。我这个代表当不下去了。人家都不听我的笛子了。罢工罢了十个月,沙面这边的工友都疲了,支持不下了。我看最好把香港的问题和广州的问题分开,让我们和沙面当局先谈判,条件如果可以,就先复工。我看这样做法是聪明的。"那香港海员的脸上变得有点紧张。他习惯地用左手摸着眉毛,在陈文雄的脸上呆呆地望了一会儿,就知道事情已经无可挽回,反而平静下来了。他说:"好吧。如果你们都已经决定走这步棋,那就提到委员会上作最后的讨论吧。对于你们这个问题,委员会已经讨论过七八次了。"陈文雄垂着头说:"但是如果委员会做出了不符合大家愿望的决定,请苏大哥你另外派人去解释。我解释不了。我这个罢工工人代表反正是要辞职了!"苏兆征站起来,走到他面前,用力抓住他的肩膀,勉励他道:"不要紧,老陈,为难什么呢?罢工总是这样子的:越到后来越困难,越困难,就越接近胜利。你们如果有好条件,先复工就是胜利,有什么不好?香港的工友是说得清楚的,不会误会你们拆台。可是你们也不要投降。如果向帝国主义投降,那就是分裂,那就会成为广州工友历史上的瑕疵!"

　　他们在工人住房里谈论,大厅上靠东南角也有几个人在一面吃饭,一面谈论。这一桌人离苏兆征和陈文雄谈话的房间不远,坐着八个位子。他们是香港海员麦荣,香港电车工人何锦成,香港洋务女工章虾,沙面洋务女工黄群,香港印刷工人古滔,沙面洋务工人洪伟,游艺部的干事周炳,和另外一个不知姓名的工人,看来也像是香港回来的。先是麦荣告诉大家一个消息道:"喂,老朋友,我刚才听见别人讲,沙面的工友要单独复工了。黄群,你怎么说?洪伟,你又怎么说?"这个消息立刻引起了一阵狂风暴雨,大家都乱哄哄地骚动起来,连附近几张桌子的人听见了,都连忙走过来打听,并且大声叫骂。一时情况非常恶劣。香港印刷工人古滔头脑比较冷静,他看见群情汹涌,就安慰大家说:"大家先别吵,咱们不是有罢工委员会么?咱们不是有代表大会么?咱们这一桌上就有四个代表:麦荣、黄群、洪伟,还有我。代表大会一定会做出决定的。大家信任咱们!别乱嚷!事情还没弄清楚,还不知是真是假,先不要中了敌人挑拨离间的诡计!"黄群接着就说:"我是沙面做洋务的,我都没听说过这回事,只怕是谁胡诌出来的!"洪伟也是在沙面做洋务的,他站起来,热情地挥着手臂说:"这倒不一定是假话!这倒不一定是假话!咱们要谨慎提防。我也听到一点风声了。谁要在代表大会上提出来,我一定反对到底!"香港洋务女工章虾气愤不过地摔下饭碗,怨天尤人地说:"真没良心,真没良心!谁不是养儿育女的?干这号没天理的事,不怕雷公劈!我们回来错了。天没眼,我们回来错了!"说得直想哭。性子刚直的香港电车工人何锦成早就气得涨红了脸,跳起来说:"咱们的纠察队呢?咱们的纠察队哪里去了?咱们的纠察队应该封锁沙面。谁要去复工,咱们就把他抓起来!"老成持重的香港海员麦荣正接着说:"何锦成,你安静一点吧。你不作声又没人会说你哑巴!"可是人们早哄起来了。大家嚷道:"对呀,对呀!把那些狗东西封锁起来,抓起来!"他们桌子上那个不知姓名的人腾的一声站了起来,直着嗓子叫嚷道:"我们都错了!我们上当了!我们受骗了!看广州的小子们对我们多好!我们不是人!我们的心不是肉做的!打呀!谁敢破坏罢工,我们就打!打死一命偿一命!"这个人这么一嚷,不知道什么地方有人拍起桌子,什么地方有人砸了凳子,什么地方有人砸了饭碗……砰啷一声,登时乱将起来。

苏兆征委员长正好和陈文雄谈完,送他出来。陈文雄低着脑袋,眼睛不望人,在愤激不安的人群当中穿过,像一只胆小的兔子一样。周炳看见情况不对,就站上凳子,用那已经开始变粗发沙的青年嗓子大声说:"各位工友,各位工友!安静些,安静些。"这大个儿小伙子站得那么高,大家伙儿都立刻认出是《雨过天青》里面的英雄人物,不知他有什么要说,就静了下来。周炳又开口道:"现在事情还没弄清楚,大家不要忙。怕的是忙中有错。那时候就中了敌人挑拨离间之计了!"大家一听,也有道理,就站着,望着他,等他说下去。周炳就继续发问道:"刚才是谁讲的,咱们上了当?咱们受了骗?叫他出来给咱们说清楚:咱们上了谁的当?咱们受了谁的骗?为什么咱们都错了?来吧,出来吧,给大家说清楚吧!那家伙是谁？如今跑到哪里去了？"大家你望望我，我望望你，刚才那主张打人的角色不见了，哪里也找不着了。群众当中，开始发出窃窃私语的声音，都在估量着那主张打人的角色是什么样的人。周炳停了一停，再说下去："各位工友，我能够证明广州的工友没有骗咱们，没有把当给咱们上。没有！一点也没有！我亲眼看见广州的工友流了鲜红的血！广州工友的血和咱们的血是在一起流的！"周炳的眼睛叫眼泪给弄模糊了，当前的景象一点也看不清。人们垂着头，纷纷退回自己的座位上，不作声了。苏兆征看着这一切经过，心里着实疼爱这年轻小伙子。周炳把眼泪擦掉，正在发愁，不知道怎么收场，忽然一眼望见苏兆征在他身后不远，笑眯眯地站着，他就如获至宝地大声提议道："大家看那边！请苏委员长上来讲两句好不好？"大家鼓掌欢迎。苏兆征从容镇定地站上凳子，对大家说：

"大家不要急。周炳说得很对。他家是世袭工人。他自己也是工人出身。广州的工人是想复工。条件还没商妥。如果条件合适，那有什么不好？那就是胜利呀！广州工人的胜利，可以促进我们的胜利。但是如果广州工人屈服，我们就不赞成。咱们大家应该一道坚持，一道胜利，分什么彼此？咱们什么都没有错，咱们有共产党，咱们会胜利的！罢工委员会和代表大会都要讨论这些事情。我负责给大家做详细交代。吃饭吧！不吃得饱饱的，怎么和敌人作战？"

经他这么一说，大家才又有说有笑，高高兴兴地吃饭了。吃过饭，苏兆征约周炳到工人住房里，和他谈了许久。苏兆征告诉他，陈文雄是动摇了，现在还摸不清是什么缘故。罢工委员会已经专门派人去和他谈话，另外又委托了周金、周榕、周泉几个人去劝他，要周炳瞅着有机会也劝劝他。周炳回家，先找周泉商量，她只是唉声叹气摇头道："我在他们家里算得什么呢？一个废物！一个影子！一个杉木灵牌！几时轮得到我来说话？不要说这么大的事情,就是再小些的事情,也没人来和我商量一句半句呀!"他没办法,只得去找陈文娣,把陈文雄要辞掉省港罢工工人代表的事情说了一遍,央求她设法道:"二嫂,帮个忙吧!你看我别的什么事情都还没有求过你呢。"陈文娣用深明事理的神态笑了一笑,说:"别的你求我一千件、一万件,倒还容易,只是这一件,却无法可想。你雄表哥是头脑精明,极有独创性的人,他想过的事情,不但他自己认为不会错,就是别人也很难找出漏洞来的。目前,我倒听说,不光他要退出罢工委员会,连那边的何家大哥也要退出呢!"晚上,陈文婷到他家神厅来坐,他又把白天的事情都说了一遍,要她帮忙。陈文婷说:"哥哥正跟何大哥在我们客厅里闲坐,我跟你一道去劝劝他们好不好?"于是两个人一齐来到陈家客厅。陈文雄果然正在那里跟何守仁商议退出罢工委员会以后,应该做些什么事情,看见周炳和陈文婷进来,他们就不说话了。沉默了好一会儿,周炳开口说道:

"这件事很不好说,也不该我来说。可是,姐夫,何大哥,我一向是尊敬你们的,我觉着你们是爱国的人,是有抱负的人……我一直在心里……我就是天天这么想:要怎么样才能够永远跟随着你们……可是现在,这里有一桩很不名誉的事情!就是做梦——总跟你们多年来的志向连不起来的。求求你们:回心转意吧!阿婷,不是这样么……"

陈文婷跟何守仁都没作声,陈文雄胸有成竹地说了:

"小炳,凡人做事,要抓两件东西:第一是看时势,第二是看实情。时势要罢工,咱们就罢工;时势变了,咱们也得变。实情是什么呢?实情就是要看工友们还能不能坚持下去。光我一个人罢工,罢一万年我也罢得起。可是别人有老婆孩子,光罢工不吃饭,也是不成的。不能一本通书看到老!"

周炳声音变紧了,态度也有点粗鲁,甚至有点放肆,说:

"不,实情是这样!在沙面做洋务的黄群和洪伟就不赞成屈服！"

"屈服？"何守仁耸了耸肩膀说，"这种字眼，连我们学法政的人都懂不来。也许黄群和洪伟有俄国卢布津贴，他们有他们的办法。可是你要知道，蒋校长是不太喜欢俄国人的。"

陈文婷有点不耐烦了，就尖声叫道："哎哟，算了吧，别扯太远了吧！"

周炳低头自语道："我总觉着，区桃的仇，不能不报！"

陈文雄大笑道："这就对了。区桃的仇，是一定要报的！但是'君子报仇——三年'……别说三年，就是十年二十年，能报了仇，总不失为君子。与其这样无益地僵持下去，倒不如回过头来，先把国家弄富强了再说！"

谈话就这样无结果而散了。周炳虽然心中不忿，也没有别的法子可想。

二一 出 征

六月二十三日下午，张子豪、杨承辉两个人约了李民魁、李民天，一共四个人，相跟着来到罢工委员会交际部，打算邀人去逛荔枝湾。交际部一个人也不见。他们转到游艺部那边，只见周炳一个人趴在桌子上，用铅笔在练习本上划来划去，好像在写字，又好像在画画。听说要到荔枝湾划船，就推说有事不去。杨承辉说："怎么，要考试了么？在温习功课么？下学期升不升高中？"周炳冷冷地回答道："不。我已经决定不升学了。我打算报名参加北伐军里面的省港罢工工人运输大队。"张子豪说："还是升学好。升学将来可以做大官，做一个比李民魁的官还要大几倍的官。"几个人说说笑笑就走了。到了荔枝湾，租了一只装饰华贵的花艇游玩。这花艇有白铜栏杆,白铜圈手座椅,正中悬挂红毛大镜,两旁挂着干电池红绿小电灯。那舱篷下吊着一个很大的茉莉花球,比小桌上铺的台布还要洁白,又散发着扑鼻的芳香。他们叫船头的"艇妹"歇在后头,自己轮流出去划桨,小船就在弯弯曲曲的碧绿的水道中,穿过两岸的树荫款款前进。迎面过来的船不少,后面跟着的船更多,都一排排,一行行,腾着笑语,泛着歌声,摇摇摆摆地在水面上滑行着,真是风凉水冷,暑气全消。到了宽阔的珠江江面,他们吃过了油爆虾和炒螺片,喝过了烧酒,每人又喝了一碗"艇仔粥",张子豪忽然慨叹道:"生活多么美好,可惜为着解同胞于倒悬,我不久又要重上征途了!"李民魁说:"是呀,这北伐是古来少有的英雄事业,难道你舍不得这区区的荔枝湾?将来你凯旋回来,连红棉树都向你弯腰让路呢!有朝一日你传下令来,要来荔枝湾游玩的话,那还不是鸣锣开道,把所有的游人赶走,才让你老兄独自欣赏?"张子豪心满意足地说:"话倒不是这样说。醒握天下权,醉枕美人膝。——你我还够不上。大丈夫志在四方,做一番大事的痴心倒是有的。将来回到家乡,一个礼拜能来逛一次,就算享福了。可是北伐是困难重重,知道哪一天才是回家之日——解甲归田呢!"李民魁说:"是呀。魔障虽多,却都比不上共产党。这好比孙行者钻进了铁扇公主的肚子里,实在是个心腹之患!"张子豪同声相应地说:"可不!现在军队将领里面,都知道'一个党、一个主义'的真理!"杨承辉见他们越讲越不成话,就用拐肘碰了碰李民天,然后对张子豪说:"表姐夫,想不到你们孙文主义学会的英雄豪杰,却跑到荔枝湾来反对共产党!该玩儿的时候就玩儿吧。如果真是一个党、一个主义,人们挑选哪个党、哪个主义,还是很难说的呢!"张子豪叫这年轻人抢白了几句,心中老大的不高兴,但又不好怎样,便只是用鼻子冷笑一声作罢,表示不予深究的意思。

到了下午,太阳落到屋脊后面去了的时候,周炳才精神饱满地回到三家巷里。他不知从哪里搞来了一棵白兰花的树苗,有三尺来高,上面是绿叶婆娑,下面树头还带着泥土,用干禾草扎得好好的。他把那棵树苗斜斜地靠在枇杷树下那张长石凳旁边,又不敢碰着它的枝叶,自己脱去白斜布学生装,只穿着一件白色运动背心,坐在旁边,对着它发呆。一会儿,他自己对自己说:"怎么办呢?怎么办呢?要是叫我拿一块生铁烧红了,打出一棵这样的白兰花来,我还好办得多!可是这是一棵活的白兰花!白兰花呀,叫我拿你怎么办?"正想着,胡杏拿着一个马口铁畚箕出大街外面倒垃圾,回头顺便走过来看看。她用手珍重地逗了一逗那棵树苗,说:"好壮的小苗儿!"周炳不怎么在意地瞅了她一眼,没说话。这时候的胡杏,又和三个月前给他敬酒的胡杏不一样了。三个月前,她还是一个肮脏顽皮的小孩子,这时候,她忽然长高了许多,整齐了许多,长条条的好身材,一头乌黑黑的头发,一张浅棕色、微微带黑的莲子脸儿,虽然才不过十二岁,已经有了几分成人的模样。她笑着,又没敢放胆笑。她那浅棕色的眼睛望着周炳,好像两粒燃烧的火炭。后来她说:

"炳哥,你要种树呀?"

周炳点点头说:"是呀,我要种树。"

她又说:"那你还不种?"

周炳说:"对,我这就种。"

胡杏笑着,不肯走开,还笑得比刚才放肆。周炳觉着她是看穿了自己不会种树了,就说:"小杏子,你在家里种过地么?我在你们村子里给何五爷放牛的时候,你年纪还太小,后来就不知道了。"她没有说话,只用鼻音甜甜地、短促地唔了一声。周炳说:"好极了。你给我帮个忙怎么样?"胡杏一面点头,一面说:"行。可这个时令种树,不准能活。"周炳说:"那有什么法子?我专门挑的这个日子!可是,你看咱们把它种在哪儿好呢?这儿成不成?"他说着,用手指一指他座位旁边的草地。胡杏摇头道:"不成!哪有把白兰花栽在枇杷树下面的?慢说有东西把它盖住了,长不成;要是真的长大了,你看它不把你的枇杷树撑坏了!这玩意儿,你知道它长的有多高!"后来商量来商量去,就定下了在周家和陈家交界的地方。她还说:"和枇杷树还是离得太近了。不过也没法子。再往南,又要碰着那盏电灯了。"一定下来就动手。一动手,就显出了她的非常的才能,热心和熟练。她一下子就把铁铲、剪刀、铁桶都寻了出来,又立刻动手刨了一个约莫一尺见方的坑,倒了一桶井水进去,等水渗完了,才铺上碎土,把白兰花树头轻轻放了进去,又用剪刀剪断了包扎的干草,就连那些草秸儿一道用土填紧。她简直把这当作一桩最要紧的事儿,全心全意在干,汗水流过那微微带黑的脸,沁透了那褪了色的黑布衫。她真是里手。那灵巧的动作,那准确的手势,那浑身的劲儿,把周炳看得都给迷住了。他像个呆子一样,叫一桩,做一桩,也不过是提一桶水,拣拣碎石子罢了。栽完之后,周炳蹲下去,在树苗的周围拍成了一圈隆起的土棱子。胡杏就笑他道:"你弄这个干什么?正经寻几根篱竹来,四面插一插,免得人碰它要紧!"周炳果然寻了十来根篱竹来插上了,又对那棵小小的白兰花低声说话道:"但愿你绿叶常青!"这会儿胡杏又变成个顽皮的孩子了。她歪着头,眯起一只眼睛说:"你和它说话干什么?它难道是个人?"周炳严肃起来道:"谁说不是?她是一个人。她离开这个世界刚好一年了。可是她一定还活着。你看这棵白兰花就知道。花活着,她就活着。不会错的。"胡杏装出懂事的样子在深思着,想了一会儿,就恍然大悟地说:"是了,是了,我知道了。你说的谁?你说的桃姐,是么?"周炳说:"就是她。今天是她的忌日。自从她离开了这个世界,她把我的幸福也带走了。留给我的只有这么一点孤独,烦闷。"胡杏不理解地说:"她死了,你不另外找个人?"周炳摇摇头说:"哪里有她那样好的人?"胡杏说:"在咱们这三家巷里,还找不出像她那样的人?"周炳说:"不要说三家巷,就是全世界,也找不出像她那样的人呢!"胡杏抿了抿嘴说:"唔?不信,不信!"说完就走开,拿起铁畚箕回家去了。他们在下面种白兰树,没想到陈文婷在三楼北边的阳台上坐着,把他们看得清清楚楚。她想,周炳这个人真有一股子痴心傻气,很像《红楼梦》里面的贾宝玉,怪不得大家都爱他。后来她听周炳说全世界都找不出区桃那样的人,心里很生气,自言自语起来:"区桃顶多算个晴雯,有什么了不起!就是不算晴雯,算个黛玉,又值得什么?反正你算不上宝钗。宝钗的角色,该着我来演!"这时候,下面的人都走光了,她忽然觉着很害臊,脸全红了,又自己骂自己道:"啐!好不知羞!你想他想疯了!"骂完,赶快回自己房间躲起来。从这天起,周炳每天早晚不消说要给白兰花浇水,有时还对着那棵小树呆呆地看上半天。果然是胡杏的好把式,那棵白兰花慢慢地发芽出叶,种活了。

七月的一天晚上,陈家和周家都举行了家宴,为出征的男儿饯行。陈家出征的是大姑爷张子豪,周家出征的是老三周炳。北伐了。张子豪这时候已经升做营长,周炳也参加了省港罢工工人组成的运输大队,这一两天就要出发了。在陈家这边吃饭的有陈万利、陈杨氏、张子豪、陈文英、陈文雄、陈文娣、陈文婕、李民魁、李民天、何守仁十个人。在周家这边吃饭的,有周铁、周杨氏、周金、周榕、周泉、周炳、区苏、杨志朴、杨承辉两父子,加上陈文婷,她自己一定要在这边吃,一共也是十个人。陈家这边电灯明亮,电扇皇皇,吃的都是燕窝、鱼翅、鲜菇、竹生之类清甜鲜美的东西。周家这边大叫大嚷,热闹不拘,吃的都是大盘大碗,大鱼大肉。一边是谈笑风生,一边是猜枚痛饮,各得其乐。喝到一半,陈文英举起杯子对张子豪说:"来,我也来跟你喝一杯。打仗不是好玩的事儿,……你又是不知进退的人……又没人在你身边……愿上帝经常和你在一起就是了……"言下颇有凄然之意。张子豪一口把酒喝干了,意气豪壮地说:"我有分数。一个人老死家乡,有什么出息?如今天下正在变,出去闯一闯,也不枉人一世,物一世!有一天,中国人脱离了水深火热的苦难,我一定息影家园,不问世事。放心吧!"大家听了,都很佩服。在周家这边,大家正喝得好好的,陈文婷忽然掏

167

出手帕,捂着眼睛,呜呜地哭了起来。大家连忙问她什么事,她断断续续地说:"看你们这高兴的劲儿,好像明天你们家里是多了一个人,不是少了一个人!"周金说:"看,你还是小孩子!有什么多了、少了,一两个月还不是就回来了?"陈文婷摇头顿脚说:"不,不。一两个月回来,说得倒怪美!人家学校都开了课了,还让你注册么?"周金又举起酒杯说:"来吧。什么混账学校,连北伐都不赏脸?别管它,来干这一杯!"大家喝了。陈文婷始终觉着不如意。

喝完酒之后,陈家这边的主客都到前面的客厅里喝茶,吃荔枝,闲谈。李民天跟着陈文婕上了三楼,走进那专供小姐们使用的书房里。这是三楼东北角上的一个前厅,宽敞幽雅,显得比楼下的客厅还要松动。李民天坐不定,一会儿走到北窗前,望着周家的小院落,一会儿走到东窗前,望着官塘街的昏暗的夜景,望着官塘街以东那一片房屋的静悄悄的屋顶和晒台,不住地搓手,擦汗,好像他准备飞出去似的。陈文婕看见,觉着奇怪,就问他道:"民天,你的精神为什么这样不安静?"李民天走到她的跟前,竭力压抑着自己,说:"是呀,婕。我对北伐十分兴奋。看样子,咱们的教育权、海关权,都要收回了。那不平等条约,那治外法权,那数不清的苦难和耻辱,都要一扫而光了。你不觉着激动么?"陈文婕闭了一闭眼睛,说:"容易激动的人也容易消沉。你的高兴不会太早了一点了么?现在北伐才刚刚出师,还没打一次仗,还没有克复一个城池,你怎么看得到那么远?"李民天不愿意在这美好的时刻提出不同的意见,就顺着她道:"是呀,这是我的短处。如果真的一帆风顺,打到北京,到那阵子,或许我反而很平静了。我现在冲动得不得了。我简直想到:在这样的时代里,咱们为什么还躲在学校里念书?这念书还能有什么意义?"陈文婕用温柔的祈求的眼光望着他,似笑非笑地说:"天哥,你该好好地听一听学界和商界的舆论。他们都嘲笑呢。都说北伐、北伐,听腻了呢。大部分人预言这是蒋总司令的一场春梦。百分之九十的人都说:只怕有去无还!"李民天忍不住说了一句："这北伐也不是他姓蒋的一个人的事情。"陈文婕立刻接上说："好了,好了。咱们既不南征,也不北伐。咱们哪儿也不去。咱们有科学救国的伟大理想。咱们要手拉着手,为这个理想做许多事情。对不对? 打令!"这末了两个字,是英国话"爱人"的意思。照那时候上流社会的习惯,是只能用英国话说的。说到"打令",李民天就没话说了。

周炳和陈文婷走出门外,在枇杷树下的长石凳上坐下来。他们之间也发生了激烈的争论。陈文婷认为北伐是全国国民的事情,共产党和国民党的作用是一样的,没有区别。周炳认为共产党是真正革命的,国民党的革命是不彻底的,每一个人都该站在共产党这一边,做个彻底的革命者。经过很长时间的唇舌之后,陈文婷是屈服了。她瞪着她那疲倦了的圆眼睛说："炳哥,你这样好口才,我辩得你赢? 只怕汪精卫也辩你不过呢! 现在我承认了,我应该站在共产党这一边。也就是说,应该站在你这一边!"周炳说："别说傻话,小婷! 我不是共产党。你既是站在共产党这一边,你就应该好好地工作。罢工委员会那里,不要去一天,不去一天。我走了之后,你应该把游艺部我那份工作顶下来。"陈文婷低着头想了很久,才说："替你的工作倒容易。可是学校开课怎么办? 我……唉,我……"说着说着又哭了起来。周炳抓着她一只手,轻轻地拍着,抚摸着道："为什么要这样? 快别这样! 有什么话不好讲!"陈文婷忽然倒在他的怀抱里,呜呜咽咽地："是呀,你明天就走了。咱们这样就离开,怎么行呢? 你一点也不了解我! 不管我对你怎么好,你对我总是冷冰冰的! 你对别人就不是这样。枉费我对你一片心机,枉费我积极工作,到头来有什么代价!"周炳抱着她,轻轻吻了她一下。她问道："你是真心的么?"周炳说："是真心的。"她又问道："你不后悔么?"周炳又说："我不后悔。"陈文婷就不作声了。这一秒钟以前,她想象这一段不平凡的谈话,不知道会引起多么大的激动的热情,双方不知道会说出多少如痴如醉的疯话,甚至不知道要经过多少酸、甜、苦、辣的曲折,但是如今一下子就说完了,过去了,过去得风平浪静,连一点波涛都没有——她该怎么办呢?她想起她二姐陈文娣和周榕的婚事所发生的许多纠葛,就反而没了主意了。过了一会儿,她才说:

"炳哥,你要真爱我,你就不要去北什么伐!"

"怎么?"周炳这时候忽然激动起来,大声吆喝道,"你这话从哪里说起?"

陈文婷说:"我看你值不得。大姐夫去北伐,可以升官发财,他会升团长、旅长、师长、军长。你去挑子弹,抬伤兵,运粮食,就算北伐成功了,又与你何干?还不要说兵凶战危,有生命的危险了!"

周炳放开了她的手,叹口气道:"嘻,你说的不是没有道理,可是我心里面着实想去。去了,我就会快活!我能够跟那些罢工工人一起玩,一起乐,一起吃,一起睡;我能够爬上很高的山,渡过很宽的河,走到很远很远的地方去,走到长沙、武汉、郑州、北京去……唉,那多有意思!"

陈文婷说:"这我知道。你的样子虽然长得漂亮,你的神经却不健全!要不,人家怎么会说你是戆大,管你叫痴人和傻子?你那样玩,那样走,我看你就能过一辈子?你不替自己想一想,也不替我想一想,咱们两个怎么了局?"

周炳说:"依你看呢?"

陈文婷说:"依我看,你应该好好地把高中念完。将来最好能念大学。否则念完了高中,熬了个小小的出身,也对付着可以组织个甜蜜的小家庭……"

周炳失望地说:"哦,这就没有办法了!我自己没有钱念书,又不愿意拿你哥哥的钱念书。从前,拿他的钱不过是耻辱;如今,拿他的钱就成为工贼了!"

陈文婷惊呼起来道:"炳哥!"

周炳说:"他自然是工贼!不单他,连何守仁、李民魁都是工贼！省港罢工还没有取得胜利，英国帝国主义还没有投降，死难同胞的冤仇还没有申雪，他们就退出了罢工委员会，这不是工贼是什么？尤其是你的哥哥，唉，我的姐夫，他污辱了罢工工人的代表的神圣称号，他破坏了罢工工人的团结，他挑拨了省、港两地工人的仇恨，如今，他正在运动沙面的罢工工人复工，他正在踩着死难同胞的鲜血去向洋老板献媚，想一想吧，他岂止是工贼？他岂止是奸细？他已经是反革命分子了！……好呀，周炳拿了这样的钱，去熬一个小小的出身，多有意思！我曾经受过他们的欺骗，我曾经崇拜过他们，我曾经对他们存过痴心妄想，现在不了，现在，我只是痛恨他们！"

在日常生活当中，周炳是和平而谦逊的，照陈文婷看来，好像有人踢他一脚，他都不会生气。她从来没看见他这么慷慨激昂，深恶痛绝地说过话。她想起《雨过天青》里面《骂买办》那场戏，那时候的周炳就有那么一股在她看来是冷酷、苛刻的劲儿。不过《雨过天青》是一出戏，这会儿，他在骂着一个真人，这个人就是她的亲哥哥。想到这里，尽管天气十分闷热，她仿佛从心里哆嗦起来了。

二二 敌 与 友

有一天中午吃过饭之后，周榕夹了一本《中国青年》杂志，急急忙忙地走进陈家的矮铁门。花圃里的花开得正欢，那鹰爪花的香味嗅着分外浓郁。陈家的使妈阿财正在楼下客厅门口打扫，见了他，就冷冰冰地问道："阿榕，你来干什么？"他一听就愕然站住了。阿财既不像平时那样和他打招呼、问好，又不像平时那样称呼他"二姑爷"，那种明显的、没有礼貌的态度令他吃惊。他有点胆怯地回答道："来找二姑。她在家么？"阿财拧歪脸，说："不知道。你自己看去吧!"周榕急急忙忙跳上楼梯,因为心里面还有别的事,就把阿财忘掉了。到了三楼的前书房,陈文娣正在看报,陈文婷在看一本厚厚的小说,陈文婕不在家。陈文娣对周榕说:"看你扬扬得意,是不是阿炳有信来了?大姐夫真奇怪,自从来过一封信之后,就没再见过一个字。"陈文婷也说:"二姐夫,你看叫人不挂到心烂?"周榕说:"不关这些事。我送一篇好文章来。"她两个都问什么文章,什么题目。周榕捧起那本书,念那题目道:

"《中国社会各阶级的分析》。"她们问他是谁写的,他又回答道:

"毛泽东。"两姊妹互相询问了一下认不认得这个作者,就要求周榕念那篇文章。他接着从头念起那篇文章来:"谁是我们的敌人?谁是我们的朋友?这个问题是革命的首要问题……"一直念了三十分钟,才把文章念完了。他合上书本,把眼睛闭了一会儿,在回味那书中的道理。那两姊妹都瞪着眼睛,呆呆地对着天花板出神。后来还是陈文婷首先苏醒过来,说:"这就奇怪。一个社会好好的,有家庭,有亲戚,有朋友,怎么一下子就能划成四分五裂!阶级究竟是一种什么东西,能看得见么?"周榕笑着摇头道:"叫我说,也说不清楚。有时看得见,有时看不见。在工厂里看得见,在街道上好像看不见。平时好像看得模模糊糊,有起大事情来,就看得比较清楚。大约是时隐时现的东西。"陈文婷耸耸肩膀道:"不明白。"周榕望着陈文娣,她就说了:"我看这是一个哲学上的问题。哲学,本身就是不好懂的。不过咱们也来从实际方面看一看:你说,你是什么阶级?我是什么阶级?"周榕和平地、驯良地笑着。陈文婷替他回答道:"二姐,你真傻。你问这个不是平白吃亏?他自然捞了个无产阶级。"陈文娣说:"那么我呢?"周榕仍然没开腔。陈文婷又说:"那还用问?我说二姐夫不怀好意的。你自然是个买办阶级!"陈文娣说:"买办阶级?中产阶级就可以了吧!"周榕站起来说:"我不过拿来给你们研究研究,怎么就认真起来了。我到交际部去了,阿婷,你去不去?"陈文婷说不去。陈文娣要把那本书留下看一看,周榕把书放下,就走了。

那天下午,陈文娣把那本书带着去上班,在写字楼里面把那篇文章看了又看,琢磨了又琢磨。下班的时候,她带着一颗失望的、疲倦的心,回到家里。陈文婷又把那本书抢了去看。吃过晚饭之后,两姊妹就躲上三楼书房,低声细气地谈论起来。陈文娣长长地叹了一口气,说:"嘻,自由,自由,多少人为你而死,你又欺骗了多少人!"陈文婷茫然问道:"为什么?难道自由是错的么?难道它不是又美丽又崇高的么?"姐姐说:"是呀。怎么不是?不过那只是一个崇高、美丽的幻影。谁要真的去追求这个幻影,他就会受到痛苦的折磨。我是一个得到了自由的人,像一匹染黑了的布,想重新变白,是没有希望的了。我现在不知多么羡慕那些盲婚的姊妹。她们的生活过得多么平静和幸福!"妹妹抗声说:"二姐,你怎么能这样说!你又有职业,又有恋人,是得到了独立和自由的!多少困在封建牢笼里的姊妹,都拿羡慕和惊奇的眼光望着你,希望变成你一样,哪怕只有短短的一天也好!你自己,为什么反而变得庸俗起来?"姐姐并不觉着激动,还是平静地继续说:"庸俗?是的。我现在一点也不讨厌这样的评价。当初,如果有人侵犯一下我的神圣的自由,不许我跟男子们来往,现在不是要好得多么?可就是没有!大家都尊重我的自由,这才把我害得这样惨!"陈文婷觉着闷热,觉着烦躁,觉着心惊肉跳,她从座位里跳起来,拿扇子噼里啪啦乱扇,窗外的暮色仿佛也压得人喘不过气来。陈文娣平静地坐着,全不动弹,好像一切都已经无可挽回,她也就不着急了似的。突然之间,妹妹尖声叫道:"二姐,你害怕贫穷了?你害怕流言了?你害怕你们要变成政治上的敌人了?你为什么这样怯懦?"姐姐坦白承认道:"对,都对。在你面前,我装什么假?你也清楚,我们结婚已经半年了,但是我们连个窝儿也没搭起来。经济情况是一下子改变不了的。社会上对我们另眼相看,也不是一下子改变得了的。

政治上的事情,我更加胆战心惊。你不能不懂得:政治是多么冷酷无情的呵!"妹妹充满同情地说:"是呀!就是那些阶级斗争的邪说把他迷住了。他自以为看见了真理,就会胆大妄为。说不定哪一天,我打赌,他就会有充足的胆量宣布我们是他的敌人。他敢的!他做得出来的!"姐姐擦去脸上的汗,说:"可不!那就是悲剧的顶点。那位姓毛的先生如果早半年把真相告诉我们,事情就会完全两样。现在可是迟了,迟了,迟了。"妹妹突然坚定地站住了,张开鼻孔,翘起嘴唇,斩钉截铁地宣言道:"不,不,还不迟!他要把我们当作敌人,我们就把他俘虏过来!"整个书房来了长长的一段沉默。一分钟,两分钟……十分钟……陈文婷好像也觉着自己的话说得过于肯定了一点,就坐下来,顺手拿起一张纸片撕着,扯着,把它扯成碎片。街上,叫卖绿豆沙的小贩的声音远远地传过来。后来,她又满怀心事地说:"二姐,你看我和阿炳的事情会变成怎么样?我们差一点就超过友谊的界限了。"陈文娣还是没精打采地回答道:"依我看来,你的想法过于天真。天真,是危险的。"陈文婷努着嘴问:"你指我对于周榕的想法,还是对于周炳的想法?"姐姐说:"对两个人的想法都过于天真。"妹妹不服气地再问道:"你不支持我跟阿炳恋爱么?"陈文娣甩了一下手道:"是的。我不支持。我应该成为你的前车之鉴!"听见姐姐说得这么决绝,陈文婷再没话可说了。为了这句话,她整整一个晚上都没睡好。

不久,陈文雄当了兴昌洋行经理,在玉醪春请客,何守仁也去了。这天到的,大多是穿西装的客人,像什么总经理、协理、经理、司理、代理这一类理字号的人物。他们聪明漂亮,谈话很多,喝酒很少。大家有礼貌、有节制地尽欢而散的时候,陈文雄向何守仁提议不坐车子,慢慢散步回家。在路上,何守仁十分感慨地说:"雄哥,你算是在社会上露出头角来了。"陈文雄谦逊地说:"这算得什么,不过是一个平凡的出身就是了。你呢,你所谋的差事也有点眉目了?"何守仁愤愤不平地拿鼻子哼了一声道:"不要提了。提起来卑鄙龌龊,令人发指。想不到咱们在学校满腔热情,天真纯洁,一出校门,就跟这些混账东西为伍!"陈文雄安慰他道:"改造社会也只是耐着性子,慢慢儿干就是了。你性急,拿它怎么办?"何守仁说,"不管怎么说,我是羡慕你们这一行。你们这一行是公公道道,明来明去,讲道德,讲规矩,讲信用的!"陈文雄说:"这倒是真的。在规矩、信用、道德、人格这些方面,外国人比咱们中国人更加考究。你比方拿我来讲,我搞过两次罢工,叫公司受过相当大的损失,但是公司还是把我提升了经理。这种气量,这种风度,你在中国找得出来么?"何守仁点头附和道:"不错。这真叫作中国不亡无天理!"陈文雄得意地笑着说:"这是一个国家主义派讲的话呀?"何守仁大笑起来,陈文雄也跟着大笑起来。

又过不几天,何守仁的差事也发表了,是广州市教育局里面的一个科长。这又是一件大事情。左邻右里都说,今年的吉星都拱照了三家巷。何守仁在"西园"酒家请客,那规模,那排场,都在陈文雄之上。到的人除了穿西装、理字号之外,还有穿长衫马褂的书香世家,还有穿中山装、戴金丝眼镜的官场新贵,真是华洋并茂,中西媲美。那些人吃起来、喝起来都豪迈大方,没有一点小家气。酒席散了之后,何守仁和陈文雄缓步回家,在何家的大客厅里,重新泡上两盅碧螺春细茶,一直谈到天亮。这一个晚上,何守仁和陈文雄两个人,重新订下了生死莫逆之交。他们谈到了政治,道德,人生理想;评论了所有他们认识的人,所有他们经历的事;对于何守仁的"独身主义",谈得特别详细。他们发现了彼此之间都是第一次倾吐出肺腑之言,而且几乎找不到什么不相同的见解。曙光微露的时候,何守仁拜托陈文雄秘密地向周家的人打听一个叫作金端的行踪不明的人的下落,说局长很重视这件事,看样子好像还是上峰发下来查问的,陈文雄也一口答应下来了,才分手而别,各自准备上班。

三天之后的一个黄昏,晚饭刚吃过不久,陈文雄走上三楼,在东北角的前书房里找着了陈文娣。陈文婕、陈文婷都出去了,只她一个人在家。陈文雄提议道:"一个人闷在这里干什么?我们看电影去吧!"陈文娣懒洋洋地摇头道:"你跟嫂嫂去吧,我懒得动。"陈文雄问:"阿榕呢,没上咱家来么?"陈文娣说:"没来过。不知在家不在。好像说罢工委员会有事。"陈文雄笑着说:"罢什么工委员会!罢工委员会早就不兴了,瓦解了,不存在了!"说着,走到北窗前面,从打开的窗口往下望,望见周家的前院,也望见周家的头房,还望见周榕正趴在窗前的书桌上,在埋头埋脑地写着什么。下面黑得快,已经扭亮了电灯了。陈文雄又说:"他哪里也没有去,你来看一看,敢情是躲在家里作诗呢!"陈文娣坐着不动,也不答话。陈文雄随手也扭亮了电灯,走过来他二妹身旁坐下,试探着说:"这两天看见了守仁没有?他做了教育局的科长了。平心而论,他这个人到底是不错的。咱们对他是过分了一点。"陈文娣冷冷地说:"咱们对他有什么过分?我不喜欢装模作样,口不对心的人,不管他是科长还是总长!"陈文雄摊开一只手说:"看!现在离开五四运动已经七八年了,你还是当时那股劲儿,尽说些傻话,尖尖酸酸的,有鲁迅的味道!我老实告诉你吧:守仁如今还坚持他的独身主义呢!这自然是个笑话。他是坚持给你看的。他还爱着你!"陈文娣的雍容华贵的脸叫痛苦给扭歪了。那棕红色的、椭圆形的脸蛋变成了纸一样的苍白。她尖着嗓子叫了一声:"大哥!"就离开座位,跑到东窗前面,望着下面的三家巷出神。陈文雄也站起来,跟着走到窗前,站在他妹子旁边往下望,很久都没有开腔。三家巷的黄昏,像平常一个样。长长的石头凳子,茂盛的枇杷树,矮小的白兰花,昏暗的电灯,碧绿的青草,都还是熟悉的老样子。只是这时候静悄悄的,望不见个人影儿。陈文娣知道他在旁边,也不望他一望,只是恳求地说:"大哥,别再说了吧。你已经伤害了我的自尊心了!"陈文雄奸诈地微笑着,说:"那就请你原谅吧。我的本意并不是那样。我只是说了几句实在话。"这时候,区桃的姐姐区苏突然从官塘街转进了三家巷,兴致勃勃地走进了周家大门口,那皮拖鞋打在白麻石道上,踢踏踢踏地响。陈文娣不高兴地说:"你看她劲头那么大,不知是不是中了头彩!"陈文雄安慰她道:"算了吧,你也不必看得过于眼紧,反正他们是藕断丝连的。"兄妹俩在窗前站了一会儿,就回到原来的座位上。陈文雄又说:"我有一件事,是一个朋友托我打听的,你替我问问阿榕好不好?"陈文娣漫不经心地说:"什么事?"陈文雄说:"是这样的:有一个朋友要打听一个叫作金端的人的下落。这个金端好像不是广东人。是哪里人,什么职业,多高多矮,都不清楚。有人说阿榕认识他。他现在干什么,住在哪里,你给我打听一下好不好?"陈文娣见他鬼鬼祟祟的样子,就干脆拒绝了他道:"我不管你们这些闲事。你们是换帖兄弟,你自己问他去!"这样,又坐了一会儿,陈文雄就起身下楼去了。

　　这里剩下了陈文娣一个人。站也不是,坐也不是;谈心既没有人,看书又看不进去。她几次走到北窗前面,站在那里往下望。见下面周榕的房间里灯火辉煌,区苏坐在窗台下,他坐在书桌后面,两个人有说有笑,十分融洽。他们到底谈些什么,仔细听,也听不清楚。只是他们的清脆的笑声,有时从那小院子里直冲上来,好像胡椒冲上了她的眉心一样。满天的繁星都像是不怀好意地在窥探着她,使得她烦恼不安达到了极点。好容易,等到区苏走了,她才气嘟嘟地跑下楼,进了周家大门,一直走进周榕所住的头房里。周榕很诚恳地接待了她,问她:"没有出去么?怎么这样晚?"陈文娣说:"晚么?你也还没睡呢!"周榕说:"是呀。刚才区苏来坐了一会儿……呵,我想起来了,那本书你看完了没有,你有什么心得?人家还催着我还呢。"陈文娣说:"这会儿不谈那个问题。我想向你打听一下:你认识的朋友当中,有个叫作金端的人么?他是什么地方人,做什么的,住在哪里?"周榕有点愕然了。他想不到陈文娣会问起这个人。他把陈文娣的脸孔端端详详地看了又看,连她那左眼皮上的小疤痕也看了个够,一面自己在考虑,是告诉她认识好,还是告诉她不认识好。后来他说:"你问这么个人干吗?"陈文娣负气地说:"不许问么?不许问我就不问。原来你对我还是保守了那么些秘密!"周榕说:"不是秘密。是人家叫我不要说的。告诉你吧:金端是个共产党员。好像是上海人。没有固定职业,也不知道住在哪儿。告诉你不打紧,你可不能告诉别人!"陈文娣笑起来了,说:"我还当谁呢!一个共产党员,有什么秘密?我又能去告诉谁呢?好吧,不谈这个了,谈一谈咱俩自己的生活吧!"周榕也笑起来了,说:"是呀,这才是正经。我坦白对你说,自从你毅然摆脱一切,同我结合以来,我只是感到无边的快乐和幸福,其他都没考虑过呢!"陈文娣的脸突然变成紧绷绷的了。她说:"昨天没考虑,今天就应该考虑了。"周榕还是不假思索地指了一指后面的二房,说:"既然如此,你搬到从前阿泉的房间来住好不好?"不要说他这句话的本身叫陈文娣觉着不受用,就是他那种漫不经心的态度,已经够叫她生气。他俩默默无言地对着坐了一会儿,陈文娣就赌气回家去了。

二三 控 告

看看到了九月中,学校里的聘书只是没有送来,周榕就知道这是学校把他解了聘了。也就是说,他在这个社会上变成一个失业的人了。他的兴趣在罢工委员会,不在那间小学校,解聘的事实并没有令他觉着难过。但是他却感觉到这个社会对他是仇视的,他也憎恨这个社会。过去,这一点不是十分明显的,现在变得明显了。不知道为了一种什么缘故,他把这件事瞒着所有的人,连周金也不说。每天还是到罢工委员会做事,好像他上学期请人代课的时候一模一样。他自己暗中考虑:这样一来,陈文娣那建立小家庭的希望是完全落空了,这且不去管它;可是周炳自从拒绝了陈文雄的援助之后,那升学的问题怎么办呢?学费从哪里弄来呢?要是借的话,向谁去借呢?这些问题却叫他很苦恼。后来他决定了:一定要让周炳升学,不管采取什么办法来达到这个目的。

一直到九月底,周炳才和省港罢工工人运输大队一起回到广州。他整个地变黑了,变高了,也变瘦了。头发剃光,整个头部显得小了,但是胸部和两肩显得更加雄壮,两只眼睛闪闪发光,说话也更加显得有风趣。在三家巷,在东园,在南关,在西门,他立刻成了一个凯旋的英雄人物。人们一看见他,就立刻把他包围起来,要他讲打仗的情形和冒险的故事,要他讲湖南的风土人情,要他讲为什么管没有叫作"猫",管小孩叫作"伢子",为什么吃饭非吃辣子不可。他回到家,见自己的书桌上铺满了灰尘,就立刻动手收拾,并且整理那些乱丢着的纸张笔墨,书籍信件。在这个时候,他发现了学校给他的一封信,还没有拆开过的。最初,他以为是什么不关重要的通知,顺手把它一揉,就撂到字纸篓里。后来他又把它拾起来,撕开口看了。原来是学校决定开除他的学籍的正式通知。开除的理由很简单,就只有"操行不良,难期造就"这么几个字眼。他看了之后,随手把它扯得粉碎,摔进字纸篓里,嘴里只低声骂了一句:"娘卖屎!"他也跟他哥哥周榕一样,不知道为了一种什么缘故,也把这件事隐瞒着所有的人,连周榕也不说。每天还是到游艺部走动,通不提学校的事,连陈文婷他也躲着,不和她见面。他自己想道:"这样才正合我的意。我本来就不愿意再拿那工贼一文钱,也不喜欢念你那些书。家里又难,我做工赚钱去!"周金和周榕催了他好多回,要他赶快到学校看看;陈文婷差不多每天来一趟,劝他赶快回学校缴费注册。他不肯明说,总是推游艺部事忙,不得闲。陈文婷认为他是坚决不肯要陈文雄的钱,也就无法可想。这时候,她看见周炳越过越"成整",越过越像个大人,像个英伟的美男子,甚至仿佛嘴唇上都长出胡须来了,一想起他,就心跳,害怕。

可是越心跳,害怕,却越想看见他。

这样又挨磨了十天半月,周炳总是嚷着要去做工,弄得家里的人都摸不着头脑。有一天,周榕千辛万苦借了五十块钱回家,假说是发了薪水。他高高兴兴地拿了一半给母亲,把其余的一半交给周炳,要他去交学费。周炳不肯接,把钱推还给他。他奇怪了,说:"老三,你哪来这么大的脾气?你不花你姐夫的钱,难不成连我的钱都不花么?说实在的——我这不过是迟了一点,就值得那么大的不高兴?也得人家出粮才有呀!"周炳抱着脑袋说:"我又没有不高兴!人家只是不想念书,想做工。念书有什么用?念完了又去做什么?反正这样的一个社会,你念书也是一样,不念书也是一样!"周榕认为他过于任性了,就规劝他道:"兄弟,话可不能这么说。学了知识,谋生有用,做别的事也有用。你原来闹着要念书,后来总算凑凑合合,对付过了这几年,怎么又变了卦?你如今初中毕了业,正是个半桶水,文不文、武不武的,倒要怎么办?"周炳叫哥哥逼得没办法,只好把学校开除的事情告诉了他。周榕听了,紧绷着那和善的脸孔,许久才说了一句道:"哦,原来如此!"周炳只是不作声。周榕向前移近一步,说:"钱你先拿着,以后再说。你跟学校有什么过不去的事儿么?没有?哦……你有没有得罪过哪个老师跟同学?没有?哦……你的功课成绩好不好?还好?哼,那就是了!就是因为你参加了省港罢工的活动了!好呀,咱们是在闹国民革命,可是这里的学校要开除革命的学生,也要开除革命的老师!"周炳急着追问道:"怎么开除革命的老师?"周榕承认道:"我也跟你一样,瞒着大家。我失业了。可是我没有过失。我对省港罢工不能够袖手旁观,不管拿什么来威胁都好!可是我不明白,这社会上怎么一点也不讲人道!"说到这里,弟兄俩抱着哭了起来。正哭着,周金从外面回来,正好碰上,连忙问他们什么事。那两兄弟把各自的遭遇说了一遍,还要周金替他们保守秘密。周金睁大了他的圆眼睛,一言不发。每逢他睁大眼睛、一言不发的时候,他的容貌神气,都十分像爸爸周铁。大家沉默了约莫五分钟,周金的眼睛开始活动了。他用眼睛望了望那两个垂头丧气的兄弟,然后露出勉强的笑容,用那叫机器轧扁了的右手大拇指搔着自己的腮帮,说:"这有什么好哭的?这有什么好保守秘密的?这有什么好垂头丧气的?这社会上,从来没人跟咱们讲过人道。你们看我这大拇指就明白。咱们动手打击了帝国主义和封建军阀,人家就不回手打击咱们?天下有这样的道理?你们碰到帝国主义和封建军阀的帮凶了,自然是免不了要遭毒手的。这不是咱们的羞耻,不是咱们丢脸,咱们怕什么?我看你们就该昂起头,挺直腰杆来做人!你们不记得咱区桃表妹么?人家连性命都拿了出来啦!咱这算得什么?"一番话把那两兄弟说得重新活跃起来了。

一个星期六的下午,陈文娣放工回来,在何家大门口遇见何守仁。那矮个子科长耸起尖尖的鼻子对她说:"来,陈君。我告诉你一个秘密消息。有人说,周榕已经被学校撤了职了。开头我还不信。我是尊重周榕的为人的。他的革命热情是同学之中少有的。怎么会出这样的事?后来一打听,倒好像是真的呢!"他这番话最初只是引起了陈文娣一种强烈的憎恶。后来,她害怕起来了,从心里面发起抖来。她用手扶着墙,轻轻地问:"那是为了什么缘故?怎么我还一点都不晓得?"何守仁拧歪脸,避免和她的眼光接触,说:"这也奇怪。也许因为他交友不慎,也许因为他说话随便,也许因为他和同事相处得不好,谁知道呢!总之,给他留心找个职业吧。你令尊手脚大,这点事不费难的。"陈文娣听了,没有说什么,只和他点头作别。回了家,晚饭也没有好好吃,准备晚上去找周榕,把这件事问个明白。谁知天黑以后,周榕自动来找陈文娣,把学校辞退他的事情对她直说了。最后,他还理直气壮地加上说:"娣,你瞧,咱们现在要革北洋军阀的命,可是咱们的社会是一个多么黑暗、多么残酷的社会!像鲁迅所说的,这是一个人吃人的社会!"陈文娣望了他一眼,觉着她面前坐着的这个男人,她简直一点也不能了解,就说:"这个社会自然还不是理想的天堂,也没听说就能坏到那步田地。叫你学校撵出来了,难道不是你自己的责任,而是社会的责任么?听你刚才说的话,好像你自己一点也不感到耻辱似的,这就奇怪了。社会是什么?社会就是亲戚,朋友,上司,下属。难道你能够那样蔑视他们么?如果是这样,那只有两条路:一条路是你把这个社会毁灭了,按照你的意思重新建立一个社会;一条路是社会依然是这个社会,你自己毁灭了你自己!"周榕笑嘻嘻地说:"如果你赞成的话,我愿意跟你一道走第一条路,可千万别走第二条路。"陈文娣生气了,说:"你好像一点也不了解我。谁跟你整天嬉皮笑脸开玩笑呢?"周榕拙笨地辩解道:"不,不。你误会了。我说的是真话。"陈文娣气冲冲地站起来,走回自己的房间,砰的一声把门关上,不出来了。

正当陈文娣和周榕谈话的时候,陈文婷和周炳也有自己的一番谈话。他们两个并排儿坐在周家的神厅里,亲切地低声交谈着。神楼上的玻璃盏发出微弱的光,周围瞧着暧昧和神秘。她听见周炳说学校把他开除了,第一个反应是惊愕。她想来想去,都想不出开除他的理由。她甚至以为周炳想去做工,不想念书,因此跟她开这个玩笑。后来她知道那到底是真的了,她就坚决站在周炳这一边,认为学校不讲道理。她坚持他应该念书,不应该做工。她觉着周炳一旦离开学校,就会不属于她的了。她做了许多建议,把周炳弄得无所适从。她建议他向学校递个呈文,请求学校收回成命。她建议他向别的学校提出申请,暂时做一名旁听生。她建议他进英文补习学校,到明年再考高中。……总之,和陈文娣比较起来,她表现了更多的热情和温暖,连半句责备的话都没有。最后,周炳有几句话,是他经过了十次八次的考虑之后,才决定告诉她的。他说:"有一个问题,我在战场上想过,在荒山野岭上也想过,我一定要把它告诉你。……"说着,他做了一个温柔的、真心的微笑。灯光很暗,但是陈文婷为这个微笑感到幸福和骄傲。她静静地等候着,随后就听见他说下去道:"开头我曾经想过,你哥哥、何守仁、李民魁这些人破坏省港罢工,是有人唆摆的。回家之后,听说你哥哥当了经理,何守仁当了科长,这问题就证明了。是杀死廖仲恺先生和杀死区桃表姐的凶手教他们这样做的。那些凶手都串通了——他们在管着这整个的世界……"陈文婷听了,长久地默默无言。……

第二天是星期天。陈万利不到公司去。吃过早点之后,他走上三楼书房,把三个女儿都叫到跟前,对她们说:"你们三个以后都不要到罢工委员会去。听见没有?那罢工委员会马上就要解散了。那里面有许许多多的流氓,地痞,坏人,赤化分子!"这个问题跟陈文婕关系不大。她有时陪李民天去玩玩,也没有做什么事,去不去在她是无所谓。她拧歪脸,不作声。陈文娣的脸一下子红了。她只是点头,没作声。罢工委员会,她很久都没去了。但是她不能不连带想起她和周榕的关系,这关系如今使她既觉着羞耻,又觉着痛苦。她想了一下,就转了一个弯儿,说:"我们不去容易,你叫嫂嫂也不去么?"陈万利说:"你们先听我的话,不要去。嫂嫂那里,我另外跟她说。她是陈家的人,她能不走陈家的道儿么?"到底是陈文婷年轻,她不服气地问道:"这是为什么呢?省港大罢工是国民政府赞成的。那里面有没有坏人,我不晓得。按我认识的人来说,他们都是蛮好的,蛮好的。"陈万利生气了,脸孔变得十分难看,用手在矮茶几上拍了一下,毫不留情地说:"谁?谁蛮好、蛮好?既然这好,你为什么不去嫁给他!"他这句话叫陈文婕也震动了一下。不用说,陈文娣、陈文婷是受了重伤了。她两姊妹同时放声大哭起来,陈文婕在旁边看着干着急,也没有办法。哭了一会儿,声音收住了,陈万利又说:"我不是存心叫你们难过,实在也是没有别的法子。你们想想看,他们把咱叫作买办阶级,要打倒咱。如果不是蒋总司令有眼光,有魄力,有手腕,说不定咱已叫人家打下去了。这是什么好玩的事儿?有他没咱,有咱没他!你们就不可惜我这副家当,难道连我们两个老鬼的骨头都不想要了?罢工委员会全是那样一笼子人。周家这几个我不敢说,反正也好不到哪里去!"陈文娣看见她爸爸说得那样斩钉截铁,加上自己从读书得来一点理解,觉着他讲得很有道理,事情多半就是这样的了;另外她看见她爸爸两鬓风霜,已经都是六十的人了,还歇不下来,一天只管奔波劳碌,吃不安、睡不宁的,也觉着十分可怜,就从心里面软下来了。她用手帕擦了擦眼睛,说:"我可以不再去罢工委员会。我还可以劝榕表哥也不要去。不过他这几天心事不宁,学堂里叫人辞退了,不大好说话。"听的人差不多一齐叫了起来:"谁?谁叫人辞退了?"后来把事情弄清楚了,陈文婕只是一味子摇头叹息,陈文婷吓得用手捂着嘴巴,倒抽凉气,觉着天下事就有这么凑巧,这么可怕。陈万利打蛇随棍上,说:"你们这回可看清楚了。赤化不会有好结果的!撤他的职不过是给他点颜色看看,还算是顶客气的。如果他不懂得回头是岸,还有够他好看的呢!你不尊重旁人,你也别指望旁人会怜悯你!"说完就带着一脸难消的怒气走了。听着他果然下了楼,这里陈文婷就叫唤起来道:

"我的好姐姐,我的顶好的、顶好的姐姐呀!你们看这不是约好的是什么?这一定就是他们大家跟爸爸约好了的!二姐夫叫学校撤了职,炳表哥也叫学校开除了!如果说事有凑巧,我第一个就不信!"

陈文娣说:"别姐夫长、姐夫短地吧。叫人怪腻味!你把周炳怎么叫人开除的事,好好给咱讲一遍。"陈文婷一五一十地讲了,就求她二姐,好歹去跟何守仁说一声,要何守仁去跟他们校长说说情,让周炳回学校念书去。陈文娣也答应了。过了一会儿,她就去找何守仁,说明周炳的情形。何守仁闭着眼睛听了之后,就睁开眼睛说:"我答应给你说去,但是有一个交换条件。"陈文娣一听见"交换条件"四个字,怕他说出什么不好听的话来,脸就红了,心也跳了,硬着头皮问道:"什么交换条件?"何守仁说:"你替我再向周榕打听一下,那叫金端的人哪里去了。可不能说我问的。听说那姓金的专搞什么农会,不知到什么乡下去过的。"陈文娣听说这个条件,才安了心,说:"那没什么,那容易。"正说着,忽然想起上回她大哥也打听过这个人,就感觉奇怪起来道,"你们为什么老打听这个人?"何守仁笑一笑,没说话。

区桃的两个弟弟,区细和区卓,一个十七岁,一个十二岁,半大不大的,这天来他周家二姨妈家吃中饭。周炳闲着没事,就和他们有层有次地玩做一处。吃过饭之后,区细和区卓在大门口和何守义、何守礼两兄妹玩耍。区细和何守义在下"捉三"棋,区卓和何守礼坐在地上"抓子儿"。这些小孩子在聚精会神地玩儿,浑不知世界上正在发生了什么事,玩儿得那么有味道,真叫周炳羡慕。淡淡的、温暖的阳光照着这些小孩子,他们就在阳光之下,无拘无束地生长,这多么有意思。周炳再看看那棵白兰花,也是在温暖的秋阳之下,无拘无束地生长着,比六月间刚种下去的时候长高了一个头,那丫杈,那又绿又嫩的小叶儿都旺盛葱茏,好像会说话的一般。最后想到自己,周炳悄悄叹了一口气,他觉着自己比不上他们,既比不上天真烂漫的区细、区卓、何守义、何守礼,也比不上那无忧无愁的白兰花。正在想着,忽然看见何家的丫头胡杏从大门里面滚了出来,像是叫人使劲摔了出来似的。她一面号啕大哭,一面用手在空中乱抓,好像她想抓住什么东西,以免自己往下沉落的一般。矮小干瘦的何守义回头瞅了她一眼,随口骂道:

"真讨厌,哭包子!"

周炳站了起来,说:"不,不。她可好呢!"他走过去,掏出手帕替她擦眼泪。她温柔帖服地站着,让他擦。可是周炳一问她为什么这样伤心,她又号啕大哭起来了。周炳没法,只好带她回家,把她交给周杨氏慢慢开解。过了半个钟头,胡杏静悄悄地走了出来。一定是周妈使用了什么出奇有效的办法,像"黄狗毛"止血似的止住了她的忧伤。她在她自己那娇媚的脸上强行涂上了一层严肃的色彩,使得它越发可爱。这时候,有个卖甜食的挑担走进巷子里来,周炳叫他给每人盛了一碗糯米麦粥。胡杏赶快吃了,重新钻进刚才把她摔了出来的那个地方去。周炳付了钱,区细、区卓、何守义、何守礼他们也陆续散了。他百无聊赖,跑回自己的神楼底,坐在书桌前面,用一叠书把区桃的画像支起来,对她诉苦道:

"这些,你都看见了的,你教教我怎么办吧!我的眼睛朦了,我的耳朵聋了,我的心眼儿堵住了。公事、私事、大事、小事乱做一堆。你能把我甩开么?你忍心么?"

区桃并不答话。只是用一种一切不出所料的神情微笑着。那整整一个下午,周炳就那么对着她,一秒钟,一分钟,一点钟,两点钟……约莫到了下午四点钟,区细、区卓已经回家去了,忽然门外人声嘈杂,何胡氏的辱骂声,胡杏的哭嚷声,其他人的议论声,混成一片。周炳走出门外一看,见一堆女人围着何胡氏跟胡杏,那女主人拿着藤鞭子正在痛打那丫头。胡杏躺在地上,蜷曲着,哆嗦着,翻腾着,嘴里吐出血丝,衣服扯破了好几处,露出肉来。旁边在看的人只管议论纷纷,却都不去阻挡。周炳气愤极了,忍不住大声叫嚷道:

"卑鄙!卑鄙!卑鄙的社会,卑鄙的人!"

陈文娣挤在人堆里面,听见他这样说,就使唤那种严肃坚毅的"五四腔"质问他道:"阿炳,你说谁?你说什么人卑鄙?"周炳连望都没有望她一眼,毫无礼貌地说:"我指那些只图自己快意,不管别人死活的混账东西!我指那些仗势欺人的衣冠禽兽!我指一切的工贼和奸细——不管他是内奸还是外奸!"陈文娣一听,就知道他又在骂陈文雄、何守仁、李民魁这些角色,脸上由不得唰的一下子红了起来。她心里暗自惊奇,怎么这素来老实忠厚、平和易与的戆汉,今天就这般气势汹汹,出口伤人!她想回他两句,竟找不出适当的话来。周炳也没有留心看她,只顾分开众人,大步抢上前去,一举起瓦筒般粗的胳膊,顺手就夺下了何胡氏手里的藤鞭。何胡氏没想到他这般粗鲁,吓得倒退了几步,嘴唇都白了。周炳高声对胡杏说:"起来!不要哭。你没有外国人做你的干老子,又没有厅长、局长做你的父兄,你哭给谁听?站起来,把你的二姑拉到警察署去,问问他们,看如今养丫头还算不算犯法!"何胡氏听说要到警察署,更加没主意了,早就有旁边那些自以为好心肠的闲人,纷纷进行劝解。周炳不管这些,一手拉了胡杏,往西门口的警察署走去。警察署里面有一个弯腰驼背,一根胡须都没有的老人家接待了他们。胡杏不敢说话,周炳就不管三七二十一,也不管他是什么官、什么职,一口气把刚才的情形讲了一遍。那弯腰驼背的老人家戴着一个非常巨大的黄铜眼镜,一面听,一面用毛笔在一个厚本子上吃力地写着。大概写了二十来个字,周炳就讲完了。那老人家停下手,从镜框上面瞅着他问道:"你姓什么?叫作什么?男的还是女的?住在哪里?做什么生意?"问一样,填一样,后来又问,"你是她的什么人?"周炳答道:"我是她的邻居。"那老人家用怀疑的腔调重复了一句:"邻居?"跟着就把那管只剩下很少几根毛的笔放下来了。胡杏看见那种情形,连忙接上说:"他小的时候在我们乡下放过牛,跟我的亲哥哥是一样的!"那弯腰驼背的老人家笑了,说:"好,好。"随后就掏出一个纸包,卷了一根又粗又大的生切烟。他一面擦洋火点烟,一面继续往下问:"她的主人家还有些什么人?有别人动手打过她没有?她偷过主人家的东西没有?她打烂过什么东西没有?她和别人打过架没有?"胡杏连忙分辩道:"哪里有过那样的事儿!我不偷吃,不打架,不偷钱,不吵嘴,到他家快两年了,连一个小匙羹也没掉过下地呢!"周炳说:"她家有两个少爷,都打过她。那大少爷本来参加罢工委员会工作的,后来当了工贼,到教育局里当什么鸡巴科长去了。她紧隔壁住着一家姓陈的,也出了一个工贼。陈家那个少爷原来也是罢工工人代表,后来破坏了罢工,给红毛鬼子当了洋奴了!"那弯腰驼背的老人家很感兴趣地听着,一面点头、一面说:"哦,原来这样。原来这样……"最后,到他觉着案情已经全部明了,没有什么可以再问的了,就对周炳和胡杏说:"这样就行了。你们回去吧。"

从此以后,果然有那么几天工夫,何家的人没有再殴打胡杏。但是左邻右里的人们都发觉,胡杏从此也很少露面,大概是主人家把她关了起来,不让她自由行动了。人们就议论纷纷道:"只有石头砸破鸡蛋,再没有鸡蛋砸破石头的!""世界上有不是的丫头,哪有不是的主子!""人家买来的丫头,爱打就打,爱杀就杀——狗抓老鼠,要你多管闲事!""那是个呆子!学堂把他开除了。何家替他去说情,他却倒打何家一棍!他的傻性发作,只怕他老子也得让他三分!"但是在东园的罢工委员会里,在南关和西门的朋友圈子里,大家都认为他是血性男儿,比以前更加器重他。就是在三家巷的陈、何两家人当中,也不尽是瞧不起他的人。何守礼年纪虽小,但因她是三姐何杜氏所生,时常要受大奶奶何胡氏和二娘何白氏的气,因此她十分同情胡杏,也十分同情周炳。陈文婷总觉着他越想念区桃,就越显得他这个人拿真心对人;又觉着他越戆、越直、越痴、越傻,就越显得他这个人淳厚刚勇——总之,是越发可爱。更不要说他长得一天比一天更漂亮,更像个成年男子,使她更加着迷了!有一天,她对周炳哀求道:

"论道理,无疑是你的道理长。可是你既然和我要好,又整天骂我家里的人,什么工贼呀,奸细呀,洋奴呀,整天挂在嘴唇边,那怎么个了局?求求你吧……你要我做什么我都肯……"

周炳摇摇头叹息道:

"当真不是冤家不对头!我这也是由不了自己。你该记得:我是怎样崇拜你哥哥跟何守仁他们来着!那时候,我以为他们是忧国忧民,有志气、有热血的'五四'青年;我以为他们能够舍己为人,坚持真理,替穷人谋幸福,替区桃表姐报仇雪恨。但是我上当了,我受了欺骗了,我叫他们一脚踢开了!我所崇拜过的人物竟然卑鄙无耻,忘记了区桃表姐的深仇大恨,忘记了千千万万的罢工工友,去投降了万恶的敌人！你叫我难过不难过！"

陈文婷无可奈何,捂住脸说：

"算了,算了。他们是他们。我们是我们。往后再别提了！我的心都叫你磨碎了！不管怎么说,我总是爱你的。只要你知道这一点就行了！"

二四　破　裂

十月十日,罢工委员会正式宣布了对香港的封锁已经取消。震动世界的省港大罢工进入了善后工作的阶段。下午,陈文雄从茶馆里喝了茶回家。他踏着轻快的步子,吹着英国名曲《甜蜜的家》的口哨,走进了客厅。一看见杨承辉和李民天一人一个口琴,坐在那里对吹,他就说："哈罗,年轻人,别吹了。你们的调子已经过时了。听见罢工委员会解散的消息没有？"杨承辉说："只听说结束,没听说解散。"陈文雄抖了抖他那件又窄又长的白色外衣,说："结束——解散,半斤——八两。我早几个月就看出这个下场了,你们都不信！"那两个年轻人不理他,又吹起口琴来。他对他们摆手道："好了,好了,别吹了。我今天要在这里宣布一个更加惊人的消息！承辉,你去把何守仁、周榕、周炳叫来；小天,你上去把文娣、文婕、文婷、周泉她几个请下来。人一到齐我就宣布,快去！"两个年轻人把口琴放在口袋里,就走出了客厅。

那一天,三家巷多了两个从农村来的客人,一个十八岁的姑娘和一个十六岁的少年。他们是胡杏的大姐和大哥,一个叫胡柳,一个叫胡树,当天一早从南海县震南村步行四十里路来省城看他们的妹妹,还挑了两盒香蕉、柿子、糯米、白菜干之类的礼物来送给他们的二姑和二姑爹。何守义的亲生母亲大奶奶何胡氏款待了这一双侄男侄女,让他们跟阿笑、阿苹、阿贵、胡杏一道吃了中饭。吃过饭,胡杏把他们带回下房,看看旁边没人,就抱着她大姐胡柳哭起来。胡柳也哭,胡树也哭。大家都不敢哭出声来,只是咬紧牙齿,呜呜咽咽,凄凄切切地哭。哭了半个时辰,胡杏才诉起在何家受尽虐待、欺负的苦楚来。又说了半个时辰,胡柳听着只是摇头。后来胡柳怕主人家见怪,就拦住她道:"好了,别尽说这些了,说些好玩儿的吧。说些省城的见识吧!"于是胡杏又告诉她哥哥跟姐姐省城的许多新鲜事情,把那两个乡下人听得直眨眼。她又带他们到何家各处看了一遍。在客厅里,胡树坐在地上,对他大姐说:"人家说震南村有一半是咱二姑爹的,怪不得他家这么有钱。他这里的地比咱们的床还要干净多了呢!"胡柳敲了他一记脑壳说:"少多嘴!"后来,胡杏又带他们出门外去看那棵白兰花,并且介绍道:"这是咱们那高大的周炳哥哥种的,我也帮了手。他说种这棵树是纪念一个姐姐。那个姐姐死了,是个美人儿。你看咱这哥哥傻不傻?"胡柳一听见周炳的名字,脸就羞得通红,她强作镇定地说:"那总是他好情意。他怎么样,还是小时候那么俊,那么好玩么?他帮你么?"胡杏说:"对!他比小时更漂亮,更和气。人家说他越发傻了,倒长得有屋檐那么高。他的妈妈叫周妈,这两个人哪,我敢赌咒,是全省城最好的两个人!"说完,她又带他们去看周妈。这时候,周炳因为何守仁替他说情,已经恢复了学籍,正在念高中一年级了。不过,他自己并不知道是谁说的情。他只知道他二哥周榕替他奔走,给他学费,此外全不知道。至于这里面还有陈文娣的一份活动,还有何守仁的交换条件,他更加想不到了。这天因为是星期日,整天没有课,闲在家里。他和周妈一道接待了这几位小客人。尽管胡柳小时候跟周炳很熟,整天笑、骂、打、闹,哥哥前、哥哥后的,如今过了五六年,大了,就矜持起来,只是低着头,红着脸,不和周炳多说话。杨承辉来叫的时候,他们大家都在周妈的后房里谈得正好,只有周榕跟着杨家表兄弟走过陈家客厅这边来。

陈家姑嫂们都下来了,又等了半天,何守仁才穿着条子彩色绸睡衣,脚上套着绣花拖鞋,睡眼惺忪地走进来。陈文雄用庄重的、缓慢的、拖长的声音对那四男四女宣布道:"刚才英国领事馆接到上海方面的特急电报,证实咱们国民革命军今天早上克复武昌!有消息说,是叶挺部队首先进的城!"一时之间,四座沉寂。后来忽然爆发了一阵呵呵哇哇的欢呼声。喊声刚一低下去,周榕大声说:"这多有意思!今天正是十五年前武昌起义的日子呵!"大家的欢呼声又飞腾起来。陈文雄上楼去,把他父亲喝剩的半瓶正"斧头"牌白兰地酒拿了下来,在茶柜里拿出了九个高脚小玻璃杯,每人斟了小半杯。陈文雄首先举起杯子邀请道:

"干杯。中国国民党万岁!"

杨承辉少年气盛,又不知进退,也唰的一声直挺挺站了起来邀请道:

"干杯。表哥,让我加一句:中国共产党万岁!"

大家都愕然。你望望我,我望望你,不知怎么办。姑嫂们更加担心,又不好作声。陈文雄冷笑着说:"怎么啦,你!在我的家里喊起共产党万岁来啦?"杨承辉毫不相让地抗声说:

"不,我没有想到在你家里。我想我是在中国的土地上。"

陈文雄放下酒杯,走到杨承辉跟前说:"老表,你是不是共产党员?"杨承辉说:"我自然不是。可是我相信北伐的胜利,是共产党唤起民众的功劳。"陈文雄说:"那么你咸吃萝卜淡操心干吗?你不会让那些真正的共产党员操心去?"何守仁打了一个哈欠,懒洋洋接上说:"天下奇闻!从总司令到一名下等兵,都没有一个共产党员,北伐的胜利忽然变成了共产党的功劳!所以我看西山会议派还是有眼光的。国共就是应该分家!不只军队是如此,党部、机关、学校,到处都是如此。"李民天不愿意再沉默下去了,他觉着他应该出来主持公道。虽然陈文婕用眼光示意企图阻拦他,他也不管了。他说:"我看还是联合在一起比分开好。合则势大,分则势孤。帝国主义和北洋军阀不是仍然很强大么？"陈文雄立刻接上说："外国人不一定都反对咱们。就是反对，他也不一定敢动。至于军阀，那是强弩之末了。照这样打下去，三个月可以打到北京，说不定可以打到沈阳。谁要走谁就走吧。我们自己可以干得了。"李民天公正地摇头道：

"这样更加不漂亮。快胜利了，快享福了，倒把别人一脚踢开。千秋万世之后，后来的人会说什么话？何况这联合又是孙总理的遗教，谁敢反对？总之大家有份儿，二一添作五，不也就得了么？"他这番话，把陈文雄、何守仁两人，说得一时无言可答。趁着这个机会，周榕也心平气和地开言道："光看这个省港大罢工，就知道共产党做出了多么大的贡献。民众热情澎湃，敌人丧魂失魄，这贡献还不大呀！"看来这番话又是铁案如山，谁也驳不倒的。客厅里又是一阵沉默。正在这个时候，周炳走了进来。他看见大家的脸都像烧焦了的锅巴一样，不说，不笑，又不动，就感到了好像没处容身似的，随便在一个角落里悄悄坐下。不久，就听见陈文雄没头没脑地说了这么一句他万万料想不到的话：

"省港大罢工？算了吧。那是一个彻底的失败！"

"不！"周炳立刻跳起来反驳道，"省港大罢工是一个伟大的成功！"

陈文雄坚持道："是失败！"

周炳也坚持道："是成功！"

何守仁突然振作起来，说："成什么屁功！人家香港那方面理都不理。几十万人坐着吃了这么一年多，如今到处流浪，无工可做，无家可归。这样的成功不是天下少有？"周榕虽然是个慢性子，这时候也有点着急了，结结巴巴地反驳道："香港本来愿意谈判，准备屈服了的。就是咱们家里有内奸，在政治上拆了台，动手压迫共产党，敌人才反悔了的！罢工工人就是饿着肚子，也不屈服，这是爱国气节，不是成功是什么东西呢？"杨承辉快嘴快舌接上说："难道个个人都要像大表哥那样当了经理,罢工才算胜利么?"周炳也立刻接上说道:"正相反!那只能算是没有气节,只能算是耻辱!奇耻大辱!"陈文雄用手在矮茶几上拍了一下,说:"这是什么话!我允许人家反驳我的意见,但是不允许人家侵犯我的人格!"说完就站了起来。李民天高声叫嚷道:"大家冷静点,大家冷静点!不要离开了绅士风度!"但是那"外国绅士"的忍耐像是已经到了尽头,也不再讲什么风度不风度,一言不发,噔、噔、噔地上楼去了。跟着杨承辉、周榕、周炳一走,李民天坐不安稳,也走了。周泉气得把脚一顿,也上楼去了。客厅里只剩下何守仁和陈家三姊妹,还有就是那九杯芬芳馥郁,还没有人尝过的白兰地酒。何守仁用两个手指拈起酒杯,喝了一杯,又喝了一杯,一面咂着舌头,一面说:"味道真不错。嘻,干吗这年头,大家的肝火都这么旺盛呀!大家和和气气坐下来喝酒不好么?"陈文婕说:"是呀。其实也没有什么了不起的大事。就是大家都不冷静。"陈文婷说:"话也不能这样讲。看来不是他们之间的事,是社会外头的事儿。"说完,两个人也相跟着上楼去。何守仁看见陈文娣呆呆地坐在沙发椅上不动,就细心熨帖地走上前,抓住她一只手说:

"娣,你看见了,一场在客厅里发生的阶级斗争!"

陈文娣点头同意道:"没有什么可以怀疑的了。改变这种状况的痴心妄想全都完蛋了。悲剧的结局已经拉开前幕了。但是,我憎恨我自己软弱,我憎恨我自己没有勇气。"何守仁用一种服从的、弯腰的姿势说:"如果你认为忧愁于你无损,就再等一个时候也好。"但是陈文娣突然冲动起来,鼓起那棕红的两颊,竖起左眼皮上那个小疤,宽厚的嘴唇发抖地说:"不,不!我立刻就和他说清楚!我马上就跟他离开!你去把他叫来,我就在这里和他谈判!"何守仁拿起了一杯酒,又给陈文娣递了一杯,两家碰了碰,都一口喝干了,然后何守仁才转身走出客厅,过周家那边去。一会儿,周榕就在客厅门口出现了。他听说是陈文娣叫他,又看见差来叫他的人是何守仁,就变得非常谨慎和拘束,站在客厅门口,没有立刻进去。陈文娣示意他进去,并且请他坐下,然后用一种生硬得可笑的神态跟语气提出了问题道:"我考虑了很久。我很抱歉。我们的性情,我们的习惯,我们的政治信仰,我们的人生理想,我们的社会处境,都是合不来的。与其勉强维持这种不合法的,不愉快的,不健康的,不充实的,不美丽的关系——让理智之神来替我们主宰一切吧:我们不如干脆分手,离开了好,省得双方痛苦。"说完,她就拧歪了脸。周榕仔细地把她从头到脚看了一遍,又把她座位的周围看了一遍,就向她弯低了腰,好像鞠躬的样子,说:"好。我尊重你的意见。我完全同意。"说完就走了出去。谈判就这样结束了。谈判结束得这么安静、平稳、融洽、确实,大大出乎陈文娣意料之外。周榕已经走了很久了,她才像是突然惊醒了似的,四围张望了一下,自己问自己道:

"这是怎么回事儿?刚才发生过什么事情啦?"

那天整整一个后晌,周榕只是关起房间的趟门睡觉。周妈留胡柳、胡树两个孩子吃晚饭,他也不出来吃。吃过晚饭,周炳陪他两个去看电影,一路解答了他俩所提出的数不清的疑难问题。这些疑难问题是每个乡下孩子对城市生活都会提出来的,从电灯为什么会亮,电影为什么会动,一直到汽车为什么会走。晚上,因为何家没有地方住,这两姐弟就借周家的地方住一宿。胡柳住了周泉原来的房间。胡树和周炳同房,睡在周金的床上。已经睡下了,灯都灭了,胡树还只顾问周炳道:

"你们和陈家是亲戚,又对了两头亲家,为什么他家那么有钱,你家那么穷?"

周炳笑起来道:"你不是个傻子?皇帝也有三门穷亲戚呀!亲戚是天生的,穷富是后来变的,你有什么办法?你们跟何家也是亲家,为什么他家那么有钱,你家那么穷?"胡树说:"不。她虽然是我们的二姑,可是很疏的,不是很亲的。她有她的亲兄弟、亲姊妹,那就都是有钱的了。我们乡下跟城里不一样,穷家跟富户不对亲家!"周炳糊里糊涂地应着他道:"是咯,睡吧。"胡树静了一会儿不作声,好像是睡着了,可是忽然又叫起周炳的名字来道:"炳哥,炳哥,你们这里一家人一个姓,我们乡下跟城里又不一样,我们乡下只有两个姓,你不姓胡,就得姓何,没有别的法子。"他这么说,把周炳逗乐了。周炳在黑暗中插嘴道:"为什么?你姓周不行呀!"胡树争辩道:"行?就不行!你别打岔。你知道什么!我们乡下有个人叫作何不周,倒是真的,可他还是姓何呀。大家都说,姓胡的再有钱,也比不上姓何的;姓何的再有钱,也比不上何不周!他是给我二姑爹管账的。年纪看来差不多,他还是我二姑爹的叔叔呢。你记得他么?"周炳好一阵子没吭气,后来打了一个哈欠,说:"哦,不是那二叔公么?不是那肥猪么?怎么记不得!快睡吧!"谁知过了几分钟,胡树又叫周炳道:"炳哥,炳哥,你睡着了?我这又想起来一桩事儿,很要紧的事儿。我们乡下有一件事跟你们城里是一个样儿的:没钱的人总比有钱的人来得善,好相与。"周炳半睡不醒地回答道:"这是什么要紧的事儿?明天再说,睡吧!"和他们隔一个小天井的周榕的房间,本来也是灭了灯,黑黢黢的,这时忽然听见周榕的声音插嘴道:"讲得蛮有趣儿,让他讲完嘛,你急着睡干什么!昨天晚上没有睡觉么?"这边神楼底的周炳跟胡树大笑起来了,后边二房里一直没作声的胡柳姐姐也大笑起来了。

第二天一早,胡柳就来和周炳告别。她淌着眼泪,求周炳多多教导她妹子,多多扶持她妹子,说她妹子身子从小就弱,怕受不了过分的熬煎。周炳觉着没有别的话说,就都一一答应下来。随后她用感激的眼光默默地望了他一阵子,就跟胡树去向周妈告别。她千道谢、万道谢,感谢她时常照顾胡杏,又感谢她留饭和留宿,说了一会话儿,才去何家,辞别大奶奶何胡氏、二娘何白氏、三姐何杜氏三位主妇,又和胡杏对着哭了一阵,才回家去了。客人走了之后,周炳又找着何守礼,要她多多留心帮助胡杏,有什么事情,就赶快告诉她母亲三姐,要不然就来告诉他。何守礼也就一一答应了。从昨天中午胡杏带她姐姐哥哥二人进周家的时候起,陈文婷就特别注意这两个陌生的客人。她是站在三楼东北角书房的窗下,偶然发现了他们的。以后,她就在这书房和三楼北后房她自己的房间,居高临下地朝巷子里和周家的天井里窥探,好歹也把胡柳和胡树的活动情形,看了个几成。这两姐弟走了之后,她接着就下楼,走到周家门口,把周炳叫了出来,两个人坐在枇杷树下面说话。陈文婷忽然没头没脑、气势汹汹地问道:

"阿炳,昨天你和那眼睛长长的黑炭头睡了一晚?"

周炳受着这样猛烈的冲击,不免震动了一下。他一听就明白"那眼睛长长的黑炭头"是指胡柳而言,于是十分生气地回答道:"你疯了。怎么说出这种话来?"陈文婷说:"你才疯,我一点也不疯!三更半夜,你不是灭了灯和她说话?你笑,她也笑,那狂,那浪,叫谁听得下去!"周炳说:"快不要这样。这对咱俩有什么好处?"陈文婷说:"我就是要这样的。你爱我,就得服从我。你爱我,整个就得属于我所有。你爱我,你就应该只对我一个人表示忠诚!"周炳觉着不是受到宠爱,而是受到侮辱。他哂笑地说:"你还说不疯?你是想把一根绳索,一头套住我的脖子,一头系在你的裙带上,把我牵到处走不是?你把我浑身上下看一看,我像那种裙边狗么?"陈文婷说:"好呀,不拴住你,尽你跟人去逛街,上馆子,半夜回来,黑啦咕咚地笑!"周炳摇头叹息道:"你这不是爱情,是专制。我要对你也这样,你受得了?"陈文婷把头一抬,非常骄傲地说:"我不怕!我就是要对你专制!爱情是粗暴的,野蛮的,是无可理喻的,是绝对自私的!难道爱情不是专制,还是德谟克拉西?"她这里所说的"德谟克拉西",是民主的意思。周炳斜斜地瞅了她一眼,觉着她小时候是身材苗条的,现在变得又矮又圆了,在这又矮又圆的身躯中间,散发出某种兽性的东西,也是她从前所没有的,因此,他只是毫无意义地顺口说道:

"唔,是的。德谟克拉西!咱们回学校上课去吧。"

中午放学回来,周炳就听见姐姐周泉在和妈妈谈陈文娣决定要和周榕离婚,周榕自己也同意了的事情。她们就坐在神厅,敞着大门谈,对谁都不避讳。周炳听着,觉着这场悲剧是注定要发生的了,谁也不能挽回的了。他很伤心,就走回神楼底,对着区桃的画像低声说道:

"一万年都是咱俩好!你瞧,那都能算爱情!"

吃过中饭,他不想回学校,就跑到第一公园去,在那观音大士的雕像前面坐了一个多时辰。他翻来覆去地想道:"完了,完了。周家跟陈家的关系算是完了。就是忍耐力再强的人,这回也不能忍耐下去了。陈家的人尽是卑污龌龊的,简直没有一个好人!如果我不站出来表示一下我的深恶痛绝,我还算什么顶天立地的男子汉?我怎么对得起纯洁忠耿的区桃表姐?"往后他就离开第一公园,在广州市的街道上毫无目的地闲荡了一个多钟头,到太阳偏了西才回家。回到家,他拿出纸笔,就给陈文婷写信道:

婷妹如晤:

从今天起,我宣布跟你们陈家的人绝交了!此刻我的心中情绪沸腾,痛苦万状,不是语言文字所能形容。多少年来,我看到你们陈家的人那种种言论行为,尽是卑鄙恶劣,令人发指;最近发生的一连串事实,更是黑白颠倒,无义无情!我在感情上和理智上,都不愿和你们保持亲戚、朋友、同学、邻居的关系,特郑重宣布如上。盼你珍重!

下面签了名字,写了"民国十五年双十节后一日"的日期,他就把信封了口,在信封上写了"陈文婷君亲启"六个字,下面写了"内详"两个字,从陈家的矮铁门投了进去。把这一切事情做完了,他觉着心安理得,就告诉妈妈不回家吃晚饭,上南关去找清道工人陶华、印刷工人关杰、蒸粉工人马有、手车修理工人丘照一道上裁缝工人邵煜铺子里喝酒去。他一边喝酒,一边把他给陈文婷写信绝交的事情告诉他们,大家都认为他做得挺对。

晚上回家,陈文婷已经坐在神厅等他。周杨氏陪着她闲谈,见周炳回来,就悄悄回房去了。这里陈文婷也不说别的,直接就谈起那封信的事儿。她用动人怜悯的声调说:"咱俩都不是小孩子了,咱俩都快要走进社会——做人处世了,你怎么还只管任性胡来呢!想想看,给我写那么一封信,还不如把我杀了的好!我有什么罪过?我坚决跟着你革命,你叫我做什么,我就做什么,我不过乞求你那一点多余的爱!我是无辜的!就是我家里的人不好,跟我有什么相干?你怎么不分一点青红皂白?"周炳只管搭拉着脑袋,不作声。禁不住陈文婷再三哀求,他终于心软下来了。他长长叹了一口气道:

"你真是一个奇怪的动物,一个叫人猜不透的姑娘!你明明看见是火,却一定要扑下去!看来,你跟他们到底是有些分别的。不过,你可曾想过:你这样做,会给你带来多少多少的痛苦,痛苦,痛苦?"

陈文婷站了起来。她动都不动地站着,也不说话。她那雪白的大襟衫、长裤子在昏暗的电灯光下显得非常圣洁,像第一公园里的观音大士一样。

二五 血腥的春天

半年之后的一个春雨之夜。周家三兄弟都在神楼底里待着。周金躺在自己的床上,周榕躺在周炳的床上,周炳坐在写字台子前面,拿铅笔轻轻敲着桌面。忧郁和沉闷笼罩着人间,无声的春雨跟着缓缓的凉风从窗户飘进来,院子外面久不久一滴、一答、一滴、一答地响着,和周炳的铅笔敲打声互相应和。这时候,周榕失业已经半年多了,离婚也半年多了。周金因为前两天听说上海的总工会叫蒋介石查封了,工人纠察队叫国民党军队缴械了,上海的血腥屠杀开始了,就赶回省城来,一直忙着没回石井兵工厂去。周炳虽然恢复了学籍,仍然在高中一年级念书,但是跟学校总是貌合神离,对功课根本提不起一点兴趣。这天晚上一吃过晚饭,他们就是这样躺的躺,坐的坐,到现在还没有人开过腔说话。抽了数不清的生切烟之后,周金到底开口了:

"辛亥革命没有成功,是因为出了个袁世凯。这回国民革命眼看着要成功了,却又出了个蒋介石。工人阶级的命运好苦呵!"

周榕接上说:"是呀!可咱们该怎么办呢?这两年来,我一直就没闹清楚。为什么我们对国民党那样好,他们对我们总是那样坏!我们吃小份儿,他们吃大份儿。可是我们过的心惊肉跳,他们倒是大不咧咧地满不在乎。现在对工人,对共产党员,对革命的青年男女,又是这个样子!这论交情,论道义,论天理,论良心,都是说不过去的!"

周金把床板拍了一下说:"可不就是咱们把那姓蒋的惯坏了!他要雨就雨,要风就风!去年三月二十日中山舰的事情能放他过去,什么事情再不放他过去!你瞧着他还要当总统、皇帝呢!你能奈他什么何?"

周榕阴沉地说:"话是这样讲了,可也是形势所逼:那会儿人家是主,我们是客;人家是领头,我们是跟后;人家本钱大,我们本钱小。你又能怎么样?何况那时候姓蒋的还是个左派呢!"

"左他娘个屁!"大哥粗暴地吼喊起来了,"欺骗!上当!耻辱!人家坐轿子,我们抬轿子。人家是东家,我们是扛活儿。人家叫住就住,人家叫走就走。我们兵没个兵,官没个官,钱没个钱,权没个权。什么把柄都抓在他姓蒋的手里。这是革的什么命!"

周榕在床上翻了一个身,长长地叹了口气道:"嗐!多气闷哪。

时势如此,也说不得那许多了。总之是早知如此,何必当初就是了。人家当头做主,你不是在人家手指缝里讨生活又怎的?现在希望国民党还有一点革命良心就是了!"周炳也拍了一下桌子,发脾气道:"这不可能!他能解散总工会,缴工人纠察队的械,杀了那许多人,还有什么革命良心?这不跟吴佩孚、孙传芳、段祺瑞一个样儿了么?除非咱们工人纠察队能够把上海占领下来,跟他硬干一场!除非咱们干脆和那姓蒋的决裂了,把他的命也给革了下来!咱们组织咱们的工人政府!"周金又抽上一根烟,说:"也许这是个好办法。也许哪一天用得着这个办法。什么国民革命,我看是没有指望的了。"周榕又翻了一个身,又叹了一口气,说:"恐怕还不能这样说吧。这太过于悲观颓丧了。大局还有可为,总是不走这一着好。咱们还有大敌当前,这是大家都看得见的。蒋介石难道看不见?就说国民党,他们还有汪精卫呀,还有那个左派呀。咱们还是忍耐着瞧吧!"

　　正说着,门外忽然响起了砰砰砰的急急的敲门声。大家的精神都振作了,神经也紧张起来了。两个青年男子跳了下地,周炳也唰的一声站了起来。周金对大家说:"不要慌张。没有什么可怕的!什么时候都不要忘记自己是个革命男子汉!"然后叫周炳去开门,自己站在窗前,仰望着那黑沉沉的天空,慢慢地吸烟。周炳扭亮了神厅的电灯,打开了大门,跳进来一个漂亮而壮健、大眼窝、大嘴巴的年轻小伙子,原来是杨承辉。他把雨衣一扔,就冲进神楼底,气急败坏地说:

　　"坏了,坏了!出事儿了!反革命分子动手了!快走吧,走吧,走吧!"

　　周家兄弟让他坐下来慢慢讲,他就勉强坐下,把刚才他怎么回学校开会,怎么远远地看见大批宪兵和警察包围了学校,怎么向附近小铺子打听,那小铺子老板怎么告诉他是抓共产党,已经抓走了一百多人等等情形,给他们讲了一遍。周榕说:"是了。照上海的方子抓药了。"周金说："那自然是的。还有什么不是的呢？你刚才还说，不要过于悲观颓丧，话是说得早了一点，如今倒真的用得着了。也值不得大惊小怪，本来事前应该料得到的。我是一个共产党员，我要走了，你们不是党员，你们怎么样？"杨承辉说："我是学医的，平时又没有怎么出头露面，我用不着走。榕哥是要避一避风头的，他太红了。"周炳说："如果大哥、二哥走，我也走。"当下决定三个人都走，就吩咐杨承辉去通知区苏，再去通知印刷工人古滔，要他们转知所有的朋友，暂时不要上周家来。杨承辉和他们依依不舍地道了别，就走出黑黢黢的官塘街，去找古滔。这古滔本来是香港的罢工工人，后来罢工结束，很多人留在广州做工，他也在普兴印刷厂找到了一份工。他听了情况之后，又和杨承辉约定，每逢阳历五号、十号的晚上，在海珠公园的东南角上会面。这边三家巷周家的人，也立刻行动起来。杨承辉前脚一走，他们三兄弟跟着就带上一点现款，对周铁和周杨氏只说要上韶关去几天，就连夜溜出来了。

　　他们出了三家巷，一个劲儿向南走，经过官塘街，窦富巷，走进擢甲里，又由擢甲里穿过仙羊街，这样朝长堤走去。一眨眼之间，他们就变成无家可归的人了。他们并没有觉着害怕，也没有觉着哀愁，只觉着有一股无名的愤怒填满了胸膛。天上的雨好像住了，到处是湿漉漉的，很不好走。人家都关上了大门，小铺子都显得冷清清的，每一盏街灯距离那样远，又都是那样昏暗无光，好像整个广州城都叫那黑色的怪物吞到肚子里面去了。他们出了长堤，朝西拐，一直走到黄沙火车站，又回头朝东走，一直走到大沙头，只是在珠江边上徘徊，浑找不到归宿。他们想遍了亲戚朋友，都没有合于藏身的地方。想到旅馆去开房间，又觉着不妥当。想找间空屋破庙，倒也不难，只是叫人撞见了反为不美。想来想去，还不如租一只小艇子在珠江上过一夜，明天再做打算。主意拿定，他们就雇了一只小艇，讲明六毫钱过夜。三个人上船之后，叫艇家把船从珠江北岸摇到珠江南岸——河南的堑口附近湾泊。他们上岸,找一间叫作"二厘馆"的那种炒粉馆喝过茶,吃过宵夜,才回船上去睡。周金和周炳一倒下就睡熟了。只有周榕一个人睡不着。他靠着船篷的窗口坐着,望着面前的迷蒙雨景出神。那雨夜的珠江平静地、柔媚地打他的窗前流过,只听见十分细碎的脚步声。在笨重的黑夜的掩盖之下,一点也看不清它的颜容。远处,西濠口的灯光像大火燃烧一般地明亮。他望着那广州,想起那广州城里面的甜蜜的往事,想起陈文婕和他在一只大轮船的甲板上,心贴着心地站着,一道向上海冲去的情景,禁不住感慨万分。忽然一阵腥风夹着雨点从广州那边吹了过来。他嗅着那一股又腥又咸的凉风,仿佛有人血的味道,不觉用手捂住脸孔,唉地长叹了一声。

第二天,周炳按照大哥周金的吩咐,到沙面找着了洋务工人黄群。他把大局的情形告诉了她,要她通知洪伟、章虾和其他曾经参加省港罢工的工人,让大家特别小心,没事就在沙面住几天,不要回家去。那年轻活泼的女工听到这些话,当堂就哭起来了。后来谈到找房子的问题,黄群自己走不开,她告诉周炳怎样去找她的表舅母冼大妈想办法。这冼大妈住在芳村市头后面的一间竹寮里,是一个四五十岁,无依无靠、无亲无近的寡母婆,每天只靠担了筐子,到酒楼菜馆去收买菜脚、下栏,又把它转卖出去度日。当下她听说是黄群叫来找她借地方住的,一口就答应了。跟着就把竹寮的外间收拾干净,支起一个大铺来,又把一把钥匙交给周炳,自己担上筐子去干营生去了。这三兄弟得了个暂时安身之所,就把房租和米饭钱都交给了冼大妈,又帮她挑水破柴,烧饭做菜,大家一道过日子,好像一家人一样。几天之后,他们看见冼大妈是个忠直慈善的妇人,就把她认作了干妈,并且把省港工人如何罢工,国民革命军如何北伐,国民党、蒋介石如何独裁、分裂,如何屠杀共产党人和革命工人等等事情,都对她说了。她听了之后,义愤填膺地说:

"你们别看我年老,不通世情,蒋介石这样的坏心肠,我可看不上眼!一个人不讲天理良心,看他当堂就会得到报应。不要紧,你们就安心住在我这里。你们只管对人说我是你们的干娘,包管你们没事儿。那姓蒋的也不会长久的,等他倒了台,你们再回家不迟!"

从此之后,他们就躲藏在这芳村冼大妈的竹寮里。白天,看看书,看看报,下下棋,喝喝酒;晚上,周金和周榕就出去活动,经常搞到深夜才回来。他们把周炳留在家里,不让他出去,他只好整夜整夜地跟着冼大妈东拉西扯,聊天过日子。冼大妈听得多了,也就慢慢明白。后来,她不单给她这几个干儿子买东西,洗衣服,也逐渐给他们送信,传消息,和他们的朋友都相熟了。有一天,冼大妈从区苏那里带回来一个口信,说陈文娣要在五月四日那一天跟何守仁结婚,周炳叫她千万莫把这个消息告诉周榕,又把陈文娣和他二哥的关系,陈文婷和自己的交情一五一十都对冼大妈说了,希望从她那里得到一点支持和安慰。但是冼大妈吐了一口唾沫说:"呸!我守寡二十多年还没嫁,他男人还活着倒嫁了。这样人家的姑娘有什么好稀罕的?你那个表妹,依我说,万万要不得!"这真是把周炳弄得心乱如麻。他本来悄悄写下一封信,准备寄给陈文婷,约她到西堤"大新公司"会一会面,听见冼大妈这么一说,又不寄了。时局一天比一天坏。那些传说广州就要暴动的消息看来总不能证实。说海陆丰农民已经暴动起来,已经夺取了县城,并且已经成立了人民政府,又不知是真是假。"就算是真的吧,海陆丰离广州多远哪,"他想道,"什么时候才能来到广州呢?"可是那些讨厌的消息却一天比一天多。不是说某某人被枪毙了,就是说某某人失踪了,某某人逃走了。周炳看得出来,他大哥跟二哥的脸色一天比一天难看,一天比一天沉重,后来简直整天整夜地躺着,既不看书、下棋,也不出去活动,最后连吃饭都吃不下去了。他问他们,他们什么也不说;他要出去看看,他们又不允许。这一下,把周炳急得实在按捺不住了。他左思右想,越想越不得开交。最后,他把写给陈文婷的那封信拿给大哥、二哥看。周榕看了,只是平静地说:"照目前的情况来看,她不会跟你见面的。"周金却暴跳如雷地骂道:"给她写信?约她见面?你想想看,她家有的是买办、奸细、卖国贼、忘恩负义之徒,哪里有过一个好人!"周炳觉着无话可说,把信又收了起来。

到了五月四日那天早上,时局更加紧张,情况更加危险,周金、周榕都出去了,剩下周炳一个人在家,再也沉不住气。他先拿出区桃的小照片看了那么一个钟头,然后珍重地把那小照片放进口袋里,觉着浑身都不自在。他走到竹寮大门旁边,大门从里边闩着。他从门缝里朝外边窥探,看见外面那一片菜地上,如今正种着黄瓜,瓜蔓缠在竹架上,正拼命地往上攀。上面是热烈的太阳,是广阔的天空,是自由自在的春风——那春风,掠过瓜棚,把一股清香,微带苦味儿的清香从门缝里吹进来,闻得人心清肺润,十分舒服。他不由得自言自语道:

"光明的前途,幸福的预感,紧张的生活,毁了!东园,南关,西门,三家巷,许多的好朋友,最心爱、最心爱的舞台——没了!我自己把自己拴在这竹寮里,唉,孤独呵!苦闷呵!寂寞无聊呵!我如果像那一片云,那一只相思鸟,那一只小蝴蝶,出去飞一下,多好!"但是他又立刻回答自己道,"不行,不行,哥哥们不叫出去!"于是他只好拿起周金的生切烟包来,卷了一根很粗的烟来抽。他不会抽烟,呛得很厉害,可是他等呛完了,又使劲再抽。

过了一会儿,他的全身筋肉都跳动不停,他实在熬不住了,于是又自言自语道:"这十几二十天没有得到我的消息,不知道她会多么难过!究竟把我当作活着呢,还是死了呢?留着呢,还是跑了呢?不知道她多少晚上失眠,流了多少眼泪,咬碎了几个绣花枕头!我能够这么忍心,连字条儿都不捎个给她么?陈家没有一个好人,何家也没有一个好人,但是陈文婷、何守礼、胡杏这些,究竟是一些例外！陈文雄的心肠是毒辣的,陈文娣的心肠也是毒辣的——她今天晚上就另有新欢了,出卖自己的灵魂了。陈文婷可不一样呀！她在家庭里面也是孤独的,苦闷的,寂寞无聊的。一定是这样！我怎么能够残忍到这般田地,把她甩开不管,让她孤立无援,痛苦难堪,抱怨天下男子无情无义呢！"这样子,他偷偷在信封上贴了邮票,打开竹寮的大门,走上街去,把那封写好了、压下来的信给陈文婷寄去了。

五月四日那天晚上,何家为了何守仁和陈文娣举行婚礼,在有名的西园酒家大摆筵席。到的客人之中,有何应元的朋友和同僚,有何守仁的同学和同事,有陈万利和陈文雄的同业,也有陈文娣的同行,再加上何、陈两府的亲戚世交,简直是古语所谓冠盖云集,洋洋大观,比陈文雄跟周泉结婚时候,那气派和排场,又胜一筹。这些贺客,有坐汽车来的,有坐轿子来的,有坐包车来的;有穿长衫马褂的,有穿西装革履的,有穿中山装、学生装的;堂客有穿旗袍的,有穿长裙的,有穿西服的,有穿大襟衫、长裤的,也有穿学生衫裙的;有说广东话的,有说外江话的,有说英国话的,还有说法国话的;简直把个"西园"酒家装扮得五光十色,燕啭莺啼。客人都安好座位之后,宴会就开始。一时燕窝、鱼翅、鸭掌、凤肝,大盘大碗地捧上来,猜枚饮酒,笑语娇嗔,十分快活。在一个单独的小厅里,新婚夫妇何守仁和陈文娣,陪着陈文雄、李民魁、李民天、杨承辉、陈文英、周泉、陈文婕、陈文婷做一桌。这陈文英大姐是最受欢迎的人物之一。她是刚从她丈夫张子豪的驻地上海归宁回来,昨天才到家的。张子豪最近升了团长,她也就成了团长夫人。她做了祈祷之后,才开始吃菜,一面吃,一面给大家讲上海的风光,听得大家津津有味儿,都羡慕那十里洋场,豪华富丽。陈文雄温文尔雅地问他大姐道:"上海的清党办得好不好？把共产党捏得干净不干净？"陈文英说:"谁爱管你们这些魔鬼的事情？我倒是听过你姐夫说,上海的清党是清得最干净的,比用泻盐清的还要清,说是连一个都没有留下了！"

"连一个都没有留下？"陈文雄很有礼貌地挺起腰杆问，又自己回答："子豪未免太自豪了！我承认上海人是欺软怕硬的，共党分子尤其如此。大姐夫有兵权在手，事情自然好办。可是，难道说租界也能进去么？"陈文英含糊不清地说："这个，我就不知道了。"陈文雄又指着杨承辉说笑话道："大姐，还有好笑的呢。不久之前，咱们这位表少爷还大叫共产党万岁，哪里知道连一岁都没有，就完了。"大姐跟李民魁哈哈笑了两声，其余的都没笑。杨承辉风度翩翩地微笑道：

"大表哥，请允许我说一句不知进退的话，你未免太乐观了。共产党怎么就算完了呢？"

李民魁插嘴道："就算你还数得出一两个，什么大不了的气候是没有的了。这叫作天下事大定矣！"

李民天提醒大家道："不管怎么说，兄弟阋墙，只能说是民族的灾难。咱们有什么感到特别快活的理由呢？"于是陈文雄、李民魁和李民天、杨承辉这两位大学生，四张嘴对吵起来。新娘和新郎今天保持着超然物外的幸福的态度。周泉和陈文婷想起周榕和周炳，觉着很痛苦，老搭拉着脑袋。陈文英和陈文婕总想找机会加入一方，可是那机会总没碰着。一会儿，新郎和新娘站起来道歉，要到外面去敬酒，争论才暂时中断了。陈文婕就趁着这个机会，向陈文英提出一个疑问道："大姐，按照基督教的教义，是提倡慈爱和平，反对凶残杀戮的，对么？"陈文英望了她一眼，慈和地笑着说："三妹，你又是一位大学生。不错，我们是崇尚仁慈的。但是对于魔鬼，有什么仁慈可说呢？"陈文婷抗声道："无论如何，我不能赞成把任何一个共产党员都看成魔鬼！这是不公平的。"周泉咬着嘴唇，扭歪着那苍白的瘦削的脸孔，自始至终，一言不发。

二更过了，酒正喝到热闹处。何家的小小姐，年方十岁的何守礼瞌睡了，由那十三岁的丫头胡杏伴送着，步行回家。一出西园门口,何守礼倒不瞌睡了。她问胡杏道:"刚才那肥猪一样的人是谁?他光望着我爸爸笑,又一个劲儿地打躬作揖,那嘴巴咧开,像吃了屎的一样!"胡杏说:"你连他都不认得?他是你爹的管账,叫何不周。在乡下,他的威风可大呢!说起来,他还是你爹的叔叔,是你的叔公。在我们家里,大家管他叫二叔公,都说光他那一身膘,就足够二百斤重!"何守礼说:"算了。谁愿意倒霉,要这么个二叔公!"过了一会儿,她俩走进窦富巷口,她又问胡杏道:"杏姐,告诉我,今天陈家二姐和我大哥吃喜酒,你不觉着奇怪么?"胡杏说:"我不觉着奇怪。"何守礼说:"别哄我。她不是早就嫁给周家二哥的么?怎么忽然间又嫁给我大哥?"胡杏承认道:"要按这么说,那倒是有点奇怪了!不过这样的事情,咱们是弄不清的。你知道那些大人心里面尽想什么?"何守礼说:"为什么周家今天光来了个姐姐,几个哥哥都不来呢?他们是不是跟我大哥怄气啦?"胡杏说:"不,不是怄气。周炳他三兄弟早就逃走了。"何守礼说:"为什么要逃走?他们是坏人么?"胡杏不想往下说了,就只推说不知道。何守礼哪里肯依,就苦苦纠缠着,要她讲。她们回到家,洗了澡,何守礼的妈妈、那三姐何杜氏还没回家,胡杏就伺候她回到那第三进的北房,要她先睡。她怎么说也不答应,一定要胡杏给她分辨那周家三兄弟是好人、是坏人。胡杏叫她逼得没法,只得说了实话道:"依我看,他们都是好人!"何守礼又追问道:"好人为什么要逃走?"胡杏说:"那我可当真不晓得了。敢情是有坏人要害他们咯!你快睡吧……再不睡,我又要挨揍了!"何守礼不得要领,只好带着那个疑团睡下了。

何守礼睡着之后,胡杏又悄悄地跑到周妈那边去,替她擦桌、椅、板凳、茶几、杌子。自从周家三兄弟离家出走之后,胡杏一抽得出空,就上周妈家里去,陪她做针黹,陪她谈闲天,有时也替她打水,破柴,扫地,倒痰罐;有时还替她洗衣服,擦桌椅。周杨氏也很喜欢她,疼爱她,总爱买点香脆好吃的东西,像咸脆花生、蚝油蚕豆、鸡蛋卷子、南乳崩砂之类,放在茶食柜子里,见了她,就塞给她吃——一面看着她吃,一面自己淌眼泪。慢慢地,她俩就像两母女一样,相依为命,一天不见,心里就犯嘀咕。那天晚上,擦桌椅擦到神楼底,胡杏看见区桃那张画像,还随便放在书桌上,没收藏好。她知道这是周炳心爱的东西,就有心替他收藏起来。她跟周妈商量了好半天,没个合适处。后来她看见神厅里、墙壁上挂着一个玻璃镜框,镜框里嵌着一张全家福的照片,觉着合适,就把那镜框除了下来,撬开底板,把区桃的画像打横垫在照片后面,放了进去。周杨氏坐在一旁,看着她装上底板,钉上钉子,重新挂在墙上,还是那幅全家福照片,谁也猜不出有一张画像在底下。这几下手脚做得那么轻巧,那么敏捷,那么细心,那么妥帖,不由得周妈不想起当年的美人儿区桃来。胡杏收好画像,擦完桌椅,又从井里打起一桶凉水,提到巷子当中去,浇在那棵白兰树的树根上面,一面浇、一面说:

"要浇才行,要浇才行。别把它旱坏了。他要骂人!"

周杨氏看着,一面频频点头,一面想:"这孩子的心有头发丝那么细!她多有肠肚!她对阿炳多么好!"

二六 假玉镯子

有一天晚上,陈文婕和陈文婷正在三楼书房里温习功课。陈文婷忽然把铅笔扔在练习本子上,长叹一声说:"唉,到底咱们这样念书有什么意思?三姐,说真的,我对那些考试啦,升班啦,连一点兴趣都提不起来了。我只想离开学校,远走高飞,飞到新疆、蒙古那些荒漠地带,一万里寻不上一个人,让我孤孤独独地生活下去。"陈文婕在灯下仰起那高耸的、平静的颧骨,淡淡地问道:"你怎么会这样想的？你以为咱们离开了广州,也可以生活下去么？我也是不想念书的,不过我跟你的傻心眼儿不一样。我只是想去做生意,办工厂,不爱弄这文科！"陈文婷把周炳寄给她的信从口袋里掏出来,递给她姐姐看。等陈文婕看完了,她就问："三姐,你瞧他约我今天晚上跟他会面,我去呢,还是不去？"陈文婕没有回答去不去,只是说："按道理,阿炳的确算得上一个英俊雄伟的青年,不过就是粗野一些,呆笨一些,恐怕他不肯走正路。"陈文婷反问道："不走正路又有什么不好？"正说着,陈万利无声无息地走了进来。他在完全不受欢迎的气氛下面坐了下来。也不管人家正在温习功课,就打开了话匣子道："清党以后,你们该看得清楚了。蒋介石是有本事的。他算得上一个史无前例的怪物。你们想一想,我从前说的话,就没有一句错。你们的二姐,她算是想通了。你们看她如今多么快活自在！比起去年,哼！如今是体面的丈夫有了,家也有了,幸福也有了。做父母的总是希望儿女能够这样才好。"陈文婕还没有作声,陈文婷就笑起来道：

"还说体面呢,站起来不到民天哥哥肩膀高！"

把她姐姐也逗的忍不住笑了。陈万利说,"你们笑什么？人不可以貌相,海不可以斗量！你二姐夫的前途是不可限量的。周家那几位表少爷,你们看得见的,不用说了。就是杨承辉、李民天那些毛孩子,跟着共产党哇哇叫,这回清党算侥幸,再不回头,也没有什么好看的。李民魁就常常骂他堂兄弟不学好。什么时候我看见你们舅舅,我也要把阿辉的事情对他好好说一说。年轻人浑不晓得什么叫作危险！"陈文婕告饶道："好了,爸爸,不要多说了,老谈这些干吗呢？"陈文婷不服气地说："到底清党对谁有好处？大头李一说起来就唾沫横飞,也没有见他升了一官半职！"陈万利露出十分生气,又把气忍住了的样子："阿婷,你年纪轻,什么东西也还不明白。这样的话,在家里说说不要紧,要拿到外面去乱嚷,你准能惹祸。清党对谁好？对我们好。对我好,对你妈好,对你哥哥好,对你姐姐、姐夫们好,对你们自己也好!"陈文婷伶牙俐齿地接上说:"对帝国主义也好!"陈万利气得没办法,就笑了,说:"世界上哪里有什么帝国主义?都是人家瞎编的。就算有,大家和了不就算了么?一定要惹得人家军舰开炮,那才算数?"陈文婕、陈文婷不想和他多说,就陆续回房里去了。陈万利一眼望见陈文婕的案头有一封信,就拿起来看,看不清楚。想摸眼镜,却没有带在身上。他就着台灯翻来覆去地辨认了一会儿,知道是周炳写来的,就连信封一道揣在口袋里,回二楼自己的房间去了。他把信看完之后,想不出什么对策。想找他儿子商量,问周泉,却说陈文雄没回来。他没办法,又带了信去找二姑爷何守仁去。何守仁看了信,把信封也颠来倒去地仔细看过了。两个人商量了整个钟头,除了严密防止陈文婷和他见面接触之外,竟也想不出别的办法。

第二天一早,这位万利进出口公司总经理连早点都不吃,就出了门。他没有回公司,却坐了人力车,一直朝宪兵司令部侦缉课长贯英的办公室走去。他把周炳的来信,周家三兄弟平日的行为举动,周榕和陈文娣、陈文娣和何守仁的关系都详细说了一遍。贯课长虽然只有三十多岁年纪,但是办事却很老练。他一听情形,就知道这个案子不会构成什么耸人听闻的案件。但是他十分尊重陈万利这个人,因此他装成很留心的样子在听着,勤快地做着笔记。他十分仔细地问三家巷的全部居民的情形,又问了周、陈、何三家人的全部亲戚朋友的情形,就说:"陈老伯,这件事交给我办吧。区区微劳,不足挂齿。我也十分痛恨共产党。我的先父就是去年在曲江乡下遇难的。共产党煽动了农民,搞得简直是人间地狱!你早上多半在哪里喝茶?玉醪春还是惠如楼?我一定趋前领教。"陈万利把周炳的来信交给了他,又千拜托、万拜托,才辞别出来。他想这贯课长的相貌虽有点不正,但是人却有热肠,好相与,很觉满意。他坐上人力车,才走了几步,就看见了何守仁在人行道上迎面走来。他垂着脑袋走,没看见陈万利,好像心事重重,看样子也是上宪兵司令部去的。陈万利自言自语道:"他又上那儿干什么呢？那不是好人去的地方。唉!"但是人力车一下子就拉过去了。

何守仁果然是去找侦缉课长贯英的。他掏出自己的名片,在那上面写了"公事谒见"四个字,请传达给他递进去。那个侦缉课长先把刚才和陈万利的谈话记录翻看了一会儿,将何守仁和陈、周两家的关系弄清楚了,然后板着脸孔在办公室里和他会面。何守仁一进去就用公事口吻说:"贯课长,我来报告一件跟您的职务有关的事情。"贯英冷冷地回答道:"欢迎,欢迎。请何科长坐下谈吧。不论跟小弟的职务有关还是无关,我都欢迎。"于是何守仁就开始讲他所发现的几个"共产党员"的行踪的问题。他一面讲,一面用眼睛去打量那个侦缉课长。贯英一面听,一面也用眼睛去打量何守仁。有时四只眼睛碰在一处,彼此互相盯着,长久都不移动。贯英在心里骂道:"好个无耻的乌龟!"何守仁也在心里骂道:"十足凉血的王八!"后来两个人又用相对一笑岔开,何守仁这才继续往下讲。他已经发现这位侦缉课长对他很不尊重,对他所讲的话好像根本没有用耳朵去听,然而还是勉强把话讲完了,并且加上判断说:"照这样看来,这些共产党员一定是躲在芳村一带的什么地方。"贯英拍手笑道:"何科长真内行!"随即把周炳那封原信从卷宗夹里面拿出来,摆在何守仁的面前,说,"这上面所盖的邮戳就可以证明这一点。"何守仁很不高兴地说:"贯课长,既然你得到了原信,那么,一切你都十分了然了。你为什么不早说呢?"贯英摇头笑道:"不,你所讲的话很有价值。我只知道这周炳和你的小姨子很要好,我也知道那周榕和你是同学,又是换帖的好朋友,但是这些人是否共产党员,我却没有任何证据。你知道,我们是凭证据办事的。"他一面讲,拿眼睛望着别处。那眼睛不停地眨,脑袋不停地摆动,好像是一种毛病。何守仁反问道:

"怎么不是共产党员？不是共产党员为什么要逃走？"

"那倒也不能这么说。"贯英又眨两下眼睛,摆动几下脑袋,说,

211

"有些人因为害怕,就逃了。还有些人吓疯了的。都不是共产党员。"

何守仁坚持己见道:"我相信他们是共产党员。"

贯英用一种比冷笑更令人难堪的声音哼哈一阵,说:"如果他们真是共产党员,那么,你的邻居,你的小姨子的情人,你的换帖的同学,都要这样了!"他用手在脖子上比了一比,加上说,"当然,阁下是有功劳的。阁下这样做,是大义灭亲。遇着好的上司,往往因此擢升,也是常有的事。"何守仁感到一种难以忍受的侮辱,他的尖削的脸一下子红起来了。但是他不甘示弱,因此仍然装出一副正人君子的超然面孔说:"贯课长,我想这个地方虽然是个宪兵司令部,也是个讲真理和正义的地方。我到这里来,是被一个普通公民的正义感所驱使。这一点,仁兄该是明白的。"贯英搓着两手,用一种十分狰狞的无赖神气笑着说:"真理和正义,好极了。我们都是为它而活着。我们的同志可真不少呢!"随后他打开他办公桌的一个抽屉,拿出一本捐款簿子,上面写着"雄心社社员乐捐芳名"九个字,递给何守仁看,又加上说:"我们这个雄心社,每个人都有一颗消灭共产党的雄心。我们认为这就是真理和正义。但是我们绝不向外募捐的。现在那些招摇撞骗,假公济私的玩意儿太多了。我们只收社员自己的捐款。你如果有心,你也可以入社。我们将来,彼此也有个帮助。"何守仁打开捐簿一看,有捐一百元的,有捐三百元的,也有捐五百元的,名字都不认得。但是不管怎样,看见这捐款簿子,何守仁是安下心来了。他登时恢复了镇静的神态,看来真是又矜持,又老成。他用轻蔑的眼光把那贯课长横扫了一眼,觉着这个人如今五官局促,嘴角下弯,顶发秃落,丑陋异常。于是他拿起笔来,在簿子上写了一百元的捐款,并且慷慨地说:

"贯课长,凡是合乎真理和正义的事情,兄弟总是乐于追随的!"

事情就这样结束了。何守仁告辞之后,贯英一面收起捐款簿子,一面鄙屑地咒骂道:"真没见过这样的吝啬鬼!收买三个朋友的性命,才使一百块钱!说人心不古,就是人心不古。"

这天早上,约莫当何守仁和贯英初次会面,彼此躬着腰说客套话的时候,周家三兄弟的干娘冼大妈正从市头上买菜回家。她正在路上走着,不料横巷子里撞出来一个游手好闲的老年人,把她缠住了。这个人叫作冯敬义,年纪约莫六十岁,单身一人,并无亲戚子女,也在市头外面搭了个茅寮居住,离冼大妈的竹寮只有五六丈远的光景。他应了个名儿是做收买破烂的生意,实地里他的活动范围要广泛得多,可以说是什么都干,并不严格的。他的真本事是把不值钱的东西改造成为值钱的东西,好像把铜做的东西改造成为金子做的东西,把破了、断了、缺了、穿了的东西改造成为完整无缺的东西等等;遇着有他合意的东西,别人又不太在意的时候,顺手带走件把子,也是有的。他顶爱开玩笑,更加爱开冼大妈的玩笑。当时一见冼大妈手里提着鲜鱼、牛肉、青菜,他就指指点点地说:"怎么,发了达了,天天吃好的了。想不到你还有几年老福享呢!"冼大妈拨开他的手,骂道:"少胡说,别招你姑姑生气!那是给我几个干儿子做的饭。"冯敬义涎皮赖脸道:"好不值钱的干儿子!你有多少干儿子、湿儿子,我还不清楚?那是你的哪一个丈夫经手的?说是养的小汉子,倒还有个说的呢!"冼大妈生气了,说:"你再破嘴烂舌的,看招你姑姑一顿好打!"冯敬义伸了伸舌头,缩了缩脖子,说:"哪来这么大的火气?天生人,天养人。莫非有了油水,只兴你一个人独吃?你不让我喝点菜汁儿,你瞧我给你嚷出去、不给你嚷出去?"冼大妈没法,只得跟他说实话道:

"干儿子倒是真的干儿子,只不过他们是共产党。如今丧尽天良的官府要害他们,因此上我家里躲几天。你知道共产党是跟咱穷人出冤气,打抱不平的。你敢坏了你姑姑的事儿,你姑姑就能收拾你的狗命!这里没有什么好打打敲敲的,你趁早给我滚开,井水不犯河水。"

冯敬义见她说了真话,把头点了几下,表示赞成道:"这还像句正经话。我碍不着你们的事儿。可是万一我查出他们不是共产党,你可别怪我翻脸无情。"冼大妈说:"趁早,趁早。快挑起你那担破箩,多卖两只'朱义盛'的假金耳环子是正经!"冯敬义笑了一笑,就走开了。当天中午过后,他吃了饭,挑上他那担破箩,转了几条街,走到市头上一家木屐铺子前面,碰见了几个生面的、可疑的人。那些人态度横蛮,毫无礼貌地在向开木屐铺子的老板打听附近有没有生面人搬来居住。老板想了一想,说没有。那几个人又向卖青菜的小贩打听,也说没有。那几个人再问开熟烟铺子的老板,也不得要领。后来问到了那间"华道馆",那个给人画符拜忏的华道人却回答道:"要么看看市头后面冼大妈的竹寮里,是不是新来了几个什么亲戚。"冯敬义一看这几个人的扮相:黑通帽,黑眼镜,黑绉纱短打,黑鞋黑袜,每个人的肚子上面,都隐约看得出夹带着什么硬邦邦的东西。不用说,这是"侦缉"了。他立刻掉头,抄横巷子赶回冼大妈的竹寮,打算给那几个共产党员通风报信。可是当他刚一转过"吉祥果围",离冼大妈的竹寮还有十来丈远的光景,他看见冼大妈那两个年纪轻些的干儿子正埋头埋脑地朝家里走,而后面那几个黑咕隆咚的家伙也紧跟着嘻哈大笑地走过来了。这正是千钧一发、危险万分的时候,冯敬义虽然足智多谋,也是毫无办法。想喊不能喊,想叫不能叫,想说不能说,想停不能停,眼看着那两个活生生的棒小伙子自投罗网去送死,他可是一筹莫展。说实在话,他连那两个年轻人的姓名籍贯,都还不曾知道呢。后来情急智生,他忽然从怀里掏出一对假玉镯子来,对走在他前面五步远的周榕、周炳两个人高声喊道:

"王大哥、王二哥,你们要买的真玉镯子有了货了!"

冯敬义所以要使唤这样大的嗓子吼叫,是要让后面那些侦缉们听见。果然,周家兄弟听见的时候,那些黑家伙也听见了。冯敬义见他俩拧回头,连忙向他们使了一个眼色,急急忙忙低声说:"随我来,冼大妈有话说!"周榕和周炳刚才那一拧回头,也发现了那几个黑家伙,知道出了事情,就跟随冯敬义闪在路旁,蹲下来,和他假意看镯子,论价。等那些侦缉走过去了,冯敬义才低声告诉他们道:

"那些是侦缉。快逃走吧!"

两兄弟异口同声地说:"屋里还有我大哥呢!"

冯敬义生气了,骂道:"混账!快走!逃出去之后,找人搭救他!这时候婆婆妈妈算哪一经?难道你们要死在一块儿?"周榕、周炳低声向老人家道过谢,又回头望了冼大妈的竹寮一眼,才淌着眼泪,匆匆忙忙地抄横巷子逃到渡口。他先坐渡船过河南,再从大基头坐船过省城,一直奔向四牌楼师古巷他们舅舅杨志朴、老表杨承辉的家里。杨承辉没在家。杨志朴正在客厅里睡午觉。他们叫醒了他,把刚才发生的事情对他说了一遍,求他想法子救大哥的性命。杨志朴眯起眼睛,鼓起那方形的腮帮,竖起那满嘴的胡须,愁容满面地听完了他们的话,紧接着问道:"按这么说,你们都加入了共产党了?"他们两个都回答说没有,舅舅又说:"没有加入就不要再加入了。党派的事情我看得多了。龙济光、陆荣廷、岑春煊、莫荣新、陈炯明、孙中山、胡汉民、汪精卫,如今又多一个蒋介石,像走马灯一样,看都没看清楚就过去了。什么党,什么派,看来看去不是差不多?这几年来,除了省港罢工是反对异族侵凌,还有点道理,其余的我都不赞成。你打倒段祺瑞,换上张作霖又如何?你打倒张作霖,换上蒋介石又怎样?我看南征也好,北伐也好,这样打法只是苦了老百姓,没有一点意思!"周炳不作声,周榕轻轻地说:"当时没有料到蒋介石是这样一个人。"杨志朴说:"是呀。流氓政客,都是见利忘义的。北伐才到了长江,就拿自己人开刀了。你们就是些傻子!跟我二姐一模一样!跟你妈妈一模一样!上回省港大罢工,你们死了个区桃;这回北伐,你们又得赔上个周金。人家是成者为王,你们是败者为寇!你们捞到了一点什么?我看政治这个东西,再没有什么是非可说的了。谁能把天下搞太平了,谁就是好皇帝。什么党派,哪一个不乌七八糟?"周炳听到这里,觉着很不耐烦,那股愣劲就冲上来了,说:

"不,不是这样的。共产党要解放全世界的无产者。共产党的理想是远大的,神圣的!"

杨志朴只顾自己穿衣服,懒得去跟周炳两个辩论。穿好衣服之后,他告诉他两个外甥,在河南同福西街,他跟人合伙开的那个"济群"生草药铺有地方住。他们只要说明是他的外甥,因为身体有病,要到那儿静养,小心不要出门,就可以了。周榕还不明白济群药铺是个什么地方,老在嘀咕着,周炳说:"就是郭掌柜那里嘛,我给他当过伙计的嘛,冤我偷他的钱的嘛!一转眼都七年了!"周榕这才想起来,重复说道:"是呀,是呀,是呀……"临走的时候,杨大夫又加上一句道:

"我看你们现在不是共产党,将来不免还要变成共产党!"

说完他就在前面走,周榕和周炳在后面跟着,一句话没有说,三个人一道朝着河南的方向走去了。正当他们过河南的时候,国民党省党部干事李民魁带了一位新朋友到沙面兴昌洋行去找陈文雄。这位朋友是浙江人,叫作宋以廉,现在当着财政厅秘书,年纪已经三十岁了,还没正式结过婚。他听说陈文雄有个最小的妹妹,年纪才十九岁,长得很漂亮,还没出嫁,就央求李民魁,一定要介绍他跟陈文雄做朋友。当下两个人会了面,陈文雄见他身材高大,和自己相仿佛,脸孔白净,戴着宽边眼镜,只是稍微发胖了一些,真算得一表仪容,心里早有几分高兴;再一交谈,就觉着他知识多,交游广,一口英语,虽略带外江音,也算得漂亮流利,便十分倾心。他心中暗自思量:官场中有这等新式人物,真是难得。三个人闲谈客套一番,就一道出来,到"十八甫"的天龙茶室饮茶。这茶室非常拥挤。顾客都是中上流人物,依然弄得人声嘈杂,烟雾弥漫。他们站在二楼过道上等了十几分钟,好容易才找到了一个那种用柚木雕花板障间隔,像火车上的座位一样的"卡位"。李民魁要了一盅普洱茶,陈文雄要了一盅铁观音,宋以廉要了一盅杭菊花,又写了几样咸、甜点心,像"鸡批"、虾盒、粉果、蟹黄酥、奶油蛋盏、冰花玫瑰卷等等,又写了一盘上汤鸡茸水饺,一盘鲜菇蚝油拌面,大家一边吃喝,一边畅谈。因为初次见面,所谈都是东堤旧事,陈塘新欢之类。只有李民魁在临走的时候质问陈文雄道:"怎么你们告发共产党,不找我们党部,反而去找宪兵司令部?不帮衬自己人,却帮衬外头人?"并且说出今天"捕获"了周金的事实。陈文雄坚决否认,说是毫不知情。李民魁自叹道:"干党务就是没发达。你们团长的团长,经理的经理,科长的科长,我这老大还是个干事,没发达!"宋以廉凑趣道:"不要紧,你只要多害死几个人,便可以发达的。"大家于是一笑站起来,会账下楼去了。

二七　夜　深　沉

自从阳历四月半以来,何家的二少爷,那年方十五岁的何守义,不知不觉之中得了个神志不清的毛病。那病起因,除了胡杏之外,谁也不晓得。本来周家三兄弟逃走出外,陈文娣跟何守仁结婚之后,何守义就有点闷闷不乐,时常痴痴呆呆的样子。有一天,那丫头胡杏打外面买茶籽饼回来,刚想进门,就见何守义跟一个叫作罗吉的小同学坐在陈家门外石凳上说话。那罗吉生来身体宽横,四肢粗短,背上拱起一块,胸脯凹陷下去;眼睛很大,却老是不怀好意地到处窥探。胡杏走过去一看,见他手里拿着一张相片,是周炳、何守义、罗吉三个人合照的,对何守义说:"坏了!这周炳是共产党。共产党是坏人,都要杀头的!我们跟他照过相,短不了也要杀头!"从此以后,这位二少爷天天追着胡杏问共产党到底是好人还是坏人。胡杏哪里知道这些事儿呢？她只知道周炳是个好人。叫何守义逼得没法儿，她就安慰他道："表少爷，你担心什么呢？那共产党是好人也说不定的。现在又没人来抓你，你怕那个干吗！"何守义把她的话告诉了妈妈，那大奶奶何胡氏一听说胡杏把共产党认作好人，不觉心中大怒，把胡杏往死里毒打了一顿，又要问清楚她这话是哪里听来的，又要追问何守义还有些什么书友经常来往。胡杏一面挨打，一面哭着嚎叫道："炳哥救我呀！打死人啦！炳哥救我呀！"谁知越喊周炳，何胡氏打得越重。胡杏痛得死去活来，更不敢说，只是紧闭着嘴巴，把那罗吉恐吓何守义的事情，半个字也不敢吐露。这样子，何守义看见说共产党是好人就要挨打，不免越想越糊涂，就疯起来了。开头还只是傻傻地坐着，不言不语，后来就变成哭笑无常，不吃饭，不睡觉了。每天一早起来，就闹着要看报纸，说要看有没有枪毙共产党的新闻。看了报纸之后，就到处问人：共产党是好人还是坏人。后来人家知道他一定要说好人，才肯罢休，就都回答说好人。这何胡氏当初嫁到何家，好几年都没孩子。后来何应元娶了十六岁的二娘何白氏，第二年就生下何守仁。到何守仁九岁上头，大奶奶、二娘看样子都不生养了，何应元又娶了另外一个十六岁的女子，那就是三姐何杜氏。谁知娶了三姐的第二年，大奶奶何胡氏居然养下了何家的第二位少爷何守义。论年纪他小，论地位他却大。因为他虽是弟弟，却是嫡出。何胡氏认为这是皇天有眼，何门积德所致，所以自小就对何守义十分惯纵偏宠，完全不给他一点教导约束。谁知何守义偏不争气，一向长得孱弱瘦小，脸色苍白，加上浑身干癞，整天露出萎靡不振的样子，急得何胡氏一个劲儿求神拜佛，访医问卜，可惜终不见效。自从他一疯，大奶奶更是进香许愿，乞药请符，扶乩问亡，镇宅禳解，最后跳茅山，做道场，什么都来了，但是到底还看不出一点灵验。平常遇到没有法子的时候，就打胡杏一场出出气，骂她胡诌什么好人坏人。

有一天早上,何守义玩了一个新的花样。他拿出那张周炳、罗吉、他自己三个人的照片问大家,那上面照的是不是好人。最后问到他亲生妈妈,那何胡氏一天叫他嚷闹一百几十回,心中烦闷不过,回话迟了一点,何守义就当场把照片撕得粉碎,一把放进嘴里,使劲嚼着,要把它咽下去。过了一会儿,他又四处找那张照片,找不到就号啕大哭,没命地叫嚷道:

"坏了,坏了!有人把照片偷走了!要杀头了!快给我照片哪!"

何胡氏又打了胡杏几个嘴巴,骂她还不赶快去找。她找不着。何家的使妈阿笑、阿苹、阿贵一齐动手找,也没有找着。何守义躺在地上,口吐白沫,竟昏死过去了。后来胡杏幸亏找到了另外一张照片,和原来那张一模一样的,还有一块玻璃底片,等他悠悠醒来,把照片给了他,才算哄过一阵,使他安静下来。何胡氏立刻叫人拿了那玻璃底片去翻晒,准备他什么时候哭闹,就什么时候给他。乱了这么一阵之后,胡杏悄悄对何守礼讲起罗吉的事情,又叮嘱她千万不能对别人讲。何守礼听了之后,由不得十分迷惑起来。她问胡杏道:"表姐,那罗吉到底是个什么人?怎么一下子就把哥哥吓疯了?"胡杏说:"谁知道他是个什么?说是个小孩,又不像个小孩。那身体像个大冬瓜,那手脚像些大节瓜,那两个大眼睛像两朵绿幽幽的鬼火,怕死人!唉,跟你说有什么用?你又没见过那鬼火!"何守礼捂住耳朵说:"不要说了,不要说了。再说我都要叫他吓疯了。他哪里是个人哪?分明是个妖怪!妖怪总是要害好人,把人家弄疯弄病的。你说,那妖怪只来过一回么?"胡杏使鼻音否定她道:"唔!一回?十回都不止!除了头一回之外,回回都跟你哥哥要钱。你哥哥人已经糊涂了,就把口袋里什么都掏出来给了他!"何守礼说:"他下次来,咱们拿扫帚拍他。人家说妖怪怕扫帚。你敢不敢?"胡杏说:"敢倒是敢。只怕你哥哥不依。好了,这些话你答应不对别人说么?"何守礼说:"我一定不说。"胡杏说:"你敢赌咒?"

何守礼当真赌了咒,胡杏才放心了。

何家这边的乱,也惊动了左邻右里。那天早上,杨志朴约了他妹夫区华来看他二姐周杨氏和二姐夫周铁。周铁已经上剪刀铺子开工去了。周杨氏见他们来了,就让在神厅坐,连忙烧水泡茶。泡好茶之后,她就陪他们坐着闲谈,说:"三姨爹,舅舅,你们看国民党尽干些什么好事!把咱们阿金拉去坐了牢,把阿榕和阿炳弄得不知往哪里蹦了,如今又把何家那样好的一位二少爷给吓疯了,多作孽!"杨志朴和区华问清楚是何守义疯了,都不免叹息一番。区华想起前年自己死了的女儿区桃,就愤慨之至地说:"我还以为帝国主义和军阀专门害咱们手作人家,哪里晓得连大财主家里也免不了。他们都是有钱人,也真算得自作自受!"杨志朴笑着指正那皮鞋匠道:"妹夫你又来了!人家说军阀,是指的段祺瑞、张作霖、吴佩孚、孙传芳那些人,你怎么把蒋介石也叫作军阀呢?人家不兴这么说的!"周杨氏接上说:"我也不管他是蒋介砖还是蒋介石,谁害了咱,谁就是军阀!还不只是军阀呢,还是鬼阀呢!"那中医生说:"二姐这么说,情理上也通。"区华一面从口袋里掏出一把银角子来,放在茶几上,一面说:"二姐说的话,总是通情理的。我说的话,总不通情理。你就会护着你二姐!算了,不跟你扯这些咸尿淡菜了。二姐,说不定这几天你们等钱使,你三妹叫我给你送五块钱来,你先胡乱凑个零数使着吧。"杨志朴说:"别信他的鬼话。三妹一定是叫他拿十块钱来的,他倒打起一半'斧头'了!"说完,他自己也掏出一卷用纸包得好好的,像一根香肠一般的银角子来,加上说:"二姐,我也先送来十块。"周杨氏说:"三把手剩下他爹一把手,难是难。不过目前还不大使什么钱,你们收着再说吧!"后来,他们又谈起找门路给周金说人情的事儿。一翻开这个题目,大家的话儿就不多了。皮鞋匠瞪着两眼出神。中医生结结巴巴地说:"二姐呀,你的脸皮太薄了,你不拽住大姐,死活要她出个主意,那怎么行?陈家的局面大,认识的人多,眼看着三个姨甥不管怎的!剩下

我们这几个人,连个衙门的门房都没巴结得上呀!"周杨氏还是有气无力地说:

"大姐那边,我一天还没说上十万八千回?阿泉也跟文雄说得差点儿没翻了脸!陈家的老的小的,只是个一退六二五,说他们做买卖的人素来不结交官府,推得干干净净!想不到当共产党比那些偷摸拐骗,忤逆乱伦,还要讨人嫌!唉,老大只好由他去了,听菩萨做主吧!只是老二、老三那两只小猴子又不晓得窜到哪里去了,叫人牵肠挂肚的,又不寄封平安信回来!"

说到老二跟老三,杨志朴和区华才重新活跃起来。他们互相使了个眼色,扁了下嘴,点了点头,才由杨志朴开口道:"二姐,你又来了。他们如今是在逃的犯人,他们怎么给你写信呢?一写信,别人倒知道他们的行踪了。那是万万使不得的!不过我们今天来,是要来告诉你一个好消息。"周杨氏一听,脸皮登时就松开了,追问道:"谁的好消息?是老大的?是老二、老三的?"区华说:"是老二、老三的。我们知道了他们的下落。"周杨氏站起来,朝区华走过去,嘴里说:"菩萨保佑!你这就带我去看看他们!"区华把眼睛望着杨志朴,她又朝她弟弟走过去。杨志朴的脸色严肃起来了,说:"二姐,你别急。我这就告诉你。他们住在河南我那间生草药铺的后进房子里,就是原先阿炳在那里当过几天伙计的地方。我关照那合伙的掌柜,说是我的外甥,在那里养病,包管万无一失。可是他俩说了,第一,除了你跟二姐夫之外,谁也不要告诉。连阿泉都不用说。第二,你们都不要去看他们,只怕人多走动,惹起外界疑心。现在,我跟妹夫都不去的,我们只让阿苏一个人上生草药铺走动。她天天到河南的工厂去做工,别人不会疑心。"周杨氏努着嘴抱怨道:"这是什么王法?亲娘不能去看亲儿子?"区华帮嘴说:"不是不叫你去看。怕你去看了,要连累他们。"两个人好生费劲说了半天,才把周杨氏说通了,包了几件衣服,又包了一扎荔枝,要他们带给周榕和周炳。

当天下午,区苏就把衣服和荔枝给周榕和周炳捎了去。这两兄弟每天只盼望区苏给他们带报纸、书籍和什么好消息来,今天却带来了母亲的心意,更加喜欢得说不出来。当下三个人把一扎荔枝吃光了,说笑了半天,周炳还唱起他自己最心爱的歌子来。这一天,他两弟兄过了一个高兴的、两个多月以来不曾有过那么高兴的下午。但是快乐的时光总是容易过去的。不久就黄昏,吃了晚饭,又不久就黑下来了。他们的住处是在生草药铺后进一个横院子里。这小院子有一明一暗两间南屋,他们就住在套间里,平时掌柜也好,伙计也好,掌柜的家小也好,都不到这横院子里来,非常寂寞。到了晚上,周榕和周炳商量道:"今天吃了妈妈送来的荔枝,我的心里到现在还不平静。我们这样住着,和外界都隔绝了,这不是个办法。我如今心痒痒的,脚痒痒的,就想出去走动走动,找些人打听一下情况。你说怎么样?"周炳也觉着该出去走动走动,他认为最好让他去,危险性比较小些。后来拗不过,还是周榕去了。周榕去了之后,他灭了电灯,准备睡觉,但是翻来覆去睡不着。他望望窗外,只见天空黑洞洞的,看不见星光,也没有一点月影。他叹了一口气,坐起来,也没开灯,就走出外间。外间是一个小厅堂,桌上堆的,墙上挂的,全是一包一包的药材。他站了一会儿,端了一张竹椅,走到院子外面坐下来,轻轻地自言自语道:

"婷,婷,婷!你听见我叫你么?"

没有什么可以疑心是回答的声音。周围像昨天一样,像前天一样,老是那么静悄悄的,好像什么东西都约好了,都埋伏起来了,准备在他冷不防的时候,就全都会跳出来做对他不利的事情一般。他茫然地四面望了一望,即使在黑暗中,他都认得出来,还是那些熟悉的小花盆,小花盆里面还是那些熟悉的、叫作"金线吊芙蓉"的药草。但是在他的对面不远,那珠江北岸的广州城,如今正在过着怎样的生活呢,他却一点都看不出来了。这时候,他说不出来有多么想念他的表妹陈文婷。他想起好几年前,陈文婷劝他读书的时候,那种热情和娇气;陈文婷给他钱,他不要,就把钱摔在地上,那种骄横和任性;陈文婷模仿哥哥姐姐们的追逐、爱恋,和为了崇高的理想而发出的盟誓。他又想起前年旧历除夕,陈文婷和他一齐卖懒玩耍;旧历人日,大家一齐出小北门外游逛,陈文婷怎样和别人争论怄气;往后,陈文婷怎么对工作积极起来,他们一道演出《雨过天青》,彼此都深深地陷在爱情之中。他还想起去年他跟省港罢工工人运输大队北伐出发之前,陈文婷怎样着急地要肯定他们的爱情;他回到广州,被学校开除之后,陈文婷怎么鼓励他,同情他,替他奔走;后来,陈文婷怎样妒忌胡杏的姐姐胡柳,怎样表示爱情是专制和自私的;又后来,他怎样给陈文婷写绝交信,陈文婷怎样哀求他收回成命等等。这一切都是那么天真和幼稚,想起来仿佛有点可笑。但是这一切都充满了真情,都是那么可爱,都放射着那么巨大的魅力,使得他简直无法抗拒。他觉着陈文婷的任何行动都是美丽的,甚至连她说过的"爱情是专制和自私的"这句话也很美丽。他幻想着自己飞了起来。他飞到那黑洞洞的天空里,飞过那即使在黑暗中还是一样闪光而柔媚的珠江,飞过从长堤到惠爱路那一片灰色、忧郁、不歇地叫着闹着的房屋,从陈家那三层楼的窗户里飞进陈文婷的房间。他正准备揭开陈文婷的帐子,俯下身去吻她那睡熟了的、紧闭着的眼睛,忽然有一个人站在他的面前吆喝道:

"你在这里干什么?"

这样,一切都破灭了,都溶化在墨汁一般的黑暗里面了。周炳把那个人看看清楚,原来是周榕。他摸摸自己的衣服,都叫露水打得发潮了,就一声不响,跟着哥哥走进屋里。周榕扭开了电灯,告诉他空跑了一趟,一个人都没找到,然后两个人互相对着叹气。忽然之间,他们听到一种十分熟悉的敲门声音,不晓得是谁在敲谁家的门。又忽然之间,他们从窗口看见一个熟悉的身影从正屋走进这横院子,霎时间,区苏走进套间里来了。周榕一看是她,着了慌,

抓住她的两只胳膊,像摇一根木桩似的摇着她问道:

"阿苏!这么晚!干什么?干什么?干什么!"

区苏坐在他们的木板床上,不回答,只顾低着头擦眼泪。周炳知道事情不好,急得顿着脚追问道:

"谁?谁?谁?唉,不能是……大哥?"

区苏捂住眼睛点头。周榕追问道:"事情到底是怎样的呢?你也讲一讲呀!"区苏一面哭、一面说:"我也不知道详细。总之,大表哥是不在人世了!"完了。可怕的不幸的日子终于到来了。周榕抱着一个瓦枕头,躺倒在床上。区苏在他的肩膀上轻轻拍打着,抚慰着。周炳忽然觉着他的全身都麻木了。眼睛看不见,耳朵听不见,鼻子闻不着,脑子也不会想东西,手脚也不能动弹。他站在窗前,像一棵枯树。初升的月亮从他们的屋顶后面射到院子对面的白墙上,几缕微弱的光反映在他的迟钝的脸上。夜深了。院子外面静悄悄的。从小屋子里发出一个年轻姑娘的沙沙的声音,好像在讲述一个冗长的故事,偶然穿插一两声男子哭泣的声音,就是站在窗前也听不清楚。区苏走了之后,他们整整一夜没闭过眼睛。刚和衣倒在床上,迷糊一阵又醒来,已经是第二天了。药铺伙计给他们送来的报纸已经搁在他们身边。周炳先拿起报纸,望了一望就放下。他发现这一天是一千九百二十七年六月二十四日。他叫了一声"唉呀",一骨碌翻身下床,走出院子外面,坐在昨天晚上坐过的那张竹椅子上,从口袋里掏出小记事册,找出夹在里面的区桃的照片来,呆呆地看着。在短短的几分钟里面,他想起了两年前沙基惨案发生的那一天的全部情景。那么多的人,那么长的队伍,那么激昂的情绪,那么响亮的口号,那么巨大的威力!这一切,人们在白云山脚下生活了几十个世纪,都没有看见过。最后,他把区桃的照片贴着自己那颗跳跃的心,就像那一天他把那叫帝国主义杀人犯夺去了生命的美人儿抱起来,她十分安静温柔地藏在他的怀里的时候一样。他的牙齿慢慢越咬越紧,从区桃的身上发生了一种不

可探测的力量,传到他的心里,传到他的四肢和全身。他忽然对着深蓝无云的天空吼叫道:

"好的,动手吧!干吧,干吧,干吧!你欺负谁!你试试看吧!"

周榕手里拿着那张报纸,从房间里走出来念给他听:"阿炳你听,昨天沙基惨案纪念日,罢工工人有三万人!他们还提出了口号,你听,第一条:释放一切政治犯!这不错吧。还有,第二条:保持四月十五日以前与资本家所订条约!这也不坏。这都证明了咱们工人还是强有力的!"但是周炳茫然地望着他,好像他并没有听见。

这一天晚上,三家巷的陈文婷忽然从三楼书房的窗子看下去,望见巷子东墙下面那棵小小的白兰花,她也想起区桃来。她记得自己曾经说过要继承区桃的抱负,要积极参加革命的话,现在好像并没有做到,心里很不舒服。她亲自提一桶自来水去浇了那棵如今没有人打理的白兰花,整个黄昏都没精打采。周金遇害的消息,她已经知道了。她想这件事对于整条三家巷来说,只能成为一种凶兆,而不能成为一种吉兆。她自言自语道:"唉,天下从此多事了!"偏偏这个晚上宋以廉来缠她们去跳舞,她怎么也不答应。宋以廉坐在楼下客厅里等候,陈文雄和何守仁陪着他坐。周泉外家有事,不去。陈文娣和文婕都打扮好了,站在陈文婷房门口催她换衣服,她只是不动。陈文雄也上来催她道:"别再留恋过去了。周金走的这条路就是周榕、周炳和李民天要走的路。周家最明白的人就只有周泉!"陈文婕抗议道:"你胡扯什么?李民天不是这样的人!"陈文婷无可奈何,只得叹了一口气道:"唉,真讨厌!人活着究竟有什么意思!"叹完气就站起来穿衣服,穿好衣服就和大家去跳舞去了。

这时候,在河南济群生草药铺的后院里,周炳独自坐在一张靠背竹椅上,对着黑沉沉的天空呆望。周榕出去了,院子里静悄悄地,和昨天一样,和前天一样,寂寞得叫人心慌。天空里什么也没有,什么也看不见,连一颗星星,一片微光,也没有。他觉着自己掉下了一个万丈的深渊里,黑暗像高山压着他,像大海淹没了他,话也说不出来,气也透不出来,世界上没有任何一种痛苦能够和他此刻所感觉的痛苦相比。这种痛苦是那样锐利,那样深刻,又是那样复杂,那样沉重。坐着、坐着,他就忍耐不住,用一种激动的心情跳起来,走进屋里去,拧开了电灯。经过这几个短促的动作,他又回到院子外面,重新在那张靠背竹椅上坐下来。电灯发出暗淡的黄色的光线,透过玻璃窗,投射到他的身边。尽管是那样微弱的灯光,也能够稍稍减轻他的痛苦。他又抬起头,呆望着天空,漫无边际地想起那种种不如意的事情来。

最初,他想起自己的小学教师。那教师曾经毫无道理地诬蔑贫穷的人蠢如鹿豕。他为了咽不下这口气,曾经离开了学校。其次,他想起正岐利剪刀铺子的东家,仅仅因为他看了一场戏,就把他辞退了。跟着,他想起卑污龌龊的陈万利,怎样跪在使妈面前,用磕膝盖走路,他不过照实在情形说了真话,人家就把他撵出大门口。他想起南关青云鞋铺的少东家林开泰,只许他动手拧区桃的脸蛋,不许自己拿铁锤打他的胳膊。他想起这儿的伙计郭标,漏了柜底反而恶人先告状,使自己蒙了恶名。他想起震南村的何不周,只为自己拿了两把米给胡柳,就打破了自己的饭碗。此外,他又想起周铁跟他说的,何应元和陈万利不过靠死人发财。又想起区桃跟他说的,何应元曾经拦路调戏她。又想起李民魁,张子豪,陈文雄,周榕,何守仁曾经立誓互相提携,为中国的富强而献身,但过不了几年,其中一大半竟当了内奸和工贼。又想起周泉应了个名儿是自由女性,实际上不过是屈服在别人的虐待下面的可怜虫。又想起区桃是何等美丽,何等灵慧,何等会演戏,何等有大志,却叫那万恶的帝国主义杀害了。又想起陈文娣假意爱慕自由,到头来却欺骗了周榕,出卖了她那丑恶的灵魂。又想起胡杏本来是有爹有娘,聪明能干的小姑娘,如今却卖了给人家做丫头,饿得皮黄骨瘦,还时不时叫人殴打得遍体鳞伤。又想起陈文婷多年以来的骄纵嫉妒，喜怒无常。这回出走后，曾经寄信约她在西堤大新公司门口见面，却不见她依约前往。不知她是没接到信，是怕危险，还是变了心。——最后，他从这里又想到他的大哥周金。这才真是"福无双至，祸不单行"。头天晚上陈文婷没有践约，累他空等了一晚；第二天，周金就被捕了。开头，他还自己问自己道："他们为什么要抓大哥？他们为什么要杀共产党？他们怎么会知道我们住在芳村的一间竹寮里？"到周金遇难之后，他就越想越明白了。如今，他看得很清楚：蒋介石和国民党那些大官们叫的什么联俄、联共、扶助农工，全是一派胡言。他们利用共产党搞起省港大罢工，利用共产党流血牺牲去东征陈炯明，南讨邓本殷，平定刘震寰、杨希闵，北伐吴佩孚、孙传芳；等到打下武汉、南京和上海，他们自己的身价高了，就抛弃省港罢工工人，解散革命的工会和农会，屠杀共产党员和所有要革命的人，把整个国民革命出卖给帝国主义。在这些险恶的风云当中，区桃死了，周金也死了。陈文雄、何守仁、李民魁、张子豪却升官发财了。他自己和他二哥却流浪街头，有家归不得了。不用再过多久，区桃和周金就会被人家忘记得干干净净，而他自己和他二哥纵然不叫国民党抓去枪毙，也会被整个社会所抛弃，穷病交迫地活活饿死。想到这里，他把靠背竹椅的扶手重重地拍了一下，跳起来叫嚷道：

"革命吧！革命吧！不革命——还有什么路走呢？人家说我又痴又傻，我可不是什么痴傻的人！就算是痴是傻，那痴傻也不犯罪嗄！为什么要杀死我的表姐跟大哥？为什么要把二哥跟我，加上爹跟妈，都赶到一条绝路上去呢？"

周炳正想得慷慨激昂，万分悲愤的时候，济群生草药铺的掌柜郭寿年拖着木屐踢踏、踢踏地走进后院子来。自从那年周炳受屈走后，郭掌柜的侄儿郭标的偷窃行为不久就败露。郭掌柜赶走了郭标，就常常想念起周炳。后来他知道周炳到乡下去了，就没再提到周炳回药铺子的话。再后又听说周炳念了书,当了中学生,又参加了省港罢工委员会的工作,更在杨志朴面前,把周炳夸奖得不得了。这回周炳弟兄俩到他药铺来"养病",他也尽心尽意地招呼他们,一有空闲,就上后院子来坐。他并不知道周炳弟兄俩为什么要从河北搬到河南来住,也不知道周金被捕、牺牲的事情,但是由于他的好心肠,他每次都要想法子安慰周炳几句。当下他端了椅子,和周炳对面坐着,就劝解他道:"阿炳,你那年要是不去学堂念书,回到这里,跟我一道采采药,治治病,说不定倒能吃上一碗安乐自在饭呢!"他的一番美意,叫周炳着实感激。周炳就顺着他的意说道:"是呵,敢情好得多呵!"郭掌柜说:"你舅舅顶不喜欢为官作吏的人,我也是这样。我看你老实和气的,你也不要跟那些人交往,要吃大亏的。你舅舅说你爱跟官府作对,这就是你的不是了。那官府如狼似虎,谁不恨他?可是恨——放在肚子里就行了。你出头跟他作对,斗得过他么?官府都是一个样子:贪赃枉法,鱼肉百姓!你斗得了一个,还斗得了一千个、一万个?"周炳点头回答道:"是咯,我该记住你的话。我有时一看见暴虐横行,阴险毒辣的事儿就沉不住气。我的毛病就在这里。"这样,两个人谈得很融洽。

二八　密　约

三个月之后。周榕住在河南生草药铺里,正是百无聊赖,心情十分抑郁的时候,忽然有一天,区苏带了一封杨承辉的信来给他,约他晚上到海珠公园见面。周榕高兴得非同小可,登时觉得浑身都来了劲儿。自从他们离开芳村冼大妈的竹寮之后,他就没和杨承辉会过面,别的人又一个也找不到,好像断了线的纸鹞一样。好容易盼到天黑,他就坐小划子过了江,从长堤再转进海珠公园,会见了杨承辉。两表兄弟手握着手,一句话说不出来,只是在黑暗中,相对垂泪。他们谈了约莫三十分钟的话,就分了手。临走前,杨承辉告诉他,金端约他明天早上九点钟在这里会面,但是他不能把这件事告诉任何人。这一夜,他的精神兴奋得简直没有闭过眼睛。第二天,果然在阳光灿烂的珠江江心里会见了金端同志。这是一个三十多岁的江苏人,长条身材,皮黄肌瘦,方脸孔,高颧骨,浑身热情,带着一点神秘的味道。他们亲切地互相问了好,就在树荫下面找了一张长椅子并排坐下,细细地交谈起来。

"陈独秀犯了错误!"金端这样开头道,"可是现在不要紧了。现在南昌暴动起来了,湖南的平江、浏阳也暴动起来了。南昌的军队很快就要开进广州,到那时候,广州还跟从前一样,恢复革命首都的地位。"

周榕从来没有听过这样迷人的话。这些话所包含的内容,太令人陶醉了。如果这些话在明天实现,明天他就恢复自由,他就能回家,他就能替周金报仇,他就能像从前一样,每天到罢工委员会或者别的工人团体去活动,过一过像人的生活。他说:"这恐怕是预告一个伟大的、理想的世界就要到来了!应该在广州成立苏维埃政府,然后讨伐蒋介石,然后再讨伐张宗昌,张作霖。是这样的么?"金端眯起眼睛望着珍珠一般闪耀的江水,傲慢地回答道:"差不多就是如此。难道还有别的途径么?咱们确信这个世界已经掌握在工人的手里。咱们确信咱们自己有力量。这就决定一切。不过咱们这个伟大的理想跟一般的理想不同。一般的理想是按年计算的,理想的实现在遥远的将来。咱们这个理想是按天、按星期、顶多是按月计算的,说不定三天,三个星期,也说不定三个月,就要实现!"周榕又和他重新握了一次手,说:"金端同志,你的话太叫人感动了。我这几个月躲在地洞里生活,差不多成了瞎子和聋子。看见你,好像看见了光明的化身。你给了我不能计算的勇气和力量。那么,你说吧,我现在这全身的力量应该怎么使用?"金端点点头说:"是呀。"接着又把附近寥寥可数的几个游人仔细观察了一下,才说下去道,"理想究竟还是理想。咱们目前还处在人家的淫威底下,咱们损失了很多的革命的同志。你看,咱们的活动还是秘密的,像咱们过去在上海、北京、天津、汉口的活动一样。你有那样的决心么?"周榕说:"你这是哪里的话,我自然是有决心的。无论什么事情我都愿干,只要是革命的事儿。"金端说:"能够这样子,那是好极了。你参加一个时事讨论会吧。那是几个工人组织起来的。目前由李民天领导着。这个人不很坚定。——可是你看情况,要是他领导不起来,你就接替他的领导职务。你必须把咱们那个伟大的理想在那些工人当中宣传鼓动一番,使得大家都起来,为它而奋斗。你要知道,目前还不是每个人都有坚定的信仰的。自从四月十五日以来,有些人害怕了,动摇了,在国民党的刺刀面前发抖了。这自然只是极少数的人,那些一向投机的人,才是这样。"后来他们又谈了许多话,谈得十分投契。最后金端又把那个时事讨论会的时间、地点告诉了他,两人才依依不舍地分手了。

周榕回家,把这些情形一五一十地告诉了周炳,把周炳羡慕得嘴唇唧唧地惊叹不停。他羡慕哥哥有这样的幸运,他羡慕哥哥有这样光荣的职务,说:"二哥,这可能有点危险。"周榕有点害羞地笑着回答道:"正是因为有危险,才值得去干哪!"第二天晚饭后,天一黑,周榕就从生草药铺里走了出来,从大基头过了江,穿过一条一条的小街窄巷,走到第七甫志公巷黄群的家里。公共汽车卖票员何锦成,普兴印刷厂工人古滔,沙面洋务工人洪伟,洋务女工章虾、黄群,还有正在招商局走沪、粤班船的海员麦荣,都在那里等候他。但是原来领导这个讨论会的农科大学生李民天,这个晚上却缺了席。这些都是省港大罢工时候的熟人,大家一见面就谈起当年罢工的热闹情景,天南地北地无所不谈。章虾说:"周榕,整年不见,你总算把我们忘记了吧?"洪伟开玩笑道:"当然啦,他记得他的陈家表妹就行啦,记住你干什么?"大家嘻哈大笑一阵,周榕正经地说:"别再提她了。我们是阶级不同,不相为谋:分开了。可后来又听说,她已经另外嫁人了。可是说到你们大家,我可没有一天忘记过。大哥在世的时候经常说,无产者和无产者才是亲戚,无产者和资本家只是敌人。我总不理会这句话。我跟陈家的事情就错在这个上头,没有听他的话。我总以为她是真心革命的,我总以为'五四'精神会指引她前进,但是现在看起来,'五四'精神并不可靠。真心革命的还是你们!"提起大哥,大家都觉着很难过,整个堂屋没有一点声音。这堂屋在白天是一个小小的纸盒工厂,附近人家有七八个妇女来做纸盒。如今到处都堆满了纸料,糊料,盆子和刷子。正在晾干的纸盒叠得像屋顶那么高,空气里面可以嗅到一股酸腐的糨糊气味。黄群沉着地,非常得体地说:

"金哥有一种脾气,叫人永远不能忘记。他总是想着别人,不去想他自己。快三十岁了,还没置个家。可是一提起别人的事儿,他立刻就豁出命来!这样子,你最好是在发愁的时候去找他。"她的话引起大家对周金的回忆。大家想起他的坚定,他的勇敢,他的强烈而显露的感情,他的矮胖的身躯,他的无穷无尽的长处。大家都觉着奇怪:为什么有许多非常显著的特点,大家在他生前都没有看到。何锦成一声不响,只顾垂着脑袋听着,后来忽然抬起头,把桌子一拍,说:

"国民党杀死咱们许多人,咱们就坐在这里慢慢讨论!我看咱们拼他一阵算了!你给我一根枪,我至少结果他十个给咱看!"

说完,他就站起来,寻了一个玻璃瓶子,抓在手里走出去。一会儿,他打了一瓶白酒,买了一包卤猪肚回来。大家一面喝,一面谈。章虾和黄群不会喝酒,只喝茶。黄群的守寡母亲黄五婶也来凑热闹,吃了两片猪肚才走开。后来,他们又谈到南昌暴动和平江、浏阳暴动,谈到红军什么时候开进广州的问题,所有的人都激动起来了。章虾带着非常虔敬的神气问道:"南昌暴动里面,不知道有些什么人?"周榕说:"你听,都是些了不起的人物:周恩来、朱德、叶挺、贺龙,还有其他许多许多人。"黄群歪着稍微仰起的头,脸上因为兴奋变成深红色,接着问道:"湖南呢?湖南这边又有些什么人在搞革命呢?"周榕说:"湖南这边我只知道两个人,他们的名字叫作毛泽东、刘少奇。"

"哦,我晓得了!"古滔插进去说,"这位毛先生是咱们那个时候的宣传部长,他写过一篇文章,叫作《中国社会各阶级的分析》,又当过'农民运动讲习所'的所长,是一位有文才的大人物,可没料到他还会打仗!"

周榕拍手道:"对了!就是他。听人家说,他又会讲,又会做,又会指挥军队,好了不得!有听过他演说的人讲,一千个人听,那讲堂里就像不曾坐人的一样;忽然间哄堂大笑,就像平地打了一个大雷。他那篇《中国社会各阶级的分析》,就像一篇宣战书,当时不知引起多少辩论哩!"章虾和黄群差不多异口同声地问道:"他们准能来么?"洪伟说:"我看一定会来。"周榕说:"金端说得千真万确,一定来的。不要很久。三天,三星期,顶多三个月,就来到了。"所有的人都在幻想红军到来那一天的情景。大家都不作声,各人按照自己习惯的姿势坐着。黄群像做梦一般地说:"真有那一天,咱们就算有出头之日了。咱们又可以挺起胸膛走路了,咱们又可以开几百人、几千人、几万人的大会了。咱们可以给金哥,给那许多兄弟姊妹……报……"她说到这里说不下去,就呜呜地哭了起来。章虾也跟着哭了起来。大家都用手捂着脸。宝安人何锦成使唤土音很重的广州话说:"红军一来,我就不当什么卖票。我参加红军,"他用拳头在桌子上捶了一下,加重他的语气道,"我背枪去!有了枪,我的事情就好办!"周榕举起杯子,跟他碰了杯,把里面剩下的残酒一口喝光。这个晚上的讨论会,周榕感到非常满意。他还从和这些人的会面当中,感到一种以前没有过的幸福。他把这一切都告诉了周炳,只有李民天无故缺席这一点,他不愿意说出来。听说大家这样忆念着周金,周炳就又伤感起来,默然不语。这几个月来,他有时想起来,觉着周金是死了;但有时又觉着他还活着。如今听朋友们这样谈起他,他竟是当真死去了,永远不会再活转来了。周金的为人,周炳也是熟知的,但是经朋友们这样一说,他才确实领悟:原来他大哥是那样一个有价值的人物!后来,两兄弟又互相诉说了许多怀念周金的心事,又再一次忖度周金不幸被捕的原因。自然,种种推测还是跟以前一样,得不到结果。……最后,他们又一起在幻想着革命的美丽的前途。周炳对于金端所宣告的、三个月就能实现的理想,虽然深信不疑,但总感觉到有点模糊,不具体。

有一天,周榕一吃过午饭就出去了。周炳一个人在家,睡觉睡不着,又找不到事儿干,就又把六七年来的往事翻出来,一桩一桩地去回忆。凡是他回忆起来的事情,他都给它下一道评语。哪桩对了,哪桩错了,他都给它分了类。谁做得好,谁做得坏,他都公正地做了判断。但是过去的事情想完了,未来的事情又是怎样的呢?他应该做些什么呢?怎样做才是对的,怎样又是不对的呢?想到这一些,他就想不出个所以然,思路逐渐凝固起来了。他从周榕的书堆里偶然翻出一本《共产党宣言》来,随意翻看了几段,就重新从头一段一段地看下去。越看,他的眉头皱得越紧。他只想找寻一个关于未来世界的简单的答案,却没料到那本小书里面一下子钻出来了那么一大堆问题,使他招架不来。他不能够理解那许多问题,更不能理解那些问题对他所关心的"未来"会发生什么作用。他一向认为共产党领导工人、农民起来打倒军阀、打倒帝国主义,就有好日子过。如今还是这样想。如果蒋介石反对这样做,那么他也是一个军阀,也在被打倒之列。只有把蒋介石连同北洋军阀、帝国主义一齐打倒了,中国也就太平了。他觉着事情应该朝这么办,就开始幻想打倒蒋介石、北洋军阀、帝国主义之后的情景。按照北伐的速度,这样做,大概得花整整一年的时间。他想:"一年就一年吧,那是没有办法的事儿。到那个时候,幸福之神就降临广州！"他甚至想到幸福之神一定会给他们带来五彩绚烂的礼物：他爸爸周铁会增加工资，他三姨爹区华接受的皮鞋订货会忙得做不过来，他表姐区苏每天可以缩短两小时的工作时间，他哥哥周榕可以回到原来的小学里去教书，他自己可以回到中学里去念书，何家的丫头胡杏可以解放回家去种田。至于他大哥周金和他表姐区桃的坟墓，大概可以很快就修建起来，墓前竖起庄严高大的石碑，碑上写着烈士的名字和事迹，让后来的人们去景仰。三家巷中，他和胡杏亲手种的白兰花将会长到他家的屋檐那么高，那白玉雕成一般的花朵将会开得比今年多两三倍，那浓郁的香味将会使人们觉得生活更加美好。

　　区苏抽出中午休息的时间来给他们买买东西，送送信，收拾收拾房间。这天没有什么可做，看见他两兄弟堆着一大堆换下来的衣服不洗，她就拿了木盆，端了张小凳子，在横院中替他们洗起来。周炳把红军快回广东的消息，以及红军回到广东以后，世界上将要发生什么变化等等，都和区苏说了，还加上问她道："要是取消那个每天延长工作时间两点钟的规定，你拿什么来谢我？"区苏说："又不是你来取消规定，我谢你做什么？"说完，她就张开两片薄薄的嘴唇，缩起那个小小的鼻子，在快活之中还是十分正经地笑着。周炳看看她，觉着她是在一天天瘦下去。前两年，她的身材和区桃差不多，是又苗条、又丰满的，现在变成细细长长的，显得又高、又单薄了。他暗暗替她担心，嘴里却没有说出来。区苏洗完衣服，要走了，周炳忽然想起一件事，就对她说：

　　"表姐，你替我给阿婷捎个口信好不好？"

　　区苏迟疑地把他从头到脚看了一遍，然后坚决地拒绝道："不行。咱舅舅吩咐过叫我不要上三家巷去，我已经好几个月不上那边去了。阿婷的事情，你还是收了心吧。人家高门大户，三朋四友的，你不能太当真！"说完，就带着一种刚好让周炳看得出来她是生了气了的面容走掉了。周炳百无聊赖，就走出门去闲逛。他拣人少的地方走,信步向"南石头"那个方向走去。走到凤安桥附近,忽然碰见一个五十来岁、肩上挑着一担箩筐的老大娘,周炳立刻迎上前去,甜甜地叫了一声"干娘"。原来住在芳村吉祥果围后面竹寮里的冼大妈,正从"下涌"渡口过江到河南来。他们一道走回济群生草药铺,冼大妈把当日周金如何不幸被捕的情形,后来她听黄群说周金遇难,她心里怎样难过、怎样整整哭了一夜的情形,一面走、一面对周炳说了一遍。在生草药铺里,周炳又求她带口信给陈文婷,她也满口答应,坐了一会儿才走了。

冼大妈也顾不得去收买菜脚下栏,挑了箩筐就过江。到了河北,按着周炳说的地址找着三家巷;又按着周炳的意思,不找陈文婷,却假冒震南村来人的名义找到了胡杏。胡杏一见这位老大娘,说是震南村来的,自己又不认识,正在满腹狐疑,后来和她坐在大门口的石凳上细谈,听说是周炳那里来的,才明白了。冼大妈告诉她,周炳想约陈文婷明天晚上八点钟在第一公园西北角会面,要她把这句话转告给那位小姐。当天下午,胡杏瞅着陈文婷下课的机会,在陈家门口把周炳的约会非常忠实地转告了她。陈文婷听了,满脸通红,低声向胡杏道了谢,进门去了。

第二天下午,周榕有事情要到附近的乡下去走一趟。临走之前,他违反了平常的习惯,非常严厉地吩咐周炳,要他守在家里,连大门口都不要出去。他又告诉周炳,最近时局很紧张,国民党正在拼命抓人,李民天就叫这种白色恐怖吓坏了,开了小差了。周炳痛苦地沉默着。过了许久之后,他才试探着说:"白色恐怖我倒不怕。今天晚上,我想到公园去散散步,难道那也不行么?"周榕非常果断地说:"那也不行!你应该知道咱们的处境是什么样的一种处境。到公园去散步不是目前要做的事儿。"说完就走掉了。

吃过晚饭之后,踌躇再三,翻来覆去地想,想烂了心肝,周炳还是下不了决心。最后,他想:"不管怎么说,总应该和陈文婷会一次面!"就从座位上跳了起来,胡乱穿了衣服,三步两步冲出门口,莽莽撞撞地走到大基头，从那里过了江。到他快要走到第一公园的时候，他的心跳动得那么剧烈，以致他的四肢都不停地发抖。惠爱路和维新路交叉的十字路口当中竖着的公共时钟，正指着八点过五分。他的脚步加快起来。他身旁的任何东西，他都没有看见。准备好了几句出色的抱歉的话之后，他像一支箭似的飞进了灯光幽暗的第一公园。从八点十分到十点十分，他在公园里到处旋转着，像一只失去了舵的船。连一块路边的小石头，他都仔细看过了，就是不见陈文婷的踪影。他判断这是由于他误了时间。最后，他不得不抱着对陈文婷犯了严重罪行的心情，懊丧地离开了第一公园。

二九　冰冷的世界

　　台风一来，秋高气爽的南国就变成一个阴阴沉沉的愁惨世界。鲜明艳丽的太阳叫横暴的雨点淋湿了，溶化了，不知掉到什么地方去了。风像一种恐怖的音乐，整天不停地奏着。花草仆倒在地上。树木狂怒地摇摆着，互相揪着，扭着，骂着，吵嚷不休。满天的黑云像妖魔一般在空中奔跑，使唤雷电和石头似的雨点互相攻击。他们慢慢去远了，把广州的光明和温暖都带走了，但从白云山后面，另外又有些更沉重、更可怕的，一卷卷、一团团的黑云追赶上来。这样子，周炳孤独地面对着一个冰冷的、潮湿的、黑暗的世界。他觉着四肢无力，沉闷而且疲倦。他想找一个人问一问自己的脸色怎样，是不是生病了，可是他发现自己的周围，连一个人影儿也没有，这横院子竟把他和人间社会隔绝了。他曾经几次走到窗前，对着那铺满雨点的玻璃照一照自己的脸，但是除了照出自己接连打了几个哈欠之外，什么也没有瞅见。他拧着自己的脸，捶打自己的胸膛，又觉着都是好好的，什么病痛都没有。他在窗前瘫了似的坐下来，拼命回忆从前的热闹的景象。他想起他二哥周榕在中学毕业，行了毕业礼那天晚上，在三家巷中举行盟誓的场面。他想起几年之后，他们都长大成人了，在旧历除夕的时候，像孩子似的在街上卖懒。他想起那一年的旧历人日，他们朋友兄弟，姐姐妹妹在小北门外游春，区桃在那一天获得了"人日皇后"的荣誉称号。他想起在省港罢工的时候，十万人在东校场集合，开那样动人心魄的示威大会。他想起每天吃饭的时候，大家挤在饭堂里兴高采烈地叫、骂、吵、嚷。他想起他自己给他们上时事课和识字课的时候，他们表现得多么热心，粗鲁，又多么能干，聪明。他想起他自己给他们演戏或者开音乐会的时候，他们是多么会欣赏艺术，又是多么会玩会乐！他凄然发问道：

"这不是叫作幸福么？这不是理所当然的么？"

他给自己做了答案：这样的生活就是幸福。至于说到罢工工人，那么，他们是在外面受了欺负的孩子。在家里，他们所干的任何事情都是理所当然的。他从来没有听说过共产党是可以侵犯的；也从来没有听说过除了共产党所宣布的真理之外，还有什么其他的真理；更加没有想到罢工工人的生活权利和一切行动有任何值得怀疑的地方，正像没有想到他周金大哥的言语行动，待人接物有任何值得怀疑的地方一样。这一切仿佛都是理所当然的。他想起他自己曾经有过一个希望。他希望就按照那个样子罢工，一直罢下去，罢他十年八年。那么，他就可以把他自己的青春，整个儿泡在那兴奋、激动、热情、幸福的罢工活动的大海里。等到罢工结束那一天，他将满足地发现自己已经是一个中年人。他自言自语道：

"但是不幸得很，这一切全都毁掉了！"

根本不和他打招呼，就把他心爱的东西毁掉，这件事不能不使他愤恨。他用手摸一摸身旁那张潮湿的、冷冰冰的、空着没人坐的竹椅,叹了一口长气,又拿起那本读了不知多少遍的《共产党宣言》来。这时候不过是下午三四点钟光景,天色已经昏暗得跟黄昏一样。他把那印刷模糊的书本凑近脸孔,低声念道:

"共产党人底最近目的是和其余一切无产阶级政党底最近目的一样:使无产阶级形成为阶级,推翻资产阶级的统治,由无产阶级夺得政权。"

念完这一段,他就静悄悄地看下去,看到把对于共产主义的各种责难都驳斥得体无完肤之后,他又低声念起来道:

"前面我们已经看见,工人革命中的第一步是无产阶级变成为统治阶级,争得民主。"

以后,他又静悄悄地往下看,碰到了许多似懂非懂的地方。这些地方讲到法国、英国、德国许多人和许多事,他读来读去都不能彻底了解。最后,看到整篇宣言结束的地方,他竟高声朗诵起来道:

"共产党人认为隐秘自己的观点和意图是件可鄙的事情。他们公开声言:他们的目的只有用强力推翻全部现存社会制度才可以达到。让那些统治阶级在共产主义革命面前发抖吧!无产者在这革命中只会失去自己颈上的一条锁链。他们所能获得的却是整个世界。

"全世界无产者,联合起来!"

这个宣言说得太好了,太对了,简直叫人兴奋,叫人激动。但是这个宣言已经公布了八十年,为什么除了苏联之外,其他地方还不能够实行呢?中国前两年好像就要实行了的,为什么后来又不实行了呢?想到这个地方,周炳放下书本,禁不住十分气愤。他用右手握着拳头,狠狠朝左手打下去,说:

"要毁灭这个丑恶的世界!"

说完了这句话,他就低声唱起《国际歌》来。那歌声越唱越高,好像要压倒窗外一片昏暗迷蒙之中的风声和雨声。歌还没唱完,他的脸上已经热泪纵横了。又过了十五分钟。他把《共产党宣言》里面提出来的问题,一个一个地重新思考起来。他想到要用强力推翻资产阶级的统治——这几乎是肯定没有问题的了,但是,谁来推翻呢?什么时候推翻呢?用什么办法推翻呢?他想到这些问题,他自己做了回答,然后自己又把那些答案推翻了。这样子,经过三番五次的苦思焦虑,仍然找不到完全满意的解决途径。他想到这时候能够问一问大哥多好,周金对任何问题都是那么肯定、明确地做出强有力的判断的。但是,现在没有这种可能了。现在,他没有可能再拿什么事情去问大哥,他只能够自己拿主意。后来,他又想,再约陈文婷见一次面,和她商量一下,也许是个好办法,于是他拿起笔来给陈文婷写信。"亲爱的,我绝对信任的,无日无夜不思念着的婷,"他这样起了个头,随后写道,"我最近读了一本《共产党宣言》,这本书写得多好呀!它提出一个医治咱们这个万恶的社会的药方。我敢打赌,你听都没有听过这样奇妙的秘方,你一定会跟我一样喜欢它。老实说,这个药方,跟二表姐、三表姐都不大好谈的,只能跟你谈。我们应该共同来研究,一起来行动……"往后他又写了些爱慕想念的话,最后又约定了时间和地点。全信写完之后,他重新看了一遍,又把《共产党宣言》五个字涂掉,改成"我最近读了一本很有趣的书",然后把信纸折起来,搁在一边。自从搬到生草药铺之后,周榕禁止他往外寄信,而区苏表姐是不肯替他带信到三家巷去的。这封信怎样才能送到陈文婷的手里,还是一个问题。但是无论如何,他写完了信之后,好像和一个亲近的人畅谈了一次似的,心里舒快了很多。现在,他能够平静地坐下来,等候区苏的木屐的声音。每天下午这个时候盼望区苏来临,已经成了他的生活中一种新的习惯。不久,区苏果然来了。她打着雨伞,穿着木屐,穿过横院子走进来。周炳给她讲自己的新发现,她就微笑地、善良地听着,一面打开头发,在整理她的大松辫子,好像一只白鹤用嘴巴在整理自己的羽毛一样。她一面听,一面点头表示赞成。

听完了之后,她只说了一句:"这些事情,你问过你二哥没有?"周炳说:"那还用问么?二哥一定是赞成的!他的想法一定跟我的想法一样!"区苏也只是点点头,没有再理论,又坐了一会儿就走了。

不久,台风刚静下来,周榕就从乡下回来了。他告诉周炳,他要去香港走一趟,什么时候回来,很难说定。他又告诉周炳,黄群家里有一个时事讨论会,要他接手去搞。最后他把跟金端碰头的地点和时间,也告诉了周炳。周炳喜出望外,又惊疑不定地接受了这个在他认为是极其崇高的委托,只简单问道:"你到香港去,不用跟妈妈说一声么?"周榕眼圈红了,想了一会儿,说:"不告诉他们吧。只叫区苏一个人知道就算了。免得叫他们多操一份心!"周炳心里想道:"看样子,二哥好像是个共产党员了。"可是又不好问的。往后他想到自己这回可以结束半年来那沉闷无聊的潜伏的生活,可以和心爱的朋友们嬉笑谈天,大家一起商量革命的大事,那喜悦之情从心里深处像喷泉一般直往上涌,才把那疑问冲淡了。坐下不久,周榕就把一个新买回来的藤箧子打开,动手收拾行李。周炳帮着他递这递那,一面把自己读了《共产党宣言》之后所想的事情,大概对他讲了一遍。周榕一边听,一边笑着点头。后来周炳把写给陈文婷的信,拿出来给他哥哥看,并且说陈文婷曾经发过誓,是要真心革命的,应该叫她也参加工人们的时事讨论会。周榕看了那封信,仔细想了一想,就说:"阿炳,只有你这一点,我不能够赞成。说老实话,陈家这几姊妹,我很难看出她们之间有什么区别。至于发誓,那是不能当真的。不,我是说他们的发誓不能当真。你记得么?李民魁、张子豪、陈文雄、何守仁,加上我,我们早几年以前就发过誓要革命的,可那又算得什么呢?难不成你当真去质问他?"周炳听到哥哥拿李民魁、何守仁这些人去比陈文婷,心中大不以为然,但是又不好说什么,就闭起嘴巴不吭声。

周榕去了香港之后,十月一日那天晚上,周炳到"西来初地"里面一条又脏又窄的小巷子参加时事讨论会。这里是公共汽车的卖票员何锦成的住家。他家里如今只有一个六十好几岁的老母亲，和一个两岁多的儿子，小名叫"多多"。他老婆何大嫂原来也是香港的工人，罢工回来之后，在一间茶室里当女招待。去年十月，有一次反动的茶居工会派出许多武装去捣毁酒楼茶室工会，她为了保卫革命的工会，和那些化了装的侦缉、密探冲突起来，当场中枪身亡，到如今已经整整一年了。周炳到了他家，跟何锦成谈了谈外面白色恐怖的情况，不久，沪、粤班船海员麦荣，普兴印刷厂工人古滔，沙面的洋务工人黄群、章虾、洪伟都到了，大家就谈起来。讨论的题目自然而然地集中在国民党的逮捕、屠杀等等白色恐怖的措施，和广州工人怎样对待这种白色恐怖的问题上面。讨论会一下子转为控诉会。他们计算了一下，仅仅在西来初地这条街道附近的一千多居民当中，从今年四月到现在的半个年头里，就叫国民党胡乱杀死了十七个人。这些人都是有名有姓的，他们都能够把这些人一个一个地数出来。他们有些是共产党员，有些只是普通的工人和学生，也有一些只不过跟那些侦缉、密探个人有点过不去，还有一些简直什么原因也没有。这十七个人算起来仅仅包括这附近一带的遭难者，顶多不过占了全城的千分之一；再数远一点，就简直数不清，更不要说全广州，全广东，全中国了。大家越谈越激动，越谈越愤恨，都认为非来一次狂风暴雨般的革命不可。没有一场像前几天那样的台风，这广州全城是没有法子洗得干净的。何锦成更是沉痛激烈，好像只有今天晚上就暴动起来，他才称心。散会的时候，他向大家提议道：

"都别忙走。请你们到我家母的房间里去看一看吧！"

大家跟着他走进他母亲的房间。房间很小，仅仅放下了两铺床，和一张小茶几。一铺床上睡着三个小孩子，一铺床上睡着四个小孩子，年纪都在两岁到五岁之间。茶几上那盏小煤油灯照着他们的脸，使大家刚刚看得见。何老太在厨房里洗衣服，房间里没有别的人。何锦成给大家介绍道：

"那边是一对姐弟和一对兄妹,这里三个是三家人,我们的多多也在其中。只有他算是还有个老子,其他四家都是孤儿,娘、老子全没了!你们看,他们睡得多好,连一点危险也不知道呢!"

周炳跟着他的手势往床上看,孩子们的确睡得很好,不但不知道危险,连蚊子叮着也不管。他们穿的衣服都很破烂,脸上又黄又瘦。那床板和席子都因为太旧而变黑了,并且发出霉臭的气味。蟑螂和盐蛇在他们身边爬行。两边床上都没有挂帐子,蚊虫在他们身上盘旋飞翔,嘤嘤地叫唤。但是不管怎样,他们全都甜蜜地,驯良地,甚至有点放肆地睡着了,睡得很熟了。麦荣走到床前,逐个孩子拿手去摸,又对周炳说这是谁家的,父母怎么死的;那是谁家的,父母又怎么死的。末了,说:"幸亏有个慈善心肠的何老太,不然的话,他们准是活不成的了!看敌人下多么毒的毒手!"章虾和黄群两个女的心肠软,对着这些无辜的孤儿,忍不住哽哽咽咽地哭起来。周炳想起自己的大哥和表姐,也在一旁陪着掉泪。

从西来初地出来之后,古滔一个人朝东走,其余黄群、章虾、洪伟要回沙面,麦荣要回白蚬壳,周炳要回河南,都朝南走。在路上,周炳掏出一封封了口的信,要黄群托冼大妈交给胡杏,让胡杏转交给陈文婷。他在这封信里,再约陈文婷到长堤先施公司门口见面。第二天,黄群起了个绝早,把那封信交到她表舅母的手里。冼大妈挑起一担箩筐,马上就过江,从黄沙一直走到三家巷,找着了何家的丫头胡杏。胡杏一见冼大妈,就诉起苦来道:"冼大妈,你看何家的人新样不新样?一个疯了的少爷,拿一把锁锁在一间空房子里不就行了?偏要我陪着他吃,陪着他坐,陪着他拉屎、拉尿,还得陪着他睡觉!那又是个糊涂人,浑不省一点人事,整天害怕人家把他当共产党抓去杀头,就一天到晚都把照片往肚子里吞,也不知道要吞掉多少照片!平常没事,就扯碎我的衣服,狠狠地打我,整天说我没把门关好,让侦缉跑了进去!一听见有人打门,就要我紧紧抱住他,说有人要来抓走他!唉,看样子我是受不了这样的折磨,一定是活不成的了！"诉完苦就哭。冼大妈听得心里十分难过，只得拿些好话安慰她道："阿杏，年纪轻轻的，怎么想到那上头去呢？吃得苦中苦，方为人上人。你耐心熬着，难道就没个出头之日！"随后就掏出信来，说周炳要她给转信。冼大妈走后，胡杏忘记了自己的苦难，一跳，跳起来，就到隔壁陈家去找陈文婷。陈文婷现在是高中三年级的学生，但是她对学校失去了兴趣，只是去一天，不去一天地，在学校挂了个名字。学校当局知道她是一位极其富有的大家闺秀，又是局里一位科长的小姨子，只好装聋作哑，听其自由。当时她在楼下客厅里和胡杏见了面，把周炳的信拆开看了，随后又冷冰冰地问胡杏道："我有几句话，想告诉你炳哥。你能够替我转告给他么？"胡杏看见她不像往日那样有说有笑，心中正在狐疑，听见她这样问，连忙回答道："这可不成呀！我不晓得他在什么地方呀！"陈文婷说："不晓得就罢了。下回有人送信来，你该问问他的回信地址。"胡杏答应了，就走了。

这是周炳第三次约她会面了。她为了去还是不去的问题，整整想了一天，越想越烦恼，越想越拿不定主意。论理智，她是应该走一遭的；但是论感情，她实在提不起兴趣。她自己追问自己道："为什么提不起兴趣？是叫白色恐怖吓坏了么？是对这万恶的社会屈服了么？是放弃了自己的革命理想了么？"问了之后，她又自己给自己证明：绝对没有这样的事儿！但是到底为什么提不起兴趣？从前求之不得的约会，现在为什么索然无味？这她就说不上来了。到了晚上，李民天来找陈文婕，谈起周炳的为人来，陈文婷就拿了他的信给他们看，要他们替她出出主意。陈文婕带点好奇心说："既然这个美貌青年有了医治咱们这个不幸的社会的秘方，又不能跟我和二姐谈，只能跟你一个人谈的，依我看，竟不妨去看一看。"那农科大学生李民天说："算了吧！目前时局这么动荡不安，犯不着去冒这样的危险，阿婷，你自己也该拿定主意。如果横竖不能勉强合起来，倒不如早点撒手，免得双方痛苦！"事情还是没个定准。不久,哥哥陈文雄也回来了。他从四妹手里接过周炳的来信看了,用英文说了一句:"一个典型的傻瓜!"随后又对陈文婷说:"四妹,你瞧!咱们这个社会并没聘他当顾问,他却总是在杞人忧天!你呢,你本人怎么说?"陈文婷不胜悲楚地说道:

"最近,我成了个悲观主义者!对社会上的一切,我都没精打采。对他,不消说,他在仪表上永远是一个出色的人物,我只有一个希望,那就是:尽一切的可能减少他的痛苦!"

陈文雄又是用英文说了一句话:"四妹,你是对的。"整个事情就结束了。这第三次的约会,陈文婷还是没有去。

三〇 迫害和反抗

自从在西来初地何锦成家里开过时事讨论会之后,周炳曾经按照周榕所说的地点和时间,去找金端同志碰头,却没碰上。他心里十分着急。……十月间,在南昌起义的红军回到广东,但是在潮汕失败了,没有来到广州,而汪精卫、张发奎、陈公博那些老爷们却回到了广州,简直把周炳气得要死。十月底,沪、粤班船海员麦荣一回到广州,就到济群药铺来看周炳,对他说:"老弟,不用躲了,到外面去跟那些老爷们较量较量吧!"周炳问起情由,麦荣就说:"汪精卫、张发奎、陈公博想赶走广西军,霸占广东地盘,就扮成国民党左派的样子,欺骗我们,要我们帮助他们。我们说,帮助也可以,但是有条件。条件也很简单,就是:政治犯要放,工会、农会的自由要保证,什么改组委员通通滚蛋,四月十五以前的协议要恢复,省港罢工工友的权利要保持。他们不干。我们'广州工人代表大会'就说,你们不答应,我们自己来动手!如今,所有的工会都公开活动起来了!"周炳一听,十分高兴,就问:"我呢?我该怎么办?"麦荣说：“我已经跟金端同志商量过，他同意你参加我们海员的'工人自救队'，你意下如何？"周炳巴不得立即离开这牢笼一般的后院子，出去参加革命的斗争，哪里有第二句话？当下他就和麦荣一道出来，朝河南凤安桥一家"德昌铸造厂"走去。路不远，一会儿就到了。麦荣和德昌铸造厂的大师傅孟才说明情由，因为有别的事，就把周炳交给他，自己先回船上去了。孟才看这周炳，约莫二十岁年纪，身躯雄伟，面貌英俊，见人十分和气，心中暗自喜欢。周炳看这大师傅，约莫四十来岁，身材也很高大，举动沉着有力，手臂长得特别粗壮，那上面布满了青筋，又布满了一片片的花纹，一望就知道是一个海员，心中也暗自欢喜。两个对看了一会儿，孟才就把他引进工厂后面一个小房间里细谈。这一谈又谈了一个钟头，谈得十分投机。最后，孟才问他道：

"你加入工人自救队以后，就要一生一世，拥护咱们这面铁锤镰刀的红旗，不承认那面青天白日旗。——你做得到么？"

周炳坚定地站起来回答道："自然是这样。我心里面没有别的旗子。"

孟才拿了一本最近才出版的《布尔塞维克》杂志的创刊号给他，叫他拿回去好好阅读，明天上午八点钟，到德昌铸造厂来正式"开工"。从此以后，周炳就从济群生草药铺搬到凤安桥去居住，参加了这个秘密的地下兵工厂的工作。他们这个厂是专门制造手榴弹壳的，连周炳一共是七个人。总的负责人是中队长麦荣，他经常来往上海、广州两地，专管原料的运输和供应。在厂里负责的是大师傅孟才，他是工人自救队的中队副兼小队长。此外还有四个队员。一个叫李恩，三十岁多一点，是香港罢工回来的海员。一个叫冼鉴，二十八九的年纪，原来是制造迫击炮的兵工工人，现在是这里的技师。一个叫冯斗，比冼鉴年纪稍微大一点，原来是一个汽车司机。一个叫谭槟，年纪在三十五左右，原来是一个手车夫，后来参加了手车工人组织的"剑仔队"，不久以前才调到德昌铸造厂来的。周炳本人也是铁匠出身,虽说不是这一行,到底容易学会。这些人对他也十分爱护,总是耐心教他,百般地鼓励他。加上这些人比他年纪都大,都是他的父兄辈分,知识多,阅历广,革命经验丰富,他跟着他们工作,心情十分痛快。他常常想道:"说什么都是假的!在患难之中,就只有革命的同志好!"除在厂里工作之外,周炳还参加了外面的许多活动。在不到一个月的时间之内,他参加了四五次示威游行。有海员工会和轮船公司、和"改组委员会"做斗争的,有五金工人、洋务工人、印刷工人、运输工人和"改组委员会"做斗争的,有铁路工人跟火柴工人对汪精卫做斗争的,有广州工人代表大会和反动的御用工会做斗争的,也有省港罢工工人为了自己的生存和国民党当局做斗争的。那些由工贼、流氓、侦缉、密探组成的"改组委员会"和全副武装的警察、保安队经常包围、殴打、袭击、逮捕甚至枪杀工人,工人们也被迫起来和他们对抗。每次游行示威的结果都要发展成为一次流血的武装冲突。

十一月二十四日这一天,周炳天没亮就起来了。脸也不洗,就坐下给陈文婷写信。这封信写得特别长,特别带劲儿。虽然在这半年多的时间里,他约了陈文婷三次,陈文婷三次都没有来,但是这一回,他觉着情况不一样。他对于陈文婷三次不来,连一句责备的话都没有。他深信陈文婷是真心革命,也真心爱他的,偶然不来,一定有意想不到的原因。他只是告诉陈文婷,叫她对那种种白色恐怖,不要害怕。他写了些目前革命的势力如何雄厚;大家怎样一心一德,奋不顾身地在干;多少英勇事迹,简直可歌可泣等等。最后,他告诉陈文婷,国民党目前虽然凶恶,但再凶恶不了几天,革命马上就要成功,工人马上就要掌握政权。写完之后,他自己重看了一遍,觉着很满意。这封信写得很真诚恳切,又包含了一种颠扑不破的真理。他认为她看了信之后,一定会惊喜欲狂,一口气赶到约定的地点,一个时辰、一个时辰地,无比兴奋地长谈下去。写完了信,天一亮,他就过江到芳村吉祥果园后面的竹寮里,找着了洗大妈,告诉她如今自己在德昌铸造厂做工,求她给胡杏送这封信去,并且要冼大妈把他的住处告诉胡杏,有什么回信,让胡杏送到芳村来。冼大妈一件一件地答应了之后,又对他说起一个人来道:"你们德昌铸造厂里有个冼鉴,是我的堂侄儿,你认识不认识?"周炳说:"好朋友,怎么不认识?"又说,"你是我的干娘,又是黄群的表舅母,如今加上是冼鉴的婶子,真是三四重亲。到了革命胜利,我一定多多地买东西给你吃!"冼大妈喜不自胜地走了之后,周炳又在附近的竹寮里找到了那收买破烂的冯敬义,多谢他半年前通风报信的救命之恩,又告诉他世界马上就要转好的得意消息。在冯敬义说来,他倒不着急这世界变坏还是变好,只是看见这年纪轻轻的人浑身都是劲,也就顺着他说:"该变好了。从辛亥那年反正算起,到现在都十六年了!"

那天中午,吃过饭之后,李恩对周炳说:"孟师傅说过,汪精卫、张发奎、陈公博这些反革命家伙,比其他的反革命家伙还要狠,看来是一点也不错!这两个月,他们抓走了、打伤了、杀死了的革命工人,总不下三百人!连咱们的广州工人代表大会特别委员会的主席也抓走了!这还不算,前几天又叫保安队把咱们省港罢工工人的宿舍和饭堂全都封闭了。这还忍受得了?得给点颜色他们看看!今天省港罢工工人在第一公园前开大会示威,说不定又要演一出'全武行'!我跟孟师傅就要去的。你去不去?"周炳拍着胸膛说:"问我去不去?你不问老虎吃羊不吃羊!"当下他就和孟才、李恩一道过了江,朝第一公园走去。时间还早,他们又到"莲花井"一个失业的海员程仁家里去坐了一会儿,顺便邀他一道出来开会。约莫下午两点钟,来参加大会的人都到齐了。公园前面,公园里面,公园旁边的吉祥路和连新路,都站满了人。大会开始,主席站在一张条凳上报告了和反动当局交涉的经过,一个接着一个的人站上条凳去演说,以后又分成许多小堆堆讨论,最后又集合在一起,高声呼喊着:

"誓死反抗解散省港罢工工人!"

"誓死不退出罢工工人宿舍!"

周炳和每一个人一样,觉着十分兴奋和激动。自从去年十月省港罢工结束以来,他几乎没有过过一天像人的日子,更不要说看到这样伟大雄壮的场面了。他在讨论的时候说了许多话。他直着脖子喊口号,才喊了两句,嗓子就哑了。他和每一个认识的人搂抱着,打闹着,互相问候道:"哦,你还活着!""哦,有惊险么?"他要尽情抒发地过一天痛快日子。但是大会还没有开完,那些保安队、警察、侦缉、密探、消防队、工贼、流氓、地痞就从离会场很近的维新路公安局出动了。果然不出所料,大会又变成了一场流血的武装冲突。这武装冲突的结果,又有几十个罢工工人被抓走了,有十倍、二十倍的人受了轻重不等的伤。周炳英勇地站在前卫线上,打得很不错,他自己的额角上也受了点擦伤。省港罢工工人自然不能从此罢休。第二天,他们又集合在大东门的几座宿舍和饭堂前面,放起一把火,把那些贴了封条的宿舍和饭堂噼里啪啦地焚烧起来,表示对反动政府的无限愤怒。有许多人高声叫喊道:

"咱们都无家可归了!咱们跟他拼了吧!"

"烧吧!烧吧!把整个广州都烧了吧!"

"要活就一道活!要死就一道死吧!"

正喊着,反动政府的那些恶狗又放出来了。于是这地方跟任何别的地方一样,又展开了一场混乱的武装斗争。这回罢工工人牺牲了好几个。孟才和李恩都受了伤。周炳除了额角擦伤之外,胳膊又受了撞伤,浮肿起来。虽然他们都受了伤,但是当天晚上,大家又一齐过江到河北来,参加工人们的秘密集会。开完会之后,周炳听说那失业的海员程仁伤重身亡了,心里非常难过,就走到莲花井他家里去看一看。离他家还有半条街,周炳就看见他家门口有十几二十个人,有些站着,有些坐着,孟才和李恩也在其中。一进他家门口,那景象就十分凄惨。才三十岁左右的程仁直挺挺地躺在神厅正中一张木板床上,全身用白布盖着,只露出一个脑袋,那不动的眼睛还瞪得酒杯样大,像在敌人面前,怒目而视的一般。床前点着香烛,程嫂子坐在地上烧纸钱。程大妈全身蜷缩成一团,在离开灵床稍远一点的一张椅子上,呼天喊地,哀痛万分地哭着。一个才刚刚学会走路的男孩子,用手攀着灵床的边沿,四面走动。周炳一看见这种景象,立刻想起他区桃表姐和周金大哥,三股眼泪合成一股,号啕大哭起来。哭了一会儿,他收了眼泪,倒去劝那程嫂子和程大妈道:

"别哭了!仁哥死得英烈,你们也就是大家亲娘、亲嫂子,生活不用担忧!好好养大孩子,替仁哥报仇要紧!这国民党,他凶得了一个月,再凶不了两个月;凶得了两个月,再凶不了三个月!咱们忍不下去了,咱们立刻要捞起家伙,跟他干!咱们等着瞧吧!"说完就退出门口,和大家伙儿商量料理程仁的后事。

在三家巷里,陈文婷自从接到了周炳这封乐观自信而又没有半句埋怨她的话的密信之后,登时觉着心惊肉跳,彷徨无主。她宁愿看见周炳悲观颓丧,像区桃刚死去的时候那样;她宁愿听见周炳不留情面地痛骂她,像他骂陈文雄、何守仁、李民魁的时候那样。她认为周炳如果悲观颓丧,自己就有把握驾驭他;而周炳如果痛骂她一顿,自己的心就会平静一些。但是她失望了。事情完全不是那个样子。这半年多以来,她天天听到杀共产党的消息。她自己的心里也老在计算,要是当真有那么些共产党,大概也快杀光了。在报上,她又经常看见共产党员悔过自首的启事和声明。她就想,即使没有死光,投降得也差不多了。但是周炳又写了信来!她自己问自己道:"他是不是一个共产党员?他为什么既没遭遇不幸,又没悔过自首呢?"问着、问着,她就感觉到有一股恐怖的电流,透过她的全身。宋以廉一天三次来求爱,那不过只是庸俗和厌烦,还碍不了什么大事儿;有兴趣就给他一个笑脸,没兴趣就不理他,他也就满足的了。只有这周炳和她那种不清不楚的关系,却真真正

249

正是一种混乱的,复杂的,莫名其妙的恐怖!想到这里,她就浑身哆嗦起来,像打了摆子一样。那天晚上,陈家的楼下客厅里举行了一次空气非常严峻的会议。参加的只有四个人,那就是:陈文婷的父亲陈万利,她的母亲陈杨氏,她的哥哥陈文雄,还有陈文婷她自己。陈万利板起脸孔,直截了当地说:

"今天晚上,就决定阿婷跟那姓宋的事情。该一是一,该二是二。天下事第一是不能错过机会。终身大事也应该三思而行。"

以后就是陈杨氏和陈文雄轮流讲,总是这门亲事如何如何地好,那姓宋的如何跟宋子文保持着一种不平常的关系,将来的前途如何不可限量等等一类劝勉开导的话。会谈整整举行了三个钟头。陈文婷只是听着,一句话没有说。最后,陈文婷突然站立起来,像发了狂似的跑上三楼,拿了去年十月周炳写给她那封绝交信,又噔、噔、噔、噔地跑下楼来,把信摊在陈文雄面前,一边哭,一边高声叫嚷道:

"你们看吧!你们决定吧!我没有话可说了!我听从命运的摆布了!"

事情就是这样决定了。并且由于陈文雄在这方面的"独创"的天才,一切都安排得十分妥当,婚礼在三天以后就举行了。这事情发展得那样突然,使陈文婷的姐姐陈文婕都吃了一惊。不消说,所有关心周炳的人,像周炳的姐姐周泉,像何家的丫头胡杏,都急得不得了。胡杏跟何守礼商量,怎么的也该给周炳去报个信。何守礼也没法儿,就去告诉自己的母亲"三姐"何杜氏。那何杜氏想了一想,就要她女儿把胡杏叫来问道:"你知道周炳哥哥的住址么?"胡杏说:"我不知道呀!可我知道有一个冼大妈,她住在芳村一个果围后面一间竹寮里。她有法子给炳哥送信。"何杜氏说:"那就有法儿了!你去跟大奶奶说,二少爷要吃河南'成珠茶楼'的南乳小凤饼,嚷着要你去买,大奶奶断没有不答应之理。那么,你就去报个信,回头胡乱买几个小凤饼塞给那疯子也就完了。"胡杏果然依照三姐的教导,去给冼大妈送了个信。冼大妈当天就把这消息转告了周炳。他听了之后,感到十分的震惊和懊丧:他一向相信陈文婷在陈家的许多人之中,算是一个例外。现在陈家的例外也不是例外了!

三一　兄弟回家

十二月初的一个晚上,天气有点凉,周炳问过孟才,就过江回家看看,顺便拿点御寒衣物。他今天晚上穿着一件对襟厚蓝布夹袄,一条中装蓝布裤子,身上一个个烧破的补丁,一团团煤炱的痕迹。比起八个月以前离开三家巷的时候,他的身躯仿佛又长高了许多,举动有力,但是略带生硬。他的象牙刻成的圆盘大脸上微露忧戚的表情,两只眼睛带着一种成人的光彩,只有鼻子和嘴唇还保持着孩子的神态。整体看来,在那诚恳和俊俏的丰采之中,微露风霜折磨的韵味,使他格外动人。他一在新月映照之下的三家巷出现,立刻惊动了三家巷里面所有的成员。这些成员很快就分成了两个部分。一部分好像对他抱歉,又有点害怕他的,都躲起来了;一部分像周杨氏、周泉、何守礼、胡杏这些人,立刻从屋里冲出来,抓住他的粗糙的大手,牵着他的破旧的衣衫,一面哭着,一面问短问长。何守礼跑回去告诉三姐,三姐也出来了。跟着陈、何两家的使妈阿发、阿财、阿添、阿笑、阿苹、阿贵都出来了,一时把三家巷点缀得热闹非常。周炳别的都不管,只是紧紧握着胡杏的两手问道:

"你长得很大了。那张脸越来越像一颗莲子了。怎么样,过得好么?"

她仰起头,眼泪洗湿了她的脸。她的尖下巴颤动着,说:

"不好呵!坏得很呵!把人折磨死了!准活不成了!"

周炳着实安慰了她一番,她才忍住眼泪回去。其他的人也陆续散了。何守礼站在周泉旁边,用身体紧挨着她,不愿走开。后来,谁也没有料到,她突然说起话来。"炳哥,"她正正经经地说,"我听大人们说,你会很难过。可我要是你,我一点也不难过呢!婷姐不好。她没志气。她一点儿也不像演戏时候那样好。你难过干什么?只当她赖在香港不走,不肯跟你一道罢工回省城就算了!"周炳笑了,说:"我不难过。我挺忙,倒没工夫去难过呢!"周杨氏笑了,周泉也笑了。周泉说:"看这孩子嘴巴多能干!阿婷如今倒真的在香港呢!"这时候,何家三姐房里的使妈阿笑把何守礼叫了回去。大家回到周家的神厅里,周炳就给妈妈讲这八个月离情别绪,讲到大哥周金不知道因为什么缘故牺牲,二哥周榕匆匆忙忙去了香港,大家又重新悲伤嗟叹一番。后来周铁回家,又把周炳兄弟的情形过细问了一遍,才和周杨氏回房歇息。剩下姐弟两人,周泉才把陈文婷接到他几封信时的前前后后,就她在一旁看见、听见的,都跟周炳说了。最后,她问周炳道:

"周家和陈家才结了一门亲家,倒结了两门仇家。唉,你以后打算怎么办?"

周炳说:"我没有什么打算。我做我的铁工。不过这几个月来,我倒看清楚了一件事。世界上的人大概要分成两类:一类是为自己的利益活着的,另外一类是为别人的利益活着的。我憎恨那些为自己的利益活着的下贱的动物。我崇拜那些为别人的利益活着的伟大的人格。按我自己说,我想走后面那样一条道路。"

周泉站起来要回陈家去了,后来又坐下来,叹口气道:"嘻,阿炳,怎么好端端地又说起傻话来了?理想永远只是一个理想。实际永远还是实际。不把这两个东西分开,却把那美丽的理想当作眼前的实际,这就是产生悲剧的根源。你不能够跟整个世界强拗到底!你能够么?"说完就走了。周炳看见她那纯洁无辜的脸孔,感到她替弟弟担忧,替哥哥惋惜的真情,不免心里动了一下。不过为时不久,他又恢复了平静。他走到神楼底,一面收拾床铺,一面又找他从前给区桃表姐画的画像。床铺收拾好了,画像可是找来找去也找不着。他不想马上就睡,便走出门口,在他家和陈家交界的地方,那棵白兰树旁边,站了一会儿。去年六月间,那棵白兰树刚种下去的时候,才不过三尺来高,如今才过了一年多,却长到一人高了。这时候已是初冬天气,可是这棵树枝干壮旺,绿叶婆娑,露出生气勃勃的样子。周炳看了一会儿,赞叹了一会儿,才心神安定地回去睡觉。第二天一早,周泉就跟陈文雄商量,好不好陪她弟弟去看周金的坟墓。陈文雄雍容大度地说:

"你弟弟为人虽然乖张,这趟你是该走的。这是情理。"

于是周泉就陪着周炳上小北门外凤凰台周金的坟上去看去。那是一座新坟,地堂上长着稀稀疏疏的野草,如今已经变白了。坟上没有立碑,也没有任何其他的标志,看得出当初那草草营葬的样子。周泉留心观察着她弟弟的动静,只见他弯着腰,低着头,站在坟前,既不哭,也不说话。沉默了好一会儿,在临走之前,他才低声说了一句话道:

"大哥,我替你报仇。"

这句话的声音很低,很沉,语气也很宁静。周泉很细心听,才听得出来。看过了周金大哥的坟,又去看区桃表姐的坟。周炳还是和先前那个样子,弯着腰,低着头,沉默地站在坟前,然后在临走之前低声说道:

"表姐,我替你报仇。"

两姐弟一道往回走的时候,周泉心中十分纳闷。她想她弟弟是一个热情充沛,直来直去的人,怎么这回表现得这般冷漠?后来她又想道:"是了,是了。想必是陈文婷重重地伤了他的心了!"于是进城之后,瞅着一个适当的机会,她就开言道:

"你怎么替他们报仇?难道你还坚持和整个社会对抗么?"

周炳不假思索地说:"我要毁掉这整个社会。姐姐你应该承

253

认,我是一个硬汉。我说得到,就做得到。任何力量都挡不住我!"

他的决绝的语气使周泉胆战心惊。她小心翼翼地试探着说:"为了什么来由?为了那么一个朝三暮四、喜怒无常的女子?"

"不!"周炳拖长着声音说,"我憎恨这个社会!至于陈文婷,那是另外一回事。的确地,我曾经为她感到震惊和懊丧。现在不了。现在我只是把她当作一个疑团。她欺骗了我,但是我不明白那究竟是怎么一回事儿!她也许跟所有的女性都不一样,也许跟她二姐有几分相似。总之,我不明白,就是这个样子!"

那天中午,周炳和妈妈在家里吃了一顿饭。周杨氏做了很好的萝卜烧肉汤给他吃。吃过饭,带了一件已经穿得很旧的卫生衣,周炳就回河南凤安桥德昌铸造厂去了。周炳的出现引起了三家巷和附近一带的居民们的纷纷议论,不知道是否时局要发生什么变化。过了三天,二哥周榕也从香港回到三家巷来了,这更加使得所有人诸多揣测,惊疑不定。不管怎么说,周杨氏是满心欢喜的,但是她隔壁的陈万利却气愤得很。他拍着桌子和陈杨氏说:

"怎么,到了'惊蛰'了么?你看蛇、虫、鼠、蚁都钻出地面上来了!"

可是到了惊蛰也罢,没到惊蛰也罢,陈万利不能不问自己道:"我该怎么办?"经商的人,他的心眼儿是灵的,他什么时候都不能够不想到万一会发生什么风险。他去找他的亲家老爷何应元,商量应付的办法。何应元不像他那么着急,只是慢吞吞地说:"倘若把汪精卫、张发奎、陈公博当作是共产党一伙子人,那未免有点过分。他们的手法,依小弟看来,不过是利用利用那些不逞之徒罢了。"陈万利说:"党已经清了,又来讲联合——这岂不是你我的劫数么?"何应元说:"那你又何必过分担心?从前蒋总司令也讲过联合的。他们也能学会这一手。"陈万利拿脚顿着地说:"军阀毕竟总是军阀!他们只管自己的野心实现,不管我们这样的百姓遭殃。说老实话,我宁愿相信蒋某人,也不愿相信他们这些小家种!"何应元笑道："万翁,你一点也不懂政界的事儿。当初,蒋某人你又何尝相信呢？汪精卫、张发奎、陈公博之流,无非也是些赌徒。只不过本钱小些,看来就更加狠些罢了！"陈万利低着头,沉吟自语道："话虽那样讲,我却不放心。我想下香港去住他几天,逍遥自在一下,也好。"何应元拿手指甲轻敲着酸枝躺椅的扶手,说："你是无官一身轻的神仙,只有你才有那份福气。"这两个老亲家在何家客厅里商量大事的时候,何守仁也去找陈文雄,两妹夫郎舅也在陈家客厅里秘密商量同样的事情。尽管他们的观点是何应元、陈万利一样的观点,看法也是一样的看法,看来何守仁有点惊慌失措,而陈文雄到底比较老成练达一些。何守仁一开口就说："眼看着天下又要大乱,我的纱帽是戴不成的了！"陈文雄举起两只手指,在鼻子下面轻轻摆动着,说："朕兆是那样的朕兆,可是你又何必操之过急呢？"何守仁两边张望,仿佛这个华丽的客厅也埋伏着什么危险的东西,说："你岂不知道兵贵神速？莎士比亚有许多悲剧,只是几分钟的迟误所造成的！我今天晚上就去定船票。反正我们在香港的那幢房子也空着,去住他几天也不错。"陈文雄笑起来了。他说："你跟我父亲,你们两丈人、女婿倒情投意合,好像贺龙、叶挺已经打到了惠爱路的一般！你们要走,固然可以。把家眷、细软先运走,我们男人大丈夫留下来看个究竟,也无所不可的。"何守仁问他怎么看个究竟法,他说,"办法当然很多,一下子也说不完。比方说,我就想请周榕、周炳弟兄俩吃一顿上等、极上等的好饭。咱们是至亲,又是好友,沾着表亲、姻亲、换帖兄弟三重亲,还加上邻居、同学,竟是五重亲呢！几个月不见,就不做一点表示么？"何守仁抱着脑袋,不胜忧虑地说："文雄哥,你是一个独创家,这是不容置辩的了。但是在你匠心独运的时候,你就不为一般凡人的有限的悟性着想一下？你叫我苦恼极了！难道你不晓得他弟兄俩对令尊、对家父、对陈、何两家人都是极不尊重的么？难道你忘记了他弟兄俩跟你的两个妹妹都是伤了感情的么？难道你没听见过他们骂你我是内奸、工贼、卖国贼、无耻之徒、背信负义的人,军阀、帝国主义的走狗么?"陈文雄哼了一声,冷笑道:"哎哟,你骂得比人家还要痛快!这是此一时、彼一时也。现在,如果人家当时得令,你就该把自己锯短两寸。况且你不从这些人的口中,就听不到一点虚实;你不从这些人的手中,就搭不上一条共产党的路子。路子,总是越多越好。不管哪一方面的路子,总是只有好处,没有坏处的!"

这样,在一个下着小雨的、暖和的、冬天的晚上,陈文雄、何守仁两个请周榕、周炳两个到西关一家极有名、极华贵的酒家,叫作"谟觞酒家"的去吃晚饭。这四个人穿的衣服,极不相称。陈文雄穿着笔挺的、英国薄绒的西装,何守仁穿着英国藏青哔叽的中山装,周榕穿着上下颜色不同的残旧西装,而周炳却穿着那套对襟厚蓝布夹袄,中装蓝布裤子。这就活像一个年轻的银行家带着他的秘书、他的保镖、他的汽车司机一道上谟觞酒家这样的高贵地方去吃饭。别的酒客和酒家的侍役都好奇地注视着他们。他们拣了一处最好的房座,一面喝酒吃菜,一面畅叙离情。如果说他们的外貌相差很远,那么,他们的内心相差得更加远了。这里面,陈文雄看来是潇洒而愉快的,他不着痕迹,磊落大方地,一开口就问起共产党如果同汪精卫、张发奎、陈公博合作的话,有些什么条件。周榕老老实实地说道:"据我所知,还是那五条:第一,释放一切政治犯。第二,保证工会和农会的自由。第三,驱逐一切改组委员。第四,四月十五日以前,工人和雇主所定的协约一概保持有效。第五,保持省港罢工工人的一切权利。"他还是从前那样温和,那样缓慢,那样黏滞。陈文雄问完了这五条,又问国民党的反应怎样,答应多少;又问如果汪精卫他们不答应,又怎么办;又问如果汪精卫他们全部接受了,又会出现什么样的局面;又问广州和南京的关系会变成一种什么关系;又问省港罢工工人目前的分布状况;又问共产党对于最近的时局有什么文告发表没有等等。自始至终,周炳总是睁眉突眼地望着陈文雄,自己不多说话。从别人眼睛看起来,他如今是呆笨、平板,满怀愤懑,又带点焦躁不安的。他总嫌陈文雄问得太多,又觉着二哥周榕回答得过于详细。同样不多说话,也不多吃东西的,是何守仁。他的眼睛老在其他三个人身上滴溜溜地打转,要不就左张张,右望望,前看看,后瞧瞧,一直流露出心神不定的样子。吃着,谈着,从七点多钟吃到九点多钟,酒已经喝得差不多了,话也问得差不多了,陈文雄带着一种克制的感情说:

"不论省港罢工的工人也好,广州各业的工人也好,他们的合法权利总是应该保障的。国民党当局是做得过分了一点。"

周榕正在踌躇,没有马上回答。周炳却忍不住说道:

"姐夫,听你的口气,好像你不是一个国民党员,国民党的所作所为,你都不负一点责任似的!"

陈文雄瞅了他一眼,说:"这事儿说起来也好笑。我进党只不过是挂个名儿应酬应酬。实际上,有那些达官贵人,也轮不到我说话。"

何守仁也相帮着说:"谁不是一样?我也是挂个名儿应酬应酬。要是真想做点事儿,我宁可参加共产党!"

周榕听见他这样说,也笑道:"参加共产党也不是好玩儿的。你们看我大哥!在你们的地位说来,犯不着冒那样大的危险。"

何守仁看见已经谈到这里,就索性单刀直入地揭开说道:"其实什么党不党,派不派,我看都是暂时的。只有崇高的友谊才是永久的!你们看,我现在变成友谊至上主义者了。照我想,你们在一边,我们在一边,这样反而更加证明友谊可以突破政治的界限。不论什么时候,咱们都应该互相提携,永远互相提携。——没事的时候互相援引一下,有事的时候互相通个声气,将来中国要是当真富强起来,不论哪一党执政,都有咱们自己的人,这岂不好?所以,友谊是崇高的,伟大的,永生的!这一点,咱们都曾经发过誓,有苍天可鉴,有墨迹为凭,有证人可对的!"

陈文雄没想到他竟扯得这么远,不觉脸都红了。他用力拉松了自己的领带,挣扎着接上去道:"守仁之言极是!守仁之言极是!按这么办才对!"本来很会说话的人,这时候竟说不出更多的话来。

他们这些话在周榕的心里勾起无边的往事来,使他觉着一阵头晕。他用手扶着头,嘴里结结巴巴地说:"你们的盛情是可感的,动机是无可非议的。唉,今天晚上酒多了。但是那种做法,在古代政治里容或有之,在现代的政治活动里是少见的。唉,今天晚上酒多了。"

周炳越听越生气。到了实在忍耐不住,就离开酒席,直挺挺地站起来说:"要是大家原谅我鲁莽的话……我实在不懂:工人们正在和军阀,和资本家,和帝国主义者进行你死我活的斗争,你们却抽了工人们的后腿。眼看着帝国主义就要屈服了,你们却破坏了罢工,破坏了工人的团结,叫全体省港罢工的工人都摔了一跤,而你们当了官儿,当了买办,这是谋中国富强之道么?我更加不懂:区桃表姐死在帝国主义者手里,你们有仇不报;周金大哥死在国民党军阀、官僚手里,你们见死不救;文娣表姐和我二哥感情破裂了,你们不但坐视不理,并且趁火打劫。这难道又是友谊、提携之道么?按这么说,你们都已经拿起刀子砍到我们头上,我们彼此之间,变成敌人倒有余,怎么今天晚上倒谈起友谊来呢?难道交朋友是这样交法的么?这我就最、最不懂,简直像古语说的'大惑不解'了!我们在这里尽管胡扯干什么呢?"

陈文雄听了,搭讪着说:"骂得好,骂得痛快!"

何守仁的脸皮十分难看地痉挛着,低声解嘲道:"演得多好,演得多好!只有在《雨过天青》里,才有这么激动的场面呢!"

周炳非常严肃地说:"我讲的都是真话,没有半个字虚假。就是在演《雨过天青》的时候,我也没有说过半个字假话。"

周榕觉着场面不好处,就替他们解围道:"阿炳有这么一股子劲,这是你们从他小时候起就已经熟知的了!他理解这个社会,就是一条直线。他不知道从地主、官僚、买办的家庭里出身的人,如果背叛了他本阶级的利益,也可以成为一个很好的革命家!"

何守仁立刻接上说:"对,自古走直道的人,都是正人君子。我们是谈不上的。我们顾忌诸多,有时为势所逼,竟连清高都做不到呢!"

陈文雄已经恢复了他的绅士风度,有板有眼地说:"虽说我们都为世俗所累,都有难言之隐,甚至躲避不了天下后世的清议,但是,说真的,我却深深喜爱阿炳说话的那种青年腔调,风格高极了!"

一场不愉快的宴会就这样结束。第二天晚上,陈家留下了使妈阿发,何家留下了使妈阿笑、丫头胡杏几个人看门,其余两边全家的人都搬到香港去了。

三二 红光闪闪

十二月八日的晚上,在德昌铸造厂的那个工人自救队的小队,开了一个极不平常的会议。开会之前,每人发了一本《红旗》,一本《广州工人》,中队副兼小队长孟才师傅首先捧着那本《红旗》,把中国共产党广东省委员会在十一月二十八日发出的号召武装起义的宣言,低声地、慢慢地读了一遍。接着就宣布工人自救队已经和手车工人的"剑仔队""省港罢工工人利益维持队"等等合并改编为统一领导的"广州工人赤卫队",他们这个小队正式命名为"广州工人赤卫队第一联队第三大队第十中队第一百三十小队",麦荣仍然是中队长,孟才仍然是中队副兼小队长。最后就传达了广州工人代表大会的决议:在十二月十三日举行武装起义。大家听了这最后的一项决议,都呜哇的一声叫唤起来,跟着你推我打,闹了一阵子,才静下来,开始讨论。在讨论当中,一个个都摩拳擦掌,表示信心和决心,坚决拥护武装起义。这在他们这里,是最长的一次会议,足足开了两个钟头。但是散会之后,孟才三番五次,催大家去睡,大家只是不散,还在那里继续聊着,越聊越有兴头。身体又矮又圆的手车工人谭槟是一个生动有趣的中年人,非常喜欢开玩笑。他看见周炳的脸上有一种奇怪的表情,既像惊疑,又像喜悦;既像担忧,又像羞怯;怕他信心不强,就开玩笑道:"周炳,你平时整天嚷着要革命,这回就好好地革吧!"周炳低声说:"当然,我一定好好干。等我拿起了枪,你瞧吧!"经常像父兄对子侄一样看待周炳的孟才师傅也坐了下来,说:"青年人碰到这么大的事情总不免要怯场的。不要紧,你只管跟着我们干,像你刚到工厂来的时候一样,慢慢地胆子就大了。我看过你做戏。你是一个好演员。好演员都不怯场的。是不是?你现在当一个革命战士,就应该像当一个好演员一样!"提到演员两个字,当真打中了周炳的心。他感激地微笑着,又用手捂住自己的胸膛辩解道:

"我的心跳得很厉害。可是,我不害怕,也不怯场!"

身体魁梧,比周炳还要高半个头,还要粗壮许多的海员李恩伸出他的葵扇般的大手,粗里粗气地说:"那么,你参加革命,第一是为了什么?"周炳坦然地回答道:

"我?为了报仇!"

经常给周炳送信的那个冼大妈的堂侄儿冼鉴正坐在他对面。这冼鉴是一个有学问的人,对什么事情都爱寻根问底,绰号叫"研究家"。当时他放下那本《红旗》,带着一种考问的神气说:"周炳,难道光为了报仇么?不为将来那个美好的共产主义么?"周炳不停点头道:

"对。也为那个美好的将来。不过我想报仇想得要多些。我觉着报了仇,什么都会好起来的!"

他说了之后,大家一时也没有再作声。过了一会儿,他又提出一个问题道:"既然要改造这个万恶的社会,为什么不多找几个人?

从前,我有些小学里和中学里的同学,他们都不太可靠,不找这些。但是有些另外的人,他们可完全不一样。他们都在打铁铺里,手车修理店里,裁缝铺子里,糕饼作坊里,皮鞋作坊里,印刷工厂里,清道班里。他们跟咱们是一模一样的人,好不好去找他们?"孟才师傅说:"现在不忙。现在一切都是绝对秘密的。告诉你吧,我们这里除了你之外,都是党员。党让你参加讨论和布置,是表示党对你的信任。其他的人,以后再找不迟。"周炳听着,那漂亮的圆脸上登时红了一大片,像涂了胭脂的一般。他想找几句话来扯臊,又想不到该说什么,后来不知怎么,糊里糊涂地说出了那样一句话来:

"我二哥那边,如今不知道怎么样了?"

这句话把大家又逗得大笑起来。那又高又瘦的汽车司机冯斗一直半闭着眼睛,很少说话,好像他已经睡着了似的,这时候忽然用力睁开右边那一只眼睛,哈哈大笑道:"周炳,怎么你如今还住在家里么?什么哥哥妹妹的?咱们这里是一个组织。你哥哥也会有他的组织的。咱们还要那家庭关系做什么?"这几句话把周炳说得更加不好意思。大家都去睡了。他还是这里坐坐,那里站站,不愿上床睡觉。他觉着自己满心欢喜,总想笑,想说话,想叫喊,想发狂。他觉着自己的喉头上打横搁着一块什么东西,咽不下去,又吐不出来,似软非软,似硬非硬,怪不好受。一会儿,他觉着自己跟这些共产党员,才真是互相提携,为中国的富强而献身——李民魁、张子豪、陈文雄、何守仁这些人的盟誓不过是胡说八道。一会儿,他又觉着几天之后,中国就要富强了。到时候,不知道要出现怎样惊心动魄的伟大场面,全世界都要被这伟大场面吓得发昏。他一点也不害怕,可是他止不住自己的心一个劲儿地跳,浑身的肌肉也在跳,四肢都在发抖。

好容易盼到十二月十日的黄昏,周炳一算,还得等三天,真把他急得不知怎样才好。他老在心里嘀咕着:"年年到了冬天,白天都是很短的,今年这白天就这么长!"吃过晚饭,他又将那支梭镖头仔细打磨着。其实他那支梭镖头已经打磨过千千万万次,早已打磨得银光闪闪,只要一镶上木杆子就能使用了。正在这个时候,孟才突然把大家召集拢来,宣布一个重大的消息。他使唤一种明朗、沉着的声调对大家道:

"武装起义的时间提前了!明早三点半钟就动手——干!"

每一个人都欢呼起来。周炳悄悄加上说:

"伟大的时刻到来了!"

说着又用拐肘撞了冯斗一下,又对好开他的玩笑的谭槟做了一个鬼脸。所有的人立刻行动起来。十五分钟之后,他们整个小队就坐在那种叫作"横水渡"的小木船里,横过珠江,向长堤进发。凉风吹着周炳的头发和胸膛,他的眼睛望着那高耸入云的白云山,觉得天高地阔,遍体舒畅,自己也变成了一个和白云山一般高大的巨人。他的嘴里喃喃自语地念着歌儿道:

"风萧萧兮易水寒,壮士一去兮不复还!"跟着又说,"今天好热呀!"

手车工人谭槟鼻子里哼了一声,说:"秀才嘛,什么时候都要转文的!"大家又亲密融洽地笑了一阵子。船靠了岸,他们沿着长堤走进一些窄小的街道。在这些小道里弯弯曲曲,拐过来拐过去地走了二三十分钟,天刚黑,就走进了龙藏街的太丘书院。那里已经有一百多人先到了,有些人在就着微弱的灯光擦枪,有些人在逐个逐个地检查手榴弹,有些人在点燃那盏搪瓷大罩的煤油灯,有些人在装修大捆大捆的长矛梭镖。走路是低声的,细碎的步子;说话是沙沙的,耳语的声音;表情是喜悦的,兴奋的神态。中队长麦荣已经先到,在等着他们了。他比任何时候都热情地和他们每个人握了手,带他们到宽敞的"过厅"的一个角落里,让他们坐在地上,动手装上自己的梭镖。不久,他又抱了一大捧手榴弹过来,每个人发了五个。后来,人慢慢增加,很快就把一个过厅都坐满了。大家都严格遵守着纪律,不笑,不闹,不说话。空气显得非常严肃和紧张。

周炳很快就把梭镖装好,把手榴弹用一条粗麻绳捆在他那件蓝布夹袄外面,对着满屋子的人出神。孟才师傅在他耳朵边悄悄说:"把那些'寿桃'解下来,歇一歇吧。时间还早呢,不重么?"他固执地摇摇头,继续呆望着过厅正中悬挂的那盏搪瓷大罩煤油灯,和灯下面那张餐桌周围坐着的十几个人。不久,从外面进来一个年轻人,所有的人都活跃起来。他敏捷果断地布置了一些人去小北门取手榴弹,便和那些联队长、大队长在餐桌周围坐着开会。"研究家"冼鉴低声和周炳说:"看,他就是咱们赤卫队的总指挥周文雍,敌人非常怕他。"周炳看那个人,矮矮胖胖,年纪很轻,穿着一套半新旧的咖啡色的西装,头发没有梳,散乱地披在前额上。他不断地抽烟,不断地说话,听不清他说些什么,但是从手势和听的人的神情看得出来,那些话一定是很准确,很有分量,很能说服人的。周炳对他发生了一种带着崇敬和信赖的好感。过了一个多钟头,去押运手榴弹的、一个叫作简发的中队长回来了。他低声向周文雍报告押运手榴弹失事的经过:他们刚才正在小北门"大安"酒米铺子起运那两百个手榴弹,不知怎么突然来了几个亮着枪的警察。他和其中一个警察纠缠了一会儿,把那个警察撞倒,自己才逃了出来。他很生气,又拍手,又顿脚,又叹息,又粗暴地咒骂。周文雍只是很镇静地听着。后来他很迅速地处理了这件事,就和大家继续开会,布置武装起义的事情。

周炳悄悄问汽车司机冯斗:"你猜现在几点钟了?"

冯斗回答他:"不知道。不要心急,你先睡一会儿吧!"

这时候,过厅的会议结束了。说话的声音从餐桌向四面传播开来:"明天清晨三点三十分。听信号:三声炮响,开始行动!"周文雍走了,煤油灯扭暗了。人越来越多,好像有成千上万的样子。人虽然多,但是很寂静,连咳嗽的声音都没有。灯光暗淡,只见卷烟的火光到处闪亮。初升的月亮从天井射到过厅的屋檐上面来。大个子李恩在旁边伸了个懒腰,周炳听见他的筋骨历历作响。这时候,周炳一点睡意也没有,眼睛反而瞪得大大的,注视着天井上面那一小片平静的天空。他一只手抓住竖在地上的梭镖,一只手按住腰间的手榴弹,心里什么念头也没有,平静得和天井那一小片天空一样。一点钟过去了,两点钟过去了,三点钟过去了,什么声音都没有。忽然之间,听到几声稀疏的枪声,像粗大的雨点落在屋瓦上一样。他耸起耳朵听,可是听不见炮声。又过了不久,沉重的炮声响了。一声,两声,三声……时间到了,十二月十一日三点三十分来到了,广州武装起义开始——一页新的历史翻开了!大家迅速地站立起来,一阵飒飒的声音像潮水似的淹没了整个大厅。随后,人们按照预定的部署,走出龙藏街,分南北两路向维新路公安局前进。第十中队的中队长麦荣因为有另外的任务,调到赤卫队总指挥部去了。中队副孟才指挥着这个中队。第一百三十小队编在南路的队伍里。刚开进维新路没多远,周炳就听到前面响起了步枪的声音。跟着,广州市的东北、东南、正北、西北、西南几个方向都响起了枪声和炮声,运输汽车也在惠爱路一带发出呜呜的声响。天空上这里闪一闪,那里亮一亮。喊声一起,赤卫队的一支驳壳枪和十几支步枪领着头,其余的人举起梭镖和木棍跟在后面,嘴里喊着:"杀呀!杀呀!打倒国民党!打倒帝国主义!"向公安局门口冲上去。子弹吱吱地朝他们飞过来,有些人呻吟着,倒在地上。枪声像狂风暴雨一般响着,人们的喊声更加洪亮,硝磺的气味刺着人们的鼻孔,马路上的血液几乎使人们滑倒,但是人们还在继续前进。南路前进着,北路前进着,看看到了离公安局大门口还有四五十米的地方,敌人那边突然响起了一阵机关枪声,人们纷纷倒退回来。第一百三十小队向墙边的方向稍稍移动了一下,大家都仆倒在地上,周炳举动迟了一点,大个子李恩把他一拉,他也仆倒下去了。拿驳壳枪和步枪的赤卫队员等机关枪一停,就站起来向敌人射击。一个倒下去了,别的人就端起他的枪。有些人把手榴弹扔了出去。手榴弹在敌人的阵地里爆炸了,在公安局的门拱上爆炸了,在马路中心也爆炸了。有些没有爆炸的,就像石头一般砸在敌人的脑袋上。坚强的意志,胜利的决心,深刻的仇恨,都在抵抗着敌人的火力,使得进攻的队伍仍然一寸一寸地前进。后面拿着木棍的赤卫队员,一齐唱起《国际歌》来。

周炳仆倒在地上,微微抬起头望望天空。这时候,天空明亮皎洁,月色很好。爆裂的枪声和子弹的啸鸣在广州的上空震荡着,回旋不停。闪闪的火光此起彼伏地从四面八方冲上云霄。耳朵贴着地面,汽车大队在马路上奔跑的声音听得分外清楚。他望着公安局的门拱,觉着它挡住他们走向幸福的大路。他渴望消灭在门拱下面的,敌人的机关枪阵地,就使用全身的力量,投出了第一颗手榴弹。手榴弹的落点很好,几乎在敌人的机关枪阵地的中心爆炸了。轰隆一声,火光一闪,有什么人尖叫了一声,机关枪不响了。赤卫队站起来,冲上去,但是机关枪又响了,大家又退回来,仆倒在地上。这时候,公安局对面的保安队总队部也起义了,和赤卫队一起向公安局进攻。赤卫队在两边,保安队的起义士兵在当中,形成一个半圆形的阵势向公安局压过去。公安局里面的机关枪响了,步枪同时向外密集射击,工人们像潮水一样,冲上去,又退了下来,重新冲上去,又重新退了下来。其中有几十个人就沿着公安局的两边围墙的墙脚接近了大门口。他们有些人向那挺机关枪投掷手榴弹,有些人就用伙计们的肩膀做梯子,爬上了围墙的墙头,向里面正在活动的人群投掷手榴弹。机关枪向外打,手榴弹向里面投,一时火光逼人,烟雾弥漫,树木房屋,都摇晃起来。

正在相持不下之际,第一百三十小队的大个子李恩突然站立起来,手里举着两个手榴弹,像闪电似的跑着,向机关枪阵地冲过去。在半路上,他中了枪,周炳看见他打了一个趔趄,鲜血从他的身上淌出来,但是他毫不迟疑,继续向前冲去。最后,他用了一个跳跃的动作向敌人冲击,他那被鲜血染红了的身躯像一根火柱子似的落在敌人的机关枪上面,手榴弹同时爆炸。就在这个时候,教导团的增援部队来了。七八部公共汽车,还有两部运货汽车,满载着挂红领带的士兵,停在维新路口。战士们敏捷地跳下了车,抬起机关枪就向公安局门口冲上去。两边的机关枪互相射击。周炳看见李恩牺牲得这么壮烈,就奋起全身的精力,跳到围墙顶上,手里举起一个手榴弹,大声叫喊道:

"打他妈的个落花流水呵!"

一边喊,一边和十几个人一道,从墙上跳了进去。敌人害怕起来,四处乱跑。他们一面追赶,一面拉开手榴弹往窗户里、屋顶上、院落里乱扔,又大声吼叫道:"缴枪!缴枪!"两边的机关枪稍一停歇,大门外面的赤卫队和起义的教导团士兵、保安队士兵就冲进了公安局的正门。人们欢呼着,跳跃着,互相拥抱着。人们心里面只想着一件事:

反革命的政治和军事的中心——广州公安局被武装起义的人们占领了!

三三　通　讯　员

平时阴森可怕,像阎王殿一样的公安局,这时候出现了全新的气象。欢乐而自由的人们成了这里的新主人。他们穿着军服和工人的便服,脖子上系着红领带,跳出跳进,笑、闹、喊、叫,就像一群活泼淘气的小孩子。什么东西折断了,什么东西裂开了,什么金属的东西碰到另外一种金属的东西上面了——这许许多多的声音,和那零星的枪声混作一团。好像一座千年古墓被撬开了墓顶,好像一个黑暗地窖被揭开了石盖,那陈腐霉烂的东西全被暴露在光天化日下面。在这里,老爷们的舒适和尊严,法度和威武,教养和傲慢,全被当作垃圾,抛在地上,任人践踏。到处的抽屉,箱子,柜子,都打开了。公文、印鉴丢得满地都是。而从前,这些可笑的东西的确曾使一些人活得很骄奢,使另外一些人愤愤不平地死去;使一些猥琐的东西变成高贵和幸福,使一些美好的东西化为眼泪和悲伤。如今那些公文、印鉴都成了废物,躺在地上,毫无意义了,也没有谁来尊敬它们和保护它们了。

天色渐渐地由深黑变成浅蓝,由浅蓝变成乳白,朝霞发出绚烂的色彩,广州公社的第一个白天降临了。笑、闹、喊、叫的声音依然没有停止。周炳到处搜索残余的敌人,来到了楼上一间高级办公室模样的房间里。地上有一堆纸张在燃烧,发出焦臭的气味。他踏灭了那个火堆,推开了一张大写字台后面的几扇玻璃窗,吸了几口新鲜空气,就走到那凉开水瓶旁边,拿起玻璃杯,倒了满满一杯凉开水,又走到窗子前面,慢慢地喝。这时候,外面只有疏疏落落的枪声,整个广州的珠江北岸,除了几个零星的敌人据点之外,全部都被红色的武装占领了。在这一刹那之间,他的脑子里发生了一种幻想。他仿佛看见一个无比巨大的巨人。这个巨人的头枕着白云山,两脚浸在珠江的水里,两只手抱着整个广州城,好像抱着一个小巧玲珑的玩具一样,在微微发笑。他想,谁要想推开这个巨人,把广州城从他的手中抢走,那不过是一种可悲的妄想。他又想,从今天起,一切坏的东西都要灭亡,一切好的东西都要生长起来。人活在这个时代里,多么有意思!最后,他望着楼下公安局的全部建筑物,忽然想起这里如今已经成为苏维埃政府的办公大楼,红军的司令部,这里就要发出许多的布告和命令,全广州,全广东,甚至全中国,都要听从这里的指挥,于是对这些建筑物发生了一种亲切的感情。这些想象都是在短促的一瞬间发生的。他喝完了凉开水,就走到一个穿衣镜前面,看了看自己。他看见镜子里面那个人,穿着厚蓝布对襟夹袄,蓝布长裤子,一边肩膀上背着两条步枪,一条红领带端端正正地系在脖子正中,仪表堂堂,非常威武。忽然之间,他又从镜子里发现了另外两个人,一个坐在大写字台上面,一个坐在大写字台后面的安乐椅上,不知在搞什么名堂。他拧转身一看,原来是冯斗和谭槟,不知道什么时候溜了进来。冯斗坐在写字台上面,拿赤脚板上的污泥往台面的绿绒布上一抹,嘴里说:"你不让老子在这台子上念书写字,老子却偏要坐在这上面,还要拿脚踩它呢!"坐在安乐椅上的谭槟却装成一个长官老爷的样子,用手拍着写字台道:"滚下去,通通给本老爷跪下来,本老爷要审问你们了!"大家正笑闹着,忽然一颗流弹从打开的窗口飞进来,落到凉开水瓶上,把那玻璃瓶打碎了。冯斗一骨碌从台子上滚下来,嘴里骂着:"哪个王八蛋,连枪都不会打!怎么朝玻璃瓶打枪呢!"大家又哈哈大笑起来。这时候,门外不知有谁高声喊道:

"大家到下面去,打开监仓,释放政治犯!"

周炳领头,三个人一道飞跑下楼。在监仓前面,已经有许多人在动手开仓。他们对着铁门的锁上放枪,拿鹤嘴锄在墙上打洞,举起枪托撞击窗子,拿铁笔来撬开水沟的洞口,有些人还爬上房顶去揭开那些瓦筒,打算用麻绳把里面的同志吊上来。不久,那些受难的人们一个跟着一个地,从铁门缝里钻出来,从破墙的洞上爬出来,从窗户眼子里挤出来,从水沟洞里冒出来,从屋瓦的木桁之间吊出来。他们的两脚一踩到地,就跟那些挂了红领带的人们紧紧搂抱起来,即便不曾相识,也像看见了老朋友一样。跟着就是互相问好,互相问里外的情况,互相打听自己认识的人。周炳放出了几个女的之后,跟着放出了一个方脸高颧,虽然皮黄骨瘦,却精神奕奕的人。那个人看样子有三十多岁,还戴着脚镣,一出来就扑倒在周炳怀里,差一点儿没有摔在地上。他和别的人一样,紧紧地搂抱着周炳;可是他又和别的人不一样,什么话都没有问,只是拿眼睛打量着周炳。周炳不认识他,正待要问,旁边站着的谭槟早认出他来了,就喊道:

"你好呀,金端同志!你猜这漂亮小伙子是什么人?"

金端同志坐在地上,拿铁锤去敲打脚镣,一面说:"如果我猜得不错,你就是周金和周榕的弟弟。你叫什么名字来着?怎么我一点也记不起来了!"周炳连忙走到他身边,恭敬地弯着腰说:"金端同志,你猜对了,我就叫周炳。哥哥们从前经常提起你。有一回,我到一个地方等着跟你碰头,可没碰上。后来……你如今身体还好么?"金端点头笑着说:"我的身体不管什么时候,总是好的。国民党就是怎么折磨它,也拿它没有办法!他们说我这回大概活不成了,你看,我不是又活转来了么?哦,对了,你二哥周榕如今哪里去了?"周炳说:"前几天从香港上来,如今我也不晓得他在哪儿呢!"正说着,第一百三十小队长孟才师傅从远远的地方走过来,对周炳说:"走,你不是会说几句外江话么?跟我来,张太雷同志有话跟你说呢!"他一听说张太雷同志叫他,脸又红了,连忙别过金端,一声不响地跟着孟才师傅走。他知道张太雷同志是党的负责人,但是没有见过面,因此心情十分激动,像那年省港罢工委员会委员长苏兆征同志约他见面时的心情一样。两个人上了楼,走到他刚才在那里喝凉开水的地方,张太雷站在窗前等候他们。他看张太雷同志,约莫三十岁的年纪,脸孔长得又英俊、又严肃。身上穿着草黄色呢子的中山装,戴着没有框子的眼镜,又黑、又亮的头发从左边分开。宽阔的前额下面,有一双深沉而明亮的眼睛。鼻子和嘴唇的线条,都刻画出这个人的性格是多么的端正,热情和刚强。周炳不知道应该怎样行礼,就把步枪拄在地上,做了一个立正的姿势,直挺挺地站在他的面前。张太雷走到他身边,对他淳厚地微笑着,说:

"哦,一个人背了两支枪,不累么?很好,工人家庭出身,高中学生,身体很棒,很好,很好!你能不能够谈一谈,你为什么要参加暴动?"

他这几句话是用广州话说的。他的广州话说得很不错,就是稍微带一点上海话的口音。周炳觉着自己很喜欢这个人,就使唤不很熟练,但也还听得懂的"国语"回答道:

"我么?我没有别的路子可走!"

张太雷拧回头,坚持说着广州话,对孟才师傅说:

"你看国民党做得多绝!把这样一个好后生逼得无路可走!"然后又转过来对周炳说,"好了,从今天起,全世界的路都让你自由自在地走,你喜欢怎样走就怎样走!现在,你临时给这里帮帮忙。这里缺一个忠实可靠的通讯员,你就来做这个事情,怎么样?不要以为这不是直接的战斗,不要以为这是无关轻重的工作,相反,这是一个重要的岗位。革命者的特性,是什么地方需要他,他就到什么地方去。你会骑自行车么?"

周炳点头答应道:"我很高兴做这个工作。我很高兴做不论什么工作,张太雷同志!"

张太雷说:"这就好。这就好。等一下也许调你去做别的工作,你也应该同样高兴。这才是世界主人翁的态度。"说完就走了出去。这里周炳和孟才师傅两个人立刻就动手搬开那张绿绒面子的大写字台,把它从窗子前面搬到一个墙角落里。刚搬好,张太雷和一大群人从外面走了进来。这些人里面,有教导团团长叶剑英,红军总司令叶挺,赤卫队总指挥周文雍,领导警卫团起义的蔡申熙和陶铸,广州市的市委书记吴毅,还有苏维埃政府的肃反委员杨殷,司法委员陈郁,秘书长恽代英等等,有许多都是周炳不认识的。张太雷看见他两个把写字台搬到墙角落里,就问道:"这是什么意思?"周炳回答道:"那里不好。那里有流弹。"张太雷回顾众人,心情爽朗地大笑着,说:"你们看咱这个通讯员多么有意思!敌人的枪口哪一天不对着咱们的胸膛?如今咱们倒躲起流弹来了!"叶剑英同志走到周炳身旁,仔细看了他一会儿,拍拍他的肩膀说:

"会动脑筋。好材料!你这么年轻就参加革命,比我们幸福多了!"

张太雷说:"周炳,你到楼下会议厅去收拾收拾。咱们得开一个会。"

周炳和孟才师傅下了楼。孟才接过了周炳的两支步枪,不知道上哪儿去给他弄来了一支驳壳枪,说:"把这个挂上。这才像一个通讯员呢!"周炳挂上了驳壳枪,就动手收拾会议厅。他首先洒了水,拿扫帚和畚箕把整个宽敞的大厅扫干净了,把那张躺倒在地上的长方桌子扶起来。桌子很大,很重,他花了很大的劲儿才把它扶起来。做完这件事,他已经累得满头大汗。他一面拿袖子擦汗,一面自己对自己说:"哦,好热的冬天!心里面都冒出火来了!"随后,他就动手去摆好那十来把东倒西歪的圈手藤椅,又用衣袖去把那些铺满灰尘的藤椅子擦得干净明亮。张太雷叫人拿了一张很大的广州地图来给他,他就跑到从前一个什么科的办公室里,找出许多图画钉子,把那幅半间房子大的地图钉在墙上。这回把他热得连蓝布夹袄都脱了下来,甚至连里面的背心都湿透了。做完了这些,已经没有什么可收拾的。他看看这会议厅,摇摇头,觉着不像样子,觉着不论怎么说,也表示不出这是一个广州工农民主政府的会议厅。于是他又跑到从前另外一个什么科的办公室里,找出一块很大的白台布,和一些江西制造的瓷壶、瓷杯,在长桌子上摆设起来。那块白台布揉得到处都是皱纹,他嫌不对眼儿,又用手掌在台布上使劲地压,打算把它熨平。他想这里马上就要开始讨论极其重大、极其庄严的事情,讨论关系到每一个人的幸福的事情,讨论到世世代代的人的幸福的事情,于是他就用创造一个艺术品的虔诚而兴奋的心情,来收拾这个宽敞的会议厅,任何最琐碎、最平凡的事情这时候都显得极其有意义。收拾完了,他就重新穿起厚蓝布夹袄,挂起驳壳枪,然后又扎起红领带,把大厅里所有的电灯都扭亮了,才到厨房去烧开水。等到他把开水烧好送来,太阳已经照到会议桌上,会议是早就开始了。他看见张太雷、杨殷、周文雍、陈郁、恽代英这些人围着长桌,坐在圈手藤椅上;叶挺、叶剑英、陶铸这几个人站在地图旁边。他悄悄地把盛满开水的大马口铁水壶放下,就从大厅里退了出来。恰好碰上警卫班长带着几个值勤的警卫员布置岗哨,他就和他们四处跑了一转。回来之后,看见会议还没有散,他就着手把会议厅旁边的那些办公室,一个一个地收拾起来,不让自己空闲着。他把那些歪歪倒倒的柜子、架子、桌子、椅子都扶了起来,把满地的公文、印鉴、文具、纸张都拾起来,整理成一堆堆、一叠叠,然后又扫掉那些破烂的玻璃、瓷器,揩净到处泼洒的糨糊、墨水。快把四间办公室都收拾完了,忽然听见有人高声喊道:

"通讯员!通讯员!"

他迟疑了一会儿,才想起是喊自己,连忙答应着,扔下抹布,跑到会议厅门口。原来是恽代英秘书长要他到学宫街广州工人代表大会去送一封信。这以后的三个钟头,他就骑在自行车上,满城地跑,东边到了东山,南边到了长堤,西边到了黄沙,北边到了观音山。他什么也不看,什么也不想,只是骑着车子,精力饱满地跑着,不停地跑着。原来想着当武装起义成功以后要办的许多事儿,现在都记不得了,好像都没有什么重要性了。看见他这种两眼发愣,横冲直撞的样子,每一个人都要发笑。这种笑里面,包含着惊讶、赞叹、疼爱、戏弄种种复杂的意思。有一次,海员出身的中队长简发和交通队长何添,张太雷同志的汽车司机陈能,正站在工农民主政府的大门口抽烟。简发跟何添运了许多步枪回来,刚刚卸完车;陈能驾驶的那部敞篷汽车出了点小毛病,也刚刚修理好。周炳骑着自行车从里面冲出来,几乎连人带车,撞在他们三个人身上。自行车摔倒了,周炳飞身跳在一旁,却被陈能一把逮住,拿手上的黑油往他脸上涂抹。周炳央求道:"大哥,对不起。让我走吧,我这就要赶到'普兴印刷厂'去呢!"陈能还是不放手,说:"普兴印刷厂有多远?来得及!"何添也凑趣儿说:"要放你容易,只要你演一出戏给咱们看!"周炳答应了演戏,陈能才把他放走了。他走了之后,陈能又赞叹地说:"唉,说实在的,你在一万个人之中,也找不到一个这样雄壮,又这样漂亮的男人!"简发向他提议道:"我跟你两个人来编一出戏好不好,陈能?我们就编何添从前怎样在医院里把周文雍抢救出来的故事,你看怎么样?"何添说:"那有什么好编的?倒不如编你自己去'大安'酒米铺子运手榴弹的故事,更惊险得多了!"陈能说:"编哪个故事都好,也得枪声停了才成!"正说着,观音山那边传来了紧密的枪声,像燃爆仗一样。长堤那边又传来了国民党军舰的大炮声。炮声过后,南关的什么地方起火了,火烟冲上半空中,久久不散。

周炳赶到普兴印刷厂,那里正忙着一边赶印《红旗日报》,一边赶印工农民主政府的布告、宣言和传单。周炳看着那种紧张忙乱的景象,看得发了呆,心中十分欢喜。但是令他更加欢喜的,是他在这里无意中却碰见了他二哥周榕。他一把抓住周榕,说:"二哥,我从公安局的监牢里放出了一个人,他叫作金端。他还问起你呢!"周榕也高兴极了,说:"你放了金端,那太好了。他是一个很有本事的革命家。你要是再看见他,告诉他我在这里。"正说着,从周榕的后面走来了四个人,为首的是省港罢工工人,后来在普兴印刷厂做工的古滔,跟着的是在南关当印刷工人的关杰,最后是南关区家的两个表弟,区细和区卓。周炳问关杰道:"你怎么也跑到这儿来了?"关杰诚恳谨慎地说:"他们说要找人帮忙,古大叔就把我叫来了。"周炳又问区细和区卓道:"你两个小把戏,怎么不待在家里,却到处乱蹦?"区细反唇相讥道:"我十八岁,他十三岁,我们比你小了多少?你到处跑得,我们跑不得!"区卓也说:"我做了临时工,还摇印刷机呢!你气死?"这几个人正在高兴,想不到从周炳身后,又走进来了一男一女两个人。大家和他们打招呼,周炳回身一看,原来男的是他的表哥杨承辉,女的是一个十八九岁的女孩子,却不认得。不等别人问,杨承辉却先说了:"你们都在这里,好极了!我也来搞宣传工作,加入你们一伙儿。这位是宣传队的小队长:傅翠华。她是橡胶厂的女工,今年春天被敌人抓进监牢,刚才恢复了自由,爹娘都找不到,无家可归了!"傅翠华听到"无家可归"四个字,

眼圈又红了起来。大家和她相见过了,又安慰了她一番。周炳忽然拍着手掌,又兴奋、又激动地说:

"美妙呀美妙!自己人都碰到一块儿了!这个世界该是咱们的了!"

周榕告诫他道:"世界倒是咱们的。只是要美妙,还得下大功夫呢!"

周炳把带来的文件交给印刷厂,又把一些另外的文件带回去。走到工农民主政府门口,马路上又是东西、又是人,挤得水泄不通,他只好跳下来,推着自行车走。这时候,大门口的马路两旁和对面人行道上,都站满了徒手的工人,等候领枪。那身躯矮胖的周文雍和身材高大的司法委员陈郁,在工人当中穿来穿去地走着。在马路当中,摆满了汽车、大炮和马匹。枪声在很远的地方忽紧忽慢、断断续续地响着,时不时有一两颗子弹在天空中吱吱地飞过。工农红军正在南关、西村和长堤一带消灭残余的敌人。周炳挤挤撞撞地设法挨近周文雍的身边,问他道:"周同志,我有几个做工时候的好朋友,我叫他们也来领枪好不好?"周文雍郑重其事地回答道:"赤卫队的人越多越好!怎么不好呢?你叫他们到工人代表大会去登记吧。登记好了之后,一道上这里来领枪。"周炳高高兴兴地回到工农民主政府里面,向恽代英秘书长交了差,就打算到南关去找他那几个好朋友,动员他们来参加赤卫队。恰好这时候恽代英秘书长又交给他一个新任务,要他去搞一些吃的东西,于是他又骑上自行车,发出嗞嗞的声音,飞快地冲出大门口。这回在大门口,他却碰上他的表姐区苏,正在和一个年纪比她大些,约莫有二十六七岁的女同志谈话。区苏那白净瘦削的脸上,如今也叫红领带映照得通红,显得更加健康。那位女同志是一个临时的护士,周炳认得她,名字叫作梁俊芳。她原来是香港的糖厂女工,在北伐军里当过护士,今日从监牢里出来之后,才知道丈夫已经在三个月前被国民党杀害,她的一个四岁的女儿和一个两岁的儿子都不知下落了。

当时周炳的自行车一直铲到区苏的身边，突然煞住。区苏吓得往旁边跳，到看出是他，就骂道："我道是谁，原来是你这冒失鬼！"梁俊芳不管这些，一直拽住她的袖子，问她要米，说伤员要喝米汤，没有米不行。周炳调皮道："区苏表姐是管穿皮鞋的，你怎么问她要米？区苏表姐，恭喜你当了觧粮官！我也当了觧粮官呢，我跟你比赛吧！"说完就跳上自行车，拼命按着铃，冲出大门外去了。

他先到南关一家蒸粉店找到马有，打听清楚哪家字号有米，哪家字号有面，就又去找清道伕陶华和裁缝师傅邵煜，最后去找手车修理工人丘照。丘照的父亲是个人力车工人，在今天清晨起义的时候牺牲了，他正在十分悲痛，听大家说是要参加赤卫队，脱下木屐，换上布鞋就走。周炳领着马有、陶华、邵煜、丘照四个人，拉上一辆大板车，装满了白米，浩浩荡荡地投奔工农民主政府，要去参加赤卫队。周炳还一路走，一路想法子动员了很多的饼干、面包、鸡蛋糕之类的东西，准备拿回去送给在工农民主政府里和在红军总司令部担当责任的人们。

三四　巡　逻　队

那天天刚亮，几点钟之前还在当着国民党公安局长的朱辉日从公安局跳墙走出来之后，乘坐了一只英国海军的小摩托艇，逃到河南第五军军长李福林那里。原来国民党广东省政府主席陈公博，财政厅长邹敏初，乘坐了日本军舰；广州卫戍司令、第四军军长黄琪翔和副军长谢婴白，乘坐了美国军舰，都早就来到了。不久，国民党广东省临时军事委员会主席张发奎也乘坐着美国海军的小炮艇来到。国民党海军处处长冯肇铭也带了"宝璧""江大"两只军舰，来听候命令。张发奎在码头上一见大家的面，就装出要投江自尽的样子，后来大家把他拉了一拉，就没再跳。这些人到了李福林那里，第一件事就是埋怨汪精卫利用共产党和工人的力量去赶走广西军的政策。第二件事就是互相埋怨。第三件事就是互相嘲笑。然后就是怂恿李福林出兵。这李福林拥兵坐镇河南，实行着一种"兵匪合一"的政策，平时既不管珠江北岸是红脸出、白脸进，也不管是白脸出、红脸进，如今哪里愿意拿出一兵一卒？后来经过大家多少唇舌，许给他多少规、饷、权、缺，才算答应下来。最后，他们就开始着手制订一项毁灭整个广州城的庞大的计划。他们从东江，从南路，从西江，从北江调了许多兵来，一齐攻打广州。他们动员了李福林的军队，动员了"机器工会"的反动武装，动员了广州城里一切流氓、地痞、烂仔、黑帮，加上潜伏在城里的党棍、工贼、侦缉、密探、散兵游勇和一切反革命分子，一齐出动。此外，他们又集中了"宝璧""江大"两只军舰，又买通了英国、美国、日本、法国的军舰，一齐向城里开炮，务须把全城炸平。只有一件事，他们没有办到，就是他们要求英、美、日、法各国陆战队开进广州市区，和工农红军、工人赤卫队直接作战，领事们都不肯答应。张发奎为这件事很生气，他拿手拍着桌子说："我们那些宝贝兵大爷，我是知道的。拿他们去对付赤手空拳的老百姓，倒绰绰有余；要说拿去和共产党作战，那就不是他们的事儿了！还不说拿花名册去点，不知能点到几成呢！至于拿大炮轰，那当然不坏；可是光轰也不是办法，顶多不过泄泄愤罢了！真正有用的，还是人家那些陆战队。我们借不来那些陆战队，只好叫作'万事俱备，只欠东风'。那些狗杂种领事也是看准了我们的弱点，因此拼命拿价的！"说到这里，他拿起一根红铅笔，又使劲把它摔下来，说：

"也罢！一不做，二不休。你们再去哭秦庭，就说我们再添价钱。大不了把整个广州开辟做租界，我也答应，只要把陆战队借出来！其实他们也用不着真打，只要他们一出动，共产党就跑了！"

张发奎能想到的事儿，别人也想得到。原来住在三家巷，事前已经跑到香港去的陈文雄跟何守仁两个人就是这样想的。他们到了香港之后，天天等着广州的消息，却不见动静，只是从广州搬家到香港去的人越来越多就是了。那天中午，陈文雄、周泉夫妇，何守仁、陈文娣夫妇，宋以廉、陈文婷夫妇，加上陈家三姑娘陈文婕，何家小姑娘何守礼，一共八个人，打扮得花枝招展，香气袭人，一同到"安乐园"去吃午餐。正吃着，忽然街道外面叫卖起"号外"来。一眨眼之间，整个餐馆都轰动起来，纷纷相告：广州打起来了，共产党暴动了，公安局被占领了！何守仁立刻叫"侍仔"添了八杯白兰地酒，要大家庆祝他料事如神。陈文雄保持着他的雍容风度，一面喝酒、一面说："依我看，这回张发奎倘若借不来各国的陆战队，他这出戏可不容易唱下去呢！"宋以廉佩服得五体投地，慨叹着说："大哥，你的才华气度，大可以到政界来显显身手，可惜你总瞧不起政治两个字！"何守仁说："大哥如果肯做官，陈公博——包他要失业呢！"大家嘻哈大笑，十分融洽。

这时候，陈文雄跟何守仁的换帖兄弟李民魁还滞留在广州，没有逃到香港，他的想法跟张发奎、陈文雄也都没有两样。本来他早就认为应该搬到别处去住几天的了，但是一来没有钱，二来他老婆李刘氏刚生了个男孩子，正在坐月子，也不好走动。今天清晨，一听见出了事儿，他扔下了躺在床上的老婆，扔下了今年才八岁的大女儿李为淑，也扔下了才出世不久的儿子李为雄，不管三七二十一，带了一点钱，打开大门就蹦。出得门来，这四五更天气，哪里能够容身？亏他后来想起惠爱西路擢甲里那个卖唱女孩子阿葵，就投奔她家里去。幸好那天晚上阿葵家里没有客，他又是个熟人，就把他收留下来了。天刚亮，他就穿衣服出门，走进附近一家麻雀牌馆去。麻雀牌馆的"事头婆"见来了一个不大不小的官儿模样的人，就装模作样地说："现今兵荒马乱的世界，像当年'反正'的时候一样，那些红领带见了当官的就杀！我家又没有个男人，怎好收留你？就算我不怕红领带，也挡不住街坊邻里说话呵！"李民魁说：

"算了吧,你都四五十岁了,谁还说你的话?"事头婆听见别人说她四五十岁,更加骚情起来道:"你这个斩头鬼!我才三十多岁,你怎么咒我四五十岁?"纠缠了半天,李民魁给了她两块钱香港钞票,她才答应替他去找他的堂兄弟李民天和他的朋友梁森。不多久,农科大学生李民天先来了。李民魁问他打算怎么办,李民天说:"我很后悔那时候退出了革命。现在,他们成功了,不知道要我不要我了。"李民魁说:"周榕在广州,你去找他。不要离开革命,也不要当真去革命!你嫂嫂正坐月子,你去照顾照顾她。"李民天说:"你呢?你和周榕不也是拜把兄弟么?"李民魁说:"废话。我要走了!这一去,不知何年何月,才能回到故乡来呢!"李民天走了之后,那茶居工会的执行委员、工贼梁森慌慌张张走了进来。李民魁摆起长官的架子说:"梁森,你是否忠于党国,就看这一回了。从前打过共产党的人,共产党是不会饶恕的。你要告诉所有的弟兄,告诉那些想发洋财的人,现在我们政府宣布:杀一个红领带,奖十块钱。各人自己烧杀抢劫得来的,归各人自己所得。明白了么?"梁森踌躇道:"明白是明白了。可是你不是要逃走了么?我呢,我能不能走开避一避?"李民魁说:"胡说!我哪儿也不去!我要跟广州共存亡!"梁森明知他打官腔,也奈他不何,垂头丧气地走了。

到了中午,周炳觉着肚子有点饿。但是工农民主政府里并没有开饭。所有的粮食和食品都送到火线上和伤兵医院去了。他喝了两碗凉水,就走到第一公园去,准备参加在那里召集的群众大会。这时候,观音山上面发现了敌人。大会没有开成,改到明天中午十二点钟在丰宁路"西瓜园"召开"工农兵代表大会"。周炳回到工农民主政府,迎面碰见了赤卫队第一百三十小队的队长孟才师傅。他一见周炳,就高兴地跳起来道:"欢迎你归队,欢迎你归队!"原来第一百三十小队今天下午要执行巡逻的任务,周炳也调回队里来。周炳一听,想起刚才牺牲的英雄好汉、大个子李恩,不免有点心酸,就问孟才道:"咱们小队的战斗力是不是很弱了?"孟才说:

"虽然缺了个李恩,战斗力还强得很!"周炳说:"那么,为什么不让咱们上观音山直接作战去呢?"孟才说:"那是兵力调度的问题,要他们上面才知道。可是,你愁没有机会么?你不用发愁,有机会的,一定有!"周炳开头还噘着嘴,可是后来孟才领着头,洗鉴、冯斗、谭槟、他自己四个人相跟着在马路上巡逻的时候,他又欢天喜地,有说有笑了。他们从维新路出发,经过惠爱路向西走,又经过丰宁路、太平路向南走,然后向东转进长堤,向北转进永汉路,最后重复折进惠爱路,又向西绕着圈子走。这时候,马路两旁的店铺都紧紧闭着大门,路上的行人也很稀少。半空中步枪声、机关枪声、手榴弹声、大炮声此起彼伏,互相交替地响着。文明门、大南门、油栏门和西关一带,有十几处民房中了炮弹,起火燃烧。那燃烧的烟柱升上天空,像一棵棵高大无比的红棉树一样。在马路当中行走的,全是一队一队的红军,一排一排的赤卫队,或者是一大群一大群的徒手工人。偶然有个别在人行道上单身行走的老大爷、老大娘,都用惊奇羡慕的眼光望着那些红军、赤卫队和工人队伍。又高又瘦的汽车司机冯斗忽然睁开他那一只本来半闭着的眼睛,使得两只眼睛都睁圆了,说:

"一打完仗,我还是开汽车去。我先洗一个澡……然后上茶馆去喝他一盅茶……然后睡他一个大觉……"

手车伕谭槟努着嘴说:"你要是先睡大觉,那么,也不要紧,我来给你洗一个大澡就是了!"

冯斗举起拳头要揍谭槟,大家又嘻嘻哈哈地大笑起来。当他们第二次走过惠爱西路的时候,周炳得到了孟才的同意,一家挨一家,去拍了三家打铁铺子的大门,叫了杜发、马明、王通这些好朋友出来,动员他们赶快去学宫街广州工人代表大会登记,参加赤卫队。杜发、马明、王通三个人都答应了。杜发还答应立刻到三家巷去,把周炳这一向的情形,告诉他爸爸和妈妈。他还从杜发嘴里,知道三家巷中,陈、何两家人已经逃到香港去,只留胡杏和两个使

妈在家看守,就笑着对杜发说:

"他们愿意到香港去,就让他们去吧。反正广州他们带不走!那么,这样子吧:你叫妈妈悄悄把这情形告诉胡杏,先不忙告诉别人。也叫胡杏先高兴一下! 大概要不了多久,她就能够自由了! 那些凶神恶煞永远回不来了! 她可以回家跟爸爸、妈妈、姐姐、哥哥们一道过年了!"刚离开那正岐利剪刀铺子,周炳无意中却碰见了卖唱的歌女阿葵。她叫周炳那威风凛凛、得意扬扬的样子吓了一跳,尖声叫起来道:

"铁匠仔,你也是个红领带! 还带驳壳枪呢!"

周炳从昨天晚饭后到现在,没有吃过一点东西,也没有闭过一闭眼睛,但是不知道饥饿,也不知道疲倦,反而露出一副兴致勃勃的样子。他看见阿葵那消瘦、疲倦、提不起精神的样子,心里很可怜她,就安慰她道:

"阿葵,不要难过。你的日子马上就要好起来了! 你也可以过几天舒舒服服的太平日子了!"

阿葵摇摇头道:"我不盼望什么舒服、好日子! 我只盼望好好睡一觉!"

周炳叹息着离开了阿葵,和整个小队一起继续往前巡逻。走着,走着,那"研究家"冼鉴从周炳的身上研究出一种奇怪的东西来。他发现了那平时以美男子出名的赤卫队员今天特别漂亮:他的脸比平时还要白,他的两颊比平时还要红,那两个浅浅的笑涡比平时还要圆。全身的各个部分都显得胀鼓鼓的,都显得更加饱满,更加发亮。两只手摆动得特别有力,两只脚踏在地上,好像铁锤往地面砸似的沉重。他走路的姿势是勇往直前,而且又是旁若无人的,但是他的脸上却偷偷在发笑,嘴唇一动一动的,好像和什么人在那里低声说话。那时候,孟才师傅领头走,周炳排在第二,后面是冼鉴、冯斗和谭槟。冼鉴指着周炳,叫冯斗和谭槟看。两个人看了,都觉着奇怪。周炳自己却还不晓得有人在议论他呢。后来又

研究了半天,冼鉴就问他道:

"周炳,你喝了门官茶么?怎么就这样开心?"

周炳连瞅都没有瞅他一眼,好像很不在意地回答道:

"不知怎么,我今天格外开心。我看见个个人都是逗人爱的,样样东西都是好的,漂亮的。"

谭槟低声对冼鉴、冯斗说:"瞧,又说傻话了!"大家又笑乐一番。到了丰宁路的西瓜园,孟才师傅叫大家休息休息。太阳已经偏西,大家刚在西瓜园的墙根下坐定,汽车司机冯斗正准备开始打盹儿,周炳又向小队长请假,说要去看看沙面洋务女工黄群的妈妈黄五婶,还要去看看公共汽车卖票员何锦成的老母亲何老太。孟才点点头,叫他早些回来。他首先到志公巷黄五婶家里,见着了黄五婶。那老婶娘高兴极了,拉他坐下,就给他去烧开水,泡茶,又问他外面的情形。原来黄群昨天晚上刚回沙面,今天沙面封锁,不许人进出,还没有回过来。周炳坐了一会儿,临走就对她说:

"不要紧,五婶,不用担心。沙面的鬼子住不长了,过不几天就要滚蛋了!咱们有出头的日子了!"

黄五婶笑着问道:"你不哄我?"周炳拍着胸膛说:"一个字都不假!"黄五婶合着手掌说:"如果是真的,过年你到我家来,我杀鸡请你!"从志公巷出来,他就向西来初地走去。在半路上,他看见有一家卖糖果饼干的店铺,就使劲拍开它的门,掏出几个铜板,买了几颗椰子糖,再往何家走。何家只有何老太带着那两岁大,没有了娘的何多多和另外那六个孤儿在家,何锦成昨天晚上出去参加武装起义,到现在没有回来过。何老太把附近如何落下炮弹,如何吓得大家鸡飞狗走的情形,对周炳详细说了;周炳也把外面如何进攻,如何得手的情形,对老太婆大概说了一遍。临走的时候,他把那几颗椰子糖给了那些孩子,抱着他们亲了又亲,然后又把何多多举得高高地,问他道:

"现在好了,就要给你妈妈报仇了!告诉哥哥,你害怕敌人开大炮么?"

何多多傲然回答道:"我不怕!奶奶怕!我怕他什么!"

周炳放下何多多,和其他的孩子一个一个告别,又安慰何老太道:"老奶奶,不用担心。咱们已经打胜了!何大叔就要回来了!"何老太擦着眼睛说:"要是那样,我就多多还神,多谢菩萨保佑!"周炳赶快回到西瓜园,孟才、洗鉴、谭槟正在抽生切烟,冯斗靠墙睡着,还没醒呢。大家叫醒了冯斗,继续朝前走。谁知走进太平路没多久,一碰又碰上了住在芳村吉祥果围后面,半年多以前,曾经救过周榕、周炳两人性命的,干收买破烂营生的冯敬义。周炳没有离开小队,一面走、一面大声喊道:"冯大爹!"这里离珠江很近,炮声听得分外真切。他才一喊,轰隆一声炮响把他的声音盖住了,冯敬义没听见。他再喊,那收买佬才拧过头来。看见是周炳,他也高兴了,说:

"咦!周炳,怎么抖起来了!红领带,驳壳枪呵!还要买真玉镯子么?"

他一面高声说,一面跟着这个小队走。这"真玉镯子",是半年多以前,他救脱周炳弟兄俩时候的隐语,只有周炳听得懂,别人都不懂得。当下周炳带着感激的心情回答道:

"冯大爹,把你那些真玉镯子、假玉镯子全扔了吧!你再也用不着那些宝贝了!前几天,我不曾跟你说过,世界就要变好了么?你瞧,我可没瞎说!"

冯敬义说:"扔是要扔的,只是过两天再扔不迟。"

周炳说:"你怎么跑到河北来呢?"

冯敬义说:"昨天晚上我过河来,今天早上就回不去了。"

周炳说:"不要紧,等过两天咱们把李福林打倒了,你就能回去。"

那收买佬真心地笑着说:"那敢情好!"两人又说了一阵话,周炳又托他什么时候回芳村,见着洗大妈记着要把起义胜利的消息告诉她,还要向她问好,才分开手。这一个白天,周炳过得十分畅快。该去的地方都去了,该见的人都见了,该做的事都做了,该说的话都说了——而所有这一切,都不过只是发生在起义胜利的第一个白天!以后,还不知道有多少美妙的事儿在等候着他呢!想想又想想,做人竟这么有意思,他只是一个劲儿咧开嘴笑。

走呀走的,他们又不知第几遍走到惠爱路的雨帽街口。时候已经是黄昏。周炳忽然看见一个穿黑色短打的中年男子,慌里慌张,鬼鬼祟祟地迎面走来。那个人一见周炳,就急忙转进雨帽街,只一闪,就没了踪影。周炳只觉着他好生面熟,一时却又想不起是谁,迟疑了一下。后来想起来了:去年四月底,在省港罢工委员会东区第十饭堂里,曾经闹过一件事儿。那天,陈文雄去找苏兆征委员长,要辞掉工人代表,退出罢工委员会,单独和广州沙面的外国资本家谈判复工。香港的罢工工人听见这种风声,就大吵大闹起来,说广州工人出卖了香港工人。这时候,有一个不知姓名的家伙,乘机煽动香港工人的不满情绪,挑拨香港工人动手打广州工人。后来在人声嘈杂当中,那家伙一下子就不见了。从此以后,周炳就没有再看见这个人。现在,这个穿黑色短打的中年男子是谁呢?周炳想了一想,就下了判断:他就是去年四月挑拨香港工人动手打广州工人的那个坏蛋。周炳立刻把这种情况报告了孟才师傅,于是整个小队转进雨帽街,追捕那个不知姓名的坏蛋。他们走了半条街,找不见那个人。忽然砰的一声,不远的前面,有人向他们开了一枪。原来另外有三个地痞、逃兵之类的角色,脖子上也系了红领带,冒充赤卫队,在雨帽街一家人家抢劫。把风的看见来了一个小队正式的赤卫队,就连忙向他们打了一枪,三个抢匪同时飞跑逃走。孟才枪法很准,他打了一枪,打中了其中的一个,其余的两个拼命地跑掉了。他们走上前一看,那抢匪穿着蓝布对襟短衫,黑布裤子,脖子上也系了红领带,已经中弹身亡了。周炳从那尸体上扯下了红领带,气愤愤地踢了他一脚,骂道:

"只有你不愿意看见光明！该死的东西！"

他们小队就在附近的小街横巷里搜索了一番。经过莲花井的时候，顺便到不久以前牺牲了的海员程仁家里去看了一看。程嫂子已经出去参加了临时救护队的工作，只有程大妈和那两岁大的孩子程德在家。那程德看见许多男人走进他家里，一点也不怕生，攥着这个叫爸爸，攥着那个也叫爸爸，两只乌黑的眼珠子滴溜溜直转，十分逗人喜欢。孟才师傅用粗壮的手臂抱起他，把他过细看了一遍，才对大家说道：

"好材料！长大了，准是个出色的海员！共产主义的海员！"

天黑了。枪炮的声音逐渐稀疏下来。月亮还没有升起。那火灾区域的上空烟雾弥漫，红光忽暗忽明，时时传过来建筑物倒塌的巨大的声响。

三五　长堤阻击战

晚上九点钟，国民党军舰"宝璧"号停泊在白鹅潭江面上。潮水微微地涌着，舰身轻轻地摆动着。四周没有灯光，也没有一只小艇。初升的月亮把它照得又灰暗、又寂寞，好像一座无人的小岛一般。张发奎在军舰的甲板上来回走着，眼巴巴地望着沙面，不说一句话。好容易盼望到陈公博坐着日本海军的摩托艇回来了，他才悄悄地透了一口气。陈公博踏着吊梯走上甲板，到了张发奎面前，第一句话就说：

"老兄，我们得救了！"

张发奎问他详细情形怎样，他接着说道："开头，他们总是百般作难，不肯答应。经过我一再开导，说中、日两国，同文同种；说中国的革命，一向得到日本的帮助；说反对共产党，反对赤化，我们是一致的,诸如此类。后来,他们总算答应了。但是他们又不肯正面去进攻共产党,只是找一种借口,说是要派陆战队到南堤去保护他们的'博爱医院',看共产党方面的反应如何,再定下一着怎么走。我想,谁管他什么博爱医院,什么平等医院,只要日本陆战队和共产党一接触,这出戏就算开了场,事情就有了门儿了!你说是么?至于条件,日本人总是啰啰嗦嗦,小里小气的。说来说去,无非是什么取缔排日运动,敦睦两国邦交那一套。我想都不相干的,就都答应下来了。你以为怎么样?"

张发奎模仿外国将军的姿势,手扶船舷,抬头望天,站着不动,也不说话,好像打了胜仗的人故意不谈战争,说笑话的人故意自己不笑一样。陈公博见他这样出神,就继续往下说道:"本来呢,这并不是一件怎样了不得的好事情,也只是迫不得已而为之的。这样做,难免天下后世那些尖酸刻薄,毫无用处的无聊文人胡说几句什么借外国人的刀,杀中国人的头;胡乱比拟什么秦桧、吴三桂之流,外加一些不伦不类的废话。但是试问有哪个贤明的政治家,能够放弃当前的功业,去博取那身后的虚名呢?况且我说,这是迫不得已而为之的!兵,我们是调了不少。真的,不能算少;北面调了缪培南师,吴奇伟师,周定宽团,陆满团,莫雄团。这还不算。东面又调了黄慕松师,薛岳部,许志锐团,潘枝团。此外,西面还调了林小亚部,李芳部。河南这边自然还有第五军的警卫部队和机器工会的第一、第二、第三三个大队。但是,打仗是打仗,不是赶集。——我很怀疑:钱,他们是要的,但是来不来呢,那可没定准!就是来了,是不是肯真打呢,那更加难说!今天中午,他们不是占了观音山么?可是歇了几十分钟,又说失守了。什么失守?就是要加钱!人家日本军队虽然小气,可没有这种流氓作风,说多少,是多少!"

让陈公博说完了,张发奎就对着滚滚的珠江,感慨无量地说:"感谢上天!感谢日本天皇!中国算是得救了!"

一直到那天晚上十二点钟,赤卫队第一百三十小队的孟才、冼鉴、冯斗、谭槟、周炳这五个人分到了半桶芋头粥,才蹲在太平路嘉南堂的骑楼下面,开始吃武装起义以来的第一顿饭。他们一辈子也没有吃过这样好吃的芋头粥:香极了,烂极了,甜极了,滑极了,吃了还想吃。正在吃得高兴,忽然一阵枪声,在西濠口那个方向响起来。这枪声发生得很突然,很密,很紧,又近得仿佛就在身边。大家放下了饭碗,紧紧地握住自己的武器。孟才师傅歪着脑袋听了一会儿,说枪声很结实,很清脆,不像咱们自己人打的,也不像国民党军队打的。大家正在纳闷,忽然看见有两个赤卫队员骑着自行车从西濠口飞快地冲进太平路来。孟才认识这两个人,就跳出马路,做手势想拦住他,同时大声问道:"那边怎么了?怎么枪打得那样凶?"那两个人并没有停下来,一面使劲蹬着自行车,一面差不多同时大声说:

"日本鬼子上岸了!总指挥部正在调人堵住他们!"

孟才想再打听两句,那两个人已经去远了。他们这个小队在嘉南堂的骑楼下面,为这件突然发生的事情争论起来。周炳主张整个小队开到江边去,参加阻击日本陆战队的登陆,冼鉴和谭槟支持他的意见。冯斗认为他们的任务是巡逻,如果要改变任务,一定要先请示总指挥部。孟才觉得双方都有道理,想打个电话回去,这三四更天气,哪里去找电话?正在为难的时候,忽然有两个背着步枪的赤卫队员,快步走到他们面前。周炳认识他们,就高声叫他们的名字道:

"何大叔!杜发!"

何锦成和杜发也听出周炳的声音,就同时说道:"找着了!找着了!"孟才师傅和其他的人也跟着跳出去,跟他们见面握手。何锦成说:"总指挥部派我跟这个杜发来参加第一百三十小队,同时要咱们全队增援西濠口阵地。这是一个口头传达的紧急命令。哎哟,你们多难找呀!"周炳用拐肘碰了谭槟一下,两人互相做了一个得意的鬼脸。孟才师傅对周炳说:"你不是盼望打仗么?现在机会来了！可是你得注意：这是日本鬼子，是训练得很好的正规军队。大家都一样，要勇敢，同时要听指挥！"随后他们七个人就跑步到江边。刚转出西濠口，周炳就看见大新公司的门口，有二三十个赤卫队员，正在紧张地活动着。有些人正借着那些士敏土墙壁和粗大的方柱子做掩护，端起步枪向西面一百米以外的敌人射击。有些人正从大新公司门口横过马路，向过江码头那边堆叠沙包。那些装满细沙的麻袋一直堆到半个人高，赤卫队员就飞步抢上前去，跪在沙包的后面，向敌人继续射击。周炳也跪在沙包后面放着枪。他的位置差不多恰好在马路正中心，左面是何锦成，右面是正岐利剪刀铺子的老伙伴杜发。这时候，月亮正像一盏大煤气灯悬挂在他们头上偏西的地方，不被人注意地散出寒冷的光辉。借着月亮，周炳看得见邮政总局、海关大钟楼一带的马路上，如今空荡荡得没有任何生物的踪迹。再望远一点，大约在一百米到一百五十米之间，那里有一些隐隐约约的黑影，忽然看得见，忽然又看不见；忽然好像贴到路北那些建筑物的墙壁上，忽然又好像趴在马路的柏油路面上，匍匐前进。周炳忽然想起那地方就是沙面的东桥，在一千九百二十五年的夏天，他就在那地方捧起身上还有热气的区桃表姐……想到这里，他狠狠地勾着枪机，朝那些模糊的黑影子放了一枪。这一枪，他自己觉着特别有劲，只见一阵耀眼的火光过后，跟着一声威猛的爆炸声，然后在远远的那团黑影子中间冒起一把火星。

"打得好！"何锦成沙沙地低声说。远远的地方有奇怪的声音叫喊。随后又响起一阵紧密的枪声，那几十发子弹一齐啾啾地打在沙包上，腾起一阵烟尘。周炳又咬牙切齿地打了两枪，对他身边的何锦成说：

"看样子，日本鬼子可不少！"

何锦成同意道："是呀。至少有一百多人！"

这时候，离他们一丈以外的地方，有一个人受了伤。沙包后面忙乱了一阵子。救护队轻轻地用担架把人抬走了。别的人立刻补上了他的空位子。就这样,他们和敌人相持了一个多钟头,双方的枪声都逐渐稀疏下来。海关大钟楼的钟声不慌不忙地敲击着,大家不约而同地往上面一看:已经是下午两点钟了。周炳把子弹上了膛,但是没有放,偏着脑袋,低声跟何锦成说:

"你没回过家么?"何锦成没作声,他又往下说,"我上你家去过了。今天——不,昨天了,昨天下午去的。多多那家伙,好玩极了。他们都很想念你呐!"

等了老半天,何锦成才慢吞吞地说:"是呵,我还没回去过。……多多那孩子,自从没了娘,就总肯缠我……"

周炳把脑袋转到右面,低声问杜发道:"发哥,你和马明、王通——你们三个人都领了枪么?他两个派到哪里去了?"杜发说:"我们都领了枪。还有手榴弹。我们学了半天,学会了,我就派到东堤,跟何大叔一个小队。他两个派到哪儿去,我就不晓得了。"周炳又问:"你看见我妈了么?她都说了些什么?"杜发说:"看见她了。她很好。她说你们弟兄俩愿意干什么,就干什么,她不管你们,只是你们小心谨慎些,早点回家就好了。她又说,你爸爸可发了脾气,骂你弟兄俩不安分守己,不是好东西!"周炳笑了一笑,说:"爸爸向来脾气大些,你不会不知道。还有,你们没有谈起胡杏那可怜的小丫头么?"杜发说:"谈起的,怎么没谈起?我照你的话跟你妈说了,要她背地里跟胡杏一个人讲。她答应了,说如果真的有那么一天,胡杏有了出头的日子,不知道会多么欢喜。她又说,自从何家那个二少爷跟他全家去了香港之后,没有人来折磨胡杏,看着、看着,她就吃胖了,那张莲子脸儿圆得像个苹果一样呢!"

日本鬼子那边好久没打枪了。冯斗问谭槟道:"你最会扭六壬的,你这回倒说说看,那边为什么一点动静都没有了?"谭槟开玩笑道:"现在什么时候了,你猜日本鬼子不睡觉的么?"说着,两个人就卷起生切烟,划着洋火,抽起烟来。敌人一发现有火光,立刻没头没脑地打了一阵枪,吓得他两个连忙把烟头踩灭了,口里十分恶毒地咒骂不停。小队长孟才和负责指挥这个阵地的中队长商量了一下,就弯着腰走到沙包后面,对每一个人低声说:"总指挥部有电话来,要咱们无论如何,坚守阵地,不让敌人通过。还要咱们尽量节省子弹,多多消灭敌人。总指挥部一会儿就派人来给咱们介绍情况。"他说完了,就退回自己的位子上,端起枪,一声不响地监视着敌人。这时候,从西濠口到沙面一带地方,都是静悄悄的,没有一点响动。只有天空的月亮,在淡淡的浮云中,无声无息地滑行着。冯斗和谭槟,因为烟卷没有抽成,还在抱怨自己倒霉。不久,总指挥部派来了宣传人员杨承辉。他和那个中队长打过了招呼,就钻到沙包后面,在周炳右边蹲下来,对大家说:

"现在已经查明了,在咱们前面的这一股敌人,是日本的海军陆战队,大约有百把个人,武器是很精良的。他们曾经向总司令部提出交涉,要派兵保护南堤那间日本人办的博爱医院。我们拒绝了。我们说我们可以负责保护,他们不同意,就派陆战队登了陆。各位同志,各位兄弟,这是什么意思呢?这是帝国主义者公开出面,帮助反动的国民党,直接进攻咱们的苏维埃,进攻咱们的工人、农民和士兵,进攻无产阶级的革命!这还能容忍么?这还能退让么?当然不能!昨天,帝国主义者的军舰向我们开炮;今天,帝国主义者的陆战队登了陆;明天,他们不是要占领全广州、全广东、全中国么?我们说,你要来,我就打!他们果然来了,我们果然打了!开头,他们以为自己一出兵,我们就会退的,可是他们想错了。他们在中国横行霸道,没有碰见过对手,这回可得好好地给他们一点教训!同志们,兄弟们,咱们在这里打得可真不赖!敌人进攻了两三个钟头,可是连一寸土地的进展都没有。全广州都为咱们竖起了大拇指!日本鬼子绝没有通过西濠口的可能!其他的道路,都有咱们的兄弟把守着,哪一条他们也通不过!"

每一个趴在沙包上面的赤卫队员都同意他的话,都笑了。周炳抚摩着他的步枪,又用手按了按背后的驳壳枪,心中感到说不出的兴奋和快慰。他没想到自己一出身,就碰到这么强硬的对手,恨不得一下子跳出去,一枪一个,把那百把个日本海军陆战队消灭精光。这么一想,他嘴里就说:

"咱们一齐冲出去,把那些家伙解决掉不好么?咱们不能冲进沙面去,把那些'花旗'、日本仔,'红毛'、法兰西,通通给他个一锅熟么?咱们不能把那些帝国主义鬼兵船,通通赶出虎门外面,让他们再也不敢回头么?"

为了他说得痛快,大家哈哈大笑起来。杨承辉向他伸出一只手,说:

"老表,你的枪太多了,把那支驳壳借给我使一使吧!按我的意思,你的主意真不赖!可是,咱们是赤卫队员,得按照总指挥部的命令行动。总指挥部要咱们守住这道防线,咱们就守住这道防线。对么?"

大家都说对。周炳把驳壳枪除下来递给杨承辉。杨承辉接过枪,在周炳和杜发之间,选了一个位置趴好,又对大家说道:"今天中午,咱们要在西瓜园开工农兵代表大会,宣布政纲,正式成立工农民主政府。这是中国一件大事,也是世界一件大事!有了工农民主政府,咱们就有了依靠,咱们的幸福生活就有了保障,咱们就有了粮食、房屋、衣服,也有了一切!……现在,咱们还困难得很。总指挥部知道弹药、粮食都不够,人手更加缺乏,但是一时也无法解决。总指挥部知道大家饿了,正在集中力量动员粮食,一搞到手就给咱们送来。大家也要想些办法,像轮流休息,或者怎么样,总之,每个人能睡上一个钟头,也好。其实就像现在,大家背靠着沙包,坐在地上,也可以打个盹,就算是……"

一句话没说完,日本鬼子那边又打起枪来。这回的来势很猛,枪声一阵接着一阵,一阵比一阵紧。在步枪声中,又断断续续地响着机关枪声,打十几发,停一停,再打十几发,又停一停。在这剧烈的爆裂声中,周炳把头往上一伸,又连忙缩回来。他看见日本鬼子几个人一堆,推着机关枪,在地上匍匐前进,打一下,爬几步,再打一下,又爬几步。他们后面跟着一大片拿着步枪的人,也正在一同匍匐前进。看样子,日本鬼子是要硬冲过来了。中队长看见那些海军陆战队向前爬了二三十米,就喊一声:"打!"大家一齐开枪。一排子弹、一排子弹地扫射过去,打伤了几个日本兵,其他的人动摇了,叫喊着,发出听不懂又听不清楚的奇怪的声音,一个跟着一个往回爬。赤卫队员正在疑惑,那些日本鬼子忽然转过身来,一面发出怪叫,一面向这边猛冲。有些敌人沿着墙边跑,有些敌人就在马路中心跑,眼看就冲过五十米的距离,情况有点危急。周炳取下手榴弹,拉着了火,使出全身的力量朝敌人打过去,同时嘴里嚷道:"去你妈的!"跟着一阵手榴弹压过去,爆炸声震得耳朵听不见声音,火光闪得眼睛都睁不开来,才把敌人压了回去。经过几次这样反复冲杀,敌人依旧停留在原来的地方,毫无进展。往后日本鬼子看见伤亡很大,就没有再冲,只是用机关枪不停地扫射。一时哒、哒、哒、哒、哒、哒地扫个不停,子弹擦着沙包,扬起尘土,从赤卫队员的头顶上雨点似的洒过去。赤卫队员沉着地趴着不动,瞅着机关枪间歇的一眨眼之间,端起枪,瞄好准,朝那些抢运伤兵的敌人发射,把敌人打得没有办法。后来,有一种巨大的响声在他们的头顶上爆发,烧红的金属碎片哗啷啷地向四面飞散,他们的周围突然卷起一阵旋风,仿佛要把人掀倒。

"仆倒!敌人开炮了!"中队长吆喝着。

周炳正要仆倒,忽然听见一声雷响,眼前一亮,鼻子里好像嗅到一种硫黄气味儿,以后就不省人事了。到他再睁开眼睛的时候,天已经大亮了。他发现自己躺在西堤二马路一间凉茶铺子里面。这铺面的士敏土地堂上如今摆着六七张铺板,每一张铺板上都躺着伤员。有一个女人站在他身边,对门口一个男人说:"好了,周炳醒过来了。"周炳认得她是莲花井程仁的老婆,就叫了她一声:"程嫂子!"程嫂子蹲下来,摸摸他的天堂,说:"好好歇着,别动弹。"周炳说:"我伤了么? 伤了什么地方?"程嫂子说:"你震昏了。没有外伤。"周炳又问:"日本鬼子怎样了?"程嫂子笑着说:"退了。逃回沙面去了。"周炳满意地点点头,说:"我恐怕只是瞌睡,不是什么震昏。"这时候,站在门口的那个男人走了过来。周炳一看,又是熟人,就说:"郭掌柜的,你怎么在这里?"原来他是河南济群生草药铺的掌柜郭寿年。他愁眉苦脸地说:"是呵。我前天晚上过江来,歇在这凉茶铺子里,昨天就回不去了。如今临时给程嫂子帮忙。"周炳说:"你的气色不大好呢。"郭掌柜搭拉着脑袋,说:"是呵。我心里很难过! 刚才那个炮弹,在你们的头上开了花。你震昏了。你左边的何锦成,叫弹片划伤了脸。可是你右边的杨承辉表哥,我那大外甥,他真是不幸得很,头都炸碎了。完了!"周炳正在挣扎,准备坐起来,听见这个坏消息,浑身一软,又倒下去了……

这时候,在三家巷里,胡杏正点燃了大大的一把香,插在天神的香炉里。昨天晚上,周炳的妈妈周杨氏把周炳带来的口信悄悄对她一个人说了。她盘算着自己怎样"自由",又盘算着怎样回到震南村,跟爸爸、妈妈、姐姐、哥哥一道过年,在床上翻过来叫一声"炳哥呀",翻过去叫一声"炳哥呀",一夜没有睡着。什么地方有点响动,她就觉着是周炳的脚步声,翻身坐了起来。如今上好了香,她就跪在天神前面祷告着,说:

"玉皇大帝呀! 你有灵有圣,保佑那些好人:个个身强力壮,平安回来!"

三六　伟大与崇高

中午,西濠口的阵地只留下少数人看守,大部分人都到西瓜园去参加工农兵代表大会。孟才带着小队要出发的时候,周炳是赤卫队的代表,虽然身体不好,不肯留下,坚决要求一道去。用纱布缠着脑袋的何锦成也是代表,也说自己没事儿,要出席大会。孟才师傅和那中队长商量了一下,就都同意了。他们朝丰宁路西瓜园走去的时候,仍然排着队走。孟才领队,冼鉴、冯斗跟着,其后是谭槟和杜发,何锦成和周炳走在最后。广州四面八方的枪声和他们背后珠江里的炮声,像过旧历年的爆仗似的乒令砰隆,响个不停,仿佛在庆祝庄严灿烂的工农兵代表大会的开幕。

周炳忽然叹了一口长气,意味深长地对何锦成说:

"何大叔,我如今才晓得什么叫作流血,什么叫作牺牲,什么叫作杀身成仁,什么叫作舍生取义!"

何锦成笑着点点头,说:"晓得就好了。只怕我们还不曾晓得呢!"

孟才师傅听见了他们的谈话,就放慢了脚步,走近他们身边,问道:"你们在谈什么?"周炳接着说:

"我想古往今来那些忠勇的烈士,在他们临危授命的时候,一定是心胸开朗,了无牵挂的!"

年轻铁匠杜发插嘴道:"这桩事可没法知道!也许他们没想到'死'这个字?"

孟才不同意道:"他们想得到的!怎么会没想到?只不过有了一样比个人的生死更重大的东西,那生死——也就置之度外了!"

大家听了他的话,都没有作声,一个跟着一个走着,到了西瓜园广场。大会还没有开幕,出席的人已经很多,把一个广场差不多都坐满了。他们找到了第一联队第三大队的队部几个人,可没找到中队长麦荣和第十中队其他的人。随后他们就在那附近找了一块长着枯草的小空地,团团围着坐了下来。这里是人的海洋,是革命的海洋。整个西瓜园广场上,这时候已经集中了一万多人。工人们举着各个工会的会旗,坐在最前列。乡下人从花县、番禺县和南海县也赶到城里来了。几百个农民代表,全副武装地集中坐在一起,最受人注意。虽然战事紧张,士兵们也派代表来了,其中有赤卫队、教导团、警卫团的代表,也有国民党海军和俘虏兵的代表。此外,还有妇女代表,还有青年团员和青年学生,还有店员、小贩和街道的市民。空旷广阔的西瓜园拥挤得连插针都插不下。在形形色色的旗帜、枪械、衣服、脸孔、头发当中,有一座用竹子和木板临时搭起来的小棚子,那就是主席台。台前有红布黑字的横额,写着"广东工农兵代表大会"。台上摆着一张白木桌子,五张长条凳,正面悬挂着马克思、列宁的相片。这竹棚现在看来,显得很小,像是在波涛汹涌的大海中奋勇前进的一只小船。这海洋,是红色的海洋,是人民的海洋,是欢乐的海洋。笑声、闹声、追逐玩耍的声音、高谈阔论的声音和指挥会场的喇叭筒声音混成一片。那站在竹棚下面的主席台上,两手举着喇叭筒高声喊叫的人,大家都认得就是交通队长何添。两套狮子鼓在广场边缘上来回走着,他们的鼓声压倒了珠江上的炮声和近郊的枪声。"研究家"冼鉴发现了冯斗和谭槟精神不大好,就和他们开玩笑道:

"喂,你们如今是广州工人赤卫队的代表,忘记了么?该这样坐着。这样子!对了,这样子!显出你们为了无产阶级的利益,随时准备牺牲个人的一切!"

周炳忽然兴到,说:"不要像从前省港罢工的时候,沙面洋务工人那个陈文雄代表一样!他为了个人的利益,随时准备牺牲无产阶级的一切!"

冯斗眯着眼睛说:"放心吧!我什么都可以牺牲,只是除了睡觉!"说完,接着打了一个长长的哈欠。谭槟样子本来有点累,这时兴致冲冲地接着说:"这样吧。我说我什么都可以牺牲,只是除了吃吧!这样,我跟他合在一起,就有吃有睡了!"大家都哈哈大笑起来,把这两天来的疲倦和饥饿都忘记了。不一会儿,太阳又从云层的包围里挣脱身子,来到这西瓜园广场上,照得大家暖和和,喜洋洋,真是锦上添花。谁知忽然之间,周炳又在无意之中发现了那个不知姓名的人。那个家伙仍然穿着黑短衫,蓝裤子,脖子上也系着红领带,看样子约莫有三十岁年纪。他在距离周炳三十米的人丛当中钻来钻去,出没无常。周炳立刻指给大家看,嘴里急急忙忙地说道:

"看,看。就是那个人,就是他!现在他出来了。现在,嘿,又不见了!"

大家跟着他所指的方向望过去,只见站着一大堆人,不知他指的是谁。孟才用洪亮的声音问道:"谁?你说的是谁?"周炳拿手拍着地上的枯草,说:"就是我昨天在雨帽街口碰见的那个坏蛋!就是在罢工委员会东区第十饭堂挑拨香港工人打广州工人的那个坏蛋!何大叔,你记得么?当时你也在座的。他把大家挑拨得差一点动手打起架来,后来一乱,就不见了!"何锦成拿手搔着脑袋上的纱布,说:"仿佛有那么一回事。他如今在哪里?他穿着什么衣服?"周炳说:"他穿着黑短打,蓝裤子,脖子上系着红领带。刚才还看见来着,如今又不见了!"谭槟把嘴一扁,说:"那就难找了,那样打扮的人至少有三千个!"

不久,一切的声音都静下来,大会开始了。起义的领导人都坐在主席台上。张太雷同志报告了目前的革命形势,指出了未来的革命前途,讲述了武装起义的经过,提出了工农民主政府的施政纲领。张太雷同志今天是全副武装的,身上穿着黄呢子的军服,戴着军帽,非常威武。他首先提出了对全体劳动人民的政纲,内容是:

"一切政权归苏维埃——工农兵代表大会。打倒反革命的国民党。打倒各式军阀和军阀战争。保证劳动人民集会、结社、言论、出版和罢工的绝对自由。"他每念一条条文,又做一番讲解。孟才完全听明白了,又对大家说:"你们看有多么好!这样一来,天下就太平了!咱们的幸福生活就实现了!咱们不用再受压迫,也不用再打仗了!"大家听了,都笑着点头。周炳望着大家,动都不动,

心里面的得意简直无法形容。接着,张太雷同志又提出了对工人的政纲,那内容更加具体和详细了:

"实行八小时工作制。规定手工业工人的工作时间。一切工人都增加工资。由国家照原薪津贴失业工人。工人监督生产。国家保证工资。大工业、运输业、银行均收归国有。立刻恢复和扩大省港罢工工人的一切权利。承认中华全国总工会系统之下的工会为唯一的工会组织。解散一切反动工会。承认现在白色职工会下的工人为被压迫阶级的同志,号召他们为全无产阶级利益而帮助工农民主政权。"

每提出一条,会场上就引起一阵活跃,一阵轰动,一阵喝彩,一阵掌声。周炳想,这些政纲提到了他爸爸和他自个儿,提到了他的三姨爹区华全家,提到了他在南关和西门的好朋友,提到了他在省港罢工委员会和在赤卫队第一百三十小队里的每一个伙伴儿,差不多没有一个人不曾提到,实在是了不得!他望一望台上的张太雷同志,看见他那股振奋和快乐的心情从明朗的眼光里流露出来,穿过那副没有框子的眼镜透进群众的心坎里,和千千万万的解放了的人们那种振奋和快乐的心情融合在一起。本来还带着一些疲倦和饥饿的脸色的代表们,如今全都露出生龙活虎的样子,眉飞色舞,七嘴八舌地谈论着。大家都异口同声地说道:

"如果是这样,那不等于重新多活一辈子!没见过那样的世面呢!"

这时候,周炳觉着张太雷同志这个人,十分的伟大与崇高。他竟在大庭广众之中,说了一些从来没有人说过的话。这些话又说得那么好,那么有分量,那么中人的意。昨天早上,在工农民主政府的楼上办公室里,他第一次看见这个人,他就对这个人的淳厚的风度生出了一种敬慕爱戴的念头,如今这敬慕爱戴的念头更加深了。会场上骚动了一会儿,又逐渐平静下来。张太雷同志继续提出对农民的政纲,那里面说的是:

"一切土地收归国有,完全归农民耕种。镇压地主豪绅。销毁一切田契、租约、债务单据。消灭一切田界。各县各区立即成立工农民主政权。"听到这些主张,他立刻想起胡杏来。以后又想起震南村,又想起胡源、胡王氏、胡柳、胡树、胡松这一家人,最后还想起何五爷和他的管账二叔公何不周来。想起这两个人,他的神气有点不大好看地冷笑了一声。以后继续提出的,是对士兵的政纲:"国有土地分给士兵及失业人民耕种。各军部队之中应组织士兵委员会。组织工农革命军。改善士兵生活。增加兵饷到每月二十元现洋。"还有对一般劳苦贫民的政纲:"没收资产阶级的房屋给劳动民众住。没收大资本家的财产救济贫民。取消劳动者一切的捐税、债务和息金。取消旧历年底的还账。没收当铺,将劳苦人民的物质无偿发还。"这又使周炳想起自己的家,自己的亲戚和朋友,同时又想起房产很多的何五爷——何应元和大、小买办陈万利、陈文雄父子来,只觉着浑身痛快。最后,工农民主政府还提出了一条鲜明的对外政纲,说出口来,非常响亮,就是人人都知道的:

"联合苏联,打倒帝国主义!"

由张太雷同志那清亮的嗓音所传达出来的每一条纲领,都是那样激动人心,使得会场上一会儿悄然无声,一会儿哄哄闹闹,掌声雷鸣,好像阵阵的潮声一样。他讲完话之后,又有好几位工人、农民、士兵的代表跟着讲话。整个会议只开了两个多钟头,开得非常成功。最后正式选举了工农民主政府的委员,张太雷代表了当时不在广州的政府主席苏兆征,宣布工农民主政府正式成立,全场立刻响起了长时间的、热烈的欢呼声。周炳也使出了全身的气力,跟别人一道喊口号,欢呼和叫嚷,喉咙都喊哑了,他还觉着没有过瘾。狮子鼓也重新咚隆咚隆地响着。太阳从云缝里钻了出来。广州的真正的主人们露面了。

散会之后,第一百三十小队被调到东堤靠近"天字码头"的一个阵地里面,执行防守江岸的任务。在东堤人行道一棵大榕树下面,堆着一垛半圆形的沙包,像胸膛那样高,他们七个人握着枪,趴在沙包上,注视着江面。这时天空正下着小雨,珠江被烟雾般的水汽遮盖着,显得朦胧,空荡,寂静。敌人方面,许久都没有动静,不知搞什么鬼名堂。周炳用手拨掉那从榕树叶滴下来,滴到后脑勺上的雨水,对他身边的孟才师傅说:

"一个伟大的人物!一个伟大的会议!我从来没有见过哪个会议,替穷苦不幸的人们讲话,讲了这么多,讲得这么详尽、到家、令人心服的!一辈子参加一个这样的会议,看一看这样的场面,也就心满意足了!"

孟才用宽大的手掌按着他的肩膀,说:

"你还年轻,还不了解咱们党的伟大。张太雷同志是伟大的,因为他代表着党讲话。会议是伟大的,因为它表现了党的意志和党的力量。"

周炳点点头,用一种感叹的调子说:

"自从沙基惨案以来,多少人流了血,多少人牺牲了!可是他们的流血牺牲,如今却换来了一个苏维埃政权,换来了这些惊天动地的政纲。这样看起来,流血牺牲也还是值得的呵!"

孟才很注意他用了"自从沙基惨案以来"这句话,想了一想,就说:

"阿炳,你想得很对,的确是这样子。但是,何止从沙基惨案以来呢?不,事实上还要早得多!在咱们的国家里,远的不说,只说近的,也要从民国八年的五四运动算起。从那时候起,无产阶级革命者的血就开始流了。如今虽然成立了工农民主政府,看样子,困难还多得很。你想实施那些政纲,你就不能不流血牺牲,为那些政纲的实施来奋斗!路还远着呢!"

孟才总是喜欢用父兄教导子侄的亲切口吻和周炳说话,而老实和气的周炳总能够从孟才的嘴里,听到一些自己没有听见过的东西——每逢这个时候,他总要发生一种感激,钦佩,乐于顺从的感情。于是他一面拨掉后脑勺上的雨水,一面偏着脑袋,用那双真诚而有点稚气的圆眼睛望着孟才,微红的脸颊上露出一丝轻微的,不容易察觉出来的笑意。

天空还在下雨。可是,不知道为了什么缘故,第一百三十小队里面有一股很不稳定的空气开始在流动着。一种不幸的,令人不能置信的流言在向他们袭击。一个通讯员骑着自行车经过他们这里,告诉他们道:"不好了,咱们苏维埃出了事儿了!"另一个通讯员说:"咱们的领导人中间,有人生了病了。"又有一队巡逻队经过这里,说听见别人说:"有一个苏维埃的委员负了伤。"往后,这些话又慢慢牵连到张太雷同志身上。流言最初好像是窃窃私语,逐渐变成沙沙的耳语,往后又变成沉痛的低声说话,最后竟发出了又粗暴、又愤怒的声音。有一种流言,甚至说张太雷已经牺牲了!关于他的牺牲,人们甚至都已经在公开谈论。有人说他在观音山上牺牲的。有人说他在西村督战的时候牺牲的。有人说他在赤卫队总指挥部门前中了流弹。有人说他在惠爱路黄泥巷口遭人行刺。有人说他在西瓜园开完会,坐汽车回维新路,经过大北直街口,遭遇了敌人的便衣队。后来搞粮食工作的区苏给他们送了一大包饼干来,也给他们证实了张太雷同志牺牲的消息,并且说张太雷同志的司机陈能也一道牺牲了。可是到底是怎么牺牲的呢,她也说不清楚。

这个打击使周炳很伤心。他望望大家,见每一个人都是垂头丧气,默默无言。区苏送来的饼干只管放在地上,任由雨水淋湿,没人愿意伸手去拿来吃。有一个时候,周炳简直不知道应该怎么办才好。这件事情发生得过于突然了。这个人跟他的幸福的干连太大了。在这一阵子里,人的感情的变化也过分剧烈了。他想哭,想痛痛快快哭一场,但是在目前的场合里,那样做,显然不合适。他想提点疑问,去驳倒那不幸的消息,但是却感到头脑迟钝,不知提什么好。他想狠狠地咒骂敌人一顿,但是又觉着这时候任何的咒骂,即使是天下最毒辣的咒骂,也显得不仅太迟了,而且软弱无力。他想起不久之前,他曾经因为区桃表姐的牺牲而感到沉重的悲哀,也曾经因为陈文雄跟何守仁出卖了省港罢工而感到无比的愤怒,如今看来,那些行为不免有些幼稚。他又想起张太雷同志的声音、笑貌、身材、服饰,甚至想起那对没有框子的眼镜上面所反射的光圈,觉着这个人真是伟大极了,崇高极了,同时,又觉着这个人如今正站在珠江里面,用他的身体卫护着整个广州城。他的身躯是那样巨大,以致挡住了整个的天空。但是,这个伟大而崇高的形象慢慢向后移动了,褪淡了,模糊了,溶化在灰色的云层里面了。周炳擦擦眼睛,擦擦脸,那上面的雨水和眼泪早已流成一片……

突然之间,英国、美国、日本、法国的军舰,加上国民党的"宝璧""江大"两只军舰,一齐向长堤赤卫队的各个阵地开炮。炮轰之后,又用机关枪向岸上扫射。往后,机关枪逐渐集中对着第一百三十小队的阵地打。同时江心发现有十来只木船,朝着他们这个方向移动。冼鉴对孟才说:"老孟,恐怕敌人又要登陆了!"孟才说:"对。你赶快去给总指挥部打个电话。"冼鉴打了电话回来之后,敌人的木船在外国军舰掩护之下,已经接近天字码头,其中有两三只木船眼看就要靠岸。他们只有七个人,七支步枪,拼命打,也阻挡不了敌人。增援的部队一时又赶不上来。情况非常危急。小队长孟才下命令道:

"准备手榴弹!突击到天字码头去!两个人一组:炸船!"

周炳从沙包上跳了起来,右手举起步枪,高声喊道:

"给张太雷报仇!苏维埃万岁!"

大家都不约而同地照他那样做,右手举起步枪,一齐高声喊道:

"给张太雷报仇!苏维埃万岁!"

誓师过后,大家一齐向天字码头飞跑过去。子弹在码头上密集地飞啸着。炮弹在码头的士敏土地堂上这里那里地四处爆炸。

何锦成和周炳一组,跑到东南角上。冯斗和谭槟一组,跑到西南角上。孟才、冼鉴和杜发在当中。大家跑到码头边上,拉着了手榴弹,向正在靠岸的木船打去。一时爆炸声,木船的破裂声,敌人叫救命的绝望喊声,在火光、硝烟和冷雨当中一齐迸发,十分惨厉。当增援部队赶到,敌人其余的木船缓缓退去的时候,周炳一拧回头,忽然看见何锦成的高大的身躯摇摇晃晃,站立不稳。他急忙问道:"何大叔,干什么?"想过去扶他,可已经来不及了,只见他晃了两晃,就掉到珠江里面去了……

三七 观音山防御战

那天晚上,赤卫队第一联队整个调到观音山战线上去接原来第二联队的防线。第一百三十小队布防在观音山顶"五层楼"旁边。这五层楼本来叫作"镇海楼",是五百年前明朝的建筑,现在已经破破烂烂,空无一物了。五层楼以西,一直到大北门,由赤卫队防守;五层楼以东,一直到小北门,由警卫团防守。原来古老的城墙,就建筑在这观音山山脊上。他们利用了倾倒的城墙,废弃的石块,和城头上一些坑坑洼洼的地方,构筑了许多防御工事。城墙之下,是一道弯弯曲曲的山沟,对面有几个接连在一起的小山冈,那里就是敌人的阵地。敌人使用了主力部队进攻这个山头,集中了缪培南师,吴奇伟师,周定宽团,陆满团的兵力约莫有七八千人的样子,企图攻占这个制高点,控制全城。周炳跟着大家在黑暗中摸上城墙,摸索着走进他们小队的阵地,他心里想道:"好大的规模呀!这是正规作战了!"他为自己已经成为一个正规战士而自豪。他向东边望望,又向西边望望,觉着到处都是黑黢黢的人影,也不知道到底有多少人。他望望天空,黑云密布着,一颗星星也看不见,那古老空洞的五层楼高耸入云,看来比天上的黑云还要黑。小队长孟才对大家讲明了目前的情况和他们的任务,以后又宣布了一些注意事项和纪律,最后问大家道:

"咱们的力量是无穷无尽的,但是敌人在数量上占了优势。敌人七拼八凑的人数有七八千之多,而咱们才不过一千多人的样子。咱们这个小队的信心怎么样?咱们守得住这阵地么?"经他这么一问,整个小队登时活泼起来。手车伕谭槟首先开口道:"孟大哥,这样的事情,你倒用不着担心!别说他只有七八千敌人,就是他有七八万敌人,我也全不当一回事儿!"铁匠杜发接着说:"我是个打铁的,我就给他们安上一道铁闸吧!"汽车司机冯斗拍着胸膛说:"让我睡上一刻钟,我就是一堵铜墙;不让我睡上一刻钟,我就是一堵铁壁!要想把我撞倒,那可是没有的事儿!"迫击炮工人冼鉴说:"咱们跟观音山是长在一达里的!谁想搬开咱们,那除非他连观音山一道搬开!"最后,周炳也说:"别说缪培南、吴奇伟要通过我这个关口,是一定办不到,就是蒋介石他本人来,我可也不买账呢!"大家一人一句,说了一通。小队长孟才代表中队到五层楼里面开会去了。大家公推周炳放哨,监视着敌人的动静,其余的人都利用这战争中的空隙,闭一闭眼睛养神。

周炳在石头工事后面来回走了几遍,就站定下来。他聚精会神地透过臃肿的黑夜,想看清楚别的工事后面,人们都在干着什么。平时,他的眼睛有一种惊人的本领,能在黑暗中看一样东西,看得清清楚楚。但是今天晚上却是一个伸手不见五指的黑夜,加上他又整整两天两晚,没有睡过觉,眼睛有点发涩,简直看不清楚。他只看见许许多多的人,在黑暗中缓缓移动。就这样,他也觉着很称心。他从来没有在一个像这么黑的冬夜跑上过观音山,更加没有在一个像这么黑的冬夜看见过观音山上有这么多的人。接着,他想起今天下午在珠江边上牺牲了的何锦成,从他的身上又想到何多多跟何老太,就自言自语道:"可怜无父无母的红色孤儿!可怜无依无靠的老人家!"他又想起今天上午在西濠口和日本鬼子作战牺牲了的杨承辉表哥,还听到他的快人快语的声音在说话:"老表,你的枪太多了,把那支驳壳借给我使一使吧!"周炳用手去摸一摸大腿后面的驳壳,枪还在,借枪的人可是没有了。他由此又想起他舅舅杨志朴,舅母杨郭氏,十二岁的表弟杨承荣,和今年才三岁的另外一个表弟杨承远。郭掌柜一定已经把不幸的消息告诉了他们。那中医生杨志朴对于革命和反革命,一向是采取中立态度的,但是反革命那一边却抢走了他最心爱的大儿子——医科大学生杨承辉!如今他们全家,不知忧愁悲伤到什么程度!往后,他自然而然又回忆起自己爱戴崇敬的张太雷同志,又由张太雷同志引出第一百三十小队的大个子海员李恩,家住莲花井、在第一公园前受伤身亡的失业海员程仁,他的大哥周金,他的表姐区桃。他把这些人想了又想,这些人都围绕着他,用期望的眼光望着他,用赞许的神态对着他,用安慰的心情信任他,用鼓舞的手势勉励他,除此之外,区桃还加上一种脉脉含情的微笑,使他永远也忘记不了。他又自言自语起来道:

"这么多英雄人物,都让我一个一个地亲身接触过,真没白活!"

想着想着,周炳信步走到山顶一块草坪的南沿,把广州全城迅速地瞟了一眼。广州城好像一群黑羊似的卧在他的脚底下,灯光稀少,寂静无声。他先用眼睛测量着,仿佛望见何多多跟何老太住着的,跟黄群的妈妈黄五姊住着的,从西来初地到志公巷那一带地方,随后又望见他家爸爸、妈妈跟胡杏他们住着的三家巷,程仁的儿子程德、程嫂子和程大妈住着的莲花井那个方位,以后又转到四牌楼师古巷杨志朴舅舅家,维新路工农民主政府所在地,南关珠光里他三姨爹、三姨、区苏、区细、区卓所住的那些地方,最后还远远地眺望着河南凤安桥德昌铸造厂的那个区域。所有这些地方,这时候都隐藏在无边无际的黑暗之中,但是他觉着他自己的确能够隐隐约约地辨认出来。他快步跑回工事后面,端起枪,警惕地监视着对面山头上的敌人。他知道他的责任非常重大。刚才他想起的那许多可亲的、善良的、无辜的人们如今正处在凶恶的敌人的重重围困之中,情况十分危险。正像闹水灾的时候,那泛滥的洪水把一个村子包围起来一样。四面虽然有堤围,但那水位已经涨得比村子里最高的屋顶还要高。万一什么地方发生了一个缺口,全村的人都会性命难保。想到这一层,周炳的雄心突然奋发起来。他咬紧牙关,瞪大眼睛,摸摸枪膛,摸摸刺刀,摸摸驳壳枪,又摸摸手榴弹,觉着有浑身的劲儿要使出来。

　　对面山头上的敌人还是没有什么动静。他不想离开自己的工事,但是又想把整个广州城再仔细看上一遍。刚才只不过匆匆忙忙地把那将他养育大了的城池看了那么一眼,而在这冰凉的、黑沉沉的冬夜里,从观音山顶俯瞰自己的可爱的、美丽的家乡,在他也还只是第一遭。他记不清楚刚才自己是否看见了那从小就非常熟悉的花塔,那砖砌的、上面长着小树的光塔,那像两个圆锥似的,一直插上天空的天主教堂"石室",那巨大的方形建筑物大新公司和亚洲酒店,还有那白茫茫,一年四季都闪着银光的珠江……这一切,如今都想重新仔仔细细地再看上一遍。"不错,"他又想起来了,"如今珠江里面有强盗。那些英国、美国、日本、法国和国民党强盗正在那里对准广州的胸膛开炮……就在他的对面,如今也有强盗藏在那些荒冢后面……那些矮小的……灌木丛……"他的思想逐渐连贯不起来,他的意识逐渐模糊,他的眼皮逐渐沉重,他的嘴巴逐渐张开,站着打了一个瞌睡。他过于疲倦了。这时候,敌人像开玩笑似的,从对面山头上叭、叭、叭打了一阵枪。周炳突然惊醒,洗鉴、冯斗、谭槟、杜发一齐跳起来,抢到工事后面,端起枪就打。往后,敌人就是这样搞法:打一阵枪,停下来,到四围都非常寂静的时候,又打一阵枪,又停下来,把大家搞得都十分生气。孟才师傅开完会回来之后,周炳就向他提议道:

"孟大叔,难道咱们不能冲到对面山头上去,打他一个痛快淋漓么?"

冯斗、谭槟两人首先表示赞成。他们差不多异口同声地同时说:

"冲进敌人的公安局,咱们也不作难,倒怕他几个鸟兵油子?"

孟才轻轻哂笑了一声,说:"怕倒没有什么可怕的,只是不到时候。明天乡下农民的红军一到,咱们就来一个里外夹攻!你们说怎么样?"大家都没再吭声。一夜过去,到了一千九百二十七年十二月十三日的拂晓。周炳打了一个大大的哈欠,伸了一个长长的懒腰,用又脏又黑的手指搓了搓发红的眼睛,对大家说:

"咱们的苏维埃——咱们的小婴儿,'三朝'了!唔,要是能够搞点井水来冲一个凉,该多么好!"

天刚麻麻亮,敌人又展开了全面的进攻。这回敌人的打法也很奇怪。这里打一阵机关枪,几十个人冲过来,可是没冲上,一下子就退了。那边又打一阵机关枪,又有几十个人冲过去,也没冲上,又退了。一共有那么十几个地方,敌人都只是冲一冲,就退回去,好像小孩子玩耍一般。周炳心里觉着好笑,可是看见孟才和冼鉴都绷着脸孔,像十分忧虑的样子,也就没有作声。过了一会儿,敌人又在东、西两头打起来,机关枪声很密,好像要从两翼包抄的样子。可是突然之间,情况又起了变化。那敌人的机关枪像冰雹似的向五层楼打过来。整个第一百三十小队被敌人的优势火力压住,不要说抬不起头来,那沙石火烟,简直逼得人连眼睛都睁不开。周炳想道:"这是怎么一回事呢?莫非敌人的全部火力,都集中到咱们小队的头上来了?混账东西!"他的眼睛也睁不开,他的呼吸也非常困难,喉咙叫那些硫黄气味刺激得呛咳不止。这时候,枪声突然停止,喊杀的声音差不多同时爆发出来。孟才命令大家道:

"上刺刀!拼!"

周炳使力睁开眼睛,迅速上好刺刀,看见离他们不到十米的地方,已经叫敌人冲开一个缺口。那些穿草黄色破军装的敌人,约莫有一二百个,正从那缺口像洪水一般流进来。赤卫队员们正赶紧跑过去堵塞那个缺口,展开一场激烈的肉搏战。他们这个小队正准备跳上前去,却不提防他们的工事前面,也有敌人冲到了。就在孟才师傅和铁匠杜发的中间,有十几二十个敌人插了进来,整个小队立刻和他们展开白刃战。"缴枪!""缴枪!""丢你老母!""日你妈的!""含家铲!""打死你!""契弟!"彼此互相骂着,同时互相砍着。金属的东西和金属的东西撞碰着。刀锋划破棉布和肌肉,发出嗤嗤的声音。短促的、呼吸突然阻塞的声音,恐怖的尖叫声,低沉的咒骂声,肉体倒地声,石头滚动声,痛楚的呻吟声,和满山遍野的枪声混成一种奇怪的音响。周炳还没有这样接近过敌人,因此怒火如焚,举枪就刺。天色还不太亮,敌人的面目都看不清楚,甚至衣服的颜色也不好分,但是他凭感觉就能准确地找到刺杀的对象。开头,他觉着有三个人围住他,攻击他,但是他挥动刺刀,左右迎战,后来经过几次比较凶猛和沉重的撞击,那些敌人就倒下去,不见了。他也没工夫去看敌人倒下以后怎么样,就又去攻击另外的敌人。一边打,一边往前走,一直走到离他们小队二十米以外,他自己都还不知道。经过三十分钟的肉搏,敌人死的死,跑的跑,缺口终于又堵塞起来了。

敌人退去以后,周炳拖着疲倦的,带了点轻伤的,浑身肌肉跳动不宁的身躯回到第一百三十小队的工事后面。因为刚才用力过猛,两手都在发抖。但是他忽然发现小队长孟才和自己的老伙计杜发都躺在地上,身边流出大摊的鲜血,他整个儿就愣住了。程仁的老婆程嫂子带了两副担架来,把孟才和杜发抬到五层楼下面去。第三大队的大队长来宣布由冼鉴代理第十中队的中队长兼第一百三十小队的小队长。又过一会儿,程嫂子又走过来,在冼鉴耳朵边说了几句话。冼鉴点点头,直挺挺地站了起来。冯斗、谭槟、周炳三个人,也跟着直挺挺地站了起来。大家都不作声,可是都明白了是怎么一回事。周炳觉着又是兴奋、又是疲倦,头脑非常麻木,那眼泪直往下淌,要不是冯斗和谭槟一左一右夹住他,他一定已经站立不牢了。洗鉴对周炳说道:

"刚才我看见了,阿炳,你是很勇敢的。"

周炳努力点点头,说:"我现在才又懂得了'视死如归',是什么意思。我要学他们的榜样,死得其所。"

洗鉴说:"斗争没有不流血的。血债总得用血来还。"

周炳擦了擦眼睛,说:"这两天,我经历了多少事情呵,仿佛比二十年还多!"

三八　退　却

把敌人的进攻击退之后,观音山上显得出奇地寂静。太阳在浓厚的乌云里挣扎着要跑出来,但刚一露头,又叫乌云淹没了。山鹰在天空中吃力地飞翔着。山顶上到处冒着一缕缕的黑烟,焦臭的气味到处刺得人鼻孔发痒。从山顶望下去,弯弯曲曲的珠江发出蓝色的闪光。代理中队长洗鉴到联队里开完会回来,用一种枯燥的调子对大家说:

"老朋友,组织上已经决定,咱们要撤退了!"

对周炳说来,这是一个不幸的消息,而且是完全不可想象的。他不假思索地说:

"不,相反!咱们要进攻!咱们要出击!"

他的和气的、好看的大圆脸因为生气而扭歪了,显出一种固执和轻蔑。冯斗和谭槟脸色苍白,垂头丧气。冯斗努力睁大了眼睛,说:

"这就奇怪了!咱们并没有打过一次败仗,也没有丢过一寸土地！"

谭槟也变得十分严肃，说：

"就是饥饿和疲倦，也没有叫咱们失去勇气，咱们的战斗意志还十分旺盛！"

冼鉴对大家解释道：

"没有人敢怀疑咱们的勇敢和壮烈，没有人敢怀疑咱们对共产主义的忠诚，没有人敢怀疑咱们对广大民众的关怀和热爱。但是咱们必须有更大的勇气来对付目前的局面，来组织一次有计划的退却。咱们占领了一个大城市，但是咱们守不住它。这是事实，摆在面前的事实。"冼鉴长长地叹了一口气，继续往下说，"这是多么不愉快呵！这是多么可惜呵！但是除了这一条路，也没有别的办法了！国民党那些反动老爷们联合了帝国主义，联合了一切反革命势力，可是咱们的力量是有限的。城市的居民还没有发动起来。乡下农民的红军又没有赶到。弹药、医药、粮食，都非常困难。再守下去，牺牲会更大，也没有什么意义。总之，是没有别的办法了！"

冯斗坚持道："要是广州守不住，咱们还能撤到哪里去呢？"谭槟也说："不成问题，哪里也不会比广州更好！要是广州守不住，哪里也守不住！到那个时候，咱们又怎么办？"周炳疑惑不解地说："咱们要是走了，剩下不走的人又怎么办？何多多家里就有七个孤儿，只有一个六七十岁的何老太陪伴着，譬如说，他们该怎么办？程嫂子是个寡妇，她下面有个两岁的程德，她上面有个五六十岁的程大妈，他们又该怎么办？又譬如说，三家巷里有个可怜的丫头，名字叫胡杏，今年才十三岁，她又该怎么办？这样的人，广州还多着呐，他们都该怎么办？咱们走，能把他们带上一道走么？"谭槟说："那还用说？他们只能够留在广州！要是留在广州，那还用说么？他们就要重新下地狱，悲惨到不能再悲惨！"冯斗说："依我看，敌人一进城，就会把他们通通杀光，一个也活不成！"冼鉴轻轻抚摩着他的步枪,做了一个苦笑的表情,说:"你们说的都对。可是咱们如果把教导团、警卫团、工人赤卫队、农民红军都拿去拼了,一个一个地打光了,那就怎么样?他们不是更加悲惨,更加活不成了么?咱们如今撤退了,还保存了一些人,将来还有个希望。要是一下子搞光了,就连希望都没有了!刚才在联队部讨论的时候,我也和你们一样,老想不通——别的队长想不通的也很多。咱们广州的工人从来只有前进,没有后退的。咱们扯起了铁锤镰刀的大红旗,咱们又怎么能够把它收下来?这不是给咱们广州的工人丢脸么?我也想过:咱们一撤退,那么,什么都毁了!家也没了,工也没了,工农民主政府也没了!咱们有什么路可走?后来想通了,就觉着不对,不该那么想。撤退是一条唯一的生路!咱们最大的本领就是团结一致。咱们进攻就一致进攻,防守就一致防守;干就一起干,走就一起走。这样,咱们就有巨大无比的力量。想通了之后,我就愉快地服从了!"冯斗说:"那自然没有疑问,我就是通一半,也是要服从的!"谭槟说:"没问题,就是完全不通,我也绝对服从!"周炳讪讪地说:

"在我表示服从之前,我还是愿意把问题先弄通。洗大哥说的话就是再有道理,我现在还是不愿意去承认。不过其中有那么一段,倒是千真万确的!洗大哥刚才说过:'咱们一撤退,那么,什么都毁了!家也没了,工也没了,工农民主政府也没了!咱们有什么路可走?'这一段话对!咱们没有了工农民主政府,那么,一切美丽的希望都成了泡影!昨天在西瓜园宣布的神圣的政纲都成了空话!国民党打不倒,军阀打不倒,帝国主义也打不倒,劳动人民也没有什么自由!工人还得做十二小时的工,工资还得减少,失业、饥饿、压榨、迫害还要变本加厉!省港罢工工人还得流落街头,改组委员会还要横行霸道,白色职工会还能任意欺凌工人,出卖工人!农民还是得不到一寸土地!士兵还是叫人拿绳子捆着,押到前线上去给军阀争地盘,当炮灰,葬送性命!大财主、大买办、大官僚还是日进千金,腰缠万贯,花天酒地,大厦高楼;穷苦的人们还是吃没吃的,穿没穿的,住得像鸡窝,病了等着死!这不是什么都毁了么?这不是没有什么路可走了么?其实,这么一来——古往今来的烈士们的鲜血都白流了!从进攻国民党公安局的时候起,李恩、杨承辉、何锦成、孟才、杜发,还有张太雷同志,还有其他许多人,他们的性命都白送了!无产阶级革命就算完结了!……唉……唉……起来,饥寒交迫的奴隶……"最后,他叹了几口气,就低声唱起《国际歌》来。冼鉴趴在临时工事上,冯斗和谭槟都坐在地上,他们都用手抱着步枪,同时抱着脑袋,好像不胜悲伤的样子。

突然之间,冼鉴从工事上跳了起来,拧转身对大家说:

"革命是一辈子的事,怎么就算完结呢?就算咱们牺牲了,还会有千千万万的后一代来干,一直到成功为止!有咱们党在,革命就永远不会完结。周炳,不要学知识分子那种别扭腔,寒酸话,倒是要记住孟才师傅跟你说过的话!在什么地方,在东堤——不错,在东堤说的。他说:'如今虽然成立了工农民主政府,看样子,困难还多得很。你想实施那些政纲,你就不能不流血牺牲,为那些政纲的实施来奋斗!路还远着呢!'孟才师傅说得对,路还远着呢!你们都着什么急!他这个人慷慨明亮,当真是个英雄好汉的模样!我说,咱们这个时候的人品,就该像他这样的人品!不要黏糊糊的,像个多愁多病的妇道人家!"

大家听了冼鉴这番话,觉得很有道理,就都不说什么。其中只有周炳,虽然也觉得冼鉴的话很有道理,也没再说什么,但是心里总还犯着嘀咕。他想道:"为什么妇道人家就一定多愁多病?这个其实也不尽然。"后来他想起他的哥哥周榕:"这时候,不知道他怎么想法!真的,他如今在干着什么呢?他是不是还活着?"以后他又想起许多别的人来:"那指引我参加工人自救队的麦荣大叔,自从武装起义以来就没见过他的面,如今到底怎样了?还有那金端同志,还有工农民主政府和红军总司令部的许多同志,还有古滔、关杰、区苏、区细、区卓,还有丘照、邵煜、马有、陶华、王通、马明这许多人,他们是不是都还活着?他们是不是都还在人间?他们是不是和我一般苦恼?"正在这个时候,敌人的机关枪又疯狂地扫射过来,哒、哒、哒、哒……哒、哒、哒、哒……响个不停。赤卫队员们躲在工事后面,不理他们。不久,敌人又吹着冲锋号,向观音山冲上来。等那敌人来到面前,赤卫队员一齐从工事里面冲出去,挺起刺刀,对着敌人的胸膛直戳,第一百三十小队也不约而同地和大家一齐行动。谭槟诙谐地说:"好吧,让我来砍倒他五七个,然后再撤退不迟!"周炳的眼睛都红了,他浑身紧张,四肢发抖,一跳出工事,就像一阵风似的一直插进敌人的人堆里,左右前后,乱砍乱刺。他恨不得一刺刀能戳死十个八个,他恨不得一下子消灭他几十人,几百人,甚至几千人,他完全不晓得自己哪里来的这么大,这么凶猛的劲儿。约莫过了三十分钟,敌人又退回去了。赤卫队员们也回到自己的阵地里,痛痛快快地闲聊、抽烟。

周炳刚刚松了一口气儿,从地上拔了一把枯草,平心静气地擦去刺刀上面的血污。忽然离他右边七八米远的警卫团那边,响起了一阵嘈杂的人声。他连忙伸出半边头去看,只见程嫂子一个人跨过工事跳了出去,几个士兵要拦住她,没有拦住,便一齐喊了起来:"你要上哪儿去?""不能去!""外面很危险!""快回来!快回来!"尽管大家拼命喊,程嫂子已经跳下去,顺着斜坡往下跑,完全暴露在敌人的火力面前,情况十分危急。周炳跟着她前进的方向往下看,只见有几个受了伤的警卫团士兵,在半山坡上爬行着,想爬回自己的阵地里面来。他们爬得很艰难,爬一会儿就停下来,歇一歇,又往山顶爬。敌人一发现程嫂子,就开枪打,警卫团这边也开枪还击。赤卫队也开了枪,企图压制住敌人,掩护程嫂子行动。程嫂子使唤一种非常敏捷的动作拖这个一把,拉那个一下,并且把一个伤得重些的战士背了起来,摇摇晃晃地往山顶上走。快到山顶,警卫团里有十几个人跳出去接应。眼看就要成功了,不料程嫂子突然中了枪。别人接过她背着的那个伤员,她自己却倒在山坡上,并且顺着斜坡一直滚到山坑下面去,牺牲了。被她救回来的几个伤员都痛哭失声,在旁边看见的警卫团士兵和赤卫队员没有一个不掉眼泪。周炳带着抗议的心情对冼鉴说:

"你还能够说妇道人家都是黏糊糊的,多愁多病的么?"

冼鉴使唤一种严肃的、忏悔的表情,搭拉着脑袋说:

"是的,不能够那么说。她是一个烈女!她是一个女英雄!"

冯斗说:"我想程嫂子冲下去救人的时候,她一定没有想到撤退!"

冼鉴露出受了委屈的样子,大声说:"你们自己去问大队长去,去问联队长去!难道是我要你们撤退的么?"

谭槟接着说:"其实咱们谈论了半天,都是说的空话!咱们往哪里撤呢?"

"往哪里撤?说得很对!"冼鉴自己也很不高兴地噘着嘴唇说,"他们教导团、警卫团那些正规部队,听说要往东江撤。咱们赤卫队只能分散隐蔽。能躲在省城的就躲在省城,省城没地方藏身的就往四乡避一避,听候组织上的通知。"

周炳突然提出他的建议道:"如果要撤,咱们整个赤卫队一道撤不好么?咱们撤到湖南去!咱们撤到井冈山去!咱们撤到毛泽东同志那里去!"

冼鉴松开眉眼,张开嘴巴笑道:"这说不定是个好主意!"大家都觉着这主意真不赖,就又低头沉思起来。正沉思着,突然从他们左边七八米远,另外一个小队那里,又响起一阵嘈杂的人声。他们连忙朝那边看,只见一个穿着黑衣服、蓝裤子,眉目模糊不清的中年男子对着其他的赤卫队员大声叫嚷。他拿一块白布绑在刺刀上面,双手举起那支步枪,向着对面山顶上的敌人使劲摇摆。周炳忽然想起来,他就是去年四月底,在省港罢工委员会东区第十饭堂里,挑拨香港工人打广州工人,后来一下子没了踪影,到如今还不知他姓甚名谁的那个坏蛋。前天,他们巡逻到雨帽街口的时候,就碰见过他,当时要追捕他,却没有追着。昨天,在西瓜园的大会场上,周炳也分明看见了他,但是一眨眼又不见了,想不到他如今却在这里出现!当下他一面摇着那块白布,一面大声叫道:

"同志们!死守是一条死路,撤退也是一条死路!咱们讲和吧!缴了枪拉倒吧!红旗已经倒了!暴动已经失败了!共产主义已经完蛋了!要保存父母妻子,身家性命,就不要耽误时间!走吧,走吧,走吧!"

他的话使所有听见的人都感到十分惊愕。大家都拿发红的眼睛瞪着他发愣,仔细打量他到底是个什么人。周炳拿拐肘碰碰冼鉴,说:

"这就是他!在罢工饭堂挑拨打架……在雨帽街口……在西瓜园……"

冼鉴笑了笑,说:"你又不早说,我还当是谁!这个人叫作王九,我认得他。他原来也做过几天工,后来就在宪兵司令部当密探!可是对呀,他怎么也混到赤卫队里面来了呢?"

那个叫作王九的家伙看见大家不说话,也不动弹,光拿眼睛盯着他,觉着形势不大美妙,就扯下自己的红领带,撂在脚底下,还拿鞋子踩了几踩,说:"不要这鬼东西!不要这鬼东西!走呀,走呀,大家一道走呀!"一面说,一面摆动刺刀上那块白布,就想跳出工事,往山坡下面蹦。周炳大声说:

"抓住他!抓住他!他是个密探!别让他跑了!"

但是已经来不及,王九已经冲下山坡,向敌人那边拔足狂奔过去了。那边小队的几个人端起枪在向他瞄准。这边的冼鉴、冯斗、谭槟也端起枪在向他瞄准。可是周炳手疾眼快,举起驳壳枪对准王九的后脑勺就是一枪。清脆的枪声砰的一响,眼前火光一闪,大家看得很清楚,王九的脑袋上冒出一股红水,跟着脖子一扭,半边脸也是红的,随后就全身蜷曲,像一只死狗一样滚到山坑下面去了。谭槟竖起大拇指赞叹道：

"不错,阿炳。你已经锻炼出来了！你的枪法和孟才师傅不差甚了！"

跟着周炳的驳壳枪一响,对面山上的枪声也响了。不幸的是,他们的东边,小北门那个方向也响起了枪声；他们的西边,大北门那个方向也响起了枪声。更加不幸的是,他们的南边,从他们的背后,也响起了枪声！这就是说,广州城里也有了敌人了,他们被包围了。联队部下了命令,要大家向西面突围。洗鉴带着冯斗、谭槟、周炳三个人,跟着大家一齐向西冲下去,一面走,一面射击,后来又和逼近了的敌人接触,展开了一场混战。周炳一边打、一边往前冲,到他冲下大北直街,转进德宣街,一看,洗鉴、冯斗、谭槟几个人完全失散了,找不见人影儿了。他没办法,只好转弯抹角,回到了官塘街三家巷自己的家里。幸好一路上的人家都紧闭着大门,没有人看见他。他轻轻走进三家巷,望了望那棵白兰花,又望了望那棵枇杷树,轻轻地敲着门。周杨氏出来开门。她看见她那壮健漂亮的小儿子,如今容颜枯槁,两眼深陷,满脸的污泥,盖着那一纵一横,数也数不清的伤痕；脖子上歪歪斜斜地挂着红领带,背着一支步枪,挂着一支驳壳；那对襟厚蓝布夹袄和中装蓝布裤子上,既涂满了乌黑的煤炭,又涂满了黄泥和血渍；简直差一点认不出来了。她两眼一红,鼻子一酸,就捞起衣摆来擦眼泪。跟着,从她的身后闪出了何家的小丫头胡杏。像十天前周炳突然回家的时候一样,她只是牵着周炳的袖子,呜呜咽咽地哭。后来,铁匠周铁也出来了。他拿那双生气的眼睛望着他的小儿子骂道：

"混账东西,还不去冲个凉？荒唐！"

周炳脱下了所有的行头去冲凉。周铁、周杨氏、胡杏三个人在神楼底后面的小天井里,撬起砖块,掘了一个长方形的坑,把两支枪和一条红领带埋了进去,上面盖起土,嵌上砖,又泼了两桶水,用竹扫帚洗刷干净,弄得一点痕迹都没有。周炳冲了凉出来,周铁看了看他的脖子，说：

"不成！刚才系过红领带的地方，下雨，出汗，染上了红印子，都没洗掉呢！再洗！拿肥皂擦！记住：对谁都不能说你干过这样的事儿！"

周炳又拿肥皂去擦洗了一会儿。周杨氏和胡杏已经做好了饭，又做了一盘萝卜煮鱼。周炳胡乱吃了那么五六碗饭，倒在神楼底自己的床上就呼呼睡去，睡得香甜极了。

三九　夜祭红花冈

那天清早，李民魁带了八名"便衣"，来到官塘街三家巷口。那八个人都已经抽足了鸦片烟，如今看来都精神抖擞，手里拿着左轮枪，分成两排，在三家巷外面站着。其中有一个不等李民魁吩咐，就发问道：

"魁哥，今天是干那家古老大屋，还是干那家大洋楼？"

李民魁骂道："胡说！这两家都是我的拜把兄弟，自然都是好人！你们就在这里给我检查过往行人，要是漏掉了一个共产党，砍你们的头！"

又有一个便衣说："今天怎么检查法，还跟昨天一样么？"

李民魁说："当然一样，还有什么两样？凡是脖子上有红颜色的，抓起来！形迹可疑的，抓起来！说不出十一到十三这三天干了什么事的，抓起来！其他那些心怀不轨的，出言不逊的，怒目相向的，满腹牢骚的，加上那些没有正当职业的，没有饭吃的，没有衣穿的，通通都给我抓起来！谁要是胆敢抗拒，或者恶意诋毁，或者咒骂官府，或者企图逃跑，你们只管给我开枪！打死了十个算五双，打死了一百个算五十双，杀错了，我担待！"

第三个便衣说:"大头李,你说过的,要认账。别等出了事情,只管往咱们身上推!那么,你再说,还搜身么?"

李民魁说:"搜!谁跟你说不搜的?"

第四个便衣说:"女的也搜?"

李民魁点点头道:"当然!难道女的就可以随便当共产党么?"

第五个便衣问:"全身上下都搜?"李民魁还来不及回答,第六个又问:

"裤裆里也搜?"

李民魁淫邪地笑着说:"当然!那些女共党就利用那地方夹带军火的!不过你们应该搜得文明些,别太说不过去!"

第七个便衣提出一个重要问题。他说:"要是搜出金仔、西纸、鹰洋、银毫、金镯、玉镯、耳环、戒指、挂表、手表、钻石、珍珠等等东西,又该怎么办?"

第八个迫不及待地说:"应该共了他的产,不是么?"

李民魁转动着他的大脑袋,不停地眨着眼睛,说:"凡是人家各自私有的金银财宝,自以不动为宜;凡是准备拿去接济共产党的,自然一概没收!没收得来的东西,最好能够全部交给上面。可是你们这些烟精王八蛋听着!即使要留下几成来分,也得公议公分!不能像昨天和前天那样,谁捞了算谁的!那还有什么天理良心?留神你们的脑袋!"

一切布置停当,李民魁把左轮手枪插在裤带里,就走进三家巷里面去。前几天,他过了一段十分痛苦的生活。他想离开广州,可是一切交通都停顿了,走不脱。他又没什么钱,只得这里躲一躲,那里藏一藏,整天坐立不安,魂不守舍,悲伤怨恨,肉跳心惊。可是现在又好了,他姓李的又有了出头之日了。他现在第一件事,是要多杀几个人,管他是共产党还是不是共产党,一则可以出口闷气,二则可以立点功劳,三则要是能发点洋财,就发点也使得。第二件事,是要去拜访所有曾经离开广州,逃到香港、澳门去过的亲戚、朋友、同事、上司,给大家看看,到底临阵逃跑的算英雄人物,还是临阵不逃跑的算英雄人物。这时候,他一面走,一面想:"这真是乱世见忠臣!幸亏当时我没走脱,否则也就和他们一样,分不出高低了!"走到何家门口,他举手拍门,何家的使妈阿笑出来开门。他问:"大少爷回来没有?"阿笑说:"没有。"他有心想进去坐一坐,但是阿笑虽然年纪比他大十岁八岁,看见他眼露凶光,滴溜溜只在自己身上打转,就十分害怕,既不让他进去坐,又连趟栊都没有拉开。他站了一会儿,觉着没趣,就跑到隔壁去按陈家的电铃。陈家的使妈阿发见他兄弟李民天和这里的三姑娘很要好,他又是常来的客人,自己的年纪又比他大了差不多二十岁,也就不怕他,开了门,让他进客厅坐。李民魁知道陈家的人都没回来,就问起隔壁周家的情形。他首先用手指朝周家那边指了一指,问道:"你家二姑爷在家么?"阿发的嘴巴做了一个藐视的动作,说:"我家二姑爷不住这边,住那边。他如今跟二姑娘一道下了香港。"李民魁向阿发丢了一个眼色道:"呵,对了,对了。不是你家二姑爷,是周家二小子。他一向在家么?"阿发觉得自己无所不知,就更正他道:"谁说的?谁说他一向在家的?这可瞒不了我!十天以前,他打香港回来,往后就一直没回家!"李民魁说:"呵,知道了,知道了。本来嘛,只有你瞒别人的,哪有别人瞒你的呢?"阿发说:"那当然,那当然。就是你的事情,也瞒不了我。人家共产党革你们的命的时候,你正养了个小子,还没满月,你想逃走,没有走成功,对不对?你害怕性命难保,整天胆战心惊,对不对?如今你又出头露面,发了不少的横财,对不对?"李民魁强辩道:"这你就猜错了。我一直留在广州,从来不想离开半步。不过不谈这些,周家三小子呢?"提起周炳,她本来不大清楚,只是听何家的使妈阿笑谈了几句,而阿笑又是听胡杏说的。但是这些都没关系,她不能够因此而承认在三家巷里,还有她所不知的事情,于是就说:

"阿炳么?他可不一样。这一个星期他都在家里睡大觉,不知是不是病了。要是病了,多半就是伤寒。六七天来,大门都没见他出过一步呢!"

李民魁追问道:"你说的靠得住么?"

阿发毅然保证道:"怎么靠不住?三家巷的事儿,你只管问我!"

李民魁按着自己肚子上面的左轮手枪道:"如此说来,他居然没有参加这回造反!唉,真是太便宜他了!"后来他看见陈家客厅幽静舒适,就想赖在这里睡觉,没想到官塘街外面砰砰响了两枪,他只好又走了出去。

过了两天,陈家跟何家、宋家的大大小小,男男女女,上上下下,都结着伴儿回到广州来。按陈文雄的说法,这叫作"一场虚惊"。他对一切事物,都表示很有兴趣,都保持着一种幽默感,而对于周炳被人证实了没有参加这次暴动,他感到特别有兴趣。何守仁对周炳很不放心,就劝陈文雄道:"大哥,你知人知面不知心,先别那样相信阿炳。说不定他扯谎,欺骗了我们。"陈文雄学了胡适教授的一句话道:"拿证据来!"后来又加上说:"就算他扯谎,欺骗了我们。可是阿发是不会扯谎,不会欺骗我们的!"何守仁还是吟吟沉沉地说:"照我的看法,倒是把他设法弄到'惩戒场'去,让他做几天苦工也好。"但是陈文雄不赞成,他坚持他的见解道:"完全不应该那样鲁莽。说实在话,在我们三家巷里,周炳是一个人才,而对于人才来说,任何时候都不应该鲁莽从事。要是有机会,"从这一句话起,他改用英文说下去道,"我打算介绍他一个起码的位置,让他从另外一个开头做起。比方商业,就是一条不平凡的道路。而凭他的性格,他一旦认为什么事情是对的,他就会做得很卓绝。我坚持我的判断。"这样子,何守仁也就不说什么了。

陈文雄的太太周泉回到了外家,见着了爸爸、妈妈,也见着了自己心爱的弟弟周炳,真是悲喜交集。她还是从前那样瘦弱,那样高贵,那样善良,只是去了几天香港,凭空添了一层忧愁的脸色。

她想起大哥周金叫人家杀害了,二哥周榕如今又不知去向,只剩下这三弟在家,如今又失了业,不知如何是好,就尽对着周炳哭泣。哭了半天,她收了眼泪,悄悄问弟弟道:"你到底干了那桩事没有?"周炳从来没有瞒过她,这时候也不想瞒她,就承认道:

"我干了的!怎么能够不干?我打了三天三夜,如今恍如隔世呢!"

随后他就原原本本,把这三天中的惊天动地,轰轰烈烈的事情,一桩桩、一件件都告诉了周泉。说到那悲歌慷慨,激动人心的地方,周泉也肃然动容。对于李恩、杨承辉、张太雷、何锦成、孟才、杜发、程嫂子这些英雄豪杰的壮烈行为,她简直赞不绝口。对于花旗、红毛、日本仔、法兰西这些帝国主义鬼子的横蛮粗暴,她也一同咬牙切齿。对于工农兵代表大会上所通过的政纲,她也认为了不得的崇高与伟大。对于宪兵司令部的密探王九的阴毒下流,以及最后的可耻下场,她也禁不住痛恨、咒骂,最后又拍掌称快。她表示如果能够亲身参加这几天来的活动,真不枉活一辈子。一提到杨承辉表弟,她总是慨叹了又慨叹,惋惜了又惋惜。在结束这番谈话的时候,她千叮咛万嘱咐地对周炳说:"这些情形,你千万不要泄漏出去!对谁也不能讲你干过那桩事情!不然的话,你就性命难保!"周炳说:"那自然,难道我还是小孩子么?"周泉又提议道:"过去的事情总是过去了。好好丑丑,总不过剩下一场记忆。你以后,就随和着点,跟着陈、何他们两家人混一混吧!陈家是咱家的表亲,我又落在他们家里;就是何家,如今也是你的表姐夫家,也是亲戚了。他们好好歹歹,量也不会不带挈你吃一碗闲饭的。你要是不愿留在省城,那么,到上海你大表姐那里去,也使得!"周炳只是踌躇着,没有答话。周泉回陈家去了之后,周炳在门口枇杷树下,又遇见了何家的小姑娘何守礼。她去了一次香港,竟也沾染了一点洋气,那服装打扮,简直像个洋娃娃一样,还学会了几句骂人的洋话,像"葛·担·腰","猜那·僻格"等等。她一看见周炳,就像去年

在罢工委员会演《雨过天青》的时候一般亲热,走过来,拿身体挨着他,尽缠着问他道:

"告诉我,告诉我,炳哥!你又没去香港,你又不是没手没脚,你为什么不参加暴动?要是我,碰到这么好玩儿的事情,我非参加不可!"

看见周炳不回答,她又大声说:

"哦,我知道了,我知道了!你准是参加了的!你哄我,你哄我!对不对?"

周炳叫她缠得没法,只得说:"别胡闹了,别胡闹了!你说一说,你在香港吃了多少老番糖吧!"

后来陈家三姑娘陈文婕也来到枇杷树下,问周炳看见了李民天没有。周炳说没有见过他,又反问她为什么陈文婷老不见面。她说陈文婷一直回宋家去了,又说:"你还想念四妹么?唉,要不是时势变化,我们原来都以为你俩是不成问题的了!"周炳点头承认道:"是的,想念着她。我很不了解她。我希望能够见她一面,把话说清楚。"陈文婕很同情他,就说:"我们一家人对你都是有好感的。我一定替你问问她,约一个会面的时间。不过,你也懂得,她如今是有家有主的人儿了。那样的会面,会不会增加你的苦恼?"周炳十分动人地轻轻摇着头,没有说话,显得非常温柔,又非常敦厚。当天黄昏时分,陈文婕就来找周炳。这位仗义为他们奔走的人带着一种抱歉的神气,摇头叹息道:

"我有什么办法呢?唉,我也没有办法!四妹不同意这种方式的会面。她说,大家亲戚,没有不碰面的道理。她说,人生不过是一场噩梦!她的脾气,说不定你比我还清楚。后来,她要我给你捎了这个来。"陈文婕说完,就递给他一封信样的东西。他接过来一看,正是去年双十节后一天,他写给陈文婷的绝交信。他匆匆读了一遍,就对他三表姐说:"请你告诉婷表妹,我明白了。"说完,把那封信缓缓撕碎,扔到畚箕里面去。

晚上，没有月亮，只有满天的星星。刚过二更天，周炳就穿起他那套白珠帆的学生制服，里面加了一件卫生衣，慢步从官塘街、窦富巷，一直走出惠爱路。到了惠爱路，又折向东，一直向大东门那个方向走去。他的手里挽着一个布口袋，口袋里装满了深红色、大朵的芍药花，只见它装得满满的，可又不沉，谁也不会想到里面是些什么。整条马路空荡荡的，行人很少。两旁的店铺平时灯火辉煌，非常热闹的，如今都紧闭着大门，死气沉沉。有些商店的门板上，赫然贴着纸印的花旗、红毛、日本仔、法兰西的国旗，表示他们是"外国的产业"，或者受着外国的保护。有些商店买不到这种外国符咒，就贴了张纸条子，上面写着："本号存货已清，请勿光临！"或者索性就写着："本店遭劫五次，幸勿光临"这种字样儿。路灯像平常一样开着，但是昏黄黯淡。时不时听到放冷枪的声音，东边一响，西边一响。广州不像她平时那样活泼，热情，傲慢，自负的样子，却显出一种蒙羞受辱的神态，全身缩成一团，躺在寒冷荒凉的珠江边上。周炳看见骑楼底下有一堆黑黢黢的东西，走过去一看，原来是一具仆倒的尸体。再走几步，又看见另外一具仰卧着的。此外，又有两具并排着的，也有几具纵横交叠着的。有些尸体的眼睛还没有完全闭上，还似乎隐约看得出微弱的反光。他们的灵魂早已离开广州，但是他们的躯体还恋栈不去。周炳从将军前走到城隍庙，亲眼看见了不知道多少的尸体，简直是数也数不清。他笔直地向东走，只是在碰到国民党查夜的人的时候，才转进小路，绕弯子走。走着走着，他就走到城外东郊的"红花冈"上。这座红花冈本来不算很陡，但是周炳在茫茫黑夜中，总觉着它高大无比，分不出哪儿是山顶，哪儿是天空。这是自从国民党今年四月背叛革命以来，数不清的革命志士流热血，抛头颅，从容就义的地方。它和辛亥革命的时候，埋葬七十二烈士的黄花岗相距不远。反革命的刽子手就在这里杀害无产阶级的优秀儿女，把他们埋葬在这里。如今，这里又成了埋葬广州起义中英勇牺牲的英雄们的公共坟场。

"同志们,安息吧!"

周炳低声叫唤着。他瞪大他那双朦胧的泪眼,凭借着自己那套白色衣服的反光,摸索前进。凡是遇到斜坡上或平台上有隆起的土堆,他就放上一枝红芍药花,低声叫唤一遍。后来在靠东南角一个大土堆旁边,他突然发现了一个高大的、黑色的、雄赳赳的人影儿。他觉着毛骨悚然,大声喝问道:

"你是谁?"

"我是你的朋友!"那人回答着。他的嗓子很圆,很响亮,也很自信。

"你在这里干什么?"

"和你一样,来看看朋友!"

那人说了之后,就拧转身,钻到笨重的夜幕后面去了,看不见了。周炳独自一个人,在红花冈上盘桓凭吊,直到夜深还不愿回去。走累了,他就坐在那些土堆旁边,靠着土堆歇一歇。每当他坐下歇着的时候,他的耳朵贴到泥土上,他就能听见有枪炮轰鸣的声音,有冲杀呐喊的声音,有开会、鼓掌、呼口号的声音,有他的朋友们的笑声、闹声、冷静谈论声,甚至喝酒猜枚声,从那土层之下宛然传出,使他舍不得离开。后来他索性靠着土堆,闭上眼睛,凝神静听,一直到混混沌沌地睡了过去……

四〇 茫茫大海

第二天,周炳大清早就到惠爱西路的两家打铁铺子去找他的好朋友王通和马明,想看看他们还在不在那里做工,更加想知道他们是不是还活着。可是两个都没有找着。想打听一下,那里的伙计和老板都拿怀疑的眼光望着他,说起话来吞吞吐吐,不得要领。他走到第七甫志公巷黄群家里,找着了她的守寡母亲黄五婶,看看黄群的情况怎么样。但是黄五婶正在焦急万分,一见周炳,就拉着他诉苦道:"阿炳,你看怎样算好!枪一停,我就去沙面找她,可是哪里找得到!人家说,她多半下香港去了,可又没有一封信给我,没有对我说过半句!"周炳没法,只得离开志公巷,走出丰宁路。那西瓜园广场如今空旷无人,十分寂静。用竹子和木板临时搭起来的主席台已经拆得无影无踪,只剩下一些竹篾和碎纸,在枯草中间轻轻滚动。那工农民主政府的崇高、伟大的政纲,也跟北风吹来的冷雨一道,渗到地心里面去,人们再也无法看见了。从太平路到西濠口、沙基大街一带,也像惠爱路一样,商店紧闭着大门,沿途都能碰见没有埋葬的尸体。周炳十分生气,用脚板重重地踏着地面,一直走进沙面去。东桥有外国兵把守着。他们把他浑身搜查了一遍,才放他进去。他找遍了几个地方,不单是黄群找不着,就是从前参加省港罢工的章虾、洪伟等人,也一个都找不着。他烦闷极了,无精打采地从西濠口,沿着长堤,一直向南关走去。经过杨承辉和他一道阻击日本海军陆战队的大新公司门口,他徘徊着不忍走。经过何锦成和他一道打退敌人登陆的天字码头,他又徘徊了好一阵子,不愿走开。长堤的尸首比别的地方都多,而天字码头简直堆得重重叠叠,使人看了,不能忍耐。而有些女的革命同志,在她们像一个伟大的母亲那样,为了后代的幸福而牺牲了自己的生命之后,敌人还挖掉她们的眼睛,割去她们的乳房,用木棍戳进她们的阴户,这样来侮辱她们的尸体。周炳看着看着,眼睛突然热了,牙齿突然咬紧了,正想大声叫喊,不料被他身边一个不相识的路人故意使力撞了一下,才没有嚷出声来。他忽然清醒过来,意识到这时候大声叫嚷会带来生命的危险,就对那不相识的路人感激地点头微笑道:

"兄弟,谢谢咯!我差点儿摔了一摔!"

走到南关,找遍了丘照的手车修理店,邵煜的裁缝铺,马有的蒸粉店,关杰的印刷铺,陶华的清道班,都不见丘照、邵煜、马有、关杰、陶华这些人的踪迹。他又到普兴印刷厂,想看看印刷工人古滔那边的情形,但是那间厂子已经钉了大门,门上还交叉十字地贴上了封条。周炳没有办法,只好跑到珠光里皮鞋匠区华的家里去打听。区华不在家,区细、区卓也不在家,三姨区杨氏告诉他道:"我听说你榕哥跑到香港去了。你苏表姐不知是不是跟他一道,也到香港去了。你阿细、阿卓两个表弟叫你三姨爹送到什么乡下去躲避起来了。总之,你瞧我家里冷清清得像师姑庵一样了!"周炳想起从前区桃表姐在世时的热闹光景,也就舍不得一下子离开,只管对着他三姨,默默无言地坐了一个多钟头才走。在回家的路上,他经过三处还在冒烟的火场。那一片一片的房屋完全倒塌了,屋梁、大柱,桌、椅、板凳,被服、床铺,锅、盆、碗、盏,都烧得变了黑炭,那焦臭的气味离三条街就可以闻到。经过维新路口,他偷眼瞅了瞅工农民主政府的所在地,想起为了夺取这个地方,那大个子海员李恩怎样舍命举起手榴弹,纵身向敌人的机关枪扑过去。以后经过大北直街口,他站在张太雷同志出事的地方,停了下来,装成掏出手帕来擦眼睛的样子,低着头,默默地悼念了一会儿,心里祷告着道:

"张太雷同志呀!你曾经说,从那天起,全世界的路都让我自由自在地走,我喜欢怎样走就怎样走!告诉我吧,我现在应该怎样办?"

回到家,看见舅舅杨志朴和三姨爹区华都来了,正在后房里和爸爸、妈妈、姐姐一道谈话,神气都十分紧张。周炳一进去,大家都不作声,只拿眼睛望着他。后来还是舅舅杨志朴开言道:

"刚才我们正在商量你的事情,你坐下,让我来告诉你。你在省城这样晃来晃去,是十分危险的。不要以为你的事儿瞒得过别人。就是瞒得过一天,也瞒不过两天。如今还多了一样:我听见别人说,凡是参加过省港大罢工的都要抓起来呢!我急急忙忙来告诉你爹娘,恰巧你三姨爹也来了,大家正没有主意,没想到你姐姐来说,上海你陈家大表姐家里,有两个孩子,一个男的九岁,一个女的七岁,写信来要家里给她请一个广东人当家庭教师,男女不拘。你姐姐意思是要你去,只怕你不肯。我们大家一商量,这是天造地设,正合着你去做的一件事。你应该到上海去!时机不可失!你们革的那个什么命,我既不反对,也不赞成。不过依我看,也不要天天尽着革,过几天再革,也是可以的。"

周炳搭拉着圆脑袋,没有作声。姐姐周泉笑着对周铁和周杨氏丢了一个眼色。周铁咳嗽了一声道:"好,就这么办!"事情就决定下来了。不久,陈家跟何家都知道了这个消息。陈文雄亲自送了二十块钱港纸过来给周炳,并且和他做临别赠言道:"表台,你本是一个有恒心,有毅力,有性格,有风度的人,你应该站在时代的上风,做一个春风得意的骄子。过去的事情不说了。我看你这回不参加广州暴动,是第一个转机。你这回决定到上海去,是第二个转机。我大姐对你很有好感,她认识很多商业界、银行界、宗教界的大亨,你要她给你好好地找一个扎实的出身。可不要跟大姐夫乱撞,他是政界,是空的!"何守仁也叫胡杏给周炳送了十块鹰洋来。周泉拿出自己的体己钱,也给了她兄弟五块毫洋。胡杏回去之后,何守礼把她叫到一个僻静的地方问道:

"炳哥到上海去,为什么大哥哥要给他送钱?"

胡杏想了一想,就肯定地说:"是你嫂嫂有对不起周家的地方!"

何守礼说:"我嫂嫂有什么对不起周家的地方呢?"

胡杏越发放肆地说:"她原来是炳哥的嫂嫂,如今却当了你的嫂嫂,这不是闪了周家?不是欺了周家?不是骗了周家?要在我们乡下,早动了刀枪呢!"

何守礼点头道:"那就是了。文婷姐本来说要嫁给炳哥的,后来又嫁了那姓宋的大胖子。她也是骗了炳哥,不是么?"

"可不!陈家的人净是骗子!"胡杏显得更加振振有词了,"你嫂嫂骗了榕哥,文婷姐骗了炳哥,陈家大少爷娶周家姐姐的时候,说好了是姑换嫂的,后来又不换了,他白娶了周家姐姐,他也是骗了周家姐姐!周家几兄弟姊妹都叫人骗了,真是叫人气不忿!"

"唉,好人总要受欺负!"何守礼长长叹息道,"嘻,炳哥这个人多老实,多好玩儿,多会演戏,可惜他要走了!"

胡杏提议道:"我这几年积攒下来的过年利市钱,也怕有一块几毛,我通通拿出来送给炳哥做盘缠。你拿不拿你的出来?要是我是你,我就把钱罂子打碎了,把所有的钱拿出来送给他。你干不干?"

何守礼激动起来道:"干!怎么不干?你倒送他盘缠,我不送还成?"

后来她又去问她母亲三姐何杜氏,何杜氏说随她自己的意,她果然把那个只有一道小口子,银钱能放进去,可倒不出来的瓦罂子敲碎了,一数,也有五块多钱。胡杏凑上自己那几个过年利市钱,竟是钞票、鹰洋、银毫、铜板一大堆,叮叮当当地一齐捧到周家这边来。周炳十分感激这两个小姑娘。别人给他送钱,他不怎么稀罕,只有胡杏给他送钱来,他倒是激动起来了。他觉得别人的好心总有点掺假,而胡杏却是真情真意的。他握着胡杏的小手说:"好了。谢谢你,小杏子!我这回出门,是迫不得已的,不会去得太久。我叫杜发给你讲的那些,都是真话,都不是哄你的。今天就是办不到,明天一定办得到!你一定会自由的!那些凶神恶煞的日子不会长的!杜发不会白死的!你千万别泄气,别伤心,硬顶着活下去!哪天我要是回家,大半就是得法儿了!"说着,说着,胡杏又捂住脸,哽哽咽咽地伤心起来。

又过了一天,风声更加紧,许多街道都挨门挨户搜查。国民党的军队、宪兵、警察、侦缉,到处都在开枪杀人。周炳到西来初地去看了看何多多、何老太和那六个孤儿,把陈文雄送给他的二十块港纸送了给他们,又跟何老太说了许多安慰的话。随后他又到莲花井去看了看程德和程大妈,送了他们五块鹰洋,又说了许多安慰的话。最后他到长堤"名利客栈"买了一张到上海去的英商"太古洋行"的统舱轮船票,就回家收拾行李。到了下午四点钟左右,周炳右手夹了一个小铺盖,左手提着一个小网篮,离家出门去了。铁匠周铁在家,蒙起头睡觉,没有睬他。周杨氏、周泉、胡杏三个人,一直把他送出三家巷口。到离别的时候,又是千叮咛万嘱咐,又免不了一番悲伤掉泪。一直到周炳去得很远很远,连影子都望不见了,周杨氏舍不得回家,还说漏了什么话忘记对他讲。

周炳乘坐的这只轮船叫作"苏州号"。三天之后,它经过了香港、汕头、厦门,贡隆、贡隆地摇摆着笨重的尾巴,向着上海游去。那天下午,天阴刮风,周炳觉着统舱里十分气闷,也不想再睡,就穿起卫生衣,在卫生衣外面加上了白珠帆学生装,爬上船尾的甲板上去看海。这真是一个茫茫大海,无岸无边。海是深蓝色的,天空是灰白色的。风浪很大,那远处的浪花好像在天空上翻滚着。船身在沙沙的水声中颠簸得很厉害,仿佛它每前进一步,都要花很大的气力。四围没有人,也没有其他的生物,周炳感到寂寞和空虚。他努力向南边眺望,但是故乡的一切都淹没在破碎的浪花下面,连踪影儿都看不见了。他情不自禁地唱起《国际歌》来:

起来,饥寒交迫的奴隶……

刚唱了这一句,他背后忽然有人说话,打断了他的歌声。

"你在这里干什么?"那个人大声喝问他。

周炳回头一望,看见一个水手模样的人物,手里拿着一些绳索,对他神秘地,但是没有恶意地笑着。他漫不经意地说:

"没有什么。我在这里看一看。"

那人笑得更加有意思,连那红色的眼睛都眯上了,说:

"没有什么！哼,没有什么！你站在这里很危险！唱歌更危险！"

"我哪里唱过什么歌?"

"我听见你在唱!"

一阵北风把烟筒喷出来的煤灰打在周炳的脸上,他笑了,那神秘的水手也笑了。周炳忽然想起一个好主意,就问那人道:

"有一个叫作麦荣的人,你认识不认识?"

"谁?"那人用手兜着耳朵问。

周炳也用手做了一个圆筒,放在嘴唇上,迎着海风大声说:"麦——荣!"

那人似乎听懂了,跟着又问:"他是干什么的？他是你什么人？你问他干什么?"

周炳说:"他跟你一样,是走上海船的。我们是朋友。我好久没见他了!"

那神秘的人物用粗大有力的手指擦了嘴唇,就摇头说道:

"不对！不对！他像你一样年轻么？他怎么跟你交朋友?"

"朋友就是朋友,论什么年纪呢!"周炳有点着急了。

那中年男子低头想了一想,就用一种肯定的语气说:

"这个年头,找人是不容易的。说到麦荣,好像从前也听说过,是在哪只船上有过这么一个人。既听说过,人就会在的。我还是不认识他!"他的神气明明是他认识他,而他的嘴里却偏偏说出他不认识他。周炳只当他不肯讲真话,也就没法子,口中喃喃自语道:

"我多么惦着他呵!"

那水手好像没有听见,提着绳索,转身就走。周炳抢前两步,拦住他的去路,恳求道:

"大叔,你见着麦荣的时候,千万记着告诉他:我叫周炳。周瑜的周,火字旁,一个甲乙丙丁的丙,周炳。我十分惦着他。我十分想见他一面！哦,对不起,还没有请教你尊姓大名呢!"

那神秘的水手摇了摇头,说:"我们当水手的,哪有什么名字?还不是老大老二地乱叫!"说完就头也不回地走下去了。周炳很不宁静地望着那波涛汹涌的茫茫大海,不知道它要把自己漂到什么地方去。正在这个时候,在那远远的天边的广州,有两个警察带着正式的公文到三家巷来拘捕铁匠周铁。周铁很不乐意地对那两个警察说:"我自从出了娘胎以来,就在这西门口打铁,随管什么别的事儿都没干过。你们抓我干吗?难道你们不认识我么?难道你们公安局要开剪刀铺么?"那两个警察十分抱歉地望着自己的皮鞋尖。一个高个子俯着脸说:"我怎么不知道?我自从出了娘胎以来,就瞧见你在这西门口打铁。我还知道,你除了打铁以外,大概别的事儿也干不了!"一个矮个子仰着脸说:"我们知道又有什么用呢?反正这事儿也不归我们说话。这是上面的命令!"周铁鼻孔里哼哼了两声,说:"既然如此,咱们走吧!"他们三个人走到四牌楼口子上,就碰着另外两个警察,押解着杨志朴大夫,从里面走出来。周铁吃惊道:"怎么?舅舅,你也上公安局去?"个子矮小的杨志朴仰起他那多毛的脸,玩世不恭地说:"这年头,你不上公安局,还能上哪儿去!"周铁说:"我是为了会打铁,要吃官司,你却为了什么?"杨志朴说:"我么?我不知道!说不定因为我不赞成反革命,又不赞成革命!他们逼着要我赞成一边儿!"他眯起那矇眬的眼睛,抬起那方形的腮帮,大脑袋沉重地朝后仰着,笑了。谁知他们大伙儿走到公安局门口,一碰却碰上了皮鞋匠区华。他也一模一样,叫两个警察押解着,慢吞吞地走来。杨志朴乐了,笑嘻嘻地说:"妹夫,这才是阎王殿上的横额:你也来了!"区华皱着双眉,没精打采地说:"呵,舅舅,你也来了!"杨志朴站定了,伸出一只手,往里面让区华道:"请吧,不用客气!"区华无论如何,不肯僭越,只是回让道:"你请,你请!"周铁生气了,在后面大声吆喝道:"快进去坐席吧!酒都凉了!"就是这个时候,在那茫茫大海中间,周炳叫痛苦、寂寞和悲愤缠绕着,挣不脱身。那痛苦,他觉着比海还要深。那寂寞,他觉着比死还难以忍耐。那悲愤,就像那天上的云,空中的风,水中的浪,呼啸飞腾,汹涌澎湃,永远平静不下来。后来无意之中,他掏出区桃那张旧照片来,呆呆地看了半天。他对区桃请求道:

"给我一点希望!给我一点勇气!笑一个吧,小桃子,笑一个吧!"

区桃虽然没有说话,但是真的笑了。这样子,周炳慢慢想到另外一些事情。他想到上海是一个大地方,是一个童话一般美丽的地方,多少作家、艺术家、哲学家、思想家和其他全国著名的人物都住在那里;多少大书店、大医院、大公园、大旅馆、大戏院、大舞厅、大酒楼、大工厂、大百货公司、大银行、大学校都开办在那里;他可以好好地去见见世面,也不枉人生一世。他想到"五卅惨案",就发生在上海的南京路,跟着就发生了轰轰烈烈的大革命运动,如今中国共产党的中央委员会也在上海,中国共产党办的《布尔塞维克》杂志也在上海出版,那里一定有许多像张太雷、恽代英、叶挺、叶剑英那样的人物,说不定苏兆征同志也在那里。他自言自语道:"要是我能看见苏兆征委员长一面,那不知有多好!"最后,他想起他们工人赤卫队第一联队第三大队第十中队第一百三十小队队长孟才师傅所说的话来。他曾经这样说道:"如今虽然成立了工农民主政府,看样子,困难还多得很。你想实施那些政纲,你就不能不流血牺牲,为那些政纲的实施来奋斗!路还远着呢!"想到这里,他不禁重复了一句,"一点不错,路还远着呢!"这样子,周炳觉着自己又有了希望,又有了前程,浑身也充满了劲头。他吻了一下他心爱的区桃,对着广阔无边的海洋喊道:

"再见了!可爱的家乡呵!"

(第一卷完)

1959年7月1日,脱稿于广州红花冈畔。

红色长篇小说经典

一代风流第二部

苦斗

欧阳山 著

人民文学出版社

目　录

四一	幻想	331
四二	翻生区桃	339
四三	一线天	347
四四	险地	357
四五	咫尺天涯	366
四六	过五关	376
四七	博爱与和平	385
四八	沉沦	393
四九	余庆坊快事	403
五〇	不如归去	411
五一	寂寞的冬天	419
五二	旧地重游	429
五三	十大寇	439
五四	第一赤卫队	448
五五	跋涉	457
五六	一个谜	466
五七	喜相逢	474
五八	诀别	484
五九	恍如隔世	494
六〇	后继和前仆	503
六一	翻脸无情	512

六二	七月的奇遇	522
六三	西水图	530
六四	鬼地脚	538
六五	请命	546
六六	善有善报	555
六七	三灾	563
六八	南渡口的风波	572
六九	踢蛇窦	580
七〇	有缘千里	589
七一	有人快活有人愁	598
七二	凯旋	608
七三	佳期	615
七四	大展宏图	623
七五	真伪之间	632
七六	女英雄	641
七七	擢甲里二百号	648
七八	小纠察队员	657
七九	终天恨	666
八〇	鸟惊心	677

四一　幻　想

在一个昏暗无光的早上，周炳所坐的轮船从吴淞口慢慢驶进上海的黄浦江。迷蒙烟雾，苦雨凄风。两岸的码头、工厂、货仓，谦逊地向他鞠躬，悄悄地向后退走。几天来吵闹不休的轮船，这会儿肃静无声地滑行着，好像在油面上行走的一般。汽笛一声长鸣，好像为他鸣锣开道。黄浦滩上那些雄伟高大的建筑物，都你挤我、我挤你，恭恭敬敬地站立着，仿佛在欢迎一位伟大的人物的光临。周炳迎着风雨，也没有戴帽子，毫无畏惧地站在甲板上，像恐吓淘气的孩子似的对上海说道：

"你好生当心着！叫我给点厉害你瞧瞧！"

这时候，他十分相信自己是一个有力量的人。他还相信他的遭遇一定会十分顺利，他所要找的那些朋友，差不多一上码头就会碰见。这样，他马上就可以在上海轰轰烈烈地大搞一场，正像在广州不久前才搞过的一样，好歹凭着他个人的力量做出一番事业来。但是他的幻想还没有完场，却叫一种东西把他的身体给冲击了一下，冲断了。他定神一看，原来有个穿白制服的外国人十分粗暴地用手推他、撞他。那家伙嘴里发出不干不净的声音，看样子十分野蛮，又正在生气。那种毫无礼貌的神气，不单不像对待一个尊贵的人，而且不像对待一个仆役。周炳没有直接接触过外国人，这还是头一回。他气得涨红了脸，举起拳头，正要揍过去，旁边一个中国人赶快把他的手拽住了。就这样，一个外国人就把他们四五个中国人像赶鸭子似的推下统舱去……

不久，船就靠了码头。码头上全是湿漉漉的，又显得杂乱无章。周炳提了铺盖卷,像钻狗洞似的钻上了码头,才想起自己人生路不熟,不知道怎么走法。他掏出地址看了又看,只见那上面写着"宝山路金鑫里三号张公馆",却不知道这金鑫里到底坐落何方。想问问人,可是不懂话。又瞧着四下的人全像在那里吵架似的说着话,自己也不好插嘴。正在团团转、没主意的时候,忽然背后有人叫了一声:"表舅!"他回身一看,正是他大表姐陈文英从广东带出来的使妈阿云,特地来接他的。这阿云是顺德人,年纪三十左右,矮小结实,头上梳着辫子,身穿方格呢子大襟衫裤,披着一条又宽又长的墨绿毛线围巾,满脸笑容地要伸手接过他的铺盖卷。周炳在广州就认识她的,哪里肯叫她提行李,只顾问她大表姐怎样,表姐夫怎样,孩子们又怎样,一面跟着她走出码头。阿云讲了许多情形,末了,狡猾地斜眼望着他道:

"表舅你来得正好。这阵子,老爷和太太两边都有点不悦意的样子,也不知他们心里搁着什么事儿。得你来调停调停,正好。"周炳听着点点头,没多问。不大一会儿工夫,他们两部黄包车就到了金鑫里三号后门口。张子豪这时候正当着上海市闸北区的区长,上衙门去没回来。大表姐陈文英带着张纪文、张纪贞两个孩子,一个九岁,一个七岁,在厨房门口迎接他。周炳看见陈文英还是那样高高瘦瘦的身材,尖尖长长的脸儿,小小巧巧的鼻子和嘴巴,只是眼睛稍为圆了一点儿,大了一点儿。一见她,周炳就想起自己的姐姐周泉,不过她比周泉更瘦弱些,更苍老些,皮肤更白净些。当下他就说:"大表姐,日子过得好!大姨爹、大姨妈、表哥、表姐、我爸爸、妈妈、姐姐都问你好!"陈文英看见周炳还是那样圆头大眼,阔嘴宽唇,胸厚肩宽,手粗脚长,走起路来,踩得地板吱吱叫,震得杯盘叮叮响,只是在那孩子气的嘴唇上,隐隐约约有点胡须影儿,就笑眯眯地说道:"还是那么爸爸、妈妈、哥哥、姐姐的呢,简直那么大不透的呢!简直那么大不透的呢!"跟着又说,"这回省城打仗,你们都受惊了吧?"后来又说,"爸爸、妈妈年纪都大了,就是舍不得广东！上海多么太平,吃喝玩乐哪样缺,就是不肯来,宁愿躲在老窝里担惊受怕！唉,广东人就是这样的啦,南洋、金山,再远都不怕,一提到北方,死都不去！"随后,她就给周炳张罗房间,叫用人们找这找那,再不去注意周炳是否还有什么话要说。安顿好,她就另有约会,打扮得雍容华贵地出门去了。午饭,还是使妈阿云给他端上房间里来,让他一个人独自吃。

这样子,周炳算是在上海找到了一个暂时的栖身之所。开头一个星期里面,他除了饭后出去散散步之外,差不多简直没出过门口。他给家里,姐姐周泉,表姐陈文娣、陈文婕,三姨爹区华,舅舅杨志朴,都去了信。还特别给哥哥周榕写了一封长信,托区华给他转去。西门的王通、马明一伙,南关的陶华、丘照、邵煜、马有、关杰一伙,沙面的章虾、黄群、古滔、洪伟一伙,河南的冼鉴、冯斗、谭槟一伙,又都各自走散,虽然心中想念,都没法通个消息。信一写完,他就无事可做,闷得发慌。他那两个学生张纪文、张纪贞,开头看见来了个家庭教师,都欢天喜地来上学,可是第三天,张纪文就不来了,第四天,连张纪贞也不来了。大表姐陈文英说:"孩子小,喜欢念就多念一点,不喜欢就少念一点吧。"周炳听说这样,也只好随他去,来一天、不来一天地念着。闲着没事,他就去看报纸。看了《申报》,就看《新闻报》;看了《新闻报》,就看《时报》《时事新报》。从第一版的药品广告一直看到最末一行的小信箱、寻人启事、征求朋友之类的东西,把那些大人物纷争,小人物纠葛,奸、淫、掳、掠,偷、讹、拐、骗,失业、罢工,迷信、横祸,水火、灾害,官司、人命,一件件地往肚子里装。装完了之后,就长叹一声道:

"哦,这就是上海！"

看完报,他就来研究他所住的这幢房子和这幢房子里面的人。房子很大,很华贵,清清静静,阴阴森森,要不是张纪文和张纪贞偶然哭闹吵嘴,简直静得好像没人居住的一般。大门朝南临街,整天关着不用。大门之内,是一个大天井。过了天井,是一个大厅。大

333

厅两旁,是东西厢房,东厢房做会客用,西厢房做孩子们的书房。大厅之后,还有饭厅,再后面就是厨房,下房。后门朝北开着,一家人平常出入,都走这里。二层楼上,前楼是张子豪的书房,后楼是孩子们的卧室,东厢房和西厢房是张子豪和陈文英的卧室。三层楼上,前楼空着,摆了几件简单的家具。后面是一个大晒台。东厢房也空着,堆放一些不等用的东西,西厢房就做了周炳的书房兼卧室。整整一个星期,周炳才看见张子豪一回,陪着周炳吃了一顿饭,像个大人物一样,问了几句不相干的话,说了几句共产党已经走到了穷途末路,国民革命已经成功之类的言语,便坐着汽车,带上卫士走了。他走了之后,这幢大房子就剩下陈文英和张纪文、张纪贞和今年才一岁多的张纪庆三个孩子,此外就是阿云、阿秀两个广东使妈,张纪庆的江北奶娘江妈,和一个专做粗重活的浦东大姐春兰,再加上新来的家庭教师周炳,一共大小只有九个人,真是寂寂寥寥,空空荡荡。起初,周炳以为陈文英和张子豪有什么反目不和之处,但是看样子倒还恭恭敬敬,热热呵呵的。只是表姐夫老说有公事,赖在外面不回家;大表姐整天也和一班男女教友厮混,不是聚会,就是听讲,再就是跑跑孤儿院、济良所、盲哑学校、慈善医院之类的地方,搞搞募捐、救济、舍药、施粥之类的事情,两家各行其道,互不相干。周炳向阿云、阿秀、江妈、春兰打听,也打听不出所以然来。他自己寻思,大概有钱人家,就是这样子生活的,还是自己寻找革命朋友要紧,也就不去理会了。

　　一个星期过去,两个星期过去,已经到了一千九百二十八年一月初旬了,广东那方面还是一点消息都没有。这边主人虽然还没有什么,那些广东使妈、奶娘、大姐,却逐渐怠慢起来。那些少爷、小姐,不只不尊重先生,反而把先生捉弄、嘲讽、辱骂、殴打,十分不像样子。周炳不由得心里暗暗着急起来。……他有心亲身出去寻找,可是上海那么大,从哪里下手呢?再说上海也不比广东,冬天是很冷的。他连冬衣也没有,确是出去不得。陈文英好像看出这种情形,就把张子豪一套旧的藏青哔叽学生装,一件厚毛线衣,一件旧大衣亲自给他送了来。看见他穿得整整齐齐,准备出门了,就笑着说道:"看我糊涂不糊涂,差点儿把什么大事都给忘了,冻坏了咱们的落难书生!"自从那天以后,周炳又给广东方面去了六七封信。寄完信就在马路、弄堂,大街、小巷,到处乱转,从大公司、大洋行到小纸烟店、广东杂货铺,都看了个饱。他看见一切荣华富贵,也看了更多的痛苦、虚伪、屈辱和罪恶。他把这一切都写在信里,告诉广东的亲友,但是三个星期都过去了,却得不到随便哪一个的一点回音。尽管他天天在街上瞎跑,却也从来没碰见过一个相识的人。这样,他慢慢失望了。从表面看,好像上海没有什么人在闹革命。即使有人在闹革命吧,好像也不怎么需要他,不见得有什么非他不可的样子。有一次,他无意中闯进了"外滩公园",叫印度巡捕举起棍子吆喝着把他撵了出来。那棍子只差一点儿没有打着他的脑袋。他退出门口一看,原来那小铜牌子早就端端正正、明明白白地写着:

"华人与狗,不得入内"。

这件事给了周炳的自尊心很大的打击。周炳自己对自己问:"你还像一个广东人么?"又自己回答自己道,"哼,我就说你不像一个广东人!"事实明摆着:上海不仅不需要他,并且对他也不总是那么客气,那么谦逊。他从失望变成冷漠,从冷漠变成害怕,从害怕变成厌恶,从厌恶变成烦闷,从烦闷变成伤感。他开始读郁达夫的书,读郭沫若的书,读鲁迅的书,也读许多唯物论入门,辩证法发展,唯物史观浅释,苏俄游记一类的书。

看看到了阳历一月下旬,阴历除夕那一天,陈文英做了一桌家乡风味的团年饭,请周炳一道团年。陈文英嫌饭厅太冷,叫把酒菜端到楼上书房来吃。桌面上菜式很多,只是座席上才得陈文英、周炳、张纪文、张纪贞四个人。周炳说:"怎么今天星期天,又是团年,表姐夫都不回家团聚呀?"陈文英听说,眼圈红了一红道:"刚才有电话来,说今晚有要紧公事,不回来了。——别管他,咱们吃咱们的吧!"周炳听了,不便多问。只见陈文英左一杯,右一杯,不停地把那瓶蛤蚧酒往肚子里灌,不久就陶陶然,两颊绯红,话头也多起来了。张纪文两兄妹胡乱吃了一会儿,就摔下筷子,跑到楼下放炮仗去。书房里,煤炉生得很旺。窗外虽然刮着凛冽的寒风,里面却暖和得跟春天一样。陈文英又劝周炳喝了几杯酒。在那雪亮的电灯光下,她摇晃着那细长的身影,自己也陪着干了几杯,就乘着酒兴说道:

"省城这一场大乱,我想你一定是有份儿的了,没想到你却没份儿!天下事真有意料不到的呢。论脾气,论经历,你不会不是个红党,可你不是。没份儿也好。要不然,恐怕你就没福分到得这上海来呢。只怕连脑袋瓜子都保不住呢!"

不知道为了什么缘故,周炳这时候从陈文英的脸上看出一种狡诈和试探的神气。他一时难以决断,究竟对她说真话好,还是不说真话好,嘴里唔唔呀呀地应付着,脸上和手上就露出那局促不安的窘样子来。没想到那局促不安的窘样子,却使陈文英大为快活。她嘻嘻嘻地笑了一阵,又说:

"怎么样,表台,上海这地方,住得还称心如意么?人家说,上海的地方是中国最好的地方,上海的人是中国最漂亮的人,上海的洋货是中国最上等的洋货。这句话是真还是假?"

周炳把搭拉着的脑袋仰起来,神气开朗地笑道:"你要我说假话,还是要我说真话?"

陈文英虽然是三十岁的人,这时候却年轻得只跟二十岁的一般,把两只原来就很大的眼睛睁得圆圆的说:"说假话又怎样,说真话又怎样,你都说说看!"

周炳用筷子夹了一块蚝豉吃了,说:"如果说假话,我就说,上海真是一个荣华富贵的地方。洋房多。汽车多。电灯也多。还有电车和煤气,打电话用不着接线生,吃水用不着挖井。人活在这里,好像神仙活在天上一样。"

陈文英不住地点着头,问道:"如果说真话呢?"

周炳说:"如果说真话,我就说,上海真是一个醉生梦死的地方。也许你今天中了彩票,变成富翁;也许你明天就会变成一个叫花子。外国人都是主人,中国人都是奴隶。这地方叫人想着要毁灭一切,毁灭整个世界,也想着要毁灭自己!"

陈文英说:"呃,呃,呃,你看你,又来了。说得好好的,又不知说到哪里去了。世界倒是要整个毁灭的,那就叫世界末日。现在还没到呀!"

周炳玩弄着自己的纽扣,然后缓缓抬起头,坚持自己的意见道:"我不知道世界是不是到了末日。可是人不能整天在害怕、厌恶、烦闷当中生活着!主人拿棍子打的时候,汪汪汪地叫;跟同伴儿抢一根骨头的时候,也是汪汪汪地叫。这叫人怎么活得下去?"

陈文英受了一惊,微微皱起眉毛说:"做做好心吧,谁又犯了你了?"

周炳浅浅一笑道:"不是犯。你看见的,在上海,白种人和日本人才是主人,中国人和印度人、安南人都是奴隶!活着当奴隶!能够当出什么味道来!"

陈文英斟了一杯酒,递给他道:"喝吧。我也喝。可是我今天晚上喝得太多了。你的话讲得也有道理。——大概是你还不习惯的缘故,习惯了就好了。我倒觉着你说假话的时候,更加逗人喜欢。那时候,你更加像一个有学问,有教养,有性格的文明人。到得你自以为说真话的时候,你就不像一个文明人,变得粗鲁,野蛮,拗性,暴戾,仿佛不那么聪明,仿佛不那么可亲——简直叫人难堪呢!"

周炳默默然喝下了一杯酒。陈文英也默默然喝下了一杯酒。她喝的时候,拿眼睛悄悄地瞅了他一下,觉着他如今是一只浑浑噩噩的庞然大物。她想起他是个打铁匠,又想起他是个皮鞋匠,是个看牛娣,就懊悔刚才自己说他不像文明人的话,怕戳中了他的卑贱的身世，恐防他因此伤心。她的脑筋一动，立刻转了个话头道：

"不过不谈那些吧。我倒有个事儿要问问你呢。你说，你整天奔出奔进，心神不定，看来吃不安、睡不落的，好像你在寻找一件什么东西似的——这到底是什么缘由？"

周炳一听这句话，立刻满脸春风，张大嘴巴笑。那对乌黑的眼珠子闪出强烈的光，好像就要烧着的一样。陈文英觉着他整个儿都活起来，漂亮起来。他正准备告诉他大表姐，他的确是在寻找一件世界上最宝贵的东西。那就是在广州的西瓜园对全世界宣布了自己的政纲的中国共产党！——也就是金端、麦荣和自己的哥哥周榕这样一些人！可是突然之间，他又从陈文英的脸上看出一种狡诈和试探的神气，像刚刚不久以前看见过的一样，他于是就把所有的热情激动的话咽住了，只是简单地回答道：

"我在追逐一个幻想。你不是已经观察出来了么？"

陈文英面对面听一个青年男子说出他自己心中的秘密，不觉满脸通红起来。她使劲把自己镇定一下，装出平平淡淡的口气问道："那是一种什么样子的幻想，值得你这么苦苦追求的？"

周炳仰起脑袋说："那是古往今来，多少英雄豪杰都追求过的。那是一种至高无上的圣洁的幻想。为了这种幻想，多少人赴汤蹈火，视死如归，连生命那样宝贵的东西都贡献了出来，一点也不觉着可惜！"

他那虔诚和热烈的情绪使陈文英大受感动。她决定冒险追问下去道："阿炳，既然如此，你简单明了地把它说出来，好不好？"她这样问的时候，她的心止不住怦怦地跳。她的发抖的手指拿起酒杯，送到嘴边，没有喝，又放下来。周炳并没有马上回答。他站起来，像一个顽童似的对她笑着，笑了许久，才说：

"这不能告诉你。这对你是一个秘密。也许是个永远的秘密。"

说完，他做了个鞠躬的姿势，离开了张子豪的书房。陈文英听着他的脚步,知道他是回到三楼他自己的房间去了。这时候,孩子都已经睡下。她叫阿云来收拾了酒席,又叫阿秀来给她铺床。一切停当,她自己也就去睡。哪知道这一夜,却翻来覆去睡不着。她的脑子里老在想着:"周炳所追求的幻想,到底是一种什么东西?是爱情么?不。不。不可能!"她用了好几种理由推翻了自己的假定。但是她又想道:"什么是英雄豪杰都追求的东西?什么是至高无上的圣洁的东西?什么东西才能够使人赴汤蹈火,视死如归,连宝贵的生命都可以不要?——傻瓜,只有爱情呵!"这一着想通了,陈文英又想第二着:"既然是爱情,那么是谁呢?是自己么?不。不。不可能!"她列举了阿云、阿秀、江妈、春兰,都不像。是认识了什么新的女人么?也不像。最后,她觉着最大的可能还是她自己。她流出眼泪来了。哭了一会儿,她索性扭开台灯,披了衣服,坐在床上,自己教训自己道:"你还胡思乱想什么呢?赶快祈祷吧,赶快忏悔吧。你是有夫之妇了。你有三个儿女了。你已经是个老太婆了!"但是接着,她又给自己辩解,用不算很低的声音说:"不,才三十岁,怎么就算老太婆?《少年维特之烦恼》里面的夏绿蒂,难道不是这样子的么?她不是有夫之妇么?她有孩子没有?不管她。反正有没有也差不了多少!"陈文英就这么翻来覆去地想着,越想越真。

"这不能告诉你。这对你是一个秘密。也许是个永远的秘密。"她重复着周炳这句话,随后用丝棉被蒙着自己的脑袋,一面哭,一面叫嚷道,"我的上帝呀!是了,是这么一回事了。这是肯定不幸的了!这是千真万确的了!这是无法挽救的了!"

四二 翻生区桃

周炳在上海,把广东的熟人一个一个地都想起来了,只是偏偏忘记了一个人。这个人就是三家巷里何家的丫头胡杏。这时候,她已经十四岁,确确实实长成一个逗人欢喜的大姑娘。她经常穿着她家二少爷何守义穿过、不要了的男装旧大襟衫,破长裤子,拖着一双烂尾木屐,可是这褴褛衣裳却遮不住那长长的胳膊、长长的腿,高高的身材、细细的腰——那样天生的一副美丽的躯干。她一天十二个时辰都不免蓬头垢面,可是这蓬头垢面却遮不住那圆圆的莲子脸儿,尖尖的下巴,圆圆的眼睛拖着两个长长的向上弯的眼角儿;——更不用说那一脸娇憨的笑容,和左边脸蛋上那个又大又深的酒涡儿,——那样天生的一副美丽的相貌了。左邻右里都暗暗惊奇。有些老大娘一把抓住她,看上半天都不放手。大家都不明白,这西门口一带地方,有多少翠围珠裹,身娇肉贵的姑娘,却偏偏都没有长好,单单何家一个丫头,长得这么好,好得出奇。大家都说这叫作:

"妹仔长成小姐相,皇帝拣条乞儿命。"

谁讲起来,都不免要惋惜嗟叹一番。甚至那些尖酸刻薄的婆娘们,挖苦起别人来,都往往带上了胡杏的名字道:

"你尽管骚情什么呢?你几时见过人家胡杏穿绫罗绸缎,搽脂荡粉来!"

这一天正是阴历除夕。天黑不久,主家大小在吃团年饭,胡杏一个人溜了出来。周炳虽然忘记了她,她却一心惦着周炳。出了大门,信步走到周家。周家原本是人丁兴旺的,这会儿死的死,逃的逃,嫁的嫁,出门的出门,坐牢的坐牢,只剩下周妈一个人,孤零零的在家过年。虽然只有她一个人,到处可是整整齐齐,一丝不乱。大扫除,贴红钱,蒸年糕,炸油角,祭祖,拜神,样样做到。一看见胡杏,她就夸奖道:"杏儿,你真是长大了。三年前,你才那么一点儿。你看如今,浑身的肉都长出来了,浑身的劲儿也长出来了!"说着,她拿手去理胡杏前额上的散乱的刘海,又拿手去把胡杏的全身只管摸,只管捏,捏得胡杏痒得不行,一个劲儿嘻嘻地笑。那笑声低沉甜蜜,微微有点儿沙哑,十分好听。捏了一会儿之后,周杨氏去舀了一碗猪肉汤出来,叫胡杏坐下来喝。她一面看着胡杏喝,一面说:

"唉,杏儿,坏了,坏了。女孩子家长出个男孩子般的胸膛来了!——那样厚,只管朝前挺,成什么雅相!不过咱们旧脑筋说话,你也不要在意了,现在时兴,那就算了。……可也真怪,怎么一看见你,我就心疼。——心里只管发软!怪不得人家说你是翻生区桃。真是的呢,论身材,论相貌,你两个都不一样。可不知道在什么地方,有那么一股劲儿,硬是像得十足!——要说都说不出来呢!"

胡杏只管柔顺地听着,痴痴地笑着,那浅棕色的眼睛,好像有千言万语,嘴里却连一个字都没说出来。她本来想打听一下周炳的消息,又怕撞着她的心病,带累她伤心,就没敢开口,只顾低下头喝汤吃肉,吃完了就回身出来。三家巷外面虽然正是隆冬季候,却一点也不冷。灯光灿烂,树木玲珑,和从前热闹的时候一模一样。她和周炳手种的那棵白兰树,虽然枝干还细,发叶也不多,却显得茁壮可喜。她坐在白兰树下那张石头长凳上,和那白兰花就说起话来:

"白兰花呀白兰花,区桃姐呀区桃姐,你是聪明能干的,你是有灵有圣的,你一定要保佑出外的行人平安,你一定要保佑炳哥早点回来,你一定要保佑我脱离灾难,骨肉团圆!"

白兰树轻轻地摆动着。那叶影儿在她头上、身上、手上轻轻摇晃,好像在抚慰她。那嘎嘎的细碎声音好像在回答她的祝愿,极有情致。过了一会儿,她又呢呢喃喃地对白兰花说道:

"今年,回家是回不成的了!如今已经是年三十晚了,——什么动静都还没有呀。不过不要紧,不回就不回!炳哥叫杜发给我捎的话,我就是相信。到死那一天还相信!炳哥四处奔波,拿起枪来和那些当官的对打,不正是为了我么?——可是,像古语说的,胜败乃兵家常事,他这一仗没打赢,下一仗一定会打赢的。你说对么?有一天,他会骑着马,带着几十个几百个赤卫队回来,就在这巷子里,当着众人大声说:'都走吧,都回家吧!那些卖身契都作废了,都不算数了!'唉,那该有多好!多好!多好!"

白兰树照样轻轻摆动着。叶影儿照样轻轻地在抚慰她。嘎嘎的细碎声音照样在回答她。天空上的星星也站在树梢上向她点头。何家、陈家酒席上那些杯盘撞碰的声响,这里也听得清清楚楚。胡杏呆呆地对着白兰树望了一会儿,就想起眼前许多烦恼的事儿来。自从周炳出门之后,时间虽不太久,却出了许多事儿。这里面,有一些确实叫人担心害怕。头一件叫她担心害怕的,是她慢慢发觉,别人都管她叫"翻生区桃"。这本来不是一件坏事,开头听见,她还有些欢喜。可是后来她觉着,别人这么说了之后,总拿一种不怀好意的眼光瞅着她,要不就在她背后指指点点,不知搞些什么名堂。陈万利、何应元这些老爷,陈文雄、何守仁这些少爷,开头还摆架子,只拿斜眼看她,后来就忘了身份,当着众人也对她评头品足,论短道长起来。陈万利跟何应元更是倚老卖老,动手动脚,极不规矩。要不是何胡氏寸步不离,严严看着,还不知要闹成什么样子。就这样,翻生区桃已经很不好当,偏偏那疯子少爷何守义,也来凑上一份儿。这一个多月以来,他只有小疯,却没大疯。除了照常吞吃照片之外,没闹过什么大乱子。有时好起来,还有一两分清醒,懂点人性。不过即使在他有一两分清醒的时候,也只有胡杏跟他说话,他能听从几句,别人不行,连他亲娘何胡氏也不行。遇着他狂乱暴躁的时候,更是只有胡杏一个人,才敢走近他身边,使他稍为安静就范。这么一来,疯子吃饭睡觉,都离不开她,把她缠得紧紧的,别的谁都不要,真叫她浑身都不自在。这还不算。还有第二件。第二件叫她担心害怕的,是那疯子少爷何守义的书友罗吉。这个人从前曾经对何守义说,周炳是共产党,要杀头,他们跟共产党一起照过相,也要杀头,这才把何守义吓疯了的。如今他却常常来何家找何守义。在何守义稍为懂点人性的时候,他也喜欢跟罗吉说说笑笑,有时还跟罗吉上街去玩耍。开头还只是上上茶楼、酒馆、影戏场、戏园子,闹一些吃、喝、玩、乐的把戏,后来胆子大了,就赌钱,抽大烟,嫖私娼,什么都干,——所谓"吃赌嫖吹四淫齐"了。这些事情,家里当然不知。何胡氏看见何守义老是要钱花,也不问他怎么花法,只要他高高兴兴,欢天喜地,就只管拿钱堆他,唯恐他不肯去胡花,在家里沤出病来。那五短身材,胸凹背驼,两只眼睛像鬼火一般的罗吉,因此也经常出入何家,何胡氏还把他当贵人看待呢。胡杏知道他不是个好东西,却闷在心里,不敢对何胡氏说出来。那家伙来往惯了,胆子越来越大,起初还只是对着胡杏阴森森地狞笑,说些不三不四的昏话;后来一见面,就说下流话,做下流相,简直动手动脚了。胡杏恨他恨得要死,可是碍着何胡氏,也对他无可奈何。这也不算,还有那第三件。第三件叫她担心害怕的,倒是她自己的二姑何胡氏。这大奶奶从前只会捞起藤条、棍子打她;后来慢慢改成用手指拧她,用指甲掐她,这已经比藤条、棍子厉害了;没想到近来打也少了,拧也少了,掐也少了,只是一味子缩起腮帮,对着她不怀好意地笑,直把她笑得六神无主,摸不着一点头脑。小时候,胡杏听妈妈讲过熊人婆的故事,那熊人婆吃人之前,就是要痴痴迷迷地笑一顿的。她最害怕大奶奶这个笑。可是大奶奶不光是笑,有时还好没来由地一味称赞她。何家小姑娘何守礼有时教她认识几个字,大奶奶就说她是"孟丽君",将来要中女状元。有时大奶奶找一样什么东西,翻箱倒柜找不着,胡杏一口就说出来了,东西果然在,大奶奶就说她真是鬼灵精,不是神仙下凡,一定是妖怪投胎。最是何守义疯癫狂暴,失去人性的时候,一家人都束手无策,唉声叹气,只要胡杏一走上前,低声说上一半句话,他登时就驯服安静下来。这不能不叫何胡氏大为赞叹;认为那只能是命中注定,前世有缘。——胡杏不懂这些,她只觉着害怕,十分害怕。

胡杏正在没边没界，自由自在地想着自己的身世，不提防有一个通体黑色的大圆球，没声没响地滚到了她的身边。她吃了一惊，连忙站起来，凝神一看，只见那黑东西上面有两个小窟窿，两朵绿幽幽的鬼火，正打那小窟窿贼贼地往出冒。她叫了一声"哎呀"，再一看，原来正是罗吉。那罗吉今年才十六岁，正跟何守义同年，却学得了一身坏本事，奸、淫、邪、盗、偷、讹、拐、骗，样样精通。当下他涎皮赖脸地说道："看你这么会偷懒，说不定也会偷吃呢！"胡杏冷冷地说："谁跟你说话！"罗吉说："不跟我说话，算数。那就跟我亲个嘴吧！"胡杏再不开腔，挺起胸膛，就往家里走。罗吉在后面跟着啰嗦，恰巧何守义吃过团年饭，从里面走出来，才把罗吉接到大客厅里面去了。胡杏把主人家的残羹剩饭，胡乱吃了一些，就动手洗全家大小，连阿笑、阿苹、阿贵都算在内的杯、筷、碗、盏，洗完了，又洗整个厨房的盆、桶、锅、罐，洗完之后，回到大奶奶房里，已经是晚上十点钟了。大奶奶还在二娘何白氏那边打天九牌，何守义已经和罗吉上街逛花市去了，都没回来。胡杏就动手给何胡氏铺床，铺好了，又到里面套间去给何守义铺。原来何胡氏早先自己睡在套间，外面是何守义睡的，后来何守义得了癫狂病，何胡氏怕有差池，把他搬到里面套间去，自己睡在外面，又叫胡杏也睡在外间作陪。胡杏铺好了床，就回到自己的卧床上，拿起红纸和剪刀来剪纸人儿，预备留到元宵节糊花灯用。这门手艺，说起来却是胡杏的一手绝技。不只花草、树木、鸟、兽、虫、鱼，样样精美，要牡丹就是牡丹，要芍药就是芍药；看她剪起人物来，真是一个人一个样儿，个个都活蹦蹦的，生猛猛的，文的绝没有半点儿粗鲁，武的绝没有半点儿柔弱，好像叫它一声，都会答应的一般。除此以外，她还会剪活人像。不论什么人，只要她瞧过一眼，她就能把那个人的相貌刻在纸上，真是人人惊叹，毫厘不差。不过她不想张扬，有人叫她剪，她只是推不会，因此三家巷里，知道她这种本事的，除了周炳的妈妈周杨氏之外，连一个人都没有。当下她信手剪了四个纸人儿，一个花木兰,一个穆桂英,一个樊梨花,一个刘金定,四个都是女的,而且四个都是武将,个个都漂亮到了不得,又英雄到了不得,那丰姿神态,却又各不相同。剪完了,正要歇一歇,那二少爷何守义却从街上回来了。看他神气倒还清醒,只是手里拿了一根光秃秃的桃树枝,一摇一晃地走进来,样子有点不伦不类。胡杏问道:

"你上哪儿去了?"

他缩了缩那尖瘦的鼻子,回答道:"跟罗吉逛花市去了,一人买了支桃花。"

胡杏微微吃惊道:"你手里这就是……"

在胡杏微微吃惊的时候,她的小嘴稍稍张开,露出洁白的牙齿,左脸上那个大酒涡,登时圆将起来,而且好像在那里缓缓地蠕动。她的皲裂的右手不自觉地举起来,轻轻地碰一碰那一头散乱的黑头发。她这时的相貌,姿态,都十分美妙。幸而何守义懵懂粗俗,不曾看见。他只是像一位少爷似的点着头说:"是我买的。拿水把它养在花樽里吧。"胡杏接过来一看,竟完全是些秃枝,花也掉了,蕾也掉了,只有十个八个极小、极小的白毛骨朵,还侥幸地留在枝上,可是也大半伤残,极少完好的。原来别人买桃花,都爱挑些含苞未放的花骨朵儿,即使有开了的,也至多让它开上三五朵,好拿回家里插瓶,让它开到元宵过后。唯独这何二少爷却要挑些盛开了的,开少了的都不要。盛开了的也不打紧,只要好好地举着,拿回家里也有几天赏玩。唯独何二少爷却一路走,一路跟罗吉耍闹,一人一枝桃花,拿在手里,当作兵器对打。对打几个回合,那花瓣儿就掉得差不多了。这还不算。对打之后,他俩又一人一枝桃花,骑在胯下,当作马儿,在马路上拖着跑。这样一来,就弄到这般田地。

胡杏感慨万端地叹了一口气,摇头说道:

"这枝桃花能修到你的手里,也不知苦修了几辈子呢!"

她捧着大红花樽走到井边,往里灌了七八分井水,又在花枝上喷了些水,才捧回房间里来。何守义正在看她剪的纸人儿,见她回来就问道:"谁教你剪的?"胡杏反问道:"你看怎么样?"何守义说:"叫我说名字可说不出,不过好看极了!"胡杏说:"这算什么好!你要是看见我大姐剪的,那才真叫作好看呢!"何守义不大相信地说:"胡柳有那样的本事?那明天叫她到省城来,当面剪几个我瞧瞧。"胡杏笑着说:"好大的口气!有本事的人可不能让你随便叫的。你到震南村去,跪在我家门口,看看她高兴不高兴。碰对了,她高兴了,兴许赏一两个你见识见识。"何守义干笑着说:"你敢刁蛮!你当心着!"胡杏就不再作声了。——正是她这种沉默,正是她这种温柔委婉,正是她这种隐隐的忧愁,使得她这时候十分动人怜爱。何守义把她全身从头到脚望了一遍,就低声对她说道:"阿杏,你过来!"胡杏离他约莫有三尺远,没有动弹,只是眼睛轻轻眨了几下,闪射出晶亮的金光,越发好看。何守义再说一遍道:"阿杏,你过来!"胡杏稍为皱了一皱那淡淡的眉毛,低声说:"我不就在这儿么,你要什么?"何守义浑不知羞,倒大模大样地说:"你过来,让我亲个嘴!你瞧你的木屐都坏了,明天,我送你一双皮鞋。"胡杏仍然不动,只是冷冷地,端庄地说:"谁教给你这些坏念头的?"何守义说:"这有什么不好?这是罗吉说的。他说你一定会答应。"胡杏干脆回绝他道:"不行!"何守义听她这样说,就抢上前一步,抓住她两只胳膊,准备放蛮。胡杏一面支撑着,一面后退,看看快要退到何胡氏床边,她灵机一动,高声叫嚷起来道:

"照片!照片!神厅外面有一张害人的照片,你收起来了没有?"

这句话果然灵验,何守义一听,腿就发软,颓唐地坐在他娘的床上,发急地追问道:"什么照片?什么照片?还不快去给我抢回来!"胡杏一下甩脱了何守义的纠缠,连忙跑到第三进北房三姐何杜氏的房间里躲起来。何杜氏也在二娘何白氏那边打天九牌,刚打完,带着何守礼回来。胡杏一面给她母女讲刚才的事情,一面那颗心还在通通地跳。一会儿,大奶奶那边就高声叫唤起来。胡杏回到大奶奶房里,何胡氏恶狠狠地问她道:"你乱嚼什么牙巴骨子,把他吓成这般模样?"胡杏瞅了何守义一眼,只见他浑身瘫软,脸孔发白,两眼无光,不言不语,竟是疯癫发作的样子,就说:"他硬逼着人家,要亲嘴。"何胡氏一听,更加生气,拍着桌子道:

"哪里来的这么股骚气!他要亲嘴,你叫他亲个够就是了!你卖到何家,你整个身子都是他的了。他爱怎样就怎样!亲个嘴算得了个屁!还嫌你把他的嘴亲脏了呢!"

可以看得出来,胡杏正在使唤一种坚韧无比的忍耐力承担着这些话的分量,那眼泪像湖水一样淹没了她的赤金色的眼珠子。何胡氏看看儿子,又看看丫头,不觉越看越气。正待发作的时候,使妈阿贵来通知她,这已经是子时了,香、烛都点起来了,四处都有烧炮仗的了,她也应该接神开年了。她没法,只得顿一顿脚,咬牙切齿地说道:"大年初一,我又不好揍你!弄脏了我的手,呸!记下来,记下来,给你好好地记下一笔!"说完了,才摇摆着那干瘪枯槁的身躯,到神厅外面拜神去。

四三　一线天

到了阳历五月初,上海的天气也渐渐地闷热起来。周炳觉着一切都不如意,十分闷损。他好像叫人抛弃在一个孤岛上,和整个世界都隔绝了。他好像叫人关在一个黑暗的地窖里,看不到一线的光明。他好像大病了一场,那浑身的劲儿都阳散阴消。他所熟悉的人,如今都没有音信。他所熟悉的那个天地,如今都没有了动静。他十分后悔,来错了这上海,如今只应了一句古话,叫作"人地生疏,所谋不遂"。他时常回想起广州起义,觉着很奇怪,一个人怎么能够在三天之内,干下那样惊天动地的事儿,可是在半年之内,却什么事儿都不干!他时常望着自己的一双大手出神。这双手曾经抓过铁锤,拣过猪屎,也曾拿起枪和敌人拼过命,如今那上面的茧皮,正在一层一层地往下掉呢!每逢想到这种地方,他就想哭一哭,叫一叫,要不就唱个什么歌子。……这天晚上,春兰把菜饭照样端到三楼上,周炳却不想吃,穿着广州带来的、如今已经显得又窄又小的学生装,到北四川路去吃牛腩粉去。吃完了牛腩粉,他不想回家,就信步朝英大马路走去。在英大马路走了一阵子,只觉着灯光辉煌,行人拥挤,商店里堆满了洋货,他一件都不需要,也一件都买不起,就没有什么味道,跑到永安公司逛"天韵楼"去。这天韵楼和广州西堤大新公司的天台游乐场相仿佛,京戏,影戏,绍兴戏,扬州戏,滑稽戏,文明戏,魔术,杂耍,评弹,苏滩,真是要什么有什么,十分热闹。他本来是个戏迷,平时到这个地方,总要把那各种各样的戏,来一回、看一样地轮着看,一坐下就看得津津有味儿,舍不得走。今天却是奇怪,不管看哪样戏,总是心神不宁,看不下去。那些做戏的越认真,越卖力,他越觉着难过,越觉着可悲。于是他这里挨一挨,那里靠一靠,盘盘桓桓,老落不下脚。早有旁边一些人,把他的行动看在眼里,以为他醉翁之意不在酒,一定另有所图。不久,一个老年妇人就朝他走过来,在他的耳朵边,用上海话说道:

"白相姑娘要哇?年纪轻轻格,交关便宜……十只洋!"

周炳刚听得懂上海话,但是没和别人谈论过这一类的事情,登时脸都红了,一句话也说不出来。正在踌躇着,一个十七八岁的小姑娘从远处走了过来。这个姑娘身材苗条,鹅蛋脸儿,梳着一条大松辫子,穿着白洋布滚蓝边的大襟衫裤,浑身是个学生打扮。一眼望去,和当年演《雨过天青》的时候的陈文婷仿佛相似。她走到周炳面前,轻盈地笑着邀请道:

"去,到阿拉屋里白相去!"说着话就动手牵他。他见那姑娘这样大方,不觉吓了一跳,连忙挣脱她的手,结结巴巴地说起上海话来道：

"阿拉……阿拉,铜钿……唔没格!"他甚至一面说、一面拿手比画着,表示他没有钱。但是他一开口,那个姑娘就听出他是广东人,立刻改用带点广西口音的广州话和他说道:"别那么小气。你浑不像一个广东人!"他一听见她说起广州话,不免触动乡情,立刻抓住她的冰冷的手,满心欢喜地问道:"你是乡里？你叫什么名字？"那个姑娘淡淡地说:"我叫苏虾。别问那么长篇,快到我家里去消夜去吧!"周炳只是不肯走,使唤一种非常老实、非常诚恳的表情对她说明真相,自己当真没有钱,最后还问她道:"你既然是一个广东人,为什么跑到老远的上海来做这种事情?"那个姑娘看见他只顾瞎三话四,毫无诚意,生气了。她顿着脚说:"你这个人真是个阿木林。人家是做生意! 人家是要吃饭的! 谁跟你胡混？谁跟你尽管乱扯?"说完就悻悻然地和那老年妇人搀着手走开了。周炳心烦意乱,再也呆不下去,就下了楼,走出南京路,又沿着黄浦江、苏州河,慢慢步行着走回北四川路。

走着、想着,想着、走着,迷迷糊糊地走到虬江路口。他无意中往西边一望,看见走进去不远,那里团团围着一堆人。在那一堆人中间,有一个人站得高一点,正在高声说着上海话。周炳快步走过去,见那一堆人总在一百人过外,都不声不响地在听演讲。灯光很暗,看不清那演讲人的面貌,只听见他在讲国耻纪念、二十一条约的意义,又讲到几天前才发生的济南惨案,最后讲到打倒帝国主义,打倒卖国贼蒋介石,打倒反革命的国民党。那个人在慷慨激昂地讲着,另外有一个学生装束的青年人,在听众当中散发传单,一个人一张。周炳仔细一瞧,那散发传单的人原来不是别人,正是三家巷陈家三小姐陈文婕的未婚夫,国民党广东省党部的干事、党棍李民魁的堂兄弟,农科大学生李民天。这李民天也因为躲避国民党的白色恐怖,今年寒假期间跑到上海来,说是在一间什么大学里暂时旁听,其实是看看风头。周炳在张子豪家中见过他两三回,——虽然小的时候,彼此很熟,后来在省港罢工委员会,也一道进出,可是自从李民天表示对革命消极之后,他们就不大来往,因此在上海见面,也话不投机,没多说什么。想不到这回在虬江路口,却碰见他在散发传单,登时对他起了一种钦敬的念头。周炳这样想着,不觉嘴里惊讶地叫了一声,正预备和李民天打招呼,却没想到听演讲的人们,忽然惊慌四散,乱叫乱嚷起来。周炳叫人群挤撞着,退到路边,只见四个华人巡捕,一面狂吹警笛,一面飞跑过来。那李民天把手里剩下的传单往半空中一扔,正准备和那演讲的人一道逃走,可惜他们身边,早埋伏着两个便衣侦探,这时一齐动手揪住他们,跑不脱身。眨眼之间,四名华捕赶到,把他们逮走了。这时候,周炳自己对自己说道:

"一点不错。他就是李民天,他就是李民天!"

众人都散了。虬江路口又像刚才那样平静和昏暗,只剩下满地传单,随着东海的春风,缓缓飘动。周炳一路往宝山路金鑫里走,心里如醉如痴,十分兴奋。他分不清自己是高兴还是愤怒,是喜悦还是悲伤,只觉着兴奋异常。自从广州起义失败以后,半年来,他没有这样兴奋过。他好像一个叫人长期关在地窖里的人,透过那无穷无尽的黑暗,忽然看见什么地方露出一线天空,一线光明。他拿右手握起拳头,打在左掌上,说:

"哪怕那一线天空,一线光明,一眨眼就过了。可天空到底是天空!光明到底是光明!"

如今,他觉着上海是一个挺不错、挺有意思的地方。这地方虽然住着许多醉生梦死、屈辱偷生的人,却也住着不少英雄好汉。这样看起来,上海人一点也不比广东人退版。他又觉着自己是有点错怪了李民天。他以为人家是胆小鬼,只愿意躲在学堂里当大少爷,却没有想到他还有这一手,干得有声有色。这样翻来覆去地想着,走着,他忽然停下了脚步,深深地懊悔起来。

"我刚才为什么不跑上前去,推开那两个便衣侦探,把他们放走呢?"

　　他自己质问自己,自己却回答不上来。他想,如果他抢上前去,那两个便衣侦探绝不会是他的对手。他可以像推禾秆草一般推开那两个侦探,在那四个华捕赶到之前,李民天和他的朋友就可以跑掉。他越想越觉得懊悔,却没提防有两个喝醉了酒的日本浪人,一齐举起手掌往他身上一撞,嘴里叽叽咕咕地骂着,把他撞得踉踉跄跄的,几乎跌倒。他回转身来,定睛一看,原来他刚才站立的地方,是一家日本人开的什么铺子的门口。那也不知道是一家干什么营生的店铺。只见它门口挂着花花绿绿的招牌,招牌上写着错错落落、歪歪扭扭的中国字和日本字。另外有一个很大的霓虹灯招牌,上面的字样和那招牌上的相差无几。门口是亮晃晃的,店铺里却是黑麻麻的,烧酒的气味和跳舞的音乐混在烟草的臭味儿当中,一阵阵地冒出来。周炳吐了一口唾沫,继续往前走。他是那样的兴奋,以致一面走着,一面自己喃喃地说起话来:

　　"古人说过,人逢喜事,就会看见天门打开! 这天门虽然只开了一条细细的小缝儿,一会儿就砰的一声关上了,天空依然一片漆黑,——可是不打紧,它到底是给我打开过了! 它到底是给我打开过了!"

　　回到家,他一口气冲上二楼张子豪的书房里,没见陈文英,也没见别人,他又冒冒失失地冲进陈文英的卧房里,口里不停地叫唤道:"大表姐,大表姐,大表姐……"陈文英正在床边的梳妆台前面卸妆,见周炳慌里慌张地撞进来,不知道出了什么事儿,连忙按着散开的衣襟,站起来,回过身对他说:"半夜三更,什么大惊小怪的?看你慌成什么样子了! 没有大不了的事儿! 到书房外面歇一歇,喝口茶,我就来。"周炳退出去喝茶,不久陈文英就出来了。他把刚才的所见所闻,一五一十地告诉了陈文英。她那大而圆的眼睛稍稍眯起,细细的眉毛轻轻地皱着,听完了,叹了一口气道:"国耻自然是国耻。谁没有过慷慨激昂的时候? 可是,既然是国耻,就该由国家来负责。几个人瞎嚷嚷有什么意思？我说呀，我们三妹的那个李民天就是有点不安分。"周炳抗声说道："不，不是什么不安分。他是一个勇敢的人。""勇敢的人？"陈文英重复着这几个字，同时尖声笑起来道："得罪了。得罪了。我说我是十九世纪的人，怎么跟得上你们呢？你跟李民天又是罢工委员会一伙儿的，怪不得，怪不得。可是他算不算一个勇敢的人物，过几天再瞧吧！"说完了，她就站起来，走到电话机旁边，给张子豪打电话。打了四五处都没打通，她气愤愤地摔下听筒，走回来对周炳说："不知道你表姐夫藏到什么地方去了。不过不要紧，要他们找人去跟英捕房说一说，会放的。李民天当了一辈子少爷，尝几天蚊子、臭虫的味道，也算他见识见识。"周炳看见她这么瘦弱，却这么傲慢；这么慈善，却又这么虚伪，觉着很诧异。有些话，他如今也不愿意讲了。他愿意等着瞧。

果然，五天之后，李民天在张子豪家楼下东厢的客厅里出现了。他永远是那样瘦瘦高高的，永远是那样清清秀秀的，就是外国人的监牢也改变不了他的风度。周炳留心看他有什么改变没有，后来看出来，他变得更加彬彬有礼了。他一坐下，就原原本本地讲他被捕和释放的经过。他讲得很仔细，很生动，陈文英和周炳听着，都入了迷。讲完之后，他不胜感慨地结束道：

"我这回算是看清楚了。——对于劳苦大众，我是十分同情的。对于咱们那灾难深重的国家，我是十分心疼的。对于布尔乔亚的生活，我是十分厌恶的。但是，纵然如此，又怎么样呢？……反抗，救国，革命……我看是毫无希望的了。好像鲁迅也这样说过的：咱们大家都躺在监牢里等待死亡。四周是铜墙铁壁，连一条小缝隙都没有。谁要是叫醒别人，说明这种情况，大家就怨恨他，折磨他，最后杀死他！出路？——根本就没有。也不想有。"

他这番话叫周炳十分惊奇，又十分失望。他红着脸，张大嘴巴，眼神迟滞，连一句话也讲不出来。陈文英和他相反，又高兴，又得意地更正李民天的错误道:"李君,你这句话没有说对。过去的社会,诚然是那个样子。可是现在不一样了。现在革过命了,北伐也跨过黄河流域,快要到北京了,北洋军阀快要消灭了。"李民天抗声说道:"不,不!没有什么两样,还是老样子。整个社会是一个大的,可怕的,大得可怕的悲剧!"陈文英不跟他争论这一点,却从另外的方面进一步追问他道:"那么,你打算怎么办?"李民天想了一下,就回答道:"我打算回广东去。首先,我打算结婚。其次,顺便把大学念完。再其次,找一点对国计民生有小小好处的事儿干一干。就是这个样子。大家都嚷着凡参加过省港罢工的都要抓,我也就信了,跑到这里来了。这是上当。慢说国民党抓不了这许多人,就是抓去了,无非也跟上海的监牢一样,有什么了不起?"陈文英和善地点着头,雅致地笑着说:"对,对。你办得对!这是一个人在社会上应该走的正当途径。不过,要是当真坐了牢的话,在坐牢之前,还是先把保人找好才好。"说完,她自己就嘻嘻地笑出声来。李民天只是苦笑了一下,没有别的表示。过了一会儿,他又主动地对周炳建议道:

"周炳,念大学吧!当一个学者吧!当一个有广博知识的名流吧!大姐、大姐夫他们一定会成全你的。这靠山比泰山还要稳呢。——你小时候的出身不好,没钱供书,吃了点亏;后来是你自己不长进,弄成这么一个半桶水:文不文、武不武的!这一回,得看你是不是大彻大悟,决心离开下流社会,迈步走进上流社会了!大姐,我说得对么?"

陈文英不住地点头赞好,又拿那双刚开始有皱纹的圆眼睛不住地瞟着周炳,好像在说:"怎么样?你衷心佩服的人说的话,该可以相信了吧?"李民天说完了,她又接上去说:"不成问题。别说供给一个大学生,就是两个、三个,我们家里虽然穷,也还是供得起的。"周炳只是用手搔着脑袋,无话可说。李民天走了之后,陈文英把几盏多余的电灯都熄灭了,只剩下当中有乳白灯罩的一盏吊灯,客厅里的光线顿时暗淡了下来。她看见周炳坐着不动,就也在离他不远的一张沙发上重新坐下,和他细谈起来。这长方形的大客厅布置得十分富丽堂皇。一眼望去,几乎整个是粉红色的。座位分成三组:靠南的一组在高大的玻璃窗下,沿着墙壁和窗台摆满了矮而宽的沙发,沙发前摆着矮而宽的茶几。中间的一组对着门口,是一张精工雕制的红木方桌和四张镶了织锦座位的红木靠背椅子,看样子像是打麻将用的,如今却摆着粉红色的外国花瓶,里面插着几枝淡红色的玫瑰。靠北的一组是一张藤制的大圆桌子和四张藤制的大扶手椅子,完全油成粉红色,是喝茶的地方。四面靠墙,还摆着许多花几和长几,上面放着名贵的盆花;常绿的盆栽和金质的摆设、玩物以及外国的狮子、狗熊、洋娃娃。墙上没有字,没有画,只悬挂着他们的家庭照片和一些从外国来的花瓷盘子。张子豪是信仰基督教的,但是不像陈文英那样热心参加集会和慈善活动,也反对把客厅弄得带上宗教气味,因此光从客厅的装饰看,就无从了解他们的信仰。整个客厅,——不管怎么说,是金碧辉煌,而且倾向于粉红色的,但是缺乏一种耐人寻味的情调,仿佛显示着主人们布置的时候过于匆忙,又显示着主人们在这桩事儿上还缺乏必要的经验。

这时候,陈文英逐渐下了决心,要把事情敞开来和周炳谈一谈,于是她就挺起胸膛,拿出监护人的身份开言道:"李民天的事情,你都亲眼看见了。他是糊里糊涂的,又是胆小怕事的,咱们不要过分责备他。——可是你呢,你到上海也就有这半年了。你的志向立定了没有?如今北伐差不多结束,革命差不多成功,全国也快要统一了,正是开办教育,振兴实业,传播真理,富国强兵的大好时机,你打算做一番怎么样的事业呢?"这几天来,周炳的苦恼实在不是言语所能够形容的。那天上的光明只对他眨了一眨眼睛,像万里乌云里面的闪电一样,一下子就过去了。那革命的英雄李民天又像个雪人一样,一下子就溶化了,变成了一摊水。偏巧这时候陈文英对他提起了这些事儿来,更使他按捺不住。他粗鲁地摇着头,脸上的肌肉全都痉挛起来,嘴巴也不自然地张开着,说:"不,不,不。北伐并没有胜利,革命并没有成功,国家也并没有统一,——岂止没有统一,连一点独立自主的影子也还没有呢。我要革命。我要继续革命。一直到……"他本来想说一直到张太雷同志所宣布的政纲实现为止,后来一看陈文英正在使唤一种引诱的神气对他微笑着,他就忍住了口,没往下说。陈文英见他想说不说,就追问道:"蒋总司令,你表姐夫,还有你,——你们本来都是一道革命的。那时候,我听见你们说,你们要打倒军阀,打倒帝国主义。现在,不是都打倒了么?不是什么都好起来了么?你还要革命,那是革谁的命?革蒋先生的命么?革你张家表姐夫的命么?——他们都是革命的英雄志士呀!"周炳觉着他大表姐这时候又愚蠢、又自私,就开导她道:"你整天躲在富贵安乐的家里,怎么会知道世界上的事情呢?世界上什么都没有好起来过!老百姓仍然过着奴隶的生活,只有更加穷苦,更加不幸,那生命也更加没有保障!不如说,世界上什么都一天比一天更坏了!"陈文英非常自信地点着头说:"我虽然不知世事,但是这样的情形,我还是知道一点的。有些不幸的兄弟姊妹,的确是很贫苦,又没有知识。不过这是上帝的意旨,谁也不能变更。你没有看见我整天奔波劳碌,总在想法子减少他们的贫穷和不幸么?……呵,要是你能够接受基督的真理,做一个虔诚的、有信仰的人,咱们一生一世,永远替那些贫穷和不幸的人服务,那够多好!——你读过圣经么?该读一读的。世界上有教养的、体面的、幸福的人都读过圣经。"周炳没有立刻回答她,他从马克思和列宁的学说里,也从他所认识的共产党员那里,知道不是这么一回事。许多人的贫穷和不幸,是因为有少数人统治着他们,压迫着他们,剥削着他们。在广州,他还和许多人一道推翻过那种统治,取得过政权。但是他不想在这个时候跟她做无谓的争论,因此一直没开口。他的脑子里不断地回忆前几天晚上在虬江路口所见的一切,觉得十分神往。

从陈文英的眼睛看来,周炳这时候是愚顽、固执、没有教养和不近人情的。这时候他不像个受过良好教育的上流社会的人物,却像个无知无识、冥顽不灵的下流粗人。但是又奇怪、又不幸的事情就是:偏偏在这个时候,陈文英觉着他最漂亮,最英俊,最可爱!他的宽大的圆脸上泛着红光,像晴空的早霞。他的眼睛呆呆地望定了什么地方,露出又幸福、又快活的样子。那又柔软、又湿润的嘴唇随意地闭合着,显得他非常镇定,非常威严。在暗淡的灯光下面,他的五官越显得高低分明,刚强出众。那上面的大、小、尖、圆,配衬得这样恰当,这样带劲儿,真是叫人惊讶。他身体微微向前倾地坐着,两只大手抱着一边膝盖,全身显得分外年轻,分外强壮。陈文英悄悄望了他几回,他都不曾发觉。后来,陈文英自己对自己说道:"要他漂亮,他就不听话;要他听话,他就不漂亮。世界上的事情再也没有双全的。唉!"末了,陈文英就撇开刚才所谈过的一切,向他另外提出一个新问题道:"李民天要回广州结婚了,我看你也应该结婚了吧。结了婚,有了家,一个人就不会胡思乱想,四处游荡了。对不对?"周炳听她提到结婚的事,不觉满脸通红,手脚忙乱起来,结结巴巴地说:"唉,没可能,——没想过……有是有过好朋友,——这是办不到的,死的死了,变的变了……"陈文英说:"那不要紧,我给你介绍一个怎么样?"周炳两手互相玩弄着手指头,微微低下脑袋,避开了陈文英的视线,说:

"对于这种事情,我很冷淡。我另外有一个美丽的幻想。"

陈文英很有把握地接上说:"你有一个美丽的幻想,这我知道!"

周炳抬起头,正对她的眼睛,十分诧异地望着,不明白她怎么就知道了自己的幻想。陈文英严肃地,同时又大胆地继续说道:

"正因为知道了你的幻想,所以我打算介绍一个人给你。这个人的相貌脾气,都像我一样,完完全全一样的。你满意么?"

说完了,她就闭上眼睛,等待着。她的眼前出现了形形色色的外国绅士,甚至出现了中古时代的外国骑士,他们都跪在她的脚下,张开手臂,口里念着诗句,发着誓,向她这位贵妇人求爱。但是周炳并不懂得这些规矩,他直挺挺地站起来,不加修饰地说:

"不,不是这么一回事。我的野心是很大的。我的幻想——也许你一辈子也不会了解!我也没有办法对你说……唉,时候不早了,歇吧。"

陈文英连忙睁开眼睛,见周炳那高大雄壮的身躯像一座山似的竖在她的头上,仿佛高不可攀,刚才那些想象中的形形色色的外国绅士和外国骑士,竟没有一个及得上他——像这没有教养的年轻人那般可爱。她的眼睛送周炳出了客厅,耳朵送周炳一直上了三楼,才长长地叹了一口气道:"你的野心倒是大!可惜你的胆子却太小!只要你双手把我抱起来,我整个儿就一塌括子都属于你的了!"

四四 险 地

有一个晚上,广州三家巷的老树枇杷刚刚成熟,那棵小小的白兰花却也开起花来,霎时之间,把一条三家巷熏得香甜郁腻,沁人心脾。才定更,何应元、何守仁父子俩就穿戴整齐,准备出门。今天晚上,是由何应元做主家的"市隐"诗社的雅集日子。广州有名的诗翁都将到社,连教育局长的表叔梁季育大诗翁都没推却,那隆重的情形,就可想而知了。这梁季育不但诗做得好,在当时的广东省政府里还拥有相当的势力。何应元不久以前,就是凭着他的赏识,从宝安税务局调到省城"禁烟督办处"里来当专员的,因此他父子俩不能不特别郑重其事。按何应元的见解,何守仁前后已经算是当了三年科长，照一般常例，是该迁升了的，而他还没有迁升，一定是他在什么关节上还做得不周到，于是就下定决心，在梁季育身上下功夫。这天晚上的雅集程序，第一是喝功夫茶，第二是公推梁季育即席吟诗，第三是众人唱和，第四是摆酒消夜。何守仁怕其他诗翁一时和不出好句，就央何应元向梁季育预先讨了诗稿出来，分发给众人，事前查明典故，打好腹稿，以便即唱即和，万无一失。当晚他父子俩安排妥当，因为心里高兴，就不坐轿子，也不坐手车，一直步行，走到市隐诗社。这市隐诗社坐落在城东雅荷塘街中段，地点清静幽雅，两边矮墙，当中学士门口，门旁挂着一个木牌，上面用隶书刻着市隐诗社四个粉绿大字。他父子俩双双走到门口，一看那木牌，不禁同时惊叫了起来。原来不知谁人这样没阴功，竟用红色油彩在那"隐"字上面加了几笔，把好好的四个粉绿大字变成了：

"市瘾诗社"！

何五爷才到禁烟督办处不久，这个瘾字分明是那些不逞之徒，穷极无聊，有意来寻他的开心，当下他厉声嚷道：

"姚满！姚满！姚满！你死掉了么！你……"

叫了半天，里面才有应声。又过了半天，才听到有破木屐的走动声。又过了半天，木门才呀的一声打开，里面走出一个花白头发，黝黑脸皮，经常带着一种欲笑不笑的神情的老头儿来。他名字姚满，香山县人，今年五十岁。原来在乡间做佃户，世代种花养草为业，后来跌伤了腰骨，就辗转流落到省城，给市隐诗社当了花王兼门公。何五爷指着木牌上的瘾字给他看，又把他大骂了一顿。他只是憨憨地笑。后来又拿纸擦，又拿水洗，又拿刀刮，总是弄不好。何应元父子没办法，看看做酒席的，管茶水的，都来了，料想客人不久就到，时间已经来不及，只好叫他把木牌扛到后院茅房里，暂时搁着拉倒。木牌端走之后，何应元父子又把门口左右矮墙仔细看过了一遍，见没有什么破绽，才把木门打开，一路往里面走。这里，一进门是个大花园，当中铺了三行麻石走道，两旁是花草树木。走道的中心,有一座竹架搭成的凉亭,亭里摆着石台石凳,台凳之上,有几朵零零散散的落花。过了花园,是一个莲池。莲池之中,有一连三间坐北朝南的水榭,就是广州有名的诗翁们吟诗作对的地方。何应元父子走过木桥,进了水榭,又把桌、椅、几、架、笔、墨、纸、砚,都过细地看了一遍。不久,客人果然陆续到了。何守仁的连襟、陈文婷的丈夫宋以廉到得最早。他本来不会作诗,今天却要了梁季育的诗稿,请别人乱七八糟和了一首,带来凑热闹。实际上是因为他最近发表了南海县的县长,县里那教育局长一缺,他把何守仁三番五次地推荐,始终不见揭盅,今天听说何五爷有横门可走,特地来看看虚实。接着,冠盖云集,笑语喧哗,最后梁季育也就坐着轿子来了。雅集按照原定的程序顺利进行:首先喝了三道功夫茶。其次磨上香墨,铺好宣纸,请梁季育即席吟诗。他还做出低吟浅唱、斟酌推敲的样子,挨磨了一阵,才提起笔来写。写完了,大家着实赞叹了一番,然后各自动笔来和。和好之后,梁季育又斟酌每个人的背景大小,有轻有重地每个人赏识几句。以后就是大家彼此互相恭维。又以后,摆上了酒席,大家就不管什么李白、杜甫,鹤膝、蜂腰,拼命地互相灌起酒来了。宋以廉是新派人物,讲究效率,见这一群酒鬼只顾贪杯,一点正事不谈,十分着急。他递眼色给何应元,催他快对姓梁的讲,何应元用眼色止住他,叫他保持安静,不要急躁。何守仁只一心一意陪着梁季育说话,也不去分心管别人的闲事。到菜上完了,席将散了,那些诗翁们才酒兴大发,拼命猜枚、赌起酒来。梁季育酒够了,就起身到水榭的西间去喝茶,何应元父子和宋以廉跟着走进西间。

大家坐定,端上茶,梁季育呷了一口,说:

"今天晚上做了这许多的诗,真是人生快事!"

何应元立刻接上说:"是呀,季公政务繁忙,只怕这样的兴会,也不可多得呢!"

梁季育轻轻叹了一口气道:"真是的。一个人万万不可为政,一为政,就粗俗起来,稚子之心就没有了,——还说得上诗心么?我是宁愿一辈子当布衣,躲在这市隐诗社里,天天喝酒作诗的!"

何应元奉承地说:"要不然,季公的诗就有这样高!"说完了,他忽然想起那木牌上叫人改了个市"瘾"诗社,不免心中忐忑跳了两下。

梁季育又说:"能够在勾心斗角的苦海中,偷这么一个晚上的空闲,也就心满意足了。"后来又好像突然想起什么似的加上说,"是呀,我倒忘了。——今天晚上大家酒酣诗畅,放荡忘形,到底是出于谁的安排,出于谁的张罗?我得正经向他道谢才好。"

何应元微笑着摇头道:"安排张罗,倒都是我家那守仁一个人干的。可是孩子们办事,时好时歹,用得着奖励么?只要季公瞧着办,有机会提拔栽培就是了。"

梁季育用手搔着脑袋说:"不错,不错。你瞧,我把正经事全都忘了,我把正经事全都忘了。不是令郎整整当了三年科长了么?——你知道,我已经催问过两次了。那些饭桶办事,就是这个样子的!如今国民党办事,就是不如从前。不要说比前清差得远,就是比北洋军阀,也还是比不上。也罢,劳驾你们给拿些纸笔来!"何守仁听说,赶快到正厅去拿了纸笔过来。梁季育乘着几分酒意,提笔就写道:

"兹委任何守仁为南海县教育局局长。此令。"

写完了把笔一摔,哈哈大笑起来。何应元连忙弯着腰说:"谢谢季公恩典!"何守仁也照样弯着腰说:"谢谢世伯恩典!"梁季育说:"你们父子怎么也庸俗起来了!这是假委。这是一张废纸。这是我气他们不过,闹着玩儿的。当不得真,当不得真!"宋以廉冷眼旁观,把一切都看在眼里。开头他见诗也做完了,酒也喝完了,大家都不谈正经事,不免有点焦躁;谁知事情忽然急转直下,眨眼之间就办完了,他又不免暗中叫好。随后看见何守仁只在一旁毕恭毕敬地伺候着那梁季公,面目呆板,一言不发,好像他对于官儿职儿,一概没听明白似的,便又衷心赞叹,暗暗叫绝。大家闹到三更天过,梁季育说要早睡,向众人告辞,坐上轿子走了。这里众人见何守仁升了官,又闹着要吃下一台酒,闹了一会儿才散。众人走了之后,何应元又吩咐姚满小心看守门户,明天一定要想法儿把那木牌修理好,才跟何守仁徒步回家。何五爷正在踌躇满志地慢步走着,忽然听见何守仁说:

"爹,你近来留心弟弟的动静没有?"

何应元说:"什么动静?我只觉着他的那个邪症似乎好了一点。"

何守仁说:"病倒是好了很多。不然怎么能够整天上街去乱搞胡为?只是钱使得太狠了!生成一个'二世祖'的样子!"

做爸爸的劝着道:"你弟弟身命不好,你大奶奶纵他一点是有的。只要他不疯不癫,欢欢喜喜,花几个钱也就算了。"

何守仁鼻子里哼了一声,说:"不是花几个钱的事儿了。上个月,他花了两百块钱。有一个年纪跟他一般大,叫作罗吉的后生仔带他上酒馆,进戒烟室,狂嫖滥赌,无所不为!"

何五爷不觉点头同意道:"是呀,年轻人,没有哪个不爱吃喝玩乐的。只有我跟你说得嘴响,从小就没有冤枉使过一个小钱。我跟你,是知道稼穑艰难的。可是弟弟就不知道。他来到人世间,是金镶玉裹着来的。——不过,只要他交往的不是共产党,让他花几个钱也就算了。"

何守仁冷笑一声道:"共产党倒没门儿。那罗吉虽然只有十六岁年纪,不但攀不上什么八字脚儿,却还跟公安局的什么侦缉不明不暗地有些牵扯。这层已经用不着担心。担心的是咱爷儿俩辛辛苦苦积攒下来的一份家业,将来不够他跟那些猪朋狗友天天去吃醋溜纹银子!"

何应元赞许地说:"是。这层是你看得到。看样子,阿义不是个创业的人。只要他能够守成,也就好了。"

何守仁说:"可不呢!怕是怕他连守成也守不住呵!"

何五爷把这件事牢记在心,再也没说什么。到了家,丫头胡杏来开门。一问,知道何守义还没回来。何守仁一言不发,回到头进北房陈文娣房间里。何五爷回到二进北房二娘何白氏房间里,一看二娘不在,又听见对面大奶奶房间里有牌声,知道又在打牌,就走过大奶奶的南房来。果然大奶奶何胡氏、二娘何白氏、三姐何杜氏和隔壁亲家母陈杨氏正在打天九,陈杨氏敦一张孤"天",拆开了何胡氏一副"至尊",何胡氏正在咬牙切齿地骂着早知道"钉子"这般黑心,就不对这门亲家。大家嘻嘻哈哈,正乐着呢,见何五爷回来,就收了牌,各自散了。何五爷坐下,和大奶奶说起他家老二花钱太多的事儿。何胡氏一听就生气道:

"准是二房那少爷告的状,捣的鬼!天下哪来这么眼浅的人!"

何五爷坚持道:"不关别人。我自己也看得见的。"

何胡氏说:"看得见就尽你去看个够!孩子才有多大年纪?正是千金难买他一笑呢——又卖过你几间房屋?几亩田地?动过你几根汗毛?犯得着你来阻头阻势?"

何五爷说:"我能寻回来,自然就不怕他撂出去。但是你要知道,从前大有钱的人家,如今子孙败了,拿钵头,当伸手大将军的,也不是没见过的呢!"

何胡氏竖起眉毛说:"黑心鬼!谁咒人,叫谁舌头烂!——依你说,正经该怎么才是?"

何五爷胸有成竹地说:"把他留在家里,叫他少出去点就行了。"

"要是留出病来呢?"

"要真是犯病,那时候再出去也不迟。"

何胡氏低头想了一下,慢慢说道:"要那么办,除非你能搞到四样东西。"何五爷问她哪四样,她说:

"他每天要吃菜喝酒,这酒菜你怎么弄给他?这是第一样。"

五爷笑起来道:"这还不容易?多买点鸡、鸭、鱼、肉,多买几罎酒就行了。嫌那些使妈做不好,另外请个厨子也行。嫌家里人少、不热闹,把他的姓罗的、姓什么的朋友们都邀来也行。"

"第二样:谁陪他打牌、玩钱儿?"

"横竖你们在家也成天打牌,多开一两桌也没什么不可以。"

"第三样:他要抽几口大烟,说能止心口疼,你怎么弄给他?"

"那也容易。买齐烟枪、烟灯、烟扦、烟盘子,叫阿杏伺候他就是了。"

还有一样,何胡氏似乎有点难于启齿,但是她毕竟说出来了。"还有一样,可真不好办。"她说,"阿义有时也爱逛逛窑子。这是你们男人家都不能免的。他说不定还是学的你吃花酒的样子。这便怎么着?把婊子都弄到家里来么?"

何应元可并不作难。他大大方方地说:"那又有什么!买几个年轻丫头回来,还不够他玩儿的!"

"不是说衙门里不准买丫头的么?"

"先前是准的。后来是不准的。如今又没事儿了。"

还是做娘的想得到,她说:"要是一下子不就手,买不到呢?"

五爷搔了搔自己的花白脑袋,说:"按说呢,现下咱家里不是没有现成的丫头。——只不过那是你们胡家的人,我就不好说话了。"

何胡氏瞪了他一眼道:"好人就是你来做,丑人就是我来当。黑心烂肝!黑心烂肝!"

主意已定,何应元也不再说什么,站起来,做了一个鬼脸,就回二娘何白氏房间歇息。何胡氏端起桂圆汤呷了一口,也就准备睡觉。这时候,胡杏还在轿厅里坐着,一面打瞌睡,一面等门。整座房子高大宽阔,干净华丽,只是黑洞洞的,阴森森的,显得十分可怕。她不停地打着盹儿,也不停地想起许多心事来。她想着,要是如今能够逃走出去,那该有多好!"自然,顶好是逃走回家。哪怕顿顿喝稀粥！可是——不成。不成！二叔公何不周那肥家伙一把就抓住我了……抓住了,还不是又送回来？……"想到这儿,她一下子惊醒了,出了一身冷汗。竖起耳朵听听,除了老鼠唧唧啾啾之外,没人敲门,也没有其他动静。她安下心,又打着盹儿想道:"逃到上海去吧。……对,就该逃到上海去……可是怎么去法呢？是在东,是在西,是在南,是在北……是在南……是在北……"迷迷糊糊地一惊,又惊醒了。她揉揉眼睛,深深地叹了一口长气。这时,从三家巷口响起了凌乱的、沉重的脚步声。她一听就辨别出来,是何守义的脚步声。从那声音听来,他不是喝醉了,就是发病了。果然不久,何守义就用拳头打那两扇红木雕花矮门,又用脚重重地踢那两扇红木雕花矮门,砰嘭作响。胡杏连忙跳出屏风前面的门官厅,给他开门。何守义果然喝了点酒,加上那癫病又正在发作,成了个半癫半醉的样子,一见胡杏,就用死劲把她搂住,又胡乱亲嘴,又浑身上下,乱捏乱摸。胡杏没法儿,也顾不得关门,就连拖带拉,把何守义拉进第二进神厅的南房、大奶奶的房间里。何守义一见母亲,便撒起娇来道:"妈妈,我要杏表妹陪我睡觉！"

何胡氏啐了一口道:"你爱谁陪,你就去问谁。问我做什么！"说完,她就跑到外面,把矮门、趟栊、大门逐层关好;又回到自己房间里,把房门的铜栓闩定,再加上一把铜锁锁上,揣了钥匙,上床睡觉。鸡啼了头遍,又啼二遍;啼了二遍,又啼三遍。何守义还是疯疯癫癫地缠着胡杏,不肯罢休。他嘴里淌着唾沫,一会儿哀求,一会儿威胁地说着含糊不清的话儿。听来是真,又像是假;听来是假,又像是真。胡杏一阵阵恶心,只是不理睬他,随他说什么,只当是没有听见。有时何守义逼近她身边,瞪起两只经常半闭的眼睛望她,眼睛里露出凶恶的闪光,熠熠发亮。胡杏一点也不退让,她也瞪起那一双滚圆的、明亮的大眼睛,眨都不眨地望着何守义。看来她不止美丽绝顶,并且极有威严,好像她背后当真有千军万马在保护着她的一般。碰到这种情景,何守义心中害怕,往后退了。何胡氏躺在床上,隔着蚊帐看见儿子退却了,就骂道:"真没见过这样不中用的公鸡,还怕母的呢!"这时候,何家的使妈阿笑、阿苹、阿贵,都从床上爬起来,站在东窗外面看热闹。小姑娘何守礼才十一岁,早就睡着,这阵子也叫她二哥吵醒了,跑到东窗下,跟在使妈后面看。大家听见何胡氏这样不知羞耻,都心中不忿,低声骂那做妈妈的不是人。里面何守义听见妈妈这样一撺掇,立刻壮起胆来,一步跳上前,向胡杏扑过去,竟要发狠。

可是就在这个时候,胡杏却显出那临危不乱,灵慧矫捷的本领来。看着她端端地坐在床沿上,全身纹丝儿不动,谁知何守义猛扑上去,扑通一声,竟扑了一个空,一头撞在床板上,撞得他火星迸裂,呵唷直喊。胡杏早站在一旁,举起手来,缓缓地理着头发。她那神情风度,真是凤凰没有这般安详,燕子没有这般轻盈,山猫没有这般敏捷,黄鼬没有这般迅速,竟是神仙下凡的一般。何守礼在窗外看得清楚,只是一个劲儿鼓掌叫好。其他的人也连声赞好。何守义疼痛难忍,趁势耍起赖来,倒在胡杏床上打滚,又把胡杏铺的、盖的,一股脑儿摔在地上,最后拿起胡杏枕着的瓦鼓使力朝胡杏掷过去,只见胡杏轻轻一闪,那条又粗又大的黑辫子一甩,甩到高高挺起的胸膛前面来。人没打着,瓦鼓撞到砖墙上,喤啷一声,砸得粉碎。大少奶陈文娣叫这边闹得没法儿,通夜没有合过眼睛,这时也就穿好衣服,来到大奶奶房门口劝道:

"妈,揪揪二弟吧。太不像话儿了,左邻右里会说闲文的。二弟是有病的人,对他的身体也不好。"从她的口气里,还听得出五四时代的妇女那种见义勇为、挺身而出的韵味儿。但是大奶奶可不管这些。她只是恶狠狠地丧谤陈文娣道:"你倒管起何家的事儿来了?还早!你是新派,你新你的。我可是旧派。真新样儿:小叔子打打闹闹,关你大嫂子屁事!"陈文娣听见这些话,连忙用手指塞起耳朵窟窿,踉跄退走。

这么闹着,眼看快要天亮。有一回,何守义逼着胡杏,一直逼

365

到何胡氏床前。胡杏用两腿抵住床沿,口里叫道:

"二姑!你看少爷!浑不害臊!"

何守义见她退到母亲床边,虽是疯癫,却有几分畏惧。但没料到何胡氏用脚把胡杏后腰一蹬,蹬得她朝前倾扑,一扑就撞在何守义怀里,两人一同倒在水磨方砖地上。那姑姑还骂她的侄女儿道:

"混账东西!尽管娇娇嗲嗲给谁看!卖身当丫头的,还害什么臊!"

何守义搂着胡杏在地上打滚。胡杏拼命挣扎,嘴里发出凄厉的、尖声的叫喊。这种哀嚎如此悲惨,如此绝望——从一个青春美貌的少女的嘴里发出来,真是石狮子听见也会流泪。窗外大家都愤愤不平。何守礼更是气愤不过,再也看不下去,听不下去了。她匆匆忙忙走回房里,把大奶奶骂丫头的话告诉了她娘何杜氏。这何杜氏正是当丫头的出身,一听就咬牙切齿道:"当丫头的不过命苦,没做过十恶不赦的事儿,犯着她什么来?——不错,咱们该救救那可怜的孩子!"何守礼早有成竹在胸,一听娘这么说,立刻打开大柜抽屉,寻出一枚过年剩下的大爆仗来,走到大奶奶窗下,擦起洋火就点。霎时间,嘭的一声,在这更深人静的时候,十足像天崩地裂似的,一下子把何守义吓呆了。他翻着白眼,大声问道:"妈妈,做什么?做什么?"何胡氏还来不及答话,外面何守礼抢着答道:"来查照片,来查照片!"何守义一听,登时就口吐白沫,倒在地上,昏死过去了。

四五 咫尺天涯

一千九百二十八年五月三十日的早上,张纪文和张纪贞都不来上学,周炳拿起一本《小说月报》,正在读茅盾所写的小说《幻灭》,忽然听见附近响起了一声清脆的枪声。这篇小说和这一声枪声,引起了他的遥远的回忆。最先,他想起了大前年的五月三十日,那时候大家多么热情,多么兴奋。其次,他想起了前年的五月三十日,那就是《幻灭》里所描写的日子,大家都在吵吵嚷嚷,又是多么混乱,多么烦恼。最后,他想起了去年的五月三十日,他和二哥周榕躲在广州河南的济群生草药铺里,那日子是多么屈辱,多么愤懑。偏偏今天,——又是五月三十日了!他掩上书卷,呆呆地想了一番,就走到街上去蹓跶去。这回他没有走进租界,只是在中国地界里信步走着。不知走了多久,也不知走了些什么地方,走呀走的,却在一个肮脏潮湿的路口,叫一个警察模样的人拦住了。那人大声吆喝着:"不许走!"周炳定了一定神,才看见有个穿黄色制服的家伙,横着警棍,挡住他的去路。两旁已经站满了被拦阻的人,都拿好笑的眼光瞅着他。他低声问旁边一位拿着菜篮子的老人家,那是怎么回事儿。那位老人家对他使了一个眼色,自信深通世故地说:"你自己不会看么?我哪里知道是什么事儿!"警察又回转身禁止道:"不许乱讲!"大家跟着就嗤、嗤地笑起来了。周炳顺着老人家的胡子所指示的方向望去,只见这路口斜对过不远,约莫有十丈光景,那横马路上坐落着一间工厂。看那门外的牌子,好像叫个什么"寅丰搪瓷厂"的。这时候,正有一辆黑色的囚车,停放在它的大门口,囚车的周围,又站满警察、宪兵、"包打听"之类的人物。另外有些宪兵,又两个押一个地,不断从工厂里押出工人来,送上囚车。有人在低声数着数目:"十七……十八……"周炳心中纳闷,嘴里又不好问;知道即使问了,也不会有人回答。他想来想去,竟想出一条妙计来。只见他不动声色,自言自语道:

"呵唷,哪能格许多!弗是打相打,一定是轧姘头!"

旁边的人一听,就知道这是广东人在说上海话,都拿反对的眼光瞪着他。周炳不在乎这些,连望也不望别人一眼,仿佛那种具有高度自信力的人们一样。那横着警棍的警察听见这样明显的谬

论,竟也没有一个人去反驳,让它在太空中自由自在地遨游,贻误众生,早已按捺不住,就用山东话反驳道:

"你真是阿木林!这哪里是什么普通的打相打,轧姘头?——这是共产党!你以为好耍的!人家上头不叫罢工,他们非要罢!人家上头不叫纪念五卅惨案,他们非要纪念!就是……"

话没说完,工厂里面又押出一个工人来。这个人一面走,一面高声呼叫道:

"打倒反动军阀!打倒帝国主义!"

他的声音又响亮,又高亢,不仅大胆,而且沉着,旁边听见的人,没有一个不受感动,——没有一个不喉咙发热,眼睛发痒的。周炳更是感动得浑身发抖,手心冒出冷汗。他真没有想到,去年年底在西瓜园里,珠江边上,观音山头,红花岗畔,——大家叫得响彻云霄的战斗口号,如今却在黄浦滩头听见了!他想冲出去,冲到那个人的身边,和他手挽着手,一齐高声呼叫。正想着,那个人已经走到工厂大门口,又高声喊起口号来。黑色的囚车挡住了他的身体,看不清他的脸孔。可是周炳突然感觉到,那个人的声音非常熟悉,还带着广东省香山县的口音。周炳再细看那个人,只见他穿着黑色短袖圆领线衫,黑布吊带工人长裤,黑帆布胶底"陈嘉庚"鞋子,身段也很熟悉。那个人走上囚车的时候,脸正对着这边路口,好像定眼望着周炳这一堆人,要求他们援助似的。周炳和那个人打了个照面,虽然离开有十来丈远,却立刻认出他来。他宽肩长臂,背有点儿弯,国字脸儿,大大的嘴,一副英武坚毅的神气,直上眉梢。他的半截胳膊,露出短袖外面,虽然叫宪兵抓住,却显得粗壮有力,那上面刺着的蓝色花纹,依然看得清清楚楚。周炳在心里暗暗叫苦道:"我的天哪!这不是麦荣大叔,——还有谁!"他漂洋过海,千辛万苦地跑到这儿来,就为的要寻找这个人。可没料到,却在这个时候,这块地方,这种情景之下,找着了他。周炳想一步跳出去,叫他一声,抱他一抱,跟他说上一句半句话儿也好。可是一眨眼之间,麦荣就被押上了囚车,看不见了。周炳平时也懂得"咫尺天涯"这句话,可是这时候才当真懂得"咫尺天涯"是什么滋味。他想道:"这番机会一错过,又不知何年何月,才能相见呢!"他觉着自己的心肝五脏叫人一把抓住,使劲朝外拽,真是疼痛难当。他一步一步地朝马路外面挤,撞碰了别人,别人拿眼睛盯着他,他也全不觉得。看看挤到了那警察横着的警棍前面了,他像孩子似的对着囚车,伸出两手,用意不明地叫道:

"那就是!……穿黑衣服的!……他就是呵!"

那警察拧过头来,不怀好意地瞅着他问道:"谁?你说谁?他是谁?"

周炳突然省悟在他的面前的是个警察,就笑着说:"穿黑衣服的,那是个工人!"

警察朝地上吐了口唾沫,骂道:"废话!我操……"旁边的人全笑起来。在人群中,不知有谁低声叽咕着说:"人家外国人不许纪念五卅惨案,咱们中国人也不许纪念五卅惨案!"警察又拧回头,大声制止道:"不许胡说!"大家又乐起来了。

就这样子,周炳站在那个路口,一直看着被逮捕的罢工工人,一个一个地喊着口号,上了囚车。囚车开走了,横着警棍的警察也走开了,被拦阻的人群也散开了,周炳才像大梦初醒似的,握起拳头,使劲儿捶自己的前额。从那里往回走,一路上,他直恨得咬牙切齿。他觉得浑身的精力无处发泄,浑身的劲儿无处使用。——那全身的筋肉纵然紧张结实,又有什么用场?那双手纵然像葵扇般大,也只能软软地下垂着;那两腿纵然能踢翻一头水牛,也只能蹒跚着走路。他想道:"要是给我一根枪,哼,不要说这几个宪兵,就是一百个宪兵,我也能揍他一个稀巴烂!哪里能够让麦荣俯首就擒呢?还是广州痛快!要拼就拼,要干就干!"他一路上这般想着,觉着自己是一个强壮的、有能耐的人。他精神振奋,胆壮气豪。他叹惜上海这个地方,竟使他英雄无用武之地。但是一到了金鑫里三号，一进了那紧贴着厨房的后门，一嗅到那股麻油混合着煤烟的气味，他就精神沮丧，萎靡不振了。他觉着那是一个空空洞洞的大牢笼，任凭他是一只威猛无比的老虎，一走进去，也只能整天吃得饱饱的，无聊无赖地去打盹，再也做不出一件正经事儿来。

周炳就在这种一时振奋、一时沮丧的漩涡当中打着滚，受着折磨，一直到了六月中旬。广州虽然有些信来，但是只说一些不相干的闲事，要紧的信没有回音。那一天，陈文英说李民天要走了，她想去送船，问周炳去不去。周炳闲得发慌，也就答应去了。陈文英又向张子豪要了一辆汽车，和周炳一道去李民天的公寓里接他出来，然后向杨树浦那个方向驶去。李民天今天穿着漂亮的新西服，打着浅色的领带，穿着漆皮鞋，如今正坐着汽车，准备乘英国的皇后轮船回香港，再从香港回广州结婚。从陈文英的眼里看来，他是满面春风，扬扬得意，正好比《圣经》里面那回头的浪子。但是周炳却从他的脸上看出一种深藏的悲戚。这种深藏的悲戚使他对世上一切都装成漠不关心的样子，并且经常沉默着，不爱多说话，正好比深山野岭上一个自命清高的隐士。对着这样一个屠头的逃兵，周炳也觉得无话可说。他本来想让李民天经过香港的时候，打听一下二哥周榕的下落，如果可能的话，最好能问问二哥，自己能否到香港去。——但是，对着李民天这样一个人，怎么能够嘱托这样一种事呢？因此，周炳几回都对着那远行的李民天，表露欲言又止的神情。李民天看出这种神情，也被这种神情刺痛了。他轻轻地吹着口哨，口哨里传达着一支英国的民歌——只有闲暇飘逸的心灵才会具有这样的情绪。到了码头，将要告别了，周炳就对李民天说："见着爸爸、妈妈、姨爹、姨妈、舅舅、舅母、姊妹兄弟，都给问个好吧！"李民天这时候显得有些激动，紧紧抓住周炳的胳膊，把他拉到一边，说：

"我前回对你说过的话，你考虑清楚了没有？我真心诚意地劝你，当一个学者吧！只有专门的知识，对人类才有真正的贡献，也才能够真正保护住自己。我现在同意陈文雄大表哥的话：政治是空的。——不管是张家大姐夫或是我家大哥的搞法,也不管是你家大哥、二哥的搞法,都是空的。只能自伤同类!当着这个紧要关头,你不能不深深考虑:到底是巴紧上流社会,一点不松手,一直过着有文化、有教养的生活呢,还是离开上流社会,离开一切的文化生活,到一个陌生的、前路茫茫的、充满着危险的幻想世界里去冒险呢?——要想得到,人一离开上流社会,要想再重新挤进去,那可就没那么容易了。——这就是我的临别赠言。"

周炳望着滚滚的黄浦江,说:

"我宁愿到那充满着危险的幻想世界里去冒险。……我讨厌那种虚伪庸俗的幸福。……我相信自己是一个有力量的人。……"

李民天玩弄着自己的浅色的领带微笑道:"讨厌虚伪庸俗的幸福——这种感情本身就是虚伪的。不过咱们不在这个时候争论。天下的事情——事前总不过是一些各种各样的猜测,事后才是真正的判断。"

周炳抗声道:"怎么,我的力量在我自己的身体里边儿!这总不是虚伪的吧?这总是可靠的吧?"

陈文英本来和汽车夫在一旁忙着张罗行李,还有那一包包、一篓篓的礼物和食品,简直多得数也数不清。这时候,她正朝着他们,带着极好的兴致走过来,他们的谈话就中断了。

李民天上船之后,陈文英的兴致看来还没减弱。她提议走路回家,周炳也赞成,于是汽车夫就开着空车子走了。他们在江边缓缓步行着。周炳心中非常苦闷,不多说话。刚才他还向李民天声明过,他自信是一个有力量的人。但是李民天走了,他自己觉着非常空虚,——甚至有点儿意志消沉的模样。他想不出他下一分钟该做的事儿是什么。陈文英看见他脸色不好,也就暂时不开口。他们从江边转进一条整齐宽阔的马路,嘈杂的声音减少了一些,周炳忽然叹了一口气道:

"嘻,真可惜,李民天本来是一个愿意革命的人……"

但是陈文英却说:"他得救了。他向真理低了头了。"

周炳更正她道:"他不是向真理低头,他是转过身去,拿脊梁对着真理。"

陈文英撒娇地瞅了周炳一眼道:"你真是个倔强的人。"

周炳傻里傻气地、嘻嘻地笑着,没有答话。他的心里面却在想:"不,不对。也许——恰恰相反。我空虚了,我软弱下去了,我瘫痪下去了……"

陈文英激他道:"我看你对李民天特别客气,为什么呢?从前,你骂过我兄弟陈文雄,你骂过我妹夫何守仁,你也骂过那党棍李民魁,你还骂过你表姐夫张子豪,你姐姐周泉,和我那两个可怜的妹妹文娣和文婷。——这些,是有理想、有抱负、有热情的年轻人,虽然都走错了一点路,可是由于实际的教训,都克制了自己,趴在真理的脚底下,因此上帝把幸福赏赐了他们,让他们过着美满的生活。李民天也是这样。——可是,你连半句也没有骂过他呢!"

周炳仍然不想和她多理论,就没精打采地说:"他们全是一个样儿的。出卖了真理,过着不光彩的生活。"

陈文英误会了他,以为他理屈词穷,光说些搪塞的话。她于是疯疯癫癫,嗲声嗲气地进一步逼他道:"小弟弟,你说说看,还有哪个如今还活着的人——他不曾出卖过真理,又过着光彩的生活的?唔?有么?唔?……"

她的挑衅叫周炳生气了。周炳咬着牙齿,不作声。他的一左一右两个浅浅的、圆圆的笑涡儿十分好看,他的步伐迈得很大,直把陈文英撵得气都喘不过来。他的眼睛直直地瞪着前方,露出旁若无人的神气。陈文英在后面紧跟着,悄悄用眼睛看他的两条长腿,看他的两只大手,看他的强壮的肩背,又稍为抬起头,看他的又粗又厚的脖子,看他的又短又硬的头发,看他的圆圆的侧面,看他的玲珑的眼角和那正正的鼻子,——总之,越看越想看,简直看得都没有顾忌了。周炳没有留意这些,他想起一些人来。首先,他想起了张太雷、陈能、廖仲恺、区桃、周金、杨承辉、何锦成、何大嫂、杜发、孟才、李恩、程仁、程嫂子这些人。随后,他又想起了大家常常提到的毛泽东同志,和他所认识的苏兆征、周文雍、叶挺、叶剑英、恽代英、杨殷、陶铸、陈郁、蔡申熙、吴毅、简发、何添、梁俊芳、傅翠华这些人。最后,他自然又想起了常常做梦都梦见的金端、周榕、麦荣、冼鉴、冯斗、谭槟、章虾、黄群、古滔、洪伟、丘照、邵煜、马有、关杰、陶华、王通、马明、区苏、区细、区卓、冼大妈、冯敬义、黄五婶、何老太、程大妈、何守礼、胡柳、胡杏这一大批人物。——一想起这许多人来,他的胆子就壮了,腰杆就挺直了,浑身的劲儿就又上来了。他使唤报复的口吻说道:

"不曾出卖过真理,又过着光彩的生活的人真是太多了,太多了!"

陈文英想一定是有什么石头样的东西梗塞着他的脑筋,使他显得那样无理可喻。但她仍然耐着性子说:"虽然我没见过,也许你说的不假。不过你自己呢?你说说你自己看。"

周炳甩了一下手道:"当然咯。我过着光彩的生活,绝不出卖真理!"

陈文英纠正他道:"你这就说得不对了。只有一个虔诚的基督教徒,才能说这样的话儿!"

周炳也纠正她道:"没有的事儿!上帝是假的,不存在的!宗教是虚伪的,欺骗人的东西!和从前的老人家求神拜佛一样,都是迷信!"

陈文英红着脸儿,气得嘴唇发抖地说:"不许你胡说八道!不许你提上帝两个字!不许你诋毁宗教!"

周炳平心静气地说:"如果你不愿意谈这些,咱可以不谈。不过真理确实在我这边,那就是马克思主义。——我是一个共产党员么?我不是的。但是我明白了,除非进行一场你死我活的阶级斗争,把政权夺取过来,掌握在无产阶级的手里,整个中国才会得救！否则的话,任何人都是没有出路的。我十分后悔当初为什么不一直做工,却念了这么几年书,离开了……"

陈文英打断他的话儿道:"你要是不念书,你怎么知道世界上有一种东西,叫作马克思主义呢?"

周炳点头承认道:"是倒是。不过我要是不离开无产阶级,和他们一道做工,一道生活,一道革命,我就不会这么游来游去,我就不会这么彷徨苦闷,我就会幸福得多!"

陈文英也点点头,转了话头道:"那么,是了。革命可以给你一条出路。可是它能够把出路给任何人么?——你刚才说任何人……它能给我,比方说,像我这样的人,带什么出路来?"

周炳想了一想,就简单明了地说:"革命能使你脱离金鑫里三号那种可怕的生活。"

陈文英的脸蛋上红了一块,低声喃喃地问道:"金鑫里三号的生活有什么不好?"她的声音软弱无力,又加上含糊不清,根本没叫对方听清楚。

周炳会意了。他直通通地往下说道:"大表姐,金鑫里三号表面上是表姐夫的公馆,实际上是你的监牢。你名义上是区长夫人,实地里等于一个弃妇。你虽然有着信仰,可是你的精神却恍惚迷离,无所依托。你纵然乐善好施,可是你不知道那些钱尽是偷抢诈骗得来的不义之财。你热心社会上的宗教活动,不过为了排遣那冗长的无聊岁月。——不是这样的么?这样的生活还不可怕么?"

陈文英叫周炳打中了要害,一阵头晕,差一点摔倒在人行道上。她的又高又瘦的身躯松弛无力,两腿酸软,全靠挽住周炳的胳膊,才能勉强迈步。从那时候起,一直走到家,他们没再说一句话。陈文英只是垂着脑袋,沉重地喘着气,全身都在轻微地抽搐着。她的苍白瘦削的脸蛋红得和金橘皮的颜色一模一样。

晚上,张子豪又不回家。陈文英叫年轻的贴身使妈阿秀去新雅茶室叫了几样清淡时菜,一样鲜菇虾仁冬瓜盅,一样生筋田鸡,一样凉瓜鲥鱼,一样卤水油鸡,请表老爷周炳下来消夜。周炳听见那平常神色怠慢的贴身使妈阿秀忽然称呼起他"表老爷"来,不觉笑了一笑,随即走下二楼张子豪的书房里来。孩子们都睡了,用人们都下去了,只有陈文英一个人在等他。陈文英今天晚上穿着雅淡素净的轻纱旗袍,打着赤脚,套上一双珠花拖鞋,头上、身上都洒了高贵的法国香水,见周炳来了,就怯生生地笑道:"今天晚上,请你来上一课。不是给孩子上,是给我上。上的是革命课。酬劳特别从丰。"以后就坐下来喝酒、吃菜。周炳一面吃、一面真心真意地给她讲革命的道理。她好像在听着,又好像没在听,只顾找话儿劝周炳喝酒。有时周炳不喝,她自己也昂起头咕噜一下喝了。周炳把那些革命道理简略讲完之后,一大瓶远年花雕也差不多喝完了。仗着一点酒意,陈文英变得洒脱不羁起来。她靠近周炳身旁坐着,紧紧地抓住周炳的两只大手,眯细了眼睛,媚笑着恳求道:

"阿炳,自从你戳破了我的不幸的谜儿之后,我就成了一个不幸的人了。救救我吧,救救一个不幸的人吧!"

有好大一阵子,从陈文英身上发散出来的香水气味呛住了周炳的鼻子,使他说不出话来。从周炳很小的时候起,陈文英就喜欢抱他,逗他,亲他的脸,不过近七八年,周炳慢慢长大了,也就不这么亲热了。可是如今,——手拉着手,鼻子对着鼻子,呼吸碰着呼吸,这情景倒使他有点不好意思。他稍为挪动了一下位置,说:

"大表姐,我很同情你。可是你瞧,我自己也救不了自己呢,还谈得上救你?你自己下决心吧!你如果坚决离开家庭,投身到革命当中去,你就会得救!"

陈文英柔弱地说:"我可以离开家庭,我可以投身革命,我可以抛开一切。但是,谁知道革命是什么样子的?谁知道革命会碰到些什么样的人?谁知道革命会碰到些什么样的事儿?——要不是有一个人真正地爱我,关心我,保护我,我怎么能够孤零零地去投身革命呢?"一面说,她的身体一面往前倾斜,眼看就要倒在周炳的怀中。

但是周炳什么反应也没有,她就把脑袋搁在周炳那宽厚结实的肩膀上。周炳不明白因为什么缘故,竟发生了这一切事情。他感觉到陈文英的脸孔发热,心跳动得通通地响,浑身都在发抖,就说:

"大表姐,你过于兴奋了!我并没有鼓动你立刻就走上十字街头。我只不过说,你如果要爬出陷阱,革命是一条出路。"

陈文英使唤仿佛在哭着的声调,呜呜咽咽地说:"小炳,你真是一点……唉,你真是不懂!……多么折磨,受难……这几个月来……你一点也不懂么?……我的心,怎么给你说呢,唉……"

周炳认真地想了一下,就老老实实地回答道:"真是的!我一点也不懂,只是觉着你的精神有点反常。"

陈文英像呻吟一般地说:"傻人!笨蛋!痴虫!戆汉!——那是神圣的爱情。生命就是为它而存在的。"

周炳忽然觉着他肩膀上靠着的不是陈文英,而是她家的四妹陈文婷。他推开了陈文英,用大手掌抓住她的两肩,不停地摇晃,仿佛打算摇醒她似的。陈文英散乱着头发,乜斜着眼睛,那颗脑袋甩来甩去,好像颈骨折断了的一般。周炳觉着她平时倒还干净利落,有模有样的,这时候却变成了龌龊鄙俗,丑陋不堪。到现在,他才算明白了一切。他恨自己竟是天生迟钝,心眼儿太死,——总没有往那些地方去想。他粗鲁地甩开了陈文英,简单地说:"大表姐,你喝醉了。歇着吧!"说完就转身退出书房,上楼而去。回到三楼的西厢房,周炳还隐隐约约地听到二楼的西厢房里传出哭泣的声音。

四六 过 五 关

有一个盛夏之夜,广州三家巷里,何家的大媳妇陈文娣在床上翻来覆去地睡不着觉。那垫着的"吗辰"藤席像烧过的金属薄板,那挂着的珠罗轻纱帐像一个密不通风的大罩子,那平时阴润清凉的卧房如今像轮船上的锅炉一样。最可恨的,是何家二少爷何守义和他的猪朋狗友罗吉、林开泰、郭标几个人在第二进神厅里打麻将,那噼噼啪啪的声音像一颗颗的子弹打进她脑子里,半分钟都静不下来。那罗吉,她是早就知道的。那林开泰和郭标,二娘何白氏房里的使妈阿苹这两天才告诉她,一个是南关青云鞋铺的少东家,一个是河南济群药铺郭掌柜的侄儿,都是周炳的对头,不知怎么的就跟何守义、罗吉这些人搅拌在一起。陈文娣忽然想起,她从前的小叔子的对头竟成了如今的小叔子的酒肉朋友,真是天造地设,令人慨叹。她的丈夫何守仁自从当了南海县的教育局长,每天晚上都得出去打牌应酬,很晚才回家,有时甚至不回家,而小叔子就是怎样吵闹,她做嫂嫂的也无权过问。左思右想,心绪不宁,她索性穿起旗袍,拿起鹅毛扇,走到大门外石头长凳上去乘凉。

三家巷里冷静沉寂,只有小蟋蟀一声两声地点缀着。陈文娣四面张望,竟找不到一点寄托。天空呆板,星星不亮。枇杷不但开了花,而且已经结了果,如今只剩下空枝空叶。白兰花也早已开过,如今都谢去了。周家二姨爹坐了牢,周金早已死掉,周榕去了香港,周炳去了上海,——如今只有二姨周杨氏一人在家,看那大门紧闭,灯火全无,竟是奄奄一息,毫无生气的模样。陈文娣叹了一口气,站起身来,走到自己娘家门口,扒在铁门上往里望,也只是一片寂静,既没有灯光,也没有人声。那花圃里的各种异卉名花,如今都凋残零落,东倒西歪。她抬起头往楼上看,见陈文雄、周泉的住房里也没灯光。大概她哥哥还没回来,周泉又怀孕八九个月,快要临盆,一早就睡了。她倒退几步,重新坐在石头凳上,想起三年之前,这里是何等热闹和兴旺。那时候,一个个青年人都是龙神马壮,气吞斗牛,争论起世界国家大事来,都是口若悬河,当当不断,慷慨激昂,谁也不让谁。又想起七年之前,这里是何等神圣和甜蜜。那时候,这里曾经发生过多少纯洁的盟誓,曾经发生过多少迷人的幻想,太阳只照耀这里,月亮只抚慰这里,一提到"三家巷",就使人感到兴奋、战栗、幸福。那时候,不可能想象这里会出现麻将牌的声音,更不可能想象这里也有那么一天,会除了麻将牌的声音之外,其他竟一无所有。陈文娣想到这里,只能恨恨地咬着嘴唇。……不知已经到了什么更鼓,那牌局完了,消夜也吃过了,林开泰和郭标醉醺醺地从里面钻了出来,这周围才算开始清静。陈文娣觉着头昏脑涨,浑身麻痹,连忙跑回家里,关上大门,摸黑走进卧房。她揭开珠罗帐,和衣倒下,便昏昏沉沉地睡去。

　　林开泰和郭标走了,罗吉却还没走。何守义拉着他回到大奶奶房间后面的套间里,上床抽烟,顺便等胡杏烧好百合冰花糖水,送来给他们过口。两个人就着烟盘子,一左一右,勾着腿躺着。罗吉拿起烟扦,对着烟灯,将一枚烟枣子搓来揉去地烧着,烧好了,又把那枚烟枣子端端正正地戳在烟斗的窟窿眼儿上,才给何守义递过去。何守义滋滋滋地抽完了一锅,罗吉自己也抽了一锅,又开始搓揉第三枚烟枣子。这回,他一面耍弄那小黑蛋蛋,一面笑着问何守义道:"二哥,给我说句真心话,那黑观音——你还是想呢,还是不想?"何守义翻开那薄薄的嘴唇,自作聪明地说:"想呢是怎样,不想呢又是怎样?"罗吉说:"你要是不想呢,就把她让给我,我今天晚上就把她带回家去,看我有法子炮制她。你要是想呢,我君子不夺人所好,另外还有一条妙计奉上,只要你事成之后,摆一席上等的酒菜酬谢我。"何守义抓住他的手央求道:"兄弟,有妙计快拿出来。你没有瞧见我想得都快要发狂了!"罗吉体贴入微地笑道:"快不要说那些没来由的话!一个臭丫头值得什么?别说是翻生区桃,就是真的区桃下凡,也不值得为她发狂。这些都不过是逢场作戏,谁会去把它当真的不成?倒是自己的身体要紧!"何守义躺着不动,拿一只脚顿着床板催促着:"是咯,是咯。都依你的,——快说吧!"罗吉又慢吞吞地吸了一锅烟,才一个字一顿地说出来道:

　　"这、叫、作——过——五——关。哪、五、关呢?就是金——

木——水——火——土——这、五、关。"

说完了,他又闭上眼睛,好像已经睡熟的样子。何守义连忙摇他的肩膀,又拿烟去喷他,他才悠悠苏醒,接着往下说道:"当年关云长过得了那五关,可是万万过不了这五关的。更别说胡杏这么个小把戏了!——哪五关呢?头一关是金关。大凡金、银、珠、宝,珍珠、钻石、翡翠、玛瑙,都在这一关上。只要她还有人性,没有不爱钱财的,说不定这一关就能把她擒住。倘若她不吃甜头,就该给她吃点苦头,因此第二关是木关。这一关好办:藤条,茅竹,戒方,拐杖,样样都行。只是记住:一不打脑袋,二不打心窝,三不打节骨。除了这三不打,其余的死皮贱肉,你狠狠地给我打。只要她还是个血肉之躯,断断没有不怕疼的,我看这一关她就过不去。如果她竟然是个蛮子,连这一关都熬过了,那么硬的不行,该来软的。你就该珠泪双流,苦苦哀求她。这就叫作水关。那娘儿们不比咱们男子汉,心肠多半是极其柔软的——"说到这里,何守义忽然插进去道:"这却不容易。哪里来的现成眼泪呢?"罗吉把那已经高高耸起的肩膀还耸上一耸道:"我说二哥,你真是个老实厚道之人!难不成世上的眼泪,颗颗都是真的么?使薄荷油呗。你拿油一抹,眼泪不登时像喷泉一样?只怕你用都用不完呢!"何守义钦佩地点头道:"高见,高见。那么第四关呢?"罗吉漫不经心地说:"火关用不着多说,是谁都明白的。一根洋火是火,一粒红炭也是火。当年的诸葛孔明,就是最爱用火攻的。"何守义一面点头,表示领悟,一面又自作聪明地问道:"那么第五关的土关,该不是在地里刨一个大坑,用土把她活埋起来?"罗吉笑起来道:"那样粗鲁,怎么成事!这土关不是泥土的土,却是咱们抽的这鸦片烟的土。"说着他就爬起身来,在蚊帐钩子上取下自己的白绸裈子,又摸了半天,才摸出一包胡椒面那样的小纸包来,郑重其事地递给何守义,悄悄说道:"这是一包春药。你拿半杯茶,放上莲子般大小的一颗烟灰,再把它放进去,搅匀了,给那胡杏一喝,——你瞧那灵验,就是仙丹也不如它！那时候，不用说，你用不着去求她，倒挨着她来求你呢！——这是秘方，兄弟花了好大的价钱，才寻了来给二哥你，算是表表我的心意的！"何守义接过了小药包，只是千道谢、万道谢。不久，胡杏把百合冰花糖水捧出来，两人吃了糖水，看看已是四更天气，客人才告辞走了。

何守义的妈妈何胡氏已经上了点年纪，睡觉没年轻人那么要紧。那天晚上，她躺在床上，似睡非睡，似醒非醒，倒把罗吉和她儿子的商量计议，听得清清楚楚。她暗地里佩服罗吉的足智多谋，觉着有了这五道关卡，哪怕胡杏当真长了翅膀，看样子也难得飞过去；又从心底里对罗吉发出了感激之情，觉着就是父子、兄弟，也断断没有照顾得这么体贴入微，尽心尽意的。将来何守义如果有时来运转的好日子，一定要重重地酬谢他。客人走了之后，何胡氏更加没有了睡意，只是瞪大了眼睛，看着那些妙计怎样发生效验。果然不多一会儿，胡杏洗完了锅、盆、碗、盏，冲过凉，回到房间里，准备上床睡觉，何守义就从套间里走出来了。看那神情举动，他这时候倒是神志清醒的。胡杏端庄地坐在床沿上，他走上前去，对准胡杏作了一个揖，就动手扯胡杏的袖子，又指指套间，意思是套间里有好东西，叫她去看。胡杏明白了这个意思。她的睫毛动了一动，跟着，她左脸上那个深深的笑涡儿也动了一动，最后，她仍然端庄地坐着，轻轻地摇了摇头。她的仪态沉静大方，没有一点怒容，可是十分坚决。何守义瞧着她这摇头的样子，觉着就是天仙下凡，也不能这么美妙柔婉，不知不觉就瞧呆了。何胡氏在床上，隔着帐子看见这种情况，怕何守义叫胡杏镇住，不敢施为，心中着急，就轻轻咳嗽了两声。何守义经那咳嗽声提醒，立刻想起罗吉的话，转身走进套间里，拿出一叠钞票，一个钻石金戒指，一个18K西金手表来。他踌躇了一下，不知先拿一样出来好，还是通通一齐拿出来好。往后还是把所有的东西一齐放在胡杏床边一张茶几上，指着那些财宝对胡杏说：

"你看一看。可不要眼花缭乱！只要你点一点头,这些东西全是你的!"

胡杏不看,也不动,她的眼睛注视着屋顶的瓦桁,只有眼白露在下面,好像希腊古代的艺术家雕刻的女神一般。她的小小的圆脸像一朵向日葵一样微微仰起,那上面闪亮的汗珠跟露水珠儿一样。她那粗大的黑辫子搁在左肩上,刘海散乱地盖着眉毛,满脸发出棕色的闪光,好不威严。也正是她这种凛然不可侵犯的神情,使她看起来比随便什么时候都更加可爱。

何守义急了,说:"你先看一看再说,你不看,怎么知道好歹呢?"

胡杏总是不看,也不动。何守义没法,只得说:"别那么不识抬举！人家叫你见见世面,你倔什么？告诉你,这是美国银纸,一块钱,够你全家大小花销一个月！这只钻石戒指,够你全家使唤十年！说到这个金表,那么,它足够你全家老小吃、喝、穿、戴整整一百年呢！这样的东西,别说你没见过,就是那些有钱人家,也没几个能见得着呢!"

胡杏仍然不看,也不动,只是嘴里缓缓说道:"既是这样好的东西,你给自己留下来吧。贪心别人一个铜板,就得还给人家一个银钱!"

何守义眼睁睁看着就要失败,这第一关恐怕不济事了,一时心急火起,倒拿一根鸡毛帚子,朝胡杏的大腿就是一藤条,一藤条,又一藤条……嘴里胡乱骂着:"给你人心,你当狗肺！狗咬吕洞宾,不知好丑人！——你倔,你倔,我叫你倔!"

那藤条一抽在胡杏的肌肉上,她不免全身搐动一下。那疼痛一直戳进她的心里,就像一把针往里扎。她浑身发烫,脸上黑中泛红,像一朵大玫瑰花。她不言不语,只拿一双浅棕色的圆眼睛,牢牢地盯着何守义的眼睛。这时候,她仿佛当真看见周炳脖子上挂着红领带,带领着几十个赤卫队,从惠爱路外面走进窦富巷,向官塘街狂奔而来,搭救自己。她的小小的嘴丫角扭歪了,她的长长的,微微向上弯起的眼角挂着小泪珠,可是她的脸上既没有悲哀,也没有痛楚,——只有在坚定不移的信念之中,带着一点对何守义的鄙视。那干瘪瘦弱,拱背耸肩,眼黑唇翘,不成人样的何守义,最怕的就是跟胡杏这么对望。他觉着胡杏的眼光逼得他喘不过气,他觉着胡杏的眼光里有千军万马在呐喊奔驰,望着,望着,他的手就软下来,他的脑袋就搭拉下来,再也挣扎不起来。他索性丢下了鸡毛帚,颓然地坐在椅子上,按照罗吉的谋略,也不用擦薄荷油,就当真呜呜有声地哭开了。他一面哭,一面含糊不清地诉苦道:"我爹、妈都百依百顺地将就我,心疼我,就是你这狠心的乡下女,全不依心为心,我都快要死了——狠心的,你一点也不将就我,一点也不心疼我!看起来,你把我比成一只蟑螂,不,比蟑螂都不如呢!我这回是一定要死的了,我这回准活不成了!"说着,还用拳头去捶打自己的胸膛。他的诉苦埋怨和远处的鸡叫声一唱一和,此起彼伏,极有韵致。胡杏听不清他在唠叨什么,也就落得歇口气,自在自在,因此不去管他。何胡氏在床上听见他说出这些屠头的话,又看见周围的情景,生怕这一关也逮不住胡杏,不由得心里着急,出了满身大汗。

何守义见哭诉也不管用,不觉凄酸一过,狠上心来。他从椅子上一跃而起,在茶几底下拿起电熨斗的插头,就往墙角上的插座插进去。胡杏看见他这样做,猜不透什么用意。又见他极不耐烦地在房间里来回走着,喉咙里的痰声咯咯作响。约莫过了一袋烟工夫,胡杏看见他的脸色越来越苍白,生怕他自寻短见,就娉娉婷婷地站起身来,伸手去摘下那电熨斗的插头。这时电熨斗已经烧得极热,不过从外面看不出来。何守义见胡杏拔掉插头,要挡她也挡不住,料想电熨斗已经热了,就拿起电熨斗,朝胡杏的胳膊下节捺下去。登时嗞的一声,冒起一片焦臭气味,胡杏的右臂叫他烙伤了。那一阵阵的刺痛,火滚滚地,麻辣辣地,简直比拿刀子挖下去,还要难受。胡杏退回自己的床沿上,坐下来,用另外一只胳膊托起受伤的手,用自己的嘴唇不停地去压那红肿的地方,用自己的舌头不停地去舔那烧坏了的皮肉。何守义本来打算高声对她说:"你晓得味道了？你依不依？你想活不想活？"趁着这个机会,威慑她一番的。不知怎的,他的喉咙却说不出话来,只是对着胡杏干嚎咆哮,像一只饿了一冬的瘦狼一样。干嚎一通之后,看看没什么可做的,就拿起一个玻璃水杯,走进套间里,先放进去一坨大烟灰,又把罗吉留下的那包粉末倒进去,从热水瓶里倒出大半杯热茶,用烟扦子和匀了,然后拿出正房来,放在胡杏面前,假仁假义地劝她道:

"阿杏,把这杯药喝下去吧。它能解热毒,能治火伤,能叫你开心欢喜。"

胡杏只把眼睫毛动了一动,冰冷地说:"不喝。"

何守义又低声下气地劝道:"你攀得那么高,要提防跌下来重。看样子,你还没把我当人看待呢！为什么不喝,难道怕我拿毒药毒死你么？"

胡杏虽然十分检点,终于不免露出一点娇憨的神态,说:"毒药不毒药吧,反正我是不喝的！"

何守义一想,反正那是春药,喝一点,不碍事,就举起玻璃杯,咕嘟咕嘟喝了半杯,说:"你怕毒药,我喝给你看。你的身价难道比我更高？喝吧！"

胡杏只是不喝,何守义左劝不听,右劝不听,急得抓耳扒腮,没得办法。后来他一手揪住胡杏的头发,一手举起玻璃杯,要灌她喝。可是哪里灌得下去,只见这里洒一点,那里泼一点,床上地下都打湿了,还没信儿呢。原来罗吉给何守义留下的,并不是什么春药,只是一包麻药,这药喝到肚子里,慢慢地就发作起来。经过这么一番腾挪,何守义只觉着脑门上跳了两下,忽然就天旋地转,心闷眼花,吧哒一声摔倒地上,昏昏沉沉地睡了过去。这时天色渐亮,曙光满院,胡杏虽是十分困乏,也就不能再睡。只得叫起何胡氏,两个人把何守义搬回套间床上安置。安置妥当之后,胡杏搓搓眼睛,理理头发,就到厨房去划着洋火,点起柴火,生火烧水。

恰巧这一天是陈文娣妈妈陈杨氏的生日,陈文娣一早就回了娘家。才上二楼,就叫嫂嫂周泉一手拖住,问她何家昨天晚上,搞了个什么名堂。她把胡杏过五关的事情,一五一十说了一遍。周泉静静地听着,叹息感慨不已。上了三楼,见了陈文婕,又把昨天晚上的事情,从头到尾说了一遍。这三楼上,原来住着她们几姊妹的,如今陈文娣、陈文婷都出嫁了,只剩下陈文婕一个人,住了一层洋楼,十分宽敞,十分自由自在,把她的性格住得越发孤高了。当下听了她二姐这番叙述,陈文婕不禁拍了一下桌子,义愤填膺地说:

"真正岂有此理!为人权,为自由,二姐你不能挺身而出么?"

陈文娣摇一摇头,叹一叹气道:"三妹,我可比不上你。你和李民天哪天一结婚,就可以组织小家庭,风流快活,自由自在。我那家庭是个什么家庭!复杂得很呵!"陈文婕纠正她道:"不。我们固然没有大家庭,也决不组织什么小家庭。说老实话,我总认为你跟榕表哥那样的生活方式是最理想的。"恰好这时候周泉挺着大肚子从二楼跑了上来,听见陈文婕这句话,只是抿着嘴笑。陈文娣一时找不着话回答,登时把那鹅蛋形的脸儿红了半边。陈文婕知道说错了话,要收也收不回来,正在为难,忽然听见楼梯噔噔地响,大家走到楼梯口一看,原来是四妹陈文婷佻佻佻地上楼来了。周泉一把将陈文婷拖上来,大家走到前面书房里坐下。陈文婷要听胡杏过五关的详细情形,陈文娣只得把那些讲过的话再讲了一遍。陈文婷一面听,一面嘻哈大笑,听完了,她就说:"如果我是胡杏,我就把那杯药喝了下去,看他能把我怎么的!"周泉说:"四妹,你还拿人家寻开心。那可怜的孩子,今年才十四岁呢!她样子长得好,可不能算她的过错呀!"陈文婕正正经经地提议道:"我看应该提给妇女联合会去办。哪怕只发一张抗议传单也好。"陈文婷反对道:"这年头,妇女联合会还敢管这些事?不怕别人说是共产党么?我主张咱们大家凑点钱,让胡杏逃走。逃到香港去也行,逃到上海去也行。"陈文娣规劝她俩道:"妇女联合会固然不成气候,逃亡也只是空虚的幻想。凡人说话做事,都要切合实际。"最后,周泉提议道:"咱们大家找文雄哥跟守仁哥谈一次话,看有什么好办法。他两个一定同情我们,也同情胡杏的。对人权和自由,他们也一定维护的。何老伯那边,文雄说话,还有些分量。守仁哥最近升了官,说起话来,气也粗些啦!"大家都认为稳健可行,都同意了。

四七　博爱与和平

这几天,上海的人都没有睡好觉,大家都心烦意乱,焦躁不安。是天气热么?这样说,也有几分道理。前几天的天气真是热。天上没有一片云,屋檐下没有一丝风,太阳把柏油马路晒得稀巴烂,桌、椅、板凳、窗户、门扇都热得烫手。人热得整天喘气,很不好过。可是这几天刮起台风,下了几场暴雨,已经不热了。那么,是狂风暴雨扰乱了人们的安宁么?这样说,仿佛也不大离儿。那雷、电、风、雨是真讨人嫌。出门不大好,不出门也不好。电线呼呼地叫着,窗门砰砰地撞着;那卖汤团儿的竹筒声若有若无,那油炸臭豆腐的叫卖声似隐似现;总之,仿佛有大祸临头的感觉,很不平静。可是如今台风也算过去了,还有什么东西叫人不自在呢?原来不是热,也不是冷;不是风,也不是雨。是那稀奇罕见的政治局面叫人心烦意乱,焦躁不安。中国共产党人是看得清楚这种政治局面的,可是其他很多、很多人却一点也看不清楚。原来好像要革命的国民党,如今好像又不要革命了。原来要反对日本帝国主义的,如今倒明明白白地不准反对了。原来日本军队在济南杀了许多人,连交涉员蔡公时都叫人割了耳朵,挖了鼻子,大家都以为国民革命军要和日本开仗的,如今却反过来要保护日本人了,对日本人绝对不开枪了,日本人要缴枪就缴枪、要俘虏就俘虏了。原来不革命,甚至是反革命的阎锡山如今倒革命起来了。而那原来勾结日本帝国主义的军阀张作霖,如今却叫日本帝国主义者在皇姑屯炸死了。总之,原来讲民族主义的,如今当了日本帝国主义的奴才,甚至英国和美国的军舰对着南京开了炮,那些民族主义者还倒过去向他们道歉、惩凶、赔偿呢;原来讲民权主义的,如今却说政权归国民党所独有,国民要行使政权,还得经过训练,训练多久,谁也不知道;原来说民生主义就是共产主义的,如今却声称"三民主义为中国唯一的思想,再不准有第二个思想,来扰乱中国"。总之,看见这种光怪陆离的政治局面,上海人不能不头晕目眩,胆战心惊。金鑫里张家那个百无聊赖的家庭教师周炳,也跟大家一样,陷在这种极其苦闷的境地之中。

一天,气压极低,蒸郁闷热,气都透不过来,张子豪没有回家,陈文英已经出去了,张纪文、张纪贞两个小兄妹来到楼下西厢大书房里,都嚷着不肯上课。周炳其实也没心思去教那糊里糊涂的课本,就向他俩建议道:"要是不教新书,我来教你们演一出戏吧。"张纪文没听清什么事,正待发脾气,摔东西,张纪贞却跳起来,举起双手赞成道:"好呀,好呀! 演个什么戏呢? 表舅你也演么?"周炳郑重其事地说:"我也演的。为什么不演? 你们要知道,我是十分喜欢演戏的,我给千千万万的人演过戏,人家都说我是一个真正的演员。"张纪文听清是演戏,这才断了上街去玩儿的念头,转怒为喜道:"表舅你先说说戏文吧,快说,快快说!"周炳有心乘机教导他一番,就说:"说戏文是一件正经的大事,不能马虎随便的。你对说戏文的人,不能大模大样地命令他,只能够很有礼貌地请求他。"张纪文听了,就骄傲地扭歪了嘴唇,再不吭声。周炳凝神静想了一会儿,才慢慢地开口说道:"从前,很久很久以前了,在一个小小的树林子里,住着一只喜鹊,一只斑鸠……"刚说到这里,张纪文就打断他的话道:"我知道了,我知道了。我演喜鹊,妹妹演斑鸠。我是好人,她是坏人!"张纪贞也抢着说:"我才不干呢!我演喜鹊,哥哥演斑鸠。我是好人,他是坏人!谁都晓得,伊坏来些!"周炳说:"你们先别忙。还没听清戏文,只管嚷什么?演戏不比别的事,单凭嗓子吼是吼不出戏来的。演戏是要把假事变成真事,要紧的是这个变字。不一定是好人才能演好角色,也不一定是坏人才能演坏角色。不然的话,台子上的坏人都应该杀光,也就演不成戏了。"张纪文听了,噘着嘴说:"怎么都好,反正我不演斑鸠。"张纪贞也说:"表舅讲戏文吧,别管哥哥。反正我演喜鹊,演定了。"

周炳笑了一笑,又郑重其事地往下说道:

"你们都知道,斑鸠很凶,可是不会造窝儿;喜鹊很和善,又是个造窝儿的能手。这就苦了喜鹊。有一天,喜鹊出去觅食,回来一看,自己的窝儿已经叫斑鸠占据了。她非常生气,跟那斑鸠讲了一阵子理,讲不通,两家就打了起来。那斑鸠是个男的,气力又大,又横蛮,喜鹊是个女的,哪里打得过他?不大一会儿工夫,喜鹊身上就伤了几处,血流了出来,毛也掉下来了。看看没有办法,她只好避开他,到另外一棵树上去造个新窝儿居住。可是不到三天,斑鸠喜欢那新窝儿,又把它占了。喜鹊不愿意住斑鸠住过的地方,也不愿意和斑鸠做邻居,就在离开十几棵树——快到树林子尽头的地方,又造了第三个更大、更密实、更漂亮的窝儿。可是斑鸠是个自私自利、贪得无厌的家伙,因此过了五天,他又把喜鹊的新窝儿给占了。到了这个时候,喜鹊才知道,对付恶人,光逃避是不行的,得想点办法。她飞到另外一座树林子里,找到了另外一只喜鹊,共同商议。那只喜鹊是个男的,性情温和,但是很勇敢,当下就邀她搬过来,另造一个新窝居住。那女的一想也对,就搬了过来,和他做了邻居。没几天,斑鸠住厌了,又想找现成的新窝儿。他飞到另外那片树林里,果然找到了喜鹊的窝儿。可是他这回碰到的不是一

387

只喜鹊,而是两只喜鹊。他们打了起来。打得十分激烈。树林子里的其他鸟儿都飞出来,给喜鹊助威。结果,斑鸠输了,趴在地上,差点儿都飞不起来。从此之后,斑鸠只好住在旧窝儿里。那三个窝儿慢慢都坏了,先是有了破洞,接着就一个一个地散开。斑鸠不会造窝儿,又不肯学,只是对付着居住。到了那年冬天,风很大,又下着大雪,斑鸠冷得不行,就又飞到喜鹊住的树林子里,想找个便宜窝儿避避风雪。可是别人都防范得很严,使他无从下手。想放蛮强抢,但是想起上回吃过的苦头,又不敢动手。最后,在一个天寒地冻的晚上,斑鸠冷得全身僵硬,谁也没有在意,就渐渐地结束了他自己那横蛮霸道的、很不光彩的一辈子——这出戏叫作《鸠鹊争巢》,到这里也就完了。"

张纪文、张纪贞两个孩子听了,都齐声叫好,都说一定要演这出戏。周炳再问谁演斑鸠、谁演喜鹊,两人又垂下了头,仔细寻思,答不上话来了。周炳又说:"演斑鸠要硬,演喜鹊要软;演斑鸠要凶,演喜鹊要善;演斑鸠的可以用身子去挤喜鹊,拿爪子去抓她的脑袋,使硬嘴去啄她的羽毛,可是喜鹊只能忍受,一直到最后那一场大战,她才起来反攻。你们谁来演斑鸠?"张纪贞胆怯地摇摆着脑袋,张纪文又想了一想,就挺起胸膛道:"要不这么着,我来演斑鸠!"大家商议定了,正准备搬动桌椅,忽然听见一阵阵哭泣的声音,从楼上隐隐约约地传下来。周炳定一定神,听听清楚,果然是有人伤心。从那声音听起来,还不止一个人。周炳说:"你们先练习练习,我去去就来。"他跟着哭声一口气跑上后楼,果然看见江妈和春兰对面坐着,悲伤饮泣,那小外甥趴在床上,睡得正熟。那两个女人看见他上来,开头惊了一下,后来看见他没有恶意,就索性放声大哭起来。周炳问她们什么事,她们只是哭,却说不出来。周炳没办法,只得瞪着眼干着急。又哭了一阵子,还是春兰先开口道:"我们炳哥叫黑心烂肝的警察抓走了!"周炳暗暗吃惊道:"炳哥?你们哪个炳哥?"江妈断断续续,上气不接下气地说:"江炳……我的儿子……全家靠他吃饭的……他们砍脑袋的说……共产党……"春兰恨恨地说:"真是共产党,一定是好人!"周炳点头同意道:"对。他在什么地方干活?"江妈擦泪道:"他是电机工人。人家都说他手艺不错。可不像他爹那样不中用,一年四季躺在床上闹病不起来……"春兰扯一扯她的衣角,说:"哎哟妈,人家问的是什么地方。"江妈说:"什么地方?不是寅丰么?你知道为什么不说?"春兰有点害臊地接着说:"说是叫个寅丰搪瓷厂。谁知道究竟怎么样?"看着她俩的神情态度,周炳对于她们之间的关系,好像有所领会,正准备说几句话,安慰安慰她们,忽然听见寅丰搪瓷厂这几个字,他自己也就想起许多事儿来,一时说不出话了。他想起五月底那一天,正是在这间寅丰搪瓷厂大门口,他眼睁睁地看着他的麦荣大叔叫宪兵押上囚车,而他自己却想不出什么法子帮帮他的忙。他们之间也没说上一句半句话——他害怕这会成为他的终身遗恨。春兰见他想得出神,就说:"怎么,舅老爷,你知道寅丰搪瓷厂么?"周炳不住点头道:"知道,怎么不知道?我还有熟人在里面做工呢!"江妈说:"你看可巧!那就拜托舅老爷你想想办法吧!"周炳十分作难地说:"我有什么办法呢?你们跟我表姐夫说说看行不行吧。"江妈一挺身从座位上跳了起来,连连摆动两手阻拦道:

"做做好心,千万别告诉老爷,千万别告诉老爷!"

周炳不明白道:"为什么呢?他肯行方便就行方便,不肯,也只当白讲,还怕他把你吃了不成?"

江妈说:"难说,难说。怕一张扬出去,人倒没救出来,我们的工先叫老爷辞退了,那可真活不成了!"

周炳拍着胸脯,一力担承道:"不要紧,你不敢说,我给你说去。不信他能把我怎样!"

说完了,周炳就回到楼下书房里。只见桌、椅、书、纸,乱作一团,张纪文和张纪贞两个打了又哭,哭了又打,把那《鸠鹊争巢》整出戏,大概至少已经演过三遍,也就分不清谁是斑鸠,谁是喜鹊了。

恰好那天晚上,张子豪回家吃饭,还叫了周炳一块儿吃,看来蛮有兴致的样子。阿云和阿秀两个广东娘姨,按照太太的吩咐,把饭开到前楼张子豪的书房里,还开了一瓶斧头牌白兰地酒助兴。喝了几杯,张子豪就心胸开朗地笑着对家庭教师道:"听说你教孩子们演了一出鸠鹊争巢的戏,这倒蛮有意思。你演戏,是有名的。孩子们如果能学到你的一成,也就很了不起了。"周炳有点不好意思地说:"那也不算什么正经事。只是他两个不愿上正课,有点烦了,就加上么一点辅助的游戏,也灌输一点善恶之间的观念就是了。"张子豪又喝了一杯,咂咂嘴道:"让他们向你学点艺术,我是十二万分的赞成,可是说到那善恶之间的事儿,你的观念就显得十分迂远,简直有点学究气了。"周炳平心静气地请教道:"倒想听听表姐夫的见解。"陈文英这时候插嘴道:"说是说,可不许吵闹。那会妨碍肠胃呢。"张子豪瞅了她一眼,说:"放心吧。我是说在这个问题上,千万不要忽略那著名的物竞天择,适者生存的法则,把那弱肉强食的道理,也该透透彻彻地给孩子们灌输下去。让他们不光知道善与恶的道理,也要知道强与弱的道理。让他们知道强的不一定都是恶的,弱的不一定都是善的。"周炳正准备驳斥那位区长,只见陈文英向他递了一个眼色,意思好像是叫他不要多谈,因此他踌躇着没开口。后来在饭后闲谈的时候,周炳索性把那个问题撂过一边,直截了当地提出江妈的儿子江炳被捕、一家人衣食无着的问题,问他能不能释放江炳。张子豪把那圆圆的脑袋斜斜地搁在那短短的脖子上,眯起那双小小的眼睛,似笑非笑地留神听着。周炳望了望他的脸孔,只见两颧高耸,连眼睛都给挡住了。有时分明瞅见他笑了,仔细一看,却又没有笑。听完之后,他没有回答这件事,却另外向周炳提了一个问题道:

"我听说你不愿意教书,却愿意去做工,有这回事么?"

周炳点头承认道:"有这回事。可是——那是另外一个问题了。等以后再谈吧。"

张子豪说:"不。不是另外一个问题。两件事可以一道解决。"

周炳十分疑惑了,说:"怎么一道解决法呢?"

张子豪用短小的两手拍着巴掌说:"很简单,很简单。我们先安插你到寅丰搪瓷厂做工,你就认真去当工人,这是第一步。以后,我们又通知宪兵把你抓进牢监里,自然,是抓着玩儿的,这是第二步。再往后,我们装模作样把你审问一通,然后把你和你那个朋友江炳一道放出来,让你们一道回厂里做工,这是第三步。这就妥了。"

周炳若有所悟,但还不太有把握,就再问道:"回厂以后又怎样?"

张子豪抚摩着那吃饱了的肚子说:"那你就不用担心了。大概会有些人来找你,跟你做好朋友,你只要把你所见所闻的通通告诉他们就行了。"

周炳好像明白了,说:"哦,原来是这样!"

张子豪说:"是呀,不过是这样!"

周炳低头沉思一会儿,继续说:"这不是当工贼,当暗探了么?"

张子豪哼的一笑道:"名字没有关系。不过正式的称呼应该是谍报员。"

如果和这一次所受到的侮辱比较起来,那么,周炳一生曾经受过的侮辱只能算是轻微的冒犯了。因为这次侮辱的分量是如此沉重,以致周炳都不想发怒了。他只是涨红着脸,像朱砂一样,在考虑怎么回答。他在抑制着自己的全身——因此,他那英俊的,白中泛红、红里泛紫的大圆脸也扭歪了,他的宽阔的薄薄的嘴唇也扭歪了,呼吸也变得急促和梗塞了。陈文英坐在一旁,呆呆地望着,完全不明白将要发生什么事。沉默了几分钟,周炳使唤一种十分明显的伪装笑着说道:

"要我那样做,本来也没有什么,只是你要答应我一桩事。"

张子豪点头笑道:"说吧。我喜欢开诚布公,直言无隐的人。"

说着,又拿过酒瓶,满满地斟上两杯白兰地,加上说,"让我们喝一点酒,把这桩买卖干干脆脆地谈妥它。"

周炳轻轻推了一下那杯酒,说:"白兰地对我不吉利。前年在大表哥家里,他也拿出了白兰地酒。可是不久,仗就打起来了。"

张子豪十分神气地说:"喝吧,没要紧。方今山河一统,娱乐升平,连张学良都换上了青天白日旗,吃军界饭的都要失业了,哪里还有仗可打?"

周炳平心静气地开言道:"那么,你听我说吧。我一不要钱,二不要官,只要……这件事说起来也简单,就是请老蒋下台,另外组织一个工农民主政府,没收一切大工厂,全部土地收归国有,救济贫民,打倒帝国主义。表姐夫你答应我这一桩事,我就答应你那一桩事。"

张子豪紧张起来了,愤怒起来了。他觉着他这一生中,还没人敢用过这种满不在乎的腔调对他说话。他想哈哈大笑几声,表示轻蔑,可是竟笑不出来。他想用几句俏皮话回敬周炳,可是竟想不出怎么说法。他的短短的胳膊发抖了,他的矮矮胖胖的身躯也整个儿发抖了。不安的空气统治了整个书房,统治了整条金鑫里,统治了整个世界。最后,经过几番挣扎,张子豪才想出了回话道:

"那就是一场不折不扣的战争。至少,你得像广州暴动一样,在南京也搞一场暴动,也许能过几天那样的瘾。不过,我看表台你恐怕一时还不见得有这样的力量。"

陈文英到这个时候,才看出势头不对,就站起来,想要扭转这个局面,大声对外面说:"咖啡好了没有?快把咖啡端来吧!"然后又拧回头对丈夫和表弟两人说:"我是虔诚的信徒。博爱一切人,爱亲人,爱朋友,爱敌人,这是我的信念。我深深地厌恶战争,我每天每夜都在祈祷和平。家庭要和平,世界也要和平。说老实话,如果说到战争,那就不管谁是谁非,都是没意义的。就算战争能获得一个天堂,我也不需要它。中国经历了多少苦难,才得到了和平,以后大家相亲相爱,抱着博爱的理想过日子就好,别的都用不着。就算阿炳教孩子们那出戏,我看也不完全符合博爱跟和平的伟大宗旨。子豪你讲的弱肉强食,也不见得符合我们的教义。不过这些事情,茶余酒后,闲谈一下倒也罢了。怎么一扯又扯到别人的事儿上去了,一扯又扯到魔鬼的身上去了,这才真是犯不着呢!"

周炳站起来,举起小酒杯说:"我早就说过,白兰地是个不祥之物。让我把它消灭了吧!"说完,他像一个英雄人物一样昂着头,敞开衣襟,把那杯酒一饮而尽。喝完了酒,他也不等咖啡,就旁若无人地退出书房,径上三楼而去。这里丢下区长张子豪,无可奈何地望着周炳的身影,全身竟是不停地打抖。

四八　沉　沦

自从一千九百二十八年八月二十九日,阴历七月十五那天,陈文雄的少奶奶周泉给陈家生下一个男孩子之后,这件事立刻轰动了整条三家巷和三家巷影响所及的一切地方。羡慕的人说:"看人家的时辰八字多正,刚刚把脑袋探到世界上来,眼睛还没来得及睁开呢,就端端地坐在那小买办的宝座上了!"咒骂的人就说:"我当什么稀罕的东西!那是中元节养的,那是盂兰节养的,人家都忙着给娃鬼们打醮、放焰口呢,他就钻到这阳间来了,有什么好种氏!"不管怎么说,这是三家巷第三代的头一名人物,是无可怀疑的了。陈文雄经过郑重的思考,给他取了一个名字,叫作陈国栋,倒也正正派派,是国家栋梁的意思。眼巴巴地到了六十岁才当上祖父的陈万利,碰见亲家老爷何应元的时候,纵然谦逊有余,却总还掩盖不住得意地说:"嗯,事有凑巧。这固然是周家之功,可也未始不是陈家之德呢!"何应元听了,很不服气,就回去把这句话告诉了大奶奶何胡氏,说:"你看小人得志,竟是这般嘴脸!"后来他又用嘴唇朝何守仁住的方位努了一努,加上说,"那里现成地放着咱们何家之德,却没看见有什么陈家之功。哼!"何胡氏翻着她的薄嘴唇道:"可不是么?当初我就说过的,好女不嫁二夫,可是这世界还兴咱这一套?其实他陈家也不值得敦欵。家家户户都在烧衣舍饭,救济孤魂,他却跑到这世上来,只怕是个讨债的,也未可知。"何应元长叹道:"嗐,逗嘴就由他逗嘴去吧!咱们也不嫉妒他人。纵使不一定是个讨债的,也难免是个饿鬼投胎。"何胡氏又想起了另外一件大事,就乘机说出来道:"咱们老二,本来是嫡生大房,可惜出世迟了几年。现在就该给他置一头家。这一来可以笼络笼络他的心,免得他老向外闯;二来有了家室,说不定那心窍会开通起来;三来有了生养,也可以替你我争一口气。"何应元笑道:"他才几岁了?叫我算一算……唔,才十六。年纪又小,身子又不好,谁把姑娘给他?"何胡氏狡猾地眨着眼道:"那也未必,只要你耐心去访,凭着咱家这样的声望,还有个访不出姑娘来的道理?"何应元笑了一笑,没说话。何胡氏又接着说下去道:"就是一时娶不来正室,也可以给他先讨一个侍妾。男人大丈夫,三妻四妾也不算什么。"何应元说:"你爱怎么瞎搞,你就怎么瞎搞,谁管你!"说完就走出房外去了。

打那个时候起,大奶奶何胡氏对自己的侄女胡杏,就完全变了个样儿。第一是要胡杏改变对她的称呼。那天大清早,胡杏端洗脸水来,叫了一声"大奶奶",她登时从床上坐了起来,亲热地骂道:"你真是个贱骨头!放着现成的姑姑不叫,偏要去学那些底下人叫奶奶!亲是亲,故是故,从今以后,再不许这样没规矩,亲而反疏的,快给我改过口来!"其实三年多来,从来就是这么叫的,胡杏也不知怎么才对,只好羞怯地叫了一声:"二姑!"第二是要胡杏改口叫何守义做"表哥"。这一下,倒着实把胡杏难住了。她只是痴痴地笑,把那黑脸蛋藏在胳膊里面,始终叫不出口。第三是要胡杏跟使妈阿贵调换着活儿干。此后阿贵就做厨房外面的粗活儿,胡杏只在大奶奶房中伺候,不出房门。阿贵是个极其机灵的人,当下一口就答应了,并无半句怨言。第四是要胡杏天天洗脸、漱口、冲凉、换衣服。那洗脸的破瓦盆、漱口的破碗都叫大奶奶亲手扔掉了,换上了新的搪瓷脸盆和漱口缸子;破毛巾和秃牙刷也换上了新的,还在门口的洋货担子上给她买了一块香肥皂和一纸袋牙粉,以后看见胡杏用盐末刷牙,何胡氏就一定不依。第五是要胡杏天天早上梳辫子。不梳好辫子,不许出房门。又要胡杏搽刨花,搽胭脂水粉。刨花她还随便往头上抿两抿,胭脂水粉她死不肯搽,硬给她搽上去,一会儿她自己就悄悄洗掉,把何胡氏急得没办法。此外又要胡杏穿上花布衫、花布长裤、花布反底鞋和花袜子。又给她买了一双漆花女装木屐,买了几条各种颜色的花手帕。又给她买了一个电镀白铜夹子,从脑后把那条又粗又大的黑辫子夹了起来。第六是要胡杏把那藤条、竹板、戒方、木棍种种刑具都抱到厨房里,叫人烧了。何胡氏还两眼含泪,搂着胡杏,叫一声亲心肝,唤一声亲骨肉地说:"乖侄女儿呀!只要你听教听说,我疼你都还来不及呢,要那些瘟家伙干吗!"胡杏不明白什么道理,总是觉着十分出奇。第七是要胡杏跟着她出门。不论看戏,打牌,上茶馆,吃酒席,逛公司,探亲友,都得带上胡杏,坐车一同坐车,坐轿一同坐轿。人们看见她那两个水汪汪的浅棕色的圆眼睛,看见她那尖尖的下巴上面那个深深的笑涡,看见那深深的笑涡上面那满脸娇憨的笑,又看见她那一天比一天挺出来的胸膛,那一天比一天粗壮的两条长腿儿,没有不摸一摸,不捏一捏,不赞叹连声的。凡见过她一面的人都说:

"什么翻生区桃?就是当年的区桃她本人来了,也敌不过这黑观音哪!"

说得胡杏十分不好意思,只低着头咬手帕。

这些都还不算,还有其余那三件更加出奇。原来何家吃饭,除了年、节、祭、拜之外,一向是各房归各房吃,底下人在一起吃的。——那第八,就是何胡氏不许胡杏跟阿笑、阿苹、阿贵她们一块吃饭,却要她搬到房里来,跟自己一块吃,跟二少爷何守义一块吃。那第九,就是何胡氏叫人把胡杏的木板床拆了,把那些烂蚊帐、破席子洗干净、收起来,要胡杏陪着自己做一床睡。而那第十,更是胡杏万万料不到的,何胡氏的确做得光鲜体面,十分出色。本来何胡氏那些荣华恩典,胡杏都不是怎么乐意去承受的。她虽然只有十四岁,可年纪小有年纪小的想法。她总忘不了那熊人婆吃人的故事。她清清楚楚地记得,那熊人婆吃人之前,总是要滋滋味味地笑一大顿的。有时新衣服穿在身上窸窸窣窣地响,她觉着十分讨厌。有时何胡氏动手动脚,亲热得过火了,她就觉着十分腻味。又有时,她脱下新衣裳,穿上从前的破烂衫裤,穿上从前那双烂尾木屐,趁何胡氏不在家的时候,悄悄地跑进厨房,拿起碗盏来,动手就洗。没料到阿笑、阿苹、阿贵三个人一走进来,立刻抢下她手中的抹布,像对一个生客人似的,只顾让她坐。胡杏十分伤心,含着眼泪问道:

"你们怎么把我生外了呢?"

那最老实的使妈阿笑说:"你不生外我们就好了,我们还来生外你?眼看着你是熬出头来了。享不完的荣华,用不完的富贵,真叫人眼红。你是记得我们的,遇时塞点什么吃的、穿的,补贴补贴我们,就显得你有本心了。唉,看见你,就想起我——像我这样的人,都快四十岁了,名分没个名分,官职没个官职,这一辈子算完了!"那最漂亮的使妈阿苹对着那最机灵的使妈阿贵说:"我的年纪是大了一点,二十九了。可是阿贵你来说句公道话,我比胡杏怎么样?难道我比不过她么?"阿贵瞪起她那双圆辘辘的眼睛,伸出那尖尖的小嘴,刁钻地说:"各花入各眼,那就看什么人看了。"随后又转向胡杏说:"我恭喜你。这以后,咱们也得分出个尊卑上下。只要你少上这里来胡串,叫我们少挨两顿骂,那就是你的带挈了!"胡杏听了,很不好受,就去找何守礼的妈妈——三姐何杜氏商议,看看何胡氏如此施为,是吉是凶。那何杜氏长年长月,过着忧郁怯懦的日子,对什么都觉着没有味道,只是对于胡杏,她却另眼相看。当时她听胡杏讲完,略一思索,就判断道:"狗嘴里长不出象牙,鸡窝里藏不住凤凰。依我看,她是使黑心!"胡杏还不放心,又瞅空子跑到周家去问周妈。周杨氏是那样好心肠的人,哪里会往坏处去想呢,当下就安慰胡杏道:"杏子,你放心吧。人总不会坏到底的。随管怎么说,她总还是你的姑姑。怕真是回心转意了,也未可知呢!"这又叫胡杏左右为难,不知如何是好。不料有一天,何胡氏就鬼打似的做出那第十件事儿来。——她竟然叫人去通知震南村的管账何不周,叫何不周把胡杏的爸爸胡源、妈妈胡王氏立刻送到省城来。到了三家巷,何胡氏又去周家借了地方,让他们整整住了三天。吃、喝、玩、乐,尽情供奉。临走还送了他们咸鱼、腊肉、毛巾、肥皂,还送给胡源一张大铁犁。要走了,胡王氏拉着胡杏的手依依不舍地说:"只道这一辈子,咱娘儿俩没福分见面了,谁料想……"那以下的话竟哽咽着说不出来。胡源对大奶奶何胡氏更是千恩万谢,好像就要跪在他的堂妹子跟前似的。……

这一着,在胡杏的心里面产生了奇妙的效果。三年多以来,胡杏第一次尝到了那种叫作"幸福"的东西的滋味。何胡氏的其他作为,她都可以鄙视不顾,只有这一回,她对何胡氏产生了一种感激的心情。她不怀疑何胡氏了。不,她开始信任何胡氏了。

"二姑!"她亲昵地叫起何胡氏来。这是自然的,好听的,像一个普通人叫自己的真姑姑那样的声音。

又到了一千九百二十八年九月二十八日,中秋节那一天。三家巷特别热闹。三家人之中,陈家又特别热闹。陈万利给自己的长孙陈国栋摆满月酒,何家的人全都过去了,周家的人也全都过去了。只有何家大奶奶何胡氏推说头疼,没有过去。快到上灯的时候,舅舅杨志朴家的人上陈家来了,三姨爹区华家的人也来了,还来了许多不相干的穷本家,假亲戚,冒姻谊,充世交之类的人物。

397

这里面最受人注目的是周铁、杨志朴、区华三个角色。他们自从去年坐监之后，家里人一直盼望陈万利保他们出来，陈万利只是不肯，后来生了孙子，想积些阴功，才把他们一总保出来了。这三个人平白无故地蹲了这九个多月的牢，哪里还把官府王法放在眼里？不见面就罢，一见面就是愤世嫉俗地破口大骂，要不就是针针见血地讽刺不休，听得旁边的人津津有味，痛快淋漓。当时还没入席，周铁看见杯、碟、碗、筷，摆得整整齐齐，就笑着对其他两人道："我说舅舅、三姨爹，这里是三家巷，不是维新路，这回就请真的入席吧！不然，酒都凉了！"他一提起酒凉，那两人就想起大家不约而同地被拘押到公安局门口，彼此无意中碰面时的情况，先自笑了一阵子。后来区华接着说："我一进公安局，就对那法官正式声明，他们这样干，简直算请我白吃饭，回头饭钱我是不付的。他们死不肯相信，你有什么法子！"杨志朴摸着两撇胡子，十分开心地说："我早就说过：岑春煊不如龙济光，陆荣廷不如岑春煊，莫荣新不如陆荣廷，陈炯明不如莫荣新，刘震寰、杨希闵不如陈炯明，蒋介石不如刘震寰、杨希闵。这叫作虽然个个横行，但是一蟹不如一蟹！"大家一听，都大笑不止。陈万利见越说越不像话，不乐意他们在自己家里乱谈政局，恰好这时候狂风大作，雷电交加，忽然下起瓢泼大雨来，他就问杨志朴道："舅舅，你们读书多，见识广，我那孙子今天满月，老天爷就刮起大风，下起大雨，这是什么朕兆？"杨志朴不假思索地回答道："古人都说云从龙，风从虎，这是说他将来一定是个风云际会的龙虎人物。"大家都说不错。这样，才把他们的国事谈话岔开了。

狂风暴雨过后，中秋明月慢慢地升将起来。何守义早就和他的知心好友罗吉、林开泰、郭标等三个人一道去长堤大三元酒家打牌喝酒去了。家中无人，何胡氏就叫阿贵把鸡、鸭、鱼、肉端几盘到房里来，又叫开了一大瓶玫瑰露酒，要单独和胡杏两个人喝酒赏月。吃了一阵，喝了几杯，何胡氏见胡杏不大肯吃，也不大肯喝，就问胡杏道:"你为什么不喝酒?"胡杏胆怯地回答道:"我不会。"何胡氏喝了点酒,脸也红了,兴致也高了,就说:"喝酒这个东西,有什么会不会的呢?不高兴,就不会;一高兴,也就会了。别瞧我不会喝酒,一高兴起来,这一瓶玫瑰露也碍不着什么事儿呢!"胡杏告饶道:"二姑,话是这么说,可我从来没喝过。"何胡氏说:"这我就不相信了。前年我就听人说过,你跟周炳喝了酒!你的酒量大着呢!"胡杏娇羞地捂着脸说:"哎哟哟,臊死人了!那是拼了命喝的。喝那么一小杯,一直醉了我半夜呢!"何胡氏想了一想,面带愁容地开言道:

"唉,孩子,这也不能怪你。我刚离开震南村,嫁到省城来的时候,也是跟你一样,人地生疏,无亲无故,只想回,不想呆,也不知哭了几回,想了几遍,多少不惯呵!后来住下三年五年、十年八年,这才慢慢服了。——人总是要服的呀!今天是中秋,家家户户都要团圆欢聚,咱俩来满满喝它一杯,只当是在震南村过节,跟大家伙儿团圆欢聚的一般吧!"

胡杏听了她这番话,句句落在心里,深深地受了感动。她一只手扶着桌沿,一只手举起酒杯,歪着身子,又敏捷、又娇嗲地一饮而尽。酒一喝下去,她的脸就红了,红得像玫瑰花一般艳丽。那金黄色的眼珠子滴溜溜地转动,那深深的笑涡儿在脸上跳跃不停,那小小的嘴唇只管咂得唧唧地响,那稚气的笑声一阵接着一阵,要停也停不下来。何胡氏看着她,点点头,喝了一口酒,又说:

"小杏子,你看我如今落在他们何家,人也老了,势孤力薄,听他们要宰就宰,要剐就剐。不要说想找个外家的人给我出出头,就是有了一咸二苦,想找个地方诉一诉,也是没有的呢!你虽是我的远房侄女儿,也就是我的外家的人了。此后咱俩要亲亲地,近近地,你给我护着点,我给你护着点,这样才好哇。来,再喝一杯!"

胡杏搭拉着脑袋,态度严肃地听着。她的莲子脸儿微微颤动,她的柔软的黑头发也跟着微微颤动。她十分同情她的姑姑,想给她做点事儿。听见何胡氏把她当作自己人来诉苦,她的心都软了。她服服帖帖地又喝了一满杯。她的心里面发出一种像个大人似的,仗义不平的感情来。她的圆眼眶含满了泪水。何胡氏又说:

"其实呢,也用不着算什么姑姑侄侄。人家二娘有大少爷,还娶了大少奶。人家三姐正宠着,又有个如花似玉的千金小姐。我有什么呢,就那么个可怜的糊涂孩子,又不争气。我多么盼望养个女儿,可是日盼夜盼,——如今老了,没指望了。你就答应做我的女儿吧! 来,咱娘儿俩干这一杯!"

胡杏真是受宠若惊。只见她甜甜蜜蜜地憨笑着,伸长那丰满的,富于弹性的脖子,咕噜咕噜地又喝了一满杯。喝完了,只张着嘴呵气。喝第一杯酒的时候,她觉着那酒是辣的;喝第二杯酒的时候,她觉着那酒是苦的;喝第三杯酒的时候,她觉着那酒是又香又甜的了。她胸怀坦荡,心花怒放,无忧无愁,无戒无备,竟把那姣丽风情,不遮不掩地暴露在何胡氏的眼前。何胡氏自从把胡杏买进门之后,只见她唉声叹气,愁眉苦脸,三年多来,都没见过她这副动人的样相,当时也看得呆了,在心里惊讶不已,赞叹不已。不久,胡杏觉着自己的头有点重。不久,她觉着自己的眼睛有点矇眬。又不久,她又觉着自己的脸有点紧,喉咙有点干,舌头有点胀。她尽力敛抑着,控制着自己,但是禁不住何胡氏上一句、下一句,左一杯、右一杯地灌她,于是她就痴痴傻傻地笑着、喝着,喝着、笑着,一直喝到沉沉大醉,连远方那隆隆的雷声,远处那呼呼的风声,她都完全听不见了。何胡氏见她已经烂醉如泥,就把她先抱到自己的床上挨下,然后又走进套间里,把烟盘子从何守义所睡的床铺上端开,四处打扫了一下,才把那已经不省人事的胡杏抱进套间,搁在何守义的软枕之上,放下帐子,嘴里沉吟自语道:

"就算你过得了五关,难道你还守得住麦城!"

果然不久,何守义就喝得歪歪倒倒地从外面回来。一进房间,就问母亲道:

"那家伙呢?"

何胡氏得意地点点头,用嘴努向后面套间,说:

"人家等着你入洞房已经等了多时了!"

这时候天空中轰隆响了一声大雷,连屋里的电灯都眨了几下眼睛。紧跟着,那秋风扫着落叶,从白云山顶上咆哮而下。风到之处,雨点像冰雹似的打下来,屋顶树上,全打得乒令邦郎地响。一阵疾雨过后,又是打闪,又是鸣雷,又是横风,又是斜雨,不到一顿饭工夫,把一座灯光灿烂的广州大城,淋得变成湿漉漉、静悄悄、白蒙蒙的荒凉一片。这风、雷、雨、电,你接着我,我接着你,竟整整地闹了一个通宵。……

天亮了,雨停下来。胡杏猛然惊醒,见身边睡了一个男人,知道事情不得了了,连忙跳到地上,穿好衣服,打开房门,就往外跑。何胡氏叫她吵醒,问是谁人,她也不答话。跑到大门口,打开大门,拉开趟栊,推开矮门,走出巷外。巷子外面精湿的,这里一汪水,那里一摊泥,浑没个干净地方。那棵粗生壮养,一天一天只顾往高里长,按时开花,按时换叶,从头到脚,一身都是生趣的白兰花,经过一夜的风雨摧残,这时候叶缺枝断地仆倒在地上,看来竟是奄奄一息,半死不活的样子。胡杏坐在白兰花旁边那张又湿又冷的石头长凳上,只是对着那棵白兰花掉眼泪。好像有一个念头,像电光似的闪过她的心里。她又像和别人说话,又像和自己说话,又像说出了声音,又像没说出声音,没头没脑地说道:

"你又不回来看看,这里闹成什么样子了呀!"

这以后她就全身麻木,既不会想,又不会动,像一尊泥菩萨似的坐在白兰花旁边。从早晨到中午,还是那样坐着不动。何家跟陈家的六个使妈,阿笑、阿苹、阿贵、阿发、阿财、阿添,一齐站在门口商议,这个说她痴呆不懂人事了,那个说她疯了。原先在大奶奶房里的阿贵说:"大奶奶今早对大家说过,二少爷昨天晚上已经收了她做偏房,待我问她一问,看她知道不知。"说着,她就走上前,拿屐板敲着麻石地堂,说:"喂!喂!恭喜你了,二少奶!"胡杏还是愣愣地望着白兰花,完全没有听见。这一整天,何家的里里外外,简直闹得地覆天翻。原来何守义一早起来,疯癫大发,吞下多少照片,全不济事。见人打人,见东西摔东西。几个人夹着他,闹了那么一整天,闹得大家筋疲力尽,也没有谁想起门外还坐着一个胡杏。看看到了晚上二更天,周炳的妈妈周杨氏实在急得没有办法。她想,从前胡杏是丫头,护着她一点还不要紧,如今胡杏是何家的人了,自己怎么好出头呢?后来她实在忍不住了,就豁出命来,把胡杏抱回自己家里神楼底,安顿在周炳原来的床上睡了,又跑过何家,责问何胡氏为什么不管胡杏。何守义那时已经叫大家拿绳子捆定,蜷卧地上,看样子乱挣、乱撞,还不安静。何胡氏指一指地上说:"少爷还不自在呢,丫头烂屄的,算是老几?她愿活就活,愿死就趁地软吧!"

不提防三姐何杜氏在神厅外面听见了,她正是丫头出身的,就哭闹起来道:"是呵!丫头烂屄,当奶奶的还烂嘴、烂心肝呢!我就是丫头,你凭什么欺负我!你这样糟蹋人家的姑娘,看你何家昌盛不昌盛!"不料这句话气恼了何应元,他从二娘何白氏房间跳出来,打了三姐一个嘴巴,骂道:"何家就是昌盛!莫非祖宗也得罪了你们?"何杜氏大哭大嚷,要生要死,简直无法开交。后来何守仁出来,把何杜氏扶回房中,百般安慰,趁乱又偷偷亲了她一个嘴。不想大奶奶何胡氏正打门外经过,见这般情况,又大吵大骂起来。她骂何杜氏、何守仁不要脸,又骂何应元父子同穿一只鞋,又要立刻把何杜氏赶出大门外面,骂得污秽不堪。何应元又跳出来,打了何胡氏一个嘴巴,说:"这有什么不得了?我高兴起来,还把她赏给他哪!你气死?"就这么吵着、闹着,闹着、吵着,没有个完。

四九　余庆坊快事

自从上回发生了那次不愉快的事件之后,张子豪倒是经常回家。一回家,他就暴跳如雷,拍桌子、敲板凳的,看见什么都骂。从前陈文英老盼望着他回来,现在反过来,倒希望他不回来才好。一见他骂人,就说:"这是怎么回事?你好像吃了热饭似的!鬼王一样,叫孩子们见了都害怕!外边有什么称心如意的好地方,只管玩几天就是了,又急忙着赶回家来丧谤人!"张子豪瞪起两只小眼睛说:"怎么,我自己的家,我自己倒不应该回来了?你要是多余我,我从今以后就不进这门槛!"陈文英摊开两手,耸耸肩膀,像一个有教养的外国妇人似的说:"亲爱的,谁又跟你斗气来?我只是说,该骂的你骂,不该骂的你骂它做什么?况且粗声粗气的,叫别人听见,也不像个上等人的所为。"张子豪采纳了他夫人的意见,把声音压到很低,低到门外听不见的程度,咬牙切齿地说:"对。我就是恨你们那个周炳,我就是要骂你们那个周炳!他是个什么人,我是个什么人?他对我就能够那样傲慢无礼?哼,他自己也不应该不知道,他不过是一个样子长得好的戏子,而我呢,——唔,只要我动一个小手指头,他立刻就要变成齑粉!"陈文英婉转地规劝道:"子豪,这就是你的不是了。同是上帝的羔羊,你怎么好拿富贵去骄人呢?"张子豪说:"我很怀疑他是一个潜伏的共产党,——而对于这种人,你不能拿教义去和他周旋。"陈文英不以为然地说:"他如果是共产党,他怎么能够不参加广州暴动?"张子豪更加不以为然地驳她道:"你是一位博爱的、和平的、尊贵的夫人,你自己又没有参加广州暴动,你怎么会知道他也没有参加广州暴动呢?"陈文英说:"弟弟的来信说得明明白白,周炳的确没有参加广州暴动,你又不是没看过信!"张子豪想了一想,就摇头叹息道:"文雄在财政经济方面是个精明的人,可惜在政治上不是那么里手。"陈文英生气了,说:"是呀。我们陈家的人本来就没有你们张家的人抵手能干,不说这个了。你说说,你到底要拿周炳怎么发落?"张子豪拿起茶杯喝了一口茶,又用力将茶杯往碟子里一放,说:

"我要他按照我的意思到寅丰搪瓷厂去做工!"

陈文英噘着嘴说:"你这个想法才叫作妄想!他是那样一个直性子的年轻人,你又不是不知道。"张子豪横蛮地说:"我不管他是个直性子、弯性子,反正我要他屈服!"陈文英眼中含泪道:"你这样做,就是要逼出人命。你不念他是我的表兄弟,难道也不念他是你那周家拜把兄弟的亲骨肉么?"张子豪冷笑道:"青年人,——谁都会做点傻事的。我跟周榕换帖,就是这一类孟浪的行为。我恰恰念着他是你的表兄弟,因此凡事都留着几分,如果他仅仅是周榕的兄弟,我对他就不会那么客气了。你的面子大,你就该担保他改邪归正才是!"这样子你一句,我一句,陈文英就哭着、闹着,和张子豪争吵起来。他两个人声音虽然很低,但是两方面的气势都不算小,因此吵了约莫半个时辰,还是不分高下。末了,陈文英擦干眼泪,站起身来,用一种至大至刚的神气决然、断然地宣布道:

"总而言之,闲话一句:我不许任何东西伤害周炳!"

张子豪是个十分讲究实际的人,瞧着事儿没法转弯,就放软下来,赔着笑脸说:"好了,好了。我早就知道你们陈家四姊妹都是不许任何东西伤害周炳的了,不用再重复了!"陈文英刚刚哭过,那声音有点紧,也有点发抖,说:"你知道就好,你知道就好。不过我的事儿就是我的事儿,一人做事一人当,你犯不着老没相干地往别人身上去扯!"张子豪说:"不扯吧,不扯吧,其实我也是一样的心肠。不但不想伤害他,倒反而想保护他。我完完全全是在那里为他设想呢!"陈文英说:"你要是为他设想的话,你就让他去,随便他愿意怎么样就怎么样,那就对了。"张子豪没法,只得说:"也好,也好。"

随后又加上说:"这样吧,你留心一下,看他都有些什么朋友来往,都看些什么书,有没有看什么马克思呀、列宁呀这些人的书,回头来仔细告诉我。"陈文英用十分肯定的语气高声回答道:"这还用你吩咐?我早就留心了。论朋友,他只有李民天一个朋友,如今李民天回了广东,他就连一个朋友也没有了。论看书,他看的不是'水浒',就是'红楼',没见他看第三本书。"张子豪点点头,可是又不大甘心地说:"'水浒''红楼'也不是教人安分守己的书,也不是什么好东西。"这样,事情才算又拖了下来。

自从那次和张子豪发生冲突之后,周炳就无心教书。张纪文和张纪贞两个学生也无心上学,今天肚痛、明天牙疼的,那教课的事儿就算撒开不提。周炳心中烦闷,到了极点,每天书不能看,信不能写,只是走到外面去,胡乱逛荡。他要找共产党,要找省港大罢工的时候、广州起义的时候的那些熟人,可是找来找去,哪里有半点踪影?不过他并不灰心,他咬紧牙关对自己说道:"你尽管躲着吧,我豁出来找你一辈子!"他曾经幻想自己是一个神仙,不用吃饭,不用睡觉,背上一个布口袋,上天下地只管找,要找多久就多久,那够多好!可是他又想,如果是一个神仙,那么掐指一算,就算出他们在什么地方了,还用找么?还不止呢:如果他当真是一个神仙的话,他只要用一个指头把那些军队、警察、宪兵、侦缉一指,用定身法把他们定住了,就请苏兆征、彭湃他们出来组织工农民主府。不过一眨眼之间,他就觉着这是不切实际的幻想,是完全没有可能的,又不禁哑然失笑了。就这么胡思乱想着,有时把一条北四川路从头到尾、从尾到头,一天跑上五六遍。有时就一条弄堂、一条弄堂地去碰。从仁智里出来,打公益坊进去;从永安里出来,打求志里进去;一直走到施高塔路,又往回拐。这样走着,走着,天又黑了,肚子又饿了,他仍然不得不拖着疲倦的身影,回到他不愿意回去的金鑫里。这阵子,他吃饭也吃不香,睡觉也睡不稳,晚上不知道做了多少的噩梦。有一天拂晓时光,他从梦中惊醒,忽然觉着有一个熟人约了他在虹口菜场会面,于是脸也不洗,穿上衣服就跑。跑到虹口菜场,在那里磨转了一个前晌,把每一个中国人、外国人、东洋人、西洋人的脸孔都端详一番,结果还是什么也没遇着。瞧着、瞧着,他的红脸蛋黄瘦起来了,他的晶亮的眼睛迟滞下来了。虽然他的腰杆还挺得直直的,那高大的身躯还同样强壮有力,但是那温驯的、痴心的、迷人的笑容消失了,那脾气也渐渐地暴躁起来了。

有一天,是阳历十一月七日,是苏联十月革命节的伟大日子。这一天,所有革命者都会出动的。周炳好像也隐隐约约地感觉到这一点。吃过中饭,他和衣躺在床上,翻来覆去睡不着。后来一阵心血来潮,一手掀了毛毡,往楼下就跑。他先上北火车站,只见一切都跟平常一样,没有苗头。他又去苏州河边邮政局一带,只见秋水荡漾,有几片枯叶在水中回旋不已,别无其他。他顺着江水望去,脚步停了下来。这时候,他才忽然发现,上海的秋天有这么的美。天空高爽晴朗,鱼鳞样的白云一行一行、一列一列地移动着,形状整齐,层次鲜明。河水黄中带绿,温驯地向东流着,时不时闪出耀眼的金光。两岸的楼房肃穆明净,树木和青草都鲜艳碧蓝,生机旺盛。小汽船和木船满载着阳光,像鹅群似的滑行着,极有风趣。周炳迎着江风,深深地吸了一口气,觉着这里跟广州一样舒服,不,好像比广州更加舒服。从前那个上海,使他感到阴沉、窒息、乌烟瘴气、杀气腾腾的那个上海不知跑到哪里去了。在他眼前的是另外一个上海,这个上海像一个天真活泼,未经世故的乡下姑娘,不用装饰,非常可爱。他站着赏玩了一会儿,才顺着北四川路往北走,一条弄堂、一条弄堂地从这个口子钻进去,从那个口子钻出来,耐心寻找。找着、找着,不知不觉过了横滨桥,走进了快到北四川路底的余庆坊。说也奇怪,这余庆坊今天竟是家家闭户,户户关门,冷冷清清,浑不见个人影儿,连个街头玩耍的小把戏也瞅不见,像是整条弄堂都搬空了的样子。

周炳在这条空弄堂里没精打采地走着,太阳从他的后面照过来,他自己的影子便依依不舍地陪着他走。他想道:"今天大概又没希望了。"跟着轻轻叹了一口气。

谁知就在这个时候,从前面一条弄堂里走出两个人来。前面走着的是一个三十多岁的壮年男子,高高瘦瘦的,穿着破旧的西装,精神饱满,态度安详,脸上露出一点轻微的忧愁,叫人一眼看起来,就不由得生出敬佩和信任的感情。再一细看,周炳差不多脱口惊叫起来。那不是别人,正是他日找夜找,日盼夜盼,找也找不到,盼也盼不着的金端同志。金端仿佛也看出了他是周炳,也微微有点吃惊。他拿两只非常热情的眼睛把周炳瞪了一下,又用眼尾扫了一下他身后的人。周炳懂得了他眼睛这一瞪,是有许多许多的话,尽在那不言之中,意思十分明白,禁止自己在这种场合之下,跟他相认。他再一细看金端身后的人,矮矮胖胖,四十多岁,全身穿着黑衣服,脸上戴着黑眼镜,袖口往外翻,露出一圈白袖子,狗嘴贼眉,竟是一个神憎鬼厌的"包打听"。周炳用他那锐利的鹰眼把那包打听上下一打量,就看出那家伙微微抬起右手,那长袖子里面,分明藏着一支手枪。看这神情,金端同志是遭到逮捕了,那包打听正押解着他,要把他送到苦难的深渊里面去呢。周炳一想到这一层,立刻怒气冲天,浑身出汗。他跟着那两个人走了十来步远。就在这十来步远的一瞬之间,他想起了许多的事情来。最初,他想起了去年在广州起义的时候,他们攻进了国民党的公安局,打开监仓,放出了许多英雄豪杰,他和金端同志就在那时候会了面的景象。跟着他就想起了区桃、周金、杨承辉、李恩、何锦成、杜发、孟才、程嫂子这些英勇无敌的烈士来,这些人正在他眼前奔跑着,吼叫着,跟敌人厮打着,要从敌人手中抢回那可敬的革命伙伴金端。想到这里,周炳也不管王法,也不顾危险,加紧了脚步,捏紧了拳头,赶上了他们。他的牙齿紧紧地咬着,他的酒涡在两边脸上跳动着,他全身的力量都从头发尖上往外冒着。只见他两臂一扬,那包打听早已浑身发软,动弹不得。他的左臂弯曲着,像一个铁钩似的勾住那包打听的咽喉,莫说喊叫,连出气都没份儿呢。同时,他的右臂伸到前面,那手指就像铁钳儿似的掐住那包打听的手腕,略一用力,只听得格勒一声,那手腕竟叫拗折了,喹啷一声,那手枪也就撂在地上了。三两下手脚,就把那凶神恶煞的包打听,收拾得像一坨烂泥巴似的,趴在地上。金端回转头来,使劲和周炳抱了一抱,就弯下腰去,收了那包打听的手枪。周炳见路旁有一个水泥做成的大垃圾箱,上面的铁盖子打开着,那垃圾口正好容得下一个人的样子,怕那包打听一时翻苏,多生枝节,就趁四下无人,把那矮胖家伙双手举起,头朝地,脚朝天,倒栽葱似的插在那垃圾口里,叫他上下不能,进出不得,免生后患。一切停当,周炳就拍拍手,和金端一道,快步走出余庆坊。走到北四川路,金端问明白了周炳的住处,就指着南边,对周炳急急忙忙地说道：

"干得出色！一切改日再谈吧。你从那边走,我从这边走。"

周炳拦住金端道："可是你在哪里？我怎么找你？"

金端笑了一笑,露出神秘的样子道："我就在这一带。我找你吧。我姓的这个金,又三个金,——金鑫里三号,我记得。"

周炳还是不放心,拽住他的衣角道："可是,我找了你一年了,找得我好苦！你不会离开上海么？"

金端又神秘地笑了笑道："那也难说。要是一个月不见我来,也许我又去了广东,也许我又去了北京。不过不要紧,我不来,我一定叫别人来！"

周炳无可奈何,只好放了手。只见金端这边一钻,那边一拱,一下子就混在人丛中不见了,十分麻利。周炳又拍拍手,往南边走。不知道什么缘故,他心中那样高兴,就一个人在人行道上甩着手,踢着腿,一个人在心里说话,一个人从脸上笑出来。见了英国巡捕和日本巡捕,他就抬起头,挺起胸膛,高视阔步地走过去。他那魁梧的身材是那样匀称,那样有劲儿,路人都为之侧目。走过广东铺子,他买了两毛钱叉烧、卤味;走过酒铺子,他买了一瓶陈年花雕。回到金鑫里三号,幸喜没有一个人看见。他蹑着脚儿走上三楼西厢房里,关上房门,自斟自饮起来。说也奇怪,今天的叉烧、卤味,比广州那道地的"莫记""旺记"所做的还要好,这花雕也比"高长兴"的更香,更醇。他举起一茶杯酒,走到窗前。那天空高极了,远极了,一只雪白的海鸥在秋阳中上、下飞舞,令人神清气爽。这样的天气,他到上海一年来,一次也没有碰见过。他举起酒杯,对那海鸥邀请道:

"来吧,金端同志。为了你的胜利,干一杯!"

说完,他仰起脑袋,将那杯酒一饮而尽。

往后,约莫有十多天的时间,他都独自生活在这种又崇高、又痛快的状态里。要么就出去蹓跶,什么地方都站一站,什么东西都看一看;要么就关起房门读书,读完一大本,又一大本,只要是马克思主义社会科学的书籍,再贵的他也买,再厚的他也读。对于上课、教书什么的,他固然置之度外,连张子豪、陈文英,他也很少见面;就是对于广东的父母兄弟,亲戚朋友,他也没有想起,竟像忘记了的一样。原来他曾经后悔来错了上海的,现在庆幸自己好在来了上海;原来上海叫他忧愁、愤懑、烦躁、悲观的,现在上海叫他快活了;原来以为这是一场失败的冒险,现在看来竟是一个大大的成功。周炳这时的心情只有当初站在船上,望着两岸的景物缓缓后退,那期望已久的上海在远处迎接他的时候,才能相比。

但是,一天过去了,金端没有来;两天过去了,金端也没有来;三天过去了,金端还是没有来。开头那十天半月,周炳倒还能够自开自解,慢慢地就不行了。起头,他十分埋怨金端没有信用,就喃喃自语道:"金端同志呀,你随我怎样猜想,你随我有多么大的胆量,我都不敢说,你竟是那样不顾口齿的人!难道你连一点耳性都没有的么?难道你是风吹下巴,随便开、合的么?"后来一想不对,他就自怨自艾道:"哦,不是的。是我没有资格,够不上革命!是我不够坚强,他们不愿带挈我!是我无意中犯了什么错误,他们不相信我!"最后,他推翻了自己的一切设想,深深地替金端担起忧来。他害怕金端摆脱了一个包打听,又碰上了另外一个包打听,自己又不在他身边,又不能助他一臂之力,眼看着他又走上麦荣大叔那条老路,这便怎么好!于是他就垂下头,眼睛望着自己的心窝,十分虔诚地祷告起来道:"金端同志呀,愿你工作顺利,没灾没难!愿你福星高照,履险如夷!愿你精神百倍,没病没疼!你要是有灾有难,要是坐牢吃苦,要是碰到什么不测之祸,我愿意来替你!灾难我承当,坐牢我不悔,天大的祸事我全不惧怕!"想到这里,他什么都不愿意再往下想了,拿起脚就往外蹦。自然而然地,他先到了北四川路余庆坊。只见那里的居民还是和往常一样生活。那水泥做成的大垃圾箱,也照样打开着铁盖子,可是那矮胖的包打听不见了,一切金端和他会面的痕迹也没有了。倒是别人看见他这个陌生人,老拿怀疑的眼睛盯着他。他轻轻地顿一顿脚,又沿着北四川路一条弄堂、一条弄堂地穿着走,希望会碰到另外一次的奇遇。他留心旁人的脚步。一声不相干的咳嗽,都会使他惊心动魄。别人的寒暄客套,他都会停下来细听。可是一切都是枉然。他又留心观察左邻右里,前街后弄,只要发现一个生面人,走进金鑫里,他就迎上前去,问人家找什么人,有什么事。这样,依旧是毫无所得。初冬到了,刮着冷风,飘着白雪,连玻璃窗的一声响动,楼下街道里的一声咔嚓脚步声,他都仔细研究过了,可是他盼望的人儿,却连一点影子也没有。在这样的冬夜里,那突如其来的、声音嘹亮的炒白果叫卖声和油炸臭豆腐的叫卖声都会使他烦躁起来,恨恨不已。

他失望了,他觉着上海再呆不下去了。他自己对自己命令道:

"走吧!你这混账东西!说不定……一定……他一定已经到了广东!"

五〇　不如归去

　　有一天上午,天气暖和,金鑫里的弄堂口和弄堂里面,突然车水马龙,十分地热闹起来。汽车、包车,停了一大片。一个一个花团锦簇、五光十色的阔太太从车上走了下来,走进金鑫里三号张公馆,苏州话、广州话、北京话、宁波话此起彼伏,响做一堆。周围的闲人都围拢起来看热闹,过往的行人也停下脚步观看,久久不散。原来太太们到陈文英家里来聚会,是要商量一个重大的社会问题,那就是,对于社会上那些因为十几二十年来的战争而变成孤儿寡妇的人们,怎样进行抚恤救济的问题。太太们对这件大事都慷慨陈词,踊跃热烈,据后来的人说,甚至引起了剧烈的争论。其实太太们的见解大体上是一致的,就是对于战争的受难者应该博爱为怀,一视同仁,不管他们的政治分野是属于南派还是北派,是属于共和派还是帝制派,是属于国民革命派还是联省自治派,都一样。但是对于信仰共产主义的死难者的家属,应该怎么看待呢?——就恰恰在这一个问题上,发生了尖锐的分歧。大部分处事稳重的女慈善家都认为应该把这些赤色的孤儿寡妇除外,不在抚恤救济之列。也有少数头脑被认为过激的年轻太太觉着既然同是孤儿寡妇,处境想必是同样困难,政府既然不管,她们就应该本着博爱的宗旨,加以救济,才符合基督的教义。就这样,双方都坚持己见,一下子就僵住了。本来太太们平时相处,都是融洽和睦的,一旦发生了争执,就显得极不平常,而且被认为"剧烈的争论"了。张子豪的夫人陈文英是这次聚会的东道主,又是属于少数被认为过激的年轻太太之一,她觉着有一种神圣的崇高的职责,驱使自己出来坚持真理。她当真坚持了。她发表言论,认为那种把赤色的孤儿寡妇除外的主张是狭隘的,偏颇的,不符合于上帝的仁慈的胸怀的,因此也是不幸的,甚至是可悲的。为了这一点,她的嗓子沙哑了,她的苍白的脸蛋发红了,她的圆圆的大眼睛甚至贮满了泪水。

整整一个上午,由于太太们的喧嚷谈论,使得躲在三楼西厢房里的周炳既不能上课,也没法儿看书,一个人对着书桌子坐着发闷,一心只在想着赶快离开上海,回南方去。客人散了之后,陈文英带着浑身劲儿,一直冲上三楼,把刚才的争论,一五一十,原原本本地告诉周炳。她想,周炳一定听得非常高兴,并且一定会鼓励她,赞扬她,支持她。但是她失望了,周炳只是冷冷淡淡地听着,还时不时露出那魂不守舍的样子,以致她不能不屡屡催促他的注意道:"阿表,你听呀!你到底是听还是不听?你到底听清楚了没有?"等到她讲完了,她就透了一口大气,低头整理自己的衣襟,想听听周炳的见解。没想到周炳连一句中听的话都没有,甚至连一句同情安慰的话都没有,只是傻头傻脑地、笨里笨气地说:

"不要紧,她们不救济那些赤色的孤儿寡妇,那些赤色的孤儿寡妇会起来没收她们的身家财产,自己救济自己!"

陈文英一听,感到了十分的没趣,又感到了十分的委屈;感到了周炳的冷酷无情,又感到了什么东西对自己的隐隐的威胁。她站立起来,发出噢噢的怪声,哭了出来。刚才争论激动时,噙在眼眶里的泪水,这时一齐畅快地淌到脸上。她泪眼蒙眬地瞅了周炳一眼,看他是不是对自己的伤心,受了点什么感动。但见周炳又痴又呆地坐着不动,不觉大大地悲伤起来,一面尖声叫着,一面放声哭着,又用脚使力顿着地板,飞奔下楼而去。

一天过去,又到了晚上。周炳听娘姨们说,陈文英一天都没有吃东西,也没有出房门,就觉着过意不去,跑到二楼去敲陈文英的房门。陈文英开了门,让他到里面坐下,自己默默无言地打对面坐着。周炳看她没有洗脸,又没有梳头,面色苍白,神情沮丧,就说:"大表姐,我不是有意激你。我只是心里那么想,嘴里就那么说了出来。我是心直口快,其实,无疑你今天是做得对的。"陈文英听见他来安慰自己,不觉更加伤心,又呜呜地哭个不停。哭了一阵子,才说:"算了吧,谁要你来卖嘴乖!反正我已经明白,你不是个人类,人类共有的道德、感情,你都没有——说来说去,你顶多只配做一个匪类!你胡思乱想,你粗鲁残暴,你任性所为,毫无节制。这样下去,如果你不得意,你就要毁灭了你自己;如果你一朝得意,你就要毁灭掉整个人类!"周炳畅快地笑起来道:"那可不会。前些时候,我最苦闷的时候,我倒想过毁灭整个世界,也毁灭掉自己,可是如今不然了。如今我又有了另外的想法:整个世界是不会毁灭的,我自己也不会毁灭,要毁灭的是表姐夫,李民魁,加上大表哥,再加上何守仁,怎么称呼自己嫂嫂的丈夫才好呢,也叫表姐夫吧,该毁灭的是这样一些人!"陈文英责备他道:"你为什么总要跟你张家表姐夫过不去?你要知道,他是一个当时得令的黄埔军官,又是如今的一区之长;既有兵,又有权;上面的有上面的,下面的有下面的。你拿什么东西去跟他对顶?他说过的,他只要动一动小指头,你就要变成齑粉,我看他说的这句话,倒也不是随便开开玩笑的呢!"周炳挺起那石头碾子一般的胸膛,伸开两只葵扇一般的大手,勾起那鼓槌蕉一般的手指,回答她道:

"我知道,他这个人不是随便开开玩笑的。我也不开玩笑。要不是我念着他是你的丈夫,你瞧着,我把他这么一揪,这么一举,这么一扔,就打这个窗口,把他扔到弄堂外面去!管他是什么官,什么长,我可没放在眼里!"

这个时候,从陈文英的眼里看起来,周炳是英伟极了,雄壮极了,可爱极了。她完全相信,张子豪那矮小的身躯,禁不起他这么一揪,这么一举,这么一扔,就一定会打这个窗口,叫他给扔到弄堂外面去。她想,这是完全可能的,甚至是实有其事的,她的耳朵甚至都听见了扑哒一声,分明是那张子豪的身体,重重地落在外面的水泥地堂上呢。想到这里,她就娇嗲地笑了。

笑着,她又故意激他道:"你敢?你真敢?"

周炳拍拍胸膛道:"我当然敢!从来不说假话的!"

陈文英两眼含情地说:"当真那样做了出来,倒也痛快。事情就揭开了,我也就不管三七二十一地豁出来了,大不了我跟你舍了这一条命,一同去坐牢!"

周炳听她这么说,也扬扬得意地笑了。他笑得这么甜,以致那两个浅浅的又圆又大的酒涡儿都露了出来。陈文英望着他,简直爱得入了迷。她想起从前周炳小的时候,她就抱过他,搂过他,亲过他的脸,亲过他的嘴,现在为什么不呢?想到这里,陈文英就忘记了身份,忘记了节制,忘记了矜持,也忘记了廉耻,一纵身跳起来,两条胳膊紧紧地搂住周炳的胸膛,把自己红通通的脸蛋贴在周炳的心窝上。……过了一秒钟,两秒钟……十秒钟,也不知过了多久,总之,在陈文英看起来,好像足足过了一年,她一直没有感觉到周炳有什么反应。那年轻的美男子只是直挺挺地站着,好像不会说,不会笑,不会吃东西的石头人儿一样。陈文英好像突然叫烧红了的铁烫着了似的,连忙缩回两手,并且从周炳的身上跳了开来,嘴里连声说道:"你看我,变成什么样儿了!阿表,你把我毁了!你怎么啦?不舒服,还是怎么啦?你到底怎么啦?"这时候,周炳的确感到极其不舒服。他不能不承认他的大表姐是一位又漂亮、又华贵的年轻太太,但是他不明白怎么会发生眼前所见的这一切事情,他觉着奇怪,他觉着陌生,他觉着可怕,他觉着很不习惯,他觉着这里面一定有什么东西叫人们给弄错了,他甚至觉着自己发生了一种类似厌恶的感情。他呆呆地使劲站牢,生怕自己会不慎摔倒。一直到陈文英撒开手,朝后倒退了几步,他才长长地换了一口气,热辣辣地出了浑身的大汗,结里结巴地说出话来道:

"大,大,大表姐,你镇静点,你,你,你……"

陈文英用手捂住自己的脸,随后又放开,说:"你逼得我好苦,你怕死我了,你害死我了……"

周炳找不着什么得体的话说,就含含糊糊地支吾其词道:"大表姐,我还记得,你给我讲过你们的'十诫',这是,——不,我不过……"

陈文英两只眼睛闪闪发光地望着周炳的眼睛,好像要从那里面挖掘他心中的秘密,嘴里不胜哀怨地说:"我完了。我是一个犯了罪的人了。你把我害得这样苦,你毁灭了我的一切,如今,你瞧着办吧。"

一直到现在为止,周炳还是傻头傻脑地,好像他在认真跟别人辩论什么问题似的说:"我没有那个意思。大表姐,你冤枉了我了。对于爱情的事儿,我是淡漠得很哪。真的,我是淡漠得很哪。"

陈文英稍稍恢复了一点矜持的态度,摇头哂笑道:"当面说大话,你骗得过谁?对你的区桃表姐,你算是淡漠的人么?对我们文婷四妹,你也算是淡漠得很么?你自己说吧!"

听到她这样质问,周炳反而宽松了一点,谈笑自若地说:"那是年轻和幼稚。赫赫,难道一个人,他就没有个年轻和幼稚的时候么?"

陈文英点点头,跟着又进一步发问道:"那么,我来问你,去年年底,你刚到上海的时候,你还记得不记得,你对我宣告过,你有一个很大很大的幻想,你有一个很美丽很美丽的幻想;为了这个幻想,你宁愿牺牲自己最宝贵的东西:生命。你又认为,这个幻想对我是一个永远的秘密。有过这么一回事么?"

周炳简短有力地承认道:"有过这么一回事!"

陈文英说:"好。那么你忠实地回答我:你那个幻想是什么东西!"

周炳毫不踌躇地回答道:"幻想么?那就是共产主义!我幻想我找到了神圣崇高的共产党;我幻想我跟许多许多世界上最纯洁、最勇敢、最有教养的人一道搞革命;我幻想我们夺取了政权,立刻着手建立一个比世界上任何的天堂还要美丽的共产主义的社会!

这样的社会,不是比个人的生命更加宝贵么?这样的社会,对于你来说,不是一个永远的秘密么?我今天晚上,就是来跟你辞行的。我要走了。我要离开上海了。我要投进革命的风云里面,开始我的豪迈的行程了!"

陈文英的脸色,看着、看着,从绯红变成苍白,有一种死亡的闪光在那上面掩映。她又相信周炳的话,又不相信周炳的话,处于极其难堪的境地中。周炳却相反。他精神壮旺,谈吐沉着,斗志昂扬,浑身都是幸福,浑身都是光彩,好像一只孔雀开了屏的时候一般,而他的修辞是那样的流畅,又好像他是站在舞台上说话的一样。陈文英无力地垂着两臂,像淋湿了的雏鸡垂着翅膀似的,说:

"你不要骄傲,你也不要狂妄,我只消按一下叫人铃,他们就会把你送到警察局去,你在那里就会安安静静地住下来,什么幻想都没有了。"

周炳做了一个轻蔑的手势,痴笑着说:"你不是说表姐夫用一个小指头把我一揿,我就要变成齑粉的么?我可做梦也没想到,他那个小指头不是别的东西,也不是别人,原来恰恰就是你!"

陈文英找一张椅子坐下了,叫周炳也坐下,说:"你不要牙尖嘴利,也不要刻薄挖苦,你坐下,我来问你一句话:你果真有了这样的一个幻想,你又拿什么办法去叫你的幻想实现呢?"

叫她这么一盘问,周炳倒呆住了。他服服帖帖地坐下来,一时答不上话。又呆了一阵子,他才慢吞吞地说:"这我倒没想到。大表姐,你知道我是不说假话的,这一点我当真没有想到!"

陈文英占了上风了,接着一口气滴溜溜、响当当地说下去道:"你平常倒是个老实人,只是这一回说的话却相信不得。我早就知道你是骗人,哄人,跟人开玩笑的,我一直不听你那一套瞎三话四的鬼话。你的幻想是另外的东西,不是你所胡诌的大言壮语,也不是你所瞎编排的共产主义美丽天堂,是的,是另有其事,也另有其人!"

周炳看来好像胆怯,又好像迟钝地说:"哪里有呢?没有,没有。我的幻想就是他——那个马克思——他说的共产主义。"

陈文英把脸色一沉,极其严肃地说:"表台,如果真有这么一回事,那么你是真正的幼稚了!我这个十九世纪的人,对你真无法理解。在爱情问题上,你是老辣的,十分老辣的,老辣得可怕的。唉,上帝饶恕我!可是在做人处世上头,你还在吃奶,吃奶,吃得十分可笑!你叼着奶头来看这个世界,你怎么能够懂得这个世界呢?"

周炳不在乎这个评语,他仍然愚顽地坚持道:"纵然如此,我也想试试看。有什么雨、雪、风、霜,我也不怕。有什么三衰六旺,我也不悔!"

陈文英叹了一口气道:"那就没有法子了。不是我见死不救,可是我还要怎么办呢?我叫你睁开眼睛,你一定要闭着,我还有什么法子呢?如今蒋介石已经平定了各路王侯,自己登了大宝,做了皇帝,你却还在做共产主义的美梦,这不是再滑稽也没有了么?你有多少个脑袋,就能往人家的刀口上去碰?你也不想一想,蒋介石能让你共他的产么?唉!"

周炳点头同意道:"不错,他恐怕是不让的。不过那不打紧,咱们大伙儿能把他从宝座上扳下来!"

陈文英嗤了一声道:"我看你们不成!阿表,你不要误会,我是十分同情穷人的。你记得么?在广东老家里,我们姓陈的一家人就都同情你们姓周的一家人。正是因为这样,我才觉着我们的教义的伟大,我才觉着古往今来的人道主义的崇高。如果人人都信仰和平,就不但国与国之间没有战争,人与人之间也没有欺凌、侮辱、仇恨、凶蛮了;如果人人都信仰博爱,社会上就不会有贫富之分,尊卑之分,幸与不幸之分了。你也爱你的表姐夫张子豪,你的表姐夫张子豪也爱你,那岂不是十分理想的生活么?"

周炳回顾了一下自己二十年来的全部生活,觉着没有一桩事情能够证明陈文英所说的话的,知道她的想法错误到了极点,就沉默着,不再吭声。陈文英见他这样子,也就没法,站起来,把外套拿在手里,向他提议道:"走,陪我吃晚饭去。我今天一天都没有东西到肚子呢,这会子倒有点饿了。"周炳也没说什么,跟着她走出北四川路,一直走到虬江路口的新雅茶室。两个人上了楼,找了一个清静的房座坐下。陈文英叫了许多菜,又叫了两三样酒,看样子五、六个人也吃不完。周炳不吃什么,静悄悄地喝着酒,呆呆钝钝地望着桌面。陈文英没法,就说:"阿炳,你当真决心要去革命么?"周炳点点头。陈文英又说:"除非你爱我,否则我不许你去!"周炳又摇摇头,总不开腔说话。陈文英急了,就说:"只要你嘴里说一声爱我,我就跟你一道走。你带上我一道去革命,那样还不行么?"周炳只是简单地回答道:"不可能。"陈文英一肚子委屈,发泄不出来,就呜呜地哭将起来。她哭得那样肆无忌惮,连上菜来的伙计都吓了一跳,站在门口不敢进来。吃了饭,会了账,两个人相跟着往家里走。陈文英这时候看出来,事情是不能挽回了,就问周炳道:"你打算上哪去?有盘缠么?将来靠什么过活?"周炳低声回答道:"我打算回广东去。可实不相瞒给你讲,我连一个铜板也没有,更不知道将来靠什么过活。"陈文英叹口气道:"唉,你真是一个恣睢暴戾,性情乖张的人!天下间哪里有这样一个人,他把一个高贵夫人的爱情看得比革命还轻的?从今以后,我的心算是死了。我的人也可以算是死了!"周炳实在没有拿这两种东西比较过,因此只好仍然不作声。话虽如此,当天晚上,陈文英通宵没合过眼。想来想去,想去想来,还是无计可施。到了天亮,她一面垂着泪,一面心中叫嚷着:"冤孽呵冤孽!"——还是给周炳写了一封介绍信,介绍他到广州附近震南村的一间教会小学去教书。另外拿出了五十块大洋给他做盘缠。等孩子们吃了早餐,打扮停当,进了书房之后,又亲自把周炳带到楼下西厢房里,教孩子们和他告别。那大的张纪文听说先生要走,料想此后用不着上学读书,不觉喜形于色。那小的张纪贞想起这位表舅教他们演戏,十分有趣,倒有点依依不舍的样子。做妈妈的教孩子们说："表舅,你要回广东了,可要记住我们,别忘记我们才好!"张纪文扭扭捏捏地不肯照说,倒是张纪贞爽爽快快地依着说了。

那天,一千九百二十八年十二月十一日,周炳辞别了金鑫里三号张家,也辞别了繁华热闹的上海滩头,独自一人乘坐轮船"琼州号"向南方驶去。一切景色,都和去年他来的时候依稀相仿。还是张家的矮矮的、结结实实的使妈阿云送他上船。还是那些鬈毛、勾鼻子、蓝眼核,野蛮粗暴而且目空一切的洋鬼子大声吆喝着每一个中国人。还是那样凄风苦雨,景象迷蒙,两岸的田野、房屋、树木弯着腰,谦逊地鞠躬,向后退去。一直到过了吴淞口很久很久,轮船在一望无际的大海上奋勇前进着的时候,天气才慢慢转晴。那一轮红日,当头照耀,使人精神爽快。周炳站在船头的甲板上,痛痛快快地吸了几口海风,想起今天是广州起义的周年纪念日,就闭上眼睛,心情肃穆地垂下脑袋,悼念那许许多多曾经英勇异常地战斗过,如今长眠在红花冈畔的苦难弟兄,苦难姊妹,苦难叔伯。这时候,他心里头的滋味又像凄酸,又像壮烈;又像苦涩,又像热辣;又像空空洞洞地了无牵挂,又像纷洒倒乱地千头万绪;又像经历一次惨重失败后的悲伤,又像迎接一次激烈战斗前的兴奋;总之是酸、甜、苦、辣,样样都齐。只有那不疲倦的太阳,总是在他的头顶上,在轮船的前方上空,引导着周炳,引导着整船的生命,向南方去,向南方去,一直向南方奔去。

五一　寂寞的冬天

一千九百二十八年的年底,广州地面没有什么仗可打,一般热闹惯了的人就觉得寂寞难耐,三家巷里的兴昌洋行经理陈文雄甚至把这个冬天叫作"寂寞的冬天",大家都认为贴切。既然寂寞,就必定要找点事儿干一干,消遣消遣,因此陈家已经出嫁的三小姐陈文婕,也就在一个冷雨霏霏的傍晚,回到三家巷何家来找她的二姐——如今南海县教育局长何守仁的夫人陈文娣,商量一件事体。她穿着一件闪绒雨衣,束着腰带,短短的身材,十分矫捷,看来比一个普通的主妇显得年轻,比一个普通的女学生又显得较为成熟。她走进三家巷,匆匆忙忙地把那里的景色望了一眼,竟有点生疏的感觉。尤其是生长在枇杷树和电灯杆子之间的那棵白兰花,生长得那样葱茏茂盛,旁若无人,使她十分惊愕,好像她从来不曾见过那里长着一棵白兰花似的。她忽然之间想起来:"哦。对了,我很久没回过娘家了。"自从她和李民天结婚之后,这半年来,她的确很少回家。李民天的父亲是做南北行生意的,家里也有几个钱,婚后单另租了一幢小洋房,组织了一个小家庭。两口子白天上课,晚上回家,过着单调、刻板的平静生活,亲戚朋友,一向很少走动。当下她的脚步慢了一慢,见何家的矮门、趟栊、大门全敞开着,就一直走进她二姐陈文娣的房间里。何守仁还没回来,陈文娣招呼她脱掉雨衣坐下,又叫二娘何白氏房里的使妈阿苹给她沏了扣盅茶来,两姊妹促膝谈心。何家的三个使妈之中,阿苹是长得最漂亮的,还不到三十岁年纪,瓜子脸儿,长条身材,白白净净。她看见陈文婕的肚子微微拱起,就笑着说道:"三小姐,恭喜你了!什么时候赏姜醋给我们吃呀?"陈文婕臊红了脸道:"你急什么,早着呢!"陈文娣对着阿苹瞪了一眼,说:"这家伙,真鬼灵精,她不说,我倒看不出来呢。"说完,就撩起陈文婕的衣摆,拿手去摸她的肚子。摸了一会儿,又说:"真不小了,有些日子了,想不到你迟来,倒先得。四妹和我都还没信儿呢!"陈文婕有点不好意思,就说:"像你们才好呢,干手净脚,轻身伶俐的。为了它,真把我烦死了!"陈文娣冷笑一声道:"哼,轻身伶俐倒是轻身伶俐,可是人家又说你蛋都不下呀,屁都不放呀,过赖人家的口舌!"两姊妹又说笑了一阵子,才谈到正经

事儿上面来。陈文婕首先开言道:

"二姐,你知道,我这是无事不登三宝殿,有着大事来求你呢。我们那个后年就要毕业了。他千不学、万不学,学了个农。这年头,谁都一样,毕业就是失业,何况是农科! 他家是做买卖的,按说也过得去,他不愿做生意,就闲着吃也不要紧,不过给人家看见,终日游手好闲,没个干上的,也不好看相。因此,我们商量来、商量去,就决定办一个试验农场。凑它一两万块钱资本,买它几百亩土地,招它几十个工人,就让他去改良他的水稻品种去。管它赔也好,赚也好,在社会上总算弄出个名堂了。"

陈文娣听说,啧啧称赞道:"我说的了,只有咱们三妹雄才大略,想得到,做得出,完完全全是一个事业家的模样。只是你放下那些诗、词、歌、赋不管,倒管起这些拉拉杂杂的事儿来,却未免大材小用一些了。"

陈文婕轻轻地摇着头说:"也不是我正经干了什么事儿,我只不过出了这么个主意,真正拿起事情干的还是别人。你还记得有个叫作郭寿年那样的人么? 他是咱们杨家舅舅那边的小舅子,论起辈分来,是咱们的表舅。这个人正直端正,银钱上很可靠,写、算、跑、讲,样样在行。我去跟舅舅商量,舅舅说,'他本来管着济群药铺,也有点大材小用,屈了他的,你们要,就给你们吧。药铺可以另外找人。'我就请了他来当经理。一切事情,都由他来挡着呢。"

陈文娣越发称赞了,说:"你看,又能筹划,又能用人,这简直是大将风度。别看你平时懒散淡泊,闷声不出,却有着这许多队伍! 人家说密实姑娘没正经,这话一点也不错呢!"

陈文婕笑着阻拦她道:"二姐,你先别忙封赠,我还有打算呢。我想,人世间本来无所谓贫富,无所谓阶级的,只是人们都自私自利,又不肯用脑筋去想想办法,竟弄得好像真有阶级似的。我就不服这口气! 我们这个农场一方面搞科学试验,一方面还要搞劳、资合作。农场要是赔了钱,我们担起来;农场要是赚了钱,除了开支、成本、公积金、公益金、股息、捐税等等之外,把全部红利都拿出来分给大家。这样子,大家都是劳工,又都是资本家,那阶级什么的就不存在了,谁也不剥削谁了。"

陈文娣听了,把舌头伸了出来道:"哎哟,我的上帝!你这就不只是一个事业家,还是一个不折不扣的政治家了。我是不懂政治,也不问政治的。阶级究竟有没有,与我无关。不过这回我要说,你对底下人,可不能粗心大意。你对他们严了,他们就埋怨你;你对他们宽了,他们就要欺负你!依我看来,上下之间,还是恩威并用、刚柔兼施为好。不然的话,你虽然一番美意,难保他们不给你搞个稀巴烂,还说是阶级斗争。你犯得着么?"

陈文婕听了,默然不语。又低头想了一会儿,才缓缓说道:"我总是相信,人到底还是有良心的。人不能恩将仇报。如果是那样,还有什么话可说呢!"

陈文娣起身走了出去。她张罗菜饭,留陈文婕吃;又张罗暖酒,给何守仁准备着。张罗了好一阵子,才回到房间里来,坐在陈文婕身边,抓起她一只手,说:"我给你做了四样菜,你在外边叫使妈做饭,一定吃不上,可你又从小就喜欢吃的。你猜哪四样:鸡爪子、鸭翅膀、鱼脑袋、鹅尾巴!哎哟,你瞧,我说着说着就忘了。你说有事来求我的。你什么都拾掇好了,还有什么求我的地方?"陈文婕说:"对了,正是万事俱备,只欠东风。什么都有了,可是土地还缺着哪。你们家土地多,不知道让出几百亩行不行。"陈文娣轻蔑地笑了笑,说:"我只道是什么大事,原来是问我要烂泥巴!我不当家,等会儿你自己跟你二姐夫开口吧。我看没有什么稀罕的,又不是什么值钱东西!"到这时候,陈文婕才端起茶碗,拿扣盅盖子拨着茶叶,一口一口地呷着。

就在这个时候,在距离广州市四十里之外,有一个身体结实矮小,年纪在三十上下的壮年男子,正冒着凄风苦雨,在崎岖泥泞的村外大道上赶路。他就是制造迫击炮的兵工工人出身的共产党员、广州市河南凤安桥德昌铸造厂的技师、绰号叫作"研究家"的赤卫队员冼鉴。他必须在今天晚上九点钟之前,通过前面震南村外的震南公安稽查站,赶到仙汾市。这时候,他的衣服全湿了,雨水透过几层衣服,沁到胸前和背上,十分寒冷。那双涂满了黄泥的布鞋,走一步就掉一回,水声吱吱地响着。他走到路旁一棵大树底下,把那顶湿透了、变硬了的旧毡帽脱下来,用力甩着。雨水从他的发角一直淌进脖子里。他自言自语地咒骂道:"这老天爷从来不学马克思主义,只顾给蒋介石帮忙!"骂完之后,就从怀里掏出一个马口铁香烟盒子,取出一根纸烟来。纸烟倒还干燥,但是洋火潮湿了。他一根接着一根地擦,总是不着火……同时,他心里面却在考虑一个严重的问题。他想,"到底翻过前面那个小土冈,绕过那王八蛋公安稽查站走好呢,还是不管三七二十一,大模大样地一直打它大门口走过好?"想来想去,一时决断不下来。……自从去年底广州起义失败,从观音山撤下来,弟兄们失散之后,冼鉴心中十分悲愤。他是一个精明能干,坚定得和铁、和石头一样的男子汉,又会各种机器手艺,因此胆子也大,什么都不畏惧,只一心要去找红军。他起先走到海陆丰,尝尽艰难困苦,却没有找到。又翻山越岭到北江的乐昌、曲江一带寻找,依然没有踪迹。正在万般无奈往回走的时候,却没想到在韶关无意中碰见了那汽车司机出身的共产党员、德昌铸造厂的好伙计、赤卫队里面的患难弟兄冯斗。两个人一见面,那欢喜的劲儿简直没法形容,也顾不得路人注目,一抱就抱在一起,再也分不开手。旁人见了,只当那是打架耍闹,哪里知道这里面又是革命同志,又是肝胆朋友,又是同生死、共患难,又是他乡遇故知,有多少不平常的滋味儿呢!当下两人到小吃店喝了几杯酒,就尽情尽兴地谈起知心话来。我说了几句,就望着你笑;你说了几句,又望着我笑。冯斗看见冼鉴虽然满面风尘,衣衫褴褛,但是精神没有半点衰颓,就说:"好极了,好极了!看你还是尖尖嘴脸,硬硬骨头,抬起头来热辣辣,低下头去静幽幽,哪怕国民党打不倒!"冼鉴看见冯斗虽然皮黄骨瘦,脸带愁容,但是元气还在,并无损伤,也说:"可不是好极了!看你还是直着腰骨,挺起胸膛,半眯的一只眼睛,满嘴的络腮胡子,咱们的江山依然无恙!"往后又谈到当前的政治形势,彼此分手后的痛苦经历,从前的战友的踪迹、下落等等,一谈就谈了三天三夜。冯斗告诉冼鉴,他已经在仙汾市找到了一份生活,是在一家机器修理厂做替工。他又遇见了那手车夫出身的共产党员、德昌铸造厂的好伙计、剑仔队员兼赤卫队员谭槟。谭槟那时候已经在仙汾市一家"米机"里面做碾米小工。他们联系上了,但是没成立组织,也找不到上级,因此他就乘歇工之便,到韶关来找关系。最后,冼鉴跟冯斗一道回到仙汾市,也在那机器修理厂里做做替工,有一天没一天地干着饷口。他又跟冯斗、谭槟三个人自动成立了支部,他们选他当支部书记,过着组织生活。一直到三个月之前,他们才和上级机关接上了关系。最近,他们正在忙着领导仙汾市附近震北村的农民抗租运动,干得有声有色。今天,他天没亮就赶到顺德县一个指定的地方,参加了一天由南、番、顺特委召集的会议,如今正要赶回仙汾市。

冬雨沙沙地下着,虽说在野外,那天色也渐渐地黑下来了。他擦了半盒洋火,可是连一根也没有擦着,没办法,只好收起香烟,又甩了几甩那顶湿帽子,连泥带水戴在头上,憋着一肚子闷气迈开大步向前走。这荒野上空空荡荡,除了水烟云雾之外,什么都没有。他走了这老半天,却连一个人影儿也没见着。他想起广州起义那阵子,人们多么高兴,多么振奋,如今同志们死的死,逃的逃,许多熟人都四散分离,不知下落,不免有寂寞之感,便举起脑袋,对着那昏昏沉沉的天空,长长地叹了一口气。这时候,在远远的地方,在那叫作蛇冈的小山脚下,出现了一幢祠堂样式的黑色房子,那就是恶名远播的震南公安稽查站。冼鉴一看见这幢房子,那些饥饿、寒冷、闷气、寂寞的感觉一下子都不知跑到哪里去了,心里头的怒火熊熊地燃烧着。他捏紧拳头,咬紧牙齿,睁大仇恨的眼睛,像广州起义攻打公安局的时候一样,全身血脉都活起来,要冲破敌人这个堡垒。同时他想:"我要是翻过蛇冈,绕过那些王八蛋,也不准能走脱。东沙渡口还有他们的人,反而叫他们疑心生暗鬼!不如正正当当地打他们大门口走过,看他们奈我如何!"立定决心,冼鉴就大踏步朝稽查站走去。

自从一千九百二十七年广州起义之后,城里、乡里,各地绅、商、官吏,没有一个不提心吊胆,慌做一团。大家都认为那些军队、保安队、团丁、警察,虽然多得和苍蝇一样,甚至已经饷没有发的,枪没有背的,饭没有吃的,衣服也没有穿的,还嫌力量不够。于是有些躺在大烟床上的足智多谋之士,就上了条陈,主张各地关卡、险隘、岔道、渡口,凡是老百姓平时必经之处,都设立公安稽查站,严厉搜查、盘问一切过往行人。老爷们采纳了这项主意,各地的稽查站就像雨后蚯蚓一样,纷纷钻出地面上来。这些稽查站权力之大,范围之广,勒索之苛,手段之酷,简直史无前例。敲诈,抢劫,强奸,杀人,没有一样不干。别说丘八、团丁,比不上他们,就是阎王殿上的牛头马面,那威风也还差着一皮呢。这时候,震南公安稽查站的二十多个稽查们已经喝过烧酒,吃过晚饭,正团团围着一张大会议桌子,有坐着的,有站着的,在听他们那喝醉了的站长说疯话。这站长就是大家都知道的,挂着茶居工会执行委员头衔的工贼梁森。广州起义失败之后,他被提升做国民党广州市党部社会部干事。开头,他不知道这干事是干什么的,倒也一头的高兴,后来干了半个月,才知道收入很可怜,是个荒唐差事,就怨天尤人地想道:"我已经三十大几岁了,还没成家立业,再坐几年冷衙门,岂不连头发都白了?要说我反共有功,为什么不给我一个外放的肥缺!"后来上司知道他的意思,觉得他想的也对,就把他外放当了这个震南公安稽查站的站长。半年以来,他这才称心如意,吐气扬眉。这天晚上,他喝得不算很少,正在给他的手下们介绍哪家的姑娘长得最标致,哪家的鸡最好吃,哪家可能有几个共产党员等等,忽然门外放哨的来报,有个衣衫褴褛的人走过,问他放行不放行。按他平日的习惯,只要手一抬、一挥,就算放行了。今天他的手抬了起来,可是还没有挥出去,他又回心一想:"这个人挑这种招人疑心的辰光走路,大概不是共产党;第二,这个人打我们大门口经过,看来又不像走私的角色;第三,这个人衣衫褴褛,分明挤不出什么油水;但是反正如今闲着没事儿,睡觉又太早,不如弄点把戏给大家玩玩儿,开开心,也是好的。"就说:"带进来!"

不大一会儿工夫,冼鉴就跟着那个便装稽查走进来了。手下们见来了这么一个人,想来没啥脓血,就一哄而散,剩下一两个爱献殷勤的,懒懒散散地坐在一旁。大厅正梁之下,吊着一盏白纱汽灯,叫寒风吹得缓缓摆动,那灯光是绿幽幽的,晃荡荡的,好像到了传说里面的阴曹地府一样。冼鉴一眼望见正中坐着的那个人,那副涎皮赖脸的模样,那高高瘦瘦却又缩做一团的身躯,便认识他是梁森,又知道碰着他喝醉了酒,心中不由得十分愤怒。梁森这时也睁大那双小圆眼,细细打量着来人,见他矮小结实,硬朗端方,一走、一站、一抬头、一闭嘴,都显出强悍坚定的气概来,便想这个人如果不是共产党,也一定是哪个堂口的绿林好汉,绝非普通的乡巴佬。他问了冼鉴的姓名、年龄、籍贯、职业等等一些不相干的事情。冼鉴知道他是在观察自己,便使唤"机器仔"那种里面小心谨慎,外面随意大方的神态跟他周旋对答。梁森见寻不出破绽,就突然发问道:

"姓冼的,你认识我么?"

冼鉴吃他这么一撞,完全没有想到,也就打了个愣怔,可是很快就平静下来,笑笑地回答道:"倒没请教呢。不过看长官的模样,至少就是这里的站长了。"

梁森鼻子哼了一声道:"正是认识我的,好人有限;不认识我的,好打有限!我再问你:你知道我们不出今年年底,就要把共产党彻底消灭么?蒋总司令已经说过,'三民主义是中国唯一的思想,再不准有第二个思想,来扰乱中国。'你知道么?"

冼鉴心里想道:"真好笑! 你想的倒怪美!"嘴里却说:"不知道。咱们做手作的,没听过这些事儿,只记得从前北伐的时候,蒋总司令说过,'民生主义就是共产主义。'其实民生、民死,跟咱们倒没相干! 咱们做一天手艺,算一天工钱。民生了,不多算;民死了,也不少算!"

梁森喷了一口酒气,申斥他道:"胡说! 蒋总司令什么时候说过那样的混账话? 不过你别胡扯。我还要问你:最近震北村有人想造反,说什么不交租,不完粮,不纳税,还要组织农会。你说,这是不是有共产党在里面活动?"

冼鉴一听,知道梁森不过如此了,就轻松地笑道:"官长说的这些,我都没听别人说过。倒是有人喜欢把一些没来由的风言风语,当作天大的事儿传来传去,说震北村最近活活地饿死了三个人。有人说亲眼见过,是两个女的,一个男的;又有人说,他还去送过殡,的的确确是两个男的,一个女的。他认真到要为这件事儿赌咒。官长,你知道,我们工厂里有一个蹩脚技师,他就有一个亲戚住在——"

他的话没说完,梁森就拍桌子禁止他道:"够了! 你那些鬼话,说给谁听? 留到清明拜山的时候再讲吧! 我看你也不是一个喜欢絮絮叨叨的人,哪来的这一箩子废话? 你分明是鬼混!"

冼鉴说:"又不是我要讲。是你要问。不让我讲,我就走吧!"

梁森说:"这却办不到,姓冼的,这附近几十里,天一黑就戒严,渡口也封了,任何人都不许走夜路,也不许过渡。你就在我这里住一宿,他们会让你住在'花厅'里面的。有账明天再算。"说完,他就打了个哈欠,退了堂。

冼鉴心中明白,自己算是被逮捕了,跟着,他的精明的眼睛,露出一种迟滞的神色。他想起昨天夜里南、番、顺特委的会议,他想起今天晚上仙汾市的那个会议,他想起眼巴巴地盼望着他的冯斗和谭槟。不知道为什么,他如今觉着那两个同志分外亲切,分外可爱,甚至使他想起他们来的时候,不知不觉地叹了一口气。一个拿着手电筒的稽查,把他送进了"花厅",在外面上了锁。这"花厅"是一间又黑暗,又潮湿,又十分寒冷的小房间。借着刚才手电筒那一闪,冼鉴看出来,除了地上一堆禾草之外,没有任何别的东西。人一进去,迎面扑来一阵霉味儿,一阵汗味儿,一阵血腥味儿。冼鉴因为十分疲倦,也不管三七二十一,也不管那全身的湿衣服多么阴冷,多么不好受,一头倒在地上,裹起禾草就睡。可是睡一阵,醒一阵,冷一阵,想一阵,总睡不熟。

第二天早上八点半钟,站长梁森才起床。他洗过脸,吃过早饭,就准备上广州去,把冼鉴的事儿全忘得干干净净。那听差挤眉弄眼地提醒他道:"站长,你真是贵人多忘事,咱们昨天晚上来了个客人,还没打发呢!"梁森不肯在听差面前认输,就说:"没搞头,叫待着等我回来。你以为我能把正经事儿忘记么?"听差说:"那家伙倒像个硬汉子,连一句好话都没说过,只怕是个八字脚。"梁森一听,越发不乐意。如果是个共产党,他都没审问出来,却叫一个听差给认出来了,那还了得?当下他冷笑一声道:"共产党都是狡猾的,哪有这样硬邦邦的?他分明是个机器仔,机器仔就是这种戆九的脾性。我要是看错了,你挖我的眼睛核子!你可知道,我杀的共产党,比你看见的共产党都多呢!"为了证明他的眼力和他的权威,他把冼鉴叫了出来,当堂将那嫌疑犯释放了。冼鉴走出稽查站门口,正大步朝东沙渡口走去,准备"过海"回仙汾市。但是梁森把他叫住了,对他说:"我虽然放了你,可不许你到震北村、仙汾市去。你回头来,往西走,到三水县去;往南走,到顺德县去,都行。那些地方不归我管,我也就不管你!"

冼鉴没办法,只得从昨天的来路向顺德县地面退回去。

五二 旧地重游

也就在冼鉴被迫折回顺德县去的时候,周炳乘坐的轮船琼州号,从上海一路平安开到了广州市河南的白蚬壳码头。"到了广州了!"他想着,心里咕咚跳了一下。下了船,他提着行李,不知不觉地就朝着回家的方向走。他渴望着和爸爸、妈妈见面,想看看那生了儿子的姐姐周泉,甚至想起了何家的小丫头胡杏跟小姑娘何守礼来。但是当他走到凤安桥的时候,他的脚步又不知不觉地停下来了。他回到从前德昌铸造厂的老地方一看,忍不住感慨万端。那地方还是开着铸造厂,但是已经换了招牌。不用说,那里不会再制造他们从前所做的手榴弹壳了。那孟才师傅,李恩大个子,都为着革命,离开了人世了。冼鉴、冯斗、谭槟一伙子人,如今不知生死存亡,也不知散落何方。想到这里,他于是自言自语道:"妈妈,我多么想念你!可是我如今一事无成,拿什么脸去见你呢?"他再看看自己的铺盖卷,还是家里拿出来的那一副旧铺盖卷,只是更加发黄,更加残破了,就又想着:不止没脸去见妈妈,也没脸去见那小丫头胡杏跟小姑娘何守礼呢! 当初,她们多么好心肠,对他的期望多么远大;他自己也是感情比火热,志向比天高,一往无前,义无反顾的,如今两手空空,头低眼湿地回家,成什么话! 这样,他又决定不回家,把行李往肩上一甩,沿着相反的方向,折回白蚬壳。从那里过海,到了白鹤洞。又沿着一条葱绿满眼、四季常青的乡村大路徒步向震南村走去。在路上,他满怀壮志地发誓道:"找不着共产党,我誓不回家!"往后,他每走几里路,就重复一遍道:

"就是这样。找不着共产党,我誓不回家! 不要说一年两年,就是十年百年,我也不悔!"

村过村,渡过渡,约莫走了半天工夫,周炳就走到了震南村。虽说冬天风凉,他却出了满头大汗。在村子北口一棵大榕树脚下,他坐下来歇气,顺便想找个过往行人打听一下,那震光小学究竟在什么地方。这村口,他已经八年没来过了,可是奇怪,那一草、一木、一砖、一石,他都多么熟悉,多么亲切呵!那是那棵大榕树,那是那个社台,那是那个门楼,那是那个竹林;一条麻石小道,弯弯曲曲地伸进村里,小道的另一头,斜斜地横过小水沟,伸进那片广阔肥沃的禾田里。他跟胡柳、胡树、胡松、胡杏他们四兄弟姊妹,就常常在这里玩耍,拾榕树豆,斗天冬草,捉黄蜂,顶蜗牛,乐得不可开交。那时的天气,也是这样的天气,半冷不热的;那时榕树顶上的相思鸟,也和现在的相思鸟一样地唱着,吱吱啁啁,听得人入迷。周炳正在无边无际地沉思着,忽然从村子里走出一个十七八岁,农家打扮的大姑娘来。周炳看她身材细长,大眼睛,尖鼻子,尖嘴,非常灵活秀气,却是认不得人,就说:"大姐,请问你,上震光小学怎么走哇?"那大姑娘不答话,望着他嘻嘻嘻地笑个不停,笑得周炳发起毛来,把自己浑身上下望了一遍。又笑了一阵子,她才说:"阿炳,你回来啦?快去看看胡柳吧!"周炳搔着自己的脑袋说:"哦!可是我倒认不得你哪!"大姑娘又笑了,笑得非常甜蜜,说:"你认不得我,我可认得你,我叫何娇。离胡柳她家不远呢。"周炳站起身来和她点头认识,又问了她几句胡家的近况,就按照她所说的路径,一直朝震光小学走去。

到了震光小学门口,门房通报进去不久,在一片儿童吵闹声中,走出了一个年纪在二十四五的年轻人来。这个人像虾干一样的身体,一举一动,都显得十分轻浮,加上眼似狐狸左右望,嘴像喇叭往外翻,格外可观。他两人一见面,那格调就不比寻常:

一个瞠目结舌,大声惊呼道:"是你呀!"

一个目定口呆,高声怪叫道:"是你呀!"

那走出来的人说:"你找谁?"

周炳爱理不理地说:"我找这里的校长!"

那出来的人说:"我就是这里的校长!"

周炳一面说:"我的时运太低,白天见鬼!"说罢回身想走。

那出来的人伸手拦住他道:"我早听校董会说有个新的'人之患',就要来吃咱这里的'咸鱼头',可是你打死我,我也想不到是你。这才叫不是冤家不对头。得,既来之,则安之。老相识了,用不着客套。里面坐,里面坐。"

原来这出来的人不是别人,正是八年之前的一个七夕晚上,因为他调戏区桃,叫周炳给结结实实砸了一铁锤的,青云鞋铺的少东家林开泰。要接受这么一位主人的邀请,到他的房间里去,像宾主一般的殷勤款洽,这在周炳说来,倒不算是一件十分容易的事儿。他略为踌躇了一下,然后——不知道是出于好奇心的驱使,还是出于另外的其他什么原因,他毅然地跟着林开泰走了进去。到了这位意想不到的教会小学校长所居住的地方,周炳一不看那里面的乌烟瘴气的陈设,二不忙拿出陈文英的介绍信件,三不问学校有些什么情况,只是一个劲儿盘查林开泰道:"既是熟人,我也就不拘礼了。你是一个鞋铺少东家,连一双顶起码的布鞋,也是决计做不出来的。你倒凭了什么本领,来当这小学的校长?岂不白白误了人家的子弟?"应该说,对于这样一种谈话的腔调,林开泰倒是安之若素的。当下只见他不但不恼,反而笑嘻嘻地答话道:"弟台,这就是你的少见多怪了。如今社会上做事,只凭腰杆,不问头脑。你会做鞋,会卖药,会看牛,打铁更是看家本领,如今不也就当了个教席?至于我,我是推辞再四,总是推不掉,这才来勉强承乏的。你大表哥陈文雄说我:'你怕什么?天大的事儿,有我担待,这校长一席,别的不问,只问信仰,你是一个信仰虔诚的人,你只管放手干去!'这样,我还有什么话好说?我也是迫不得已的呵!"周炳笑了。他一面掏出陈文英的介绍信,递给林开泰,一面说:"这敢情是无巧不成书!你的后台老板,也是我的后台老板。他姐弟俩都是咱们的大施主呢。既然如此,咱两人当面约定:此后河水不犯井水,各行其是。你只管营私舞弊,中饱贪污,我不管你;可是我干什么,也随我的便,你也不要来管我。总之,谁也不要碍着谁。你应承么?"林开泰颠三倒四地看了介绍信,连忙点头不迭道:"当然应承,当然应承。——何止应承?简直是好极了,好极了。既然摊开族谱,成了一家人,还分什么彼此!只要往后弟台看到我有什么陨越之处,多多包涵就是了。"说罢,又叫人唤了另外两位老师进来,一一介绍寒暄,算是见过了同事。往后,周炳就在震光小学住下来,只当又找到了一个暂时落脚的地方。原来这震光小学,是倚仗着广州三家巷陈家势力撑持的一个教派所创办的,本来有一个校长,两个教员,——加上周炳,成了三个教员。学生也不少。在名册上有百八十人,实际上每天也有那么三四十人来上课。创办这间小学的目的,不要说学生和那些富有的家长——那些绅襟父老不知道,就是校长、教员,也是不知道的。有人毁谤说,只怕连那些校董会的董事老爷们,也未必清楚。看这学校设备简陋,教学上马虎,高级小学毕业,还抵不上别的初级小学程度。它不像是打算培养人才的地方。看这学校虽然也读圣经,唱赞诗,做礼拜,讲道理,但是也不那么认真、严肃,也不那么装腔、刻板,学生和家长来也好,不来也好;听也好,不听也好;反正散发了那些精美的画片和香甜的糖果,大家喜地欢天,一哄而散。它又不像是打算传教布道的处所。要说它是想沽名钓誉,借学敛财,培植势力,结党营私,那也未必尽然。况且陈文雄董事长一向以公正廉明自居,也未必肯这样干。所以说来说去,大家对这间学校的宗旨,还是弄不清楚。那些富有的绅襟父老只想着从这小学毕业,可以升教会中学;从教会中学毕业,可以升教会大学;从教会大学毕业,可以做官,可以经商,也可以留洋;就把子弟送去了。

　　周炳也没有多余的心思去过细研究那些问题。在学校住下来之后,有一天半天工夫,还不忙上课,他第一件大事就是上胡杏的老家去看看她的爸爸胡源,她的妈妈胡王氏,还有胡柳、胡树、胡松一班老朋友。胡家本是熟地方,况且除了胡柳、胡树两人,在广州见过面之外,其余的人都是八年没见,想念得很,因此草草吃过晚饭,就奔向胡家去。天气渐渐地黑下来,村子里的人渐渐地多起来,赶着牛的,划着船的,都从四面八方回到村子里来了。周炳小时候在这里放过牛,道路很熟。他沿着一条叫作螺冲的大冲往西走,不久就看见隔冲那面,胡源住家旁边那几棵大蕉树;那排蕉树后面,便是那棵九里香;九里香的西面,就是屋后那一片菜地,约莫也有个一分半分光景。这流水、树木、菜地、家屋,是这样的凌乱残败,又是这样地熟悉亲切,使周炳常常停了脚步,望着出神。在暮霭苍茫之中,他还看得出来,胡家房屋虽然还竖立在冲水旁边,外形跟八年前差不多还是一个样,可是颜色变得又黑、又苍老了,屋顶的瓦片破碎得多了,房脚的青砖给硝碱侵蚀得露出槽沟来了,朝北的那堵墙也已经有了裂缝,向外倾斜,并且用一根很粗的檩子斜支着顶住了。他急着要见那些人,也就无心细看,一直往西走,看看快走到那条南北向的较小的前冲,他才折向南,过了那座用六块厚木板、分三截搭成的,上下抛得很厉害的小桥,又倒回来折向东,顺着村中大路,一直向晒谷场走去。从晒谷场西北角上,他又向北转进一条小巷子,不久就走到了胡源家门口。这门口近看起来,更显得低矮破烂、剥蚀倾颓。屋檐的瓦片差不多掉光了,只拿篾席盖着;两扇大门剩下了一扇,半边开着,半边掩着;门口垫的石块已经完全不成形状,变成了一堆碎石子。一道微弱的灯光,从里面神厅溜到外面的草地上来。本来周炳看见这贫穷破落的情况,心中十分难过,口中嗟叹不已,倒是这一抹灯光,引起他满怀的热望,他一面想着:"这里的人大概都健壮吧!"一面就满脸笑容地走了进去。

这样一位远方来客的突然出现,他那神采风度,把神厅里满屋子的人一下子都给吓呆了。一家人正围着一张很矮的方桌子,就着一盏很小的煤油灯吃饭。最先,一位年纪在六十上下,中等身材,满脸虚胖的男人放下碗筷,站了起来。跟着,一位年纪不过五十多,可是看样子非常苍老的妇人也放下碗筷,站了起来。随后一双年轻兄弟,一个老成些,约莫十八九岁,一个稚气些,约莫十六七岁,也都站了起来。最后一位大姑娘,看上去正在二十左右,也轻盈淡定地站了起来。大家不约而同地惊叫着。因为这样一位穿鞋踏袜、英俊大方的客人上他们家里来,这在他们的家族史上,是从来没有记载过的事儿。那老头儿正在喃喃呐呐,想认又不敢认、想问又不敢问的时候,到底是大姑娘眼利,脱口而出地叫道:

"炳哥哥!"

那黄莺儿般的声音刚一落地,大家都认出来是周炳,于是整个神厅里,又大事喧闹起来了。胡树、胡松两兄弟将身一拱,像两匹小老虎似的跳了出来,一个搂着周炳的脖子,一个缠着周炳的腰,把他按到饭桌旁边的木板床上坐下,差一点没跟他三个人滚做一团。胡王氏把一碗茶递了给他,胡源把一包生切烟放在他身边,只有胡柳站着不动,只顾拿眼睛偷偷地看他。看了好一会儿,又开言道:

"怪不得呢!我说怎么的,今儿后晌喝茶,那茶叶骨子老是竖起来,沉不下去,原来是有贵人到呢!"

大家听她说得有意思,又嘻哈笑乐一番。

胡源搔着自己的花白脑袋,问周炳怎么会跑到乡下来。周炳告诉他是来教书,他两手合掌道:

"我总说神佛有灵,皇天有眼,你们都不信。可你们这回亲眼看见了!要不是他好心热肠,厚道义气,他就能当上了人上之人?周炳你这回好了。才不过八年工夫,你一个受苦孩子就当上了洋学堂的先生。你是发了,出人头地了!像我们那两个牛屎仔,真是一点用处也没有呢。真是好,真是好。总算咱们受苦人也出一口气!"

胡妈未开言,先流了眼泪。她把那蓬松的头和邋遢的脸垂到

434

胸前,又用那双细瘦而结实的手拉起衣摆去擦眼睛,一面哭、一面笑道:

"真是好,真是好。难得你还那样有我们的心,难得你还没有忘记我们这一门穷苦人家!自你走了之后,我想着,你再不会回到我们这寒苦的地方来了,你再不会记得我们这些贱骨头、烂渣命了!我只当咱们这一辈子再也没有福分见着了!没想到一转眼你就回来了呢,真是一天都光彩了呢!怪不得我们阿杏说,三家巷里,只有你们周家是好人!怪不得阿杏——"

说到这里,胡王氏竟呜咽哽塞,说不下去。周炳不明白什么缘由,只顾安慰她道:"胡大妈,伤心什么呢?什么事情都会好起来的!我当了这个先生,心里可实在是不乐意呢!我一点也没有想过自己要出人头地,我只想着怎样才能叫大家一道来享福!当这教员,在我还是迫不得已的呢。可是说到你们,别说我永远不会忘记,倒恰恰相反,是时时刻刻地想念着,日日夜夜地惦记着的呢!倘若不是想念着大家,惦记着大家,我作兴一辈子留在上海,穿了洋服,坐了洋车,住了洋房,吃了洋饭,当了洋奴,光光滑滑的,肥肥胖胖的,漂漂亮亮的,永远不回到这广东地面,永远不把自己当作中国人了!饭都凉了,快吃吧。吃了,慢慢细谈。"

周炳说完了,就坐在胡家兄弟共睡的木板床上,瞧着他们一家人吃饭。趁这空档,他悄悄地四面张望了一下,只见这里一堆破布,那里一堆断绳,农具不是缺了口的,就是脱了榫的,桌、椅、板凳,不是穿了洞的,就是折了腿的,竟没有一样光鲜完好的东西。不禁暗暗地替他们担心。他想,要是去年的革命成了功,土地收归国有,他们的地租就可以免掉,他们的光景也不会败坏到这般田地。胡王氏先吃完了,看见周炳坐着发呆,就说:"阿炳,你仔细看一看,这里连一件像样子的东西都没有了。大家活着,都不知道怎么活过来的呢!"周炳说:"你们五个人,就是五个干活的人手,怎么还遮盖不过来?"这句话挑起了她的忧愁,她就像编年史家一样,从

435

周炳离开震南村那年起,年复一年地排着班儿,向周炳诉起苦来……周炳一面无限同情地听着,一面就深深地思索起来,不知有什么办法能帮助他们脱离这困苦的境地。他在胡王氏偶然歇口气的一瞬间,举头四望,只见屋顶墙壁,全是一片黑色。他隐约看得出来,屋梁上挂着许多东西,墙壁上也满满地挂着东西,只是年年月月地叫柴烟熏着,竟变得遍体黢黑,不能辨认。他想起在上海金鑫里三号聚会的那些精神抖擞的女慈善家们,又不到这胡家来亲自见见世面,真令人哑然失笑。后来胡王氏讲得多了,胡源就打断她道:"够了。又不是什么得意的东西,你尽倒翻那本陈年烂账干吗?洗碗去吧!"胡柳、胡树、胡松也纷纷开言,要周炳讲一讲这八年的经历,于是周炳也像编年史家一样,从自己离开震南村那年起,一年复一年地排着班儿,把所有的遭遇都一件不漏地,毫无隐瞒也毫无修饰地告诉了这些知心朋友。大家都坐在矮凳子上,仰起脸,张大着嘴巴,听得入了迷。胡松年纪小,顶爱插嘴问这、问那,大家就一次又一次地制止他。胡树不停地拿手搓着自己的耳朵。胡柳时常忍不住发出低声的叫唤。胡源一根生切烟接着一根生切烟地抽着。胡王氏开头还一面洗碗,一面听,后来就索性撂开碗盏,把两手笼在又破又硬的棉袄袖子里,一心一意地听起来。听到周炳离开剪刀铺子,重新上了学堂,大家就替他高兴;听到区桃在沙基惨案当中英勇殉国,大家就嗟叹惋惜,肃然起敬;听到李民魁、张子豪、陈文雄、何守仁这些人违反盟誓,破坏罢工,出卖朋友,背叛革命,大家就嘴里呸,鼻里嗤,摇头顿脚,咒骂不停;听到国民党实行反革命政变,投降帝国主义,大批屠杀工人、农民和革命青年,大家就咬牙切齿,义愤填膺;听到广州起义成功,夺取了政权,宣布了政纲,成立了广东工农民主政府,大家就昂扬振奋,痛快淋漓;听到广州起义失败,许多英雄烈士轰轰烈烈地拼头颅,洒热血,最后是死的死,逃的逃,分离失散,大家就低头掩面,悲痛万分。那胡柳一时感情难忍,竟呜呜咽咽地哭出声来。后来听到周炳在上海碰到麦荣大叔,又遭到敌人的迫害,竟是可望不可即,可见不可亲,胡柳替周炳着急,又噢噢地哭了起来,一直到听到周炳在上海北四川路余庆坊干了一桩痛快的事儿,惩罚了那个包打听,救走了金端同志,这才转悲为喜,带着眼泪笑起来了。周炳讲完了,大家还在凝神深思,胡源忽然沙着嗓子开言道:

"这才是些穿州过府,闯大事儿的英雄好汉!我们窝囊一辈子,做梦也想不到这些事儿呢!可你们也别当是好耍的,闹得不好,吃饭的家伙就没有了;你们刚才听见阿炳讲的那些话,听了就算了,千万不能泄漏一言半语!一不小心泄漏出去,可知道阿炳的性命就难保!咱们村西'蛇冈'脚下,就有那么一间公安稽查站,他们专干这种营生!阿炳既把我们当作自己人,我们也一定要保住他的平安。这一层,你们都想到了没有?"

大家都说知道了。往后,又七嘴八舌地问这问那。

胡王氏问陈文英后来怎样了,胡柳问陈文婷后来怎样了,胡松却追问李民天后来还革命不革命,到底是胡树心地深沉,他只要求周炳把张太雷同志代表中国共产党所宣布的政纲,一条一条地解释给他听。这样,一直谈到四更天,鸡叫了三遍,大家才依依不舍地分了手。周炳一个人,心情酣畅地穿过寂静的、深蓝色的村庄,踢踢踏踏地走回学校,连沿途的狗吠声都没有听见。

第二天早上,林开泰在校务室里碰见了周炳。他已经知道周炳昨天晚上到何五爷家的佃户胡源家里去,直到四更天过后才回来,只是摸不清他去干些什么事儿。他想问周炳,碍于早先已经有了"绅士协定",又不好问得,只是眯起眼睛,耸起肩膀,不怀好意地对周炳奸笑。同事中有个叫作华大维的年轻人,今年二十二岁,英文原名"大维·华盛顿",字"士玛",号"摩登"的,走到周炳身边,做了一个美国西部的"牛仔"手势,说:"好天堂!你真是好运道!胡家的'黑牡丹',我敢赌我的头,是这荒村中'爱'字第一号的天生尤物!"周炳脸颊微红,正色回答道:"华君,你我都是为人师表,放尊重些来!"旁边还有另外一位同事,叫作丁猷的,今年已经四十岁,是本校资格最老的一位教员,又是一位悲观主义者,当时听了他们的对话,就先在鼻子里哼了一声,然后笑着说:"真是人心不同,各如其面!说世风日下,就是世风日下!"谈笑已毕,各人散开,分头上课。周炳是新来的教员,要到第三天才分班上课,因此就走出校门,信步闲串。在这样的学校环境之中,周炳是连一分钟也不愿多呆的。后来他虽然正式上了课,但一下课之后,他仍然在村里、村外,到处游逛。有时在村南的大帽冈上,时隐时现地盘桓一个早晨;有时在村东的小帽冈上,寻幽探奇地流连一个黄昏;有时整整一个前晌,他坐在村北的大堤围上,望着滚滚的东沙江出神;有时整整一个后晌,他在村西的犁冬田里穿来穿去地走着,跟所有他认识的耕家谈家常话。大家都以为他喜欢游山玩水,也不知道他心里还搁着多少事儿。这样,一过又过了两个多月,已经到了一千九百二十九年的春天了。

周炳对着那万物萌动的春天说:"春天哪春天,我一点没有盼望你,你却来了,可是我日夜盼望的共产党,怎么连一点踪影儿都没有呢!"

震南村河冲纵横,清幽绝俗的风光虽然好,但是周炳觉得孤独,寂寞,意态萧条。他深深地叹息道:"这样的日子,怎么过下去呵!我只道在自己的家乡,说不定更容易创造奇迹。但是奇迹在哪里呢?奇迹一次也没有发生过呵!"他不知道中国正在发生什么事儿,也不知道广东跟广州正在发生什么事儿,甚至也不知道这震南村和那隔江相望的震北村正在发生什么事儿,——总之,他和外界失去了联系,和去了香港的哥哥周榕又很久不通音讯,这种隐居的生活,无聊无赖的生活使他觉着一种出不来气般的痛苦。本来为了避嫌,免得他的同事们说闲话,他开头是不大上胡源家去的,后来实在闷得发慌,就隔两三天去闲坐一阵;再后来,差不多每天晚上都去了。大家都十分热情地接待他,对他提出了数也数不清的问题,要他详细解答。只有胡柳总是冷冷静静地坐在一旁,歪着脑袋,仔细地听,有时浅浅一笑,也不向他提什么疑问。到了白天,胡树经常上学校去找周炳,要听他讲革命的道理。一去,就给周炳带去洗得干干净净的衣服、袜子,遇着有破烂了的,都缝补整齐;有时在手帕角上,枕头套上,还用丝线绣上各种花鸟,玲珑鲜艳,十分可爱;有时送去过年糕饼,春节糖食,那上面总盖着一幅剪纸花儿,不是龙、凤、福、寿,就是榴、藕、荔、桃,又配衬了食物,又精妙无比。这种种安排,都出自胡柳之手,周炳不免十分感激,把她绣的花鸟,剪的纸花,都加意保存,极为珍重。只有一样,周炳觉着奇怪的,就是一提起卖到广州三家巷去的小妹妹胡杏,他们全家就闭口不谈。有一次,周炳在螺冲闸口旁边那眼大鱼塘前面,遇见挑着空桶的胡柳,问起胡杏的情况,胡柳一句话不说,只是瞪大眼睛,咬牙切齿,那眼泪珠子像乱箭似的从那又大又圆的眼睛里飞射出来,吓得周炳满腹狐疑,不敢再问。

五三　十大寇

　　一到春天,不管好歹,所有的人都忙碌起来。胡源一家人忙着车水浸田、浸种、下种,那些犁不过来的田,胡柳、胡树、胡松几个人就轮流着用肩膀套上绳子,拉着铁犁去翻土。犁是广州三家巷何家大奶奶慷慨施舍的新犁,可并不好使,把他们三个年轻人累得腰酸腿软,每天还犁不了两分地。震光小学校长林开泰也忙着。他忙的事儿很不平常,一不是修理校舍,二不是准备功课,三不是编造表册,却是忙着画地图。这地图既不是世界地图,也不是中国地图,更不是广东地图,却是画的村、镇图形。山有多高,水有多深,路有多宽,桥有多长,都标得清清楚楚。周炳、华大维、丁猷几个同事见他整天东奔西跑,忙忙碌碌地描画,就问他画这些东西有什么用。林开泰也不隐瞒,就告诉他们,这是一个香港朋友托他画的,说是日本人要买这些玩意儿。华大维听了,就哈哈大笑,说日本人就是小气,专爱收买这种价钱低廉的废物,如果是美国人,那一定是要买照片,最好是空中拍照的。周炳脑子灵敏,一想就说:"这些东西落到日本人手里,恐怕是个祸根。万一日本人出兵打广东,你不是给他当了向导么?"丁猷摇头叹息道:"所以我说,自从共产党失败,大革命终结以后,中国只有灭亡一条路。你们看,如今在光天化日之下,林君却向敌国公开献图了,这不是亡国的征兆么?"林开泰深知这丁猷是个彻底的悲观主义者,听了他的话,也不大在意,只有华大维和周炳两人却表示坚决反对。华大维说:"这却用不着担忧。咱们广东是英、美的势力范围,花的是英国钞票,穿的是美国棉花,吃的是法国大米,那日本人纵然垂涎三尺,却没胆量来进犯广东!"周炳却说:"我就认为共产党既没有失败,大革命也没有终结,说不定哪一天,工人、农民一暴动起来,赤色政权一建立,中国就得救了!"每逢遇到这种场合,几个人就要大吵一场。一吵起来,周炳就陷于孤立无援的状态之中。其他三个人尽管意见不合,这时候往往联合起来,向他进攻,不是说他头脑简单,思想幼稚,就是说他过于天真,富于幻想。周炳在学校既得不到同情,就更加愿意上胡家走动,给他们讲讲世界革命的大道理。今天讲一点,明天讲一点,大家都静静地听着,大家都十分相信他的话。有时周炳感慨很深地说:"这也真奇怪!自从广州起义失败之后,日子都好像天昏地黑似的。读书人悲观失望,自暴自弃;可是那些工人却多么坚强呵,多么勇敢呵!"胡柳对于天下大事,从来极少说话的,有一回也郑重其事地开言道:"读书人跟工人,他们都知道许多事情,可是咱们种田的,还压根儿不知道是怎么回事儿呢。经你这么一说,我倒明白过来了。炳哥,我相信你的话!我到死那一天都相信!我相信共产党一定会来到咱们震南村!我相信何家的田地一定会分给咱们种！我相信咱们的可怜人小杏子……"下面竟哽咽着说不出来。周炳看见她那诚恳朴素的神情,也是十分的感动,觉着这么大的一个震南村,唯有这耕田姑娘是他的知己。

有一天,林开泰正在村子西南面的蛇冈上勘测地形,忽然遇见震南公安稽查站的站长梁森。梁森问他干什么,他说画地图,梁森说:"你画什么地图？只当我不晓得！你是卖肉,把咱们中国切做一块一块地去卖。"林开泰反问梁森干什么,他说搜索共产党,林开泰说:"你找什么共产党？也别当我不晓得！你是卖人头,一个人头落地,就听见银钱叮当一声响。"梁森说:"你这么说,倒也做得。可你怎么知道我搜索的不是共产党？"林开泰说:"我学堂里放着现成的共产党,你不去搜索,却跑到这冈头坑底来索什么？"随后就把陈文英介绍周炳来教书,和周炳过去的经历,如今的行动,一五一十地告诉了梁森。梁森听了,笑道:"凡是你说的共产党,大概准是个好人。你们两个都是陈老板的人,你只顾坑陷别人做什么？你说人家是共产党,你有什么凭据？"林开泰说:"他一不恭读'总理遗嘱',二不巴结绅襟和校长,三来专门和耕田佬厮混,这还不是凭据？你趁他不在家的时候,去搜一搜他的房间,包你搜出东西来,说不定连机关枪也会有的！"梁森轻蔑地挥了挥手道:"去你妈的！你想叫我自己给自己找麻烦,你十辈子也别想成功。爱搜,你自己搜去！"林开泰知道没有希望,就顿脚长叹道:"将来中国亡国灭种,就是你们这班仁兄的功德了！"梁森也不再理会他,两人各走各的路去了。

林开泰走到村子西头的街市上,看见一大堆人围着一张很大的招贴在看,他也挤进人丛中去看热闹。原来那是一张招募工人的广告,旁边已经有不少人在高声念诵,在窃窃议论,在反复推敲,在多方臆测。林开泰知道这附近没有什么招收工人的大工厂,只道是仙汾市的什么工厂,来这里找人使唤,等他从头到尾,细读下去,他就发觉完全不是这么一回事。那是广东震南垦殖有限公司的招贴,由董事长陈文婕、总技师李民天、经理郭寿年联名发布的。大意说:这家公司本着劳资合作,科学救国的宗旨,要在震南村创办一个试验农场,改良水稻品种,振兴农业;第一期招募工人八十名,每月工资十五元,供膳宿,年终发双薪;实行劳资合作,红利由全体职工按勤惰均分;合意者即往临时办事处报名云云。除了主文之外,另有附文两段。一段是讲震南农场红利分配办法的,大意说除了开支、成本、公积、公益、股息、捐税等等之外,如有亏损,由公司负责;如有红利,由职工均分,每年结算一次。一段是讲震南新村的组织办法的,大意说公司所属全体职工,都有权利申请参加新村。这新村采取民主自治的管理制度,目的在于保障生活福利,改善居住条件,提倡医药卫生,注重游艺娱乐,凡公共建筑及一切设备,都由公司负责;私人住宅和设备,就由个人负责,但公司可以贷款帮助;一切管理人员,上至村长,下至杂役,都经过民主选举决定。在招贴下面观看的人,有识字的,有不识字的;有认为这公司办法很好的,有认为这公司办法不好的;有认为那是广州的有钱人家所办的慈善事业,有认为那是那些阴险狡诈的资本家所布置的骗局;有认为那位董事长是个女的,有认为既然能当董事长,自然是个男的,绝没有女的能当董事长的道理。只有林开泰知道陈文婕、李民天、郭寿年是些什么人,他只在鼻子里一连哼哼几声,却懒得去跟那些他认为无知无识的乡巴佬计较。其实他的心里,也正在嘀咕不平:论才干,他想自己绝不比那生草药铺的掌柜郭寿年差,可是自己得到的,是震光小学校长这么一个瘦缺;郭寿年凭着裙带关系,却搞到了震南农场经理那么一个肥缺。这世事,显得多么的不公道呵!他越想越生气,越想越妒忌,后来就一连吐了几口唾沫,愤愤不平地离开街市,走回学校去了。

这里,看招贴的人越挤越多,有本村的,有外村的,有仙汾市来的,也有三天前听到消息,从一百几十里以外赶来的。有三个衣衫褴褛,气象不凡的年轻人从远处走到招贴下面。看那满身灰土,就知道他们经过长途跋涉。为首的一个年纪在二十三四岁,高高瘦瘦,腰窄胸宽,两只手很有力地摆动着。他的前额向外突出,嘴巴也向外突出,眼睛又大又深,炯炯有光。这个人就是从前在广州珠光里当清道夫,周炳小时候的好朋友,广州起义时候的赤卫队员陶华。他的后面跟着两个人,都是二十一二的小伙子。一个身矮头圆,嘴小唇翘,浑身的劲儿都露在外面的,是蒸粉工人出身的赤卫队员马有。一个身材也很矮,但是十分粗壮,像个石头墩子一样,皮肤黝黑,眼睛像陶华一般大、一般深的,是手车修理工人出身的赤卫队员丘照。他们三个人自从广州起义失败分手之后,就孤零零地在广东各地漂泊流浪,饱一顿、饿一顿,干一天、湿一天地过着饥寒交迫的日子。这肉体上的折磨,倒扳不倒英雄好汉,唯有那黑暗政治,白色恐怖,真把他们折磨得有觉不能睡,有气没处透,一个个怒炸了心肝,气爆了肺腑。不久,陶华先在海陆丰遇见了丘照,两人一道流浪到广州市东北方的"太平场",在那里,却巧遇到了马有。在马有亲戚家里住了几天,也是藏身不下,三个人就一道走了出来,在北江沿岸打流。他们做过船工、土工、烧窑工、搬运工,甚至三教九流,无所不为,一直找不到个栖身的地方。前两天听说这里招募工人,就赶来看看究竟。当下他们看了招贴,正在低声商议,旁边忽然有一个油头粉面,年纪也有二十六七的瘦小男人自言自语,却是有意要他们听见地说道:

"这是什么正经的农场!有出息的人才不上他们的臭当!嘴巴上倒是甜言蜜语的,骨子里是骗局,骗局!"

陶华、马有、丘照三个看那个人身体单薄,面无血色,并不相识,却言语轻薄,叫他们扫兴。丘照绰号"迫击炮",性子很急,听了老大不痛快,正待发作,叫陶华把他捺住了。三个人只当没有听见,自己商量自己的。原来那油头粉面的瘦小男人就是周炳当年在济群生草药铺干活时的伙计郭标,后来叫他本家叔叔郭寿年开除了,就躲在广州,不肯回乡,专门和林开泰、罗吉等人合伙,依靠敲何守义的竹杠过活。不想何守义疯了,他无所事事,就去找他本家叔叔郭寿年,想在广东震南垦殖有限公司找一份差事,那郭寿年是个安分守己的人,不肯再招惹他,于是他就央求何家大奶奶何胡氏说情,投到震南村何不周主管的账房里当一名跑腿。当时他看见那三个壮汉子不兜搭他,也就脸讪讪地走开了。他一走开,丘照就说:"咱们只管报名。干得好就干,干不好就滚蛋,管他那七短八长什么的!"马有说:"人家平素不相识,既说得出口,保不定也有点道理呢。"陶华正在细心思考,刚想开口,却没想到旁边又有一个人插言道:

"大丈夫做事,说干就干,——怎么船头怕鬼,船尾怕贼的!"

另外还有一个稍为年轻一点的汉子,站在一旁嘻嘻地笑。丘照今天遇着这许多干扰,早已不耐烦极了,举起拳头,正预备挥出去,只听得呵的一声,那举起的胳膊,像遇见了定身法似的,放不下来。陶华和马有跟着那惊叫的声音回头一望,不觉得也就呆住了。原来那插言的汉子是一个二十二三岁的年轻人,中等身材,背稍为有点驼,长脸,白净,在英武之中,显得神清气爽。他就是印刷工人出身的赤卫队员关杰。旁边站着笑嘻嘻的,是一个二十一二岁的小伙子,身矮而结实,头小而肩宽,虽然衣服破了,露出那一块一块的肉腱子来,却显得斯文淡定。他不是别人,却是裁缝师傅出身,绰号叫"煜嫂"的赤卫队员邵煜。当时他们久别重逢,那又惊又喜的神情,真像发了狂的一般,你抱着我,我搂着你,揪脸蛋,扯头发,拧耳朵,捏鼻子,就是舍不得分开。陶华说:"我都想着你们准是活不成的了!"关杰说:"可不,我就不信咱们还能见面!"丘照先哭了,马有、邵煜两个也对着他哭,陶华也跟关杰双双垂泪。忽然丘照把眼睛一擦,大声说道:"就是煜嫂不好,他带累咱们都变成女人家了!这时候只该乐,不该哭!"陶华说:"咱弟兄几个经历这场风霜,都挺住了,只怕也是有些气数的,但不知其他的人怎样,不知咱那周家兄弟又怎样了!"后来大家商议,决计一起上震南农场去报名,再做打算。

他们五条汉子离开那围着不散的人堆,正预备问路上农场办事处去,忽然看见前面不远,在一个铁匠炉子的门口,又围着一大堆人,不知在干什么,他们就凑上前去,看个究竟。原来这一天,震光小学的教员周炳,也来到街市闲逛,无意中碰见了广州大城三家巷何福荫堂的长工何勤,两家闲谈起来。这何勤世代扛活,十分穷苦,如今也活到这五十上头了。他就是那天周炳一回到震南村,最初认出他来的女孩子何娇的爸爸,只因长年住在东家耕围里,跟周炳不大熟悉。当下周炳一谈起自己小时候打过铁,何勤就不相信。两人相跟着来到铁匠炉子跟前,那里正在开炉烧铁,周炳捋起袖子,就要砸几下给他看。旁边的人听说耶稣堂的教书先生来打铁,就纷纷围起来看热闹。果然,周炳穿上围裙,拉起风箱,烧红了铁,又把它夹出来,放在铁砧上,就和其他两个伙计,叮叮当当地捶打起来。那熟练老到,中规中矩,没有几年硬板功夫,是断断做不出来的。后来周炳又把钳子和小锤递给别人,自己双手抡起大锤,准确实在地轮流着打在那块红铁上,登时火花四射,铿锵有声,的确有两下子。旁边的人连声叫好,何勤也口服心服了。不提防人丛中忽然跳出两个二十一二岁,一个高、一个矮的年轻壮汉来。他们走上前去,夺下了其他两个伙计的铁锤和铁钳,当众大声宣布道:

"这还不算!大家瞧我们三个人合起来打,这才叫作'正岐利'的真功夫呢!"

大家也不认得他们是谁。只见那年纪大一点的,高大壮健,胳膊粗,手掌大,脸长肩宽,皮黑唇红,是个彪形大汉,跟周炳的身躯约略相称;那年纪小一点的,短小精悍,四肢粗野,手快脚快,眼睛滴溜溜不停打转,那一举一动,都掀起一阵风来。周炳对那高大的叫了一声"孔明",对那短小的叫了一声"茅通",接着就说:"来吧!也有这些年没干活了,不知使得使不得!"原来这两个强壮的小伙子,正是广州西门口的铁匠出身,周炳小时候的好朋友,赤卫队员马明和王通。当下三人见面,也顾不得一叙离别之情,都连忙穿上围裙,捋起袖子,就着铁砧,砰里哐啷地打起铁来。这三个人都是工匠把式,手艺高明,又是故旧重逢,越打越高兴,一时火光闪烁,铁花漫天,嘿、嗬、叮、当、嘿、嗬、叮、当地响个不停,周围的人看得都发呆了。谁知三个人兴头大发,越打越快,越吃越欢,那铁臂和铁锤一同飞舞,那人声和铁声混成一片;仿佛人在火中,又仿佛火在人中;像雨打芭蕉,又像饿马摇铃;像满天星斗,又像遍地飞花;真是出奇地好听,又是出奇地好看;周围的人,不由得众口同声,喝起彩来。打罢铁,三个人放下家什,解下围裙,拿袖子擦汗。周炳正想开口问他两个因何到得这地方来,不想人群中陶华、关杰、马有、邵煜、丘照五条大汉一拥而上,一个搂他的脖子,一个围他的腰杆,一个拽他的胳膊,一个揪他的头发,陶华一手捏住他那端正隆起的高鼻子,说:

"你光记得西门口那条路,就记不得咱南关这条路了?"

众人又跳又闹,哈哈大笑。

笑声还没落下,谁知从马明、王通背后,又冒出两个更加年轻的后生仔来。为首的一个不过二十岁的样子,身高头圆,壮健漂亮,和周炳有几分相似;后面那一个才不过十五六岁,高矮适中,杏仁脸儿,很像周炳从前的爱人,在沙基惨案中牺牲了的区桃。不错,这两个正是区桃的弟弟区细和区卓。自从广州起义失败,离开家庭之后,一直躲在南海县大沥乡他们的一个表叔的家里,如今听说震南村招收工人,也赶来应募。当时区卓跳到周炳跟前,一面使劲扳开众人,一面说:"阿炳表哥,不要慌,我来救你!"区细却对南关那五条大汉说:"提起南关,也不光是你们,还有我们两兄弟呢!"这一批年轻人隔别一年,生死不明,音讯不通,如今一旦重逢,真是说不出的欢喜。大家问候笑乐一番之后,就离开了那铁匠炉,看热闹的人也散了。周炳陪他们去震南农场报了名,又把他们引到胡树、胡松家里,彼此认识。后来问起,才知道胡树、胡松两兄弟,也是在震南农场报了名,要去当工人的,此后大家就要在一起干活,因此更加亲热。周炳和胡家两兄弟一块出去,买了两只鸡,三斤肉,四斤鱼,五斤酒,又把胡源、胡王氏、胡柳叫了回来,做出十几碗大鱼大肉,在矮方桌子上面摆成一大席,十五个人蹲着、坐着,开怀畅饮。一面喝酒,一面诉说别后各人的辛酸痛苦,一直喝到深更半夜才散。

从此以后,整整一个春天,这些人就在广东震南垦殖有限公司的试验农场里扛活。周炳仍然在不咸不淡地教书;胡源、胡王氏、胡柳仍然在种着那几亩瘦地;区卓因为只有十五岁,年纪太小,只在农场里做杂差,没当上正式工人;其余陶华、关杰、马有、邵煜、丘照、马明、王通、区细、胡树、胡松十个人,都录取了正式工人。胡树、胡松两个人是耕田出身,进了农场以后,虽然看不出当农场工人跟在何福荫堂扛活的长工有什么不同,总还算混得下去,可是其他那八个人就劳累死了,烦闷死了,焦躁死了,整天生气咒骂,不得开交。到累得实在支持不下去了,大家就去喝酒。一喝酒,就偏偏听见许多不公、不平、不正、不直的事情。不是震南村的佃户闺女遭人奸污,就是震北村的地主老爷加租夺地;不是"陈边村"的稽查、团丁勒索钱财,就是"李边村"的土豪、恶霸伤残人命;总之那些横蛮霸道,凶残险恶的事情,不外是地主、团丁、土豪、恶霸的所为。偏偏陶华、马明这些人又听不得那些事情。一听见了,就趁着酒兴,破口大骂。也有地主、团丁、土豪、恶霸在场的,听见这些外来的农场工人,这样肆无忌惮,不免还他们几句,争吵起来。有时争吵不休,不免摆开阵势,动起手来。那些地主、团丁、土豪、恶霸,平时欺负善良农民,倒是绰绰有余的,认真论起手脚来,又哪里是这十个钢铁汉子的对手?因此,十回有八回,不是那些倒霉家伙溜得快,就一定叫这班农场工人打得头破血流,鼻塌嘴歪,才算收场。这样一来,平时受欺、受压,忍痛、忍泪的耕家百姓,都暗地里透一口大气,心里觉着痛快。有时遇见他们走过,脸上也露出格外的钦佩和敬重。只有那些地主、团丁、土豪、恶霸，对他们是恨之入骨，背后给他们起了个恶名，叫作"十大寇"。他们听了，也全不在乎。陶华说：

"十大寇不十大寇吧。老子不怕！你奈我什么何？"

五四　第一赤卫队

整整一个春天，震南试验农场的百多个职工，就在一个挤满木架床的茅棚里度过了。扛活的问管事的，新村的房子什么时候起好，管事的说，还在画图样呢。扛活的问管事的，新村的医生什么时候才来，管事的说，还没有送出聘书呢。扛活的问管事的，新村游艺部的锣鼓弦索什么时候才买，管事的说，先下下象棋吧。扛活的又问管事的，新村的村长什么时候选举，管事的有点不耐烦了，把手一扬，说："如今是农忙节令，到夏天再说吧！"果然不久，夏天就来到了。这夏天也是的，没给他们带来新房子，没给他们带来好医生，没给他们带来锣鼓弦索，也没给他们带来选举的村长，却照头照脸地给他们带来几场倾盆大雨。有时还是连阴雨，一下就十天八天。别说干活了，就是茅棚里也不好待。天上漏雨，地上进水，浑没个干净的地方，把人闷得要死。有一天，又下着瓢泼大雨，陶华穿上蓑衣，戴上竹笠，冒雨上胡家去坐坐。刚过了螺冲桥，正预备朝东拐，一眼望见两个人，在前面走着。头里那一个是何福荫堂账房的胞腿郭标，态度淫邪，举动轻浮，只顾撑着布伞，急急忙忙往前赶，全不理会后面那个人。后面跟着追赶的是何福荫堂的长工何勤，浑身湿透，一面上气不接下气地攆着郭标，一面苦苦哀求道："少爷，做做好心吧！少爷，做做好心吧！我只有这一个女儿，从小将就惯了，脾气很不好，可怜可怜她吧！你有什么好意成全,也得慢慢说,慢慢讲。要是这么逼着她,逼出事儿来,那可怎么好!"说着,又拿手去拽郭标的袖子。郭标嫌他的手湿,怕弄脏了自己的衣服,一甩,甩开了他,毫不动心地说:"你想得倒怪美!好说不好听:猪肥了就要宰,鸡肥了就要杀!我孝敬了你们这几个月,你们还不知足。难道要我等她一辈子不成?二叔公也说过,她的年纪也大了,该把她娶过来了。今天我就要把话说清楚,到底她愿意上轿,还是不愿意上轿!"哀求的尽管哀求,不理的照样不理,两人磨磨蹭蹭,朝前冲何勤家里走去。陶华早就听说,郭标近来整天缠住何勤的女儿何娇,说要娶她,何福荫堂的管账、绰号"二叔公"的何不周已经点了头,只是何勤、何勤的妻子何龙氏、何娇本人都不答应,因此事情还搁着。当下看见他两人这种模样,不知郭标打算搞个什么名堂,就跟着他们,顺着前冲,向南走去。到了何家门口,只听见何娇在里面大声哭嚷,何勤站在门外淋雨,又是顿脚,又是擦眼泪。陶华急了,把蓑衣、竹笠一摔,一步跳上前,摇着何勤的肩膀问道:

"告诉我!你们到底答应过他,还是不曾答应过他?"

何勤抹干自己的花白眉毛,认出是陶华,就说:"事到如今,答应过又怎样,不曾答应过又怎样?"

陶华一面捋袖子,一面说:"要是答应了,我就不管你们的闲事;要是没有答应,我就不能让他仗势欺人!"

何勤含泪道:"就算我再没主意,也不能把女儿断送给他!"

陶华说了一声"对",迈开大步,走进屋里。不大一会儿工夫,他又从屋里走出来,手里提着郭标,像提着一只小鸡似的,对准街中心一掼,把郭标掼得四脚朝天,呵唷、呵唷直叫唤。叫唤了一阵子,自己爬起来,对陶华舞着拳头说:"你是有种的,你别走!你等着瞧!"一面说,一面溜走。何勤叫陶华快走,不要惹祸上身,陶华反而走进屋里,坐下等着,看郭标还有什么花招。何娇忙着倒茶,忙着递烟,又忙着把街外陶华撂下的蓑衣、竹笠抱回来,对着陶华一会儿笑、一会儿哭地诉说叫郭标欺凌侮辱的苦楚。约莫过了一袋烟工夫,郭标带着两个团丁回来,在门口骂街。陶华懒得答腔,跳出门口,照着郭标胸膛就是一拳!看见郭标挨揍,两个团丁一拥上前,同时动手。却没想到丘照、王通两人,恰恰在这个时候赶到。三个对三个,没几下手脚,就把郭标和团丁打得稀里糊涂,连爬带拐地走了。三个农场工人把何老汉跟何娇安慰一番,就气冲冲地相跟着,朝胡源家走去。这一天,胡源一家也因为雨势太猛,不能干活,都在家歇着。关杰、马有、邵煜、马明、区细、区卓、胡树、胡松都在那里闲谈。周炳学校里也因学生到得不多,不能上课,他也就跑到胡家来散闷。大家听了陶华、丘照、王通三个人所说,都叫痛快。丘照靠锅台站着,他像磨刀似的拿拳头磨着锅台,回味无穷地说:"打得痛快,打得痛快!只可惜少了一点。能够一天打他一回就好!"说得大家都笑了。区卓年轻,听说何娇叫人欺负,痛苦地扭歪嘴唇,笑不出来。区细性情偏激,从人丛中站起来,对大家提议道:"咱们光揍那郭标一顿,不是办法。斩草不除根,他还会再去啰嗦何娇。不如拿绳子把他捆起来,要他立个字据,不再上何家去。他如果不依,咱们就拿把刀子,割下他的耳朵来!"王通性子急,一听就高兴,拍巴掌道:"要是大家都觉着朝那么办对的话,我答应去捉他回来!"陶华、周炳、关杰、马明四个人在歪着脑袋,静静地想着,没有作声。胡柳听说郭标挨揍,何娇好歹出了一口气,心中十分得意。她不知不觉又想起震光小学那教员华大维来。这华大维就是跟郭标一样人品,时常拿些不干不净的话挑逗她,也得有个人揍他一顿才好。不过她心里虽是这么想,嘴里却骂丘照、区细、王通他们道:

"迫击炮,长颈鹿,茅通,你们可知道咱胡家是有名的厚道人家,一向跟别人多句话也不讲,谁许你们在这里打打杀杀的!"

马有言语诙谐,又一向喜欢奉承胡柳,这时就接着说:"对呀。你们平时管我叫'马后炮',我就拿马后炮将你们一军。你们上外面打架倒可以,在这里瞎嚷嚷干吗?快过来给大姐斟茶、赔不是!"胡树心地深沉,平时叫何不周欺负得不少,知道何福荫堂的账房有多么厉害,就说:"人是打了。打得倒是对的。只是何不周、郭标那一伙,也不是好相与的。有一天寻起仇来,那就该怎么办才好?"胡松年轻有为,勇于任事,举起拳头捶在矮桌子上,说:"对!咱们该想个办法。不过咱们不怕他财雄势大,也不怕他诡计多端,咱们有理,他没理,他奈得咱们什么何?"坐在远远的角落里,斯文沉静的邵煜忽然使唤他那缓慢的低调子插言道:

"说什么都是假的。咱们是散的,人家是整的,做不得。咱们该结个团体!"

他的建议立刻得到陶华、周炳、关杰、马明的热烈响应。他们差不多众口同声,一齐说道:"煜嫂说的对!"其他的人也心心相印,不约而同地叫好。马有又站出来打趣道:"煜嫂到底是煜嫂!女人之家,那心眼儿就是细!"邵煜站起来,撵着马有,要揍他。马有要逃,不提防经过丘照面前,叫丘照暗中伸腿把他一绊,吧哒一声,朝前扑倒,栽了一个"饿狗抢屎"。众人又哄堂大笑。丘照收起腿,发出洪亮的嗓音说:

"要是结个团体,咱们就立它一个忠义堂!包管没错!"

王通总是和丘照一条心的。他快嘴快舌地接上说:"妙极!咱们纵然没有一百零八,也是十条好汉。这震南村就是咱的'梁山泊',这胡家就是咱的'忠义堂'。大家说怎样?"邵煜、区细、区卓做一处,低声商议。区卓有分有寸,胸襟豪爽地说:"我年纪小,不能跟你们同年同月同日生,可是一定能够同年同月同日死!"邵煜十分心爱这个气概英豪的少年人,不眨眼地望着他,不停地点头。那边马有、胡树、胡松做一处,交头接耳。也是最年轻的胡松,对梁山泊的英雄好汉,流露出十分倾慕、十分神往的感情说:"替天行道,劫富济贫!——这是多么好呀!我愿意干一辈子,永远不后悔!"另一处是陶华、周炳、关杰、马明四个人,也在认真议论。胡源、胡王氏、胡柳望着这十二个青年男子,觉着又粗野,又可爱,又讨嫌,又心疼,简直有说不出的滋味。胡柳心里在想,这么多人,这么热闹,人活着真有意思。自从她出世以来,她还没见过自己的家里有这么兴旺的气象呢。周炳对着这批生龙活虎的弟兄们,也是心爱得发痒,心疼得发软。他自己那全身的力量,本来好像睡着了的,这时候也就悠悠苏醒。他想,论热肠厚道,知人见事,有陶华;论心地清明,足智多谋,有马明和关杰;论勇猛义烈,敏捷迅速,有丘照和王通;论沉静稳实,胆大心细,有胡树和邵煜;论天真纯洁,精锐锋利,有胡松和区卓;马有虽略带轻浮,区细虽略带偏激,可都是强壮有力,见义勇为的人;有了这样一些人,还什么事情做不成,什么天下打不来呢!他又想,这样的人才品德,是三家巷的陈家跟何家所断断没有的,也是金鑫里的张子豪、陈文英、李民天所意想不到的,更是震光小学的林开泰、华大维、丁猷所无法理解的,自己跟他们在一起,只觉着孤独、寂寞、烦闷、痛苦都成了又可笑、又可耻的字眼儿呢!最后,他想起胡柳曾经说过她相信共产党一定会到震南村来的话,要是金端、麦荣、冼鉴、冯斗、谭槟跟自己的哥哥周榕,当真来到震南村,那天下的事儿该有多么美妙!——天空和大地该有多么明亮!这些英雄好汉跟共产党在一起,会显得多么有声有色,辉煌铿锵!想到这里,他自然而然地望着胡柳,发出会心的微笑;却巧胡柳也正在望着他,发出同样的会心的微笑。这时候,天空的确明亮了一些,可是雨势越来越大,从近到远,从远到近;像万马奔腾,像排山倒海;屋瓦好像都叫它掀走了,大地好像都叫它咬碎了。胡家漏得很厉害,这里滴滴答答,那里叮叮咚咚,一股一股的小水,像飞泉似的从天而降,有悬空直下的,有顺着墙壁流下的,都在黑泥地面上汇合成一条一条的小溪,蜿蜒奔突。陶华忽然对大家说:

"听!是什么声音!"

大家静耳一听,果然从远处传来哗哗哗哗的声音,既不是风声,又不是水声;有点凄厉,又有点恐怖。大家都知道,这准是谁的心爱的家院倒塌了,只是不想说破,因此都不吭声。后来还是关杰开了腔,他说:"大家都赞成结个团体,我也赞成结个团体,可是说到名堂,却该谨慎商量。论咱们这伙人,意气相投,生死同心,果然像当年的梁山好汉一样。可是我又觉着,论起咱们的宗旨和行为来,又不像完全一样,总是不大贴切。"陶华和周炳不住点头,胡树和邵煜也一连说对。丘照再提议道:"不然的话,叫作忠勇堂吧!我就怕你'关夫子'是曹是汉,定不下心来!"王通也急急忙忙添上说:"再不然,叫仁义堂也行。堂名没啥关系,只要响亮就行!"胡松、区卓没有了主意,只顾低头细想。马有说:"算了,你们只管瞎嚷嚷干什么?叫孔明军师来给咱说两句吧!"马明听马有点了他的名,就不慌不忙地说:

"我也跟大家一样,想不出好主意。不过我觉得叫个什么堂,总不合适。咱们一不是捞家打仔,二不是三教九流,开那堂口干什么呢? 咱们是堂堂正正的工人,是神圣的劳工,只是为了反抗这黑暗的社会,才结成团体,咱们该有个自己的好名字!咱们的眼光、气量,也要比梁山泊的替天行道、劫富济贫远一点,大一点!我说得对不对?"

大家都认为马明说得对。一直沉默着,憋了一肚子的话的区细,这时候不假思索地站起来,慷慨激昂地高声提议道:

"依我看来,咱们不如干脆叫作共产党!"

区细这句漫不经心的话,倒叫所有在场的人都大大地吃了一惊。别人提起共产党这个神圣的名字,都是怀着虔诚的心情,低声说出嘴来的,没见过像他这么随便的态度。周炳因为他这种轻率的行为,心中感到十分气愤,咬着嘴唇不作声。陶华严肃地,又是十分和气地说:

"区细兄弟的心意是好的,话却说得欠斟酌。说起共产党,咱们没有第二句话。打倒帝国主义,打倒国民党,成立工农民主政府,没收大工厂,全部土地收归国有,——咱们拿起枪杆子,还为了别的什么?难道咱们还不是最真心拥护共产党的么?可是,要成立一个共产党,光凭咱们这批人,我看还不行,还不够格儿!大家说呢?"大家还没开腔,区细又抢着说道:

"既然不能叫共产党,就叫共青团吧!"

陶华一直走到他的面前,好像恳求似的说:"区细兄弟,不要随便乱扯。这都是无产阶级真正的革命组织,是领导咱们大家革命的,咱们怎么能够凭自己的高兴,随便用那些名义呢?"

大家都觉着陶华说得对,可一时又想不出别的名字,就低声议论起来。这时候,周炳倒想起了一个主意。他端起了锅台上的茶碗呷了一口,就走到人们当中,顾盼自豪地说:

"有一个现成的名字,咱们倒把它忘了!眼前除了胡家兄弟之外,大家都是赤卫队员,这是共产党给咱们的名字,谁也没有取消它。这赤卫队的旗帜上面,就有着革命、勇敢和光荣!咱们重新举起这面红旗不好么?"

大家一听,都觉着是自己心里面的话,却叫周炳给挖了出来了,情不自禁地齐声喝起彩来。外号"华佗"的陶华没有说话,却亮起大拇指,和每个人都打了个照面,那兴奋的热情,从又大、又深的眼睛里直射出来。马明用手抓着自己的头发说:"你们瞧我这脑袋还中什么用?我这'孔明'是当不成了,应该让给阿炳!"平时难得笑一笑的"关夫子"关杰一面拍着巴掌,一面摇摆着上身,笑得合不拢嘴。"迫击炮"丘照用手拍着自己的胸膛说:"早知灯是火,不用随街摸!"王通不肯饶他,就说:"我'茅通'都没有想到呢!几时轮到你知灯是火?"邵煜嘻嘻、嘻嘻地笑着,又驯良、又羞怯,活活地是个妇道人家,真不愧那"煜嫂"的称号。平时,别人管他叫"树叔"的胡树对他的爸爸、妈妈和姐姐说:"你们看可了得!说难倒也真难,说容易倒也容易,你就是想不到!我无疑不是赤卫队员,可我就是爱这赤卫队!"后来他又用力重复道:"我就是爱这赤卫队!"绰号"急脚松"的胡松和绰号"和尚"的区卓又另是一种样相。他们活像两个淘气的孩子。胡松高声吼叫道："好东西！"区卓就使唤更高的嗓门吼叫道："好东西！"胡松又尖起嗓子盖过他道："好东西！"区卓就拼命撕裂了嗓子，还要盖过他道："好东西！"到两家的嗓子都使尽了，两家就相对着癫癫痴痴地笑个不停。胡柳看见这班青年男子个个惊喜欲狂的样子，不觉眼圈发红，心儿乱跳，眼泪也簌簌地流将出来。"马后炮"马有暗地留心，知道她心中喜欢，就抢着说："不怕你们笑我'马后炮'，我想从前那些有钱人家把阿炳叫作'秃尾龙''废料''周游'，真是活天冤枉！论起阿炳的大才大德，他至少应该叫作'周公'，咱们在蒙馆的时候，都三番五次听说过的，也不过如此。我说的对不对？"大家都说不错，往后就该管周炳叫"周公"。老汉胡源把前后事情一想，更加连声赞叹道："就是周公，就是周公。"胡王氏本来寻不上插嘴的地方，这时也插嘴道："还不止周公呢，连佛爷也称呢！"胡柳心里十分敬慕，嘴里却骂道：

"那'秃尾龙'也称！他到什么地方，那地方就要搅风搅雨！"

只有那相貌和周炳相似，可是脖子特别长的"长颈鹿"区细，见别人只管称赞周炳，却很少称赞他，心中不以为然。他仍然坚持共产党和共青团这两个名字，觉着比起赤卫队来，就是够味儿，因此他低头闷坐着，一声不响。等到满堂屋的欢乐声稍为落下，关夫子关杰就提出一桩事儿来道："咱们叫赤卫队，也还得有个番号，不能叫个秃头赤卫队呀！"大家经他一提，又纷纷谈论起来。有主张叫中国赤卫队的，有主张叫广东赤卫队的，有主张叫工人赤卫队的，有主张叫革命赤卫队的。后来多数人的意见，都认为比较起来，还是"第一赤卫队"这番号好，就定了下来。马明又提出另外一桩事儿来道："咱们有了这'第一赤卫队'，还得有个队长带领，才能够开步走哇！"丘照一听，就站起来说："这回大家该听我的了！要说队长，不是炳哥还有谁？他周公当得，队长还当不得？"周炳急了，满脸涨得通红地说："哪有这种道理？丘家兄弟，这回你又不对了！

论人才,论阅历,论胆识,论性情,论道理,都只有咱陶大哥才当得这队长!他又跟大家在一道扛活,这才是天生合适!"陶华听说,也再三大声推让。丘照说:"既然如此,陶大哥来当队长,炳哥来当党代表吧!"周炳说:"你这才是笑话。我连党员都不是的,怎么当得起党代表呢?"众人一时都没了主意。后来马明又说:"迫击炮的意见还是对的。这样子吧:华佗来给咱当队长,周公来给咱当政治指导员吧!"茅通快嘴快舌地问马明道:"那么,你自己呢?"关夫子微笑接着道:"华佗当队长,周公当政治指导员,孔明还不当军师?——参谋长嘛!"这样,事情就算定夺了。胡柳在一旁,瞅着他们如此慷慨,如此谦逊,又如此融洽,心中更加钦佩。

自从组织了第一赤卫队之后,周炳更加希望找到金端、麦荣、冼鉴、冯斗、谭槟和自己的哥哥周榕这些人,可惜他想尽办法,找尽门路,还是找不到。他着急得坐立不安,吃也吃不下,睡也睡不着;更加没心思去教什么书,去跟林开泰、华大维、丁猷他们鬼混了。一个月之后,周炳从一些农民的嘴里,从一些学生的嘴里,听出在东沙江对面的震北村中,好像有点什么动静的样子。有人说,共产党已经到了震北村了;有人说,他亲眼看见了那为首的共产党,是一个矮矮圆圆的中年汉子,满嘴胡须,一身黑衣服,掖着两条枪,威武得很;有人说,震北村马上就要成立农会了;甚至有人说,震北村马上就要武装暴动了。周炳把长工何勤邀到自己的房间里,关起门来和他密谈。何勤首先提出了另外一桩事儿。他告诉周炳,陶华跟他的女儿何娇时常往来,已经有些日子了。他说陶华是条好汉子,他跟他女人都没有话说,只怕二叔公何不周那边不答应,会惹出祸事来。他又问周炳,何不周老早就答应了把何娇许给郭标的,如今该怎么办?后来周炳问起震北村的事儿,何勤又告诉他,听说的确有个矮矮圆圆的中年汉子,满嘴胡须,一身黑衣服,经常上震北村去。再往下问,何勤只知道那个人说话带"四邑"口音,又听说那个人是个拉洋车的出身,大家叫他"老谭、老谭"的,别的就都不知道了。何勤走后，周炳把那个人的身材、容貌、口音、出身、姓氏等等翻来覆去地想了一天一夜，越想他越像从前广州河南凤安桥德昌铸造厂的共产党员，广州起义时候的赤卫队员谭槟。想到这一点，他心乱如麻，一夜都没有合过眼儿。第二天一早，他就坐渡船到震北村去，打算冒险进村去打探一番。可是才走到村口，他就叫乡公所的团丁们给挡住了。团丁们告诉他，如今震北村不平静，已经宣布戒严，凡是外村人，没有乡公所的条子，一概不准进村。周炳给他们费了许多唇舌，依然不得要领，只好回去告诉第一赤卫队的朋友们，再做商量。

五五　跋　涉

第一赤卫队的日子可真不好过：第一没有上级组织来领导，第二没有武器枪支，第三没有行动任务，只有周炳晚上抽空到胡源家里来，给大家上上课，讲讲革命的道理。那农田的活路，大家倒是慢慢磨炼出来，也有点惯熟了。只是谁都不明白，这所谓试验农场，到底在试验什么东西；所谓科学改良，又在改良什么玩意儿。公司没有跟大家明说，恐怕是牵涉到什么发明专利之类的问题。大家问庄稼汉出身的胡树、胡松兄弟，谁知他两兄弟也看不出个究竟。有时大家看见总技师李民天带着几个技师在田里转来转去，这里拔几棵，那里掐几片，就又躲在化验室里不出来，过一天半天，便回广州去了。区细、区卓两兄弟是认得李民天，从小在一块玩儿的，后来各自长大，见面很少，就生疏了，在农场见着李民天也不跟他打招呼，李民天也认不得他们。倒是后来有一回，董事长陈文婕和总技师李民天一道来农场，请了周炳、区细、区卓、胡柳、胡树、胡松六个人过去说话儿，又和胡家几个人认了亲戚，又请大家吃了一顿饭。但是这试验农场到底搞的什么名堂,他们还是没有说。月过一月,天过一天,区细早已十分不耐烦了,就牢骚满腹地对大家说:"咱们这算什么赤卫队?我看耕田队倒是真!"丘照又提议道:"要不,咱们把那姓郭的抓出来,再好好揍那小狗爪子一顿,也消消这股闷气!"马有说:"要是这么着,咱们来给他们排个班儿:先揍那郭标,再揍周公学堂那华大维小子。他整天撑着胡柳叫'黑牡丹',十分下流,不惩戒不行!"队长陶华也是手痒痒地说:"要干的话,我倒想先干那公安稽查站的王八蛋梁森。一看见他那青鸡脸,我的眼睛就发红。可是不管干什么,咱们得先问问政治指导员。周公不点头,咱们什么也不干!"王通也每天催促周炳道:"炳哥,你点头吧!你说先干谁,咱们就干谁。你说往东,咱们绝不朝西!"周炳自己,也正在心慌意乱,不知怎样才好。论胃口,他也是想干一干的。可是这两三年来,他经历了一些事情,又读了几本社会科学的书,就觉着那样干,仿佛不大对。不过到底怎样干才对呢,自己却又弄不清楚,因此,他就极力劝住大家道:"你们说我不想干么?我可想得很呢!可是,咱们无产阶级的全部力量就在于有一个组织。咱们虽然有了赤卫队,但是还没有跟上级组织接过头,这还是不行的。我给大家担保:咱们一定可以找到党。我十分相信。一点也不动摇,一点也不怀疑。大家再忍耐几个月吧!"大家听了他的话,都觉着惊奇:周炳只有鼓动人闹事,没有劝说人省事的,这样看来,周炳也是变了。不过不管怎样,大家还是依了他的话,耐着性子,捏着脖子过下去,一耐就耐了三个月,又到了那一年的秋天。

那一天的绝早,刮着一阵凉风,下着几点小雨,果然有点秋天的模样。何福荫堂的管账、二叔公何不周撑着一把又粗大、又笨重的纸伞,迈开肥胖的步伐,上公安稽查站去找站长梁森。梁森还没起床,叫他吵醒了,浑身不自在地走了出来。何不周一面喘着气,一面擦着汗,一面告诉那站长:震南试验农场里最近出了一批共产党,附近的"良民百姓"都管他们叫"十大寇",这些共产党如何"调戏"良家妇女,如何"打架闹事",如何"恃势行凶",一直说个没有完。梁森听得不耐烦极了,就用手势拦住他道:"你那些废话就留到清明拜山的时候再讲吧!你现在只要说清楚,你到我这里来干什么就行了。"何不周冷笑道:"给你说,就是要你把他们抓起来,"又用肥厚的手指在脖子上锯着,比画着说,"杀他几个!你们不是专干这差事的么?"梁森申斥那胖子道:"你说的不管什么话,我根本就不相信。几时轮到你说谁是共产党、谁不是共产党?可是你也该记住:你是给何家办事的,他们是给陈家扛活的,你们两边的头顶上如今正对着亲家呢!万一伤了和气,你的东家护得住你,护不住你?"何不周寻思着说:"他那些工人是招募来的,他也不敢说那里头就一定没有共产党。"梁森向客人伸出一只手,手掌向上,手指向里勾动着,说:"那好吧。你一定要做,就给你做。你愿意出多少?你要知道,我是可以尽义务的,我的弟兄们可不能白白报效。"何不周郑重其事地出了五十块钱的数目,可是梁森不亢不卑地讨了个一万块钱的价钱。后来再三商议,一个加到二百,一个减到二千,僵持不下。在送客的时候,梁森对那胖子说:"一百几十的生意,你去帮衬乡公所吧!"何不周又好气、又好笑,说:"你不干,也只好问问他们看。难不成只有你会抓共产党,别人都不会?不过要他们干这桩事,有个百八十也就够了。你还替我省俭呢!"说罢,两人才分了手。

也在那一天的绝早,周炳打着雨伞,挽着一个藤箧子,匆匆忙忙地离开了震光小学,朝何勤家里走去。何勤、何龙氏、何娇都在家。两位堂客看见他那神色不定的样子,知道他将要出远门,站在一旁,不敢作声,只顾拿眼睛上下打量他。何勤咳嗽了半天,才抬起头问他道:"你就走么?"周炳爽朗地回答道:"对,我就走。你打听出什么新消息没有?"何勤知道他是问那个矮矮圆圆,满嘴胡须,一身黑衣服的姓谭的消息,就说:"有是有一点,不多。震北村有人知道,他除了经常在宝安、深圳一带走动之外,还经常跑香山、前山一带呢!"周炳只说一声"好,知道了",就要起身。何勤拦住他道:"你只知道他姓谭,又不知道他叫谭什么,又没有个地址,怎么就走?"周炳说:"是倒是。可是不打紧。就是走遍天涯,我也会把他找出来!"说完,头也不回,迈开雄健的大步,向螺冲那边走去。何勤望着他的魁梧的身影,替这拗性的年轻人叹了一口气,又赞美地轻轻摇头。周炳到了胡家,只有胡柳一个人在家。周炳放下行李,和她打对面坐着,告诉她道:

"我走了。我这回出去,一定要先找到姓谭的。然后从姓谭的那里,我就能够找到金端同志。"

胡柳瞪圆眼睛望着他,觉着他这时候是一个老实、笨钝,固执非常耐心地纯善的傻孩子。只有这样的孩子才会想做什么就做什么,不知艰难,也不顾危险。只有这样的孩子才会在干一件大事之前,表现出天真的无知,过分的严酷,不近人情的淡漠和毫无处世的能耐的样子来。她轻轻叹着气,越往下听,就越发忧愁。她想起他无亲无故地漂泊在外,不知道多长的日子,也不知道去什么地方,那险诈凶恶的社会随时都会加害于他,不觉伤心掉泪。周炳又是另外一种心思。他想那个人既是姓谭的,配上那副相貌,就准是谭槟无疑。他想既然他不在震北村,就一定在宝安,要不就在香山,他也一定能在宝安,要不就在香山找到他,不会有什么疑问。他又想,既然只有这一条线索,一条门径,也就没有什么可犹豫的,只要一心朝前走,就能水落石出。他不明白一个人在走着一条笔直的道路,怎么别人会替他担心发愁。

胡柳哽咽着,低声说道:"这岂不是大海捞针?"

周炳比她更加低声说:"只要有针,我就能从大海里把它捞起来。"

可以听得出来,周炳的声音里有的是坦白、快乐和单纯,跟他平时说话里面所包含的调子一模一样。他说这么勇敢豪迈的大言壮语,却没有使唤高亢铿锵的声调,也没有露出慷慨激昂的神色,

倒像是一个懦弱、胆怯、迟钝、愚昧的孱头在那里喃喃絮语的一般。胡柳无可奈何,最后说了一句满不相干的闲话道:

"学堂里不是开了学么?没人上课怎么办?"

周炳心平气和地笑着,拿起雨伞和藤箧子,随口答道:"不要紧,我已请了假。这学堂没有我,一样办得起来。"说完就走了。胡柳追出巷子外面,望着他的宽阔的背影出神。他去远了,胡柳又追到螺冲小桥边,躲在一棵香蕉树后面,拿眼睛送他,一直送到他隐没在蛇冈西面为止。

谁知周炳走后的第七天,震南村里就闹出一件大事儿来。那天晚上,何娇约陶华在村东小帽冈前面的观音庙会面。这观音庙虽然淡中清还有些人去烧香磕头,但是没有庙祝,也没有其他闲杂人等,是个极其清静的去处。陶华跟马明、关杰、胡树三个人商量,觉得应该去走一遭。马明不放心,就叫马有陪他去。又吩咐马有只要在庙外等候,留心看着周围的动静,一面替他把风,一面也是保护他。陶华进得庙里,借着微明的月色,在观音大士的神像前面,看见了何娇。两个人并排坐在一个蒲团上面,细细地谈起心来。谈了约莫一个更鼓,越谈事儿越多,越谈头绪越乱。何娇看见陶华英伟健壮,淳厚热肠,如果这个人肯拉她一把,她就能脱离苦难,终身有托,谁也不敢再来欺负她;陶华看见何娇苗条细瘦,心地善良,就想如果这个可怜的女子能够抗住那些浮华子弟的糟蹋,跟自己一起过日子,他就不知道会多么幸福。正是两个心事,一样相同。后来何娇催促陶华道:"该是怎样,你得有个定着。郭标那鬼东西时常来啰嗦,我倒不怕他。我爹娘也不喜欢他。可是二叔公何不周那肥猪就厉害了。咱家是他的长工,他说怎样就怎样。除非你不吃饭,你敢不依?这两天,他要咱全家大小都搬到江边的棚寮去,跟其他的长工住在一起。我跟你离得远了,见面难了。我还怕他这里面会有什么花招呢!"陶华用手轻拍她的脊背,安慰她道:"不要怕,小姑娘。他要你搬,你就拖着。实在拖不了,你就搬。同在一个村子,还怕他活活地把你吞下肚子去?至于说到正式办事,那就得钱。你使了他何不周的银纸,你不还债,他总是拿住你的把柄,说什么他也不会依的!"何娇将身子更靠紧陶华一些,撒娇地说:"我怕。我怕会出事情。……"陶华捏起拳头,把骨节捏得历历作响,说:"那除非咱俩一同逃走!可是——"他想说可是他还有一班弟兄,离开不得。不过他还没说出来,何娇倒抢着先说了。她说:"那怎么行?我爹娘只得我一个。爹老了,娘又多病。我一走,他们准活不成!"陶华叹了一口气道:"这社会真是困死人!既然进退两难,那咱俩就支撑着再说吧!"他俩越谈越甜蜜,可是越谈越伤心。何娇躺在陶华的怀里,呜呜咽咽地哭着,那眼泪珠子穿过微明的月色,淅淅沥沥地落在那青年汉子的宽阔多毛的手背上。

在胡源家里,马明、关杰、邵煜、丘照、王通、胡树、胡松、区细、区卓几个人静悄悄地坐着,等候陶华的消息。看来大家的心情都快活、平静。后来马明和关杰下棋,邵煜、丘照、王通围着看棋。胡树、胡松也挤在灯下补衣服。胡柳拿一把剪刀、几张黄纸在原来她兄弟睡的空板床上剪来剪去,区细、区卓也坐在床边看。大家都没有说话,胡柳忽然放下剪刀,推开面前的碎纸,叹口气道:

"妈,也有这些天了,也不知道人到了什么地方了。"

胡王氏还没来得及回答,邵煜早从棋盘里抬起头来,笑着插嘴道:"又有多少天了?凑起来才不过六七天。他到了什么地方,会有信来的。"大家听了他的话,都笑了。王通暗中扯扯他的衣服,意思叫他知趣些,别多管闲事。邵煜也觉着自己说话不得体,那斯文、灰白的小脸叫小煤油灯映照得通红。区细和胡源差不多同时开口,区细说:"吉人自有天相。"胡源说:"正所谓行人遇贵人!"就这样说说笑笑,不知不觉到了三更时分。胡柳心细,忽然听见远处有人飞跑而来。大家正惊愕着,只见马有从门外撞了进来,嘴里连声嚷着:"坏了,坏了!"大家忙问什么事,马有说他正在庙门外把风,忽然有四个团丁来"捉奸",他立刻通知陶华,叫陶华跟何娇往西边走,他自己往东边走。谁知那些团丁不来追他,却去追赶陶华,后来就把陶华、何娇两个带到乡公所去了。胡树听了,很不服气,就沉着脸责备马有道:"你们有两个人,他们也不过四个,打也打得过的,光顾得跑干什么!"邵煜也不满道:"你跑了,叫大哥一个人对付四个人。真脓包!"胡柳一听,就哭叫起来道:"天哪!可怜的人哪!"王通却不愿听这些,只一个劲儿催促马明道:"参谋长,下命令吧!如今该怎么办?"马明和关杰对望了一眼,跟着用手把棋盘一推,对大家说:

"全体出动!冲进乡公所去!把陶华、何娇抢回来!"

谁也没有多说话,一阵桌、椅、鞋、屐响动声,十条汉子一齐走出门外,向村西街市旁边的乡公所快步前进。到了乡公所,既不问讯,也不说话,由迫击炮丘照做开路先锋,一直冲了进去。

这时候,东沙乡乡公所里也没有什么人,乡长何奕从来很少上乡公所来,乡文牍王先生早已回槐冲村、他自己的家里睡觉去了,只剩下七八个团丁在这里上夜。这些团丁平时鱼肉乡民,倒绰绰有余,如今要他们对付这班生龙活虎的农场工人,却不是材料。当下这些人看见丘照他们来势汹汹,知道是为陶华跟何娇而来,也没人敢出头拦阻;只有一两个乖巧的,赶快去乡长何奕家里送信,其余的人就都站在天井里、大门外,嚷叫恫吓,凭着嗓子壮胆。那乡公所有多大地方,禁不起这十条大汉一阵翻桌、推椅、踢门、砸窗,早已弄得支离破碎,东倒西歪。马明带着胡树、胡松搜左边,关杰带着区细、区卓搜右边,丘照、王通、邵煜、马有一直闯到后进,见门就开,见房间就搜。最后,还是丘照这支人马,在厨房后面一个堆放破烂东西的小房间里,把陶华跟何娇起了出来。大家见人已救回,也不多留,便替他们松了捆绑,簇拥着走出乡公所,大模大样地回到何勤家里,又从那里浩浩荡荡地走回农场去。这一仗果然打得有声有色,虽然没有交手,没有伤人,却使得东沙乡的绅耆父老,大为震动。他们奔走呼号,一致主张严办。乡长何奕去向他的堂兄何不周报告,还哭了一鼻子,说要辞职不管。何不周再去找公安稽查站的站长梁森,梁森还是不理,说偷鸡摸狗的事情,他管不着。事情还是原封不动地搁着。

又过了十多天,大家看见何福荫堂的账房和东沙乡的乡公所,一直都没有什么动静,便都笑那些老爷们、大佬们平日作威作福,横行霸道,如今也不过虎头蛇尾,银样镴枪头,奈他们不何。加上周炳又从宝安县城寄了信来,说经过半个月查访,竟是一点消息都没有,他准备从那里经过广州,再绕道下香山县去找。关夫子是印刷工人出身,文墨深些,就把那封信一个字、一个字地从头到尾给大家念了三遍。大家想念着周炳,纷纷揣测他旅途如何,身体怎样,什么时候才能回来等等,把那乡公所发生的大事情都忘记掉了。其实这个时候,周炳已经离开宝安县,坐火车回到了广州。他是半前晌到的。两只脚一踩着广州的泥土,第一个念头就是回家看看爸爸、妈妈、姐姐、胡杏、何守礼这些人。但是第二个念头又想,应该先去芳村市头后面找他的干妈冼大妈。她是从前沙面洋务女工黄群的表舅母,又是赤卫队员、共产党员冼鉴的堂婶子,说不定能知道冼鉴、冯斗、谭槟这些人的消息。她又是靠收买酒楼菜馆的菜脚下栏度日的,去迟了怕她已经上街,又得耽搁一天工夫。于是他一面想念爹妈,一面咬紧牙关,从东堤、长堤走到西堤,每经过前年拿枪跟敌人对打过的地方,就站下来悄悄凭吊一番,最后又从西堤坐渡船到了芳村。幸喜冼大妈在家,更可喜的是黄群也在那里。这一位干妈、一位大姐见了周炳,就像隔世相逢的亲骨肉似的,一边一个搂着他,亲亲切切地哭了一场。周炳知道黄群在顺德一间厂子里做缫丝女工,从前省港大罢工时在一起的女工章虾,如今也在那间厂子里干活,都还平安,觉着有些安慰。他也把这两年的经历,一桩桩、一件件地告诉了她俩,特别把自己和麦荣大叔的相见不相亲,把自己和金端同志的合而又离的情况,说得十分仔细。后来大家谈起大罢工时的朋友,那印刷工人古滔,洋务工人洪伟，都没有消息。至于冼鉴、冯斗、谭槟等人，就更加不知下落了。

到了中午，冼大妈给他俩做了饭吃，黄群就回顺德去，周炳把行李放下，单身回到河北，再进行打探。他先到西来初地何锦成家里去看他的老妈妈何老太。她都快七十岁了，人还麻利，精神奕奕的。何锦成剩下的孤儿何多多已经四岁，虽是瘦些，也长得满有志气。其余的六个孤儿也长得不错，有些都六七岁大了，见了周炳，都拉着手叫叔叔。周炳拿了些钱给何老太，帮补他们的伙食，又问何老太，组织上有人来过没有。何老太说有倒有，只是都不留姓名地址，搁下一些伙食钱，抱抱孩子们，就走了。周炳写下自己的地址，叫何老太交给那些送钱来的人，就告辞出来。随后他又到第七甫志公巷黄群的妈妈黄五婶家里，留了自己的地址；最后又到莲花井程仁的家里去看他的老母亲程大妈，和程仁剩下的孤儿、跟何多多一般大小的程德玩了一会儿，同样留下了地址，才走出来。谁知道一只脚才跨出莲花井，还没走到惠爱路，他就十分的想念起自己的爸爸和妈妈来。这里离他的家很近了，他只要转一个弯儿，再转一个弯儿，只要十分钟，他就可以挨着他的爸爸，靠着他的妈妈吃一个酥脆的杏仁饼，或许再加上一个甜甜的薏米饼。可是不成。那到香山去的轮渡快要开身了。他不能因为要见爹娘一面，却误了这一班船。他必须立刻到香山县石岐镇去。他必须立刻把金端、冼鉴、冯斗、谭槟之中不论哪一个找出来。第一赤卫队的好弟兄们在等待着呢！

他带着一颗隐隐作痛的心回到芳村，给周铁和周杨氏写了一封信，说目前还不能回家看他们，要他们一接到二哥周榕的消息，立刻告诉他。寄完信，他就挽着藤箧，夹着雨伞，告别了冼大妈，跟跟忙忙地搭上了香山轮渡，往石岐镇赶去。这石岐镇是香山县的县城所在，人烟稠密，生意兴隆，满街都是吃的、穿的、玩的、戴的，海产十分丰富，洋货也堆积如山。周炳进了客栈，就连忙四处打听。旅馆、酒店、客栈、"咕喱馆"、酒楼、茶室、粉面馆、熟食摊子、轮渡码头、长途车站、大板车行、转运过僦行，以及药局、钱庄、戏院、神庙，一切医、卜、星、相，人多聚脚的地方，也不管能问的、不能问的，该问的、不该问的，他都去打问过了。除了有一间住着无家可归的单身汉子的咕喱馆，说仿佛记得一个多月以前，曾经有个仿佛叫作谭槟的渔民在那里住过一宿，以后就不知去向以外，其他地方，竟是毫无踪影。这样子，在石岐、前山这些地方混了半个多月，周炳又带着一颗隐隐作痛的、抑郁烦闷的心，回到了第一赤卫队的驻地震南村。

五六　一个谜

恰巧阴历十一月初六那一天，是天上的玉皇大帝诞辰，也是人间的胡柳满二十一岁的生日。太阳很好，四处金光闪闪，暖和得跟春天一样。胡源跟胡王氏要去收椰菜，却心疼胡柳，不让她下地，把她独自一个，留在家里煮番薯，准备款待客人。胡柳梳洗完了，就拿红头绳编了一条又粗、又长、又黑、又亮的大辫子，换了一套洗得干干净净，烫得服服帖帖的黑竹纱衫裤，点起香烛，拜过玉皇大帝，就坐在灶台前面看火。锅里冒着乳白的浓烟，也冒着香喷喷的甜味儿。她望了望四周，看见到处都干净、光亮，整整齐齐的，便点点头，低声哼着心爱的歌曲，拿起剪刀，在五颜六色的彩纸上，温柔淡定地剪着。一会儿，她剪成了一幅寿星行乐图，一幅天仙下棋图，一幅丹凤朝阳图，一幅松鹤千岁图；又剪成了几篮大小不一的蟠桃，几盆颜色深浅的牡丹，还有好几对各种体裁的寿字。她把这些花鸟人物往各处一贴，那破烂农家登时变成了神仙境界，到处也都有了过生日那派高兴欢喜的气象。她自己显然也快活起来了。那些剪纸本来都异常精妙，活灵活现，有些仿佛会说话，有些仿佛会飞、会动的,可是她还不称心。只见她这里站上去补一点,那里攀上去加一绺,一直到她自己觉着都过得去了,才又点点头,笑一笑,坐下来添火。后来,她看见天色还早,就坐在矮凳上,顺手拿起一本木鱼书来,低声唱着。那本木鱼书叫作《拗碎灵芝》。她刚好念着陶三春的后母郎氏诬捏她勾引年轻的猎户燕贤贵,她父亲陶国裔强迫她自尽,她就气愤投河那一段,唱着、唱着,胡柳十分同情陶三春的遭遇,不知不觉地泪流满面。

正在她哭着、唱着,唱着、哭着的时候,有一个打着赤脚的青年男子从外面走了进来。这是她的弟弟胡树,手里拿着一个小包,一进门就说:"家姐,怎么一个人在,我还当你在跟谁说话儿呢!"胡柳拿手帕擦了擦脸道:"是呀,我的心十分悲伤。我正跟陶三春说得绵绵密密的呢。你走路怎么不放一点声音,把我吓了一跳!你手里拿的是一包什么东西?"胡树说:"礼物。人家送给你的礼物。"胡柳说:"什么礼物?谁送的?"胡树说:"马后炮送的。"一面打开小包,是一件玫瑰红的毛线衣,质地、颜色都很漂亮。胡柳不想收,胡树说马有千嘱咐万嘱咐,不收下不行。胡柳没法,只得收下,却又拿起红纸和剪刀,剪了一匹独马,叫胡树拿回去。胡树问什么意思,胡柳不肯说,只说拿回去,马有就明白了。胡树去后不久,二弟胡松又来了。他手里拿着一个精致的小盒子,里面装着一对小巧玲珑、十足赤金的耳环,说是区细送的,也是千嘱咐万嘱咐,不收下不行。胡柳十分为难地笑道:"个个人都送东西来,个个人都说不收下不行,真把人为难死了,也要我收得下那么许多嘎!"胡松年纪轻,不懂姐姐的意思,就说:"长颈鹿高高大大,漂漂亮亮的,人家都说他像周炳哥哥呢!他送给你东西,是他一番美意,有什么不好收的?"胡柳低头揉卷着自己滚红边的黑竹纱衫的衣角,庄重地回答道:"区细长得高高大大,漂漂亮亮,有几分像周炳,这却不假;可是这个人爱使偏锋,一张嘴说话,你看那股怪劲儿,差一点就把人吓死呢!"胡松不服气地噘着嘴说:"长颈鹿不好,马后炮却好。我瞧你怎么收一个、又不收一个!"胡柳还是温柔恬静地说:"马有虽然样样随顺着我,可我也知道他轻浮晃荡,不落实地,说起话来,倒真像俗语说的风吹下巴呢!——好吧,要收都收下吧!"随后她又拿起白纸和剪刀,剪了一只孤鸥,叫胡松拿回去。胡松问什么意思,她也同样不肯明说。胡松走后,又过了一阵子,那身矮、宽横、斯文、白净的邵煜就打着赤脚,提着满满两手的蔬菜鱼肉走来了。这是大家凑公份儿给胡柳做生日酒的,她一一接下来,安排停当,请邵煜坐下歇歇。邵煜坐下来,卷着烟,擦着火,慢慢地喷出白烟。他那两只驯良的眼睛,透过又香又辣的烟雾,不住地打量着胡柳,瞅准她最高兴、最和悦的那么一瞬间,赶快掏出一个又扁、又圆的小包,当机立断地塞在她的手里。胡柳打开一看,是一只碧绿的玉镯子,就吃了一惊道:"你怎么,煜嫂——这是怎么回事儿呐?"邵煜微笑摇头道:"这不是我的。这是关夫子送给你的!"胡柳低着头,着实踌躇为难了老半天,才慢吞吞地说道:

"关夫子是仔细的人,那样明白事理,怎好叫他平白地花冤枉钱呢?"

邵煜瞧她那细长的眼尾向上弯着,露出和颜悦色的样子,就说:

"他既是给你买来,就有他一番美意,怎么说使冤枉钱?"

胡柳轻轻叹了一口气,站起来拿瓦钵子和竹筷子夹了两个熟番薯给邵煜吃,自己却坐在他身边,悄悄说道:

"我真不好意思收这份礼物,求求你给我退回去好不好?"

邵煜白净的脸上都完全涨红了,又羞怯,又着急,结结巴巴地说:

"这、这、这——算是——叫我这跑腿的人怎么回话?"

胡柳无奈,只好收下了。随后她又拿起剪刀,找出一张绿色的好纸,铰了一张"关公夜读兵书"的图样儿,那蜡烛、兵书和关公的脸,都用另外的红纸剪贴上去,看起来十分生动。她把那张图样儿交给邵煜,要他带回去送给关杰。邵煜只要她肯收礼物,早已经谢天谢地,拿起那图样儿,也不敢多问,就心满意足地回去了。

这一天,广州市三家巷何家的苦命丫头胡杏天蒙蒙亮就起来了。她在天神香炉里装了香,就虔诚地跪下磕头。头一件,她祷告天神,让远方行人,周家的榕哥哥和炳哥哥他们早日平安回来。第二件,她恳求玉皇大帝保佑她姐姐胡柳长命百岁,今天过一个快活美满的生日。第三件,她为她自己祷告:但愿天上的一千个神仙,一万个佛爷都来看一看她过的是什么日子;但愿她能早日脱离这何家的苦海;但愿她的心气痛的病症能够早日痊愈。——说起这心气痛的病症来,真是人人叹气,个个摇头,三家巷附近的左邻右里,没有一个人不替她担忧惋惜的。如今不只论起美人儿,要数胡杏;就是论起苦人儿,也要数胡杏了。碰到有些悲叹自己遭遇不幸的年轻姑娘自怨自艾、自暴自弃的时候,别人就这么说她:

"你这算苦了?人家胡杏才真是苦瓜种在黄连地上呢!"

自从去年年底,胡杏得了那心气痛的病症以来,真是把她折磨得不成人样,三朝两日地发作起来,竟把她绞痛得随地打滚,水米不沾。日子一长,她的皮也黄了,肉也抽了,那一头乌黑的头发变成灰色的了,那浅棕带金黄色的眼珠子变成哑暗的了,那左脸上的深深的笑涡儿变长了,那小小的嘴变大了,那圆圆的莲子脸儿变成长长的小马脸儿了。人们再也不能在那张长长的小马脸儿上,找到从前那种娇憨的、痴心的笑容了。只有一样没有变的,就是她那圆圆的眼睛里面闪射出来的灵慧的、冰冷的、威严的光辉。这种光辉时时在暗夜里熠熠闪亮,叫何守义望见了,就要浑身颤抖,把脑袋藏在被窝里,像妖怪遇见了天神一般。在所有那些好心人的同情嗟叹的声音当中,也有一个例外,那就是何五爷、何应元。他不晓得从哪个窟窿里抄出这么一句怪话,说:

"心气痛的美人儿更好看!从前西子捧心,不是传为千古佳话么?"

今天胡杏给玉皇大帝拜过寿,就信步走出门外,坐在那张坐惯了的石头长凳上,对着那棵对惯了的白兰花儿,出她自己那出惯了的神儿。没想到忽然之间,何家从里面第三进传出一片嘈杂喧嚷的人声来。不久,又见阿笑、阿苹、阿贵三个使妈,拿一条铁锁链追赶二少爷何守义,一直追到大门口。何守义这时候才不过十七岁,看那长头发,皱脸皮,罗锅背,已经活像个老头子。他如今已经落到完全疯狂的地步,十几个月来都是人事不知,连吃饭、睡觉都不会了。这一天,人们见他乱砸东西,乱打人,怕他把自己碰死,就要拿铁链子把他锁起来。大家都还记得,这何家的祖上是狱卒出身,家藏还有上等的铁链子,因此一找就找着了,并不费难。只是何守义一见那玩意儿又粗又大,哗啷啷响,哪里肯乖乖就范,便大嚷大叫,到处乱窜。窜到大门口,正要跑出巷外,幸亏那大太太房里的使妈阿贵生性机灵,手疾眼快,死命把趟栊拉紧,才没出事儿。任凭何守义拼命挣扎,乱蹦乱撞,撞得皮开肉裂,满脸鲜血,还是叫三个使妈嘻哈大笑地把他锁住了。胡杏看见这种情况,觉着十分恶心,一连吐了几口唾沫。几个人才把二少爷像牵疯狗似的牵了进去,那滚圆多毛,四肢粗短,两只眼睛像两朵绿幽幽的鬼火的小流氓罗吉,又从官塘街外面走进三家巷来。何守义的亲娘、大奶奶何胡氏不让他进屋,只站在趟栊里面,隔着趟栊和他说话。没说几句话,罗吉就伸手要钱道:"这几天来,我访出了十几二十张照片,都是二哥跟共产党一起照的。人家开口要二三十块港纸一张,好在我不怕磨穿嘴唇,说好说歹,才说成个减半的样子。看大奶奶说,这桩事儿办不办。不办,也就算了,谁叫我热心跟人跑腿?要办,就得花二三百港纸。我这几天手头也紧,又没法子替二哥抵垫……"何胡氏打断他的话道:"不办,不办。人都整个儿疯了,还办他娘的什么屁?管它照片也好,供影也好,还有什么相干?你也该留点阴骘!你们情投意合,交一场朋友,他如今都变成这样了,你还来勒索钱财!"罗吉振振有词地答辩道:"大奶奶,话又不能这样说了。二哥如今虽然暂时有点时乖运滞,可那不几天就过去了,难不成他还能疯癫一百年?照片在别人手里,永世千秋是个祸害!"何胡氏拗他不过,只好给了他五十块西纸,打发他走。胡杏看见罗吉如此卑鄙下流,不免又是一阵恶心,连吐了几口清水。想不到罗吉前脚刚走,郭标后脚又来了。胡杏觉着很不受用,就拿双手把脸捂住。郭标要找大少爷何守仁,说有要紧事情禀告。何守仁刚穿好衣服,预备上衙门,也不让他里面坐,就站在门口和他说话。郭标说管账何不周要他告诉大少爷,要大少爷赶快收回震南试验农场租用的全部土地。又说农场里雇用了许多共产党,还有所谓十大寇的,尽是些调戏妇女、打家劫舍的歹徒,不久前才捣毁了乡公所,乡公所碍着陈家三姑娘、董事长陈文婕的面子,又不好将他们怎么的,说不定过几天还要暴动呢!何守仁是老练的人,一听就知道那何不周是危言耸听,砌词诬告,就把手一摆,说:"知道了。"又问,"农场不是要改良水稻么?今年晚造收成好不好?"郭标说:"改良个屎,那些改良的水稻,连不改良的三成都打不下来呢!"何守仁像是很中意他的答话,就掏出五块钱西纸,赏给他做茶钱。郭标接过了钱,欢天喜地,一面唱着西皮调,一面大甩着手走了。这许多荒唐事情,胡杏不想看也看见了,不想听也听见了,止不住连连几阵恶心,肚子里面的东西险些儿全要翻了出来。她想起自己的身世,不知什么年月,才能跳出这无边的苦海,不免十分悲伤。她对着白兰树发闷,她对着白兰树哭诉,她对着白兰树干嚎,——可是她的哭诉却没有眼泪,干嚎却没有声音,只有那白兰树好像已经懂得了她的意思,对着她摇头叹息。悲伤了好一阵子,她觉着头晕眼花,浑身酸软,正预备站立起来,忽然心口上一阵大疼,从肚子里涌出一股腥腻的东西,一直冲上咽喉。她忍不住一张嘴,只见一口鲜红的血液,斑斑点点地洒在白兰花干上。她伸手想扶住那白兰树,可是她什么也没有扶着,扑通一声,摔倒在石头长凳上,昏迷不省人事。可怜她这时候才不过是十五岁的年纪。这时候,却巧何家小姑娘何守礼从里面走了出来。她比胡杏小三岁,今年才十二,暑假后才考上了中学,如今正高高兴兴地准备上学,忽然看见胡杏这等模样,不觉十分同情,就大叫大嚷地把她亲娘、三姐何杜氏和使妈阿笑叫了出来,三个人七手八脚地把胡杏那奄奄一息的身体抬了回去。……

这一天下午,广东震南垦殖有限公司董事长陈文婕穿着一身黑哔叽西装衫裙,外面披了一件黑呢子大衣,怒气冲冲地跑到震南新村的办事处来,告诉农场经理郭寿年,要找他的堂侄儿郭标来说话。这位董事长是一个年纪才二十三岁的少妇,又是一个快要毕业的文科大学生,平时懒散淡泊,只愿少一件事,不愿多一件事的,却没见过她这样疾言厉色。何况她最近才坐了月子,生了一个女儿,叫作李静,才满月不久呢。当下郭寿年估量她的神色,想问又不好开口,只得打发人去叫郭标,同时又吩咐那个人,通知郭标好生留神。不大一会儿,那油头粉面的年轻人就大甩着手走进来了。他今年已经二十六岁,比陈文婕还大三岁,因此开头的时候,他有点瞧不起这位董事长,露出心不在焉的样子。可没想到陈文婕一张嘴,就把他降住了。陈文婕猛然把脸一沉,说:"表少爷,听说你们那边造了我们这边许多谣言,什么窝藏共产党啦,什么殴打团丁啦,什么捣毁乡公所啦,等等,等等。你是有凭有证的,你就指名控诉,可不许说我们公司、农场、新村的坏话。我们纳了税,是受法律保护的。你回去告诉你们的何不周,尽管那些耕仔怕他,像怕老虎一样,我们公司可不怕他。你们如果还要瞎闹,我们的法律顾问就会登门拜访,咱们到时候在法庭见!"郭标虽然油滑,一时摸不清她的底细,早吓得没有了主意,只见他一面说:"是,是,是。"一面伸手去抹额角上的汗。陈文婕见他这样脓包,又说:"表少爷,你自己的行为,也要当心。你欺负何娇,强迫她的婚姻,这也是犯法的事儿!"郭标又是抹汗,又是强辩道:"哪里有的事儿!是她缠住我,要我娶她,我始终也没答应呢!不过把话说清楚也好,我以后发誓再不见她的面!"陈文婕这时候才笑了笑,说:"还听说有人造谣,说农场的科学试验已经失败了,改良的水稻还打不下不改良的三成,公司就要关门了,你听说过么?有这事儿么?"郭标猛摇头道:"没听说过。怎么能这样随便放屁?真是曹操也有知心友,关公也有对头人呵!"陈文婕抖动着那短短的、丰满的身躯,像个狡猾的小姑娘似的,压着喉咙笑了起来。后来她掏出五十块西纸,轻轻塞在郭标的表袋里,说:"这才像个捞世界的人所说的话。回去吧。往后有什么听见的,赶快来告诉你叔叔。如果何不周那边把你辞歇了,你只管过来。有饭给你吃!"郭标于是欢天喜地去了。

在这一天下午,陶华、马明、关杰、马有、邵煜、丘照、王通、区细、胡树、胡松十个农场工人,另外加上农场杂差区卓,都集中在他们住宿的大茅棚前面的空地上,有坐着的,有站着的,有蹲着的,也有躺着的,准备到胡家去吃胡柳的生日酒。郭标吹着口哨,扬扬自得地打他们面前走过。蹲在地上的丘照突然跳了起来,用洪亮的嗓子大喝一声,赶开他旁边一只小黄狗。郭标不知什么事情,叫他吓了一跳,也不敢回头望,急急忙忙蹽了。大家大笑了一场。不久,董事长陈文婕又打他们面前走过。她看见了相识的人,就举起了一只手,行了一个西洋礼。大家都不动,只有躺在地上的区细连忙站起身来,弯曲着那高大壮健的躯体,向她行了一个深深的鞠躬礼。大家看见这种模样,又不约而同地哈哈大笑起来。马有说:"你们看他那股漂亮劲儿,像周公不像?"丘照说:"大家不要说我是迫击炮,我看有时候十分像,有时候十分不像!"马有又灵机一动,说:"也不知阿柳送他一只海鸥,是什么意思!"茅通接着说:"这有什么不好懂的!鸥就是鸥,也就是区。就是不配对儿。海阔天空,随你爱怎么飞就怎么飞吧!"大家都不作声,其实是觉着他解得对。迫击炮又问道:"按那么说,一匹马又是什么意思?"陶华说:"这就更明显了。自古说,独马踩无棋。一匹马,没有炮,就是配不成马后炮的意思。"马有虽是诙谐,这时候却满脸通红,一句笑话儿也说不出来。参谋长孔明问胡家兄弟道："依你们说,长颈鹿和马后炮,哪一个好些?"胡树老实,羞得脖子都红了,一声不响。急脚松年纪才十七岁,正是年少气盛的时候,就直通通地说:"哥哥,你说呀!怕什么!——你不说,我说,依我看,两个都不好!"大家又第三次哈哈大笑起来。笑声才落,区细就心有不甘地抗声道:"按你们这样说,只有关公夜读兵书是好的了?"关杰见烧到自己身上,连忙拉下脑袋。其余的人都不开腔,煜嫂就叹口气说:"依我看来,这也不妙。这关公夜读兵书,是说的关公伺候自己的嫂子哪。既然是嫂子——那……"他也说不下去了。他的解法惹起了大家的沉思,大家都觉着他们这朵黑牡丹才是一个有意思的、真正的谜。正在这时候,周炳匆匆忙忙地跑来告诉大家,在顺德县的丝厂里干活儿的黄群刚才来震光小学,说在大良县城见过冯斗一面。冯斗告诉她,如今在北江的乐昌、曲江、翁源三县地方跑汽车。大家听说冯斗有了下落,都非常高兴。陶华提议关杰去乐昌,马有去曲江,区细去翁源,明天就出发,务须把冯斗找寻到。大家都同意了,才欢天喜地,上胡柳家吃生日酒去。

五七　喜　相　逢

五天时光,一眨眼就过去了。又到了一千九百二十九年的十二月十一日。这日子,按周炳看来,是令人难忘的伟大的日子。第一赤卫队今天晚上要在胡家开纪念会。事前,周炳已经布置了工作,规定晚上开会的内容是学习广东工农民主政府的施政纲领。他自己天蒙蒙亮就起来,拿起纸笔,一面在回忆那些内容,一面在记下一些发言的要点。在寂静无声的房间里,他那庄严肃穆,全神贯注的神情使他看来更加英俊,更加奋发有为,更加令人敬慕。他专心到那样的程度,以致陶华推开他的门,把他那迷迷痴痴的样子看了半天,他还不曾知道。陶华从后面用手捂住他的眼睛,叫他扳了半天也扳不开。后来不闹了,陶华端一张凳子坐在他身边,他拿胳膊围住陶华的肩膀,两人商量晚上开会的事情。商量停当,陶华迈开步要走,忽然又转身回来,说:"何娇全家已经搬走了!何不周那肥猪跟郭标那小兔子强迫他们,又说要歇他们的工,又说不给他们开饭,硬要他们搬到东沙围外面的棚寮去住。你说气人不气人!"周炳说:"真是可恶极了!他们想着要把你俩隔开,可那不是活天冤枉?只要是真心实意的,哪怕阎王老子也隔不住呢!"正说着,到翁源县城去找冯斗的区细从外面走进来了。他垂头丧气地告诉他们,他把整个翁源县城找遍了,也没有冯斗的踪迹。周炳推算了一下时间,觉着他顶多只在翁源城住了一个晚上,一问区细,果然只住了一个晚上。周炳把脸一沉,责备他道:"你有心去办一件大事,怎么不多住几天?人家是专门约定在翁源候驾的么?老表,你这是负责任,还是不负责任?"区细的高大身躯,这时候好像搁在哪里都不合适。他一面辩解着,说翁源附近,张发奎和陈济棠正在打仗,宪兵查得很严,待不下去;一面又赌气道:"我不对,我不对。你们说要去,我再去就是!"后来看见没人理会他,才搭讪着走了。没料到他前脚刚走,马有后脚跟着就进来。他也跟区细一样,把整个曲江县城都找遍了,也没有找着冯斗。所不同的,是他除了县城之外,把浈水和武水的两岸河滩都找遍了,把江里面的住人船艇也找遍了,甚至把大石桥脚下的每一角落都找过了。陶华问他住了几天,他眨眨眼睛,滑滑稽稽地回答道:"谁记得那么清楚!不是三天光景,至少也有两天。"陶华正色训斥他道:"老弟,这不是开玩笑的时候!那韶关是何等重要的地方,大小车辆,再没有不经过那里的。张发奎刚占领了那个地方,要管也管不了许多,正是咱们的人活动的好机会。你怎么好意思草草收兵?像一个赤卫队员么?"马有还是油嘴滑舌地说道:"华佗大哥,这就难了。你只是要我去找冯斗,也没说要找多久呀!"陶华瞪了他一眼道:"这还用说?"随后就不睬他。马有觉着没趣,自言自语地走了。他走远了,陶华又对周炳说:"你看得出来么?我这回派他们三个出去,就是要试验一下他们。看来区细、马有,到底不成。关杰是不同的。他肯用脑筋,明白事理,比他俩高。近来,咱们关夫子对胡柳是转了一些念头的,他自己又说不出口。你助他一臂之力,给拉一拉,怎么样?"周炳乐得他们成事,当时非常爽快地一口就答应了。

半前响的时候,周炳果然来到了胡家。胡柳忙着给他们做旗子,没下田。周炳一到,她连忙从衣箱底里取出那面红旗,给周炳鉴定。旗子不很大,约莫一尺来高,二尺多宽,是原封神红布做成的。上面钉着黄布剪成的铁锤、镰刀,是周炳画了样子,胡柳照样子做出来的。周炳把那面红旗用两手捧着,望着、望着,想起了许多事情,不觉发起呆来。胡柳见他这样,很不放心地问道:"怎么样?是不是我没铰对?"周炳摇摇头说:

"没那回事儿。是我看见了它,想起从前的苦日子,想起这几年的出生入死,想起将来的快乐、幸福。这面红旗代表着多少事情呵!"

胡柳听着,点着头,露出非常神往的样子。看周炳和胡柳两个人那默默无言的神态,大概那面发出新布气味的红旗,已经把他们的灵魂带出这间破烂不堪的瓦屋,带到很远很远的地方去,带到很宽很宽的地方去了。后来周炳又说:"你铰是铰得很准,照着我画的线儿,一条头发也不差。只是我没画得正。你看,旗身是过宽了些,这镰刀尖儿也短了一些,不过凑合着用吧,也不用再改了。"胡柳哪里肯依,拿过旗子,用剪刀收窄了一些;又找出一块黄布,另外铰了一个铁锤、镰刀。这回的镰刀尖儿剪成弯弯儿的,长长儿的,像她自己的眼尾一样,十分好看。裁剪停当,她就拿起针线,轻巧玲珑地缝制起来。这时候,周炳想起了陶华的委托,就拿她当亲姊妹似的,不假思索地,亲切、朴实地对她说道:

"阿柳,你是我最能说话的人,我问你一件事。"

胡柳笑道:"说吧。有什么大不了的?"

周炳的神气像说家常话一般自然,说:"我要给你做个媒。"

她也落落大方地问道:"谁?你给哪个做媒?"后来索性停下手,抬起头,把眼光从旗子上移到周炳坚强平静的脸上。

周炳坦然回答道:"关杰——关夫子。他为人怎样,我不说你也知道了。他十分喜欢你,恐怕你还不知道。"

胡柳拿她那张肌肉紧箍箍的、太阳晒得黑黝黝的脸对着周炳,拿那圆轱辘辘的眼睛在周炳那有点呆气的脸上扫来扫去,看见周炳一心只替旁人打算,自己并无别的念头,就像平常那样温柔淡定地说:

"炳哥,杏妹对我说过,你是三家巷里最好的好人。其实我早就知道了。你为顾别人,总是那么真心真意的。我们家里没有大哥,你就是我们的大哥。你对我一番美意,我岂有不知之理?可惜你不知道我的心!我早就下了狠心:这辈子不嫁人了!"

周炳愕然,信以为真道:"那是什么意思?你怎么往那条路上想的?"

他的殷切的心情,焦急的神态,对人的深信不疑,处处都使人感动。胡柳本来也只想戏弄他一下,见他认起真来,不免也受了感动,眼圈红了一红道:

"自古道'红颜薄命',这句话怎么讲?你看哪一个姑娘出嫁之后,能像做女儿家时候快活?不的话,为什么临上轿之前要哭'叹情',少的哭三天三夜,多的哭七天七夜,像生离死别,就要抬出去埋葬似的?婚姻、嫁娶,咱们也看得多了,又有哪一桩、哪一件不是悲苦辛酸,自作自受?"

周炳使劲摇动那硬板沉重的大脑袋,看那笨钝怯滞的样子,仿佛他在摇动一个大石鼓,有点摇它不动似的。虽则现下是冬天,他那影影绰绰有点胡须影儿的嘴唇边却铺了一层小汗珠,可以想见

他摇动得多么费劲儿。摇了一会儿头,他的眼光忽然往泥地上一落,声音清亮,带点甜味儿,说:

"谁教你这些的?你听谁说来?你看见谁家的事儿啦?"

胡柳用悲伤的调子说:"我也不要人教,我也不听谁说,我也不看别家的事儿!光看看咱们小杏子就得啦!她在家的时候,没吃过一顿饱饭。十一岁卖身当丫头,没见过一天太阳。你猜老天爷怎么折磨她?十四岁就逼她当了妾侍!往后饭也不能吃,觉也不能睡,心口一疼,就随地打滚!如今不知道还活着、没活着呢!"说着就哭了起来。

周炳早就听胡树说过这些事儿,也替胡杏悲伤难过,只是因为胡家的人把这些事儿当作家丑,不愿提起,因此也一直没提过。如今听见胡柳这么说,就虽然严厉,但仍然和气地教训她道:"你怎么一点也不觉悟?阿杏的受罪,不是一个婚姻问题呀!折磨小杏子的,不是别人,就是你家的二姑、那何家大奶奶呀!老天爷什么时候管过这些事儿来?"说完也觉着没法儿替她分忧解愁,只好透了几口大气,陪着她欷歔叹息。伤心了一会儿,胡柳忽然放下针黹,把脚一顿,说:

"我怎么不觉悟?我可觉悟呢!正因为觉悟,我才下狠心不嫁人,跟着你们搞革命!"

周炳看来有点吃惊道:"那太好了。那敢情太好了!可是闹革命就闹革命,怎么忽然又要不嫁人呢?赤卫队里女的有的是,没听说不嫁人的。"

自从周炳从上海回来之后,胡柳还没跟他单独说过这么多的话。她十分兴奋了,晒黑的脸上充满血,涨得通红。周炳望着她,她也望着周炳。四只眼睛定定地互相对望。后来,胡柳忽然非常大胆地说:

"炳哥,我是跟你学的!从前,你想娶生观音区桃。后来区桃牺牲了,你又想娶那水性杨花的陈文婷。后来陈文婷当了县长夫人,你为了搞革命,就不再想娶人了。不是这样的么?"

周炳完全没有想到她竟会说出这样的话来,一时窘得不知如何是好。他垂下头,脸上红得和朱砂一般,要遮盖,又没个遮盖处。这会儿,他的心里面是羞愧呢,是愤怒呢,是感谢呢,是悲伤呢,还是各种滋味儿都有一点呢,他自己也分辨不清。他那庞大的身躯,浑身那些小马一般的肉腱子,那太大了一点儿的脑袋,那长得过分了的大手和大脚,全觉着不知道有多么别扭。他的威严的鼻子对着地堂,他的漆黑的眼睛算是藏起来了,但是他那浅浅的、圆圆的笑涡儿,这时候红得就像真正的苹果一样,却暴露在脸颊外面。他现在是淡漠、迟钝、怯懦、无能、愚昧和呆傻的,可是——就在这个时候,他是出奇的漂亮和俊俏。胡柳坐在他对面,手里拿着针线和旗子,也没有缝,平静无声地望着他。要不是农场的小杂差区卓从外面走进来,这场面还不知道会怎样结束呢。当时那区卓一脚跨进了门槛,看见他两个在,就想往后退。周炳叫住了他道:"小卓,鬼鬼祟祟干什么?时候已经不早了。该洗的,赶快洗;该买的,赶快买;该修的,赶快修。天一黑,咱们就开会。"说完,他就站起来,踉踉跄跄地走掉了。这里,剩下胡柳和区卓两个人,一个低着头在缝旗子,一个蹲在地上洗茶碗。区卓一面洗,一面拿眼睛瞟着胡柳,看出她心神不定的样子,就问她道:"柳姐,刚才表哥来干什么来了?"胡柳说:"他来还有什么好事呢?他来给别人做媒来了!"区卓问:"成事么?"胡柳恨恨地说:"不成事!"区卓的胆子忽然壮起来道:"我就知道不成事!我知道你不中意我哥哥。我知道你不中意马后炮。我知道你也不中意关夫子。我知道你中意我表哥!让我做媒,一定成事!"胡柳看区卓不像说笑话,倒像在说真话,登时满脸绯红,放下针黹,撵着那十五岁的少年人,要揍他。区卓跑出了大门,跑出了小巷,一直沿着螺冲在前面跑,胡柳紧紧跟着在后面追。她的嘴里呀呀地叫着,像不会说话的哑巴一样。

那天晚上,天一黑,人们就陆续来到了胡家。区卓年纪小,别人不大注意,就穿着一件破卫生衣,迎着北风,在街头、街尾、屋前、屋后,替他们巡逻、放哨。看样子十分负责,兴致也十分好。来开会的人一进堂屋,立刻叫那庄严肃穆的景象给吸引住了。堂屋里面,原来的两张木板床都已经拆掉,随便乱放的大小农具,蓑衣、竹笠、锅、盆、壶、瓢,都收拾得整整齐齐。那张矮方桌子靠北墙摆着,桌上点着一盏直筒煤油灯,玻璃灯筒擦得通明透亮,放出雪白的光辉。桌前摆了一排矮凳子,矮凳子后面又摆了两排长条凳。不用说,这里是要办什么大事情了。除此以外,那最耀眼、最辉煌、最叫人动心的,是北墙上面悬挂着的那面红旗。周炳一走进堂屋,见了这面红旗,立刻低下头,喉咙热辣辣的,眼睛痒痒的,不但说不出话,连气都透不出来。这面红旗改变了整个堂屋的面貌。这面红旗,本来是周炳设计制成的,如今斜斜地钉在墙上,却发出了这么大的威力!周炳暗自想道:"旗子受了屈,人也在受罪。哪一天这旗子插到南京,插到北京,插到喜马拉雅山顶上,映得祖国大地一片红艳艳的,人也就扬眉吐气了!那够多好!"接着,进来的人慢慢地多了。这些有说有笑、爱打爱闹的青年们今天都改变了颜容,严肃地紧绷着脸孔,不开口说话。连平素快嘴快舌的王通,诙谐逗笑的马有,不甘寂寞的区细,都像哑了似的不吭声。不久,陶华点过人数,除了关杰出差没回来之外,其余的人都到齐了,就宣布道:"广州起义两周年纪念会正式开始。"先是默哀。大家怀着同仇敌忾的怒火,闭着眼睛,低着头,站在红旗底下,像一根一根的石头柱子一般。坐在旁边旁听的胡源、胡王氏、胡柳三个人也站了起来,低着脑袋。他们懂得这是纪念牺牲了的兄弟姊妹的。胡柳心中一酸,眼泪就滴出来。她拿手拽住妈妈,妈妈也在擦眼泪。默哀完了,周炳就站出去,面对着大家,逐条解释广东工农民主政府的施政纲领。他本来准备了一些纸片片,也没掏出来看。那些纲领都在他脑子里面了。他讲的时候,也不是在演说,而是在聊天。每解释一条纲领,他都联系到面前的一个人,有时提到陶华、马明、马有、邵煜、丘照、王通、区细他们做工的情形,有时提到胡源、胡柳、胡树、胡松他们种田的情形,有时提到死难的英雄区桃、周金、李恩、杨承辉、何锦成、孟才、杜发,有时把那些工贼、走狗王九、梁森、陈文雄、林开泰、郭标抓出来示众,好像他在说一篇复杂离奇的《东周列国》,把大家听得都入了迷。不知不觉地,那盏煤油灯也点干了。胡柳连忙添了煤油,又故意把灯头扭大了一点,这样一来,她看周炳就看得更清楚。她听说周炳很会演戏,可是她没看过。她知道周炳很会说话,可没想到他知道的事情那么多,那么深,讲起来那么动听。她想周炳的胸襟那么广阔,简直像木鱼书中所说的,满腹经纶的大人物一般。她把周炳看了又看,觉着他这阵子已经不是一个漂亮和俊俏的教书先生,倒是一个魁梧、威武、有胆、有识、凛然不可侵犯的英雄人物了。

队长陶华在一旁,看见大家都定着眼,张着嘴,满脸振奋,专心专意地静听,也不免心中叫好。周炳讲完了,回到座位上,大家也不用队长宣布,就十分热烈地讨论起来。大家都觉着只有这个政纲,才说了他们心里面的话儿。这才是他们自己的政纲。这又只有中国共产党才提得出来。要扫除他们的贫穷、饥寒、屈辱、痛苦,只有实行这个政纲。胡源、胡王氏老两口子也情不自禁地插起话来了。大家尽情尽意地议论了一番之后,区细提出问题道:

"这政纲好是好了。可是凭谁来实行呢?如今广州大城还不知落入谁人手中。可是不管它落入谁人手中吧:陈济棠是不会实行的,张发奎跟咱们还记着仇,看来蒋介石跟何应钦更不会实行了。到底凭谁来实行呢?"迫击炮丘照心中不忿,就顶他道:"你长颈鹿真是聪明一世,懵懂一时!咱们工农政府的施政纲领,自然是咱们自己来实行,还要凭什么别的谁呢?"茅通马上应和道:"说的是,说的是。我就是这个心意!"马后炮说:"口讲容易,实地做却难。两年前,咱们有了政府,可是没保卫得住。如今政府是人家的呵!"队长华佗也开腔了,说:"正因为这样,刚才周公讲过的,咱们首先就要夺取政权！没有这个政权,什么也谈不上。"参谋长孔明很高兴地支持了队长的意见,说:"咱们成立赤卫队,就是为了打江山,夺取政权！不的话,要这赤卫队干什么？"急脚松年少气盛,听说要打江山,早已喜得心花怒放,说:"要干,马上就动手干！拿下乡公所不费事儿,拿下区公所也没什么大不了,只是不知道拿县城怎么样！"他哥哥树叔比较老练,就教训他道:"你倒是好！把事情看得这么容易！是跟你玩泥沙一样吗？"煜嫂也说:"树叔说得对。两年前,咱们就拿下过省城。可是咱们保不稳,一下子又丢了。目前,咱们的力量还没那时候大呢！"区细听见胡树和邵煜这样说,也就表明自己的态度道:"可不？我看要夺取政权,根本就没有希望！"马有又接着说:"的确没有什么希望。震光小学的老师丁猷到处对人家说:共产党真正反帝、反封建,解决民生问题,对工人农民,大有好处。可是现在共产党完了,没有了,社会要永远黑暗了,人只有永远悲伤,永远不幸,永远痛苦,没法儿解救了！听他这番话,他对共产党是好的,可惜……"丘照按捺不住,打断他的话道:"可惜你相信了他的话,我可不听他的鬼话！咱们一定要像周公刚才说的那样,把政权拿过来！你瞧吧,咱们就是拿得下！"马明给丘照撑腰道:"咱们没保住省城,是因为大家还不齐心。咱们人少,敌人兵多。省城的工人还有许多没参加赤卫队的,有许多机器工人倒反过来跟咱们打仗呢！"陶华也说:"是呀。四乡的农民也来得很少。有许多地方的红军都没有赶到！"这样,夺取政权有没有希望,两方面就展开了激烈的争论。周炳一面听、一面想,后来就说:

"目前没希望夺取政权,这倒是真的。可是我从这个没希望里面,却看出了无限的希望。你们想想看,目前中国乱成这个样子:外国人天天欺负咱们,军阀们天天互相残杀,谁也活不下去,正是天下英雄,纷纷揭竿而起的局面。咱们震南新村有了赤卫队,别的地方就没有赤卫队？只看你对无产阶级革命忠心、不忠心,只看你对敌人有韧劲儿、没韧劲儿。是忠心的,有韧劲儿的,就一定会坚持下来，只等共产党一来，就能一齐出动。我看夺取政权也不难！我看这里面就有无限的希望！"

大家都知道他拿手演戏，大家都听过他的清亮甜厚的嗓子，可是大家都诧异他这几句话怎么说得这么深厚，这么雄壮，这么好听！他最后说到"希望"两个字的时候，伸手轻轻在空中一抓，好像已经把那"希望"牢牢地抓在手里。同时他这一抓，又把这群野马似的汉子的心抓住了，拴定了，叫大家呆呆地望着他的拳头，动弹不得。正在这个时候，给他们放哨的豪爽少年区卓带了三个中年男子从外面走了进来。他们都是南、番、顺特委派来参加纪念会的。大概这些来客已经听见了周炳所说的话，一跨进门槛，看见墙上悬挂着鲜艳夺目的红旗，就说："好极了！对极了！有骨气！有胆识！"周炳一望见他们，就像孩子见了亲娘一样，连蹦带跳飞奔过去，扑倒在他们身上。大家跟着望过去，见冼鉴、冯斗、谭槟三个共产党员一齐出现，像从天上掉下来的一般。大家也不管这时候是什么时候，这地方是什么地方，一齐欢呼叫闹起来。大家问了他们数不清的许多问题，也回答了他们数不清的许多问题。他们也问了每一个人数不清的许多问题，同样回答了每一个人数不清的许多问题。又笑、又骂、又赞、又叹，像雷鸣似的一阵阵轰起来，传到左邻右里，传到螺冲和前冲，一直传到东沙江堤岸上去。足足闹了一个更鼓，才稍为静了下来。大家兴头没过，只管张大嘴巴笑，兴奋得不得了地在听着客人说话。冯斗说他在广州、韶关这条线上走货车，昨天才从韶关经过翁源回到广州，可惜没见着马有和区细，更不用说关杰了。他又说沿路的军队的确勒索得很凶，可说五里一关、十里一卡，不过只要老板肯花钱，还是走得通的。不单是走得通，沿路还可以买到各种各样的长枪、短枪、手榴弹，甚至还可以买到机关枪呢！他弯着那又高又瘦的身躯，眯起一只眼睛，像在放机关枪一样，引得大家开怀大笑。谭槟也给大家说了他怎样在南海、番禺、顺德一带地方组织农民武装的故事。他的确像传说中的那个英雄一样,又矮又圆,满嘴胡须,一口台山话,一身黑衣服,掖着两条枪,威武得很。大家要看他的枪,他就撩起黑衫给大家看。他说他的确在震北村出入过,也的确到过宝安县的深圳和香山县的前山,可惜他不知道周炳要找他,因此没有等候。他知道许多愚蠢的地主和脓包的军官的故事,一说起来又是嬉笑怒骂,妙趣横生。他说他本来老早就要攻打省城,可是现在,他宁愿等一等。因为看样子张发奎明、后天就要打到观音山,他想让张发奎跟何应钦、陈济棠他们干一场再说,又引得大家开怀大笑。"研究家"冼鉴又是另外一种风格,他沉静严肃,雄才大略,先谈蒋介石和冯玉祥之间的战争,又谈广东陈济棠和广西李宗仁、白崇禧,汪精卫派的张发奎之间的战争,随后又谈到国民党所挑起的反对苏联的战争。往后,他又使唤一种愉快的心情,激动的语调谈到毛泽东同志在赣东南成立苏维埃政权、扩大红军和土地革命这些惊天动地的大事情,听得大家连眼睛都不眨一眨,不知不觉到了天明。刚认得出路,他们就要走,大家把他们揪住、拽住、拖住、抱住,哪里肯放!后来他们答应将第一赤卫队的情况报告南、番、顺特委;留下了仙汾市的几个临时地址;又约定了半月后,如果他们不来,至少也叫如今在顺德县容奇镇做缫丝女工的黄群来碰一次头;大家才勉勉强强地松开手把他们放走了。

五八　诀　别

　　过了半个多月之后,约莫在冬至之后五六天,有一个晚上,大家又不约而同地上胡柳家里来闲坐。整整半个晚上,大家只管抽烟,喝茶,却不说一句话。自从冼鉴、冯斗、谭槟三个人来过震南村之后,大家的日子过得挺热火,拿队长陶华的话来说,就是"吃也吃得香,睡也睡得甜,做起功夫来特别有劲"。按照马明参谋长的想法,他们这回有了共产党的领导,这第一赤卫队说不定很快就会改编成红军,更说不定什么时候就会离开试验农场,出发去攻打广州。政治指导员周炳要大家做随时参加战斗的思想准备,又告诉胡柳:只要一打下广州,她的不幸的妹妹胡杏就能够获得自由。除此之外,周炳又在赤卫队中间展开了捐献运动:动员大家把能积攒的钱都积攒起来,准备和南、番、顺特委一联络上,就捐献给党,作为革命事业的活动费。大家都同意了这些想法,按照这些想法去做准备工作。胡柳给他们缝了一个钱包,上面绣上带铁锤、镰刀的一面小红旗,把所有的捐款都装在里面,然后藏在一个极为秘密的地方。胡树、胡松两兄弟赶快把那扇朽坏了的烂大门修理好,以便没人在家的时候,可以把大门锁起来。只有他兄弟俩对于当红军、出发到省城去打仗,怀着惴惴不安的心思,大家都拿这一点说了许多笑话,取笑他们。不知不觉,五天过去了,十天过去了,冼鉴他们还没有来,去乐昌找寻冯斗的关杰却回来了。他听说他们三个人来过,后悔得什么似的。他又告诉大家,他路过广州的时候,碰到一个从前一道在普兴印刷厂印《红旗日报》的工人,他向那个人打听他们的朋友古滔的下落,那个人也不知道古滔在哪里,却悄悄告诉他,有人传说周文雍同志已经回到省城活动,又有人传说金端同志已经回到广东,目前正在海陆丰一带活动。大家听了,又是一番高兴。可是到了如今,半个月全都过去了。别说南、番、顺特委没来人,冼鉴、冯斗、谭槟三个人不露面,就连顺德县那方面的黄群也不来。他们慢慢着急起来了,心里头怅惘起来了,今天晚上坐了半个晚上,还没人吭声。大家都在心里想:"是不是出了什么事儿?是不是又断了线?"可是大家都不愿意说出口来。后来,周炳重复谈起他在上海找党的情形,谈起那种左右为难、进退不得,想烂心肝、想烂五脏,又急、又恼、又气、又苦的滋味儿,说明革命工作是艰苦的,是真正的艰苦的,是料想不到地那样艰苦的,要大家拿出韧

485

劲儿来忍耐。区细听了,撅起嘴不作声。马有听了,就唉声叹气道:

"不用说了。像那回暴动那样痛快淋漓的日子,恐怕第二辈子才有了!"

区卓嫌他丧气,就骂道:"去你的吧!去蒸你的猪肠粉去吧!"

丘照、王通、邵煜三个人在嗡嗡有声地交头接耳。军师孔明接着就说:"小卓骂得好!也许咱们明天就回广州,也许迟几天。咱们凭什么丧气!周公说得对:困难是困难,希望是希望。你一减少韧劲儿,一变得脆弱起来,敌人就高兴。第二天叫你去打广州,你别装肚子疼呢!"

正说着,忽然远处有铜锣的声音,一声比一声紧地敲起来。一会儿之后,几面铜锣一起,杂乱无章地急敲着。胡源年纪大,有经验,他一听就知道村里出了大事情。再一听,他就知道事情出在北面。第三遍锣响,他就判断是东沙江那边有事了。他对大家说:"如今十冬腊月的,不会有水。可别是火才好!"大家拥出门口,朝北一望,果然见东沙江基围下面那一片棚寮的上空,火光冲天。大家差不多一齐说道:"坏了,火烛!"说完就捞起盆、桶、罐、瓢和凡是可以盛水的家什,一阵风似的朝东沙江基围的棚寮卷去。到了出事地点,果然火势很凶。几十间竹子和茅草搭成的棚寮密密地挤成一片,火从中心烧起,飞快地向四周蔓延。那些低矮的小棚子,好像纸做的一样,火苗朝它一卷,就卷去了半截,其余的半截像醉汉一样,摇摇晃晃地就倒在火焰当中。风在周围呼呼地旋转。人在风当中奔跑着。噼啪声,爆裂声,金属撞碰声,哭、闹、叫、骂声混成一片。黑色的烟和白色的雾在空中翻腾,一片片、一点点的灰烬在烟雾中飞舞,像下雨之前的蜻蜓一样。那焦臭的气味是那么难闻,人们都在流着眼泪,打着喷嚏,透不出气来,说不出话来。所有救火的人都使唤着盆盆、桶桶、罐罐、瓢瓢,没有任何的消防设备,连一根古老的唧筒都没有。事实上,他们的作用就是给那凶猛的火场增加一点白烟。这样子,到他们把大火扑灭的时候,那一片棚寮和棚寮里面的全部财产,都已经完全烧光,什么也不剩下了。

据震南村有年纪的人说,这还算老天爷分外赏脸:没有伤人。华佗一面下死劲救火,一面心里却在嘀咕:怎么没看见何勤、何龙氏、何娇他们一家子呢?他问东沙乡的文牍王先生,王先生圆滑地回答道:"没有看见呀!没有看见呀!真是的,怎么没看见呢?"他问东沙乡的乡长何奕,何奕却反问他道:"你都不见我还见?你这时候还找他们干吗?"这两个人围着火场打圈圈,指手画脚,却没见他们动过一根木头,洒过一瓢水。救完了火,天已经蒙蒙亮了。华佗只穿着一件贴身小汗裤子,也已经湿透。他找着自己的卫生衣,披在背上。他觉着脸上黏糊糊的,一看双手,又是黑黢黢的,就到基围下面一眼鱼塘边去洗手。却没料到恰好在鱼塘边,他看见了何勤、何龙氏、何娇三个人,像三根拴舡板的木桩子似的坐在那里。何龙氏双手捧着那套准备给她装裹用的崭新的寿衣,这无疑是她家里最值钱的东西,也是她从烈火中抢救出来的唯一的东西。何勤在抱怨她道:"你什么都不拿,光拿了这一样废物,还不如拿一把扫把有用!"何龙氏在上气不接下气地顶他道:"你呢?你拿了什么有用的东西?"陶华走近一看,只见那何龙氏身旁有一摊鲜血,何娇正在轻轻地给她捶背,知道她又激出病来了,就劝他们道:"算了吧,大叔,大婶!别的都不说了。先找个地方歇一歇吧。人要紧呵!"何娇看见他来了,就像见了亲人似的抓住他的手哭道:"总是那肥猪二叔公使黑心,把我们弄到这里来,如今倾家荡产,连个窦口都没有了!华哥,你救救我们吧!"陶华是最能为顾人的,当时就拍拍胸口,说:"不要紧,凡事都有我!我还有一班好兄弟,你怕什么?如今之计,就暂时到胡源大伯家里搅扰几天吧!"何勤听见这么说,也没有别的奔头,就带上一家人,跟着陶华,投奔胡源家里。在胡家挤下之后,别的都还将就,就是衣食无着,却是一件大事。何福荫堂管账的何不周,定下规程,每一户受灾的只准借支五块

487

钱。这一点钱,大拇指一般高的一叠双银角子,顾得吃来顾不得穿,顾得买两条毛巾、两双木屐,又顾不得给何龙氏请大夫、抓药材。何、胡两家人都急得没法儿。胡柳要拿出那准备给洗鉴、冯斗、谭槟他们带回去的钱包儿,陶华却连说:"使不得!使不得!"周炳也没法儿,只好老着脸皮向校长林开泰预借十块钱明年的薪水。林开泰答应借了,只是嘴里不干不净地说:"销魂柳呀销魂柳!那是个无底洞呵!"周炳拿了钱,也不理他,就给何勤送去。第一赤卫队里其他的人,这个几毛,那个一块,也都给他们凑了一点,算是糊弄过去。

又过了一个月,眼看腊尽春回,阳历已经到了一千九百三十年的一月底,阴历也快要过年了。刚祭过灶不久的一天早上,天气极冷。胡源见田里没有活干,衣服又单薄,就躲在家里不出去。太阳也迟迟不上来,天空灰暗暗的。约莫到了半前晌的辰光,太阳像一片金叶子似的,忽然落在堂屋的小方桌上。胡源正卷了生切烟,准备到门口去晒晒太阳,却没料到门口有人大声咋呼,是何不周的跑腿郭标的声音。这郭标平素只缠着何勤、何娇两父女,很少跟他打交道。正踌躇着,郭标就进来了。胡源问:"郭标,找我么?"郭标轻薄地说:"一点不错,正是找你!"胡源又问:"找我有什么事?"郭标更加轻薄地说:"事儿可大哪!"胡源再问:"除死无大灾!有什么大不了的事儿?"郭标摇头摆尾地说:"一点不错,正是这个事儿!"后来胡源再三央求,郭标才告诉他道:

"你的女儿胡杏——不,何家的二少奶,快死了!何大奶奶怕在新年出事,不吉利,今儿一早拿船把她运回来了!那船刚才从东沙江进了'横冲',又从横冲进了'槐冲',如今停在'大帽冈'下面的'南渡口'呢。二叔公叫我来通知你:叫你赶快去把她领回来!不,叫你赶快去把她背回来!她如今还没断气,不过不会走路,也不会说话了。快走!二叔公还要我告诉你:人家何家不要她了,人家把她还给你了,从此一刀两断了!快走吧!"不知为了什么缘故,他把那几个地名、水名说得特别沉重,特别响亮。

胡源伤心极了,又气得浑身发抖。他想得到胡杏迟早会出事儿,可没想到这么快。正在做家务的胡王氏和胡柳都放下了手中的活儿,叫了一声"唉呀";躺在床上养病的何龙氏也一骨碌翻身坐了起来。胡源没什么可讲,就说:

"二姑奶奶他们真个不要她了?还给我们了?一刀两断了?好!走吧!"

说完,就气嘟嘟地跟郭标一道走出去。过了半个时辰,他背着那曾经卖断了,如今又团圆了,但是也快咽气了的小姑娘胡杏,浑身大汗地走进堂屋。大家忙迎上去,着急得什么似的问他怎么样。胡源停住了脚,气喘喘地说:"还认得人!还叫了我一声爹呢!真心酸!"那病势沉重的"黑观音"好像知道到了什么地方,忽然睁开浑浊的眼睛,望了望她所能望见的地方,勉强笑了一笑,叫了一声妈,叫了一声姐,又把眼睛闭上。直到这个时候,胡源、胡王氏、胡柳,加上何龙氏,四个人才一齐放声大哭起来。太阳过了,整个天空又显得暗淡无光,北风在头顶上呼呼地嚎叫着。胡杏听见人哭声,又睁开了眼睛。这回,她觉着这地方好熟悉,又觉着这地方好陌生,一时没有了主意。这里的人们,她分明是熟悉的,可是一阵子工夫,又认不得了。她拿那双浅棕色的圆眼睛,皱起长长的、向上弯的眼尾,瞪着何龙氏发呆。她不能辨认这瘦削的大娘是谁,又不明白大家为什么放声大哭,只好又闭上了无神的眼睛。到她爹把她轻轻放在后房胡柳的床上,并且对她说:

"小杏子,你听见么?不是爹娘狠心作践你,实在穷得没法子呵!"她才混混沌沌地睡过去了。不到一顿饭工夫,胡杏回家这桩事儿就轰动了整个老震南村和震南新村。人们谈论着她的年轻和貌美,人们谈论着她的又深沉、又灵慧、又温柔、又凛冽的性格,人们谈论着关于她的美好的记忆,人们谈论着卖身五年的痛苦岁月,人们谈论着她如何过了五关、杀出重围的赫赫战功。可是奇怪得很,随便哪一个人都闭口不谈她怎样受了她二姑的欺骗那一段伤心事情。人们把这一位年方十六的小姑娘有那么美说得那么美,有那么神化说得那么神化,后来一传再传,就说成胡杏不是病,不是死,是快要成神了。所有认识胡杏的人,都跑到螺冲南岸那间快要倒塌的破烂瓦屋来看她。他们把成捆的柴草放在路边,把洗了一半的衣服撂在冲畔,把半熟的白米饭丢在锅里,把哭着的婴儿留在床上,都来看胡杏。胡杏在朦胧中好像知道有许多人来看她,觉着自己满身秽气,满脸羞惭,实在见不得人,就用两手把自己那张天仙般的、娇憨的莲子脸儿死命捂住,不让人看。人们又怜惜、又同情、又疼爱、又虔诚地,默默无言地望着她;人们想摸摸她的刘海,想摸摸她的肩膀,想摸摸她的小手,可是又不敢碰她;人们想对她说两句宽慰的话,或者说两句愤激的话,要不就说两句鼓励的话,可是又不敢惊动她。人们走出走进,都是庄严地,虔诚地,一声不响地,顶多也只是低声跟她家的人说一两句悄悄话。……

在这种情形之下,何勤、何龙氏、何娇一家人心中非常不安。胡家遇了事情,又在年头岁尾的,自己帮不上忙不说了,怎好待在这里给他们添些乱?何龙氏是烈性子的人,挣扎着爬起身,一定要搬走。何勤本来是没主意的,这时更加没主意。何娇不管天高地厚地说:"事到如今,咱也不用去管它什么天条、什么王法了!叫我给咱揭掉那乡公所的封条,咱们只管搬回从前的房子去住去!"说罢她当真噔噔、噔噔地跑到前冲旁边,他们原来住得好好的"太公"房子门前,刷的一声把那张封条扯得粉碎,又噔噔、噔噔地跑回来,把她娘何龙氏背上就走。这桩事儿传到何福荫堂管账何不周耳朵里,简直叫他不敢相信。他自己身体臃肿,不便走动,就叫郭标去探听虚实。郭标回报,说果然不假,直把他气得瞪着眼,说不出话来。他叫了东沙乡乡长何奕来商量计策,偏偏这何奕阴险有余,魄力不足,不敢拿主意。何奕走后,二叔公一个人左右寻思,想不出个好办法,只好暂时哑忍,装作不知道。他眼看着胡杏回家这件大事激起了公愤,那群情汹涌的势头,来得不善,恐怕就是震北村的耕仔们抗租的势子,也比不上,心里着实有点慌乱,只想着什么时候到省城三家巷去跑一回,向何五爷禀报一下才妥。不料这时候,胡杏的姐姐胡柳睁眉突眼,咬牙切齿地直奔账房而来。何不周摸不清她的来意,只当是那小丫头已经断了气,她是来索命的,当时要躲也躲不及,只好硬着头皮坐着。胡柳的性情本来温柔淡定,这时好像变成了另外一个人,既不叫人,也不问好,劈头就说:

"你们把人糟蹋成这样,一文钱汤药都不补,倒想怎的!"

何不周油喉地说:"你坐一坐。那好商量,好商量。"

说罢,数出一叠大拇指一般高的双银角子,放在胡柳面前。胡柳拿手一拨,说:"五块钱?五十块都不够呢!我们的命没你那么贱!"何不周仍然笑嘻嘻地哑忍着,不跟她发脾气,又数了一叠五块钱的银角子,加在旁边,说:"大家住一条村,吃一条水,朝见口、晚见面的,有事好商量。我也是替人打工,做不了主。你先拿回去用着,我这一两天就上省城找何五爷问去,以后怎么办,以后再说。"胡柳没法儿,只得拿了十块毫洋回家,给胡杏请大夫,抓药,做一点吃喝的东西。

可没想到,做给胡杏吃喝的东西,她只是闭着嘴,摇摇头,一点都不肯吃下去。更没想到,请了大夫来看,一面摇头,一面开方。胡松一口气奔跑到仙汾市给她抓了药,胡柳头发蓬松地蹲在炉边给她煎了药,她却不肯吃。尤其想不到的,是大家苦口婆心,好生劝她吃药的时候,她脸上露出万事已成定局的神态,只拿一对感激不尽的圆眼睛瞪着大家,慢慢地伸出一只干瘦的胳膊来,大家以为她要拿药碗,正在高兴,不料她几个小手指轻轻一拨,哗啷一声,药碗翻倒,一碗药泼在地上,徐徐冒烟。大家退出堂屋,都觉着胡杏已经没有希望,不禁摇头叹息。这时队长陶华、政治指导员周炳、参谋长马明都在,就跟胡源、胡王氏、胡树、胡松谈起小杏子的后事来。胡柳在里间陪着病人,正是忧愁得气都憋住了,忽然听见那可怜的妹妹低声地,但是非常清楚地叫唤她道:"姐姐,姐姐,你过来。"胡柳心跳了一下,眼泪登时涨满了眼眶。她跑过去,坐在床边,紧紧地抓住胡杏一只手,嘴里说不出话来。等了一会儿,胡杏才慢吞吞地跟她诀别道:

"家姐,想不到我才十六,咱姊妹就要分手。别伤心。这个年,我是过不了的了,我自己知道的。分手就分手,不用难过。死了倒也自在,免得受这洋罪。这样的鬼病,能治好的,万中都无一呢。如今,我的心倒觉着平和,一点儿不乱。只是我有一句话,不知道好讲不好讲?"

胡柳声音发颤地说:"家姐在哪,你说吧!有什么话,只管放心说吧!"

胡杏反而紧紧抓住姐姐的手,从容不迫地说出来道:

"家姐,我要告诉你,炳哥真是一个十分特别的人,十分奇怪的人,十分少见的人!不管什么时候,他总是向着我,帮着我,偏着我!他说过,他要带着红军回三家巷,把何家的人捆起来,把我放回家。这是真的!他说得出,就做得到的!可是我等不到了,我摔到泥潭子里面去了,我完了。这是命数!——不过如今他就在你的面前,你怎么想的呢?现成放着这么一个好男人,你怎么想的呢?你还没有找人,就找了他不好么?"

胡柳低着头,不作声。她只觉着胡杏那只小手越抓越热,越抓越紧。过了好一阵子,胡杏又说:"家姐,还有一桩事儿,你得给我办一办。省城三家巷何家有个小妹妹,今年十三岁了,叫作何守礼。她虽然出身富贵,对咱穷苦人家,倒是挺义气的。她想要一只全白的小兔子,我也答应了她了,你一定给我办到,免得我失了口齿。好了,家姐,我就只有这两桩心事了。这两桩事儿办了,我的心也就清静了!"

胡杏刚说完,外面的人就挤进里间,七手八脚地把她搬出堂屋外面,放在北墙下的那张木板床上。这是古老的规矩。这张床原来是胡树、胡松兄弟俩睡的,后来何勤、何龙氏借住了一个时候。北墙上不久前曾经悬挂过那面熠熠闪亮的红旗,如今大门外对面人家墙上的夕阳反射到胡杏的身上,好像那面红旗所发出来的红光,还停留在这堂屋里呢。胡杏侧身躺着,还是用两手捂住自己的两颊:没脸见人。周炳实在气愤不过,就在她身旁坐下,拿起她一只手,轻轻抚摩着,想宽慰宽慰她。没想到她一缩回手,厉声叫道:

"炳哥,不要碰我!我脏得很!"

周炳笑了笑,带痴带傻地说:"你不脏!你有什么脏呢?你干净得很!"

胡杏忽然睁大了娇憨的圆眼睛,像小孩子撒赖似的说:

"炳哥,我多么想见你一面!那棵白兰花还是好好的呢!可我——我完了,我没了,我毁了!你替我报仇!你答应么?你答应么?你答应么……"

周炳惊奇地望着她,不明白她的眼睛怎么会这样神采奕奕,不明白她的声音怎么会这样宽宏嘹亮,不明白她这时候从哪里借来了这么一股横蛮粗野的生命力。他非常喜欢这个身患重病的女孩子,就坚决地摇摇头,说:

"我不答应替你报仇!你过几天就会好的!有多少仇,你应该自己去报!"

胡杏望着周炳气势逼人的大圆脸,觉着这个年轻人是在老老实实地说着真心话。她相信周炳不是虚情假意地安慰她,不是随随便便地应付她,也不是空洞无物地哄骗她。她想,敢情周炳真从自己身上看出有希望的东西来了,就轻轻呼出一股游丝般的气息,安安稳稳地睡了。可巧,她那一整晚都没有吐血。第二天,何娇带了一批女孩子来看她,左邻右里的贫苦农民带着许多红糖、生姜、糯米、腐竹、花生、红枣来探望她,大家都以为她说不定已经出了事,想不到她却没有死。这里面只有胡柳知道,是因为周炳给她说了几句话,才叫她硬撑着活了下来。妈妈胡王氏心疼女儿,就走到床边，一面掉泪，一面问她还有什么话要说。胡杏对娘说："第一，我死之后，要把我葬在小帽冈，葬在那洋学堂和观音庙当中的地段。第二，不要竖碑，不要叫人认出我来。第三，只要拿土在我身上垒一个饽饽堆，然后在我头上种一棵白兰花就行了！"听见她这么说，胡柳心里就想："唉，她还能挨磨多久呢？"那颗心痛得跟刀挖一样。

五九　恍如隔世

第三天，胡杏还没有死，那精神看来反而好了一些。大家都说这是"回光返照"，想必是年前的事儿了。女儿救不转，办大事又得花钱，胡源老汉为这事儿又悲伤、又烦恼，不知如何是好。这一天下午，第一赤卫队在小帽冈前面的观音庙开会，商量筹款的问题。一上来，这班英雄好汉个个都悲痛万分，慷慨激昂地大骂蒋介石、汪精卫、何应钦、张发奎、李宗仁、白崇禧、陈济棠等人，说他们为了抢地盘、争权利，便勾结帝国主义，压迫穷苦人民，这胡杏的凄凉身世，便是一个绝好的证明。无形中把这个筹款会议变成一个讨贼大会。接着，大家又将何应元、何胡氏、何守仁、何守义、何不周、林开泰、郭标、罗吉这伙子禽兽，一个一个地痛骂起来，说这些畜生灭绝人性、惨无人道。大家都发誓有朝一日攻下省城，一定要将这班丧尽天良的家伙交给人民公审，戴上高帽子游街。可是一讲到怎样筹措一笔大款，给胡杏料理后事，大家就面面相觑，一筹莫展。拿绣着铁锤、镰刀的布包装着，准备捐献给革命的那一点钱，大家都认为是动不得的。近来，大家又给何娇她娘凑了一点钱治病，如今手头都空空如也，再也想不出法儿了，怎么办呢？区细主张把乡公所经常使用的四条驳壳枪缴过来，看附近哪个村子合适，就去打一家土豪,给胡杏办装裹,也算第一赤卫队开开斋,给统治阶级一点颜色看看。丘照、王通、区卓都觉着这办法痛快,赞成了他。但是胡树、胡松、邵煜、马有四个人反对。胡家兄弟认为如果为了革命,别说打一家土豪,就是打十家土豪,他们也只有赞成的份儿;可要说为了他们妹子个人的事情,动用这一份革命力量,那却万万使不得。邵煜提醒大家要慎重考虑:倘若当真打了土豪的话,这"第一赤卫队"该朝哪儿走?小杏子的事儿还办不办?胡家爹、妈、姐姐还要不要在震南村待下去?马有却直截了当地说:"广州暴动那么大的一股子劲,尚且失败了,如今村村有碉楼,乡乡有团队,我看那土豪就是打不下来!"周炳一听,就生了很大的气,高声说道:"你怎么净长他人的志气,灭自己的威风!打不打土豪,全在我们。要打,随便你挑哪一家,也只像拈刺一样,说拿就拿下来!连我一个人都敢去呢!不过煜嫂说得也对,要干,就得通盘打算,光泄一时之愤是不对的!"陶华也说:"为了我跟何娇的事儿,大家尚且打了乡公所,这如今为了小杏子的后事,打一两家土豪,本来没什么不应该。只不过煜嫂的话,大家也不该当作闲文!"周炳又说:"不是么?要是我在场,我也不赞成大家去乡公所抢人的。本来是乡公所抓人不对,你这么一打,倒成了他们有理了。现在有党在,我们要动手,就该先问问党。"陶华、马明、关杰三个人都赞成周炳的意见。马明还提议大家应该鼓动其他的农场工人,向公司要求发放年终双薪。如果发了双薪,筹款的问题就解决了;如果公司不肯发,大家就立刻发动罢工,一直到胜利为止。大家都赞成了他的意见,只有区细一个人坚持反对,会就散了。

广东震南垦殖有限公司所办的试验农场,在招募工人的时候,本来说过要给大家发年终双薪的,后来因为农场赔本太多,没有发放出来,一直拖到现在。现在,还有两三天就要过年,工人们把这问题正式提出来了,还威胁经理郭寿年说,如果不立刻发放,就要罢工对待呢!早在一个星期之前,董事长陈文婕就拿这个问题,征求过几个重要股东的意见。那些重要股东大概都是陈文婕的至亲好友,都迎合她的意思说:"倘若农场周转不动,就宣布取消双薪吧!"但是公司堂堂正正许下的话,又不好随便勾销,所以董事长给经理的指示只是说:尽量往后拖,拖过了年再说。想不到工人们的来势那样猛,要求立刻发放双薪,限四个小时答复,不答复就要立刻罢工。事情实在太突然,要进城一遭也来不及了,于是郭寿年就去向震南公安稽查站求救。如果梁森站长像对待二叔公何不周那样对待郭寿年,那倒也罢了;偏偏这梁森不知哪根毛竖起来,不只没跟郭经理讲价钱,并且立刻派出大队稽查,全副武装,手执短棍,到震南新村去镇压罢工。不用说,农场工人们坚决抵抗,跟他们对打起来了。这场冲突的结果,工人们有二十几个人受伤,稽查队的损失也不小,罢工一开始就受到了挫折,停顿下来,那些胆小怕事的人纷纷自动复工,年终双薪的事儿也不再提了。

到了旧历年三十晚,第一赤卫队的全体人员在胡源家里吃过了团年饭,就在那堂屋里商议起来。这次的武装冲突,赤手空拳的赤卫队也有丘照、王通、陶华、马明四个人负了轻伤。丘照和王通闷闷不乐地喝了很多酒。这时候,丘照满腹牢骚地拍着胸膛,使足那洪亮的嗓门开腔道:"不用商量。还商量什么呢?你不动手,人家倒先动了手!如今只要定个日期,冲进那稽查站里面,杀他一个寸草不留,再放一把火,把那狗窦烧了了事!我跟国民党正规军也打过仗,也没少了一根汗毛。几时倒轮到这些稽查耀武扬威?"王通接着说:"真是的!那天只要我手里有一支小曲尺,说老实话,咱们的罢工失败不了!这个仇不报,这口气实在咽不下去!打!打!没有别的话说!"他挥着手,把堂屋里的风挥得呼呼地响。像往常一样,一提到有什么行动,区卓便头一个赞成。他看不出事到如今,除了动手之外,还有什么别的法子。令大家惊讶的,是驯良、羞怯的邵煜,还有那深思、明理的关杰,这回也觉着忍无可忍,非打不中。往后大家拿眼睛望着长颈鹿区细,料想他一定会有一番激烈的言词,赞成立刻动手。谁知他看见有人望他,就拧歪脸,像跟谁怄气似的,一言不发。倒是对于赤卫队的任何行动,从来不表示意见的胡源老汉,这回却抢先说道:"不能朝这么办!这是什么意思?这是——造反了呀!咱祖祖辈辈,说句不怕失礼的话,从来是忍气吞声熬过来的,不能由咱坏了这规矩!"胡树嫌他爹的话过于守旧,不合年轻人的脾胃,就撇开他的意见,提出自己的主张道:"打是个好主意,可得看怎么个打法。我看咱整个赤卫队应该立刻拉出去,投奔红军。等咱当了兵,有了枪,那时候要拔掉这稽查站,也只当是拈刺的一样!"急脚松一听去当红军,脚板就发痒,急急忙忙地说:"去,去!再大也杀起!今晚出发就好!"华佗和孔明觉着胡树说得对,也都赞成了他的意见。这时候,胡王氏就出来干涉了。她说:"哪有这么撒脱的道理?说干什么就干什么,拍拍屁股就走?你两个要当兵,除非把我们带上一道走。不然的话,你们可别想走得成!试试看吧!"胡树向他爹妈解释道:"事到如今,你们还看不透彻么?从前有党,有红军,有农会,咱们的日子是什么日子?后来没了党,没了红军,没了农会,咱们的日子又是什么日子?看阿杏吧!看阿娇吧!咱们还过得下去么?如今又有了党,有了红军,咱们还不跟着红军走,难道一齐在这里等死?"周炳心里十分喜欢胡树,就接上说道:"阿树兄弟说的倒是正理。就拿我来说吧,头一回拿我当个人看待的,不是共产党,是谁?正因为这样,咱们不能随便行动。咱们如今是一支赤卫队,有着党的领导。该怎么做,下一步走哪一着棋,该先问问党!"大家一想,都觉着周炳说得对,便不再说什么。只有区细和马有两个人,满脸晦气,始终不开口。胡柳一看急了,就责备他们道:"你两个不开金口,打的什么主意?你们不说,我说!这一年来,我听的革命道理多了,我也有一点谱子。不怕大家笑话,我说句失礼的话,我想:是炳哥说得对!大家找生找死,好容易把党找着了,如今有了大事,怎么不问问党?"这样,大家一致同意去向党请示,会议就结束了。

497

散会之后,区细、马有、关杰三个人落在后面,一道回农场。关杰问他两个道:"你两个是顶爱说话的,怎么今天晚上却不开口?"区细叹口气道:"我们还说什么呢?我们说东,人家往西;我们说西,人家往东!只要指导员一张嘴,就都对了!"马有说:"一点不错。这里没有我们说话的地方!你说打,也错;你说不能打,也错。大家都爱看咱周公的脸色!阿柳更加不用说,连他放个屁都是香的!"关杰规劝他们道:"凡事都得讲个道理。如今大家都在患难之中,你们放蛮来,怎么使得?"区细不作声,走了一阵子,又说:"我算是把我表哥看透了!从前,他是一个横冲直撞,重义轻生的烈性汉子,遇着梁森,他能把他活活地吃下肚子里面去。可是他变了,变成一个婆婆妈妈的人了。什么事情都'问问党吧,问问党吧',像个老太婆整天上观音庙去问'胜杯'的一样!"马有把他的话接过来往下说道:"可不!我倒也看出另外一桩事儿!自从那回咱们给阿柳送东西做生日之后,咱们就像犯了罪似的。这也不是,那也不是;你也批评,我也讥诮。咱们是永远不得开脱的了!"关杰不高兴他们这种腔调,就声色俱厉地说:"你们不害臊么?怎么把不相干的事儿往一块儿扯!阿柳的事儿是阿柳的事儿。人家喜欢谁就喜欢谁,这原是勉强不得的。大伙儿劝我们,也只是为我们好。我一想,大伙儿说得对,我也就收了这条心!这也怨不得别人。其实对自己说,不也省了烦恼?至于革命的事儿,人家有理,就是人家对,你们怎么乱嚼牙巴骨子?真是岂有此理!"马有冷笑一声道:"怨不得你是一位关夫子,的确汪洋大度。我看周炳当了教书先生,是瞧不上咱这粗手粗脚的手作仔了!"区细也鼻子哼哼地说:"大约莫儿是在上海住了那么一年半载,把浑身的骨头都住得酥脆了!"

第二天是旧历大年初一,周炳蒙蒙亮就出了校门,坐渡船过了东沙江,上仙汾市去。他这回出去,一来为了要找冼鉴、冯斗、谭槟,最好还能找到金端;二来也为了给胡杏买一种贵重的药品,希望能把胡杏的生命挽救过来。那胡杏自从病重回家之后,请了大夫来诊治,说是气虚胃寒的症候,先用"黄土汤"的甘草、干地黄、白术、附子等等几味药给她止血。起先她不肯吃药,认定病已无望,后来周炳好好劝导她,她为了顺顺周炳,才勉勉强强地吃了。这当丫头的人,平时没吃过什么药,就是心气痛、吐血,何大奶奶也只认为是有点热气,叫她喝"王老吉凉茶"了事,因此病势越来越重。这回吃下了温中、扶阳、养血、止血的真正的药剂,那效验可就不同常人,一下子把血就给止住了。可是吐血虽然止住,人照样还是心痛、呃逆、虚弱、多汗、呕吐,甚至经常晕厥,成天水米不沾,迷迷糊糊地躺着。那苍白虚弱的神态,真是石头人儿见了也会伤心。大夫诊了病,又说要用"四磨汤"的人参、槟榔、沉香、乌药等等几味药给她益气暖胃才行,这就为难了。胡杏听说要吃人参,只顾闭上眼睛,一个劲儿摇头。胡源尖着嗓子,像哭嚎一般地说:"活命敢情是件好事!咱们饭也没得吃的,吃人参么?"胡王氏合起巴掌对着天空说话道:"我的老天爷!就是倾家荡产,咱也救不活这苦命孩子呵!"大家看看这种局面,再衡量一下自个儿的能力,都打算撒手作罢。只有周炳不肯甘休。他问了乡间两间药材铺子,都说其他的药好办,只有这人参一味,乡间却没有,就有也不会是好的,让他上仙汾市去找找看。大家正忙乱着,胡杏却还是一天几次地昏迷过去。胡家的人,左邻右里的人,都说听天由命吧,让菩萨给她做主吧。胡柳把两只眼睛哭得和桃子一样。昨天晚上大家在这里吃了团年饭,开了半夜的会,胡杏只是牵着一丝的气息,昏睡不醒,这里发生过什么争吵,她一点也不知道。会散了,大家看她,虽然叫财主家糟蹋得不成样子,却还是端庄安静,坚强清朗,露出即使枯萎衰竭,也仍然凛然不可侵犯的神气。周炳看见大家都认为她没有指望,心中很不服气。他知道胡杏是一个极有韧性的人,而一个极有韧性的人,是不会灭亡的,是不会叫灾难压碎的,是永远都有希望的,正像中国的革命是不会灭亡的,是不会叫灾难压碎的,是永远都有希望的一样!他一面想,一面就迈开大步,走到胡杏床前,

弯下腰,又像自己发誓,又像鼓励病人似的低声说:

"我一定把你救回来!我一定把你救回来!你不会随便认输的!你不会半路就走的!你不会甘心叫人消灭的!"

周炳真是满腔热情,异常激动。胡柳泪眼模糊地望着他,轻轻地叹气。她发现周炳那宏伟高大的身躯有一种蛮干到底的愣劲儿,周炳那宽阔明亮的圆脸上有一种天真的孩子气,周炳那自信而粗野的鼻子直挺挺地闪着光,周炳那浅浅的左、右两个笑涡儿在缓缓蠕动,并非由于他在微笑,却是由于他在咬紧牙齿。胡柳十分相信他的话,但是又替他那股戆直的傻劲儿暗地里担心和惋惜。就是这个青年男子——胡柳很迅速地回想起来,他在提出"第一赤卫队"的名字的时候,或者他在准备做成一件什么大事的时候,他就露出那样一种神态来呢!胡柳用手按着自己的心窝儿,觉着周炳这种神态使她的心里面产生一种复杂奇怪的东西,很不舒服。周炳可没有留心这些事儿,到了第二天天亮,也不管是大年初一,还是大年初二,他就带上这同样的神态上仙汾市去。到了仙汾市,他先去那种叫作"米机"的碾米工厂找谭槟。那里没有几家碾米工厂,他一下子就找遍了。人家都歇着工,不开门,躲在深深的后进厂房里赌牌九,掷骰子。他打了半天的门,人家晦晦气气地给他开了门,说没有那么一个人,就砰的一声把门关上了,再也不理他。周炳没法,只得去小机器修理店去找冼鉴,小机器修理店倒是多几家,他一家挨一家去敲门,赔笑脸,说好话,但是结果跟米机一样,连个影儿也没找着。有些小店根本锁上了大门,里边没人。他找了一遍,没找着,在街中心东张张、西望望,又下决心去找第二遍,好歹碰碰运气。人家看见这学生打扮的人,又敲第二遍门,又要找个什么姓冼的,只当他发神经病。有些个微笑望着他;有些个干脆不睬他,把门使劲关上;有些个正经说他,叫他不要再叫门;有些个拿话哄他,说向左转几个弯,向右转几个弯,那儿还有一家修理店,叫他去打听打听看,累得他走了半天,却是假的。这天仙汾市家家户户都关上大门,在里面吃喝玩乐地过年。街上行人极少,店铺也不开门,想找个人问问,想买点什么吃的,都办不到。周炳随着仙汾市的街道走了又走,不知道踩过多少炮仗衣,不知道听过多少洗牌声,骰子在碗里蹦跳的仓仓声,可是除了碰见几个"唱龙舟"的叫花子之外,别的什么也没有见着。看看到了太阳偏西,周炳虽然肚饿、嘴苦,还不甘心,可也实实在在没有法子可想。他找着一家大药材铺,也只当碰碰运气地去拍门。谁知这回却非常顺利:里面不只有伙计,而且有人参,听说病情危急,那伙计立刻拿厘戥出来给他称药。周炳买了人参,一半欢喜、一半忧愁地回到了震南村。上灯的时候,药煎好了,胡杏还是昏迷不醒。到了二更过后,人都散了,胡源跟胡王氏也在堂屋正面的木板床上睡了,剩下胡柳和周炳陪伴着病人。三更过后,胡柳乏累到了极点,就一个劲儿打瞌睡,像那种叫作"舂米公公"的小昆虫一样。周炳用大手掌亲切地抚着她的肩膀,使唤低沙的嗓音劝她道:

"去睡一会儿吧!别把人熬坏了!"

胡柳勉强睁开眼睛说:"哪里呢?我一点也不想睡!"说完,她就把矮凳子拉到胡杏床边,上半身趴在胡杏床脚上,一下子就呼呼地睡去了。

这时夜深人静,万籁无声,寒风吹着小煤油灯,轻轻闪动。周炳站在床前,望望那头发蓬松,羸弱不堪的胡杏,见她长着天仙般的美貌,却陷在十八层地狱般的痛苦和不幸之中,不免万般感慨。他怕脚步声吵醒别人,不敢走动,只是直挺挺地站着想道:"难道贫穷、痛苦、不幸是永远存在的么?难道生活就永远是这个样子的么?难道世界上有什么永远不会变动的东西么?"就那么迷迷痴痴地想着,一直到了四更时分。一交四更天,胡杏好像要醒了,开始窸窸窣窣地有些响动。周炳赶快点上一把干草,把凉了的药温上,再轻轻走到床前,仔细看看。原来胡杏当真醒来了。她那浅棕色的圆眼睛,这时候又开始向那罪恶弥漫的黑暗世界放射着不可思

议的光泽。显然从她那疑惑的神情看来,她一定没有弄清楚她的生命里面发生了一些什么样的变化。只听见她这样问道:

"我如今在什么地方?"

周炳说:"在你自己家里!"

她又问:"今天是什么日子?"

周炳说:"年初一刚过去,年初二刚来到!"

她再问:"这是什么时辰了?"

周炳说:"快天亮了!喝点药么?"

虽然周炳这个时候在这个地方出现,是极其费解的事儿,胡杏也不去深究了。她确信了那是周炳。她从被窝里伸出手去,紧紧抓住周炳那又宽又硬的手,既随和、又柔顺地在枕头上点了一点头。周炳斟了药,送到床上,胡杏歪着身,一口一口地呷着。周炳说:"这是十分好的药,一吃下去,病就好了!病一好,这世界也跟着好起来了!自然,共产党回来了,红军也回来了,咱们穷人又能够出头了!好不好?唔?"胡杏像一个婴孩似的相信了,又像一个婴孩似的,一点不掺假地笑了。

整整一个寒假,周炳没有离开过胡家。有时候白天回学校躺一阵子,一爬起来就又不见人影儿了。后来寒假过了,学堂开了学,他也是一个样儿,除了上课之外,总是找不着他。白天,赤卫队员都忙着干活,到了晚上,就都聚集到胡家来,商量商量,谈论谈论。夜深了,周炳总是让胡柳去睡,自己守护着病人。看他那顽强执拗,尽心尽意的神气,好像他就是一个大夫,治好这个病,他蛮有把握;又好像他在跟三家巷何家的人斗法,他们要弄死她,他就偏要救活她;甚至好像拯救这小女孩子跟他们赤卫队的革命行动有什么必然的关系,仿佛张太雷同志宣布的施政纲领要他这样做,仿佛这一切都是一码子事儿。说也奇怪,如是者过了一个月之久,看看到了阳历三月,到处春风荡漾的时候,胡杏竟跟那复苏的万物一道,苏醒过来了。全村的人都认为这桩事儿如果不是菩萨显灵,就是不可思议。震光小学的同事们压根儿就不相信周炳的紧张活动,那目的是拯救一个什么人的生命。有一次,丁猷好心好意劝周炳道:"周君,你正当年富力强,要干些国家大事才好。沉溺在一两个妇人女子的旖旎风情之中,空白了少年头,岂不可惜?"周炳不大在意地说:"救人一命,胜造七级浮屠。"丁猷耸肩道:"世界上救人,哪有这个日夜不分的救法?"周炳朗声大笑道:"我不只救一个人,还要救所有的人!也救你呢!"把丁猷笑得惊愕万状。

阳历三月出头的一个晚上,天气很暖。夜深人静,周炳坐在矮方桌旁边看书,胡杏忽然坐了起来,一面拨着自己的头发,一面用极细、极低却极清楚的声音说:"炳哥,怎么我好像活到第二辈子来了似的?我想起了咱们种的那棵白兰花,——你知道么,长得可真不错,可怎么就好像是上一辈子种的似的?好了,如今好了,我再世为人了。我死不了了。我不用别人报仇了。你说得很对,有仇得自己报呢!"

周炳看见她那种忧愁中的憨笑,觉着极其美丽,同时也觉着她是真真正正地活转来了。

六〇　后继和前仆

给胡杏治病的那位乡下大夫是一位很有意思的老人。五十多岁,矮矮小小,头发灰白,胡子也是灰白的。他第一次给胡杏开温中、扶阳、养血、止血的黄土汤的时候,怕病家不信,就大吹大擂,说他的药方如何灵验,如何药到病除。他第二次给胡杏开益气、暖胃的四磨汤的时候,说话就减少了,只是劝病家试试看,照理应该是有效的。到了三月底,胡杏真正活转来了,他就给胡杏开"四君子汤"的人参、白术、茯苓、甘草等等几味药,替她补气、补血。可是这时候他反而十分矜持，一句话不说，好像他一点把握也没有似的了。如是者又过了三个月，到了一千九百三十年的六月一日，恰好是旧历的端午节这一天，胡杏果然痊愈了。虽然从外表看来，她是灰白了一点，瘦削了一点，也长高了一点，但是她那灵慧、矫捷、轻盈、安详的风光气韵却完全恢复了。这一天大清早，胡杏捧着一面镜子把自己照了又照，忽然对胡柳说道：

"家姐，我好了，我完全好了。"

胡柳点头同意道："是好了，是完全好了。他们说你在三家巷的时候，一疼起来就随地打滚，一口一口红的吐出来，真吓死人！"

胡杏声音还带点虚弱地笑道："那么，我该谢谁？谢大夫还是谢菩萨？"

胡柳拿手拍着妹妹的脑袋，说："该谢大夫，也该谢菩萨，可是更加应该谢炳哥哥。大夫治得了你的病，治不了你的命；菩萨治得了你的命，却治不了你的病。只有炳哥哥两样都能治！"

胡杏拿自己的圆眼睛对着胡柳的圆眼睛瞄了一下，露出娇憨的大笑涡儿，因为觉着她的回答十分满意，一直没有作声。胡王氏刚打她们身边经过，望了望这两个姑娘，才无意中发现了她俩的眼睛是一样的圆，那眼尾是一样的长，又是一样的朝上弯，像鼎鼎大名的青衣"千里驹"的眼睛一样，两姊妹真是活生生的一对儿，不觉叹了一口气。后来不知怎的，胡王氏才一转身，就听见胡柳爹一声、娘一声地尖声怪叫起来。她连忙跑到她俩身边，只见姐姐蹲在地上，两手无缘无故地摆动着，像在水中摸鱼似的；妹妹一只手抓着剪刀，一只手抓着一绺头发，眼眯眯地傻笑着。原来胡杏已经拿剪刀把自己那条又粗又大的黑辫子铰了下来。那辫子如今躺在地上，像一条蜿蜒前进的青蛇一样。胡王氏一手拣起辫子，顿着脚说："怎么算好？怎么算好！"胡杏神色自若地说：

"我不要了！我不要了！那晦气东西，我永远不要了！"

胡柳感触很深地说："不要倒干净！那不成了'自由女'了么？"

胡杏剪掉了辫子,好像犯人脱下了号衣,好像病人揭去了膏药,那倒霉的忧愁、痛苦、疾病、罪恶仿佛都叫她一下子甩开了,只觉着浑身痛快。她先跑到屋子旁边的螺冲里去洗了一个澡,然后去摘了一大抱菖蒲、柳枝、龙眼叶、黄皮叶回来,把菖蒲和柳枝插在门口,把龙眼叶和黄皮叶用沙煲熬了一煲净水洗头。洗过头,涂上茶油,梳得整齐光亮,才动手洒水,打扫地方。等到处都打扫洗抹得一尘不染,她又动手拿黄纸铰了一个"钟馗"像,贴在堂屋中间、正对大门的板障上。看看像个过节的样儿了,两姊妹又把那一根根像肥大的灌肠似的硫黄熏香点起来,登时满屋子烟雾腾腾,香气刺鼻,两个人对着打喷嚏,又对着笑。吃中饭的时候,他们大伙儿吃了粽子,喝了酒,又吃了生菱角和熟菱角,还吃了又香又脆的大蒲桃。香包儿也做了好些个,有三角形的,有圆形的,也有菱形的,只是她两姊妹都不戴,说要给第一赤卫队每个人一个,到处乱扔着。吃了中饭,两姊妹又说要去看龙船,借了一只舢板,两支桨,就从大帽冈下面的南渡口出发,经过槐冲、横冲,划出东沙江,一直划到乡下人管它叫"大海"的、很宽很宽的江面上。这是通到省城去的水路,也是胡杏当初被人抛弃不要的时候,拿小艇子装着运回娘家的路径。胡杏这时候使尽全力划着,那舢板耀武扬威地俯仰前进,好像在质问那一江的流水道:

"你们晓得坐在我身上的是谁?你们晓得人家害过一场什么病?你们晓得人家如今已经是自由身了么?"

她俩看了半天龙舟竞赛,准备划船往回走。胡杏在后面划,她使了一个花招,把舢板搞得团团转,前进不得。胡柳正想骂她使黑心,只见她纵身一跳,一个大翻钻进水里,跟着船也翻了,胡柳也掉到水里去了。她知道胡杏在冲里洗了澡,还嫌不干净,一定要在大海泡一泡才舒服,就游上前去,准备搔她的胳肢窝儿。胡杏也知道姐姐游过来,必定不怀好意,就一个扎猛,潜到水底去了。这两姊妹从小就得了个"美人鱼"的称号,一上一下,一左一右,一升一沉,一翻一仰,真是游得不亦乐乎。小舢板和木桨都在水面漂浮,没人理会。天空中的钓鱼郎越飞越低,想必是也把她们认错了。

这一天,她们就这样尽情玩乐,乐了扎扎实实一个够。到太阳西沉,她俩才扭干衣服,划着小船,红着脸儿,懒洋洋地回家。走进堂屋,胡杏首先吃了一惊。那里面如今挤满了人,周炳也在其中,有一个人坐在她的床上,好像在给大家"讲古"。那个人矮矮圆圆,满嘴胡须,一身黑衣服,她却记不起来是谁。那个人看见有个生面女子,跟在胡柳后面,比胡柳年轻,比胡柳略矮一点,没有胡柳丰满,却是个清清秀秀的黑美人儿,不认得的,也就吃了一惊。原来这个人就是他们日盼夜盼的,专门在南、番、顺一带组织农民武装的谭槟,大家七嘴八舌地给他们介绍,说这就是槟叔,说那就是大难不死的黑观音胡杏。胡杏潦潦草草,又娇又腆地给谭槟点了个头,叫了一声"槟叔",就拉着胡柳的手,溜到灶台下面吃饭去。这里谭槟继续给大家讲蒋介石和阎锡山如何打仗的事情。看来他对于山西的土皇帝阎锡山到底跟中国最大的独裁军阀蒋介石火并起来这一点,显然感到十分满意。他高声对大家说道:"……自然,这是军阀混战,受苦受难的依然是穷苦老百姓,阵亡、受伤的依然是咱们穷苦的弟兄,咱们要反对这种战争,咱们要打倒这种战争,那是不消说得的!不过,你们大家想想看:这回的反蒋战争,可不同于前一回,更不同于再前一回。这回是汪精卫、阎锡山、冯玉祥、李宗仁、白崇禧、邹鲁、张发奎七个大老倌儿一齐出场,落力拍演,也够他姓蒋的好看的!只可惜张学良和陈济棠两个屠头,一个东北,一个东南,还没有动静。大概拿了人家的钱儿,受了收买。我看只要蒋家军一败,大势一去,他们也会出台的呢!"大家听谭槟把张学良和陈济棠叫作屠头,就跟着他的思路,对于那些不是屠头的军阀、官僚,生出了很大的幻想,觉着依靠那些军阀、官僚,把另外一个最大的独裁军阀打倒,也不算很坏的主意儿。于是越谈越高兴,好像已经亲眼看见蒋介石通电下野之后,那副垂头丧气的寒酸模样儿了!加上谭槟又尽力在鼓动大家,要大家随时做好准备,以便命令一下,进攻省城,更把大家逗得牙痒痒地,乐呵呵地,恨不得这阵子就出发前往。

大家正在高谈阔论,周炳、陶华、马明三个人凑近谭槟身边,周炳低声开言道:

"槟叔,我们三个人研究了几个月了,我们想参加党,我们有这个要求……"

周炳的神气是极其严肃,极其认真的,仿佛他已经使尽了全身的力量,才说出这几个字眼来。大颗的汗珠从那宽广的前额上淌下来,他也不敢用手去擦。他很不自然地微笑着,这微笑里面包含热情、胆怯、痴心和焦躁的等待。陶华和马明这时候面目呆板,一言不发,露出十分机密的神态。

谭槟问道:"你们谁先打这个主意的?"

周炳答道:"我先起心。华佗最操心。孔明最后给大家下了决心。"

谭槟一想,这本是合情合理的事儿,就悄悄说道:"我回去立刻给组织上反映。你们不要心急。"随后他又开玩笑道:"其实也不用急。反正不久就要回省城了,进城再细谈,也不算迟!"后来大家又把想法子搞枪支的事情,谈论了很久,二更天过了,谭槟才离开胡家,到别处去了。谭槟走了之后,区细忽然感慨万端地大声说道:

"正是小孩子剃头:快啦!快啦!——大人哄孩子呀!"

他这句话引起了所有的人的反应。周炳、陶华、马明三个人在深思着。胡树、胡松、区卓三个人有点愕然。关杰和邵煜相对摇头。马有哈哈大笑。丘照和王通却激恼了,相跟着走到他面前,质问那长颈鹿道:"话要说清楚些!你这是什么意思?"区细也不隐瞒,就对顶地说:

"什么意思不意思,我受不了了!这鬼乡下——我算是待够了!能攻进省城,我第一个回去。攻不进省城,我——早晚也得

507

回去！"

　　周炳、陶华、马明觉着问题严重，暂时不开口。马有抱着冷眼旁观的宗旨，也不作声。其余七条汉子一拥而上，把区细包围住，数他的不是。关杰是印刷工人出身，有点字墨，就指着区细的鼻子说："你也是印刷出身，不要给咱革命工人丢人！大家要回省城，都是凯旋回去的！你愿意当俘虏回去么？"胡树是个温和青年，这时也愤激起来道："你们都进城去了，只可怜我两兄弟进不去！我们在这鬼乡下长大，只怕也离不开这鬼乡下。可是细哥，是这鬼乡下有人送了帖子把你请来的么？没有。是省城有人要借你的脑袋，你自己才跑到这鬼乡下来的！炳哥人在繁华富贵的上海，还时刻记住这穷苦破烂的震南村，路过省城也不进去，先奔到这里来呢！长颈鹿，你的容貌倒十分像周公，可是你的心思差得太远了！"区细耸一耸肩膀，扯淡道："骂吧，骂吧。墙倒众人推！"于是所有的人都跟着七嘴八舌，慷慨激昂地争吵、谈论、抒情、表意起来。大家都嚷着回省城，同时大家都反对区细那种泄气调子；大家盼望蒋介石赶快倒台，同时大家又都盼望扛着枪，整着队，威威武武地开进广州。坐在一旁的胡杏对她姐姐胡柳说："家姐，你相信那姓阎的跟那姓蒋的是真打的么？我就不相信。我去省城五年了，没见过多，也见过少。哪个不是你打我、我打你，打一阵子又好起来的？"胡柳点头同意道："可不！红脸打黑脸，黑脸打红脸。狗打架的事儿，原是闹着玩儿，当不得真的。不像古往的人，有忠有奸，一打就打个水落石出！"周炳坐得离她俩近一些，听了一半，没听一半，就叫她俩把意见说出来，让大家听听。胡杏只是不肯道："有你们在，哪有我们说话的地方？其实，我们又哪有意见呢？家姐，我们有么？我们有么？"大家就这么叫着、嚷着，一直吵到深夜才散。

　　这里人都散了半天，离这里不远，位置在蛇冈西边脚下的震南公安稽查站才开始热闹起来呢。这时候，听差们点起了白纱大汽灯，就走进站长的寝室去，报告说刚刚抓到一个犯人，请站长办案。

梁森在大烟盘子旁边睡得正香,叫听差们吵醒了,满肚子不悦意,走到大厅上来。汽灯的光照到他的脸上,看来像树叶的颜色一样。他阴阴森森地坐在那里,不停地在咬着自己的嘴唇,心不在焉地听着那些稽查们的报告。听了大半截,他不耐烦了,就把手一摆,说:"得了。我通通知道了。你们说的那个犯人如今在哪里?你们瞧我跟他斗三个回合再说吧!你们爱看的,就坐着看;不爱看的,只管去睡觉。一听见号令,通通给我爬出来!"值班的把犯人押解出来的时候,约莫还有十多个便衣稽查坐在那里。第一眼看去,这犯人矮矮圆圆,满嘴胡须,一身黑衣服,分明有点其貌不扬,叫梁森看着失望。第一个回合,就是在这种稍稍失望的情绪底下开始的。梁森问:"你叫什么名字?"那个人答:"我姓谭,谭延闿的谭。我叫阿槟。槟榔的槟。"梁森问:"哪里人?"谭槟说:"这你还听不出来?正'台城'的。"梁森一听,果然是纯正的台山口音,又见他心境极好,有说有笑的,不免动起火来,高声喝问道:"这是审问你!谁给你叙家常?你是干什么的?快说!"谭槟搔了搔脑袋,有点为难地说:"实不相瞒了,长官。我原来做过米机,人家都说,真没见过这么好的机器仔,可是后来,时运不好了,什么都不好说了,也不好怎么拣择了,如今见什么干什么就是了!"梁森拍桌子道:"别啰嗦!你就说你没正当职业!"谭槟极为融洽地附和道:"对了,对了,就是没正当职业!"梁森又追问:"那你漏夜摸进震北村干什么?"谭槟十分诚恳地说:"报告长官,这是我上了一个同行的臭当。他的名字叫阿钩,别人都管他叫'屎钩'。他是一个毫无良心的人,公认的!"梁森听见他说"良心"两个字,简直在叫自己的名字,不免勃然大怒道:"谁叫你乱鸡巴胡嚼的!你管他有没有良心?你只要供你为什么进村就行!"谭槟急急忙忙回答道:"是呀,是呀。我这就说到这儿了!他说震北村有不少破烂钟表,破烂台椅,只是要价太高,他没有做成,叫我去看看。长官,你知道,咱们收买破烂这一行是大家彼此通气的。"梁森非常生气,那小眼睛眯得更小了,但是他极力

509

忍耐着发问道:"既然如此,为什么要晚上进村?"谭槟叹口气道:"话说到这儿了,还顾得什么廉耻,索性都对你说了吧!干咱这一行,不只要白天,还得要晚上;不只要拿钱买,还得要顺手拣一点,拾一点。长官,你是明白人,你瞧,我把事情说得再明白也没有了。让我走吧!"梁森不理他,只顾追问道:"那你为什么要躲进一间破庙里?"谭槟说,"我又无亲无故,不找一间破庙,谁给我窝藏东西?"梁森又发火了,大声喝道:"胡说!我们的人逮捕你的时候,你把什么秘密文件吞下肚子里去了?"谭槟两手一摊,十分委屈地说:"这真是冤枉好人了!我哪里吞过什么秘密?连烟枣子也三天三夜没吞过了。你们进去的时候,我正在吃南乳花生呢!"第一个回合就这样结束了:不分胜负。旁观的便衣稽查有几个相信他是个小偷,有几个不信,参差不齐。

第二个回合一开头,景象就是不同。梁森先叫人端过一张四方马杌来,让谭槟坐下,又拿出一本很大很大的报纸剪贴簿子来,叫他看。谭槟打开一看,只见那上面剪贴着的,尽是大大小小的无耻叛徒的脱党声明、悔过启事。有些不认识、不知道的;有些只听说名字,未见过本人的;也有曾经认识,或在一道工作过,或彼此曾经以同志相称、以肝胆相见的。第一眼望下去的时候,有一股沸腾的热血冲上他的脑筋,使他稍为晃动了一下。但是就在那一瞬间,他发现梁森两只小小的狼眼睛在死命盯着自己,便压住了满腔的怒火,冷冷地稳住了自己。这时候,梁森瞅准了机会开言道:"你识字么?看过了么?你觉着怎么样?"谭槟使出了浑身的解数,十分自然地点头微笑道:"冬瓜般大的字,能识几箩!不过凭良心说……"站长一听见"良心"两个字,触犯了他的忌讳,就勃然大怒,登时打断他道:"混七账!这世界只有妻、财、子、禄,有什么鸡巴良心!"谭槟说:"长官说的是!这世界上,登声明、发启事的人有的是,也不稀罕了!不过依我说,这些人无非也是不忠不烈,贪生怕死!"梁森故意歪头挤眼地问道:"这又有什么解究?"谭槟笑道:"古语有云:忠臣不事二主,烈女不嫁二夫!"梁森和颜悦色地说:"那是老封建了,不时兴了。如今是,识时务者为俊杰。怎么样?你也写一张吧!你只要告诉我,你跟谁接头,你们打算修理些什么枪支,你们打算什么时候暴动,这就行了。我当堂就可以放你!"谭槟好像没有听懂似的,十分作难地说:"这怎么行?咱们这一行,你叫他洗手不干容易,你叫他一件一件说出来,那多难为情!拿咱们的头人李福林来说吧,他当了多年的第五军军长了,可没见过他卖什么悔过启事!"

  大厅里的煤气灯发出咻咻的嘲笑声,第二个回合好像就要到此为止,眼看着站长占不了什么便宜。梁森张开嘴,放出几个大大的哈欠,不想玩下去了。他叫人把谭槟关在从前关过冼鉴的所谓"大花厅"里,自己回到卧房,爬上板床,抽自己的大烟去了。到天刚亮的时候,他从似睡非睡的境界中惊醒,决心进行第三个回合。他先叫了十二个武装稽查进来,对他们说道:"那姓谭的不肯招供,咱们是没有办法的。你把他送到广州去,人家也不给奖金。我想试试他,把大花厅的门打开,看他逃走不逃走,他要是个共产党,见机会没有不逃之理。大门有哨岗,他一定会打后门窜上蛇冈。蛇冈又只有一条通路,不怕他飞了去。到时候咱们活捉了他,也不怕他不认了。"十二个武装稽查走后,梁森自己也掖了一条左轮,吩咐了听差依计行事,出了后门,爬上蛇冈去了。这里谭槟一夜没睡,苦苦地寻思脱身的办法。到天亮了,看见那听差打开门上的大锁,进房打扫,就假装睡着。后来看见那听差出去了,许久都不回来。他猛然跳起身,见门大开着,就走了出去。从过道走到后院,到处静悄悄地,不见半个人影儿。后门也大开着,蛇冈雍容静穆地挡住了半边天空。他也不假思索,老实不客气地走出后门,一直跑上蛇冈去。走了约莫一袋烟工夫,他发现大路前面有一个稽查巡逻。他连忙后退,却发现来路上有稽查追上来。他想爬上冈顶,可是冈顶上有人,正在向下移动。他想跳下山坑,可是山坑里也有人,正

在抬头观望呢。他正踌躇着,只见梁森从竹林子后面闪出来,阴险地笑着说:

"这里全包围了,投降吧!"

谭槟一句话不说,跳上前去,照头照脸就是一拳。梁森抵挡不住,身子一歪,就掉到坑里去。后面一个稽查举起驳壳,打了一枪——谭槟突然觉着有一把大铁钳钳住了自己,身体发软,脚步歪斜,后来甚至呼吸困难,神志不清,慢慢地全身不能动弹,倒在那青青的草坡之上。他想起广州西瓜园开大会的情景,他想起观音山上肉搏战的场面,他想起什么时候攻下广州……第一个进城的是他……于是逐渐模糊下去,长眠在蛇冈之上了。

六一　翻脸无情

六月底,何福荫堂的管账二叔公何不周到省城去跑了一趟。他选定了一个星期天的日子。这一天的天气热得不行,他自己的身体又胖得不行,因此他决心连一步路也不走,雇了一只那种叫作"四柱大厅"的木船,自己躺在上面,让艇家把他划到省城去。一路上的村村、树树、水水、天天,他都让给艇家去赏玩,自己闭着眼睛,打一会儿呼噜,又呷一阵子油嘴。其实说他睡得很舒畅,也是冤枉了他。他只是似梦非梦,似醒非醒地躺着不动,在那里反复想着胡杏这桩该死不死的怪事儿。他不明白为什么有些大人物像袁世凯、龙济光、张作霖,极其威武,极其令人崇敬的,却慌慌失失地死掉了;可是像胡杏这样的臭丫头,死了也不值个烂橘子,却偏偏活了转来。他想到这里,不免在心里又骂又叹道:"呸!好不知羞!还铰了辫子呢!我看你索性剃光了头,当师姑吧!这世事也真是——不平的事儿总断不了有呵!"坐了半天船,又坐了好一阵子黄包车,他才算到了三家巷。这天却巧,何应元、何胡氏、何守仁都在家。因为事关机密,他们把他让到头一进南边那个华贵的大客厅里,由最漂亮的使妈阿贵出来奉了茶,掩上房门,才和他说话儿。省城的人都穿着轻软雪白的熟绸,摇着鹅毛扇;乡下人却穿着香云纱,摇着"油纸弓"。一黑一白,对衬十分鲜明。闲叙了老半天,何五爷才问起胡杏的事儿来。何不周见主家问,就叹口气说:"唉,真是好人不长命,祸害几千年呢!"跟着就把五个月来胡杏病危、胡柳吵闹,周炳服侍,工人罢工,一直到胡杏命不该绝,逐渐痊愈的情形,也不管别人知道的、不知道的,也不管从前的信中提过的、没提过的,一概从祖宗十八代讲起。讲了约莫一个时辰,才把话说完了,又加上说道:"这真是好心不得好报,好柴烧烂灶!这边老五伯哥、老五伯嫂、大侄孙少爷送那贱骨头回家,谁不知道你们的心呢,是想叫她断气之前,骨肉团聚一番呵!是再好也没有的好心肠呵!可是那贱骨头没有死,这就坏了。那些穷鬼不逞之徒,就说起不干不净的话来了。什么黑心烂肝呀,连棺材钱都想省掉呀,吃人不吐骨头呀,什么好听的都有了,倒好像无情无义的,是你们这边了。这真是好人难做——弄巧反拙呀!"何五爷立刻指正他道:

"二叔,你们就是不读圣人诗书之过。什么弄巧反拙!"

何胡氏想了想道:"只怕那个阿杏是死了。这个是妖精托世的!"

何不周哼哼哈哈地呻唤了老半天,才又说道:"要不是有那十大寇在那里为非作歹,单凭周炳一个人,他也救不活那贱骨头!这十大寇就是八字脚,那是审都不用审的!近来稽查站打死了一个共字号,听说就跟那十大寇有牵连。人家说得千真万确呢!可是咱有什么办法?人家十大寇有你们那边的亲家管着,咱们管不着。只为有陈家护着他们,连稽查站都不敢认真动他们呢!依我看,咱们不如把农场的土地收回来。那就一了百了,什么都了了!"

何应元正在思算着,踌躇不决。何胡氏捂住耳朵,不爱听这些事情。何守仁一直不作声,到这时却开腔了。他说:"陈家他们是新派。他们一天到晚,攻击我们是旧派。我还惹得起他们?只怕咱们堂堂县长,也惹不起他们呢!"

何胡氏只管自己说自己的道:"我们那个身娇肉贵的倒进了癫狂院!人家那么一只烂货倒白白地好起来了!真便宜了她!"她底下的话没说出来,可是谁都明白:当初以为她准死无疑,说了不要了;这阵子她却好了起来,想要也要不回来了。何守仁觉着事情没法办,只是摇头。何五爷看见这样,就教训他道:

"亏你还是个当官作吏的角色!你光摇头干什么?凭摇头就把事情办好么?咱们就该当机立断,把她要回来!咱老二也不是一辈子住癫狂院的。有一天回家来了,没个人伺候他成么?咱们当初是说了不要,可那只是一句话。她的卖身契还在咱手里,这就大有文章可做。契约、契约——就是空口无凭,才立此为据的呀!"

事情就这么决定了。何不周告辞回家。对于当老子的那种老谋深算,洞察世情,何守仁钦佩得五体投地,心里想:"姜就是越老越辣,一点不假!"何不周走了之后,一家人还没有散,何守仁的大舅子陈文雄从外面闯了进来。这外号"外国绅士",又经常被人称做"独创家"的洋行经理如今快到三十了,正是英年有为的时候,最近却遭了一点小小的不如意。一千九百二十六年,英国人让他当了兴昌洋行的经理,是为了他能够对省港大罢工,起一点破坏的作用。他自己也知道,英国人办事,是讲求实效的。可是到了一千九百三十年,人家干吗还要请他当经理呢?于是英国老板找了一点微不足道的借口,把他开除掉了。这几天,他正在进行着十分紧张、十分剧烈的活动,准备另外搞一些什么名堂。今天,他一走进客厅,就大声叫嚷道:

"亲家老爷!亲家奶奶!二妹夫!你们都在这里摇鹅毛扇子,看样子,又要搞什么阴谋诡计了吧?"从那说话的狂劲儿看来,他今天的心情极好。

何应元把刚才商量要回胡杏的事情对他说了一遍。陈文雄不以为然地说："你们也真是，就钉着要一个人。纵然她比区桃还漂亮，又能值几个钱？给守义兄弟另外买一个用用就是了！"后来他又转了口气道："不过，不谈这些小事情了吧。我有一件正经要紧的大事，来找你们。"何应元、何守仁爷儿俩听了，都有点不痛快。何守仁给他两句听听道："什么正经要紧的大事？光景不外是这个洋行、那个洋行！"陈文雄点头大笑，使唤何应元听不懂的英文说："塞尔屯利！塞尔屯利！"何守仁接着说："这真是鸟尽弓藏，兔死狗烹！只有英国人才有这么狠的心，只有英国人才有这么毒的手！要是我，我真做不出来！"陈文雄哼哼地冷笑道："这是战争，不是作诗！什么叫作商战？不过我倒不在乎这些。不跟英国人做买卖，我可以跟日本人做买卖。英国老板不雇我，我就自己当老板。英伦三岛和扶桑三岛，在我看起来，都是岛而已！"何守仁说："你总是乐天派。"陈文雄耸了一个欧洲的肩膀，说："我过来惊动你们，就是为了这桩大事。我爹不知怎样，心血来潮，说要创办一个'庚午俱乐部'，把省城所有有名有姓的人物，都包罗在内。看他的意思，是想邀请大家投资，办一个专做东洋货的大商行。另外，还想筹办一些别的实业，像纺织、染印这一类的东西。他那计划之大，筹算之精，我看了都头疼。主体是那东洋商行。好像连名字都有了呢，好像叫作'东昌行'呢。你们何家也来俱乐部玩玩，投点资，怎么样？"何守仁不作声，只拿眼睛望着爸爸。何胡氏听得不耐烦，就站起身，拍拍屁股走了。何应元不动声色，轻轻摇那花白干瘦的脑袋。过了一会儿，这才冷酷严峻地回答道："工商业投资嘛，按照我们的家规，是沾都不沾的。这叫作不熟不做。按理说，我也知道你们找钱容易，也很稳当，可是我不想找那个钱。我也不明白，一会儿美国货是劣货，一会儿日本货是劣货，一会儿英国货又是劣货，你们说不定哪天一高兴，又要抵制了！"陈文雄也不相强，就说："投不投资，那是闲事。你爱买房子，买地皮，只管买你的房子、地皮。参加庚午俱乐部,那才是要紧大事呢!"何应元父子答应了参加俱乐部,陈文雄才满意地走了。客人走了之后,何应元对那教育局长教育道:"你看,这不是活活的一个东昌行大经理的身份么?还要办实业呢!放着现成的花旗布、红毛布、东洋布,既多又好,你穿一辈子都穿不完,他却想创办纺织工厂!陈家的事儿你猜得准?你拿钱去入股吧,你拿钱去打水漂吧,哼!"剩下给何守仁做的事儿,只有点头一桩了。

经过两三天的筹划,何家决定派出大奶奶房里最机灵的使妈阿贵,去震南村"迎接"胡杏"回家"。按照何五爷的训示,这桩事儿应该当作一桩大事来办。第一,要以礼相迎;第二,要点明胡杏的身份,是二少奶的身份;第三,要让胡杏光光鲜鲜,欢欢喜喜地回来。不用说,除了中学生何守礼之外,何家大小、上下人等,都明白这不是一桩轻而易举的事儿。虽说按世俗的眼光看来,何家山高树大,谁不想挨挨靠靠,别说当他家的小媳妇儿,是巴之不得,就是再下贱的事儿,也有人抢着干呢!——可是胡杏,这就是另外一回事儿了。阿贵听说主家要她去接胡杏,也一时没了主意,立刻到厨房里找阿笑、阿苹两人商量。到了晚上,又在大门外的白兰树下,找陈家的使妈阿发、阿财、阿添三个一道斟酌。阿贵对大家恳求道:"我干什么事儿,都撇撇脱脱,说做就做。唯独这一回心大、心小,不知去好、不去好。众位姊妹给我出出主意吧!"这时候阿贵已经二十八岁,尖尖嘴脸,那刁钻的劲儿,仍然不弱于年轻的时候。她们这六个人之中,年纪最小,住年妹出身的阿添,今年也二十七了,不过大家都认为她的懵懵懂懂,没分没数,跟十年前、她十七岁、当住年妹的时候没有两样。当下她首先发议论道:"人家说胡杏心灵,我说胡杏心塞!是我年纪大些,别人不要我罢了。如果何家要我,我宁愿嫁给那疯子!有名有分,一辈子穿金戴银,我怕什么?"最狡诈的使妈阿财挤挤眼睛说:"可不!这正是:有人辞官不愿做,有人漏夜赶科场呢!"为人势利,今年已经四十八岁的使妈阿发慨叹道："论相貌,胡杏比得上天仙。要说脾气,那真是再温柔、再随和也没有的了!就是年纪,也不多不少,整整十六。这样的人儿,你打锣也找不着。可是就这一样:对何家就是不服,就是强!这也只怕是前世的冤孽呢!"何家三姐房里最老实的使妈阿笑说:"这样的事儿,你怎么好开口?人家病了,快要断气了,你才把人家赶出去,说什么一刀两断;如今人家好了,又像一朵花一样了,你又要人家回来当媳妇儿了。天下哪有这么便宜的事儿!天下哪有这么横蛮的理儿!要是我,我才不去!"看来阿笑的话是正理,大家都驳她不倒,也就不作声了。阿贵说:"笑姐既然这样说,我也不去了。留给大奶奶自己去吧!"何家二娘房里最漂亮的使妈阿苹虽然只有三十一岁的年纪,可她是二娘房里的,老爷跟大少爷的意旨,她总是先摸着几分,因此说话就有分量。当下她摇摇头说:"不去行么?你受人家的二分四厘银子,人家叫你做事,你不做!"于是有主张去的,有主张不去的,分成了两派嚷嚷。后来还是阿笑让了步。她说:"阿贵,你平素机灵,这时候怎么笨钝起来了?有那非去不可的话,你只当玩耍,也就去上一回就是了。我倒要提醒你一句:你要见机行事,切莫太过认真。能说就说几句,不能说就拉倒。横竖不关你的事儿,别叫人耻笑到你自己的头上才好。"大家都觉着朝这么办好,事情就决定了。

何家准备下的礼物可真不少,有吃的,有穿的,有戴的:两个大金漆盒子,一盒鸡蛋卷,一盒南乳小凤;两个布,一个黑竹纱,一个白柳条;两个首饰盒子,一个装着一只玉镯子,一个装着一副朱义盛金耳环。另外还有一个大红封包,里面封了二十块钱西纸的利市。以上这些,都是送给胡杏的。此外,又给胡源送了一把家用双料蓝布伞,给胡王氏送了一个软缎珠花包头,给胡柳送了一条象牙鸡心西金项链,给胡树、胡松每人送皮带一条、"足安居"的双底竹纱袜两双。小姑娘何守礼听说有人要去接胡杏表姐回来,十分高兴,也跳出跳进地叫嚷着,又拿一张做手工用的绛红蜡光纸,包了十个双银角子,要送给胡杏表姐买东西吃。东西收拾停当,阿贵又查看通书,挑选出一个上好吉日,才穿戴整齐,打着赤脚片子,拿扁担网络挑起礼物,走到西濠口,雇了一只小艇,朝震南村不慌不忙地缓缓划去。一早动身,过午就到了震南村的槐冲南渡口。阿贵挑好东西,一路走,一路向人打听胡杏家在哪里。等她走到胡杏家门口,全村都知道省城何福荫堂有人送礼来了。

恰巧胡源、胡王氏、胡柳、胡杏都在家。阿贵一见他们,都认得的,就开口叫亲家老爷、亲家奶奶,又管胡柳叫柳姨,十分嘴甜;见胡杏体态娉婷,容光焕发,就亲亲热热地叫了一声二少奶。胡源、胡王氏、胡柳见阿贵来得突然,叫得肉麻,不知道怎样对答才好,唯独那胡杏听见阿贵这样称呼,心窝一阵绞痛,脸上气得灰白。跟着,阿贵把礼物摆开来,一面摆,一面说,什么好听的话都说完了,那礼物也就摆满了一堂屋。最后,阿贵才说出来意:何家老爷、大奶奶、二娘、三姐、大少爷、大少奶、小姑姑都惦记着二少奶,想看看她,想找个高明的大夫给她瞧瞧,想接她回省城去住几天,好好地把身子保养保养,如此等等。胡王氏听了,一句话也答不出来,只顾在胡杏床上坐着擦眼泪。胡源拿手扶着天堂,反复叫道:

"那怎么成呀!那怎么成呀!那怎么成呀!"

他这句话的意思是含糊不清的。究竟说礼物不能收呢,说胡杏不能回去呢,还是说何家不该来要胡杏呢,谁也听不清楚。乱了一阵子,胡源和胡王氏又洗米、生火,给阿贵做饭,还叫胡柳上街市去买菜。胡柳刚走出巷口,胡杏又追了上来,两姊妹一面在田基上走着,一面商量对付何家的办法。最后,决定胡柳买了菜,去农场叫胡树、胡松弟兄俩回家;胡杏上小帽冈震光小学去请周炳来走一遭。商量妥当,两人分头行事。在胡家的破烂堂屋里,那些辉煌夺目的礼物仍然像个杂货摊似的摆开,左邻右里,大人娃娃,都联群结队地来看新鲜。对于那些玉镯子、金耳环、珠花包头、鸡心项链,个个都摸摸捏捏,爱得不忍释手。趁着胡柳、胡杏不在跟前的机会,阿贵一面喝茶、抽纸烟,一面把何家的恩德跟何家的威势给这两位亲家说得十分清楚,让他们好好地拿主意。最后阿贵说:"要是我对得上这么一门亲家,要我修行三辈子,我也乐意呢!"听了阿贵的话,胡源只是愕然地愣着眼睛,胡王氏只是重新擦着眼泪,都说不出一句正经话来。不久,胡柳买了菜回来,给阿贵炒菜、开饭。正吃饭间,胡杏也回来了。阿贵偷眼望望她,只见她一脸冷冷的威严,摸不透她的心思。刚吃完饭,周炳、胡树、胡松都到了。对于胡树、胡松这两个年轻小伙子,阿贵并不放在眼里;可是对于周炳,她却有着好感,同时也有敬畏之意,因此另眼相看。一见周炳个子高了,骨骼大了,英气逼人,像个大人的样子,也就亲亲热热地叫嚷道:"炳哥哥,炳哥哥!三年没见啦!你可好啦!跑了多少地方啦!快回三家巷看看大家啦!"周炳做出一种男人的沉着姿态,微微笑着,简单说了说这几年的情况,又问何家的阿笑、阿苹,陈家的阿发、阿财、阿添诸人安好。正说着话,急脚松等得不耐烦,就没头没脑地插嘴问道:

"是什么鬼打了我们二姑?她怎么一下子发起善心来了?"

经他这么一提,话儿又落到胡杏身上了。阿贵把刚才说过的话,又对大家重复说了一遍,末了还加上说:"老爷吩咐过,要我们大家尽我们的礼,还要二少奶做身干干净净的衣服,欢欢喜喜地回去。依我看,他们财主家既然回心转意,亲家老爷这边也赏个脸给我们底下人,应承了吧!大家都看在亲家上头,有什么三言两语的,不是弥弥缝缝地也就过去了?"这种言词,老实忠厚的胡松听了,很不受用。他拍了一下面前的矮方桌子,瓮声瓮气地说:"什么回心转意?什么弥弥缝缝?谁是你家的亲家?谁是你家的二少奶?人都要断气了,你家才不要的,如今人活转来了,你家又悔了,又要人了!怎么能这样翻脸无情?哼,人不说人话!"阿贵瞅瞅大家的脸色,见所有的人都怒目而视,正在为难,周炳开腔道:

"阿贵姐,你素来机警,这回却上了那两只老豺狼的当!有话不会叫他们自己来说？你来挡灾？连二叔公何不周都不敢出头呢！你问问左邻右舍，看人家怎么说的？你再回去问问你们大少奶，看什么叫作妇女解放？什么叫作无产阶级解放？你也是穷苦人家出身，你怎么不向着受压迫、受剥削、受欺负、受侮辱、受折磨的穷人、苦人？就算你帮理不帮亲吧，理也不在那边嘎！"

阿贵听了周炳的话，就顺水推船地说："世界上的事儿呢，也没有个定准的。碰到这样的机会，有人还求之不得呢！总之，这不关我的事儿。我是受人钱财，替人消灾。说得好呢，说不好呢，有你们两家在！"胡王氏觉着一个劲儿责备阿贵，有点过意不去，就接过来说："是咯，是咯。阿贵姐好心好意，我们有不知道的道理？看目前这样子，事情也实在难。就劳烦阿贵姐回去说几句好话，只说孩子任性，不肯回去，也就罢了。不落家的媳妇，世上有的是呢！小杏子又不是下凡的天仙，又没有本事，脾性又臭，稀罕她什么？何家的门户，要娶媳妇，还怕娶不来一百个？也只当好心的二姑、二姑爹做做善事，放放生就是了！"阿贵见胡王氏口软，就紧逼一步道："话是怎么都好说的。只是亲家奶奶，你也知道古语有云：穷不与富斗，富不与官争。如今何家又是官、又是富，正是当时得令，势大财雄。你们惹翻了他，是你们好呢，是你们不好？这你总该垫高枕头想一想呵！"胡柳拿起那条鸡心项链，朝阿贵面前一扔，说："把这条婊子项链拣回去吧，我不受这么肮脏的礼物！告诉他何家的人，我们什么都不想！要想，让他们想去吧！你只要问问他们，说过一刀两断的话来没？看过《马前泼水》的戏来没？水既然都泼在地上，还能重新收起来么？"阿贵冷笑一声道："柳姨，论起才情，我说不过你！可你千桩想得到，万桩想得到，就有一桩想不到：二少奶还有张卖身契，拿在人家手里呵！"胡杏一听卖身契三个字，登时忍耐不住了。只见她圆圆的莲子脸儿拉长了，大大的眼睛竖起来了，左脸上那深深的酒涡儿跳动起来了，血色一直泛滥到眉梢下面了。她拿起盛金耳环的首饰盒子，乒令一声摔碎，嘴里说道："卖身契!"又拿起装玉镯子的首饰盒子,乒郎一声砸烂,嘴里说道:"卖身契!"又将两个细布扔在灶台底下,又将两盒细点倒在黑泥地上,还将那包红封利市,用木屐踩了又踩,然后指着满地的礼物骂道:

"拿老爷的心去喂狗,狗都不吃!拿奶奶的肝去喂狼,狼都不闻!你回去告诉他们,我宁愿上刀山,下地狱;跟猪狗一个窝儿,跟豺狼一个洞儿;再不然每天挖一块肉,每月剥一层皮;也别指望我会乖乖地回他何家,跟那些青面獠牙的恶鬼一道过日子!什么卖身契不卖身契,我才不在乎。我卖身也只能卖一辈子,还能卖两辈子?上一辈子的我,已经是死掉了!便宜了他们,连棺材都没施舍一副呢!这一辈子,我又活转来了!这跟他们有什么相干?叫他们不要欺人太甚,不然我做鬼也不饶他们呢!"

阿贵低声细气地说:"那是陈年的老账了。如今人家一番好意,却不该翻脸无情,恩将仇报。难道小姑姑阿礼,也使的坏心肠么?"

胡杏将那包绛红蜡光纸包着的十个双银角子揣进怀里,说:"既是阿礼表妹一番好意,我且收下,剩下的那些阴司货物,你替我挑回去,砸在那两只老狗脸上,叫他们留着上祖坟使唤吧!他们也没有什么恩。有的,只是仇!从前压迫我、剥削我、欺负我、侮辱我、折磨我,是仇!如今拿这些钱财物件来羞辱我,也是仇!告诉他们,不是我翻脸无情,是他们翻脸无情;这样的冤仇,我怎样报都不过分,报十辈子也报不完呢!"

周炳看见这十六岁的小姑娘眉宇间俊俏英武,做起事来干净撇脱,不觉又敬佩,又感动,眼睛里都含满了泪水。阿贵讨了个满脸没趣,吟吟沉沉地自言自语着,拾掇起那一担破烂东西,溜出震南村,无光无彩地回广州去了。

六二　七月的奇遇

有一个下午,是一个盛夏的下午。太阳像火一样,整个世界像蒸笼一样。人身是热的,桌椅是热的,连地上的石头和泥土也是热的。周炳在自己的闷热房间里,坐在一张烫手的靠背椅上,心里像一锅滚油似的在追忆着往事。自己二十三年来,经历过的事情可真不少。光最近五年,那欢喜的事儿,那愤怒的事儿,那悲哀的事儿,那快乐的事儿,就是数,也数不清楚。社会的发展、变化,他在这几年里面,是知道了的:它总要像苏联一样,变成社会主义,最后变成共产主义。可是光知道这个,那怎么行呢?眼前的剥削和压迫,忧愁和痛苦,什么时候才能过去呢?那帝国主义和军阀,什么时候才能打倒呢?那政权,什么时候才能夺取过来呢?用什么办法,在什么时候,才能够实现这一切呢?他想起那一年,在广州河南济群药铺的后院子里,在那冰冷潮湿的大风大雨之中,在穷愁潦倒的、寂寞无聊的心境之下,一句一句地细读《共产党宣言》的情景,觉着直到此刻,还留着一种庄严肃穆的印象。那时的脑筋多么清晰,那时的心怀多么宽敞,那时的情感多么单纯!但是往后阅历的事儿更多了,接触的世面更广了,惊天动地的豪迈事业也来了,也参加了,又像昙花一样地一闪又消逝了,他的心也就乱了,眼睛也就花了,头脑纷乱如麻,理也理不出头绪来了!他自己问自己道:"这是什么缘故呢?"可是自己又回答不上来。他知道,他应该紧紧地巴住党,像一个掉进海里的人巴住一块木板一样。"可是这块木板,"他自己对自己说出声音来道,"你刚一巴紧,又叫那滔天大浪冲走了,冲得无影无踪了!唉,多么苦闷哪!多么苦闷哪!"他越想越苦闷,觉着浑身发烧,胸膛里有一口气,就是透不出来。他站起来，把自己的身躯旋转摆动了几下，就走出房门口，一直走出学校大门，找了几个住在附近的、年纪较大的、平时比较谈得来的学生，十个八个人一大群，到东沙江外面游水去。

水里面舒服极了。他们光着身子，只穿裤衩，在江心俯仰浮沉地耍了约莫一个时辰，才游到基围旁边，准备上岸。这时候，忽然有一只洋舢板，上面坐着四五个人，有男有女，一齐划着桨，顺流而下。舢板上的人划得高兴，大声唱歌，大声笑乐，不提防来到了一个叫作"水鬼氹"的大漩涡前面，情况十分危险。有一个学生用手围拢嘴巴，大声叫嚷着发出警告道："朝左！朝左！"但是那几个游客好像一点也不知道这里的水性，也没有听见岸边有人喊叫，一直朝水鬼氹划过去。霎时之间，那只洋舢板旋转起来了。那些游客高声叫着，听不清叫些什么。其中有一位堂客叫得特别惨厉。又霎时之间，那只洋舢板翻了。舢板上的游客像一铲垃圾似的倒进江水里，溅起很高的浪花。又霎时之间，水面上出现了一些白点子和花点子，挣扎着，沉下去又浮起来，浮起来又沉下去……有两个学生在捉摸，那大概是一些游泳本领极高的人，才敢这么闹着玩儿呢。他们的老师周炳说："我瞧着不像。走，出去看看！谁跟我来？"他这么号召着，也没等别人答话，就扑通一声跳进水里。有三五个本领强的，也跟着扑通、扑通地跳进水里，飞快地相跟着向江心游去。周炳在头里，游到出事的地点一看，登时整个儿都呆住了。原来那只洋舢板像一只大乌龟似的倒扣在水面上，木桨、衣服、阳伞、草帽在四处漂浮着。有一个年轻人穿着西装裤、大翻领衬衫，用一只手死命巴住溜滑的船底，用另一只手死命地划着江水。这个不是别人，却是周炳少年时的伴侣，在上海的难友，陈文婕的丈夫，李民魁的弟弟，广东震南垦殖有限公司的总技师李民天！周炳大声问道："我的老天爷，这是怎么一回事儿啦？"李民天上气不接下气地说："我算是会点儿水……没沉下去……底下还有四个呢！还有……"周炳和几个学生先把洋舢板扶正了，把李民天安顿在里面,然后跳进水里,去打捞其余的人。

第一个打捞上来的,是如今的县长夫人,今年才二十二岁的陈文婷。她喝了很多的水,脸色像石灰一样白,四肢蜷曲,缩成一团,像一条被打死的毛虫一样。周炳看见她那凋零萎谢的神情,不免摇摇头,叹口气。大家七手八脚,把她举上舢板,让她趴在一块隔板上面,把肚子里的水吐出来。后来周炳摸摸她的心口,还有暖气,赶忙叫人用舢板把她送到岸上急救,自己又跳进水里,继续打捞。果然不久,第二个又捞了上来。周炳双脚踩水,露出头来,抹掉脸上的水珠,一看:原来是如今东昌商行经理、庚午俱乐部总干事陈文雄。往后,第三个、第四个相跟着捞了上来。真是无巧不成书:他们一瘦一胖,原来一个是如今本县的教育局长何守仁,一个是国民党省党部资格已经太老了的干事李民魁。周炳心中暗想,除了他二哥周榕在香港,他大表姐夫张子豪在上海之外,当初在三家巷金兰结义的人都到齐了。可是当初的神圣的盟誓,如今怎样了呢? 真是可叹之至! ……一面想着,一面指挥舢板,把捞上来的人送到岸上去急救。忙忙乱乱,一直闹到夕阳西坠,晚风一阵一阵地沿着堤岸吹来的时候,才算把这四个人都救活了。

陈文婷是头一个被打捞上来的,这时候,她也是头一个睁开了眼睛。她坐了起来,用手拨着自己的湿头发。她那浑浊的、恐怖的棕色眼睛呆呆地望着周炳,好像他们并不相识;周炳也用那双黑如光漆,深不可量的大眼睛同样呆呆地望着她,也好像是他们并不相识的样子。旁边的人都莫名其妙,只有李民天懂得。他轻声对县长夫人说:"四妹,你醒过来了没有? 你还没有醒么? 他救了你的命!"陈文婷轻轻地摇摇头,使唤一种毅然承担罪责的高贵风度,向周炳伸出手去道:

"表哥,对不起你! ……你又救了我的命,唉! ……"

说完之后,她立刻觉着她那"表哥"的称呼太生硬了,太刺耳了,太不合身份了,惨白的、冰冷的脸上热辣辣地难受,大概准是红了一块了,给自己出了丑了。周炳还是一样热情,一样高兴,又大方、又自然地握了握她那只冰冷的手,又去张罗救人。看他那麻木的神情,他不只没有一丝一毫的怨恨,甚至连陈文婷那种毅然承担罪责的高贵风度,他好像也竟然一点儿都没有感觉出来呢。

陈文婷独自在心里下判断道:"你就是那样一个傻子!"

接着,陈文雄也醒来了。他定了一定神,便像一个真正的西洋绅士一样站了起来,精神饱满地走到周炳面前,拿两只胳膊捧着周炳,响亮文雅地说:

"戏剧场面!戏剧场面!我早就知道你在我的学校教书了,只因不得闲,没来看你!你也不回一回省城,多傲慢的性格呀!你看,如今又发生了这样的事儿,咱们之间的恩恩怨怨,什么时候才了结呀!"

周炳只是微笑着,没怎么说话。不久,何守仁也醒了。他那尖瘦没肉的鼻子、嘴缩成一堆,哼哼唧唧地怨艾了半天,才对周炳说:"这回你救了我的命,真是没有说的。往后你有什么为难的事儿,不要脸皮薄,只管找我,只管跟我说!"最后,那大个子李民魁也醒了。他躺在地上不动,仿佛一堆叫雨淋湿了的破布似的,一边喘气,一边说:"小炳,你干得好,你干得出色。我一定要报答你,我一定要重重地报答你。苍天在上,决不食言!"周炳听了他们的话,只摆了摆手。后来听见李民魁提起苍天,他立刻又回忆起九年前在三家巷盟誓、换帖的情景,不知不觉把那刚正不阿的鼻子缩了起来,好像他闻到了什么腐烂发臭的东西一般。大家都平安活转来之后,陈文雄、陈文婷、何守仁、李民魁、李民天五个人看看天色已晚,就决定不回省城,到试验农场去歇宿。周炳别过了他们,和一班学生往回走。天气还是很热,走了不久,一个个又是浑身大汗了。

那天晚上,天气比白天更加闷热。晚饭之后,胡源和胡王氏实在乏累,冲过凉,也不管那一身水,一身汗,倒在床上就睡。胡柳和胡杏两姊妹跑到屋后面西北角上,一个人一张小板凳,坐在那棵九里香小树下乘凉。天空是黑墨墨的,她们面前的螺冲也是黑墨墨的,看不见一点水光,也听不出一点水声。只有冲边的草虫和青蛙唧唧啯啯地叫个不停,叫得人更加闷热,更加烦躁。胡杏自从病好之后,虽然身体虚弱,但是精神十分健旺,除做家务事、干庄稼活儿之外,每天还跟着她家姐学认字,少的三个五个,多则十个八个不等。慢慢地也能念木鱼书,翻翻通书,写个字条儿什么的了。这天晚上,胡柳有意考她道:"小杏子,你学认字也有些天了,我要来考一考你。"胡杏说:"你考吧!只要别挑那太难的,我答不出十成,也能答上八八九九。"胡柳说:"先别吹!我问你头一个字:恩惠的恩,恩德的恩,怎么写法?"胡杏想都没想就说:"那有什么难的?因为的因,下面加个心字。"胡柳说:"对了。那么将字呢?将将就就的将字呢?"胡杏迅速地说:"这个字不好说。你摊开手板,我给你写。"胡柳果然伸出手去,胡杏在那上面一丝不苟地画了一阵子,胡柳高兴地说:"是了,是了。我再考你第三个字:仇字你会写么?这仇字就是仇人的仇,仇恨的仇。还记得么?"胡杏嗤嗤地笑着说:"我还当你越出越深呢!这谁不会?立人旁,一个九字,不是么?"胡柳说:"不错。还有一个报字,报答的报字,考住了吧?"胡杏撒娇地说:"我不干,我不干。昨天刚教的字,怎么能考呢?好吧,你伸出手来,我写写试试看。"胡柳伸出手去,她在手心里端端正正写了一个报字,一点没错。胡柳感慨地说:

"你真快。才不过一两个月,把我认得的字差不离儿都学完了。再要学,就得另外拜老师了!不过恩将仇报四个字,写你倒会了,讲可不知道会不会?"

胡杏低头想了一下,就明白了。今天周炳救活了陈文雄、陈文婷、何守仁、李民魁、李民天五个人之后,消息一下子传遍了全村,他们一家人都觉得不舒服。爸爸胡源搔着花白脑袋,鼓起虚松的腮帮说:"姓赵的他不救,姓钱的他不救,姓孙的他不救,姓李的他也不救,唉……"妈妈胡王氏也说:"他那姐夫不是他说的那工贼么?他那表妹不是个水性杨花,贪图富贵的贱东西么?那姓何的不是咱二姑家的大少爷,把他的嫂嫂抢走的畜生么?那姓李的不是拿了手枪到处杀人,跟梁森站长一样的禽兽么?救这些人干什么?要救,光救一个总技师倒也罢了。这农场也不是好东西,也打伤咱们的人,可比起那几个来,还算好了一等呀!"胡柳、胡杏两姊妹一直闷闷不乐,一声不吭。如今胡柳说出了这四个字,胡杏就猜想她指的是这件事,于是用低沉的、动人的声音回答道:

"家姐,我懂得。你是说炳哥如今救了他们,他们将来还要害炳哥!是不?"

胡柳比胡杏大六岁,还把她当成小孩子看待,拿手摸着她的剪了辫子的头,说:"小杏子,你真聪明,你真摸透了我的心!"

胡杏在姐姐的掌心下面摇着脑袋说:"很难讲,很难讲。你能不能让我也考你一考?"胡柳温柔地说:"考吧,考吧。说不定你能把我考住呢。"胡杏叫姐姐伸出手来,在她的手心里画了两画,胡柳忍不住笑出来了,说:"你捣的什么鬼?这样乱画两下,算得什么字?"胡杏说:"怎么不是字?可真是字呢!"胡柳说:"要是字,不过是个人字。有什么好考的?"胡杏说:"是了,是了,就是个人字。还有呢!"说着,又在她手心里画了十来下。胡柳笑道:"是个家字。"胡杏说:"对了,对了。"接着又画了几下,是个有字。姐姐说中了,她又画。这回是个心字。胡柳把四个字合起来一想,是"人家有心",就不作声了。黑暗中看不出妹妹的神情,只听见她一阵狡猾的笑声,禁不住自己的脸上也热了起来。胡杏又逗她道:"怎么啦?这么浅的字倒认不得了?"胡柳使劲摇着葵扇道:"好热呀!"胡杏说:"热是好事!冷就使不得了。"胡柳轻轻打了妹妹一下道:"你怎么老爱捉弄我?"胡杏使唤庄重的声音乘机说出自己一番苦心道:

"不,不,不是玩儿的。是我看见炳哥在咱家里出出进进,没早没晚,没光没黑,浑是一家人一样,只是不提那桩事,我的心就急

527

了。后来又听见区细背地里对马有说,左邻右里都在传:咱家迟早要把炳哥招郎入舍。我的心就更加急了。往后想来想去不对,我就找炳哥去,当面问问他。"

胡柳轻轻叫了一声:"哎哟!"

胡杏又说:"你猜炳哥怎么说的?他说他从前真心真意爱过的,只有一个人。真心真意好过的,也只有一个人。可是这个人后来呀,悲惨极了。这自然指的是区桃表姐,她是叫沙面的鬼子兵杀死的。他说他一碰到姐姐,就想起区桃;一想起区桃,就触目惊心,再不敢往下想。他在他家门口栽了一棵白兰树,就为纪念他表姐。这个人多情长呀!多傻呀!后来我再问他:纵然是这样,可区桃表姐死了已经五年了,他还不娶人,难不成要去当一辈子和尚?他叫我问得无言对答,只是一个劲儿点头。后来我索性直问他:姐姐对他怎样,他知道不知道?他对姐姐又怎样?要他给一个确信儿!"

胡柳提高了嗓子叫道:"哎哟!哎哟!不好了!你疯了!"

胡杏接着往下叙述道:"你猜他怎么表示?别揪我,你听嗄!他说他这回来到咱家里,一看见了你,就牵肠挂肚地不安宁。他说你的相貌叫他吃惊。他说你的心地叫他感动。他说那阵子只有你一个人能谈两句心里话。他说他一天不上咱家里来,就觉着浑身不自在。他说他的心事你知道,你的心事他也明白。他说后来……后来那赤卫队立起来了,他看出关杰、马有、区细他们三个对你也有意思,他就十分为难了。他怕他们三个人难过,宁愿把自己的心埋在胸膛里,越深越好,一点都不敢露出来。"说到这里,胡杏故意停了一下,看姐姐有什么动静。见她不作声,也不动弹,就加上说:"依我看来,一个男人越是不大作声,越是深沉不露,他的心越是真心,他的好越是真好,他的情越是真情,他的义越是真义!那些整天吊在嘴唇边,说过来、讲过去的,倒兴许是单料铜煲呢!倒兴许是一烧就热,一拿开就凉的呢!"

整整一个更鼓,她姊妹俩默默无言地相对着,没说过一句话儿。到了三更时分,天气突然变了。一阵大风过后,就大雷大雨地下将起来。胡柳躺在里间的床上,胡杏躺在堂屋灶台对过的床上,两家都翻来覆去地睡不着。雷声去远了,雨却越下越大。那雨点像石子儿一样,不休不止地撒在屋瓦上,胡杏听着,心里都有点儿害怕。她夹着瓦鼓儿跑到里间,和姐姐一达里睡。这样一来,就越发睡不着了。又过不久,屋里滴滴答答地,这里漏,那里也漏。雨水从屋顶流进来,从墙壁上的裂缝流进来,也从门槛外面流进来,甚至好像从黑泥地堂下面冒上来。一家人都起来了。先搬床,后搬地面上的东西,把所有的衣物、器具都摆在床上和灶台上;人就这里靠一靠,那里站一站,把两只脚泡在水里。四更天过后,雨不只没停,还下得更猛,好像把整个白鹅潭的水,一下子都倒在震南村头顶上似的。地面上的水慢慢地泡到踝子骨,泡到腿肚子,泡到膝盖,泡到大腿,差一线的位置就要泡上灶台。泥灰从墙壁上泻下来,屋瓦从房顶上垮下来,整座破烂腐朽的房屋处在眼看就要倒塌的危急情况之中。胡柳、胡杏两姊妹主张挪个地方,好歹避开一下,可是胡源跟胡王氏都坚决不答应,双方僵持着。到了五更天,在那狂风暴雨的喧闹声中,东沙江的基围外面突然响起一片锣声,村子里的人都在水中叫嚷着:"西水来了!西水来了!冲崩基围了!冲崩基围了!"这预告着一场很大的灾难。试验农场的工人们划着公司的舢板,在大帽冈附近开始救人。陶华、马明、关杰、邵煜、丘照、王通、马有、胡树、胡松、区细、区卓都脱光衣服,只穿裤衩,在水里跳进跳出,大显神通,十分活跃。胡家四个人听说西水冲崩基围,也着了慌。

胡源叹口气说:"这西水不比寻常,半个时辰就能淹过屋顶!"

胡王氏气愤愤地顶他道:"你要是有地方去,你只管把孩子们带走!我是死了心不走的。没了这个家,我就算走出去,也活不成!"

胡柳跟胡杏面面相觑,不敢说话。后来还是胡杏大胆,向妈妈央求道：

"妈，咱走吧！祠堂地势高，墙脚牢，咱去躲一阵子也好。你不走，大伙儿也不走，一没都没了！有了人，就是再辛苦，也不怕没东西。没了人，就是有东西，又有什么用呢？"

正在这左右为难的时候，周炳划着一只舢板来到了胡家门口，那门口叫水浸了大半截，如今只剩下一个扁扁的方洞儿。他在白兰树梢上系好了舢板，轻轻地跳进水里，顺着水面往里望，只见一片浑浊的水，水上闪着微弱的灯光，却没有人影儿，他运足丹田之气，高声喊了一声：

"大伯！"

里面听得亲切，顿时腾起欢乐的笑声，恢复了生命的气息。胡柳首先扑通一声跳下灶台，冲出门口，周炳伸出两条碗口般粗壮的胳膊迎接她，也来不及说话，只用自己的大手紧紧捏住胡柳那虽然粗糙、可是非常温柔的小手，两家的心事就都畅通了。随后，大家一齐动手，把能搬的东西都搬上舢板，人也坐了上去，朝村东小帽冈震光小学划去。才划开四五丈光景，忽然听见哗啦一声巨响。大家回头一望，都伸出舌头来。原来不知哪家的房屋已经倒塌在水里，整个儿都看不见了。

六三　西　水　图

东沙江里面奔腾泛滥的西水把附近三十里的村庄都淹没了之后的第三天，县长宋以廉到震南村来视察灾情。陈文婷兴致很高，自动陪他来了。李民天、陈文婕夫妇关心试验农场，自然不能不来；难得东昌商行的新经理陈文雄也有那样的清兴，想来看看。陈文雄的夫人、周炳的姐姐周泉十分想来看看那三年没见面的兄弟，可惜她最近给陈家养下了第二个孙子陈国梁,目前正在坐月子,行动不便。大家高兴,一问陈文娣,她也要来。第一她没有到过震南村,第二她没有看见过水灾,第三她没有见过阿贵说得天上有、地下无的美人儿胡柳,因此她决定走一遭。何守仁自从上回掉进水里之后,提起坐船都害怕,哪里还敢去看水灾?听说陈文娣动了游兴,就劝她不要冒险。但是陈文娣自从今年四月间养下了第一个儿子何汝温之后,她在何家的地位就发生了显眼的变化。这不只是解除了何五爷、何应元绝后的忧虑,而且也给何福荫堂争回了不少的体面,使得何应元也有根据对他的亲家老爷陈万利回敬道:"这虽是你陈家之功,也未始不是我何家之德呢!"从此以后,陈文娣也扬眉吐气,对大奶奶跟丈夫的吩咐,不尽依从。大家还看得出来,有时老爷听大少奶的话,比听大奶奶跟大少爷的话更十足呢。这样,县长出巡,就带着夫人、二姨、三姨、大舅、连襟等等差不多整个家族了,热闹得不得了了。他们乘坐了一艘官家的"电船"从广州直驶震南村,绕到村后的大帽冈脚下上岸,一直走到震南新村的广东震南垦殖有限公司办事处,休息了一会儿,才正式巡视。他们先到办事处的各个办公室看看,那里已经住满了无家可归的难民;有许多生病的老人和妇女,就和衣躺在过道上,辗转呻吟;那不懂事的孩子,就哭着、闹着,要吃东西;一股酸臭腐烂的气息,像尖刀一样挖着人们的鼻子。宋以廉领头,捂着鼻子,其他的人随后,也捂着鼻子,穿刺着这灾难的行列,疾驰而过。他们没向任何人打招呼,也不向任何人问好,更没有跟任何人说过话;大家看见这些衣冠楚楚的省城人来了,又走了,浑不知他们来干什么的,也就不理他们。他们通过办公室,来到阳光下面,才不约而同地透了一口大气。陈文婷身子弱,禁不住干呕了几声。陈文婷气喘喘地说:

"看来,中国人的卫生还是一个重大问题!"

陈文婕以事业家的口气纠正她道:"不。中国人吃饭的问题更大呢!"

陈文娣依然干呕不停,没有说话。男子们微笑着,也没有说话。往后大家又到试验农场宿舍、那座竹子和木板搭成的庞大的茅棚里看看。那里面也同样横七竖八地躺满了目前总算活着的人。这些人之中,连不幸的何勤、何龙氏、何娇也在内,也许灵魂里面有着馨香华贵的东西,但外表却邋遢破烂,没有什么可看的。而那恶臭的气味,嘈杂的喧哗,比起办事处来,厉害十倍。他们同样捂着鼻子,提心吊胆,一言不发,疾驰而过。大家也同样不理他们。连区细、区卓、胡树、胡松这两对弟兄也混在人群之中,没有和他们相认。他们走出了那原来三丈来高、宽敞无比的庞大的茅棚,才觉着免除了闷气窒息的痛苦。这时候,浩浩荡荡、一片汪洋的震南村在他们的脚下展开了。李民天指着洪水里面的屋顶和树梢,不胜感慨地对大家说起话来道:"你们瞧,从这山脚下一直到那片树林子,都是咱们农场的庄稼——全都是各种各样的改良新品种!有高产的丝苗!有肥大的银粘!……如今,粮食都溶化在水里面了,科学也溶化在水里面了,连你们大家的资本也溶化在水里面了!"大家向着他所指的方向望了一望,好像对于他那些幼稚的,小气的,书生味儿的语言提不起像他那样高的兴趣。陈文雄不落俗套地说:"整天躲在红尘世界里,如今忽然接近了大自然,真叫人有点茫然!我倒想起了一桩事:你们说水这个东西,是温柔的,还是凶恶的?是既温柔、又凶恶的,还是有时温柔、有时凶恶的?是表面温柔、里面凶恶的,还是里面温柔、表面凶恶的?"大家见他问得有趣,就按着各人的看法,七嘴八舌地争论了一番。笑乐了一阵之后,宋以廉忽然对大家提出新问题道:"你们谁能知道对着这浩瀚水景,这泽国奇观,我的心里头在想着什么?"陈文雄只微笑,不说话。李民天猜他心里在惋惜着万顷禾苗,尽付东流,他说不是;陈文婕猜他心里在为子民百姓的流离颠沛而悲伤,他说非也;陈文娣说:"难道你在想着那些护堤值理、修基执事的可恨、可杀么?"他说更不对了。陈文婷使唤一种洞烛肺腑的犀利腔调说:"打开天窗说

亮话,你不是在那里想着怎样请领赈灾款,如何争夺救济粮,还能想些什么好事儿?"宋县长不慌不忙地笑道:

"善哉,夫人。你也不免落了俗套了!那些事情,我刚才倒是想过一下,如今倒不想了。我在想着苏曼殊的两句诗。我念给你们听:'春雨楼头尺八箫,何时归看浙江潮?'看见这样的大水,我就想起观潮来。要看水,就得赶八月十八回去看钱塘江的潮水!"

大家又挨着这个题目,谈笑玩乐了一番。宋以廉兴致还没有低落,又提议乘坐电船去小帽冈震光小学那边去看看。陈文婷一来有些累,二来觉着丈夫在身边,见了周炳怪没意思,就嚷着想回家。大家也没有什么非做不可的事儿,就相跟着回到船中。这场正规的水灾巡视,就这样子结束了。

后来陈文婷才知道,就在他们坐电船回家的时候,胡杏在小帽冈那边表演了一手惊人的绝技。可惜他们急于要走,错过了一个难逢的机会。一想起来,她就后悔得什么似的。原来他们在大帽冈这边的大茅棚里巡视的时候,周炳、胡柳、胡杏三个人也在小帽冈那边的震光小学的各个教室里来回巡视。这样的巡视,已经成了他们三个人日常的功课。大体说来,小帽冈震光小学的每一个教室的情况,都跟大帽冈那边差不多。书桌上、长椅上、黑板上、门板上、地面上、过道上,到处都挤满了酸臭、破烂的活人。他们有蹲着的、有坐着的、有站着的、有走着的,可多数还是横七竖八地躺着不动。那呻吟、那叫唤、那咒骂、那梦话,此起彼伏,嗯嗯不止。他们三个人一家、一家地问过去:有要做的事儿就给他做一做,有要茶、要水的就给他斟一点茶水,有爱诉冤苦的就陪他多坐一会儿,说上几句话儿。大伙儿看见他们来了,都十分高兴,就是饿坏了、病坏了的,也要挣扎着爬起身来。今天,胡杏也跟昨天一样打扮:打着赤脚,穿着黑地白柳条大襟衫裤,那剪短了的头发蓬蓬松松地竖在头上。跟昨天不同的,是她手里拿着一个蓝花瓦碗,碗里盛着八分满稀饭,上面拿个红花碟子盖着。她的人缘之好,是没法儿说的。她到何家四伯那里,那里就有了笑声,好像她把一阵香风,带到那酸臭的角落里去了。她对着胡家八叔望一眼,那个人就舒服了,什么痛苦灾难都减轻了,好像她那黄金色的圆眼睛发出一种热力,好像她那尖下巴的莲子脸儿发出一种强光,赶走了周围的郁闷的水汽,穿进了他的胸膛。她在三姑床沿坐下,就是病得神魂不定的三姑,也清醒了过来。这时候,三姑真觉着金子不漂亮,银子不漂亮,就数旧柳条布衫漂亮,就数不曾修饰的蓬松短发漂亮,就数涂了泥巴的、病后欠补的、黑中带红的脸孔漂亮。走到最后一间教室,胡杏悄悄地在六婶的身边坐了下来。周炳和胡柳站在她的后面。大家都没有说话,六婶自己却醒了。胡杏拿个调羹把那碗稀饭一羹一羹地喂她吃。吃完了饭,她两只眼睛愣愣地望着胡杏出神。她想胡杏要不是天仙下凡,绝不会有这么大的命数,这么好的脾性,这么出众的人才。她想这样的人才,只有龙舟歌、木鱼书里面才找得到,绝不会在肮脏破烂的冲边小巷里长出来。她想真是说也没人信:周炳的英俊、胡柳的美貌,已经是长绝了的,可拿胡杏一比,又把他们比下去了呢!她一边胡思乱想,一边拿手在胡杏身上又摸又捏,好不心疼。慢慢地,她的手不动了,她又想起自己那可怜、命苦的遗腹女儿小妙子来了。六叔已经死了三年,要不是为了这一块肉,六婶自以为准活不下去的。可是那天晚上,她母女俩从水里爬出大门口的时候,六婶在黑暗中叫门槛绊了一跤,她的手一松,手里抱着的命根子就叫水冲走,不知去向了。她不顾死活地钻进水里,一下子就昏迷过去,后来才叫别人救了起来。……如今她一想起她的永远不再回来的小妙子,就放开嗓子,嚎啕大哭。胡杏想起那剥壳鸡蛋一般的小女娃子,也满眼含泪,说不出一句话来。大家默默相对,伤心了一阵子。六婶忽然挣扎着要坐起来,又四处搜寻,说她有一支银簪子,要他们替她拿去变卖,买一点米,又买一些纸钱回来,烧给她的小妙子。后来找不到,她就沉痛万分地说:

"完了。银簪子多半也掉到水里去了。叫小妙子空着手怎么上路哇!"

胡杏对胡柳说:"走!家姐,咱们去看看!"

两姊妹借了一只舢板,不一会儿就划到了六婶的门口。有许多爱看热闹的好事之徒,也把正经事儿搁下,把船划过来,围成一圈儿看。胡杏照样穿着黑地白柳条衫裤,先沉下水里,一眨眼又冒出半截身子来。她用一只手攀着船边,深深地吸了几口气,然后像一条泥鳅一样,出溜一声就潜进水底。大家紧张地望着水面,只见这边轻轻一晃,那边微微一动,却不见人上来。围着看的人见时间太长,已经开始窃窃私语,可是胡柳矜持地坐在舢板上,不动声色。果然不多久,胡杏就从水里冒了出来。她冒出来的位置,不会离船太远,也不会碰着船底,恰恰在船边,在她潜下去的地方,不歪不斜地冒了上来。四围瞧着的人,齐声喝起彩来。在这喝彩声中,胡杏用手抹着脸,抹着头发,和胡柳说了几句话,摇了几下头,一个不留神又钻了下去。四周围又悄悄地静下来了。这一回下去,看来比上一回还要久。水面上,同样是这边轻轻一晃,那边微微一动的,只是范围更大了,从六婶门口台阶一直到巷子中心,一直晃动不停。时间久了,一只艇子上的男人们就在低声数着数目:"八十七,八十八,八十九……"另外一只艇子上的看客们注意到水面上有小水泡升起来,就互相通知道:"下面有鱼!下面有鱼!"后来有些人发觉这位再世还阳的小姑娘下水的时间太长,已经超过那些职业性的"水鬼"的潜水纪录了,怕下边有什么东西绊住她,出了岔子,就都鼓起焦急的眼睛,望着坐在舢板上的胡柳。胡柳仍然不慌不忙、不声不响地注视着水面,她知道妹妹的能耐,她很放心。果然,在众人眼光的照耀之下,胡杏又突然像一头海獭一样挺了出来,大家才一看见她的黑头发,就齐声叫起来道:

"好!"

她扶着船边,一只空着的手又在抹脸、抹头发。姐姐问了她一些什么,她歪起头妩媚地笑了一笑,左颊上那又大又深的酒涡儿不在意地漏了出来。在阳光下面,大家都看得十分清楚:那十分好看的酒涡儿里面还装的有水呢。大家正看着,忽然水光一扎眼,胡杏又不见了。打巷子两头,又进来了几只船。人们问清了怎么一回事儿,有人就把手按住天堂惊叫道:"我的天,这是海底捞针哪!"大家点点头,兴趣浓郁地围着看。船越来越多了,密密挤挤围了好几层,把六婶的门口变成了一个热闹的码头。胡杏这回下去的时间更加长了。大家都闭着嘴、屏着气地瞪眼望着。一片云影过去了,一片云影又过去了。水面同样轻轻晃动,小水泡同样一个一个地升起来。先来的人们又开始数出声音来道:"一百六十九,一百七十,一百七十一……"后来的人们都伸出了舌头,缩不回去。又往后,大家计算已经到了活人在水底所能忍受的极限了,才看见一个接连一个的黄泥水晕,从水下面翻上来。大家以为胡杏要上来了,却没见她上来。不久,水面上一片平静,连刚才那些黄泥水晕也没有了。只见几只"水剪子"用它们那细长的瘦腿,在浑浊的水面上窜来窜去,好像水底下不仅没有人,也没有其他随便什么活着的东西一般。人们忍耐不住了,就乱纷纷地议论起来。这个说:"不行了,一定出了毛病了。"那个说:"说不定是抽筋,说不定是撞到砖墙上去了。"这个说:"也许叫什么东西绊住了,也许叫什么东西压住了。"那个说:"不对劲!得下去看看!"胡柳坐在舢板上,外表虽然镇静,可是也伸出一只手掌,轻轻拍打着水面,好像有点不安,又好像在向水底下的人发出问讯。忽然之间,有一团黑色的东西,从离开她的舢板老远的水面上飞腾起来,同时有一种又欢乐又娇憨的声音沙沙地叫道:

"在这儿!"

大家都是先听见这一声喊叫,然后不约而同地朝那里望去,才瞧见胡杏的。她这时候两脚踩水,半身浮在水上,黄泥浆从她的天堂上、眼睛边、嘴丫角顺着往下淌。她的右手高高举起,只看见大半截光彩夺目的银簪子,在太阳下熠熠发亮。大家找不出什么话来说,就又不约而同地使劲拍起巴掌来。这件事成功了。胡杏的行为和她的绝技在这泽国里引起了广泛的传说。从前人们疼爱她,同情她,怜惜她,惊讶她那种险死还生的本领;如今人们钦佩她,尊敬她,崇拜她,管她叫"黑观音"的时候,不单是指她的漂亮,并且也指她的大慈大悲、救苦救难的菩萨心肠了。

有一天,何娇附搭着别人的小艇子来到了小帽冈。胡家姊妹一见,就亲热得不得了,拉着她的手问长问短。这平时蹦蹦跳跳的秀气姑娘,那天却不爱说话,老扁着嘴想哭。问起情由,原来他们一家人不只没柴、没米,她娘何龙氏又发了病,想照老方子打剂药吃吃,也是分文无有。何娇恨恨地说:"光听说官府要施粥、施药,也不知等到哪一年,也不知妈妈是等得了、是等不了呢!"胡家姊妹叫何娇安心坐下,两人商量了一阵,就跑去问周炳讨来几大张做手工用的五彩蜡光纸,一人一把剪刀,嘘嘘嚓嚓地铰起纸花儿来。既无家可归,又百无聊赖的人们都围拢来看。震光小学的校长林开泰,教员丁猷、华大维都闲着没事儿做,听说"黑牡丹"跟"黑观音"两人当场献技,也大惊小怪地跑过来看。林开泰跟华大维两人嘴贱,还说了一些黑呀白呀诸如此类的没搭没辙的话,她两个也没理他们。周炳睁眉突眼地站在一旁,早就握好拳头,准备他们一旦越轨,就叫他们下不了台。幸亏他们见周围人众,不敢过分放肆,才算相安无事。只见那些蜡光彩纸在她们手里翻腾飞舞,不到半个时辰,她们的草席上就开满了梅花、兰花、莲花、菊花,还有玫瑰、丁香、石榴、向日葵,成了个四季长春的花圃,把一间课堂都熏得香喷喷的。胡杏到底年纪小,就趴在草席上跟那些纸花玩儿。胡柳对何娇说:"你拿到仙汾去卖卖看。算它一分二厘银子一张,好歹也有几钱银子。"何娇欢天喜地走了。她挨晚回来的时候,果然得手,抓了药,又籴了米。这一下子,把那些受灾受难的人们惊动了。四伯、八叔、三姑、六婶都来问她俩要纸花,其他凡是有病在身,或是生计无着的人，没有别的指望，也向她们开口。她们也是来者不拒，一天到晚坐在席子上铰呀铰的，忙得不亦乐乎。胡杏越铰得多，手艺越精。有一次，她铰了一幅高一尺、宽二尺的"西水图"，把整个震南村都铰了进去。连大帽冈、小帽冈、蛇冈这三个山坡，连一片无边无涯的大水，连水上的屋顶、树梢，连水中漂流的生命、财产、家具、牲畜，都铰得玲珑浮突，十分清楚，又十分动人。胡柳看见爱极了，就搂着她小妹子的肩膀指点道：

"你这鬼灵精，你铰得比我都好了！不过在这茫茫大海上面，你应该铰一只电船……噗、噗、噗、噗地走……上面坐着县正堂……还有一位夫人……"

六四　鬼　地　脚

七天之后，那泛滥的洪水倒也渐渐地自己退去了。仿佛已经沉到海底去了的树木、房屋、街道、农田，如今又慢吞吞地浮了起来；仿佛已经变得又尖、又小了的大帽冈、小帽冈和蛇冈，如今又变得粗了、大了；仿佛已经丧魂失魄，一蹶不振的人们，如今也恢复了雄心和勇气，决心在这个世界上重新活下去。胡源跟胡王氏带着胡家姊妹回家一看，就知道真正的灾难，现在不过才开始。老汉坐在刚支起来的床板上，两脚浸在齐踝子骨的水里，手里夹着一根纸卷的生切烟，跟老伴儿一款一款地盘算着：屋顶塌了三处，横梁垮了一根，砖墙倒了一幅，——四人大轿可以一直抬进堂屋；此外，灶台溶化了一半，大门漂走了一扇，床板不见了两块，条凳缺掉了三张，罂罂罐罐、把把刷刷，流失不知其数……到了第二天绝早，水退清了，胡柳、胡杏扛着锄头、铁锹，挑着箩筐泥斗，到向何家租来的禾田里看庄稼去。在震南村的正北，有一大片水田，土名叫"鬼地脚"。这里,一大半归试验农场种着,一小半分租给几家佃户,胡家也在其中。农场的地界和佃户的地界当中,横着一条大路,路上长着一丛一丛的竹树,随风摆动,沙沙作响。胡柳、胡杏两人到田边一看,不由得伸出了舌头。偌大一片田地,黄霜霜的,竟连一根青草也没有,更不要说什么禾苗了。一层三四寸厚的油泥,严严地盖住了整个大地,油泥的表层有一片姜黄色的泡沫,小蝲蜞在泡沫当中横行游逛,也找不到落脚的地方。大路的路基也叫洪水冲刷得这里坍一块、那里坍一块的,浑不成个样子。只有路基上面的竹树林还屹然挺立,不曾随波逐流地倒下去,还仿佛用沙哑的嗓子对她们说:"这就是了,这就是了。鬼地脚,鬼地脚。"她们在竹林子前面找了两块大石头,拿锄头把那上面的浮泥刮掉了,面对面坐着叹气。

胡杏说:"这怎么弄法?咱们还有谷种么?"

胡柳说:"旧年留的晚造种都使光了,今年留的早造种——该明年用的,都吃光了。还有!"

正愁着,另外几家佃户的姑娘们也出来了。她们就是何好、何彩、何兴、何旺跟胡执、胡带、胡养、胡怜八个年轻女子,有住得很近的,有离得很远的,只是佃种的田地,却紧紧连成一片,好像她们将来也许嫁到五十里以外,也许嫁到一百里以外,她们的命运也将紧紧连成一片一样。胡柳指着面前的一片油泥给她们看,大家相对着摇头叹气。

胡杏年纪最小,忽然大声对姐姐们说:"不叹了!叹够了!动手吧!"

于是大家就捋起衫袖,卷起裤脚,动手整理田基。泥浆飞溅在她们的衣服上、头上和脸上,不大一会儿工夫,一个一个都变成了泥鬼。一群正当十八、二十二年华的大姑娘聚在一块儿,不会没有笑闹声音的。就算她们目前又穷、又苦、又烦闷、又悲伤,她们也闭不住嘴。有人说:"小杏子大难不死,将来只怕要当正宫娘娘呢!"

又有人说:"偏咱不当皇帝。要当了,咱今天就封她正宫!"另外一个姑娘说:"你不当皇帝,也能当黄泥! 全身都是的了!"第四个姑娘也说:"看咱们这鬼模样,只怕连宫娥都挑不上一个呢!"大家嘻哈大笑,看来快乐无忧。后来大家又谈论谁该当太监,有人说何福荫堂的大东家何五爷、何应元合适;有人说不如何福荫堂的管账二叔公何不周;有人说何不周太重不好,一顶轿子,十六名伕也抬不动;有人说何应元好在轻巧,只要两名伕抬起来,满田里飞跑也不在乎。大家更加笑得痛快淋漓,觉得舒畅之至。既然提到何不周,有个叫作何好的就说:

"说开又说了。讲起何不周,就讲何不周。你说他把咱的护堤捐拿到哪里去了?"

那个叫作胡执的接过来道:"是你何家的人提了,我才敢提。你怕不是他把咱的护堤捐吞了下去了!"

有个叫作何彩的附和道:"一定是吞了,一定是吞了。没全吞,至少也八成!"

一个叫作胡带的反对道:"八成? 才不止呢! 怎么说修堤,却一点儿也没修? 水来一冲,就崩了!"

接着,何兴也说:"准是全吞了。真可恨哪! 把咱们害得好苦!"

胡养更是恨恨地说:"我真想吃他的肉! 你瞧那么好的禾苗都一推平了!"

这时候,何旺提供一个新材料道:"听说修堤银子是何五爷跟二叔公叔侄俩分了,三成归二叔公,七成归大东家!"

最后胡怜哼哼哈哈地说:"总之,他们该活,咱们该死! 我听说那死鬼乡长何奕也有份儿呢! 你瞧上护堤捐那会儿,他多热心! 挨门挨户勒索,少一分银子也不甘休!"

胡杏听见她们谈得热闹,就在远远的地方插嘴道:

"没有不吃羊的狼! 谁没份儿? 那些绅襟父老,连王文牒,一定都打了份数的了!咱们找个人带头,给他们算账去!"

胡柳摇着她那条逗人喜欢的大辫子,高声对同村姊妹们说:

"小杏子说得怎么样?你们敢去算账么?敢算账的跟我走!"

大家听见她这么说,都说敢,都说走。虽然并没真走,只是畅快地说一说,大家也就乐了,笑了,干起活儿也轻松了。后来,过了许久,胡柳又叹了一口气,低声对她妹妹说:

"要真是算了账,咱们也占不了便宜!别说咱们算不清,就是算清了,你瞧下回吧!下回上什么捐、什么税,咱准得出双份儿!"

就这样,大伙儿说说、笑笑、嗟嗟、叹叹,一直干到太阳快当顶,才收工回去。何好、何彩、何兴、何旺、胡执、胡带、胡养、胡怜八个姑娘都陆续走了之后,胡柳、胡杏两个就坐在竹树林前面的大石头上歇凉。胡柳挑袖子上泥浆少一点的地方擦汗。一面擦,一面长叹道:

"嗜!这世界是要变了,是要变了!再不变,咱也顶不住了!"

胡杏很懂事地说:"变的好,变的好。只怕玉皇大帝、观音菩萨这会子都不管事儿!"

正说着,忽然从竹树林后面不远的地方传来一阵愤怒的声音道:

"鬼地脚!鬼地脚!我算是看透了!我要走,立刻就走!我不愿意葬在这儿!"

胡柳、胡杏两个人一跳、跳起来,跑到竹林子跟前,用手扳开竹子,朝那边望。那边一大片农场的禾田里,有四个男工在挖泥。他们是区细、马有、胡树、胡松。那在气嘟嘟嚷叫的人,正是长颈鹿区细。他一生气,那涂满了黄泥的脖子觉着更长了。一颗圆脑袋在那上面两边晃,好像怎么也放不安稳,眼看就要滚下来的样子。在他们旁边的田基路上,有另外一个少年男子,坐在一把横放着的锄头柄上,在跟区细说话。他正是农场的杂差、区细的兄弟区卓。他们这些人离胡家姊妹约莫五丈来远,不但声音听得清,连样子也看

541

得真真的。当下看见区卓撅起生气的少年的嘴,感情强烈地对他哥哥抗声道:"你要走,你一个人走个够!我不走,我就是不走。我死也不走!"区细带着威胁的语气说:"你说什么?娘那会儿说什么话来着?你好大胆!你敢!"一面说,一面在齐磕膝盖的泥泞中向他兄弟走过去。马有在半路上把他挡住了。那马后炮劝他道:"鬼地脚倒是真的鬼地脚。只怕这样的鬼地脚,连鬼都不来种呢!可你又急什么来?有事儿慢慢商量,不行么?"胡松一听不对劲儿,就急急忙忙辩护道:"谁跟你说的?地名是地名,土可是好。我听爹说,咱祖祖辈辈就是爱这块地!谁也没说过半句——总之,没什么二话!几时轮到你晓得?"胡树什么时候都不想争吵,就不停地喝住他道:"阿松!……阿松!……"谁知喝也喝不住,他还是把话讲完了。区细对胡松说的什么,显然并不在意。他仍然正面对着他兄弟说:"我是走定的了。你不走,你只管赖在这儿。这儿又没有哪个漂亮姑娘拽住你,你要赖,你就赖。我们各走各的路,各过各的桥。这兄弟做也罢,不做也罢,干脆拉倒!"区卓也不让步,就和他对吵道:"你不要吓唬人!我还是为了你!爸爸一清二白,都叫人拉去,坐了牢。你要是抓走了,哼,只怕坐牢也不行,连打靶都有份儿呢!"区细拍着胸膛说:"打靶就打靶!打了靶,也比这浑身牛屎强!"区卓听他说得这么绝情,不觉幻想起面前这个漂亮汉子不跟自己做兄了;又幻想起他叫人反绑双手,押到红花冈脚下打了靶;又幻想起枪声一响,他就躺倒在荒草中间,血流满地,妈妈区杨氏跪在他身边,失声痛哭。想到伤心处,区卓自己也就呜呜地哭将起来。在竹林子那边,胡杏瞅着胡柳两手掩面,那十个指头都在轻轻颤抖。胡杏自己也咬紧牙关,觉着受了莫大的侮辱。后来再往那边看,就瞧见胡树放下铁锹,蹚着齐磕膝盖的黄泥浆,朝区细走去。这身材高大、头发金黄、举动缓慢的年轻人越走越近了,停下来了,开口说话了。

"细哥,你听我说,"他老练沉实地开言道,"咱不能使唤这种腔调说话！咱第一赤卫队要打天下,定乾坤,打倒军阀、买办、地主,打倒帝国主义,干一番惊天动地的大事业,不是么？咱们对天发誓,革命一天不成,共产一天不实行,咱们一天不罢休,不是么？咱们彼此都恨不得挖出心来叫人看；彼此都你疼我惜,情深义重；彼此都说父子没有这么亲,夫妇没有这么近,兄弟没有这么好；不是么？这几天熬煎日子,又值得什么！有朝一日打回省城,就是你想留在咱村里不走,只怕也办不到呢！到那时候,你们只管把这鬼地脚给我兄弟俩撂下,我兄弟俩一点也不嫌弃它！可是现目今,大家也只好委屈委屈了。哪个当皇上的,当王爷的,当公侯将相的,开头没吃过几天苦、辣、咸、酸？你们说！"

胡树这番话说得大家眼睛热热的,心窝痒痒的,都受了感动。在竹林子那边,胡柳跟胡杏互相望着,轻轻点头。她们都以为那几条好汉会以情义为重,抱头痛哭,重新和好。谁知在长颈鹿问心有愧,进退两难,想说话又不行,想不说话又不好的时候,马后炮却走上前来了。他摇头晃脑,滑滑稽稽地替区细解围道："怎么呢,树叔！你说到情深义重,我真心甜。咱们论情,果然比桃园结义的情深；论义,果然比梁山聚义的义重。这话没什么研究！可是你怎么能够说：革命就一定离不开这鬼地脚？革命就一定得在乡下革,不能上省城去革,也不能上别处去革？革命就一定要满腿牛屎,浑身泥浆,不能在省城逛逛街,饮饮茶,看看戏？能这么说么？"区细恍然大悟道："就这话,就这话！你不说,我也想说了。认真说起来,要革命,在省城比在乡下好！省城的无产阶级多,觉悟深,热情高,没有农民意识,枪械又好找！我回省城去,只等大令一下,就立刻捞起我那条'六密哩八',像大前年起义的时候那样大干一场！只怕你们从这里赶到广州,我早都把公安局拿下来了呢！"胡树、胡松、区卓正待说什么,马后炮抢着发言道："阿细说得对。咱们来到这震南农场,原来不是想跟它做人做世,厮守一辈子的。咱们无非没处藏身,才到这儿来避避风头,谁知一混就混了这年多两年,真正是逼不得已。如今省城的行情已经松了下来,人家说咱赤卫队的总指挥周文雍同志都已经回到省城来了,咱还呆在这里干啥?只怕过不得几天,连咱的政治指导员也会溜到省城去,把这些鬼地脚忘得一干二净呢!"区细又接下去道:

"可不!你们记住给你们柳姐姐说,人家是中学生,是知识高、头脑新的人,谁要是没有中学程度,谁也别想跟他厮守一辈子!"

在竹林子那边,胡柳本人没想到会听见这么一句话。她像着了一棍子似的,倒退了两步,脸色发青,差一点失去了身体的平衡。她只对胡杏说了一句话:"你先回家吧!"就头也不回地朝小帽冈震光小学走去。胡杏没听她的话,没有回家,却紧紧跟在她后面走着。进了学校大门,两姊妹一前一后,一阵风似的朝周炳的卧室卷去。

周炳刚吃过饭回来,一转身看见她俩,就朝门口迎出来两步,诧异地望着客人。

"炳哥!"胡柳两眼发愣地叫了一声,微微喘着气,接着又没头没脑地质问道,"你过几天就要溜到省城去么?把咱们这些鬼地脚忘得一干二净么?是有这个话么?"

周炳摸不清来意,憨头憨脑地反问道:"这句话是谁跟你讲的?"

胡柳低着头说:"是呀,是呀。没人跟我讲过。"一边说,一边走到周炳跟前,又把头抬了起来。胡杏走到门口,一只脚踩在门槛上,不知道该进去好,还是不进去好。这时候,胡柳又向周炳质问道:

"你不是说过,革命是为了给一些人报仇么?"

周炳点着头,没有说话。胡柳又问道:"是给区桃表姐报仇么?是给周金大哥哥报仇么?是给你们杨家舅舅的那个表哥报仇么?"

提起这些人的名字,周炳显然是激动了。他的眼睛直望着胡柳的眼睛,脸上露出那又执拗、又顽强的神气,声音高亢地说:

"那当然！那当然！要不,人还活着干什么？还不止呢！还有张太雷同志！还有省港大罢工时候的好伙计何锦成跟何大嫂,还有海员程仁跟程嫂子,还有工人赤卫队里面的真英雄孟才师傅跟大个子李恩,还有亲兄弟一般的铁匠杜发,还有你不认识的许多英雄好汉！这些人有魄力、有义气、有热肠、有才情,只为了共产主义的理想,如今都长眠在红花岗上！"

胡柳听着、听着,眼泪就要滴出来。她尽力提高自己的嗓子,以便和周炳的语调相适应,说：

"你就光给省城的人报仇,不给乡下的人报仇么？"

没想到她会提出这么一个问题,周炳不免打了一个愣怔。随后又镇静下来,满腔热情地问道："阿柳,这又是谁给你讲的？"

胡柳使唤一种乡下姑娘的固执说："这还用谁给我讲？我自己还瞧不出来么？咱一家人受了何不周多少欺负,你说过一句话么？阿娇受了那郭标多少欺负,你替她报过仇么？小杏子受了何五爷多少欺负,你也替她报过仇么？你就是瞧不起乡下人！"

周炳跟跟跄跄替自己辩护道："没有那么回事！咱们革命一成功,咱们一夺取了政权,你们的仇全都能报！"

胡柳再前进一步,她的刘海差不多碰着周炳的鼻尖。胡杏看见她的头往上一仰,就听见她说：

"那么,你为什么不叫我参加赤卫队？我要革命！我不能革命么？也不止我一个人！要五十有五十,要一百有一百；有男的,也有女的！你们不是怕人少么？你们不是怕人离开赤卫队么？你们怕什么？我入了赤卫队,我给你们带很多、很多人进来,要多少、有多少！你说好不好？"

周炳伸开两手,做出迎接的姿势,说："好极了！好极了！欢迎你,欢迎你！"

这时候,胡柳望着周炳,觉着他是那么快活,那么宽阔,那么雄壮,仿佛革命成功,夺取政权,都是理所当然的事儿。他的头发发着光,他的脸上发着光,他的全身也发着光,那一屋子的太阳,都成了多余的东西。还有他那股子劲,叫人说不清有多大,也说不清是从哪儿来的,只觉着要是他愿意用双手把这个世界举起,他就能够把它举起来。那一边,周炳望着胡柳,觉着她今天勇敢极了,美丽极了。仿佛有一种什么流窜不定的东西,从她的眼睛往外喷射,从她的脸上、手上冒出来,从她说话的声音当中溅起来。这种东西使得她的全身长出一种她从前没有过的丰姿、仪态和力量。而在后面不远,胡杏望着他们两个,觉着他们彼此互相吸引着,越离越近了,粘在一块儿了。胡柳扑在周炳胸膛上,肩膀、脊背、腰肢都在颤抖着,也分不清是在哭,还是在笑。周炳那两条滚圆的胳膊轻轻地搂抱着她;周炳的脸歪着,挨着她的光亮漆黑的头发。胡杏把那一只踩在门槛上的脚收回去,决心退出房门之外。她的心是甜蜜蜜的。

六五　请　命

三天之后,胡杏单独去找周炳。那时候,太阳刚刚出来,她手里拿了一本识字课本,头发在新生的阳光下面一跳一跳、一闪一闪的,一直闯进了那乡村教师的房间里。她直截了当地对周炳声明来意:她也要革命。周炳正在改作文卷子,从那歪三倒四的墨笔字中间抬起头来,漫不经心地说:

"你要革什么命?"

胡杏使唤很低很低的声音说:"革你们要革的那些命。"

周炳放下毛笔,把手一挥道:"用不着你来革!你乖乖地坐着,我们替你革。"

胡杏不好意思地翻着眼皮,嘎声问道:"为什么?我有什么不好?"

周炳敦起老师的款子说:"你有什么不好?好!你还是个小孩子……小孩子就……小孩子就是小孩子!"

胡杏扭歪嘴唇,抗声说道:"不,我不是个小孩子!"

周炳仍然坚持道:"不,你就是个小孩子!"

于是两个人你一句我一句顶将起来:"不,我不是个小孩子!""不,你就是个小孩子!""我都说我不是的!""我都说你就是的!""不是,不是,偏不是!""就是,就是,就是的!"一直到胡杏气得两眼都噙了泪水,周炳才有点失悔地不作声了。憋了一会儿,胡杏又说:"你跟区桃表姐上街游行,到沙面去打倒番鬼那阵子,难不成你们也是小孩子么?"周炳笑了。他笑得那么高傲,叫胡杏很不高兴。她咬着嘴唇,听那乡村教师说道:"我们那时候十八岁了。你今年几岁?"胡杏把头一歪,简短地说:"十六。"周炳说:"这不就对了!十八岁才算大人。"胡杏不服气地说:"不知又差了多少呢!"周炳不想再逆她的意,就把话岔开道:"坐下来吧!咱俩好好谈一谈:你怎么忽然想起要革命的呢?"胡杏在他的书桌子角落一张木椅上坐下了。她拿那双浅棕色的圆眼睛娇憨地把周炳浑身上下打量了一番,才假做正经地说道:

"炳哥,你不要生气。我是看见你十分为难,才说这句话的。你为什么不跟家姐住在一道呢?照道理,你们应该相好,应该早就把事情办了的。可你怕区细和马有两个人,怕他们开小差!那有什么好怕的呢?他俩开了小差,我家姐跟我两个人补上。两个去,两个来,不是一样的么?"

周炳摇摇头说:"多你们两个,敢情好!他两个不走,不是更好么?你该知道,他们跟我是从小在南关混熟了的。省城起义的时候,咱们的枪口对着一个方向。怎么能够轻易分手!"

胡杏把自己的衫角拉起来,放在嘴里咬了几下,就笑了笑道:"让我说一句不知深浅的话:你从前是怎么样的一个人?要游行就游行,要演戏就演戏,要北伐就北伐,要骂人就骂人;就是抄起家伙打仗,也说打就打!哪里见过这么黏黏糊糊,正所谓船头怕鬼,船尾怕贼的!"

周炳见她说得有道理,就点头承认道:"是呵,你说得不错。从前我是听党的指挥的。党说干,我就干起来!如今要我自己出主意,我怎么能出主意呢?叫人怎么不心忙意乱呢?"

胡杏跟着劈里啪啦地,一口气到底地接上说:"炳哥,说起来就说吧!赤卫队里有人说,你稳是稳了,就是不冲。他们说你好像站在十字路口,不进,不退,不左,不右。他们说只要你同意,咱赤卫队就是拿不下广州,也拿得下仙浔。左邻右里的街坊呢,他们也说他们的。他们说,目前东家要是不借点粮出来,大家免不了是饿死;今年的租子要是不免了,明年大半也是个饿死。大家都说向何福荫堂借粮、免租,除非你去跟何家大少爷说一说。你救过他的命,你说话就灵。还有许多人说,只要你跟何家大少爷说说我的事儿,何家就会让我留在家里养病,不会催着要我回去。可是我家姐倒不赞成。她说不该把什么事儿都堆到你的头上。她说她打算上省城去跑一趟,找我们二姑、二姑爹求情去……"说到这里,她的话本来已经都说完了,可是她的鼻子、嘴还在吁吁地喘着气,好像还有什么要说似的。

周炳低头沉思地等了好大一会儿,没见她再说什么,就安慰她道:"你不用担心。有咱赤卫队在,他何家别想把你要去!"这句话看来本是一句普通安慰的话儿,可是在胡杏听来,却发生了极大的力量。她知道周炳的为人,平素不轻易许什么愿,不过他一答应了什么,他是极其有口齿的,拼了命也不在乎的。当下她两只眼睛十分信赖地,静幽幽地望着那雄壮的青年人,柔顺地点了点头。

过了一会儿,周炳又说起话来。这回他不把胡杏当作小孩子了,把她当作大人了。他带着有点惭愧的感情说:"你所讲的都是真话。我真是那个样子:一会儿心红,一会儿虚弱。跟弟兄们打打闹闹,跟你家的人说说笑笑的时候,我是心红的,红得像一个熨斗一样,碰见什么,就能把什么烙得嗞嗞响;一回到这房间,一碰见林开泰、华大维、丁猷、我那些好同事,我就虚弱起来了,我的心肝五脏都是空的,浑身是软不塌塌的,就像一团饭一样!每逢见着金端、麦荣、冼鉴、冯斗、谭槟,我是心红的;可你哪里想得到,一离开他们,我就虚弱起来了!……每逢想到将来,想到革命成功,也许再远一点,想到共产主义那么一个天堂,我是心红的;可是一回到现在,一回到这座活地狱,我就又虚弱起来了!"

胡杏十分惊讶,使唤刚听得见的声音问道:"这是什么缘故?"

"这是什么缘故?"周炳自问自答道:"我也说不上来。这几天我吃不下饭,睡不稳觉,日想夜想,就是想的这个。看起来,我是把革命看得太容易了!在广州起义的头一天,我就想:那就是革命!那就是成功!所以我叫杜发去告诉你,让你拾掇拾掇,回家过年。我绝不是哄你的!我为什么要哄你呢?你也知道:我从来不哄谁!如今,我明白了,那不但不是什么成功,那才刚刚是个起首!说来说去,还是咱孟才师傅说的对:路还远着呢!看你,你如今也要革命了,你自己问问自己:你有那股韧劲儿么?你愿意干上一辈子,永远不后悔么?"

对于这一个严厉的问题,胡杏并没有轻易回答。她一句话不说,夹起那本识字课本,缓缓地往家里走。回到家,也不跟任何人说话,背起一个竹筐子,就到田边、冲边摸田螺去。

当天上午九点钟,周炳就打陆路徒步跑到广州去,在一家饭铺里胡乱扒了几口饭,就到南海县衙门找着了教育局长何守仁。进了那又排场、又俗气、又豪华、又势利的会客室,周炳冷冷清清地坐着,等候了足足半个时辰。一个矮小、精明、全身雪白、还不到三十岁的官儿出来了。这个人尖脸宽额,鼻梁上搁着一副只做装饰用的金丝平光眼镜,全身上、下,穿着一套白麻帆直领文装,脚下穿着白麂皮鞋,走起路来脚跟不沾地,一见客人,就伸出一只手说:"坐,坐。别客气,别客气。"周炳本来坐着好好地,听他这么一咋呼,只得站了起来。就在这一瞬间,周炳突然觉着十分狼狈。他想:"坏了!该怎么称呼这个官儿呢?叫他何局长吧,似乎太生外了。叫他何君吧,又似乎太不客气了。叫他表姐夫吧,那又怎么叫得出口呢?"后来他还是冲口而出地叫了一声"大哥!"——算是跟着何守礼叫了。何守仁并不在乎这些,他拿手在空中砍了一下,算是做了一个外国人打招呼的手势,接着就说:"老弟,好几天没见着你了。乡下离省城那么近,怎么不到我家里来吃顿饭?如果我是你,我每个礼拜都要回省城来看一看,走一走。你令尊、令寿堂那边,多么记挂着你呀!你出门快三年了,也不回家去看一看!唉,自从五四运动以后,大家的家庭感情都淡薄了。好,喝茶吧!"何守仁说罢,拿手朝茶杯让了一让。周炳木然坐着,毫无动弹,也不知道拿什么话跟他应酬好。紧接着,何守仁又说起话来道:"真没想到,上回广州造反,偏没你的份儿!我们在香港就想,你一定是参加的了。年轻人嘛,谁躲得开共产主义的诱惑?当作一种幻想,那是够美丽的呀!可是你到底不错:稳!你大哥、二哥他们就不行了,飘了。"碰着在这种场合提出的这种问题,周炳更加没法对付。他是走直道的人,他只会一种做法,那就是站起身来,把他臭骂一顿,然后离开这座衙门。可是他回心一想:不行!如果朝那么办了,不是什么事儿都闹不成了么?不是白进城一回了么?不是叫震南村挨饥抵饿的人大失所望了么?这么思算着,他就仍然坐着不动,哑口无言。看来,何守仁今天是有心多说话,把时间都占了,不让周炳开腔的。他果然又说道:"乡下的水,如今退了没有?说真的,我实在放心不下!前几天,他们去视察水灾,硬要拉我一道去,说这回坐的是电船,万无一失。按我的良心来说,我是非去不可的,事关桑梓嘛。不过不怕失礼说一句,自从那回过了水关之后,听见水字我就不舒服。老弟你知道,我这个人是没有胆量的。"周炳见他说到项儿上了,觉着水到渠成,就趁机说明来意道:

"不错,大哥。我今天出来,正是为着这件事儿!乡下的你那些佃户,经过这么一场水灾,实在活不下去了。大家伙请求你借点粮食,好歹多支撑几天。大家伙还请求你把今年的租子免了。不然的话,只怕今年过不去。"

周炳看得清楚,何守仁的脸色变了三变:一开头,好像因为受惊过度,变得那样苍白;后来,好像十分生气,满脸涨得通红;末了,好像没有听见谁说话似的,一切归于平静。当他平静的时候,他说话了。

"老弟,你说得对。是应该这么办!天理良心,该朝这么走!"何守仁似笑非笑地说,"本月初那回,我没有跟你说过么?我说往后你有什么为难的事儿,不要脸皮薄,只管找我,只管跟我说。今天你果然来了。这就好。这就对。这就是瞧得起我!往后还要这么推心置腹,开诚相处才好!"看来,何守仁对于自己的语言,是控制得十分准确的,到了该转弯的时候,他一定不会直走。果然,他转弯了。他摊开两手,继续回答道:"不过,我们家里的事儿,你全都是知道的。现目今管家的是家父,不是我。我一定把你的话向他慷慨力陈,然而结果如何,还得凭他的高兴。他一高兴了,兴许能免三年租子;碰着他不开心,兴许连一粒谷子也不让。总之是没准儿!"

周炳满腔热情,满怀希望,想给那些耕仔们办一点事情,没想到得到这样的结局。听那位县教育局长的发话,这件事儿肯定是完结了。周炳就是再痴、再傻、再呆、再戆,他不能连这么普通的一些话都不会听!正踌躇着,忽然有一个听差来到会客室,向那位矮小的局长禀报,说省府有电话来。何守仁站立起来,做了一个意思含糊的手势,也不知是跟客人道别,也不知是请客人稍坐一会儿,一个鹞子翻身,就走出了会客室。周炳跟着站起来,他的心冷得就像一块冰一样。他想起了胡杏的事儿。可是他又想,照目前的情况看来,自然连开口的机会都没有了。不过即使有机会开口,对着

那么一个畜生,他也懒得提起了。他自己对自己说出声来道:
"可杀!"

就头也不回地走出了会客室,走出了县衙门,经过那些监仓和高墙,回到"大市街"的阳光里面来。他本来也想过,办完了这件事儿,顺便回家走一走,看一看爹娘。可是如今怎么成呢?如今他多么焦躁,多么愤懑,他不能带着这样的心情,回到那三年没回去过的家!于是他朝南走,朝西走;又朝南走,又朝西走……村过村,渡过渡,一直走回震南村小帽冈震光小学去。整整一个黄昏,他都不开心。他今天来回跑了八十里路,如今既不吃饭,也不走动,只顾坐在一张靠背木椅上发呆。谁知快上灯的时候,却来了一个陌生人,指名要找他。校役把客人领到他的房门口,客人朝着黑啦咕咚的房间问道:"周先生在家么?"周炳答应了一声,连忙点起煤油灯一看,只见一个矮矮墩墩、二十七八岁的男子,却不相识。那人见校役走开了,就对主人自我介绍道:"你不是认识一个姓冼的,外号叫'研究家'的机器仔么?是他叫我来的。我姓李,——我叫李子木。"周炳一听,知道他是党里面派来的人,不觉大喜过望,连忙抓住他的手,热情充沛地说道:"好极了,好极了。我们等很久了,我们等很久了。"说罢,把客人按在靠背木椅上,扭暗了煤油灯,就走到门口去关门。李子木把煤油灯重新拧大了,又叫周炳把房门打开,说:"用不着这样。不要过于神秘。那只能引起别人怀疑。你只要把我当作是你的老同学,我从省城来探望你,咱们无拘无束地闲谈。——那样就好。要是咱们喝一盅酒,搞点什么吃的,那就更好!你明白了么?你吃过饭了么?"他这样说的时候,他的脸并没有对着周炳,却在那里四处张望,四处打探,四处搜索。可巧周炳今天没吃晚饭,就跟他一道上村西市街的"发记"饭馆去,找了一个僻静的角落坐下,叫了一碟草菇蒸鸡,一碟苦瓜牛肉,一个苋菜鱼片汤,两碗豉味双蒸酒,慢慢地喝喝、谈谈。这时候饭馆里除了伙计、掌柜之外,没有别的顾客,正是说话的好机会。李子木却只顾吃菜喝酒，说些不当紧的话，不谈正经事。周炳问他赤卫队什么时候才去攻打广州，问他们要求入党的事情结果如何，问佃户们要求借粮、免租该怎么办，问胡杏不愿回三家巷又该怎么办，问他要跟陶华、马明谈一谈不，要跟大家见见面不，等等。他笑着，含糊其辞地推脱道："看你忙的！你猜我带了许多锦囊妙计来么？"好在有他这一笑，周炳才看清楚了他的脸孔。原来他的脸孔白一块、紫一块的，十分难看。也许恰恰由于这个缘故，他老是不愿意把相貌露给人看。周炳又看清楚了他的眼睛。那眼睛不只小得出奇，又整天滴溜溜打转，露出眼神不定，东张西望的样子。后来，等李子木把两碗双蒸喝下去了，饭馆里的顾客也陆续多起来了，他却突然醉醺醺地大声说起话来道：

"老朋友，你这两天看见过谭槟没有？我来就是要找他！他已经失踪一两个月了，不是死掉，就是开小差了！哼，这混账家伙！"

他这句话叫周炳万分吃惊，又万分着急。他观察一下李子木，见他尽管还是眼神不定地东张西望，却已经不害怕说话声音叫别人听去。周炳不愿意在这个地方谈这种事情，就说："走吧！"李子木不答应，又硬要添了两碗酒，才勉勉强强跟着周炳走了出来。他们在田基大路上朝东走，周炳问他："你说谭槟怎么样？是怎么一回事情？"李子木说："谁知道是怎么一回事？说是在震北村被捕了。是公安稽查站抓的！"周炳越听越不受用，眼泪簌簌地流了下来。他抓住李子木的两肩，使劲地摇，好像要把李子木整个儿拆开，瞧瞧他的心有没有撒谎似的，同时又大声吆喝着："你没造谣？你没扯谎？你没喝醉？"李子木大概平生没受过这么激烈的震荡，加上又喝醉了酒，登时浑身发软，坐在地上，抱着周炳一边大腿说："我是这一带的巡视员……我负责任的……扯谎干什么！你不晓得，我是整天、手里、提着自己的脑袋、走来走去的！"周炳没办法，只得把他扶了起来，搀着他走。走了一阵子，他又说："老朋友，你说这样的日子怎么过？你今天吃了饭，你不知道明天还吃不吃饭;你今天晚上睡在床上,你不知道明天晚上睡在什么地方;你今天跟谁千恩万爱,你不知道明天还能不能见面!"周炳听了,觉得恶心,就不作声。谁知快到小帽冈的时候,他竟越说越离奇了。

"唉,咱们虽然初次见面,却一见如故,像老朋友一样。"他响亮地打着嗝儿说,"老朋友,说实在的吧。这革命,我看是完结了。在一百年之内,我看不会有什么认真的革命!过去那些辉煌的日子,越去越远了,正所谓往事如烟了!"

周炳把他扶回学校,扶进房间,安顿在自己的床上睡觉。给他掖好蚊帐之后,周炳自己坐在靠背木椅上,眼睁睁地过了一宿。他越想越难过,越想越生气,不由得埋怨起冼鉴,怎么叫这么一个人来!第二天早上,天亮不久,周炳叫醒了李子木。他穿了衣服,洗了脸,想走,又站住了,对周炳提出一个要求道:

"老朋友,替我写一封介绍信好不好?"

周炳漫不经心地问:"给谁?"

李子木拿小眼睛东张西望一番,然后说:"给你们学校董事长陈文雄。"

周炳声色俱厉地说:"为什么?"

李子木笑嘻嘻地说:"是这样子的,也不为什么,就是想认识认识。——你要知道,他是一个有用处的人。不为别的,不,认识了他,说不定会有好处。是不是?常言道:'落雨担伞不顾后。'这是不行的。路子总是越多越好。山穷水尽……说不定有相逢的日子呢!"

周炳实在忍耐不住了。他运起"鼓槌蕉"那样粗的手指,葵扇那样大的手掌,也不知道用了多少气力,在李子木那张邋遢的脸上掴了一巴掌。啪嗒一声,李子木全身打了个趔趄,然后就像俗语说的:抱头鼠窜,溜了。

这里剩下周炳一个人站在书桌前,背着窗子,对着门口,气苦了。四周寂静无声,只听见他那大颗大颗的眼泪滴滴答答地往下掉,像雨天的廊檐水一样。

六六　善有善报

这一天,是周泉所生的第二个儿子陈国梁满月的日子,陈家办大喜事。本来陈文娣给何家生下了第一个孙子何汝温之后,何应元着实感到脸上添了八分光彩。他嘴里不说,可是他心里想,这回又压倒了陈家!陈家只有一个儿子、一个孙子,何家却有两个儿子、一个孙子,这优劣的形势是明摆着的。且不说陈家已经表露出三代单传的趋势,就是那么一个孙子,也还是盂兰节出世的,大有讨债鬼的模样呢。想起这些缘由,何五爷心里直觉着痛快。可惜好景不长,周泉不过略迟几个月,又生下了第二个儿子陈国梁,好像晴天打了个霹雳的一般,这心里的痛快,脸上的光彩,又该轮到那边屋里的老爷享用了!的确,何应元想得到的事情,陈万利也想得到。他嘴里同样不说,可是他心里同样在想,这是皇天有眼!何家有两个儿子、一个孙子,陈家却有一个儿子、两个孙子,这至少从表面看,已经是一种不折不扣的均势。何况何家的两个儿子,还有一个是住在癫狂院的,这又算得什么均势!他想用一句话来表达这种局面,要把一切隐秘之处都能表达出来的,但是他想来想去,都不惬意。后来有一个晚上,睡到半夜三更,猛然得意惊醒,却叫他想出来了。他推醒老伴儿陈杨氏,兴高采烈地说:

"老藕,你懂么?这叫作善有善报!这就是善有善报!"

陈杨氏听了,也是十分佩服。这句话传到何应元耳朵里,他一听就懂了。他的亲家老爷不单在夸陈家,并且在讥诮何家!如果第一个孙子在盂兰节投胎,到现在快满两周岁了,也看不出什么讨债鬼的形迹,反而又加上了第二个孙子,是善有善报的话,那么,他的两个儿子好好的,却无缘无故疯了一个,那岂不是恶有恶报么?可他虽然听得懂,猜得着,他却无话可说,无言可答,只得叹了一口气,忍了下去。

  这天下午,陈家举行家宴。一过午,吃满月酒的人们就来了。也像往常举行任何宴会一样,真的亲戚、假的亲戚、真的本家、假的本家,真的世交、假的世交,全都来了。看样子,那些有钱的假亲戚、假本家、假世交比那些穷的真亲戚、真本家、真世交都要来得早,情绪热烈,说话畅快,举止大方,因此地位也显得更加显赫。下午五点钟左右,舅舅杨志朴和舅母杨郭氏也来了。他们在楼下的大客厅里坐了一会儿,见客人虽多,却没有说话的人,就上二楼的客厅。那里的人也多,又大半是隔壁亲家的人,就上三楼外甥女们的书房看看。那里是清静一些,只有周泉、陈文娣、陈文婕、陈文婷几个人坐着闲谈。她们好像在商量什么秘密军机,见了舅舅、舅母,只顾起身让座,也不往下谈了。杨志朴和杨郭氏坐了一会儿,问了问各人的身体安好,就站起来说:"我是前清的人,你们是民国的人,我也不打扰你们的姑嫂会了。"说罢,就和杨郭氏一道下楼,去看他们的二姐周杨氏。却没有想到,皮鞋匠区华和三妹区杨氏也在,杨志朴指着区华大声笑道:"怪不得我到处打锣,都找不到你,原来你倒躲在这里!真是……"直到这会儿,杨大夫才无拘无束,谈笑风生起来。区华耸耸肩膀、撇撇嘴说:"在那些珠宝绸缎当中,你坐得安落?等一会儿叫大姨妈另开一桌过来,咱们在二姨妈这边慢慢吃、慢慢饮就好!"杨志朴伸出一只手,好像要阻拦什么人似的说:"且慢!我刚才的话没讲完,半拉子你就插乱了。我正要问你,你和我那辣子三妹为什么只管往这边窜?"区杨氏干脆利落地抗声道:"你这舅舅就是为老不尊!咱不往这边窜,倒往哪边窜?"杨志朴拍手笑道:"对嘛,对嘛!要往我傻子二姐这边窜!不光是老的要窜呢,就是小的也要窜呢!"区杨氏恐吓道:"你再说一遍!"

杨志朴果然再说一遍道："不光是老的要窜呢,就是小的也要窜呢!"

区杨氏一站起来,追着杨志朴就要打。大家才恍然大悟,就纵情笑乐起来。原来区家的大姑娘区苏在香港已经和周家的二小子周榕结了婚,一直没告诉家里。今年三月区苏生了一个儿子,取名周贤,比陈文娣生的何汝温还大了一个月份。周、区两家知道这个消息的时候,不单有了媳妇、女婿,还有了孙子、外孙了,所以杨大夫才用了一个"窜"字逗他的三妹区杨氏。当时追打了一阵,大家又重新坐定,慢慢闲谈。杨志朴说："既然如此,你们就不该叫我那傻子二姐做姨妈,要亲亲热热地叫声亲家妈才合适。"铁匠周铁今天为了赶吃喜酒,提前收工回家,听见杨志朴这么说,只坐在一旁傻笑。其他的人也只笑得见眉不见眼。周杨氏早就笑出了眼泪,一面拿手背擦,一面说道："咱们这几兄弟姊妹,就数那当大夫的调皮。你看都四五十岁的人了,还跟出了嫁的妹子打架!"杨志朴慢慢收了笑容,正经说道："我闹是因为我心里舒畅,不闹不行。其实认真说起来,咱们周、区两家,早在五年前就该对亲家的了。那对比这对一点也不差,说不定要更加出色呢。真真可恨!可恨!"大家听了,就都不作声,沉思起来。过了一会儿,杨志朴觉着沉默不好,就又说笑起来道："说起咱周、区两家,倒名副其实地配称门当户对。二姐夫打铁,妹夫也打铁,不过不用烧红就是了。只是这么瓜连藤、藤连瓜地连下去,咱们免不了都和'八字脚'沾亲带故了!"杨郭氏本来很少说话的,听见他提起八字脚,就开言道："你瞧你,说得好好的,又来了!"……大家正谈笑着,陈家最年轻的使妈阿添过来请杨志朴,说奶奶想请他把把脉。杨志朴一个人走过陈家,上了二楼,走进大姐陈杨氏的房间里。陈杨氏歪歪地靠着床栏,背后垫了木棉枕和软席子,一只手敲着脑袋,直嚷疼。杨志朴用心地把了脉,见没大妨碍,就说："刚才还好好地四处走动,怎么一下子又烦躁起来了?"陈杨氏说："谁知道呢?谁知道那鬼毛病呢!舅舅你也说句老实话,究竟这头风是个什么症候,是能好,是不能好?"杨志朴安慰她道:"今天是孙子满月——大好日子,怎么又说起这种话来?只要你别心焦,过些时候,慢慢就会好起来的。"陈杨氏摇头不信道:"你光这么说,光哄我。我自己就不抓拿几分么?眼看着我也五十八九了,那川芎、白芷只是论斤、论斤地倒进去,也不过好两日、坏三朝的,还能好到哪里去呢?"杨志朴坚持道:"药力是药力。只是还得你自己清心少虑,才能见效。依我做兄弟的说,你如今家业也有了,子孙也有了,就不用再像从前摆摊子、卖绒线的时候那样操心劳累了!一个人反正不过两餐一宿,钱银太多了,光觉着累赘!少几个钱,多活几年,看看这个世面,岂不更美?"陈杨氏听着开心,就笑了一笑;忽然又觉着头疼,就皱起眉毛。歇了一会儿,她才说:"舅舅,你是至亲,我也不瞒你。你别看我整天跟那些三姑六婆混在一起,放放债,生生息,买买屋,收收租,是我自己有什么图谋计算。不是的。我一个月,也不使一个小钱。我只是替儿子、孙子、女儿、外孙留一条后路。他们如今都当时得令,穿金戴银,可是也难保将来会有三长两短呀!"杨志朴笑道:"这就是你的过虑了!他们各有各的大家业,用不着你担心。要是那么大的家业都保不住的话,你这点小意思倒反而保得住么?你还是保养保养你自己吧!"陈杨氏点头同意道:"不错,我也想自己的事儿。如今我也快六十了,我只想多行点善事,给子孙们多积点阴功。对儿女们,我也是这么说,也是这么劝他们……"

两姐弟正谈论着,那最狡诈的使妈阿财挤眉弄眼地走进来,说少奶奶和姑奶奶们请舅舅上三楼,不知有什么好事情。杨志朴上得三楼,只见还是周泉、陈文娣、陈文婕、陈文婷四个人坐在那里,不知因为天气太热,还是因为争论过什么,大家都面红耳赤,一言不发。后来还是周泉一五一十地把情形说了。原来她们几个人刚才正在商量捐款救济震南村的水灾难民的事情。捐的钱已经差不多了:周泉二十块,陈文娣五十块,陈文婕也是五十块,陈文婷双份儿:一百块,再等陈文雄、何守仁两个人来认个数目,就齐了。可是有一桩难事儿,怎么商量也决定不下来。那就是:到底拿这笔款子买饼干好呢,还是拿这笔款子买番薯好呢?陈文娣和陈文婷是主张买饼干的,但是周泉和陈文婕主张买番薯,一边两个人,相持不下。周泉把情形讲完了,又加上说:"就是专门请舅舅来做个主。你说怎么好,咱就朝怎么办。你一定说番薯好的。番薯又多、又好吃、又好运,对不对?"陈文娣和陈文婕都笑着,没作声。陈文婷抢着抗议道:"不对,不对!饼干又香甜、又干净、又有益。舅舅一定说饼干好!"杨志朴听明原委,就故意逗弄她们道:"要我做主也不难,只是你们要先回答我一个问话:你们四个人到底是聪明,还是笨钝?"周泉和陈文婷摸不清他的来头,不敢吭声。陈文娣却颇为自负地说:"聪明!"陈文婕也马上露出事业家的神气道:"不笨!"杨志朴接着就说:"可不是么?我也这么想!聪明的人想起了饼干;不笨的人想起了番薯。依我说,都好。不过比较起来,番薯自然更好些。番薯粗贱,更合他们的胃口。——我这个笨钝的舅舅倒还有个笨钝的主意:你们买白米不好么?有那么二三百块钱,满可以买二三十担糙米,送到灾民那里,岂不更加实惠?"四位姑娘听了,都面面相觑,作声不得,只怪自己怎么一时糊涂,就没想到白米,作兴是天天吃,吃多了,吃腻了,反而不在意了。

　　杨志朴下楼之后,何守仁又不请自来,突然在书房门口出现。陈文娣一见他就说:"你又来做什么?"何守仁还来不及回答,陈文婷就替他回答道:"做什么?还不是来管管你们!你们五分钟没人管就不行的!你又不知道,我当了官儿,我管的事儿可多呢!我管的范围可广呢!"何守仁十分委屈地辩白道:"这真是冤枉死人了!我管得着谁呢?县长夫人,我能管么?经理夫人,我能管么?至于董事长本人,我更加没法儿挨了!"陈文婷说:"按那么说,你只管得着我二姐了?"何守仁说:"有的事儿就好了!别说局长夫人我不敢管,倒过来,只要她的手指头稍为松一点,我还不知多么好彩呢！"陈文婕说："既然如此,二姐你就下个手令,叫他认捐一个数目,看看他的话是不是真心诚意吧！"陈文娣有点作难,拿一双棕色眼睛瞅着她嫂嫂,只是不开腔。周泉会意,就把捐款救灾,舅舅主张拿白米赈济的事情,一一说了一遍。何守仁听了,一个劲儿摇头道："如今白米飞涨,你们买饼干倒容易,买白米可实在难。这且不说。——震南村的局势你们知道么？哼！那里的共产党十分猖獗！今天说要借粮,明天说要免租,连国家的赋税都要抗缴呢！不用说,那锋芒正对着我们何家！倘若这当儿咱们办粮赈济,那正显得咱们理短心虚,也助长了那些流氓的气焰。这怎么使得？"陈文婕一听就生气,但她仍然使唤那种淡淡的情调说："要真有那样的事情,也是你们手下那些小人营私舞弊,将修理堤围的公款侵吞中饱,引起水灾,激发起来的。你们是为共产党开路,你们是为共产党驱鱼！"何守仁没有说话。陈文婷也不等他说话,就站起来赶他道："走吧！你这孤寒鬼！你不捐就不捐,谁要你多管闲事？滚吧,滚到你那些猪朋狗友那里去吧！"何守仁站起来,走到房门口,又停住,觉着进退两难,不知如何是好。

正在这个时候,胡柳穿着洗熨干净的白布衫、黑布裤、双乌布鞋,拖着一条光滑粗黑的大辫子,恬恬静静地走进了三家巷。大家瞧见这么一位眼睛水汪汪、亮晶晶,朴素、大方而又美貌、矜持的乡下大姐,都觉着清格,觉着舒服。就是她二姑何胡氏看见了,也出神地盯着她,看了又看,不曾眨眼。不过看尽管看,不眨眼尽管不眨眼,何胡氏想她来了,必有缘故,也就在想法子对付。后来,她不等胡柳开口,就先发制人地高声说道："阿柳,你们上回的做法,多么无情无义！直气得咱们那心灵嘴刁的阿贵走一路、哭一路地哭回来呢！你是不是给你二姑赔不是来了？"胡柳恳切自然地说："不是。"何胡氏又说："敢情是你们回心转意了,把阿杏送回来了？"胡柳同样恳切自然地回答道："不是。"她二姑转为恶声恶气地说："难道又来求情,说不回婆家来了？"谁知胡柳仍然恳切自然地加了个

"也"字道:"也不是。"这左也不是、右也不是,倒叫何家大奶奶纳闷儿起来了。她想凶凶狠狠地骂她侄女儿一顿,可是对着这么一位人见人爱,也一定从来没伤害过别人的姑娘,怎么骂得出口呢?没办法,她只得压下了火气,没精打采地问道:"那你进城来干什么?"

胡柳忽然妩媚地笑道:"来求你老人家疼疼她,怜惜怜惜她!"

何胡氏对着她束手无策。想发作也不行,想不发作也不行。这时候,正在暑假期中的中学生,十三岁的小姑娘,尖尖嘴脸的何守礼刚从外面游水回来,听见胡柳来了,把湿漉漉的手袋一扔,就跳进大奶奶的房间里,一来想看看胡柳,二来想打探胡杏的消息。她听见胡柳央求大奶奶的话,就接上帮腔道:"妈,算了吧!干吗要逼着阿杏表姐回来呢?她病成那个样子,才险死还生地歇了口气,真是怪可怜的,让她在乡下调养吧。只当妈妈你做做好心,行行善事!"谁知何守礼是言者无心,何胡氏倒是听者有意。"行行善事"的"善"字狠狠地刺伤了大奶奶的心。她想道:"哦,原来大家都说我不行善事,只行恶事!人家说善有善报,你何家的贱货也说行行善事!看来倒是打通通的呢!"想到这一层,何胡氏就破口大骂起来道:"怪不得俗语有云:好心不得好报,好柴烧烂灶!我一心抬举那烂屎,她倒是满天满地的不受用!我买她进门的时候,我就是抬举她!豆丁那么一点儿大,连倒尿壶都不会呢!在我这里吃一碗粗茶淡饭,不比在家里活活地饿死强么?后来,我叫阿义收她做二房,这也是亲上加亲,还不抬举她?她什么门户,什么身价?有多少身娇肉贵的千金小姐,日夜做梦都想不到手呢!阿义的身命不好,倒是真的。这就委屈了她么?他慢慢地不会好起来的么?如今,我叫她回我家调养,不正是抬举着她?阿义就要出院回家了,她做小的能不回来伺候么?就说病后补养,我这里汤是汤、水是水、焖是焖、炖是炖,还调养不了她,就要在乡下嚼马草、啃萝卜缨子才过瘾?不成!不成!一万个不成!"胡柳跟何守礼受了训斥,退出房间。三姐房里那最老实的使妈阿笑把胡柳带到周家这边来,交给周杨氏照料之后,就站在巷子当中,那棵白兰树旁边,和陈家的使妈阿发、阿财、阿添一五一十地谈起胡柳如何可爱,大奶奶如何生气的事情来。何家阿苹、阿贵那两个使妈也出来了。六个人开怀畅叙,议论纵横,都说大奶奶这样狠心,虽说道理讲得响口,却未免有伤阴骘。

何守礼也气嘟嘟地跑上陈家三楼,跟周泉、陈文娣、陈文婕、陈文婷几个人把刚才的事情说了一遍。恰好陈文雄也在座。大家听了之后,都问陈文雄该怎么办。陈文雄首先赞美何守礼道:"你们瞧她年纪虽小,志气却大。你们从她那义愤填膺的神态,就看得出一副五四时代的面影。我们都有了暮气了,她却锐不可当。她是咱们这里一个最纯洁的人!"往后顿了一顿,他又加上一句道:

"她是三家巷的灵魂!"

何守礼听着,那梳着大松辫子的头婀娜多姿地扭动着,茫茫然,不知怎么才好。其他的人听了,也触动往事,各人有各人的感慨,没有作声。后来还是陈文婷说:"哥哥,你就是会作诗。你说的话总要人往深处想。可是,小杏子的事儿到底该怎么办?"陈文雄露出突然严肃起来的模样,说:

"对于这件官司,我守中立。但是亲家奶奶的做法,我看还欠文明。"

说完这句话,陈文雄就下楼去了。这里几位姑嫂,一齐过去周家,去看胡柳去。胡柳正跟陈文婷同年,两人都二十二岁。她在家算大姐姐,在这里只能算小妹妹了。大家抓她的手,摸她的脸,揪她的辫子,对她赞不绝口。对于胡杏的不幸遭遇,也说了许多同情的话。只有陈文婷想起四年前,胡柳头一回来三家巷的情景,不免心里酸溜溜的,还有点醋意。那天晚上坐席的时候,周妈讨了一桌酒菜过来,她两口子加上舅舅、舅母、三妹夫、三妹、胡柳、何守礼八个人同吃。大家招呼这、招呼那,把胡柳疼爱得什么似的。喝了几盅酒,杨志朴又不甘寂寞,就指着周铁、区华两人,妙趣横生地说道：

"二姐夫，三妹夫，咱们又在一道吃酒席了。但愿佛爷保佑，不要明天一早又在公安局门口会面才好！不然的话，又得二姐夫吆喝三妹夫赶快进去坐席，怕酒凉了呢！"

他这番话把大家乐得嘻哈大笑，差一点把酒杯子都摔到地上。胡柳、何守礼看见大伙儿笑，也跟着笑了。

六七　三　灾

胡柳从省城回家之后的第三天，大家因为田里没有重活，就把早饭省掉了，一人端着一碗番薯汤，一面呷着，一面嗟叹胡柳空跑一趟，徒劳无功。没想到这么早的天气，何福荫堂的管账二叔公何不周竟拿他那肥胖松弛的身体，呀的一声挤开了他们那两扇虚掩着的破烂大门，走了进来。他把一筒拿纸卷着的双银角子，大概是十块钱的模样，重重地往矮桌子上一放，然后转身坐在胡杏那张木板床边上，将那张木板床压得吱吱作响，中间凹了下去，像一个铁锅一样。胡源老汉脸色发青，一言不发。何不周一边喘气，一边咳嗽，一边声色俱厉地恐吓他们道："意思都懂了吧？不用我再说了吧？"胡源老汉摇着花白脑袋说："意思都懂了。不用你再说了。再说，还不是么回事！"何不周说："好！三天，人家给了三天的期限。"胡王氏和胡柳觉着大祸临头，心乱如麻。胡杏大声丧谤他道："三天？叫他们再等三十年吧！"

何不周阴险地讥诮她道："二家嫂，话可别说得那么死。"

胡杏咬牙切齿地骂道："放你的屁！谁是你的二家嫂！"

何不周捺着性子，油喉地说："小少奶，火气不要太盛了。你能不认我们，我们还能不认你？"随后又转向胡源老汉说："你的年纪比我大,你跟何福荫堂打了那么几十年的交道,你摸我那五侄老爷的脾气比我摸得准,你瞧着办吧!不过我既然来传了口信,我也顺便跟你通一通声气:我那五侄老爷已经从癫狂院接了我那可怜的二侄孙少爷回家,说是病已经好了,等着人伺候呢!另外,我那五侄老爷也请了律师,向地方法院递了状子,说先礼后兵……谈得拢就免伤和气,谈不拢就打官司呢!"胡源眉毛打结地说:"既然请了律师,递了状子,还有什么礼不礼、兵不兵的呢?"何不周见他有些畏惧,就逼紧一步道:"你这人真是薯头!递了状子就不能往回撤么?人家儿子是局长,儿子的挑担是县大老爷,官司还不是爱打就打,爱不打就不打?有谁还拽住他不成?只是你也该打点打点!兴许是打官司,兴许是坐班房……官司这东西,谁也说不准,兴许你打赢了,也是有的。三天,你想想吧!"何不周走了之后,胡源、胡王氏吓得发了呆。法官、刑警、债主三种人物凶神恶煞地在胡源的脑子里打转,像一台走马灯一样。胡柳只是心酸流泪,也说不成什么言语。胡杏看见事情已经很难挽回,就挺起腰杆说道:

"爹,妈,家姐!这样吧,我还是回去吧,索性跟他们拼了吧!"

胡柳呜咽阻拦道:"那是死路一条。咱们见不上面了!"

胡杏镇静坚定地说:"反正是个死!"

左邻右里,叔伯姊妹何勤、何龙氏、何娇、何四伯、胡八叔、三姑、六婶、何好、何彩、何兴、何旺、胡执、胡带、胡养、胡怜等等许多人听说大东家又来寻事,都纷纷跑到胡源家里来,一面慰问,一面商量对付办法。大家想不出什么高明的计策,就一致主张到地方法院递禀子告何应元去。何四伯识几个字,他认为这场官司准胜无疑,他惯用的口头禅是:"有理走遍天下!"当天下午,他就赶到仙汾市去找一个朋友写状子。这个人叫作马文卿,已经五十多岁,不单会写状子,熟悉法律,就是法院里面的人,和他认识来往的也不少。他虽然贫穷,却有侠义之气,看见何四伯去求他,便立即答应,钱固然不收,连状纸也贴了出来,到地方法院去告了何应元一状。

不过他事情是做了,却不像何四伯想得容易,他对何四伯说:"何应元财雄势大,又是恶人先告状,这官司胜负,还很难料!"何四伯回到震南村,把这句话对大家说了,大家都认为这是震南村第一个大灾难,愁眉苦脸,惴惴不安。

就在这天上午,何勤打胡源家里出来之后,就到震南新村试验农场去找第一赤卫队队长陶华和参谋长马明。这何勤一辈子扛活,也到了这五十岁年纪,却是一个全无主意的人。三个人在一棵高大的凤凰树下面站定,他就慌里慌张地说:"阿华,阿明,不得了了!咱村子要出大灾难了!"陶华、马明同时问道:"什么灾难?"何勤搭拉着脑袋说:"今天早上,又饿死了一个人!连以前一共是三个了!前两回死的还只是单身孤寡,这回死的却是个妇道人家,有男人、有孩子的呢!"陶华、马明同声叹息道:"唉,可怜!"何勤忽然抬起头,神色不安地说:"今天绝早,我那亲兄弟何俭上我家里来了。你们知道,他是一个不安分的人。正因为他不安分,所以他在哪家打工都打不长。他告诉我,村子里饿着肚子等死的人,真是十过十,百过百的呢!他又告诉我,何福荫堂不肯给大家借粮,却一包一包白米,一船一船白米地运去仙汾市,卖很大很大的价钱!我说,人家有米,人家要卖,卖什么价钱不好!我那不安分的弟弟说不!他说田地是太公祖上的,耕种是长工伙计的,米粮就该是大家兄弟叔伯的。他何应元当真绝情不借的话,大家就要动手:抢!你们两个瞧瞧,这不是大灾难是什么?总算是我死命把他撤住了。我说不行,他们要干什么事儿,让我先找个人打问打问,是能干、是不能干,再说。你们两个瞧瞧,这犯法、造反、杀头、灭门的事儿,如今也能干么?不碍事儿么?"陶华一听,就撩开衣襟,拍着多毛的胸膛,热血激荡,奋不顾身地说:

"对!抢他狗日的!一百件当紧,总是活命当紧!咱十大寇一向爱闯祸,只要大家伙儿一动手,咱断无袖手旁观之理!"

马明为人谨慎,就笑笑地说:"大哥说得对!吃他几斤米是不过分的！有朝一日，咱们还要打倒他，抄他的家呢！只是目前这件事儿，咱们不妨多琢磨一下，多商量一下。等商量停当，再动手不迟。"

陶华一想也是，就对何勤说："告诉俭叔，过两天有回音！"

何勤走了之后，陶华跟马明缓步走回工棚。走了几步，陶华就拧回头，对马明说："他们光知道饿死人是灾难，光知道何五爷要胡杏是灾难，还不知道咱第一赤卫队如今也遭灾难呢！"马明一听，就明白他是指区细今天就要离开大伙儿、独自回广州大城的事儿，不免十分感慨地苦笑了一声。两人回到工棚门口，只见区卓、胡树、胡松三个人坐在地上。区卓拿手捂着脸，呜呜地哭。胡树、胡松两人气得睁眉突眼，一声不响，马明蹲下来，问区卓道："他非走不可了？"区卓断断续续地回答道："他……他今天……今天就……马上就走！"马明再问道：

"那么你呢？他走了，你走不走？"

区卓没有立刻回答，却擦干眼泪，站了起来，用手指着工棚里面，十分庄严地高声说道：

"他走他的，我干我的！我不是他的兄弟，我是大家伙儿的兄弟！就是把我烧成炭、煅成灰，我还是跟大家伙儿粘在一块儿！"

胡树、胡松一齐跳起来，搂住他，又一齐说："这才像句革命话！"

陶华也走近他身边对他说："小兄弟，你伤心什么呢？你有这个志气，你就是一个人！大家伙儿绝亏待不了你！"

眼看着区卓、胡树、胡松三个人有商有量地下了山冈，朝田基大路走去了，陶华、马明两个人才走进工棚。这大茅棚里面，人声嘈杂，乌烟瘴气。有抽烟的，有喝酒的，有下棋的，有看小说的，有赌钱的，有唱木鱼书的，有睡觉的，有洗衣服的，成百个人、成百个样儿。区细在自己的木架床前收拾行李，只等公司的手续一下来就走。关杰、邵煜、丘照、王通四个人围着他苦苦劝说。马有是同情区细的,他只是站在一旁,既不动手,也不动口。陶华、马明把关杰拉在一边,研究佃户抢粮的事儿。研究了一会儿,没有结果,就丢下区细,走出工棚,一道去找政治指导员周炳商量。周炳听明了情况,那眉头结成个大疙瘩,只是打不开。过了半天,他才透了一口大气,声音沙哑地说道:"也没见过这么难的!什么事情都从四面八方堆过来,压在一道了!"关杰接上说:"可不!按道理说,是该动手的。可是一动手,人家何福荫堂也不肯甘休,那时又该怎么办?偏偏这个时候,谭槟大叔又不露面,真是作难死人!"一提起谭槟的名字,周炳就想起那自称巡视员的李子木,又想起他所说的那番不祥的鬼话,不觉头脑胀痛,像拿绳索勒着似的,连气都透不出来。他举起拳头捶打着前额,声音紧绷绷地说:"他何家从前逼死过多少人,饿死过多少人,害死过多少人,还没给他算过账!如今大家没吃的,眼看又要饿死许多人了,他们却把粮食运到仙汾,高价粜出!大家要吃他几担米,有什么话讲?正是顺天理、合人情的!至于以后,那也不打紧。他们要逼死大家,大家跟他们干就是!大不了咱们把从前那些破枪挖出来,擦擦干,上点油,也就对付着能使唤了!实在打他们不过,咱们还可以上梁山!不过——"说到这里,他停住了。他想说事情重大,最好等谭槟来商量商量,但是他又不想提起谭槟的名字,便转了口气道:"孔明、关夫子两个说得对,这么大的事情,应该问问党。不然的话,你把队伍拉出了村口,你还不知道该往东江呢,该往西江呢,还是该上北江呢。没有罗盘,驶不到埠!"大家都点头。可是难处也在这里:党在哪里呢,谁也不知道。后来大家再三斟酌,还是要周炳去顺德黄群那里走一遭。这边的事情,搁两天再说。周炳毫不踌躇,立刻从床底拉出藤箧子,吹去灰尘,收拾行李。

这时候,区细也背着一个破烂口袋,离开了试验农场,由邵煜、丘照、王通三个人陪送着,来到了震南村北面的村口。区细坐在社台旁边一张石头凳子上,两眼无光地望着他后面的村舍、村边树木和广阔的田野。这张石头凳子,就是两年前周炳从上海回到震南村,刚进村,在这里歇脚,遇见何娇的地方。区细叫他们三个人骂了一路,只是不吭声,现在仍然紧紧闭着嘴巴,光拿眼睛望天。邵煜用手摇着他的肩膀,又生气、又恳切地说:"拿眼睛望着我!你敢么?你只要望我一眼,你就一定舍不得离开我!我什么话没给你说尽?你就是不肯回心转意!唉,枉费你长得相貌堂堂,却是个冬瓜倒瓢!看你生来好眉好貌,跟炳哥也有得比的,那里面却看不得!你挑这阵子丢开大伙儿,你这不是人面兽心、狼肝狗肺么?"区细上身动了一动,还是没作声。王通又着急、又心疼地接着说:"我不像煜嫂斯文,也不会说话。我跟你既不沾亲,也不带故,只因你是炳哥的老表,一向也把你看成亲兄弟一般。有吃的,从来不曾少过你!有玩有乐的,从来不曾漏过你!有灾有难的,从来不曾推过你出头!如今嘴唇皮都说裂了,你只管犟!莫怪我心直口快说一句:你只要一脚跨过这东沙江,我们这朋友是准做不成的了!"丘照拿手搥着胸膛,愤慨之极地说:"的确,是话都说尽了!我跟你玩泥沙,一块儿长大,你如今给我丢人!这叫我怎么受!我只想拿把刀子捅开这里,把心挖出来,叫你瞧瞧是怎样的!也拿刀子捅开你那里,把心挖出来,叫大家瞧瞧是怎样的!我亲手杀了你,也比叫国民党杀了你好!"最后,他悲痛干嚎地大叫了一声:"唉!"就没再往下说。区细纵然是铁石心肠,也不能不受了感动。只见他浑身发抖地移动一下位子,还是不开腔。

　　正在这个危急关头,周炳、陶华、马明、关杰四个人走出村外来了。关杰首先上前劝区细道:"阿细兄弟,不怕得罪你说,做人是不能光想自己的!你越是眼红别人走运,越是怨恨自己倒霉,那你的霉就越是要倒下去!凡事看开一点,听听别人的话,顺顺别人的意,你就没事儿了,心里就舒坦了,跟弟兄们就处得好了,看队里的事儿就比自己的事儿重了!"马明接着也劝区细道:"关夫子说的一点儿不错。他是肯用心思,明白道理的人。咱们队里如今正要办大事呢！你不是说咱们不算赤卫队，只算耕田队么？这回可不一样了。这回是真正的赤卫队了。够你干的呢！够你过瘾的呢！快回去吧！你只要一往回走，咱们一样是打虎不离的亲兄弟！"陶华笑着，拍着巴掌，使唤他那出众的豪迈劲儿说："岂止是亲兄弟！比亲兄弟还亲多了呢！正像俗语说的：浪子回头金不换！我就要割五斤肉，打十斤酒，贺他一贺！阿细兄弟，不要心急，也不要心灰。咱们的事业是很大很大的事业，是惊天动地的大事业呢！听冼鉴、冯斗、谭槟他们的口气，比起省港罢工、出师北伐、广州暴动，还不知要大多少多少倍呢！咱们还不知道要翻多少山，越多少岭，出生入死，出死入生，冒多少枪林弹雨，砍多少虎豹豺狼，去跟全天下的英雄豪杰会面呢！干这样出色的事情，还有什么亏负了你的地方？别懵住了吧！"

任凭别人怎么说，骂也好，劝也好，区细只是摇摇头、点点头，又点点头、摇摇头，不曾开过口。周炳看见这种情形，知道事情已经不可挽回，便对大家说："你们回去吧。"又对区细说，"走，我送你一程。"于是他两老表各人挽着自己的行李，坐渡船过了东沙江，一路向仙汾市走去。沿途塘、堑、冲、湾，祠、庙、村、店，风景极其秀丽。可是他们既无心观赏，又无话可说，只是频频擦汗，闷闷走路。到了三岔路口，要分手了，周炳紧紧握住区细的手，不肯分开。只见他两眼发呆，嘴唇发抖，很久都没说出话来。过了一会儿，他极力压制住自己的激动情绪，低声嘱咐区细道：

"回去之后，第一替我问候三姨爹和三姨。其次，替我问候舅舅和舅母。顺便也到我家里，瞧瞧我爹跟娘。告诉他们大家：我在这里很好，连伤风咳嗽都没害过。过不了多久，我就要回家的。至于你……自己的船、自己掌着舵，凡事小心一点，多想几遍才干就是了，没什么可说的了。不过临别赠言：我说有三件事，你一生一世，也不要忘记！第一件，你要记住，你有个好姐姐。她不但才貌无双，而且英勇壮烈。是帝国主义夺去了她的前途远大的生命！

第二件,你要记住,你参加过广州起义。这回起义的目的,虽然没有达到,可是迟早要达到的!你是挂过红领带的人,民众自然喜欢你,可是有些人不喜欢,你要当心他们的明枪暗箭才好!第三件,你要记住,你永远是咱们的赤卫队员。咱赤卫队要闹革命,这是定了的!咱目前不知怎么闹法,将来总会知道。你在省城,要是混不下去了,站不住脚了,你就赶快归队,好比浪子回家一样,不要多心!"

听了这样情深似海的话,区细能说什么呢?当然,他什么话也说不出来。他有点儿后悔,又觉着如今后悔是太迟了。周炳抓住他的手,一直不放松。他觉着周炳的手好像一团烈火,烧疼了自己的手。他想去抓那团烈火,又不敢去抓;他想甩开那团烈火,却又怎么也舍不得。后来周炳去远了,区细还如痴如醉地站在那三岔路口,想着那重重的心事。最后,他想道:

"怎么人人说我那么像他,我又那么不像他!"

周炳大踏步赶到渡口,雇了一只小艇接驳,上了开往顺德容奇镇的轮渡。这轮渡由一只小火轮拖带,在江面上绕了一个大弯,走了几个钟头,来到了顺德县的容奇镇。这容奇镇是顺德的热闹地方,往年蚕丝业繁荣的时候,市面十分旺盛,近几年蚕丝业衰落了,市面才显得清淡下来。但是周围几十里地方,家家种桑养鱼,育蚕缫丝,光景也还算富裕。又因为这些手艺,多半是妇女干的,所以她们手里有钱,嘴里也就能说话。有不少妇女,就不肯嫁人受罪,自己把头发梳成髻,叫作"自梳";也有些妇女虽然名义上嫁了人,但不到婆家去过日子,叫作"不落家"。这些妇女立志过一辈子独身生活,就邀约三五个知心好友,找幢房屋,住在一起,互相有个照应。人们把这样的房屋叫作"姑婆屋"。那天周炳上了码头,曲曲折折地拐了几个弯,就来到一间那样的"姑婆屋"前面,一打门,恰巧开门的正是黄群大姐。这黄群年纪虽已二十八九,比他姐姐周泉还大一些,但是没有结婚,矮小结实,热情活泼。她一把拉住周炳,将他当作亲兄弟一样,又摸、又捏、又疼、又骂,十分亲热。周炳怪不好意思,一直拿手帕擦汗,那张白净的脸红得像猪肝一样。他拿眼睛望望四周,见墙上供的神像,都是观音菩萨、斗姆娘娘、龙母娘娘、嫘祖先师之类,全是女的。桌案上摆的照片,又都是姑姑、婆婆、姐姐、妹妹之类,也全是女的。四围挂的衣、裳、巾、帽,到处摆的杯、盘、碗、盏,甚至连桌子上搁着的几支水烟袋,几套《再生缘》《金叶菊》《背解红罗》之类的木鱼书,也一望就知道是妇女使用的。坐在这样的一个堂屋里,周炳感觉到有一点局促不安。他还没有开口,黄群倒首先对他诉起苦来。她说她十分想念广州的工友,她十分想念省港大罢工跟广州起义的时候所过的痛快日子,她一个月至少有三回梦见苏兆征同志和张太雷同志。最后,她发誓要离开这里。她说整天躲在茧锅旁边,外面的情形,一点也不知道,一定会把人闷死。周炳也告诉她:胡杏如何得了重病,被赶回家,后来病才刚好,何家又来逼着要她回去;震南村如何遭了大水,病的病死,饿的饿死,何福荫堂见死不救,如今倒要把粮食运到仙汾市高价粜出;区细如何中意胡柳,如何逗意气、闹别扭,如今已经离开赤卫队,回省城去了。后来,周炳又把他们几个人要求入党,外间谣传谭槟牺牲,巡视员李子木的无耻行为等等,都对黄群说了,问黄群能不能想法子找到金端、冼鉴、冯斗这些人,或者想法子找到党的关系。黄群一面听,一面摇头,最后才叹口大气道:

"这真是怎么办好!鉴哥有时十天半月来一回,有时一两个月不见面。有时寄存一点什么秘密东西,过几天又拿走了。有时叫我去什么地方给他送个信,一眨眼又不见他了。我怎么找得着他!每见他一回面,我也催他解决我的入党问题,催他给我分配工作,他也只是劝我忍耐着点儿,慢慢来。看来他们也是难呵!"

于是他俩愁眉苦脸地相对无言,一直坐到太阳偏西。周炳不知道抽了多少根生切烟,把舌头都抽苦了,还想不出什么办法。到他站起身来要走了,他才果断地说:

"千紧万紧,还是人命要紧!我回去了。"

黄群也说:"对!找不着他们,你们自己下个决心,豁出去干就是了!"

六八　南渡口的风波

那天黄昏,周炳从陆路回家。天都快黑了,才走到顺德和南海两县交界的地方。突然有一辆载货卡车,飞快地从他身边擦过,扬起了满天的尘土,呛得他咳嗽不止。他没有在意,稍为站了一站,又继续往前走。不料过了五分钟,又来了一辆载货卡车。这辆卡车不但扬起了满天的尘土,而且离他那么近,几乎把他披在身上的衣服也撕破了。看来这汽车的司机,是有意地要戏弄他。他伸出拳头,朝那辆汽车晃了几晃,又继续往前走。可是走不多远,第三辆运货卡车又从他后面驶来了。听那马达的吼叫声,这辆卡车的速度显然比前面两辆还要快。他朝路边让了一点。没想到那卡车已经来到了。这回,那卡车没有从他身边擦过,却在他后面不到三尺远的地方,嘎的一声刹了车,猛然停了下来。周炳拧转身,正待发作,忽然从车头驾驶座上跳下一个又高又瘦的人来。在苍茫的暮色之中,周炳定神一看,不觉大喜过望地惊呼道:

"斗叔!你把我找得好苦!"

那个人正是冯斗。他一把拖了周炳上车,扔了一扎红卜卜的、皮儿带刺的桂味荔枝给周炳,一边开车、一边说:"后生仔,我在老远就看着像你了。可你怎么这阵子跑上这儿来?"周炳坐在驾驶台旁边,一边剥着荔枝,一边把震南村的无穷灾难,一桩桩、一件件地仔细诉说,好像他在山穷水尽之中,遇着了神仙搭救似的。走了一阵子,已经到了震南村附近。冯斗看见路旁有一眼池塘,就停了

车,趁着蛾眉新月,取出一个小铁桶,和周炳一道舀水去。利用这加水的机会,冯斗对周炳说:

"不错,炳仔,如今的局势是很严重、很严重的!国民党勾结帝国主义、大地主、大资本家,又和所有的官僚、政客、地痞、流氓、叛徒、工贼打成一片,一起向咱们开刀。这是不容易顶得住的。但是咱们到底也顶住了!有一些革命意志不坚定的投机分子就叛变了,自首了,投降了,出卖组织了!有一些真正的无产阶级战士就被捕了,坐牢了,残废了,甚至牺牲了!——这又怎么样?这又能吓倒谁?让胆小鬼滚他娘的吧!咱们无千无万的人还是照样干!这就是说,你不要觉着奇怪,也不要泄气,要更加沉着坚定地干!大家谁也不用瞒谁:这正是咱们的苦日子。可是苦尽——总要甘来的!"

这几句话既不复杂,也不深奥,可是很对周炳的口味。他听着舒服极了,满意极了,他正要听这样的话。他很奇怪自己近来为什么会心烦意乱;也奇怪为什么平时马马虎虎的冯斗,这会子头脑竟是如此清晰!冯斗加完了水,做了一个手势,叫周炳坐下。周炳嘴里重复说着:"对极了,对极了!就是这个话,就是这个话。"一面顺着冯斗的手势,在池塘旁边的青草地上坐了下来,冯斗又说:

"虽然红军离开了广东,广东的苏维埃也散了,可是在粤北的边界上,在江西、湖南、福建,又建立了许多许多的红军,又建立了许多许多的苏维埃,所以咱们不把帝国主义放在眼里,也不把国民党放在眼里!虽然——谭槟可能牺牲了,李子木可能叛变了,甚至还有人传说周文雍同志也被捕了,这也可能是真的,但是真的又怎么样?能吓退咱们么?不用慌!咱们照样干!我这卡车里就藏着八支六密哩八的大枪,谁又能把我怎么样?每听一个坏消息,我就对自己说:又来考验我了。好,考吧!咱们又不是没见过世面的人!不是么?过不了几天,好消息又会来的!有人说,金端同志已经到了咱们南、番、顺特区了!还有人说,咱们赤卫队的中队长麦

荣也回来了！你高兴不高兴？"周炳听了,乐得连嘴巴都闭不拢来。他抓住冯斗的两手,只管揉,只管笑道:

"我高兴不高兴？你猜吧！我离开省城到上海去,是为了找他们！我离开上海回到广东来,也是为了找他们！我跑遍了珠江三角洲的每一个渡口,还是为了找他们呵！听了你的话,我好像吃了一剂十全大补药,登时腰杆都硬了起来！你见了他们,千万给我捎个话儿,说我要见他们。好,既然如此,那就跟那些反动派较量较量吧！赤卫队随时准备着。反正,对帝国主义、对国民党,咱们又不是没有较量过！"冯斗听他这么说,也融洽无间地笑道:

"你说得对！是呀,这才像咱炳仔！你们那里的事儿,你们自己商量拿主意。我这里立刻给组织反映。见了金端和麦荣,我一定把你的话捎到。你们要注意:一定得给农友们认真宣传,不要去借什么粮,不要去告什么状,这全是对统治阶级的幻想。一定要把任何改良主义的幻想都抛得远远的,坚决和统治阶级进行斗争,一直到武装暴动,一直到攻打仙汾市！好了,我的任务很紧急,我得走了。"

周炳听了冯斗的话,十分激动。他紧紧抓住冯斗的手,不肯放松。他觉着那双手又大,又有劲儿,并且嗅到那上面散发出来的、浓烈的汽油味儿。在朦胧月色之下,他傻傻地望着冯斗那瘦削的脸孔,才发现那张脸儿不像平时那样糊糊涂涂,倒是出奇的精明,出奇的威风凛凛;才发现他那两只眼睛不像平时那样睁一只、闭一只,像睡觉的样子,倒是两只眼睛都同时圆圆地瞪大着,精神抖擞。周炳捧着冯斗的两手揉着、捏着、搓着、揿着,像玩弄两块美玉,爱得不忍放下。后来,伙计俩分了手之后,周炳站在路当中,望着冯斗的车子去远了,才转进横路,走回震南村。这时候,天色已经完全黑下来,蛙声和虫声一唱一和,好不热闹。晚风吹拂着,星光映照着,人也觉着凉爽。周炳孤单地在大路上走着,他不明白为什么自己的脚步那么轻,自己的腰杆那么硬;更不明白为什么那许多忧烦慌乱,都消散得无影无踪。走到二更过后,进了村子,他也不回学校,一直走进胡家。果然,赤卫队的全班人马,除了缺少一个区细之外,都在那儿等候着他。一见了周炳,大家都骚动起来,可又不敢大声吵嚷,就嗡、嗡、嗡、嗡地闹着,像飞进了一大群蜜蜂的一般。周炳坐下,一面擦汗,一面把今天所遇到的事情,怎样去容奇,怎样找黄群,怎样打探消息,怎样无意中遇见冯斗,怎样和冯斗谈话等等情形,对大家讲了一遍。陶华也十分悲痛地对周炳说了一件事情:原来今天下午,有一个叫作胡茂的佃户,全家大小四口人,已经三天没有吃的,看着都要饿死了。胡茂逼得没法,只好硬着头皮再去向何不周求借。那二叔公心狠,一粒米也不借。胡茂走投无路,也不回家,就上村西街市发记饭馆,赊了一碟猪肠粉,又赊了一斤双蒸,喝得烂醉如泥,歪歪倒倒地跑到东沙江边,投江自尽。有人看见,把他捞起来的时候,他已经身死多时了。周炳听了,愤慨到了极点,缓缓地举起了沙煲一般大的拳头,那手指骨、拐肘骨、肩胛骨同时历历作响。只见那大拳头往下一落,通的一声,矮桌上的东西都跳了起来,接着有一股清亮雄壮的声音说起话来:

"你何家也欺人太甚了!伙计,干吧!"

于是大家又仔细商量了一番,便下了决心,明天动手。政治指导员周炳又提出动员的口号,那就是:"打土豪,分粮食,抗税捐,废租债"这四句话,要大家对耕家们、长工们、农场工人们讲解透彻。队长陶华又吩咐大家三件事:第一件要把纠察队组织起来。一部分在南渡口附近放哨,一部分在大帽冈顶上瞭望,一部分用小艇在横冲、槐冲一带拦截,不让何福荫堂的运粮船只逃走。第二件要把全体参加征粮队的人员编成小组,以十个人为一组,五个人担任征收,五个人担任运输,一起护送粮食。第三件要全体纠察队和征粮队自己准备武器以及运输工具。多带铁锹、铁锄、铁耙等长武器和扁担、竹杠、绳索、箩筐等搬运家什。参谋长马明又把现有的人员分配了一下:陶华、周炳、邵煜、胡树、胡松五个人负责征粮队,联络

575

胡源、何勤、何俭、何四伯、胡八叔、三姑、六婶等人,再由他们约集缺少粮食的本村佃户和长工;马明、关杰、丘照、王通、马有五个人负责纠察队,约集见义勇为、强壮有力,平时又谈得拢、走得近的农场工人;区卓就负责传令和交通,四处奔走,传递消息。马明又提醒大家,这回行动,主要的任务是征收粮食,除非为了自卫,绝不伤人。分派已定,正准备散去,忽然看见胡柳、胡杏两姊妹当众站了出来,那两双纯洁的眼睛有点怯场地,可又充满希望地望着参谋长马明,只是不言语。周炳会意了,朗声说道:

"孔明,这回是你的疏虞了!为什么不给她俩分配任务?"

马明点头承认,随即把她俩也编进了征粮队,专门联络何娇跟何好、何彩、何兴、何旺、胡执、胡带、胡养、胡怜等何、胡两族姊妹。一切停当,大家才雄心万丈地散去,——只有马有一个人心中纳闷儿:这两位娘儿们软手软脚,又不是当真的赤卫队员,怎么却又搀进大队儿来,分配了任务?可是碍着众人的面子,又不好说的,只好忍住不讲。当天晚上,这些英雄好汉一个也不曾闭过眼睛,只在床上翻来覆去,一直巴望到鸡叫过了三遍,便都跳下床来,分头行事。

那震光小学校长林开泰也是个有心眼儿的人。他看见周炳一天没在家,直到深夜才回来,料想必定有事儿。天还不亮,周炳房里就有响动。这使他更加怀疑。他起了床,听见周炳走了出去,也跟着走了出去。周炳心情激动地在前面走,林开泰弯着虾干一般的身体,转着狐狸一般的眼睛在后面钉,一直朝观音庙走去。周炳进了观音庙,林开泰不敢往里跟,就站在不远的地方观望。只见人出人进,川流不息。那阵阵的笑声、说话声不断传出,想听又听不清楚,十分着急。庙里也有人告诉周炳,说他的校长在附近徘徊不去。周炳把手一摆,说:"知道了。一切照常进行。人家当校长的要画地图,你还能叫他不画么?"随后又和陶华、马明商量,派出马有一个人去,直接监视林开泰的行动。不久,区卓来向他们报告:

各路人马,都已经准备停当,只等大帽冈上一声锣响,便要动手……

果然,东方的天边才露出一抹鱼肚色,脚下的道路刚刚能够辨认,大帽冈上就突然响起一片催人振奋的、当当的铜锣声。在南渡口的堤岸上,就是当日胡源老汉背着半条人命的胡杏上岸的地方,马明、关杰、丘照、王通四条大汉领着二三十个农场工友,扛着铁锹、铁锄、铁耙,威风凛凛地一字排开。马明高声对船家宣布道:

"众位弟兄听着:今天震南村农会来征粮,救济同胞,请大家多多帮忙!我们只要粮食,不伤人,不动东西。你们不动手,我们也绝不动手。有什么账项,我们跟何福荫堂去算,绝不连累大家!伙计们,起货!"

他的话刚说完,只听见一片呐喊,像晴空霹雳似的,陶华、周炳、邵煜、胡树、胡松、区卓、胡柳、胡杏带领着胡源、胡王氏、何勤、何龙氏、何娇、何俭、何四伯、胡八叔、三姑、六婶、何好、何彩、何兴、何旺、胡执、胡带、胡养、胡怜等二三十人,后面还跟着挨饥抵饿的二三百人一面吆喝着,一面冲上前去。他们都带着扁担、竹杠、绳索、箩篓,准备搬运。这天早上,南渡口停泊着五条米艇,都装着用麻袋盛着的白米,堆得舱面满满的,看来每一条船都过万斤。他们正准备按照何不周的吩咐,收起跳板,开身前往仙汾市,却忽然碰着震南村农会来征粮。船家之中,有些深明大义的,知道震南村中饿死不少人,这运粮去仙汾市、高价粜出的勾当是伤天害理的行为,就站在一边,不加干涉。有些不明是非的,正在茫然不知所措,看见震南村农会人多势众,杀气腾腾,也就不敢动弹。只有少数平时跟何不周一起走私漏税、为非作歹的人,还打算留难一下,或者悄悄溜走。那里天已蒙蒙亮,陶华、马明领着何勤、何龙氏、何娇、三姑四个人,先上第一条船;周炳、关杰领着胡源、胡王氏、胡柳、胡杏四个人,先上第二条船;其余三个组,每组六个人,三男三女,分别准备上其他的船。第一、二组上了船,马明、关杰两人和船家说明来意,陶华、周炳两人指挥众人动手打开米袋,把白米倒进竹箩里。邵煜、丘照带领第三组人马,正要上船,不料船上有个何不周的走狗,竟想抽起跳板,拒绝征粮。丘照看得清楚,一步跳上船面,举手一拳,把那走狗打落水里,岸上的人齐声喊打。第五条船见农会的纠察队来得厉害,就连忙收起跳板,大家七手八脚,用竹篙把船撑离了岸,慌忙逃走。胡松、何俭两人带领第五组人马,一面吼叫,一面追赶。恰好纠察队划着两只小艇,从横冲迎面飞来,拦住去路;又用竹钩软索,截住米艇,逼船家撑回南渡口码头,卸下粮食。

霎时之间,这南渡口堤岸上人头涌涌,欢声雷动。太阳急忙地从大帽冈那边探头出来,给震南村穷苦饥饿的人们添了光彩。大家舀着米,分着米,挑着米,扛着米;讲的是米,笑的是米,赞的是米,骂的还是米。大家碰破了脚趾,擦伤了拐肘,扭闪了腰肢,撞痛了胸膛,还满不在乎地笑着说:"今天早上多么风凉呀!""那些鸟儿唱得多好听呀!"听见鸟儿都开喉了,姑娘们也纷纷地唱起来;听见姑娘们唱起来,汉子们也放开沙哑的喉咙唱了。姑娘们唱的多半是龙舟、木鱼、南音、叹情,爷儿们唱的却多半是班本、粤讴、山歌、水歌,内容不同,腔调也差得远,一时祝英台和岳武穆搅在一起,一时赵子龙和孟丽君合在一块,十分好听。有个冒失小伙子泼撒一把米在地上,有个长胡子老汉就蹲下去,一粒一粒地拣在手心里,然后又连泥带土,一齐送进嘴里嚼着。太阳越升高,越明亮;人们越奔跑,越心红;小艇越聚越多,围着米艇,像蚂蚁啃大象。槐冲的水却黄澄澄地,像一槽油一样,纹丝不动。村子里有少数不缺钱、米的人家,看见那些衣服褴褛、愁眉苦脸的穷鬼,忽然兴高采烈地满街跑、满巷钻,男女老幼,奔走相告,不知出了什么大事,不知是不是红军打进村子来,连忙关紧大门,给菩萨上香祷告。也有些吃斋礼佛的婆娘们,忽然看见全村轰动,就想道:"如今才六月初头,离观音菩萨诞还远着呢,怎么就这般热闹起来?"后来她们大胆走出门外,听说今天农会分米,还是不相信地自言自语道:"你倒想!民国十九年来,还没听说过这样的好事呢!谁也不会分给谁一个大铜板。阿弥陀佛!"尽管这样,尽管没有什么慈善心肠的人,何福荫堂那些雪花白米却当真像早些时候的西水一样,从每一条冲,每一条缝,每一个洞,流呀流的,一直流进震南村……

在小帽冈上,马有仍然紧紧跟着震光小学校长林开泰,这里转一转,那里转一转,一步也不放松。在灿烂阳光的照耀下,林开泰听见南渡口那边喊声震天,又看见震南村里面人来人往,川流不息,心中实在纳闷儿。他觉着这马有盯着他,不太舒服,就站定下来问他道:"马后炮,你们十大寇是不是要在今天造反?"马有用大拇指搔了一下自己的腮帮,滑稽地笑道:"不知道。别人没给我说,我也不晓得。"林开泰也开诚布公地说:"老友,咱俩从小就要好,我买蒸糕、肠粉,从来也没上别家店铺去过。这如今我有什么对不住你的,你尽可照直说出来。你这样穷跟着我,算哪刀菜?"马有抵赖说:"谁跟着你?真不害羞!你走路,我也走路:船多不碍海呀!"林开泰没法儿,只好随他跟着。两个人一前一后,走进村子,不觉来到了螺冲桥上。谁知冤家路窄,一碰碰上郭标,正狼狈不堪地迎面走来。郭标一见校长,慌忙问道:"太子爷,你看见那老王八乡长何奀来不?"林开泰反问道:"出了什么事了?"郭标说:"反了,反了,何五爷的白米叫那些合家铲、斩头鬼抢光了!"马有看见林开泰、郭标碰在一道,自己只有一个人,那螺冲桥又是一颠一颠的,恐怕吃亏,就退回桥北去,站着不动。林开泰见他退却,就反而走回头对他说道:"马后炮,原来你们干的好事!你听着:你要是敢走前一走,我们就把你扔到螺冲里面去!"说罢,就和郭标两人快步跑到何家账房,找何不周商量对策去。马有果然不敢穷追,在原地站了一会儿,就上南渡口找陶华、马明他们去了。

谁知在他磨磨蹭蹭地走到南渡口之前,震南公安稽查站的稽查们,已经在站长梁森的率领之下全体出动,并且已经接近南渡口了。大概在距离南渡口还有一里路光景,站长梁森就下命令开枪。于是稽查们就像过年放炮仗一样,劈里啪啦地放起枪来:朝有人的地方放,朝没人的地方也放;朝天空放,朝鱼塘放,朝墙壁放,朝树林放;有不少稽查故意朝那些还没下蛋的鸡姑放,也有不少稽查聚精会神地朝那些十来斤重的小肥猪瞄准。在南渡口征粮的人们已经清理了三条米艇,第四条跟第五条才清理了一半光景,枪声就打响了。没有经验的乡亲们一听见枪声,早吓得跑光了。陶华、周炳、马明几个人商量了一下,也决定将征粮队和纠察队暂时撤退,以后再说。公安稽查们打了一场没有对手的混战,却没有看见任何抢米的人,只有七八条狗和五六十只鸡被"流弹"和"砖瓦"所"误伤"。也不知什么缘故,也不知走不脱还是舍不得走,倒有三个看热闹的农民和两个看热闹的农场工人叫稽查们逮住。他们把这五个不相干的人带回稽查站去,马上向省城去报功去了……

六九 踢 蛇 窦

阳历八月初,快到立秋。在七月里,大事情一桩接着一桩,一件接着一件,有些是人们一辈子没经历过的,有些是人们做梦也想不到的,因此过这一个月,好像过了整整一年一样。一交八月,人们就叹口气道:"唉,七月过去了!"胡王氏也和别人一样叹口气道:"唉,七月过去了!"她之所以叹气,是因为她心疼的胡杏,虽然东家催得火急,总算拖拖拉拉过了一个月,还没从她身边抢走;又因为她那可爱的、破烂的家,虽然遭到西水的无情袭击,墙塌屋倒,东西也漂走了一大半,可是活着的人一钻进去,家总还是个家。有时她摸一摸胡杏那挺出的胸膛,缓缓地吞下一口野菜汤,就不免感谢神恩,苦笑起来。那何福荫堂的管账、二叔公何不周也和别人一样叹口气道："唉,七月过去了!"他之所以叹气,不是为了胡杏,也不是为了西水,却是为了钱、粮两空。准备运到仙汾市出粜的粮食之中,九成是何五爷的,其中有几十包却是他二叔公自己的。如今不止那堆满一屋的雪花白米烟消云散,连那几口袋雪花银角子也烟消云散了。如果说这是失算,那么,这是他何不周一生中仅有的一次失算。要不叹口气简直就不可能!谁知那乡村教师周炳也和别人一样叹口气道："唉,七月过去了!"他为什么也要叹气呢?原来他之所以叹气,是因为他有重重叠叠的、一肚子的心事。胡杏,那可爱、可怜的小丫头,究竟保得住、保不住呢?区细走了,是福、是祸?他们赤卫队往后该怎么办?革命究竟应该怎么革法?朝哪里革起?谭槟大叔到底怎么样了?是像金端同志那样失踪么?是像麦荣大叔那样被捕了么?还是像阿金大哥那样牺牲了呢?正确地说,叫国民党卑鄙龌龊地暗中谋杀了呢?李子木到底是个共产党员么?是个巡视员么?这样的人是很多的,还是很少的、绝无仅有的?党知不知道有这样的人混进党里面来了?此外,还有那被关在稽查站里面的三个佃户和两个农场工人如今又怎样了?这几个无辜的人将会遭到什么样的命运?梁森那毒蛇会释放他们么?七月,这短短的一个月里,竟出现了这许多事情!这许多事情就像在他的心里打了许多死结,一个死结上面又加上一个死结,他一个也打不开!

这还不说。马有还从第一赤卫队内部,给大家添上一些新的麻烦。自从区细开了小差之后,他老是一肚子"不必",——这也不对眼,那也不合适。那回征粮,没叫他参加征粮队,只叫他参加纠察队,又派定他去监视林开泰,他也不满意,认为马明是广州西门口的人,不相信他这个广州南关的人。征粮之后,他逢人便说:这回征粮的行动,是错误的。他认为他们赤卫队应该去攻打广州大城,不然的话,至少也该攻下仙汾市,不应该老呆在村子里,招是惹非:打打乡公所,救救火灾、水灾,征征粮食什么的。他又认为如今粮食虽然征来了,又能吃几天?还连累了五个人无辜受罪!那何五爷岂是善良之辈,一定不肯甘休的。他们赤卫队却毫无准备,坐在工棚里面,等候别人摆布!大家听了他的话,都不赞成。陶华、周炳、马明、关杰这些人比较稳重,就耐着性子,跟他慢慢解释;邵煜、丘照、王通、区卓这些人脾气不好,一听他这么说就恼火,开口就和他争吵,又骂他道:"你马后炮少说两句吧!你不开腔,别人又不说你哑巴!你说了话,别人也不称赞你聪明!"丘照还走到他跟前,拿拳头在他的胸膛前盖图章似的,上下左右地揿着道:"咱们好了个开头,咱们也得好个收尾!"只有胡树、胡松两个,虽然年纪比他小,却固执地和他分辩道理。他们认为攻打广州大城,攻打仙汾市虽然是好,可那不定哪一天才能实行,那打打乡公所,救救火灾、水灾,征征粮食什么的,却是当前的大事儿,况且人命关天,他们断无袖手旁观的道理。这样,双方就争吵起来,不肯罢休。每争吵一回,马有看见大家都不帮他,就越觉着自己孤单,没趣儿。显然自己是占了下风了。

　　事情还不止这些。自从前几天农民们奋起征粮之后,二叔公何不周上了省城一回。第二天,震南公安稽查站的全体稽查和东沙乡公所的全体团丁一齐出动,在震南村中挨户搜查。名义上是搜查,实地里是敲诈勒索,偷摸抢劫,调戏奸淫,欺压报复。看见什么米、面、粟、豆、银、钱、珠、宝,一律算是赃物,加以没收。谁要是有那么一言半语,不论男、女、老、幼,便是一顿毒打。更不要说抗拒搜查,立刻就拉人封屋了。这样一来,赃物虽不少,白米却不多,外加抓鸡摸狗,倒足够二叔公何不周、稽查们、团丁们大大分肥一顿。村民之中,不管他是参加过征粮的,还是没参加过征粮的,都人人自危,觉着日子混不下去。这也使得第一赤卫队的英雄好汉们咬牙切齿,气愤不过。加上从稽查站传出消息来,说那五个无辜被捕的人,天天受着毒刑拷打,已经遍体鳞伤,奄奄一息,看来过不了观音诞了。那五家人的妇女孩子,天天求神拜佛,又上二叔公家去磕头求情,又在街市上那间新观音庙门前大哭大嚷,凡是看见他们那凄怆可怜的样子的人,没有不伤心掉泪的。丘照和王通两个,看见这种情形,只拿拳头搥着自己的胸膛,哽咽着说:

"叫我怎么受得了!叫我怎么受得了!"

阳历八月十三那天,正是阴历六月十九观音诞。半前晌的时光,周炳到外面去散步,信步走到螺冲旁边的胡家。胡柳、胡杏两姊妹正梳好头,换上一身干净衣裳,准备上街市的新观音庙去拜神。周炳看见她俩还想去拜神,就笑道:"你们不是要革命么?几时看见过革命的人还拜神的?"她两个听了,都脸讪讪地不作声。后来胡柳才低声说:"神有,还是没有——我已经不是那么相信的了。只不过瞧着别人拜,我也拜拜就是了。"胡杏听见姐姐这么说,也大胆接上道:"我许过多少、多少愿,一回也不灵验!我只是一面不信,一面去拜的。"周炳说:"就是嘛。神仙佛爷是没有的。纵使是有,也管不了咱社会上这许多事情。纵使管得了这许多事情,你也拜他,你二姑也拜他,他到底保佑谁,也还说不定呢!"提起二姑何胡氏,胡杏就想起了自己的官司,也不知道打成怎样了,就问道:"对了,咱们在地方法院递了禀子,怎么一直没有音讯?"周炳摆了摆手道:"音讯?还早着呢!我已经托何四伯去找马文卿催问过了。那马文卿真没说的。他不只去打听,还向专员公署加了一张状子,可仍然没有消息!不过没有消息也好,要是法院判咱输了,那更要糟糕呢!"胡柳听了,鼻子一酸,眼泪汪汪地自言自语道:"那该怎么办?"胡杏挺起胸脯说:"有什么怎么办?我才不怕!"周炳使唤期许的眼光望着她,说:

"对!应该极力抵抗!干脆不理他,不回去。我不相信他就能够来抢人!就算他无法无天,把你抢去了,只要你坚决抵抗,他又能把你怎样?这就叫作'全靠自己救自己'!你们记得这句话出在什么地方么?"

胡柳含着眼泪微笑着,故意不开口。胡杏却扬起眉毛说:"《国际歌》!谁不晓得?"周炳轻轻抓住胡柳的手,低声缓慢地唱起《国际歌》来。破屋里出奇的寂静,只有那屋顶破洞上面覆盖着的竹笪,轻轻地劈啪作响。胡柳和胡杏全神贯注地听着,一直等周炳唱完了,才从幸福的梦中惊醒,站起来擦眼泪。胡杏换下干净衣服,拿起竹筐,蹦蹦跳跳地到外面去拣生蚬,准备给周炳做午饭。胡柳和周炳两人,每人一张小板凳,紧紧挨贴着,坐在矮方桌前面,读一本叫作《社会科学概论》的小书。胡柳读着,揣摩着。有不认识的字,周炳就教她;有不懂得的地方,周炳就给她讲解。读了大半个时辰,胡柳有些疲倦了,就停下来,把头挨着那乡村教师的胸膛,低声细气地慨叹道:

"我那杏妹子真是一等的人才,怪不得人家管她叫'翻生区桃'的,只可惜她的命太苦了!我没见过区桃,我想她比区桃命苦!"

周炳极有自信地安慰她道:"不怕!区桃叫帝国主义屠杀了,不能挽回了!小杏子却死里逃生,又恢复了过来。目前的灾难,很快就要过去的!革命一开了头,也就不能罢手!这是历史发展必然要走的一步。谁也阻挡不了。至多是迟一点、早一点罢了!"

胡柳反举双手,搂着周炳那又粗又硬的脖子,说:"炳哥,你一来,我就大胆,有劲。什么发愁的事情,想死都想不通,你一讲就通了!"

周炳轻轻抚摩她的头发道:"不,恰恰相反。我干了许多事情:已经干了,还不知道对不对。像这回征粮。——老是心大心小的,多苦闷哪!这一点不假,是真正的苦闷。可是一到你家里,一看见你,我的信心和勇气又恢复了,我好像一下子聪明起来了,我那满脑子的苦闷也消失了!"

胡柳十分快活,又十分恬静地说:"炳哥,不要离开我。——不要离开我们。你上哪儿去,我也跟你一道去。"

周炳肯定地、甜蜜地发誓道:"我一定不离开你!我永远、永远不离开你!世界上没有什么东西能够分开我们!"说完,他低下头去,在胡柳那闭着的、美妙的眼睛上温柔地吻着。

这时候,传来了越走越近的脚步声,——有点凌乱,又有点急迫的惯熟的脚步声,不用问,这一定是陶华。他俩一齐望着门口,果然,一会儿陶华就打着赤脚走进来了。他的眼睛发愣,一面呛咳着,一面说:"你们看,这还有什么天日!那班稽查,那班毒蛇,那班狗东西!他们刚才上何勤家里去,翻箱倒柜地搅了一阵,将何娇她娘打了一顿,把她打得吐出大口、大口的鲜血来了!"胡柳将粗大的黑辫子往背后一甩,握着拳头说:"不行了,这样子下去不行了!人家动了刀枪,咱不拿起刀枪不行了!"周炳本来坐着不动,好像什么也没有听见。这时候他突然踢开了小板凳,毛发直竖地站了起来,白中泛红的脸蛋变青了,牙齿磨着牙齿,好像他一下子就要把屋顶顶穿似的说:

"来而不往,非礼也。咱做他!"

陶华大喜过望地紧盯着问:"做?"

周炳一身倔强地回答:"做!事不宜迟,立刻下手!今天就是好日子!"

陶华点头赞成道:"我看那也不过一窝鼻涕虫,比团丁们强不了多少!"

接着,他俩就坐下来,商量布置。不久,胡杏也提着一筐生蚬蹦蹦跳跳地回来了。她剥着蚬肉,胡柳生火做饭。周炳和陶华在满屋的柴草烟中,很快就安排停当。又不久,胡源老汉跟胡王氏也回来了,大家一道吃饭。他们怕老人家担心,只当没事儿似的,一字不提。

白天过去,看看到了二更天气。听说要去踢蛇窦,第一赤卫队的人马个个心痒痒、脚踮踮的,好像走到戏院大门口的孩子一样。月亮刚从小帽冈那边爬上来,大家就收拾齐备,带上铁笔、铁尺、铁斧、铁锤等等短小武器,又带上电筒、绳索、刀、钳、钻、凿等等应用物品,个个精神抖擞,喜笑颜开,三三两两地离开工棚,向蛇冈方面

585

走去。陶华对大家说道:"咱眼睛里面这根刺,咱非拔掉它不可!要是让他们耀武扬威,横行霸道,咱赤卫队还叫什么赤卫队?大家拿出广州暴动的胆量和勇气来,看他们能凶到哪里去!难道这些蛀米大虫,比国民党的军队还厉害不成?大家只要多加小心,我保你万无一失!"王通接着说:"就是咱赤卫队队长指挥得法!上回在南渡口,我就以为要开斋了,谁想要留到观音诞才开斋!"马明笑道:"虽是队长指挥得好,也是政治指导员决心下得对!选定了今天这个黄道吉日,是看得准,算得到,真没话说!"丘照故意撑开他那洪亮的嗓子大声说:"还说什么好呢,不好呢!今天要再不使出这一着儿,我当堂就躺下闹病了!"大家听他说得有趣儿,都哈哈大笑起来。胡树、胡松两人心情激动,因为没见过这样的世面,也不免有点紧张。人家笑,他俩也笑,可是不知说什么好。两兄弟不约而同地赶前两步,一个人拽着丘照一边胳膊,把他推拥着往前走。区卓年纪最小,在这样的场面里,照例轮不着说话儿,也只是跟着大家笑。邵煜的心最细,他发觉笑声之中没有马有,就有意尖声发问道:"马后炮,你该高兴了吧!从前区细咒我们是耕田队,如今却是货真价实、童叟无欺的赤卫队了!"马有照样不笑不言,也没有其他动静,在黑暗中,谁也看不见他的脸孔。关杰最后开言道:"这是一点不假。今天晚上这一仗是头威头势!这一仗打好了,明天咱就能进攻仙汾市!可是探子怎么还不来回报呢?"正说着,忽然横边小路转出一名彪形大汉,应声说道:"启禀元帅,探子回来了!"大家一听,正是到村西街市去打探军情的政治指导员周炳。周炳告诉大家:这届观音诞虽然没有演戏酬神,那酒馆赌场,却也十分兴旺。小小一个街市,少说点也有二三十摊赌博。有番摊,有牌九,有纸牌,有鱼、虾、蟹。此外抽大烟的,唱盲妹的,吃粉、面、粥、饭的,吃咸甜零食的,也不计其数。据他的计算,稽查站的稽查们,三停之中至少有两停,都在街市上吃酒鬼混,看样子都醉得差不多了。按这么估算,在稽查站里的人,至多也不超过十个。最难断定的是站长梁森的下落。有人说他进城去了,有人说他躲在姘头家里,有人说他已经大醉,正在稽查站里睡觉。说完了情况,周炳也加上几句鼓励话道:

"第一,咱们要给谭槟同志报仇!第二,咱们要给震南村全村出气,把他们扣留的人救出来!第三,咱们要尽量缴枪、缴子弹,做进攻仙汾市的本钱!总之,咱们要大获全胜!"

大家站在路旁听着,每一个英雄好汉的情绪都十分激昂。陶华给大家详细讲解了这一场仗怎样打法,马明把人力约略分配了一下,就又绕过蛇冈,向稽查站进发。这一天晚上,稽查站门口值勤的稽查正因为赌运不佳,输得浑身发烫,又要上班,想找人替班,又找不到,因此非常不高兴。他把那支破烂长枪扔在墙角里,自己坐在麻石台阶上抽烟。一盏长方形、玻璃罩子的煤油灯挂在他的头上,发出倒霉的幽光。忽然之间,他发现远处有一个白影子,摇摇晃晃地走过来,没有一点声响。他想:"难道观音菩萨显灵?"连忙咬一咬自己的中指,搂起步枪,大声喝问道:"谁?"那白影子回答道:"我!"他又问道:"干什么的?"又吆喝道,"站住!"那白影子并没站住,一面走过来,一面高声说:"有紧急事情报告!"值勤稽查问:"什么事?"那白影子说:"走私!"他正要问走什么私,那白影子已经走到他身边了。稽查使唤输了钱的眼睛看那个人:浑身白竹纱对襟衫裤,头戴巴拿马软草帽,脚踏白麻帆月口鞋,是个真正的商人打扮。他觉着这个人有点面熟,又想不起是谁。原来这个人正是周炳。他化装商人,扮相蛮不错,只是身体过于魁梧,而胸前又没有黄金色的表链。不过这些小毛病,一个输了钱的人是未必看得出来的。当下稽查问走的什么私,周炳在他耳边低声说:"十箱金山装!"这金山装是最高级的大烟土,如果有十箱之多,那么,一切的梦想都将成为现实。稽查听了,不敢怠慢,就说:"货在哪里,你只管告诉我!"周炳说:"那可不成。我要报告你们站长。"稽查说:"他喝醉了,睡死了!"周炳说:"那我明天来吧。"说完,回身想走。

稽查哪里肯放,拖住他央求道:"你出来捞世界,怎么这样古板?告诉我不一样么?我可以分整整半箱给你!——不,整整一箱!你明白了么?"两人正争持不下,周炳一手夺下他的步枪,说:"扔开这玩意儿!"稽查不懂,正惊愕着,陶华从他后面一手勾住他的脖子,一手揾着他的嘴巴,几个人一拥上前,撕下他的衣服,堵住他的嘴,又用绳索把他捆得一只粽子似的,扔在路边。周炳背起缴获的第一条枪,陶华、马明指挥众人,一阵狂风似的冲进震南公安稽查站。这是一间古老大祠堂,里面阴森潮湿,黑暗异常,凭着微明的月亮认路。大家看见宿舍里灯光掩映,就一直奔向那里。

不用说,为头的人是迫击炮丘照和王通两个,其他的人紧紧跟随。丘照一脚踢开房门,也不说话,举起斗大的拳头,见活的东西就打。果然不出周炳所料,这里的稽查只有七八个人,有的躺着吸烟,有的站着说话,有的坐着赌钱。丘照和王通两个左一拳、右一拳,打歪了几个,一直走到墙边挂枪的架子旁边,老实不客气,动手就取枪。有两个身躯高大的稽查跳开来拦阻。周炳早就一步赶上,举起枪托,照头照脑地劈下去。陶华也顺手捞起一张条凳,使尽平生之力,朝另外那个稽查的天灵盖上砍下去。此外马明、关杰、邵煜、马有、胡树、胡松、区卓七个人,早就一拥上前,有的一个对一个,有的两个对一个,怒气冲天地和敌人肉搏起来。一时劈劈啪啪,砰砰嘭嘭,喊声大作,桌椅横飞;人们你撞击我,我掀倒你,你骑着我,我压着你,扭成一团,难解难分。这些稽查们平时骄横暴戾,对着有些逆来顺受、胆小怕事的老百姓,倒显得力大无穷,凶恶无比,如今碰上了这些从广州起义锻炼出来的英雄好汉,立刻就软了下来,一个个成了银样镴枪头,全不中用。经过两三下拳脚,五六番较量,蛇冈下面这一窝毒蛇,个个脸肿唇青,血流满面。有几个都已经昏迷倒地,不省人事。墙上挂着的煤油灯也悠悠晃晃,欲灭欲明。赤卫队员们越打越强,越战越勇,简直不知道要打到什么样相,才肯罢手。有一个稽查看见大势已去,就长嚎一声,翻过窗户逃走,其他两三个人也跟着跳窗逃命。他们一面朝后门跑上蛇冈,一面高声喊叫:"快走哇!有人来踢窦哇!"稽查站长梁森正喝醉了,和衣倒在床上,忽然叫这种凄厉的喊声惊醒,连他的驳壳枪也找不着,就跳出房门,屁滚尿流地从后门窜上蛇冈。赤卫队员们提着马灯,亮着电筒,把在押的三个农民、两个农场工人释放了;又搜出了步枪、驳壳等长、短火器十几支,有背一支的,有背两支的,有又背、又掖的,好不威武。最后,大家都说要斩草除根,就四处浇上煤油,一把火将稽查站点燃了。霎时间火焰四射,好像给观音菩萨生日送来了一盏大莲花灯一样。

那天晚上,何福荫堂的管账、二叔公何不周正躺在一张竹躺椅上,在院子里乘凉,忽然听到稽查站叫人捣毁,如今正起火焚烧的消息,不禁害怕得心胆碎裂,魂也掉了一半。他从竹躺椅中站起来,又跌倒在竹躺椅中,嘴里连声惊呼道:

"这还了得!这还了得!"

七〇 有缘千里

到了八月中旬,胡杏的处境看来更加不妙。专员公署、县政府、法院、乡团都派人来过,明面说的是调查、调解,实地里都是威胁、恐吓,叫胡源不要打这官司,叫胡王氏明白这是"有抄家、没封诰"的事儿,叫胡杏乖乖地回去,不要顽强死赖,弄得到头来"拉了人,还要封艇"。胡杏早已立定心肠,倒也处之泰然。胡柳心疼妹妹,整天坐立不安。胡源老汉跟胡王氏商量,想求周炳再去找何家大少爷说情,好歹再宽个期限。周炳正犹豫不决,左邻右里、何四伯、胡八叔、三姑、六婶也来帮着央求,都说周炳曾经救他性命,他何大少爷再不是人,也不能不卖个面子。二叔公何不周那边每天早晚来催两次,像排了日课的一般。周炳没法儿,只得咬紧牙关,再进城去。那天中午,他走到广州大城里面的南海县衙门,一打听,说何局长今天在雅荷塘市隐诗社请客,没有回衙门来。周炳无奈,只得退了出来,沿着大市街朝东走,去找好呢,不去找好呢:一时决定不下来。正渺渺茫茫地走着,忽然看见二三十步之外,有一个中等身材、三十岁上下的壮年男子,缓缓行走。他一眼望见这个人,心里就扑通跳了一下,纳闷儿道:"这是谁呀?看身形背影,这么熟悉!"那时太阳灿烂,暑气逼人,虽然行人众多,却看得十分清楚。那个壮年男子,头戴罗克式破草帽,身穿大翻领衬衫,米黄色西装裤,白皮鞋,脚步十分稳重。后来,周炳从那稳重的步伐看出那个人的右腿微微有点跛,觉着很像自己的二哥,广州起义以后就没见过面的周榕,那颗心就禁不住扑通、扑通乱跳起来。他自言自语道:"这是他么?这是他么?他能回广州了么?"又走十几步,周炳仔细观察那个人的头形,那个人的发角,那个人的后背,那个人两手摆动的姿势,差不多叫嚷起来道:"天哪!这就是他!这就是他!"周炳正想赶上前去相认,忽然发觉在十四五步之外,在他二哥和他之间,又有一个十八九岁的年轻人,在鬼鬼祟祟地行走。这个小伙子身体宽横像冬瓜,背驼胸陷像茄瓜,四肢粗短像节瓜,周炳定神一看,就认出他是出入西门口一带的无业流氓罗吉。原来这罗吉一向在三家巷鬼混,后来何守义进了芳村癫狂院,林开泰、郭标又各奔前程去了,他就在广州公安局找了一份小小的差事,当了一名"驳脚侦缉",每天混一毛几分度日。今天他在西濠口人丛中发现了周炳的二哥周榕,认定这是一条大鱼,一直盯梢到这里。当下周炳在他们两个人后面走着,不知不觉走进了仙湖街。三个人越走越近,彼此的距离都不到两丈了。周炳看准罗吉是在跟踪自己的哥哥,不觉怒火烧心,晴天霹雳似地大喝一声:

"呔!站住!"

罗吉做贼心虚,听见吆喝,不敢动弹;周榕听见后面有人叫嚷,也停了下来。周炳飞步上前,拦住罗吉的去路,又举起斗大的拳头,在他脸上晃了两晃,问道:"你想怎样?"罗吉脸色苍白,两只绿幽幽的眼睛四下转动,说:"炳哥,我走我的路,与你什么相干?"周炳说:"路多着呢,你都不走?"罗吉说:"我爱走这条路!"周炳说:"我不爱你走这条路!"罗吉说:"我非走……"周炳说:"我非不让……"说罢,把脚一顿,把巴掌一扬,罗吉知道这一关过不去,将身子一蹲,脚跟一拧,转身飞跑。两兄弟快活亲热地见了面,胳膊勾着胳膊,一面问短问长,一面向东南方向走去。来到永汉路,周榕低声告诉他兄弟道:"最近,咱红军占领了湖南省的省会长沙。这是一个很伟大的胜利!如果湖南的工农民主政府巩固了,广东也不远了!准备好!迎接这一次最后的斗争!"周炳听了,当然十分高兴,又问了许多攻打长沙的情形,又问了许多长沙赤化以后的景象;还把第一赤卫队的事情告诉了他,问他什么时候才能够集中待命。最后,周炳向他二哥提出要求道:

"二哥,不要走了,不要离开我们了!这三年来,我们直情是过着孤儿一般的生活!一会儿,以为找着了党了;——可是过一会儿,又摸不着了。多么难堪的苦闷!你和我们联系!你给我们解决组织问题!你来指挥我们第一赤卫队!"

但是周榕平静地告诉他道:"我多愿意不走!——可是我今天晚上就得走!我没时间回家了,可你为什么不回去看看他们?"周炳咬了咬嘴唇道:"我回去?我拿什么脸回去见他们?要是占领了广州,我就回去。"周榕笑了一笑道:"不要紧的,你还是回去看看吧。你表姐区苏不久也搬回省城来住。我们在香港同居了。五个月前,她养了一个男孩子,胖得很。你找她,就能打听我的消息。"周炳十分高兴,使劲碰了二哥一下,说:"要是二嫂回来了,我一定回去!"说着、说着,两个人拐进珠光里,走进了他们三姨爹区华的皮鞋作坊里。大家热闹寒暄了一阵,周炳悄悄拿眼睛四围打量一下这使他留下许多甜蜜回忆的老地方。这地方跟三年以前,五年以前,不,就是十年以前,都多么相似!区华仍然坐在铁砧子后面,区杨氏仍然坐在缝纫机后面。墙上仍然挂满了牛皮、布襆、鞋楦、鞋面,地上仍然铺满了铁钉、碎皮、黄蜡、麻线。太阳仍然强烈地照在天井里,到处仍然充满了皮硝的气息。只是这里没有了从前那种欢乐兴旺的情趣,显出冷冷清清的样子,这是第一件不同了。三姨区杨氏不再那么粗野泼辣、随意说笑,倒一直啰啰嗦嗦,埋怨他们不回广州,埋怨他们不记挂着爹娘,回头又反过来埋怨周炳好放区细单独回省城,叫她白天、黑夜都担心害怕,不知道国民党会不会抓他,这是第二件不同了。三姨爹区华一见他们,就搔着那刚刚有几根花白的短头发,大骂国民党道:"你们做得对!那些伤天害理的角色不打倒,日子也没法过!不过我知道,光凭我也打不倒他们就是了!"这是第三件不同了。正思忆着,区华、区杨氏看见又是亲姨甥上门,又是亲姑爷上厅,就都解下围裙,一个要去打酒,一个要去烧水,都走开了。这里,周榕问起震南村的情况,周炳把那些打乡公所,胡杏被赶,农场罢工,谭槟牺牲的谣言,后来何家又要人,西水成灾,巡视员李子木的下流行为,区细离队,南渡口抢粮,火烧稽查站等等十件大事,简单扼要地给他讲了一遍。周榕一边听着,一边点头,听完了就说:

"你们这些事情,都干得很不坏,也可以说都很出色!这些都是一个人,两个人,几个人,少数人的事情,对于革命不起什么作用。就拿你们抢粮、打稽查两件事来说,你们很勇敢。然而可惜得很,那只是个人的勇敢。光凭个人的勇敢,是办不出什么大事来的。你们救活了一村人,打掉了一个稽查站,这是很好的,但是还有许许多多的村子你们救不了,还有几十、几百个稽查站你们打不掉,怎么办?只有一个办法:把一切斗争都转变为政治斗争。只有占领了广州,夺取了政权,全省的工人、农民才能得救。其他一切都是没有用处的!"

周炳听了,也只是将信将疑,不加辩驳。他那么想着:"能够占领广州,夺取政权,解放全省的工人、农民,那敢情好!可怎么能够说挽救胡杏的生命,挽救全村人的生命,跟何应元、何不周、乡公所、稽查站这些东西做斗争,都不是政治斗争,都是个人的勇敢,都是没有用处的呢?按这么说,区细、马有这两个人的意见倒反而是对的了,许多其他人的意见倒反而是错的了。有这样的事么?"周榕看见他沉思着不作声,就以为他是同意了,也没有再往下说。不久,区杨氏泡好了茶,区华打来了酒,话头又转到香港的生活跟区苏怎么养孩子那方面去了。周炳本来要看看区细,等了这老半天,还不见他回来,加上心里搁着胡杏的事儿,坐不安稳,就站起身来,辞别了众人,走出珠光里,经过府学东街,一直向雅荷塘方向走去。

这时候,在雅荷塘的市隐诗社里,何应元、何守仁两父子都在等着客人的光临。何应元躺在水榭西间一张酸枝躺椅上,两眼紧闭,嘴扭唇歪,阳光透过彩蓝色的嵌花玻璃,在他的脸上投下一片紫色的阴影。何守仁躺在对面一张酸枝躺椅上,知道他父亲如今正在生很大的气,便也一声不响。原来三天之前,市上有一种无聊小报,忽然派人送来一张清样,里面有一篇新闻,说将于某月某日发表,请他过目。这篇新闻详细叙述了何家如何撵走垂死的丫头胡杏,胡杏如何得庆复生,如何拒绝回何家,乡人们如何跟何家打官司,以后震南村发了西水,胡杏如何领头救济灾民,如何聚众抢粮,又如何纠集不逞之徒,放火焚烧震南公安稽查站等等,末了还极力渲染地说,目前囤积粮食的大户人人自危,纠纷正在继续扩大云云。不消说,这新闻是专门写给他何五爷看的。这样的手段,他何五爷不止懂得,还有得出卖呢!当时他看了之后,气得浑身发抖,叫何守仁也来看。何守仁看了,看不出什么蹊跷。何五爷就训谕他道:"你怎么这样实心眼?他们把胡杏叫作丫头,不叫媳妇,这是攻击我们蓄婢!他们明说灾民抢粮,这是说我们非法囤积粮食!他们登载火烧稽查站,这是攻击公安稽查站没用,同时攻击我们勾结稽查,欺压乡民!这还不是公然发我们的揭帖,数我们的十大罪状么!"何守仁听了,虽然有点佩服,却总是不太了然。何五爷又说:"看你这一团饭似的,你怎么当官儿来的!也罢,你拿去给你们县太爷看看,听听人家那些文案师爷怎么说的!"何守仁果然把清样拿回去给县长看了,又回家对何五爷说:"爹,你猜人家怎么说?"何五爷说:"他们本来可以打通市政府封了这家小报,可是他们一定不愿公然插手!"何守仁笑道:"妙极了!县长看了,屁也没放一个。县长夫人,我们亲家四姑娘却骂了我们一顿。"何五爷说:"嗯,她……她一个小姑娘人家,参与什么军机大事?"何守仁说:"她骂我们是封建余孽!她宣称她坚决反对封建、反对宗法、反对礼教!她表示她的同情一点也不在我们这边!爹,你看是庙、是土地堂!"何五爷说:"既不是庙,也不是土地堂。小雏鸡乱叫,让麻鹰跟她分辩去。"何守仁最后说:"那些文案师爷看了,只是简单明了地说:新闻固然不容登载,但是官了不如私了。"何五爷拍手笑道:"怎么样?看你糊涂到几时!我打了一张牌出去,人家打了一张牌回来。他们也知道这新闻厉害,就是不愿拉屎上身!"到这时候,何守仁才俯首无词,着实佩服了。后来何五爷还是花了两百块钱毫洋,把这段新闻买了下来,才算了事。不过事情虽然过去,只要一提起来,他还要生很大的气,抱怨宋以廉不讲交情,抱怨陈家的姑娘们标新立异,抱怨自己赔了夫人又折兵。

这天下午,客人还没有来,何五爷又在生着气,无法排遣,恰恰管账二叔公何不周撞了进来。何五爷好容易找到了这个挨骂骨朵,登时以雷霆万钧之势,破口大骂起来。这俇老爷骂那族叔光吃饭、不做事,毫无用处;又骂他辜负了那二百斤体重,光会睡觉,竟敌不过一个弱小女子;又骂他随口乱说,竟敢把家中丑事,任意向丧尽天良的新闻记者泄漏;又骂他戒备不严,竟把如许雪花白米,付之东流;甚至连乡长何奕,稽查站长梁森,都一个一个地骂得狗血淋头,不曾饶过。何不周只是当天发誓,说他不曾向任何记者泄漏过任何机密,其余的也就不敢辩驳。何五爷骂了半个时辰,觉着舒畅了一点儿,就站立起来,对何不周指示道:"你们只管闯祸吧,二叔,有我来收拾。如今我又对那些党棍们说了:'快把你们那些宝贝公安站、私安站给我收起来吧!我头疼够了!'后来我又另外找一些混蛋,跟他们要了一连军队。你看,真真正正的军队!我告诉他们:把连部放在蛇冈脚下,带一个排;另外一个排安在大帽冈上,专门对付那班农场流氓;还有一个排安在小帽冈上,专门对付那间洋学堂,取了一个三角联防的阵势。你要把村子里的虚虚实实,全都告诉他们;你要加意小心,伺候他们;他们要什么,你就给什么,他们如果要你的女儿,你就立刻打轿子!"何不周叫侄老爷骂得魂都掉了,哪里还敢张嘴?只见他诺诺连声,哈腰曲背地退去。二叔公走了之后,何守仁想说两句俏皮话,叫何五爷开开心,就自鸣得意地说道:"我好容易才想出一个主意,把市隐诗社改成市隐酒社,去掉了那些咬文嚼字的寒酸气;想不到爹、你更痛快,索性再把市隐酒社改成市隐兵社,在这里调兵遣将,布阵打仗呢!"何五爷仍然紧闭两眼,躺在酸枝躺椅上,好像听不出儿子所说的话,有什么很大的味道。

不久,花王兼门公姚满在水榭正厅外面对何守仁做手势,暗示外面又有人来找。何守仁踮起脚跟走了出去,过了木桥,来到园中凉亭下面,遇见了远道来访的周炳。何守仁也不将客人往里让,随便往石台旁边的石凳上一指,让他坐下,自己就地站着,和他说话。姚满从自己看花小屋里,拿粗瓦碗倒了一碗龙眼叶茶,捧出来放在客人面前。他对这位壮硕英俊的客人,忍不住看了两眼,又看两眼。何守仁也不顾有人在旁边,态度轻狂地说道:

"来者不善,善者不来!你有什么见教?"

周炳先是红着脸,不作声,后来又悄悄说道:"有点小事来求你。"

何守仁开怀大笑道:"是筹款演戏呢?还是恢复学籍呢?不要

作难。大事、小事,全可以说。自己人用不着转弯抹角。"

俗语说:开口求人难。何况周炳又是从来不开口求人的,所以难上加难:竟是面红耳赤,半晌说不出一句话来。何守仁看见他这般模样,越发得意了,说:

"好,你不讲,我先问你:你知道我们乡间最近发生了暴民抢粮的事儿么?"看见周炳没有回答,他又问道,"你是否也参加了那种不轨行动?"

这乡村教师一辈子没说过谎,那冰盘大脸一直红到脖子根,支支吾吾地回答道:"我应该对你说,我没有参加。"

何守仁不予深究地说:"你没有参加?那很好!原不该把别人拿血本赚来的粮食随便装走!我还以为你在乡下没有打够,一直打到广州来呢!"

周炳也有意甩开这个问题,直截了当地说:"大哥,我来请求你,是另外一件事。我请求你对令尊翁、令寿堂说一说情,让胡杏在乡下再休养一个时候。……她刚好起来,还虚弱得很。……就是这样。别的……以后再说。我本来没有这个胆量,不过在东沙江边上,你说过,有什么为难的事儿,只管找你……就是这样,就是这样……"也不知道周炳感觉到多么大的难堪,多么大的羞耻,多么大的屈辱,多么大的痛苦,一个出名的演员,竟变成结结巴巴,说起话来含糊不清的人。他的声音又越说越低,越说越弱,简直连侧耳倾听,也还是听不清楚。

看来何守仁是听清楚了的。要不然,他不会那样不假思索,就果断地回答道:"什么?太凑巧了!你拯救了我的生命,这是铁一般的事实。因此,你如果要我替你去死,你会发现那是太轻而易举了!可是胡杏这件事,那完全不一样!她必须回来!她必须明天就回来!如果她考虑到她自己的终身幸福,她宁可今天晚上漏夜赶回来!阿炳,你也知道,她是何家的人了。连你妈妈都不敢替她出头呢,你姓周的怎么倒替她讲起话来!"

说到这里,这酒社所请的一位客人来到了。这位客人年约五十,穿着慰劳纱长衫,样子很潇洒。周炳没见过这个人,也不知道他是干吗的,不过看见何守仁对他那股谦恭劲儿,料想他也就不是什么等闲之辈。何守仁跟那位客人揖揖让让地走进水榭之后,再也没有出来。周炳坐在凉亭石凳上等着,不知道他的话已经说完,还是没有说完;也不知道他还要再出来,还是不再出来。不久,酒社的客人陆续来到。这里面,有自称野叟的大官儿,有自号居士的捧伶大舅,有不称民国年号的遗老、遗少,有在烟榻、妓馆归隐的墨客、骚人,他们经过周炳的身边,都拿怀疑的眼神打量着他。周炳实在受不了了,花王姚满也看出他实在受不了了,就请他离开凉亭,到自己那间看花小屋坐坐。周炳看见这老花王眉目之间有义气,就跟他回屋坐下,重新请教姓名。姚满再给他倒了一碗茶,诙谐地笑道:

"你问我的名字?什么名字不一样呢?我算是叫姚满。今年五十二了,还是光棍一条。我一吃饭,全家都饱了;我一锁门,全家都出去了。我本来也有个爸爸,他是个花王。他把手艺传了给我,自己就死了。我也是个花王,可是后来跌伤了腰骨,不能干了。看来姚家这门手艺,不想往下传了!"

周炳看见这花王乐观练达,也就一五一十地把胡杏的不平身世告诉了他。又说如今官司没有着落,何家又逼着立刻要人,这小女孩子的命运还不知道如何终结呢!一面说,一面愤慨,一面叹气。看得出来,姚满是受了感动。他也逐渐咬牙切齿,摩拳擦掌起来。听完之后,他眼圈红红地说:"唉,可怜!这么好的人才!这么重的折磨!"周炳也义愤填膺地说:"哼!可不是么!如果比起小杏子的险恶身世来,那泰山也只能算是平地!"姚老头儿深思熟虑地建议道:"她的处境是十分险恶。如今之计,她应当离开村子,到外面找个地方躲藏起来,不能待在家里,让他们想宰就宰,想杀就杀!"周炳说:"是倒是。不过她一个女孩子家,能躲到什么地方呢?"花王想了一想,就毅然说道:"我倒想助她一臂之力,我有一个肝胆相照的朋友,今年六十几了。他家住芳村,专靠收买破烂度日,也是光棍一条。他穷是穷,可穷得有志气。遇到别人有危难,他拼了命去替人出力,死也不悔。这人最妥!"周炳问道:"这人叫什么名字?"姚满说:"他姓冯,叫冯敬义。"周炳惊叫起来道:"冯敬义?老相识了!他也救过我们的命。的确是一位高人!不过他一个单身老汉,忽然添了一个小姑娘,却是招人思疑。"花王摇头道:"你们早就相识,那太好了!也太巧了!你顾虑的也对,不过不要紧。在他的附近,还有一位专门收买酒楼菜脚的老妈妈,叫作冼大妈……"周炳跳起来,摇摆着葵扇大手道:"好了、好了,不要再说了。冼大妈正是我的干妈!"姚满搔着头皮,忽然大笑起来道:"有这样的!我说来说去,说到你们一家子里面去了!哈、哈、哈、哈……"

七一　有人快活有人愁

　　一年之中,有不少的神诞节日,唯有这中秋节,能得胡王氏的欢心。她说:"穷人之家,那至亲骨肉,一生一世之中,能有几回团圆?"因此最看重这月儿团圆,人儿也团圆的中秋节。到了中秋节这一天,按照胡源老汉的意思,买一块猪肉,几斤田螺,洗几个芋头,煮一煮,炒一炒,蒸一蒸,拜拜神,叫胡树、胡松回来吃顿饭,也就过得去了。胡王氏不依。她为了表明这个中秋节不同往年的中秋节,如今胡家正是脱离灾难,骨肉团聚,非让大家欢欢喜喜地过一过不行,就要杀鸡、打酒,还要叫周炳也来高兴高兴。胡柳、胡杏自然悦意,连忙就扫地、撩蜘蛛网、洗刷桌椅。胡源看见胡王氏一辈子没有坚持过几件事,也就依了她,拿起瓶子到村西街市上打酒去。到了晚半天,周炳依时上胡家来。一进门,见里面的气象,干净整齐,和平常大不相同。胡源剃了头,很光鲜,脸上的皱纹也减少了,正坐在竹椅上抽生切烟,见了周炳就说:"你瞧他们那股劲儿!穷人也不是一生下来就愁眉苦脸的!"周炳十分乐意地点点头,往四周看,只见胡王氏梳得头光鬓滑,满面春风,坐在矮凳上烧水做饭;胡树在矮方桌上摆筷子、碗;胡松蹲在地上吹火,他面前的黄泥风炉上,正炖着一锅东西,喷香、喷香的,咕噜咕噜响;胡柳、胡杏两姊妹,一会儿你躲在我后面,一会儿我躲在你后面,只管做鬼脸,只管嗤嗤地憨笑。周炳从来没见过她两人露出像今天这么调皮的样子,就把眼睛挪到别处。在祖宗神位前面的小茶几上,他看见分两盘摆着八个月饼。这两斤月饼,是他送给老人家的,可是下面盛月饼的盘子,他却没见过。他走近细看,原来是用草编成的,上面有通花,有红花,有绿花。再一细看,那五彩的花朵不是染的,却是用有颜色的草编的,手艺十分精巧。周炳赞不绝口,胡柳走过来了,说:"这是小杏子的拿手好戏。你抬起头看一看,还有好的呢!"胡杏从老远的地方跑过来,拿脚顿着地,娇憨地唔唔地叫着:

"不许说!不许说!你已经说出来了,坏了,坏了!"

周炳抬头一看,果然见祖宗神位上面,挂着一个六角高身、彩辫丝绦红灯笼,每一面红纸上,还镂刻出鲤鱼、蝠鼠、寿星、蟠桃等等吉祥物件,又用白纸托地,十分显眼。他伸手拨转灯笼,仔细辨认,竟认不出那是竹子织的,是柳枝绑的,是草梗编的,还是绒线缠的,总之玲珑浮突,巧夺天工,叫人爱得不行。他看了又看,赞不绝口道:

"真是,把这灯笼点上蜡烛,竖在门口,一村子都光了呢!你有这门手艺,怎么我十年都不知道?"

胡杏没有回答他的话,只对着胡柳报复地说:"你不给我瞒,我也不给你瞒!"说完,一把拉着周炳的大手,带他去看胡柳的剪纸。在大门旁边,胡杏的床头墙上,贴着一幅用白纸铰成的《薛礼叹月》;在神厅正面,胡源、胡王氏的床头板障上,贴着一幅用绿纸铰成的《太白追月》;在套间的木板门上,贴着一幅用红纸铰成的《嫦娥奔月》;在套间里面,胡柳的床头墙上,贴着一幅用黄纸铰成的《貂蝉拜月》。这里面有老、有嫩,有男、有女;又有庙宇,又有山水,又有仙境,又有人间;而又是一色的月夜景致,看来却各个不同。至于人物的神态装束,那更是惟妙惟肖,呼之欲出。最难得的是那手作的细致,真叫人不敢相信。有些笔画,细得就跟那头发丝的一般,别说拿剪刀去铰,就是使唤眼睛去看,也不容易看得清楚呢!周炳一路咂着嘴,拍着腿,把自己会说的赞叹话儿都一起说出来了,最后还加上说:

"怎么天下的聪明灵慧,全都给了胡家了!"

胡源从竹椅上站起来,丢了烟头,说:"你别把她们都奖坏了!这种东西有什么用处?无非是弄着玩儿的。天下的聪明都给了我们,那倒不要紧;天下的灾难都给了我们,那就糟了!"胡王氏嫌胡源出口不吉利,就喝住他道:"少啰嗦了,你管你灌马尿去吧!"到一家人都围着矮方桌子坐好席,胡源举起小酒杯说"来,灌马尿吧"的时候,胡柳那满月般的,柔媚端庄的古铜脸儿还没有红完呢。正在喝酒之间,天色慢慢地黑下来,胡柳放下筷子,点起了煤油灯。外面街头巷尾的孩子,已经点亮了灯笼,开始剥芋头吃。他们一面点,一面剥,一面对着刚升起的滚圆大月亮唱道:"八月十五竖中秋,有人快活有人愁……"又唱道,"剥螆、剥癞,剥了就好世界!"胡树听了,就笑笑地问他小妹子道:"你听见他们唱的没有?你还记得么?你说,你算是快活的,算是愁的?"胡杏又露出调皮的神气,斩钉截铁地回答道:"我快活。你才愁!"胡松把她的脑袋推了一下,说:"你到底怎么样?上不上芳村冼大妈家去躲几天?怕不怕何五爷黑心烂肝把你捉回去?"胡杏说:"不怕,不怕。说不怕,就不怕。我怕他——"话没说完,胡妈就打断她道:"不躲,不躲!躲什么?躲到哪儿去?"大家都拿眼睛望着她,她于是拿筷子在空中比

画着,往下说道:

"你跑得了和尚,跑不了庙!躲了又怎样?从今天起,咱们一家都团团圆圆地过日子,谁也不许走开!你们生在这儿,长在这儿,也给我死在这儿!一个小女孩子家,人生路不熟的,怎么能随便出门?他何家就是霸道,也断断没有平白无故,上村、上门来抢人的!他就不怕上刀山、下油锅?"

胡杏也说:"我不怕他,就不用躲!我倒要看看他还能把我怎样!"

大家听见她娘儿俩这么坚心,也就不再说什么。唯有周炳喝了两盅酒,心里实在安静不下来。他看见她俩表现出对什么祸害临头,都全不惧怕的精神,心里又甜又乐,觉着这时候应该成人之美,应该做点什么事情,帮扶她俩一下才对。这样子,她俩就会神更旺,气更壮,不会觉得彷徨,觉着孤单。想到这里,他就喝了一口酒,指着胡杏,慷慨激昂地说道:

"既然如此,我来做担保!有我在,就有她在!"

胡杏听见那高大的、信得过的哥哥这么说,实在快活得没法儿。她觉着,既然一个这么英俊的汉子说了这么一句话,这句话就是不能改变的事实。她觉着,周炳像一座山一样挡住她,像一个海一样围住她。她觉着,从今以后,谁也不能够把她抢走,谁也不能够把她扔到那火坑里面去,谁也不能够把锁链套在她的脖子上。她觉着,从今以后,她春、夏、秋、冬都能够拿肩膀套着犁绳,拿脚趾勾着田土,犁田、插秧、车水、收割,自由自在地吃碗安乐饭。想到极乐处,她不由得歪起头,眯起眼,做了一个很少出现的、极其动人的媚笑。这个媚笑是这样的美,周炳瞅见了,也不由得不心花怒放,十分赞叹地叫了一声:

"呵……"

随后又态度潇洒地喝了一盅,表示一言为定。胡杏见他又喝酒,也会了意,就想说句让他高兴的话,报答报答他。后来看见姐姐胡柳低着头,却不住地拿那长长的眼尾去瞟周炳,这才想起来了。只见她调皮地挪动一下身子,又调皮地假咳了一声,才调皮地装成一副正经的样子,侃侃而谈道:

"有炳哥在,就有我在。这敢情好!可也得有家姐在,才有炳哥在呀!谁知道家姐能不能长在家?谁知道炳哥让不让她长在家?谁知道炳哥能不能卖个人情,就做个招郎入舍,让她长在家?"

她这几句话,逗得大家哈哈大笑。胡柳都笑了。周炳也笑了。他心里极其中意听这些话,可是他的外表却装作发恼,站起身来,走到胡杏后面,弯下腰去,使唤金刚一般的大手罩住她的天灵盖,用那鼓槌蕉一般的五个手指抓她的脑壳,作为对她的大胆、放肆的惩罚,一直到胡杏唷、唷喊疼,百般告饶,才算罢手。吃过饭,胡树、胡松回农场去,周炳也跟他们一道去玩一玩,都走了。这里的人正在收拾东西,胡杏蹲在大门旁边洗碗,何娇却来了。胡杏把刚才周炳所说的话,一五一十地告诉了何娇。何娇单脚蹲在她身边,听完了,低着头说:"你们就好了!阿柳姐有了终身的依靠,你也有了人保护,不用发愁了。只是我,还不知道怎样呢!"说完,拿手摸胡杏的乌黑油亮的头发,不胜羡慕之至。胡杏又好心、又正经地告诉她道:

"不,不是依靠。炳哥不喜欢这么说。他常常给人讲,要人家革命。他要人家一辈子革命,把敌人完全打倒。他时常说那句话:全靠自己救自己!我已经不信神了,我已经学认字了,我已经决定要革命了!你呢?"何娇听她这么说,又低着头深思,默然不语。

这时候,在大帽冈试验农场办事处前面的草坪上,第一赤卫队全班人马团团围坐着,一面赏月,一面聊天。草坪上坐满了农场工人,这里一堆,那里一堆。人影儿在长老了的草叶上浮动着,烟卷的火光星星点点地闪烁着,低沉的语声在夜露当中流窜着。他们故意选了一个僻静的角落,以便说话。——其实这是用不着的。别人都约莫能够猜得出他们在谈论些什么,因此既不去听他们,也不走过来打扰他们；而他们自己呢，却是气闷有余，开腔很少，对着这么一个凉快的秋夜，总觉着十分憋气，像在暑伏天的时候一样。回想起来，自从那回周炳从省城回来，把周榕所说的话对大家讲了，大家的情绪就是这样。只有马有一个人例外。马有一个人是一派。他听完了周炳的话，心里觉着一阵清凉，立刻接着发话道："是不是？我说了的吧！我就知道咱们闹得不对！你们说我错了，我辩不过你们。难不成人家周家二哥也错了么？要知道，人家是共产党员呵！"确实的，对于一个共产党员，他们能和人家辩驳么？他们不能。可是要说他们干的事儿全不对：为拯救陶华跟何娇而打乡公所，为筹款料理胡杏的后事而发动农场罢工，为救济水灾难民而征收何福荫堂的粮食，为释放无辜的群众而惩罚震南公安稽查站，要说这些都是个人的勇敢，都是没有用处的，他们却又不服气。这就不能不造成一种思想上的极大的混乱。周炳经常对陶华、马明两个叹气道："糟糕的就是我们三个人的头脑跟大家一样混乱！"马明好像要嘲笑自己似的说："要是一样混乱，那倒好了！"陶华拍着多毛的手笑道："对！只怕更加混乱！"今天晚上，马有并不因为要鉴赏月色，就让大家清静一点。他见大家沉默，就挑战地说：

"唉，回想起来，区细也不是完全不对的！但愿我们没有冤枉好人！"

为了他这一句话，第一赤卫队登时分成了四派。第一派是丘照和王通。丘照说："你马后炮算了吧！我不管个人勇敢、还是不勇敢，也不管什么有用还是没有用。你要是说，不准打乡公所，不准农场工人罢工，不准没收何五爷的粮食，不准烧那鸡巴站的蛇窦，我宁愿不去打广州！"王通立刻附和道："就是这话！咱就是光棍不吃眼前亏！谁愿意当屠头的，谁就只管自己去当个够！"第二派是胡树、胡松和区卓。胡树说："咱们打什么都得分个先后。咱们先打乡公所，再打何福荫堂，最后打稽查站，打完了这些，就去打广州。先讲个人的勇敢,再讲政治的勇敢!这有什么不好?咱们能看着陶大哥跟何娇受罪不救么?"胡松立刻接上说:"咱们能看着村子里饿死人不理么?"区卓跟胡松最为投契,也就立刻接上说:"咱们能看着他稽查站横行霸道、老百姓无辜受害不管么?"第三派是邵煜和关杰。邵煜说:"那些事情,做是要做的。可是咱们打了乡公所,打了何福荫堂,打了公安稽查站,人家又换来了军队,咱们怎么办?还打不打?迫击炮说只要打这些,不打广州也行。那分明不对!"关杰也说:"对。事儿没有错。区细不对,还是他的不对。可是周家二哥不比区细,他说的话斤两不同,咱们也得好好儿仔细斟酌。"第四派是陶华、周炳和马明。为了避免在混乱之上再加混乱,他们自始至终,只是静静地深思着,一言不发。天空那个月亮尽管十分清朗,十分柔和,十分逗人,可是这些汉子们都把它忘了……

第二天早上,周炳起得稍为迟了一些。他用冷水冲了一个凉,精神颇为振作。回到房间,穿好衣服,忽然发现一位顺德阿姐,站在他的房门口。这位阿姐梳着长辫子,年纪在三十上下,五官端正,鼻子不高,眼睛略小,眼睛周围有一些雀斑,神态端庄而稳重。周炳看见她,一步跳到她跟前,紧紧抓住她的两手,双脚在地上蹦跳,久久不停。他的嘴也不停地叫唤着:"章虾大姐!章虾大姐!……"原来她就是省港大罢工时候的香港洋务工人章虾,罢工结束以后转为沙面洋务工人,广州起义失败以后,又和黄群一道转去顺德做缫丝女工的。周炳从上海回来之后,倒是看见了黄群几回,唯独她,却一次也没见过。这回忽然碰面,完全出乎意料,所以高兴得双脚蹦跳,不能自持。章虾望着他,眼圈发红,说不出话,慢慢地就流下泪来。后来擦了擦眼泪,也不进房里去坐,就急急忙忙地站着告诉周炳道:

"快走!古滔约你在仙汾市娱乐街锦华洋货铺门口见面,现在!"

周炳不听还好,一听之后,更加瞠目结舌,惊喜欲狂。这古滔原是省港大罢工时候的香港印刷工人,后来广州起义,也在普兴印刷厂做工的,多年不见了,如今忽然约他见面,其中必定大有缘故。他摇着章虾大姐的手,说:"你就不坐一坐么?"章虾说:"我还得赶回容奇,不坐了。"两人一道从震光小学走出来,沿路周炳把这几年的情形,给她讲了个大概。临分手的时候,两人依依不舍,看来真像一双亲姐弟。后来周炳又站在路边,望着章虾的背影,一直到她转了弯,望不见了,才甩开大步,直奔仙汾市而去。他走得真快,不久就进了仙汾市,转入娱乐街,一找,果然有间锦华洋货铺。门面不大,装潢布置,倒算可以,只是门口并没有人影儿。他在门口来回走了三遍,忽然洋货铺里面有一种熟悉的声音叫道:

"周炳!"

周炳一听,吓得出了一身冷汗,再定神一看,原来柜台里面站着的不是别人,正是省港大罢工时候的沙面洋务工人洪伟。他年纪大约三十四五,瘦削脸孔,一身买卖人打扮,和蔼热情地对门外的客人拱着手。周炳差一点儿失声嚷了出来。他一步跳进铺面,就要拉洪伟的手。洪伟保持着自己掌柜的身份,笑笑地招呼道:"要买什么东西么?"随后又低声加上道,"你得像个顾客的样子!"周炳没料到约好古滔,却见着洪伟,正想问个究竟,又不许他说话,还要他装个顾客的样子。他不知道这顾客该怎么个装法,只好两眼无神地望着玻璃货柜,心不在焉,很不痛快。忽然之间,他觉着有一个矮小的身影,从外面晃了进来,又听见一种清亮的嗓子高声叫道:

"掌柜的,有秃尾龙牌的毛巾没有?"

周炳顺着这熟悉的声音望去,却见一个身材矮小的汉子,年纪已经三十六七,长脸上长着一个圆鼻子,工人打扮,风度沉实,正是古滔。他一把抓住古滔那沾满了黑色油墨的手,就要问短问长。古滔使劲捏了捏他的手,就放开了,说:"这里不是倾谈的地方,跟我回外寓去。要记住,你是教书先生,我是印刷工人……"周炳听他这么吩咐,就不再说话,默默无言地跟着他走了出去。他俩一前一后,一直走到汾江岸边一片木头房子前面,才停了下来。原来这一片木头房子,是一个工人住宅区。那些厂房住不下的工人和他们的老婆孩子,都集中居住在这里。古滔领着周炳,来到一间独门的木屋,有一个前厅,有一个后房的,推开大门,一面叫道:"来了,来了!"周炳不明白他跟谁说话,正在纳闷儿,忽然见后房走出一个比古滔年轻、个子更矮,可是比他宽横强健得多的男人来。这个人正是周炳盼望多时,可又遍找不获的共产党员,"研究家"冼鉴。周炳一步跳上去,两只碗口粗细的胳膊将冼鉴抱了起来,很久不肯放下。后来,他们三个人一齐动手做饭,一边做、一边谈。饭做好了,一齐动手吃饭,一边吃、一边谈。吃完了饭,古滔劝冼鉴睡一睡,他不肯,还是和他两人说话。谈到当前的形势,冼鉴沉着有力地告诉他们道:

"咱们的红军壮大了!咱们的苏区巩固了!咱们受了沉重的打击,咱们经历了重重的苦难,可是咱们到底站住了,站稳了。红军跟苏区,这是咱们党的创造,这是咱们每个人的希望——伟大的希望!"

他这样说的时候,他的脑袋总是向上仰着,两眼熠熠闪光,给别人的感觉是强壮、有力,令人增加无限的勇气。只是在提起谭槟的时候,他的倔强的头才搭拉下来了。他使唤一种不平常的低沉的声音向他们证实道:"组织上做了很详细的调查。结果是……没有别的可能……他牺牲了!那地点大概就在震南公安稽查站的范围以内。"过了一会儿,他又对周炳说,"你们打了那班乌龟王八,烧了那个狗窦,真是做得对,做得好。应该惩罚他们!"周炳听了,浑身是劲儿,对着冼鉴诉苦道:"可不!还有人说我们这样做不对呢,说我们这样做是个人的勇敢,没用呢!你看激死人、不激死人?我们这样做不对,又该怎么做才对?"往后他又把打乡公所,胡杏回家,农场罢工,有关谭槟的谣言,何家要人,西水成灾,李子木无耻,区细离队,南渡口抢粮,一直到火烧稽查站,都对冼鉴、古滔两人说了一遍,随后又谈了谈周榕的看法,和区细、马有两人的主张,最后他撅着嘴唇,又用两个手指揪着自己的下巴,说:"喏,你们瞧,这些事情哪件该办,哪件不该办,我们怎么知道?想问问你们,又怎么找得着你们!"冼鉴和古滔都同情地点着头,认为他们干得对。冼鉴又说:"这革命是千头万绪的事儿,谁说得那么准?你就是问我,我也回答不上。总之,大家商量,按众人的意见办就好。你二哥周榕所说,也是很有道理的,回头我们党内也来讨论讨论,再不然就提到金端同志那里去,请他来说说。"周炳拿手板挡着眼睛道:"总之我是瞎子走路,一面走,一面打冷颤儿。迈出一步,还不知道下一步该往哪里迈。不走又不行,后面还跟着一大串人呢! 比方说胡杏的事儿吧,该叫她回三家巷去?该叫她到别处躲起来?还是该叫她留在家里?又比方踢蛇窦的时候,缴来了十几条枪,我们把它分散开,全埋在地里了。这是做对了,还是没做对?……唉,这个世界太不简单了! 革命,它是一定会成功的。但是怎么做法才对呢?"冼鉴笑着接上说:

"所以一个人必须跟着党走。"

周炳像小孩子撒娇似的抓着冼鉴的手,顿着脚央求道:

"就这么办。一言为定! 往后你直接领导我们。我们有事就来找你。"

冼鉴站起来,好像要找什么东西,走进后房去,一面走、一面说:

"这可不成。我没有这种能力,也没有这种权利。组织上一定会安排的。你们应该谅解:组织上现在也处在困难境地呢!"

一会儿,冼鉴从后房走出来,将一支曲尺手枪和一把子弹递给周炳道:"来,这是好东西,送给你。"周炳大喜过望,连忙双手接过来,摸弄了半天,才放进口袋里:一个口袋不合适,又换第二个口袋;上衣口袋不合适,又换裤子口袋;左边口袋不合适,又换右边口袋……那天,一直谈到太阳西坠,周炳才起身告辞。洗鉴送到大门口,好意嘱咐道:"胡柳那姑娘不错。你们能住在一起,就住在一起吧!"周炳又是惊讶,又是高兴,才说感激,到底惭愧,不知道怎么回答才好。

七二　凯　旋

  中秋节后的一个星期六,下了课,吃了午饭,周炳拿一条干毛巾缠在手腕上,步行回家。这次去省城,他有三个心愿。头一个,前年冬天,他从上海回到广州,曾经发过誓,说找不到共产党,绝不回家。如今共产党已经找到了,连金端也有了下落。他胜利了。胜利就应该凯旋。他也十分记挂着爸爸、妈妈、姐姐,想看看他们。第二个,他听说表姐区苏——不,应该叫二嫂区苏,已经从香港搬回三家巷来居住,连那个七个月大的小侄儿周贤也带回来了。他想看看他们,也想打问一下香港那边的情况。第三个——这是一个什么心愿呢?他自己也说不清楚。是跟胡柳有关的么?好像是,又好像不是。是要宣布胡柳跟自己结婚么?好像是,又好像不是。是要征求妈妈、姐姐、嫂嫂的意见么?好像是,又好像不是。总之,他翻来覆去地想着这些事情,在太阳偏西,爬上了墙头的时候,回到了三家巷。谁都想得到,他的突然出现,会给三家巷带来很大的震动;但是很少人想得到,这回的震动,比广州起义前他兄弟俩回家那次的震动还要大得多。第一个发现他的,凑巧又是他给她当过证人的、陈家最狡诈的使妈阿财。她一眼瞅见周炳,就使劲大嚷道:

  "哎哟,秃尾龙回来了!秃尾龙拜山了!"

不久,三家巷的全体居民,不论男女老幼,都拥到周家那冷落的门庭来看稀罕。陈家老太爷陈万利,老太太陈杨氏,大少爷陈文雄,大少奶周泉,小官仔陈国栋、陈国梁,使妈阿发、阿财、阿添,都来了。何家老太爷何应元,大奶奶何胡氏,二娘何白氏,三姐何杜氏,大少爷何守仁,大少奶陈文娣,小官仔何汝温,大小姐何守礼,使妈阿笑、阿苹、阿贵,也都来了。这一大堆客人一齐来临,把婆婆周杨氏和媳妇区苏忙得一仆、一骨碌的,连小把戏周贤躺在床上吼叫,都没人去抱。大家把周炳看了一顿,摸了一顿,问了一顿,才慢慢散去,各自发表议论。有人从一个方面说:"这出名的靓仔长得更加俊俏了!"有人从另外一个方面说:"这倔强的野牛长得更加雄伟,也更加倔强了!"但是大家都一致地认为:"这傻得离奇的傻小子长得越发傻了!"不然,为什么连上海也不住,却去住震南村?连高等人家的家庭教师也不当,却去当那掉在地上也没人拣的乡村教师?这不是跟发达有冤,就一定是跟自在有仇了!……周杨氏懒得去听这些瞎三话四的议论。众人走了之后,她已经累得要死,却不肯坐下歇一歇,只顾围着周炳团团打转。她也像大家一样,把周炳看了一顿,摸了一顿,又问了一顿,好像他是个陌生人似的。她不停地重复着同样的一句话:"哼,都已经三年了!也不回家来,叫我看一看!"有一回,周炳正准备解释两句,她忽然指着小儿子的脖子后面道:

"怎么那个地方有一片血迹?"

周炳伸手摸了一下道:"多半是蚊子咬的。"

妈妈叹口气道:"嘻,都那么大的人了,还不会赶蚊子!把蚊子赶净,才放帐子嘛!我又不能跟在你身边,你自己又不赶快娶个人!"

周炳冲口而出地接上道:"我就要娶媳妇了。如今就是回来跟你们商量。"周杨氏这一乐,真是非同小可。她连忙抓住小儿子的大手,问是哪家姑娘,人品怎样。区苏听说,也抱了小把戏过来,一同盘问。周炳抱过周贤,细细地把胡柳的性格、手艺、相貌、为人,一件件对她们说了。区苏一听,赞不绝口。周杨氏是见过她的,那颗心喜欢得就要跳了出来,可是脸上装作镇静道:"你喜欢了,娘没有不喜欢的。不过这样大事,该问问爹。也该听听嫂嫂、姐姐的斟酌,看她们怎么说。顶好还能对对年庚八字!"周炳不回答,只是抱着周贤,将他左看一看,右瞧一瞧,觉着他一会儿像二哥周榕,一会儿像大哥周金;一会儿像二嫂区苏,一会儿却又像表姐区桃。他爱这侄儿爱得不得了,就拿嘴巴上那几根稀疏胡子去戳他的小脸蛋。那小把戏把脸拧过来、拧过去,叫那几根软毛戳痛了,就呀呀地哭了起来。周杨氏心疼了,一把抢过小孙子,嘴里低声抱怨道:"怎么呢,怎么呢。人家好好地,你又要撩人家!"周炳搓着两手道:"孙子嘛,有什么稀罕的?将来你要多少,我给你送来多少!"

晚上,周铁回来了。吃晚饭的时候,他一面喝酒,一面骂他心里不悦意的东西。他的身体还是那样又矮、又圆、又粗、又壮的,只是头发、胡子都白得多了,也稀得多了。他先骂周炳不安分守己,又骂周炳爱多管闲事。周炳懂得所谓不安分守己,就是离开上海,跑到震南村;所谓爱多管闲事,就是说他好参加广州起义。此外,他再也不知道什么了。骂完了周炳,他跟着就骂起那官府,骂起那"刮民党"来。照例,他得挨着次序骂三件事:第一件,痛骂"刮民党"胡乱抓他去坐班房。第二件,痛骂"刮民党"屠杀了许许多多年纪轻轻、头发硬硬的青年男女。第三件,痛骂"刮民党"腐败无能,贪赃枉法,贿赂公行,官贼不分。这天却巧,他正在骂着,舅舅杨志朴也来了。他一来是给隔壁陈家他大姐陈杨氏看病,二来是有意带着他的二小子杨承荣、三小子杨承远来看看表姐区苏,不想却意外碰上了周炳,不觉大喜过望,问了他外甥一阵子话,又一连喝了几盅。酒一到肚子里,话头就上来了,挨着那三件事,跟他二姐夫周铁你一句、我一句,骂得十分起劲,将那大姐陈杨氏等着他把脉的事儿,忘记得干干净净。两人此应彼和,十分投机地骂了一顿饭工夫,把从前讲过的话都重复讲了一遍,把所有该骂的地方也都骂过几回了,才转过了话题。那玩世不恭的老中医杨志朴选定了何家欺压胡杏这件事,就抹了抹那两撇仁丹胡子,说:

"自然,我不会像何五爷那样发达。可是要是我真像他那样发达了,我一定留一点后路。像胡杏这样的事情,只求个息事宁人,也就罢了。常言道,有风不可驶尽䑸:你何家仗着'刮民党'的势子,又能仗得几天?"

那时他的二小子杨承荣年方十五,生得聪明伶俐,矮矮胖胖,相貌很像他那死去的大小子杨承辉,如今正在念中学二年级,坐在旁边听了周炳说何家怎样横蛮霸道,又听了父亲说何家不该仗势欺人,心中极为愤懑。刚才他父亲跟二姑爹周铁喝酒说话,他并没留心去听。他一进门,就跑到神楼底里面去,把可以拿到手的书籍都拿了出来,一本一本地翻。他很爱读书,可没有常性儿,很少读完一整本书的。后来听到胡杏的事儿,他眼睛虽然望着书,手里虽然还在翻动着,但是已经什么也看不进去了。他生着气,他很想说点什么,又不知道怎么说才好。周炳看出他的心事,就朝他点点头,又朝着杨志朴说:"这是你们老一趟子的人的想法。按我们年轻人说来,只有真理和非真理两面。"周铁对他摇头道:"你都恁大了,还不改一改?舅舅说话,你为什么要冲撞?"杨志朴大笑道:"他从小就是这样的!我不喜欢他跟我抬杠子,——可是我又喜欢他跟我抬杠子。他走的是直道,我们走的是曲道,还是他好!"不料杨承荣小小年纪,这时也坐在一旁开言道:

"不知道何家既然这样野蛮残暴,反复无常,连一点人性儿都没有,怎么没有人起来革他的命!"

周铁一听,就拍手笑道:"好哇!舅舅你瞧,这还不是现眼报?一个不小心,你家里也长出一根直道来了!"

这时候,何家的小姑娘,也是中学二年级的学生,今年才十三岁的何守礼,忽然从外面走进来,直挺挺地站在大家的面前。她听见了杨承荣说的话,心里明白那都是事实,但却又十分难过。她本是活泼热情的,这时突然愣住了。她本想邀杨承荣出门口玩儿的,这时突然不好开口了。杨志朴的三小子杨承远,年纪才六岁,这时正在一旁玩耍,看见何守礼就高兴地叫唤着:"表姐!表姐!跟我玩儿'跳大海'去!"何守礼垂下头,眼里含着泪,轻轻牵了杨承远出去。过不多久,杨承荣觉着何守礼神情不对,也就跟着走了出来。何守礼跟杨承远并没有跳大海,而是打对面坐在枇杷树下的麻石长凳上,在下一种叫作"捉炮"的六子棋。杨承荣走到何守礼身边低声说:"你生了气么?"何守礼不睬他。他又低声辩白道:"我是照事实直说的。你看,事实就是那样!"何守礼早就知道这一点,因此也不睬他。他最后又低声解释道:"你看,我对你没使黑心!我说应该革你们的命,可又没认真动手去革!"何守礼自己倒也经常想过要革自己家庭的命,只是别人如果也那么说,她就不乐意。因此,她还是不睬他。

当天晚上,周炳留在家里过夜。他睡在神楼底里面,那里的每一件东西,都是那样的熟悉,简直好像昨天晚上还在那里睡过的一般。可是说也奇怪,他躺在木板床上翻来覆去,直到夜深人静,还只是睡不着。他想起大哥周金……他想起表姐区桃……后来又想起二哥周榕……后来又想起陈家表妹陈文婷……最后他一骨碌坐了起来,自己对自己说:"生活呵,好复杂的生活呵!"这样子,睡意索性全部消退了。他披了衣服,走出门口,坐在那棵白兰树下面出神。白兰树长得结实粗壮,已经比枇杷树都高了。迟出的月亮把凄清欲滴的冷光洒在三家巷里,每一块白兰叶子都像打了蜡的一样。他坐了一会儿,觉着寂寞难堪,就转回神楼底去。回到房间里,又不想睡,就扭亮了电灯,动手找起区桃从前那张画像来。一直找到四更过后,快要五更了,还是找不到。他用手搔着自己的脑袋,将那发苦的香烟丢进痰盂里,自言自语道:

"你真是鬼灵精!这阵子你跑到哪里去了呢?"

第二天是星期天。一早,何守仁就起来了。他洗刷干净,在头发上涂了许多蜡,又穿上西装,打上领带,准备吃了早饭,陪陈文娣出去游逛。但是陈文娣觉着头痛,不想出去,也不想起床。她把何守仁叫到床边,把这种情况告诉他。他站在床边,弯着腰,心里嘀咕着:"这才真是女人爱变卦!"但是嘴里没有作声。过了一会儿,陈文娣把蚊帐口撩大了一点儿,眼睛直望着她丈夫的瘦脸盘问道:"怎么周炳在三家巷一露脸,你父子俩就那么杀气腾腾的?"何守仁油腔滑调地掩饰道:"我的尊贵的夫人,你什么时候学会看相来?"说完就想走开。但是陈文娣把他喝住了。"站住!"她命令道,"你说实话!——如果你不想后悔!"何守仁没办法,只得招认道:"这不关我的事儿。爹不知打哪里弄来了情报,说打乡公所,烧稽查站,告我们的状,抢我们的粮,都是周炳的主谋。这都是政治行动。依爹的意思,要通过宪兵司令部,取得政治的解决。"陈文娣生气了,咬牙切齿地说:

"放你们的屁!我不懂得你们的什么政治,我不问你们的什么政治,我也不管你们的什么政治!你那些废话,就少拿到我面前来献!我老实告诉你:你要是还打算安宁过一辈子的话,你就别动周炳一根汗毛!"

何守仁撑开薄薄的眼皮望着陈文娣。他掂不准她的话的斤两,他看不清她这番话后面还有多少队伍,可是他当真害怕:陈家的人说话,从来没有白说的。于是他非常有教养地,低声下气地请问道:"那么,我一向乐于服从的夫人,你要我怎么办呢?"陈文娣微笑道:"这才是呀。我给你一支令箭,你去见你的爸爸,就说你反对他这么做。别说是我的意见。理由呐,随你乱诌。"何守仁微微鞠躬道:"马丹,就这么办。"后来又加上说,"可是你为什么要在他身上花那么多心思呢?"陈文娣朗声发笑道:"这已经超出你的职权范围了。况且又是一个老问题,已经说过一百遍了。你要知道,他是我们陈家的干儿子,也就是我的弟弟。"做丈夫的说:"就算你的亲

弟弟,你也犯不着这样替他保镖。"陈文娣一骨碌翻身坐了起来,一面理着头发,一面宣言道:

"我本来不想说,你逼着我说:我喜欢他！我疼他！我惜他！我爱他！这就是一切！要不是他年纪太小,我们四姊妹本来会一齐嫁给他的！你知道什么？"

这时候,还说何守仁什么也不知道,那未免有点冤枉。他知道了,他明白了,他一面倒抽着凉气,一面鞠躬引退。他知道这时候再不走,下面还会有更加好听的。陈文娣见何守仁走了,就倒身再睡,一直睡到吃中饭才起来。胡乱吃过了中饭,就有许多人来看她的病。首先是周泉拖着大小子陈国栋,抱着二小子陈国梁来看姑奶奶。其次是区苏抱着周贤来看——怎么称呼好呢？对,来看表姑奶奶吧。她们坐下不久,陈文婕也拖着刚刚会走的女儿李静来了。除了李静之外,她还带来了一个十岁刚出头的小姑娘。这小姑娘叫李为淑,是她的侄女儿,也是李民魁的大女儿。那李民魁虽然长得粗俗笨赘,但是他这大女儿却跟他完全相反,长得清格秀气,逗人喜欢。大家把她看了一顿,摸、捏了一顿,称赞了一顿。周泉忽然叹息道:"我们一个、一个地老了。这世界,又是他们这后一辈子的了！"陈文婕冷静地笑道:"那也看谁。像你弟弟,他就越长越年轻！"陈文娣附和道:"我总偏心我们三姑奶奶,她说话有准头。大嫂,你弟弟不止越长越年轻,还越长越漂亮呢！"区苏不知道那么些内幕,只是卖口乖地加上道:"可不是么！正是——男人三十一朵花,女人三十一个疤！"陈文娣瞪起眼珠说:"那也不一定。我们那个烂脏局长,他从小到大,都只是一个疤！"说得大家都笑了起来。

正在这个时候,外面忽然传来了大吵、大嚷、大哭、大闹的声音,打破了她们的欢笑。原来二娘房里的使妈,那最漂亮的阿苹,抱着何汝温在三姐房里玩耍,不知怎的,那六个月的小官忽然脸色发青,手脚乱动地哭闹起来。大奶奶何胡氏跑进三姐房里,一手抢了小官出来,抱回二娘何白氏房里,两个人攻守共盟,将三姐何杜氏破口大骂。又说出身不正的人一定乱伦,又说当过丫头的人惯使黑心,又说不知给小官吃了什么东西,又说不知小官身上有针没有。何杜氏不肯相让,就站在房门口跟她们对骂。骂一阵子,又走回房中,跟何守礼相对大哭。哭一阵子,又走出门口,跟大奶奶、二娘继续作战。……

陈文娣、周泉、区苏、陈文婕四个人听见这种事情,正在面面相觑,不知怎样收科,恰好周炳红光满面,精神奕奕地来找她们几个姐姐辞行,要回震南村去。陈文娣很温和地对他说:"阿炳,我本来以为你完全不对。现在想起来,你也有一点是对的。那就是:你高低不肯待在这三家巷里!"陈文婕冷静地加上说:"你住了这一宿,得到一些什么印象?"周炳把右手大拇指插在胸前第三个纽扣上面说:

"印象么?咱们三家巷本来可以成为一个圣地,但是后来没有成了。现在是:腐败。肮脏。混乱。荒唐。感慨极深,不能忍耐!"

说完就掉头走了。区苏望着他的背影说:"这么大年纪了,还这么大脾气!"陈文娣叹口气说:"我懂得他。他是极其有性格的人。那正是他的动人之处!"周泉也学她二姑奶奶的样子叹口气说:"人到了火气全收,不声不响的时候,就跟那墙上的挂钟停了摆一样了!"

七三 佳 期

四个月之后,又是腊尽春回的时候。那天是一千九百三十一年的二月中,也是阴历的十二月二十九,——碰着这个月小,也就是除夕了。震光小学早已解了馆。周炳在一个课堂里召集了第一赤卫队的会议,给大家讲时事。他从古滔那里拿到了一种油印的小册子,就照那上面说的给大家讲。约莫早上九点钟,他就开始讲了。才讲了几句,就发现胡杏自动跑来,在课堂外面站着,又像要走,又像要进来。周炳一直往下讲,没有停顿,也没有招呼她,看她怎么样。谁知她逡巡了一下子,竟毅然跑进课堂里面,坐在远远的后面听。周炳心里高兴,也不管她,只继续讲。首先,他讲到今年一月一日,就是在一个半月之前,江西、湖南、湖北苏区的红军活捉了国民党的前敌总指挥张辉瓒,粉碎了国民党蒋介石的残酷围剿。大家一听就欢欣鼓舞,哄堂大笑。周炳拿眼尾扫一扫最后一排,见胡杏也撅着小嘴巴笑,后来觉着有人注意自己,又勉强忍住。其次,周炳又讲到今年一月三十一日,国民党宣布了一种非法的法律,叫作"危害民国紧急治罪法"。按照这个法,他们喜欢抓谁就抓谁,喜欢关谁就关谁,喜欢杀谁就杀谁,一概不讲道理。大家听了,都义愤填膺。最后,周炳又报告了一段新闻,说在前几天,就是二月十日,国民党蒋介石又动员了二十个师以上的部队,兵力大约三四十万人,以何应钦为总指挥,采取步步为营、稳扎稳打、重重包围的战术,举行了第二次的围剿。有些进到苏区里面的敌人,到处骚扰,破坏群众的春耕。他们抢牛、抢粮、抢种籽,放马吃秧,放干田水,又加上拆烧民房,强奸妇女,真是无恶不作。大家听了,更是气破了肚皮,纷纷咒骂起来。区卓年纪虽小,却意气豪迈地说:

"看来这姓何的是活得不耐烦了!"

胡杏年纪虽然更小,却也举起小拳头,咬牙切齿地声讨道:"打倒他!打倒他!"

这回讲的时事,大家都很满意,认为有名、有姓,有时间、有地点,又快、又真,又有东西、又有条理,既令人知道事情,听来有味,又令人大大地打开了脑筋。讲完的时候,已经是十一点钟的光景,大家纷纷散去,只有胡杏留下不走。她跟着周炳回到了房间,周炳让她坐下,就问她道:

"怎么样,你问了姐姐没有?她答应跟我结婚么?"

胡杏先吐了吐小舌头,然后说:"问过了。她把我骂了一顿!"

周炳摊开两手道:"既然如此,那就算完了。"

胡杏更正道:"不,不!她只是轻轻地骂,很轻、很轻地骂。她骂了,就是她肯嫁了!唉,你这个人真是……"

周炳又问道:"你姐姐说起我的时候,她是怎么说的?"

胡杏先紧闭着嘴唇,点着头,然后说:"家姐说:你那阵子痴、傻、戆、直,这阵子横、蛮、韧、皮,十分讨人嫌!"

周炳叹口气道:"是不是?你瞧,她一点不喜欢我。"

胡杏不以为然,改正他道:"不对,不对!她说十分讨人嫌,就是说喜欢得不行了!唉,你这个人真是……"

周炳最后问道:"她赞不赞成正月十五结婚?她赞不赞成行文明结婚礼?她赞不赞成先别通知广州?她赞不赞成把刚才那课堂改成礼堂?她赞不赞成把这房间布置成新房?"

胡杏看他有点着急,就更加调皮起来,先皱紧眉头,冷绷着脸,然后说:"都问过了。都问过了。家姐说:不要,不要,不要。她什么也不赞成,她什么也不知道!"

周炳露出失望的样子,摇头道:"这还是搞不成呀!这还是搞不成呀!"

胡杏顿脚道:"她说不要,不赞成,不知道,就是要,赞成,知道了!唉,你这个人真是……真是……真是呀!"

周炳忽然从她那莲子脸儿上找到了一股调皮劲儿,觉着上了她的当,就伸出鼓槌蕉一般的五个大手指,要抓她的短发覆盖着的脑壳。她早已知道周炳不怀好意,连碰都没让他碰着,一溜烟就跑掉了。

第二天是旧历大年初一,大家欢天喜地过了一个年。胡柳因为好日子已经一天比一天近了,更是喜上加喜,除了剪这剪那,缝这缝那之外,暗中也在清理清理,拾掇拾掇。到了第三天,年初二,震南试验农场也仿照商场的惯例,请那百儿八十个农场工人吃了一顿"开年饭"。原来广州大城的一般商店字号,都有这样一种习惯:当年伙计是留用,还是辞退,要在年初二中午吃完开年饭以后决定,宣布。这顿饭虽说也有鸡、鸭、鱼、肉,可是当伙计的都提心吊胆,食不下咽。那当老板的却神气活现,亲自让菜。这让菜,也大有文章:如果让给你一块鸡骨头,嘴里再骂你一顿,那就算恭喜,你不用发愁,是留你了;如果让给你一块鸡腿,嘴里再恭维你几句,那你吃过饭就该卷铺盖,到账房去算账,是辞你了。吃这顿饭,就叫作吃"无情鸡"。大革命的时候,这种随便解雇工人的陋习,已经取消。可是大革命失败以后,资本家这种权力又恢复了。当下那八九十个农场工人,听说农场经理郭寿年要请吃"无情鸡",都心神不定,议论纷纷。第一赤卫队的队员们因为经常闹事,自己也觉着岌岌可危。倒是没想到吃饭之后,郭经理只把众人大骂了一顿,无非姓张的如何懒散,姓王的如何牛精,此外却也没说什么,就散了席。一场虚惊,到那时候才算平安度过。马明喝了一头的酒,下到村子里,在螺冲的边上闲串门子。他在震南村里,人缘极好。平时人家一看见这高大壮健的年轻人,就要拉他坐下倾谈。开头都管他叫"打铁仔",往后又管他叫"军师""孔明"。连村中的大姑娘,像何好、胡执等辈,都半羞半喜地和他斗斗口角,开开玩笑。这天,他先上何四伯家里,随便闲聊道:"你看胡杏多可怜,连过个年也不得安生!郭标那狗日的一天上门三趟,催着要人。也不知你家那何福荫堂要横行到几时!"何四伯说:"是呀,想起小杏子,真叫人心疼!她要是落在帝王之家,你怕还不是个绝代公主?可惜她落在孱头胡源家里,怎么不多灾多难!"马明说:"老伯,你辈分高、人望重,你出来说两句公道话,别人不能不惧你几分!"何四伯说:"好。要我说话的时候,我一定挺起腰杆站出来!"马明见谈得投机,顺便就告诉他道:"四伯,我再告诉你一个好消息。约莫一个半月以前,江西红军打了一个大胜仗,把国民党的总指挥张辉瓒抓了,割下脑袋,搁在一只小艇上,顺着水放下来。许多人都这么说!"何四伯拍掌道:"快哉!快哉!我早知道他们能打!那时候打陈炯明,打刘、杨,打吴佩孚,不是他们,谁能打?"马明接着又说:"可是蒋介石又要搞第二次送死,如今正在打呢!他又搞出一套什么紧急治罪法,像你我这样的人,他想杀谁就杀谁!"何四伯拿脚顿地道:"畜生!可恶!可恶!"后来,马明又闲串了胡八叔、三姑、六婶、何勤、何俭以及何好、胡执许多兄弟姊妹的家里,都说了差不多一样的话。队长陶华一听,大叫使得,就趁过年歇工之便,分散人马,多找平素走得拢的,谈得来的,一家一家地串门拜年。不消几天工夫,家家谈胡杏,户户谈红军,把蒋介石严密封锁的军事失败的消息,尽量散播,闹得人人交头接耳,满村都是风雨。

到了初七人日那天半前响光景,事情就发生了。胡源正上街市,胡树、胡松照样出去串门,家中只剩下胡王氏、胡柳、胡杏母女三人。给何福荫堂管账何不周当跑腿的郭标按照向来的姿势,大甩着手,一跳一拐地走着路,带了乡公所的四名团丁来到胡家门口,找胡源说话。胡源不在,他就对胡王氏说,何家二少爷已经出院回家,要胡杏立刻回去伺候;又说船在南渡口,已经准备好,立刻就要开身;又说不能等胡杏吃中饭,立刻就要出门;总之,他一连说了三个"立刻",最后还大叫大嚷道:"嗨!正是阎王叫你三更死,谁敢留人到五更!"胡王氏一把眼泪、一把鼻涕地哭着,诉着,哀求着,毫无效果,就点起香来,不停地往天神香炉添香。郭标带领四名团丁,进了堂屋。他气势汹汹,两手叉腰,站在堂屋正中。四名团丁有坐在矮凳上的,有蹲在地上的,有拿手指在泥地堂上画道道的,有拿生切烟包出来卷着的,都神情呆钝,毫无生气。胡杏躲在后房里,浑身哆嗦,不敢出来。胡柳见事情急了,就安慰妹妹几句,随后就一步跳出堂屋,对那些人说:"当家的不在,你们先出去。有事等一会儿来谈!"那些人不睬她。她生气了,瞪圆了一双水汪汪、亮晶晶的大眼睛,指着破大门命令道:"你们通通给我滚出去!滚出去!

滚出去！"那些人听见她口出大言，不免一齐拿眼睛厉了她一下，仍然没有动弹。胡柳气极了，她穿过人堆，冲出巷外，使唤了全部的气力，大声叫嚷道：

"抢人哪！抢人哪！大家快来呀！大家快来呀！救命呀！救命呀！"

左邻右里听见是胡柳的喊声，大人小孩一齐跑了出来，霎时间，胡家门口挤满了人，高高矮矮的，足有一百多。胡柳讲明情由，大家鼓噪了起来，七嘴八舌地，都谴责何福荫堂不讲道理。那四个团丁之中，多半是在乡公所挨过揍的，知道这左近的农民厉害，如今见势头不对，有的就想推卸责任道："我们也是受人钱财，替人消灾。公事公办，不得不来。"另外的就说："上面叫怎么做，我们就怎么做。谁知道谁对、谁不对呢！"郭标也趁风扯䉡道："是呀，是呀！这不关我们的事儿。可也不关你们的事儿呀！自古道：清官难审家庭案。你们何苦要强出头？"胡柳立刻驳斥他道："胡说！你不讲道理，谁都能管！"郭标扭歪嘴唇说："我怎么不讲道理？"胡柳举起菜刀，拍在砧板上，怒气冲天地说：

"妹妹临死，你把她送回家里的时候，你没说过'一刀两断'么？死了的，你们不要；活了的，你们就要！这还讲什么道理？"

胡柳的话登时得到大家的附和，都说受欺负的人有理儿。郭标也明知理亏，就想法儿抵赖道："这不能怪我。冤有头，债有主，寻不上我的事儿！"一个叫作三姑的妇人堵他的嘴道："你别赖！到底一刀两断这句话儿，是人说的？是狗说的？"郭标没法，只得承认道："话是我说的。可那有什么法儿呢？我不过传人家的话儿。人家改了口，我有什么法子？"另外一个叫作六婶的妇人盯着他骂道："你算一个人？还算一只狗？"郭标叫逼得没地方退步，就跳起来说："好，好。你们骂人！你们骂人！"何四伯排开众人，走到门前，对堂屋里面说："姓郭的，既是不关你的事儿，你回去吧！省得惹恼了众人，给你一个不好看！"胡八叔在人丛中使唤威武的嗓音吆喝道:"给我揍!揍那小兔崽子!"听胡八叔这么一挑,有十来个后生仔就摩拳擦掌,应声咋呼起来。郭标一瞧这势头不对,就把手一招,对四个团丁说:"走!我们犯不着多费唇舌。我们回去给二叔公报告去!"众人哈哈笑着给他让开一条很窄、很窄的小路,这几个灰溜溜的角色就侧着身子,夹着尾巴跑了。众人慢慢地也各自散了。胡家母女三人正在透一口大气,却没想一波未平,一波又起:胡源老汉叫人用一块门板从街市上抬回来了。原来他叫几个彪形大汉打得遍体鳞伤,昏了过去三次,险些儿丧了老命。可那几个彪形大汉是谁呢?莫说胡源老汉认不得,就是街市上的雇工、伙计,也都认不得。有人说是从小帽冈的驻军那儿来的,有人说是从仙汾市的保安队那里来的,各执一词,不相上下。至于为了什么缘故,要毒打胡源老汉呢,那就更加没人知道。甚至连胡源老汉自己,也是说不清楚。据后来他自己追忆,那几条大汉好像只问了问姓名,就动手打他,根本没说理由。看见这种情形,胡王氏又只顾点起香来,往天神香炉上添。胡柳、胡杏两姊妹坐在一旁,吓得都呆了,连哭也哭不出来。又幸亏何四伯不知从哪里弄来了半杯跌打药酒,叫胡源老汉喝了,才慢慢醒定过来。他一睁开眼睛,就抓住何四伯的手,断断续续地说:

"报、应。报……应。也不知、我争了、谁的,也不知、我欠了、谁的!"

何四伯也把这里的情形:郭标如何带了四个团丁来要人;胡柳如何惊动了众人,据理力争;最后,众人如何激起义愤,把他们挡了回去;都大概说了一遍。胡源听着,一言不发。等何四伯走了,他才把胡王氏、胡柳、胡杏叫到床前,上气不接下气地说:

"这就是,就是,报、应,报……应。不是么?咱欠他,咱欠他何、家的……是欠了……还、还、还给吧!小杏子,你……回、回、回到……他家去吧!"

大家一听,都愣住了。胡杏觉着自己连累爸爸受了苦,就拿手捂着脸,心中十分悲切。她想道:"这是什么人世?自己活来做什么?不如硬顶着回去,看他何家能把我宰了?蒸了?煮了?还是磨成面面了?"胡王氏跟胡柳泣不成声,只是掉泪。胡源又自嗟自叹地说:

"唉!天意呀,天意!东家——就是鬼神莫测,跟老天爷一模一样!我要什么?我想什么?我瞎张罗什么?一把米,半碗茶,做到死,心也足了!"

这一天,胡家沉沉闷闷地过了一天。没有人愿意说话,也没有人知道应该说什么话。一直到太阳快要落山,周炳听见出了事,连忙赶来探问的时候,才炸开了这种可怕的沉闷。他听完了所有的情由,就把矮方桌子一拍,使唤深沉有力的嗓音说:

"这些人,咱们见过!就他们有拳头,咱们没有拳头?叫我出去访一访,访出了根芽,咱们揍他!至于小杏子,不用管他们那一套!看他们还有些什么能耐!咱们人多势众,怕他们什么!"

听完了他这一番话,胡王氏、胡柳、胡杏一齐放声大哭起来,好像受过委屈的孩子一下子看见了亲人的一般。胡源就在堂屋正面的床铺上辗转呻吟,十分痛楚。后来,胡柳走进后房,蜷缩在床上痛哭。周炳跟着走进去,安慰了她几句,自己也忍不住跟着哭了起来。又过了一会儿,周炳就轻轻趴在胡柳身上,抱着胡柳吻了又吻,亲了又亲。他的眼泪滴在胡柳的脸上,胡柳的眼泪也沾在他的脸上。两个人抱得紧紧的,又是疼惜,又是怜爱,又是愤恨,又是悲伤,回旋冲激,辨不清是什么滋味儿。这阵子,周炳觉着他最热烈地爱着胡柳,胡柳也觉着她最热烈地爱着周炳,两个人几乎同时想起了一件事:那就是再过一个星期,他俩就要结婚。想起了这件事,两人的心里同时像刀撬一样地绞痛。胡柳举起手来,一面轻轻摸周炳的前额,一面说:

"看见这种情形,我们怎么好办喜事?"

周炳也轻轻摸胡柳那长长的,向上弯的眼尾,说:

"对,对,你说得对。我们改期吧!"

胡柳问道:"改到什么时候呢?"

周炳想了一想,就低声说:"改到打进广州城那天吧!"

胡柳发誓道:"对,对。不打进广州城,我们不提那件事儿!"

就这样,一场突如其来的灾难,不仅把他们的新春人日搞得乌烟瘴气,同时也把他们的洞房花烛捣得无影无踪。

七四 大展宏图

三月有一天,太阳晒得红通通的,万物都在那里争妍斗丽。研究家冼鉴领着一个服装奇特,背脊微弯,比他高出一个头的四五十岁的人,到了芳村,经过吉祥果围,走进市头后面冼大妈所住的竹寮里。冼大妈正在挑起箩筐,准备上街,见堂侄儿来了,好不欢喜,连忙放下箩筐,又让座,又倒茶,又问这,又问那。可是看见冼鉴后面站着的那个高大男人,她心里十分纳闷儿,不知道是什么人,该怎么称呼,该怎么招待。瞧那人的容貌:深深的眼窝,高高的颧骨,一排"哨牙"露出唇外,分明是个广东人的样子。可是广东人哪有穿那种衣服的呢?一件深灰布长衫,一条黑布唐装裤子,一对深口双梁布鞋,这又分明是个外江佬。他一开口,就说:"冼大嫂,你好么?你还记得我不记得呀?"听来不但是个熟人,而且是道地的香山口音。这时候,冼大妈已经记起这是个熟人了,可怎么也想不起他是谁。冼鉴见堂婶子为难,就提醒她道:"中队长呀!咱们的中队长呀!你怎么倒忘了?"冼大妈拍着自己的天堂说:"是了,是了。你看我多不中用!麦大哥嘛!才三四年不见嘛!"麦荣笑道:"大嫂,你大概也五十了吧?好精神!"冼大妈说:"还五十?早出头了!"麦荣叹口气道:

"你看你多好！白头发都没有一根。我的牙齿都动了,头发差不多掉光了！"

洗大妈踌躇了一下,说:"你这几年在哪里发财呀?"

洗鉴纠正她道:"大婶,我们不兴说发财。"

洗大妈逞能地说:"知道！谁不知道?周家我那些好干儿子早就对我说过了！可是你叫我怎么说呢?说什么才好呢?"

麦荣又笑道:"不要紧。不是发财,也很像发财。我什么事儿都没做,整整吃了三年的'太平粮'！不过'发财'这两个字,我们那里不说,是忌讳的。"随后就在洗鉴旁边坐下来,把过去三年的监狱生活一五一十、详详细细地说给洗大妈听。洗大妈听了,又是惋惜,又是痛恨,说:"从前坐监的尽是坏人,如今坐监的尽是你们这些人！他老蒋这样子就能保住天下?我不信！"这样说的时候,她的外表朴实无华,她的眼神诚实无欺,表示她不是随意应酬,而是真正的不信。正谈论着,古滔和章虾领头,洪伟和黄群随后,一对一对地走了进来。看样子,这几年来,他们跟麦荣分手以后,今天也还是第一次见面。大家使劲地握着手,好像彼此永远不会放开。古滔和洪伟抱着麦荣,差不多把他抬了起来。同时几个人嘴里叫着,嚷着,笑着,闹着,也听不清谁跟谁说了些什么话。乱了一阵子,大家才静下来,找一些矮凳、竹椅、木桩、砖块一一坐好,听麦荣继续往下说。一直到半前晌,麦荣才把个大概讲完了,最后结束道:"你们看他们是帝国主义、不是帝国主义?我什么也没有讲出来,什么也没有告诉他们,可是他们不在乎。他们一没有供词,二没有凭据,三没有证人,却一样可以判我三年！"大家又愤愤不平地把帝国主义者骂了一顿,才不约而同地站了起来。古滔平素老实,这时却抢先开口道:

"洗大妈,刚才你光顾得生气,却忘了招呼你的新外甥女婿了。"

说完,拿手把洪伟一指,洪伟的脸马上红了一块。原来洪伟最

近和黄群结了婚,还没告诉冼大妈呢。冼大妈正在愕然,黄群就指着古滔强辩道:

"别听他的,表舅母。他和虾姐结了婚是真!"

大家乐了一阵子。冼大妈更加愕然,听不明白。原来古滔和章虾最近也结了婚,她自然更无法知道。后来,她弄清楚了他们四个果然是两对新婚夫妇,就合起掌来,笑得闭不拢嘴,说:"这太好了!这敢情十分太好了!就是跟菩萨许愿也不过这样。真是万事胜意——想什么,得什么!什么时候给姜醋我吃?"章虾和黄群正在难为情,冼鉴出来给她们解围道:

"大婶子,你也太性急了!人家才过的门,你就要吃姜醋,那成话么?"后来他一转就转到正经事儿上,说,"时候也不早了,带我们去找那个人吧!"

这回冼大妈一听就明白了。她知道她堂侄儿所说的"那个人",就是不久前来到芳村的上海人金端同志。她拿眼睛环视了大家一遍,好像怀疑是否所有的人都要一道去。后来看见所有的人都露出坚决的神态,她也就不说什么了。眨眼之间,她领着大家出了门,穿过一片菜地,一片杨桃林子,不过五六丈远,来到了另外一间竹寮门口。这间竹寮跟冼大妈所住的竹寮样子差不多,只是门口的一边,斜放着一张破烂不堪的竹床;门口的另一边,放着一只破水缸,水缸里面种着几棵"一品红",却是别的竹寮所没有的。冼大妈轻轻喊了一声:"冯大爷!"里面那个收买破烂的冯敬义就把一颗雪白的脑袋伸了出来,见是冼大妈带了众人来,虽然一个也不相识,也就往里面让座。冼大妈说明了原委,就向大家交代道:"你们要找金先生,他会带你们去。我也不知道金先生住什么地方。我们是一手交一手,一站管一站。我走了。我该上街了。"这里冯敬义也不问大家的姓名,就挑起竹箩,锁上大门,领着大家往东南方向走。快走到"大冲口"的地方,大家看见了一幢房屋。这种房屋,外面看来很像一座高大的砖墙平房,其实里面是一楼一底。房东是个老太婆,儿子在"暹罗"做工,家里没有别的人。她自己住了楼下,楼上完全空搁着。冯敬义去商量租房子的时候,老太婆说儿子早晚就要回家,不肯出租;又说如果他的朋友一时找不着房子,就借住几天也行,房租不收,也不用惊动警察局。金端听说不用惊动警察局,不用找铺保办入伙手续等等,也就十分高兴,随即搬进那幢房屋的楼上居住。当下众人只说来做绸缎生意的,见过房东,上了楼,会见了金端。冯敬义也自己挑起竹箩走了。这楼上的家私陈设,虽然简陋,倒是干净整齐,样样现成。金端看来瘦了一些,腮骨也大了一些,但是态度镇静,精神饱满,说话还是那股热情乐观劲儿。他跟每个人握过手,又和每个人说起广州话来。他问大家这几年的生活过得怎么样,遭遇了一些什么困难,又问起过去大家相识的一些人,情意十分恳切。后来麦荣拿出一张小纸头,递了给金端,等他看完了,又加上说:

"他们经过考虑,认为我不去香港较好,我就直接来了。"

金端点点头,又很注意地听麦荣讲那三年监牢生活的经过。麦荣讲完了,冼鉴接着又讲广东这方面的情况。金端抽着香烟,默默地听着,没有说一句话。整个房间的空气是又严肃、又紧张的,还带着点神秘的色彩。金端听完了冼鉴的话,看见古滔、章虾和洪伟、黄群两对儿都挺直腰杆坐着,十分拘束,就用广州口音说起上海话来道:

"哪能啦?侬四家头……蜜月过得好哇?"

古滔和洪伟听懂了,但是不知道该怎么回答;章虾和黄群没听懂,但是也会意了,脸蛋登时绯红。大家都松动了一点儿。冼鉴低声对他的表妹黄群说:"咱们结婚也是为了革命,养孩子也是为了革命,有什么好羞的?"黄群只对他做了一个鬼脸儿。过了一会儿,金端又开言道:

"目前咱们最紧急的任务就是把'鸿发绸缎庄'办起来!一定要叫反革命分子看见咱们,就像看见真的买卖人一样。古滔同志,你来管账;洪伟同志,你来跑街;章虾同志和黄群同志,你们管做饭、打扫和茶水。咱们有了这个机关,就能把所有的组织联系起来,把所有的同志团结起来,团结得像钢筋水门汀一样牢固。"

大家都叫金端所设想的美丽远景迷住了,兴奋地静默着。联系,团结,这是几年来多么缺乏的东西呵! 冼鉴头脑冷静,想了一想,就说:"这样安排很不错。可是你跟麦荣大叔又做什么呢?"金端点头笑道:"想得对。我的意思,这司理的职位,非他担当不可。"大家都赞成麦荣当司理。金端又问道:"你们看我当什么好?"黄群抢着说:"麦荣当司理,你就当经理。你是老板。"章虾沉静地驳她道:"不对。要是老板,就该当董事长。大资本家都当董事长的!"金端给大家解说道:"那就不合适了。当了老板,要整天见人,不合我的身份。我要经常跑上海、香港,又要少露面,顶好是当个买手。"大家这才明白,金端当进货手最合适。后来金端又吩咐黄群,好生央求她妈妈黄五婶出面做中人,在西关找一间体面的房子做铺址;还吩咐古滔、洪伟、章虾,铺里一切生财器物,都要挑选像样儿的;开张那天,要办两桌喜酒,搞些客人来庆贺,务必铺排得跟真的一样。安排已定,金端最后又鼓励大家道:

"国民党以为咱们倒下了,可是咱们又站起来了! 那些无耻的叛徒以为革命完结了,可是革命离成功更近了! 现在的问题是:咱们敢不敢胜利! 胜利,它总是突如其来的。也许是今天,也许是明天。只要时机成熟,一个命令,一个信号,一个暴动,——你们说那是什么意思? 那就是胜利!"

金端把大家的情绪鼓动得那样激昂,以致章虾和黄群临走的时候,都浑身哆嗦,只想飞出街外,不愿一步、一步下楼梯。黄群回家,果然跟妈妈黄五婶说了。黄五婶一口答应,放下纸盒活儿,一连奔走了三天,果然找到了一幢高大的水磨青砖庄口房屋,地点又好,坐落在纱绸业集中点的"第八甫"附近,从她所住的志公巷走过去,转眼就到。古滔、章虾和洪伟、黄群两对儿又忙着购买采办,不消几天工夫,早已一应俱全。麦荣检点了一下,觉得十分满意。到了鸿发绸缎庄开张那一天,那幢三边过、三进深的大房子到处油漆粉刷,焕然一新。头厅里灯火辉煌,陈设华贵,正中摆着两桌喜酒,墙壁上挂着"大展宏图"的巨幅喜幛,人来人往,像煞有介事。二进左边住着古滔夫妇,右边住着跑街洪伟夫妇;三进里面,左边是司理麦荣的房间,右边是客房,——目前暂时让买手金端住着。大家在对外周旋的时候,都改用了另外一些应时的官名、别字、外号,可是自己人在一起,依然用原来的姓名称呼。这天打太阳偏西的时候起,贺客就陆续地来了。最先到的,自然是黄群的妈妈黄五婶;其次是何锦成烈士夫妇的老母亲何老太,今年已经七十一岁,精神奕奕,带着六岁的孙子何多多,还有几个六七岁,八九岁的革命孤儿;又其次是程仁烈士夫妇的老母亲程大妈,今年也快六十了,带着跟何多多一般大小的孙子程德;最后,震南村的乡村教师周炳也依约前来了。金端、麦荣、冼鉴这些人和大家一个个见过面,一时男的、女的、老的、少的,济济一堂,好不热闹。何老太在这里,年纪最大,身份极尊,大家都围住她,和她说话,奉承她,逗她欢喜。周炳告诉麦荣,自己怎样在上海寅丰搪瓷厂门口看见他,怎样叫警察阻拦着不得见面,以后又怎样思想他、惦念他。谈话中又说起金鑫里张子豪家的江妈和春兰,周炳就打听江妈的儿子江炳的下落,问麦荣是否认得他,是否见过他。麦荣竖起大拇指道:

"熟极了!怎么不认得?热情,勇敢,坚定,一个好后生!可惜我出狱的时候,他还没释放呢。这几年,咱们党是非常艰苦的,好在有江炳这样的青年人,也有你和你们一班这样的青年人,咱们再难也不怕,反动派再凶也不中用!"

说得周炳默默点头,怪不好意思。后来金端又走过来和周炳拉话。他们谈起上海北四川路余庆坊那桩快事,你推我、我打你地笑做一团。笑声才歇,金端忽然严肃起来,对周炳提起一个问题道:

"冼鉴跟我谈过你们的情况,也谈过你哥哥周榕的看法。不成问题,老弟,你们干得对,干得出色。你们享有我的最充分的支持。你们的所作所为,我看既是个人的勇敢,也是革命的勇敢。那里面自然有些不是政治的行动,但是也有些本身就是直接的政治行动。整个说来,都是阶级对阶级的斗争!自然咯,如果你们只停留在现有的水平上,那是不够的,不能成大事的。你们应该提高自己的政治觉悟,也对人民大众进行教育,带领他们进行政治斗争。这一点,咱们往后再仔细研究。我倒是觉着,你们过于暴露了。为了马上夺取政权,你们应该避免牺牲,保存力量,以便'做一次最后的斗争'!不会太久了,是么?"

这一番话说到周炳的心里头去了。他只觉着心里又甜、又痒,不免连连点头,十分钦佩。他钦佩金端说话的整齐严密,也钦佩金端语气的果敢决断。不会太久了,做一次最后的斗争——这是多么吸引人的!后来冼鉴又走过来,手指缝里夹着香烟,跟金端谈起冯斗正在运送一批枪支的事儿。他说冯斗运送的这批枪支,必须经过南海县的"九江"渡口,这条路冯斗是走熟了的,运送军火也不止一次,不知怎么,这回却还没消息。金端问起路上的敌情,冼鉴说九江有一个缉私队,原来在震南公安稽查站当站长的梁森,自从稽查站撤销之后,就调到那个缉私队当队副,他并不认识冯斗,此外也没有新的变化。金端吩咐冼鉴再派人去调查一下,就叫章虾、黄群起菜。大家坐定了之后,金端举起酒杯,对大家祝酒道:

"不久之前,蒋介石把胡汉民囚禁在南京的汤山里面。广东的军阀和南京的军阀看来又要大吵大闹了。让他们鬼打鬼、狗咬狗去吧!咱们祝贺红军很快粉碎国民党的围剿!咱们祝贺共产党很快就夺取全国政权!何老太、程大妈、黄五婶,还有这些小把戏,咱们的苦日子到了尽头了,马上就苦尽甘来了!"

说完,他把杯里的"肉冰烧"一饮而尽。大家也跟着他,郑重其事地把杯子举起来一饮而尽。就在这个时候,就在这漫漫长夜之中,就在这云山珠海之旁,发生了一件令人意想不到的事儿。有八个便衣侦缉,像乌云盖月一样,突然冲进芳村冯敬义所住的竹寮里。冯大爹拿手挡住小煤油灯一看,立刻就明白了:那是来逮捕金端同志的。同时,他立刻就决定了应付的办法。只听见他使尽了嗓子高声叫嚷道:

"快来人哪！快来人哪！有人抢东西呀！有人抢东西呀！"

他当然知道这些人不是来抢他的东西,他自己也没有什么东西可以叫人抢走。他只是希望他的高声叫嚷能够让别人听见,最好能够让冼大妈听见。一个便衣侦缉讨厌他这种大吵大闹,跳上前去,在冯大爹脸上重重地打了一拳。冯大爹跌倒了,又爬起来,用更高的嗓子叫嚷道:

"救命呀！救命呀！有贼呀！有贼呀！"

有一个便衣侦缉,好像是个领队的模样,掏出手枪来,对准他的胸膛说:"不准嚷！再嚷,打死你！我们是宪兵司令部的,来搜查军火！"冯敬义笑道:"你们又不早说！连门都不敲一下！你们早说是司令部的,我也就不怕了！"其实这个时候,冯大爹的目的早已达到。他那副锻炼了四五十年的叫卖嗓子,是传得很远、很远的,不要说五丈、六丈,就是十丈、八丈,也听得清楚。加上如今更深人静,自然传得更远,也更加分明。冼大妈一听见冯大爹叫嚷,就知道不妙,后来听他叫救命,更证实是出了事儿。她连忙吹灭了灯,反锁上大门,就穿过市头,走到过江渡口,匆匆忙忙过了江,一口气朝第七甫志公巷她表姑奶奶黄五婶家里赶去。芳村这边,便衣侦缉一面搜查冯大爹住处,一面对他进行盘问,要他说出他最近跟些什么人来往,那些人姓甚名谁,家住哪里,等等。折腾了半天,既搜不出东西,又问不出苗头,就要把他带走。冯大爹看见既然如此,知道没有办法逃脱,又不明白冼大妈听见了他的暗号没有,就滑稽地,同时十分镇定地说:

"别忙。让我把鸡笼口打开再走。鸡笼口打开,明天它们自己会钻出街外找吃的。不然的话,到我回来的时候,它们全都饿死了。"

其实他想明天绝早,那些鸡出了笼,到处乱窜,说不定冼大妈看见了,会跑过来教训他,然后就会发现他人已经不在,那就……但是那领队的侦缉不懂这些道理,反而讥诮他道:

"你想得倒怪美!你知道你准能回来么?"说完,又对几个伙计说,"他既然舍不得他的鸡,你们谁做做好心,把他的鸡一道带走吧!"

果然有两个侦缉一声"得令",就动手去捉鸡,绑鸡。鸡呱呱地叫着,挣扎着。那两个侦缉低声地在嘲弄自己。一个说:"他妈的,办这种案子,不晓得倒他妈的几辈子霉,半点子油水也没有!"另一个说:"还不好么?美美的一顿消夜!卖了你的屁股,也不过挣这么些!"冯大爹不管这些,又提出另外一个题目道:

"你们哪位老友,陪我到门口外面去一趟好么?我得把那块布帐放下来。不然的话,到我回来的时候,我那几棵'一品红'全都晒死了。"

那领队的极不耐烦地把手一扬道:"去吧,去吧。什么都死不了,你自己倒很难说!"早就有两个侦缉夹着冯敬义走出门外,把那块破布帐放了下来。——那些便衣侦缉哪里知道:这却是一个真正的暗号!按照原先的约定,这是一个危险信号。不论金端同志也好,冼大妈也好,一看见这个信号,就知道这屋里出了事儿的。一切停当,冯敬义很希望这些不请自来的客人赶快离开他的房子,就反而催那些侦缉道:

"走吧!时候不早了。"

领队的叫人把冯大爹的两手反绑着,把他押出门口。那领队的见冯大爹冒冒失失,婆婆妈妈,滑滑稽稽,糊糊涂涂,心里觉着好笑,也替他呼冤,就在出门口的时候问他道:"怎么,你不锁门么?"冯大爹冷笑一声道:

"哼!它已经六十四年没有叫人锁过了!谁得闲去锁它!"

七五　真伪之间

　　也是那年三月,何娇的妈妈何龙氏旧病发作,医治无效,吐血死了。何福荫堂的长工何勤是个没主意的人,见老伴儿咽了气,就一面嚎啕大哭,一面问女儿道:"阿娇,如今已经出了事了,家里面一个刮痧的铜钱也没有,你看怎么办才好?"何娇已经泣不成声,掩着脸不说话。何勤问了又问,她才抬起尖削秀气的脸来,勉强开言道:"随便怎么都成。爹,你赶快拿个主意吧!"何勤打赤脚走出门口,去找他们的管账的商量。二叔公何不周见他送羊入虎口,就笑起来道:"你又来了!你死了老婆,虽是可怜,可现下刚插完秧,哪有闲钱给你使?"何勤一再哀求,二叔公就说:"这样吧。郭标有五十块钱,存在我这里。你立刻拿花轿把你女儿抬过门,跟他成了亲。回头我叫他把那五十块钱借给你。利息也不会太贵的,顶多不过每两银子月息三分。"何勤两眼红肿地望着他那管账的,说:"利息贵贱,倒不去说它了。只是孩子过门,迟一年半载不行么?"二叔公说:"你整个都是废的!这世界,今天不知明天。谁跟你谈一年半载的事儿?"何勤声音低得蚊子似的喃喃自语道:"她有孝在身哪!"二叔公笑道:"你真算得上一个食古不化!人家古时,卖身葬母好少的?那才真是大孝呢!"何勤辩他不过,只得应承了,拿了五十块毫洋回家,给老伴儿办理后事。人力上头,早有陶华邀约了胡树、胡松、马明、区卓四个人,山上、山下,奔走料理。第二天出殡,大家把何龙氏棺木抬了上山,落土安葬。何勤、何娇父女俩,又是一番伤心,哭得声音都嗄哑了。回家之后,何勤把何不周逼他答应婚事的情形,详详细细地单独给何娇讲了一遍,并且鼓励她道:"不是你爹糊涂,不是你爹不明白你的心事,你爹实在没路可走！那孩子声名不好，我也是明知的。你好好地过去，好好地跟他过日子吧！皇天有眼，说不定咱们还有出头之日的！"何娇的眼泪早已哭完了，听见这么说，也没有再哭，也没有说话，只是整整一天，水、米都没有沾过。她十遍百遍地自思自想道：

"事情已经这样，到底对他说好，不对他说好？"

最后她下了判断：爹已经答应了别人，又使了别人的银子，过门的日子都有了，说不说吧，反正不顶用了！第三天一早，这位年方二十，又善良，又刚强，又孝顺的姑娘扛了把锄头，说要看田水去，就出了门，一直朝东沙江基围走去了。陶华从大帽冈上走下村子，想帮帮何勤，恰好何勤一个人在家，就坐下闲聊。那可怜的老汉忍不住又把何不周逼婚的事情对陶华讲了出来。陶华气得眼睛都炸了，问："阿娇怎么说？"老汉说："她一句话没讲。"陶华又问："她如今哪里去了？"老汉说："她独自一个人看田水去了。"陶华突然变脸道："你真是老糊涂了，爹！她是个什么性子的人？你放她独自一个人出去，这阵子岂不完了！"说完就跳起来，出了门，朝田里飞跑追去。何勤是个长工，给何福荫堂扛活儿，自己本来没有地。当初何龙氏在生的时候，见日子不够过，就佃了离村很远的一亩几分边角地，带着何娇胡乱种上点东西，贴补贴补。陶华一看这块地，没有何娇；再看那块地，也没有何娇；又向何娇的女伴儿何好、何彩、何兴、何旺、胡执、胡带、胡养、胡怜一一打问，都说没有看见。那时陶华急了，一口气跑上东沙江基围，嘴里大声喊叫何娇的名字。没有人影儿，也没有应声儿。他跑到西边，又跑到东边，像一匹烈马似的在大堤坝上来回奔走。忽然之间，他发现东边远处，那十分僻静的地方，有一个黑点。他发狂似的跑过去，同时大声呼叫。但是那黑点没有听见。那黑点在堤岸上，徘徊着，以后就突然跳进了暗绿色的江水里面。那的确是一个人了。那个人一会儿浮起，一会儿沉下，慢慢地漂向江心。陶华赶到那出事地点，看见基

633

围上撂着一把锄头——不用细看,那是何娇的物件。他跳下水里,奋勇游上前去,把那可怜的姑娘救了起来。上了岸,陶华横抱着她,朝村里走去。陶华一面走,一面擤着鼻子里的水,一面说:

"你干吗要这样子呢?才五十块钱嘛!我借也借得到,抢也抢得来,造也造得成,死也死得出呀!"

何娇没听见他说什么。她只是昏迷不醒地,浑身发软地睡在陶华的怀里,既不说话,也不动弹。许多人围着他们看,消息一下子传遍了全村,没有一个人不咬牙切齿,义愤填膺,都说二叔公何不周不是人。第一赤卫队的好汉们就要打何不周和郭标两人出气,好容易才叫陶华压住了。三天之后,陶华凑齐了五十块毫洋,外加一块半钱利息,交给何勤,拿去还了账,才算了事。在事情平息之后,有一天傍晚,马有拉着陶华,悄悄对他说:

"大哥,我要走了。我明天早上就走!这样的世界,我忍受不下去了。我现在就要动手干。赢了,马上夺取政权。输了,拉倒!也落得个痛快。你们在这里呆着,等我带领红军回来,杀了管账何不周、乡长何奕、狗腿子郭标这些王八蛋,给你们出气!"

马有要离开赤卫队去投红军,陶华是早就知道的;马有的这一些话,陶华也是早就听过的;不知道为什么,陶华总是不大相信。他想,红军是个个都想投的,可没他马有这么心急。迫击炮丘照和王通两个人,尽管是火药性子,也没他马有这么心急。这心急是不是一种托词,是不是另有其他什么原因,陶华实在怀疑,他闷声不响地过了好大一阵子,才慢慢地说:

"要投红军,就全队一起去。一个人单独行动,就是离心离德!"

马有也反唇相讥道:"一起去,那敢情好。可是你们又舍不得!"

陶华听出他这句话里有馅子,只拿眼睛瞪了他一下,没跟他纠缠。后来,陶华还是耐着性子,用好话苦苦地规谏他,希望他回心转意。从傍晚到二更天,一直说到口苦唇焦,把多少英雄烈士的可歌可泣的事迹,和那些叛徒败类的肮脏卑鄙的下场,都两相比对,一一说尽了,马有还是不动。最后,陶华把心都掏了出来,交给马有道:

"马有兄弟,咱俩是一块儿玩泥沙长大的,我有话瞒了你,就不是人。我觉着你要去投红军,是假话。真要投红军,不会这么不讲道理。这就很危险啦!这一步,你不能踩空了呀!"

马有冷笑道:"好哇!你既是这么看我,我只能穿了红军军装回来见你了!"

大工棚里面的人,见他俩长久不回来,就一个跟着一个出来看他们。后来差不多全赤卫队的人都跑了出来,索性围成一个圆圈,就地坐下,将马有这件事儿展开讨论。大家都不同意马有单独行动,都众口一词地劝他留下,他只是坚持己见;这样,一谈又谈到四更天,他仍然没有转机,大家不得已才散了。第二天一早,马有当真算了工钱要走。众弟兄这个送胶鞋,那个送竹帽,也有送袜子,送毛巾,送烟,送钱的。陶华背起马有的铺盖,送他上路。一路上,陶华问这问那,生怕他缺这样,又怕他少那样,临分手的时候,又掏出约莫五块钱的一把毫洋,硬要塞进他的衣兜里。那种热肠细心,就是亲兄弟,也没有这样的。马有深深受了感动,那脚步不觉慢了下来。后来他暗地里把牙一咬,把脚一顿,把心一横,和陶华分了手。走了十几丈远,陶华又把他叫回头,跟他说道:

"你瞧我,差点儿把件要紧事给忘了!你去参加红军一场,难不成不去看看我弟弟么?彼此也好有个照应呀!他叫陶实,你记住:实在的实,老实的实。他是周恩来、朱德他们打曲江经过的时候,在'犁铺头'参军的,如今已经四年了。听说他们时常在南雄、始兴、曲江一带活动,也没个确实信儿。你碰见红军的人,一打听曲江'大坝墟'姓陶的,兴许有人知道呢!"

马有走了半里路之后,陶华又追上他,再叮咛嘱咐道:

"唉呀,好兄弟!你舍得大家么?我怎么也舍不得你走!这样吧,你去试一试。投上了,你就好好待着,等着我们;要是投不上,你一定回来,我们等着你。你千万别难为情,别想着'好马不吃回头草',别以为大家会拿斜眼睛厉你。不会的,绝不会的!你一定回来!千万别忘了手足之情,倒去胡思乱想!"

这样,不管陶华怎样舍不得,他们终究真的分了手,各奔前程。第二天一早,马有坐夜车到了韶关。说也凑巧,前年冬天,他来韶关找冯斗,碰上戒严,结果人没找着,住了一两天就走了;这回来韶关,不知怎的,又是碰上戒严。他自怨自艾道:"上回戒'盐',这回又吃酱油,真不走运!"他正在街上蹓跶着,又不知怎的,叫一队巡逻兵糊里糊涂地拉进了军营,把他毒打了一顿,说他没有正当职业,又没有店铺担保,不准在韶关停留。那些老总也还客气,只把他的现金和新的手巾、牙刷等没收了,旧的衣物都发还给他,把他赶了出来,要他立刻离开韶关。幸亏他也不傻,还藏了一张五块钱的香港钞票在一件破蓝布衫的衣摆贴边里,才不至于挨饿。他胡乱喝了点水,吃了点东西,就离开韶关,往大庾岭的方向走。沿途但见五里一个排,十里一个连,到处开烟、开赌,十分热闹,好像这里立刻就要打仗似的。马有自己问自己道:"凭你这个样子,你能找到红军么?"想到这一层,他的气就泄了,他的心就凉了,他的腿就软了。后来,他一个回马枪,一口气跑回韶关车站,乘火车回了广州。到广州的时候,大概也只有二更天。他出了黄沙车站,顺着沙基大街走到西濠口,又从太平路、丰宁路转进惠爱路,准备到小北门去找一个番禺同乡借宿。走到宪兵司令部大门口,他踟蹰了一下,连正眼也不敢望一望那阎王殿,只用耳朵听了一听,见没有什么声音,就放胆走了过去。

其实那里面并不是没有声音,只不过隔着好多堵墙壁,那声音,他没法儿听见。比方说,在那儿,在离他不到十丈远的地方,那里面就有一个四十岁上下的又丑陋、又凶恶的男人,正在拍着桌子,跟一个站立着的六十几岁的老汉说话。拍桌子的那个人,就是广州的好人和坏人都认识的侦缉课长贯英。站着的那个老汉,就是家住芳村那个收买破烂的冯大爹、冯敬义。他虽是个受审的人,却态度从容,心平气和。那贯英虽是个审问的人,却急躁暴戾,六神无主。原来那贯英自从一千九百二十七年间谋杀了三家巷的共产党员周金之后,这几年来,又谋杀了数也数不清的爱国青年、革命志士。别的杀人比他少的,头脑比他昏的,哪怕是一只不折不扣的瘟猪,都升了官了,他却依然是个课长。为了这种怀才不遇的局面,他年年月月都在长嗟短叹,懊恼万分。如今又碰上这么一宗案子,他必须去审问一个收买佬,——这用不着审,一望就知道毫无出息。一个收买佬如果也是共产党员,那么,全广州的人都是共产党员了。真正岂有此理!但是他不能不耐着性子,问了那些循例要问的话。问完之后,他已经十分疲倦,就把头靠在椅背上,眯起本来已经很小的眼睛说:

"冯敬义,不要再来糟蹋我的时间了。我们已经有人亲眼看见你跟共产党来往。你现在只要说:你跟哪个共产党来往,他姓什么、叫什么,住在哪里,是外江佬、是本地人,你给他做过一些什么事,这就行了。其他不关你的事儿!"

冯大爹简单明了地回答道:"我最老实的。我这一辈子还没见过共产党!"

贯英点点头,看来是相信了这句话的。他一向办案子,都喜欢把事情分做三大类:一类是杀人,一类是搞钱,一类是搞女人。这老流氓看来够不上第一类,跟第三类也是风马牛。"倒是他既然给共产党做事,共产党一定会给他酬劳,"贯课长想道,"说不定还有卢布呢。只是不知道他花光了没有!"主意既定,他就试探冯大爹道:"好,那些你都不说,只管说些别的也行。他们到底给过你多少钱?"冯大爹笑了,玩世不恭地说:"这一辈子,还没人给过我一个小钱。钱哪里是人家给的呢?得自己找!我是找一天、吃一天的。

637

不信你搜去：全家带全身，你搜不出一个'三分六'！珍珠也没这么真！"贯英一听冒了火，一拍桌子，勃然大怒道："你要钱还是要命？要钱，我就把你枪毙了！要命，你就把共产党给你的那些赃款，全部交出来！"冯大爹抱歉道："我要命。人家说，命跟姜一样，越老越值钱。可是我交不出钱来，那玩意儿，我的命里没带来！"贯英一按铃，叫了两个手下进来，又一摆手，两个手下把冯大爹带了出去。他们用毒刑把冯大爹拷打了两个时辰，但是一无所得。这案子的初审，就算这样结束了。

　　第二次的审讯，大概在一个星期之后。冯大爹的伤口逐渐愈合，但是他什么也没说出来。贯英将他毒刑拷打，本来是有两层用意：一层是自己心情不畅，拿他出出气；一层是想讹诈他一下，看能不能弄出几个钱来。往后看见他这么强硬，好像刀斧在前，全然不惧的样子，倒反而对他疑心起来，觉着他虽然不是共产党，却很像共产党。这回看见他一拐一瘸地走进来，贯英却想起了另外的主意，指一指那张木椅，叫他坐下，换了软和的口气道："好了，好了，前回的事儿别提了。我们换个题目谈谈吧。"冯大爹坐下，拿眼睛望着他，不开腔。贯英说："你真是守财奴，孤寒种！你宁愿死一丁人，也不愿出一两银！"冯大爹纠正他道："钱是打不出来的，长官！要是打得出来，你不妨天天打！"贯英瞪了他一眼道："这样吧。你不肯把钱拿出来，我倒是想再给点钱给你。"冯大爹也使唤鄙屑的神情厉了对方两眼道："说得到，做得到！瞧你也不会白给我！"贯英见他有点松动，就搓弄着两手，像吃东西之前似的说："不，不。等于白送，等于白送。我打算送你十块钱。你知道，十块钱——七两二钱雪花银子……"说到这里，他故意停顿了一下，看见冯大爹一动不动，就继续说，"不，我的意思是说，二十块……"冯大爹还是不动，他又往上加道，"嫌少？三十……还不行？四十……你真贪心：五十……五十……你真厉害：六十……"后来见还没动静，他再加道："算我倒霉！七十……八十！算我服了！……九十！这是顶了角了!……好吧,好吧!一不做,二不休。我也是豁出来了:齐头数,一百!"这时候,他十分仔细地观察出:冯大爹的雪花眉毛,轻微地跳动了一下。于是他钉住道:

"好吧。就这么办。一言为定!"

说完,他当真从办公桌的一个抽屉里,拉出一个草席袋来,有一只死猫一般大小,装得胀鼓鼓的,是整整一百块毫洋,折合七十二两银子,放在犯人面前。

冯大爹用手把银子轻轻一推,笑笑地问道:"你的条款?"

贯英大方地说:"我只有一条。没有'二十一条'那么多。你只要说出一个名字就行了!"

冯大爹猛烈地摇起那雪花脑袋来,好像他得了一种奇怪的症候。摇了半天,他才缓缓说道:"你要是喜欢偷仔、地痞、流氓、收买佬的名字,莫说一个,就一百个也行。你要么?你要么?"

贯英不跟他纠缠,好言劝说道:"不要急。我给你三天时间,你好好想一想。你说出来,我保险守秘密。没有人能说你出卖朋友、出卖同志。你拿了一百块钱,做个小生意,娶个翻头婆,说不定还能生下一男半女的。何必赌气呢?"

说完,也不等冯大爹答话,就把他押回监仓。实际上,贯英虽然说给他三天时间考虑,一给就给了十天。第三次审讯是在一个晚上举行的。这时候,贯英对冯大爹已经不感兴趣。对于已经不感兴趣的犯人,他们通常有两种待遇:要么就杀了他,要么就放了他。照贯英想:如果姓冯的真是一个收买佬,经过这么两次审讯,是该屈服的了。而照警察方面的调查证明,姓冯的恰恰是一个真凭实据、妇孺皆知的收买佬。甚至在前清光绪年间,即在课长他本人出生之前,姓冯的已经是一个收买佬。这样一来,贯英打算放了冯大爹出去,继续盯梢,说不定会有新的发现。主意已定,他按了按铃,叫人把冯大爹带了进来。贯英满不在乎地开言道:

"姓冯的,你真是倔强!你不怕死么?"

冯大爷摇头叹息道："我活了六十四了,当初也没想到。干我们这一行,多少总有点犯法的,也说不上怕死了!"

贯英又问道："干你们那一行,有什么秘诀么?"

冯大爷诙谐起来道："秘诀?有!就是贱买贵卖!本来值十块钱的东西,我只出三毛钱;本来值三毛钱的东西,我能讨价三十块。有时候,天理良心也顾不住。不像你们当官的,还要顾点良心,留点后路。"

贯英点点头,又问:"贱买贵卖——你们靠一套什么本领?"

冯大爷更放肆了,简直是在笑谑了,说:"实不相瞒对你讲,长官,我们全靠混乱真假,颠倒是非。这里又没有外人,我都跟你说了吧。我顶拿手的是玩玉器。次货我可以搞成上货,新货我可以搞成古董,缺了、断了的我可以搞成没有痕迹,最厉害的是假东西我可以搞成真东西!有时拿到当铺,也当得出钱来。"

贯英细心观察,见冯大爷毫无破绽,就摆一摆手,叫人把他押了回去。随后,他把冯大爷全案的卷宗拿了出来,翻看着,拿起毛笔,蘸饱墨汁,就想在上面写上"释放"两个字。但是后来回心一想,就放下了笔,自言自语道:"我这几年不升官,是不是破案太少的缘故?如今一个嫌疑犯,又把他放了。上面会怎么说?对!宁可冤枉一千,不能放走一个!"于是他望着冯大爷的照片,指着冯大爷的脑袋说道:

"对不起,姓冯的。我跟你往日无冤,近日无仇,只不过借你这玩意儿用一用!"

说完,他又把手下叫进来,命令道:"把那姓冯的吊起来!"

手下领了命,又悄悄地问道:"那家伙年纪不会太大了么?受得了么?"

贯英把不停眨着的眼睛一瞪,说:"管他!他一天不说,一天就吊;一月不说,一月就吊!受不了,拉倒!"

安排停当,他就换上便服,饮酒取乐去了。

七六　女英雄

　　震南村的人心烦意乱地又挨过了一个月,到了阳历四月了。胡源的伤势虽说一天比一天有起色,但仍然不能随意走动。眼看清明已过,禾秧还没插下去,不免长嗟短叹,十分着急。那天一早,胡柳、胡杏姊妹俩吃过早饭,就挑上秧箩、秧篸,先去秧地,拔起秧苗,接着就到鬼地脚、她们那块水田里插起秧来。胡柳原是插秧的把式,震南村是有名的;胡杏回家这一年多,原先丢生了的手艺也重新拾了起来。只见两个人弯着腰,低着头,一声不响地在田里插着,插得又快、又齐、又匀、又直,好像一对画家在宣纸上纵情挥洒一样。天空阴暗,飘着小雨点,一层薄薄的雨粉铺在她们的头发上。在她们旁边的几块水田里,还有七八个姑娘,疏疏落落地在那里插秧,这里面有何好、何彩、何兴、何旺、胡执、胡带、胡养、胡怜等人。这些人既不像平时那样唱歌,也不像惯常那样说笑,都闷声不响地一个劲儿干活。突然之间,胡柳听见田基路上有粗鲁的男人笑声,好像还不止一个人。自从上回四个团丁来逼着要胡杏回省城之后,胡柳心里就分外警觉,听到什么地方有陌生男人的声音,她一定要全神贯注。这时她抬起头来,一眼就望见田基路上,果然有七八个穿灰色军服的,像是县里的保安队那样的人物,正在对着这边,叽哩咕噜不知道说什么。差不多在同一个时候,胡杏也抬起头来。她却看见那些不怀好意的灰家伙里面,大半是徒手的,只有两个一高、一矮的背着长枪。有一个背枪的高个子正拿穿了草鞋的脚丫子踢她们的竹帽,把那两顶竹帽踢得飞上了半天。胡杏生气了,离得远远地大声骂那灰家伙道:

　　"喂!你瞎了眼了!怎么连你姑姑的雨帽也认不得了!"

另外有一个背枪的矮个子,也高声向她们吆喝道:"嘿!你们谁是胡杏?"

胡杏说:"他找我呢!"胡柳说:"你别理他。"随即在泥水中迈前两步回答道:"她不在这里。你找她干什么?"其中一个声如破罐的人说:"你多嘴什么!你叫什么名字?"胡柳说:"用不着你问!"又有一个喉咙很窄的人说:"我们不是来找胡杏的。我们是来抓胡杏的。她犯了案!你们谁是胡杏,快说!"她们没答话。又有一个声音像猪叫的人说:"你们谁是胡杏,我们抓谁!你们不说,把你们一齐抓走!"听说那些灰家伙要抓人,田里的姑娘们都放下农活,站了起来,慢慢地从四面八方走过来,七嘴八舌地咒骂那些人强横霸道。其中有两个姑娘,一个叫何好,飞身跑回村里,向胡柳家里报信;一个叫胡执,飞身跑上大帽冈,找胡树跟胡松两兄弟来解围。这时候,有四个灰家伙拿了绳索,下了水,两个两个地朝胡柳、胡杏进逼。在水田的泥泞里面,那四个人却不是她两个人的对手,一滑一跌,弄得满身泥巴,却摸也摸不着她俩。那两个背枪的只是站在田基上咋呼,不肯下水。另外两个徒手的也跳进田里,帮着兜截。三个追一个,在田里乱转。旁边的姑娘们一面咒骂,一面高声呐喊,给胡柳、胡杏助威。不大一会儿工夫,田里的秧苗都叫踩得稀巴烂,陷到泥土里面去了。忽然之间,胡柳看见胡杏叫三个人围在当中,已经无路可走,十分危急,嘴里直叫唤:"家姐!家姐!"她奋不顾身,在田基上捞起一根农民叫作"竹升"的竹杠,朝那个正准备伸手揪胡杏头发的保安队打下去,把那家伙打得狗叫一般直嚷:"哎哟!哎哟!疼死人了!你们快开枪呀!快开枪呀!"胡柳打了那人之后,还来不及把竹升收回来,背上已经着了一拳,差不多要摔倒在田里。她咬紧牙关,使尽全身的劲儿,回身一扫,正中那人胸膛,啪嗒一声,倒在水里。却没想到又有另外一个人,也捞起一根竹升,朝胡柳头上打来。胡杏一嚷,胡柳把头一偏,打在脸上,鼻子、嘴里都流出血来。胡杏和其他姑娘们见保安队动手伤了人,便一齐捞起家伙,有竹升的拿竹升,有扁担的拿扁担,也不管人家有枪、没枪,向那些保安队攻击,一个个像下山的猛虎一般。胡柳平时温柔淡定,从来没伤害过别人的,这时杀得性起,横冲直撞,闪避腾挪,竟是英勇非凡,像学过武艺的男子汉一般。

"你们把人欺负成这个样子,你姑姑跟你拼了!"

胡柳这么一嚷,众姑娘们也跟着嚷起来。那些保安队虽是野蛮,虽是男子,叫这些娘子军奋勇一冲,竟冲得东倒西歪,束手无策。胡柳头发散乱,满脸流血,手脚青肿,衣服破烂,平时水汪汪、亮晶晶的两只柔媚眼睛,这时红光闪闪,杀气腾腾,那恬静的颜容,骤然之间,竟完全变成了另外一个样子。同时,在这时机紧迫的一刹那之间,她又想起了许多的往事:她觉着伤她妹子的是这些人,打她爸爸的是这些人,害死何娇妈妈何龙氏的是这些人,杀死区桃跟周金的也是这些人。她又觉着,她一竹升打出去,她那满腔的仇恨就顺着竹升流出去——那股神力,简直不知道从何而来!胡杏、何彩、何兴、何旺、胡带、胡养、胡怜七个姑娘见胡柳带头,猛烈冲杀,也就一个个地跟上去,捅、扫、挑、打,浑身的劲儿都从血管里涌将出来。但是不幸得很,何旺首先受伤倒下了,胡怜也跟着受伤倒下了。敌众我寡,形势十分危急。胡柳也觉着天旋地转,不过还拼死撑持着。这时候,胡王氏披头散发,从一条田基路上飞跑而来,何好紧跟在后面。在另外一条田基路上,胡执领路,胡树、胡松、陶华、马明、丘照、王通、关杰、邵煜、区卓九条好汉随后,手里拿着铁笔、铁尺、铁锄、铁锹各种武器,一声不响地赶来增援。到了鬼地脚,胡树一马当先,举起三尺长的一根加粗铁笔,双脚一跳,跳进泥潭似的水田里,一直奔向那背枪的高个子,嘴里大喝道:

"这里是什么的地界,你们敢来踩秧苗!缴枪!"

保安队素来知道震南新村的农场工人厉害,听说缴枪两个字,已经吓得魂不附体;又加上那许多赤卫队英雄,一齐像旋风似的朝他们卷来,哪里招架得住!斗了一顿饭工夫,那些灰家伙一个个肿眼、歪鼻子,一双双瘸腿、拗胳膊,却又不敢开枪,只得抱头鼠窜而去。周炳听见消息,赶到鬼地脚,满眶热泪地走到胡柳身边的时候,她已经支持不住,突然昏迷过去了。大家将受伤的姑娘们搂的搂,扶的扶,背的背,抬的抬,一同回到村子里。周炳横抱着胡柳,在后面慢慢地走着。胡杏紧跟在旁边,拿手帕擦家姐脸上不断往下滴的鲜血。走了一阵子,胡柳悠然苏醒了。她浑身无力,只望了周炳一眼,就又闭上了眼睛。周炳十分痛心,紧紧地搂着她,吻她脸上的伤口,又安慰她道:

"打得好!打得好!你不单救回了妹妹,还显出了咱穷人的威风!你是一个真正的赤卫队员!比有一些男子汉更配当赤卫队员!"

胡柳在浑身热辣辣的,针刺般的痛楚当中勉强笑了一笑。这一笑,又甜蜜,又端庄,又娇柔,又矜持,完全恢复了一个女孩子的本色。胡杏在一旁,听见周炳这么说,心中十分高兴。可是忽然一想,就撅起嘴道:

"那么我呢?我打不得么?我不配当赤卫队员么?"

周炳力气大,他横抱着胡柳,看起来十分轻松,一点也不吃力。但是他又要十分小心地望着路面,避开哪怕是极小、极小的坑坑坎坎,以免胡柳受到哪怕是很轻、很轻的颠顿。这样,他的眼睛就不能望胡杏,只用他的声音回答道:

"你要革命,自然是对的。可是我跟你说过三件事,你都记得么?"

胡杏斩钉截铁地说:"记得!"

周炳问:"第一件?"

胡杏回答道:"要永远、永远、永远跟着党走!"

周炳鼻子里唔了一声,又问:"第二件?"

胡杏挺起胸膛说:"要使尽所有的气力夺取政权!"

周炳说:"是呀。你看咱们受的许多折磨,都因为咱们没有政权!第三件?"

胡杏拿两个拳头并在一起,又慢慢地朝两边分开,表示她正在使用很大的力量,要拉开一样什么东西,结果还是拉不开的样子,嘴里同时说道:

"要有这个——韧劲儿!"

后来她又增加道:"受了打击,不灰心;受了毒刑,不害怕;受了挫折,不泄气!照你那样说——百折不回!"

周炳用嘉许的眼光对她笑了笑道:"不错,你全懂得了!小杏子,记住今天的事儿,也记住从前的事儿!你已经是一个大人了,为什么还不能当一个赤卫队员?能!能!区卓和你一般年纪,他能当,你为什么不能!"

胡杏听了,仰起头,挺起那本来已经很高的胸膛,步伐也加大了。

几天以后,他们打退了保安队的消息传到了三家巷。这消息在那里着实引起了一番极大的骚动,谈论的人们都吐出舌头,缩不进去。那天是星期六,外面的酒局虽然不少,何守仁因为心情不快,都一一推辞了。他很早就回了家,老太爷何应元也在家,父子俩开了一瓶白兰地酒,弄了几样清淡的菜,在家吃晚饭。吃罢,使妈们收拾了碗盏,泡上了细茶,一家人坐在饭厅里闲谈。何应元喝了几盅酒,牢骚满腹地开言道:"如今的世道已经是乱而复治的时候,怎么还有君不君,臣不臣,父不父,子不子的事情出现呢?那胡杏,论宗族,她是这里的小辈;论法律,她是这里的丫头;论情理,她是这里的小媳妇;她怎么能违抗这里的意旨,赖在家里不来呢?无他,圣贤的道理衰微就是了。所以不尊孔,不读经,治世就永远不会出现!"何守仁也喝了几盅,也有满肚子的话要说。加上他自从当了官儿以后,也学会了拍桌子、砸板凳的,于是他就拍起桌子来道:"哼!治世!没有法治,哪里有治世?我是学法律的。这方面的事情,谁也瞒不了我!胡家那些刁民,农场那些土匪,还有咱们隔壁周家那位美男子——赫、赫,美男子,他们的行为是些什么行为?看:毁弃文书,捣乱乡府,破坏婚姻,抢劫粮食,焚烧房屋,殴打兵丁。——这是目无法纪!这是大逆不道!这是造反!如果真想维护法律尊严,这些人都该处以极刑!"说到这里,他用尽平生之力,往桌子上一拍,连茶壶都跳起三寸高。所有的人听见极刑两个字,都觉着有一把钢刀架在脖子上,面面相觑。在大奶奶房间里,二少爷何守义正在那里津津有味地咀嚼照片。他虽然从癫狂院回了家,但仍然语言颠倒,神志不清,听见砰訇一响,就吓得魂不附体,哇哇直叫,跟鸭子的叫唤一般。后来,何守仁又接着往下说:"可惜不是所有的法官都明白事理。他们总是找一些借口来推卸责任。什么证据呀,民怨哪,余地呀,宽容呀,总之是不肯依法判罪。是不是想敲我们的竹杠?谁也不知道。——可是除了这些混蛋以外,社会上也还有一些好心人,——不叫他们做好心人,能叫他们什么呢?他们满脑子都装着人道、博爱、自由、平等,把五四以来的响亮口号,整天挂在嘴唇边,同时斜着眼睛厉我们,说我们残暴、自私、专制、封建,说我们不符合他们的理想,经常袒护着那些践踏法律的刁民和土匪!这真是叫人感慨无量!"陈文娣听得明白,何守仁所说的好心人,有她自己一份,但是她不想在这时候插嘴,只是笑了一笑。小妹子何守礼年少气盛,一听就冒了火。她今年一十四岁,是中学二年级的学生,满脑子正是装着人道、博爱、自由、平等这些东西,并且恰恰认为这些东西是最神圣、最尊贵、最美丽的东西。她唰的一声站了起来,尖削的脸孔冲着天空,急急地辩护道:

"大哥!话不能这么说!人道、博爱、自由、平等是神圣不可侵犯的!"

何守仁冷笑道:"来了,来了。神圣不可侵犯,神圣不可侵犯!谁侵犯了你了?"

何守礼抗声道:"没侵犯我!光没侵犯我就行了?灌醉人家,

强迫人家嫁给疯子二哥,这人道么?把人家打得死去活来,一碗、一碗地吐出血来,这博爱么?人家快死了,就打发回家,说一刀两断,不收下不行,人家活转来了,就要人家回来,不回来不行,这自由、平等么?蓄婢、纳妾,一些人当主人,另外一些人当奴隶,这又自由、平等么?"

何五爷正待发作,何守仁已经跳到何守礼面前,指着她的鼻子问道:"那么,你想怎么样?"

何守礼一点也不退让,稚气盎然地说:"我不想怎么样。我想家庭革命!"

那教育局长挥动干瘦的胳膊,往下就是一掌。啪的一声,正打在他妹妹那鲜花一般的脸上,骂道:"混账东西!小共产党!"何守礼挨了打,哇的一声哭了起来。她的亲生母亲、三姐何杜氏一头豹子一般跳了出来,也给了那教育局长一巴掌。何守仁也顾不得风度官威,就和自己的庶母扭缠厮杀起来,一时全家大乱。陈文娣赶快拖住小姑姑,离开饭厅,走出大门,回到隔壁自己的外家,才算喘了一口气。恰巧那天晚上,陈文雄、周泉,孩子国栋、国梁、老太太陈杨氏都在家,也刚吃过晚饭,坐在楼下客厅里闲谈。陈文娣进得门来,一坐下,就讲起刚才的事情。何守礼瞪大两只失神的眼睛,不哭也不笑,样子怪可怜。陈文雄听了,义愤填膺,正准备安慰她们几句,忽听得隔壁何家大奶奶何胡氏高声尖叫道:

"什么?脖子还硬过钢刀?我什么都不在乎啦!也不管阴功,也不管积德;也不管前世,也不管来生!活的要不回来,死的也要!出口气就行了!"

陈杨氏听得清楚,连忙双手合十道:"阿弥陀佛!"

陈文雄见大家都望着他,等他发话,就做出挺身而出的姿态,仗义执言道:

"野蛮!封建!"又用英文插进了一句,"亲爱的,不是么?"那是对周泉说的。等周泉点了点头之后,他才说下去道:"你可以千方百计地找钱,你可以照自己的意志尽情享乐,你在残酷的竞争当中有时也免不了损人利己,你有权利踏着失败者的脊梁走向成功之路,但是你不应该忘记文明和人道! 文明和人道——一条界限。一条善恶之间、美丑之间、人兽之间的界限! 在这个意义上说,阿礼,我同情你! 我支持你! 我甚至崇拜你! 二妹,还有我的小鸽子,你们看:我们的实际一天天多了,我们的理想一天天少了,愿意或者不愿意——我们是从幻想的乐园里被放逐了。当年换帖的时候那些美妙的词句,如今很少人谈起了。我们曾经把三家巷膜拜为圣地,如今回想起来,不免哑然失笑了。但是,新星出现了,新人诞生了,新锐之师长成了,这就是她:密斯何守礼! 她是我们的美丽而慈善的公主! 她是五四理想的化身! 她是三家巷的精华!"

除了陈杨氏和国栋、国梁听不懂之外,大家都叫他这番话迷住了。

七七 擢甲里二百号

六月间,周榕又在广州露了几次面。表面上,他算是在香港一间什么学校里教书,有时回广州来看看家人。这种行径,在当时是很普通的。他在广州没有什么犯法的事儿,也不牵扯什么对他不利的案子,因此别人也不能怎么干涉他。不过有一些人,知道他周家底细的,想起三四年前广州起义的时候,他也在广州,不免有种种的猜测。其中在国民党省党部当干事的李民魁,虽然是周榕的中学同学,又是周榕的拜把兄弟,却分外地大惊小怪。有一天,在雅荷塘市隐诗社里举行一次特别的雅集。这次雅集之所以特别:第一是老爷何应元不出面,只由大少爷何守仁出面;第二是邀约来的客人几乎全都是国民党省、市党棍,只不过一些不常来的、名不见经传的人物；第三是无论主客，都没有那种装模作样的名士风度，都露出鬼鬼祟祟、阴阴湿湿的神秘嘴脸。在这些面无血色的酒徒之中，李民魁显得格外神秘，简直神秘到有点可笑的地步。既是花王、又是门公的姚满给他们开门，给他们奉茶的时候，李民魁却拿那双不怀好意的眼睛上上下下地打量着他，并且闭上嘴不说话。这却挑起了姚满的疑心。他觉着这些客人浑身鬼气，又觉着整个花园今天都阴阴森森，幽幽暗暗的，叫人老不痛快。天黑了，主客们都还只顾在水榭西厅里说话，既不扭亮电灯，又不吩咐上菜。这使得姚满更加思疑。后来听到他们说话中，时常夹杂着胡柳、胡杏、周炳这些名字，老花王简直不能忍耐，就坐在西厅门口一张酸枝公座椅上，仔细听听，只听得李民魁没头没尾地说：

"杀！"

跟着何守仁也说了一声"杀！"于是其他的人也苍蝇似的嗡嗡道："杀！杀！杀！"随后何守仁为了表示他跟陈济棠是熟人，就称呼他的别字开言道："伯南公是心怀大志的人，他不会不以张发奎四年前的失败为前车之鉴！蒋、汪、胡三公，谁反谁都可以，都是自己人的事儿。可是如果谁想利用共产党，来加强自己的阵势，那就是饮鸩止渴，立刻就有大祸临头！你们不信？我这句话是万应万灵的！"李民魁好像深感切肤之痛似的，极表同情道："你说这番话对极了！的的当当是过来人语！伯南公要拥胡反蒋，发表通电，把那国民政府，也搬他一些到广州来，这是政治家的伟大行动。对也是伟大，错也是伟大。但是如果错认共产党也是反蒋势力，不妨联合、联合，那就儿戏了！上回广州造反，我们那周榕兄弟就应时出现，如今他又出现了，会出什么新花招呢？难说！总之，这是一颗扫把星！他一露脸，就是凶煞照命！"往后一班人又咕咕哝哝地秘密商量，听不清楚，何守仁又把桌子一拍，老吏断狱般地，极有把握地宣判道：

"总之，周金、周榕、周炳三兄弟同一条路来，也应该同一条路去！"

虽然时当初夏，广州的天气依然凉风习习，不怎么热。可你看姚满老汉那一头的汗！那些汗珠约莫也有黄豆一般的大小，滴滴答答地往下滴。他拿手一拨，甩一下；又拿手一拨，又甩一下，自己对自己说：

"没见过！这是斟酌的什么买卖！"

市隐诗社地方虽然不小，他可觉着无处容身。水榭正厅里，自然站不住了。到厨房里站一站，也像滚水烫脚。回到自己的看花小屋里，也似毒火烧心，坐不是，立也不是，像叫人扔进油锅里一般的难受。好容易伺候那些党棍、酒徒们饮完了酒，吃完了饭，打完了麻将，抽足了鸦片烟，散了；做酒席的厨师、下手们也挑起家什走了，他才算松了一口气，清静下来，独自思量道："怎么办？怎么办？"这一夜，他就没有合过眼。第二天一早，他就锁上门，到芳村市头后面、吉祥果围旁边那片竹寮里找冯敬义。只见冯敬义家大门外布帐低垂，蜘蛛结网，布帐里面那缸一品红花，已经干黄枯萎。姚满心中纳闷儿，用手把门轻轻一推，门却是虚掩着，一推就推开了。里面虽然霉气袭人，虫蚁乱爬，却摆设得整整齐齐，有条有理，又不像没有人的。姚满闹不清楚，就去找着了冼大妈。冼大妈就把冯敬义如何被抓，如何没有消息，她如何盼望，如何时不时过去给冯敬义打扫地方等等，都对花王说了。姚满想了一想，就建议冼大妈也搬一搬家，躲避几天，以免祸事临头。冼大妈笑道：

"我也算活了这几十年了。一辈子没做过什么好事儿。如今子子侄侄干着大事情，说我还有点用处，——我又问心无愧，还怕他什么东西？活着是好，死了也不过分了！"

姚满又把自己昨天晚上听见的秘密对她说了一遍。两人商量，要立刻通知周炳。老花王问明了震南村震光小学的地址，撒腿就跑。当天下午，他就找着了周炳，两人一道上村西街市发记饭馆喝茶。周炳听了那些情由，不免惊心动魄。他想：纵然何守仁、李民魁那些禽兽阴险毒辣,作恶多端,但是有冯敬义、冼大妈、姚满这些老人家慈爱热肠,重义轻生,他们也不能为所欲为。想到这儿,他望着老花王姚满那诙谐乐观,欲笑不笑的神态,觉着咱们中华民族古往今来的好东西,都长在这位老汉的身上,不免发生了极其强烈的爱慕之情。他抓住姚满的手,声音发抖地说道:

"姚伯!没有别的话说了。咱们是至亲骨肉!"

姚满望着那前途远大,英俊雄壮,却又有点迷迷瞪瞪的青年男子,也是越看越爱,不觉哈哈大笑起来。临走的时候,他摇头摆脑地对周炳说:

"你这句话说得真好!我的心多么甜哪!怪不得冼大妈,收了你这么个干儿子,连性命都豁出来呢!"

老花王走了之后,周炳陷在非常苦恼的沉思之中。他想不明白,二哥周榕为什么会在这个时候回来。他不知道怎样才能把这个消息告诉他的哥哥。他更加不知道在这种情况之下,他怎样能够找着金端、麦荣、冼鉴、古滔、洪伟这些人。——他们知道姚满所说的那许多事儿么?他们还在仙汾市么?他们的鸿发绸缎庄还能维持下去么?他们不会遇到什么危险么?冯大爹能够安然脱险么?周炳越想越不好受,心乱如麻,却又理不出一个头绪。到了晚上,他正在焦思苦虑,不得开交的时候,忽然听见剥、剥、剥的声音,有人轻轻地敲打他的玻璃窗子。他定神一看,只见一张天仙般美丽的小莲子脸儿,隔着玻璃对他挤眉弄眼地憨笑,又对他顽皮地招手。他大声叫道:

"杏仔!"

同时又从过道冲出院子里,抓住胡杏的小手问道:"什么事?什么事?"但是胡杏却平静地,不慌不忙地告诉他道:"走吧!冼鉴在我家里等着呢!"周炳也顾不得细问,就跟着她走。到了胡家,果然冼鉴在等他。看冼鉴的神态,还保持着"研究家"那种沉静风度,周炳的心里也踏实了许多,就谈起姚满所说的事情。冼鉴低声说道：

"省城的政局发生了很大的变化，目前是乱得很。上个月陈济棠发出了反蒋宣言，又在广东成立了国民政府。军阀混战的局面又表面化了。咱们估计了这种形势，从香港来了很多人，你哥哥也是其中之一。但是咱们把陈济棠的反蒋估计得太高了，把形势估计得太乐观了，因此，吃了一点亏。原来广东军阀的反蒋，只是争权夺利的讨价还价，他们的反共，倒是和蒋介石完全一致的。陈济棠在挂起反蒋招牌之后，立刻对咱们发动了全面的进攻！这样，冯敬义就首先牺牲了！"

周炳默默地听着，默默地垂着泪。洗鉴、胡源、胡王氏、胡柳、胡杏都难过得什么似的。后来洗鉴又换了一种高昂的声调说下去道：

"因为咱们的事业是革命的事业，是正义的事业，是劳苦大众的事业，所以像冯敬义这样的人，是很多、很多的！冯敬义是个好老汉，是一个革命烈士！他坚强得很。自始至终，什么也没有说出来。这几个月来，咱们受到了不少的打击，也真是乱了好一阵子。艰苦呀！认真艰苦呀！但是不要紧，咱们改变了作战部署，如今又挺直腰杆，站了起来，继续工作了。他统治阶级，反革命派，就是奈何咱们不得！不过这还不算数。还有呢，还有更加振奋人心的好消息呢！"

大家都抢着问那振奋人心的好消息，洗鉴点着了一根烟，慢慢地给大家介绍道："打上个月十五到上个月三十，咱们在江西的吉安到福建的建宁这八百里土地上打了一个大胜仗。这我一点不加，一画不减，是一个非常漂亮、非常漂亮的大胜仗！这一仗打下来，咱们搞垮了公秉藩、毛炳文、许克祥、刘和鼎等等八个师，完全消灭的有五个师还多，缴枪两万多支，俘虏三万多人，连敌人的前线总指挥胡祖玉也叫咱们红军打死了。这样子，国民党的第二次围剿就叫咱们红军给彻底粉碎掉了！"

大家听了,都把手举起来,放在脑壳上,十分庆幸。胡柳跟胡杏使唤纯正的南海女腔高声呼喊道:

"红军万岁!"

"共产党万岁!"

听她们那股劲儿,好像平常殴打她们的人,如今也叫红军痛打了一顿,她们的仇恨也报了,气也出了似的。后来,大家又问什么叫作"公秉藩",什么叫作"胡祖玉",这些怪名字是什么意思,为什么姓胡的也有坏人;又问吉安县是什么样了,建宁县怎么去法,蒋介石心里是什么滋味,南京的国民党反动派有什么新花招;笑语喧哗,煞是热闹。周炳想着,想着,恍然若有所悟地说:"我明白了!原来陈济棠在这个时候反蒋,是因为蒋介石在江西打了败仗,遭了挫折,腾不出手来对付他的缘故!"冼鉴笑道:"这么说,也有道理。"胡杏问:"仙汾的锦华洋货铺还开着么?"胡柳也问:"还有那省城的鸿发绸缎庄呢?"冼鉴轻轻摇头道:"不了。不开了。咱们把它关起来了。"胡杏天真地说:"等红军打进省城再开!"胡柳纠正她道:"你这傻丫头!红军打进省城,咱们就开那大绸缎庄、大洋货铺,还开这么小的?"周炳更正她两人道:"红军打进省城,咱们什么绸缎庄、洋货铺都用不着开了。咱们到他公安局里面办公去!"冼鉴只是笑着点头,好像他对不论哪个人的意见,全都赞成。后来,他又单独吩咐周炳道:

"周炳,这儿有一件重要事情,少不了要你去省城办一办。"

周炳也不问是什么事,就一口应承下来了。跟着冼鉴又说:"是这么一回事。咱们的冯斗押运了九条驳壳枪,一箱子弹,准备发给你们第一赤卫队的,但是叫九江缉私队扣留了。冯斗自己说是益庆堂的人,东西也是益庆堂的东西。你们知道,这益庆堂是南海有名的捞家'鬼枪益'和'大头庆'的堂名,在那一带很有势力。九江缉私队的队长调走了,如今是队副梁森当家,你们是老相识了。这梁森认不得冯斗,又不敢得罪益庆堂,想没收又不敢没收,想放行又不敢放行,正在'讲数口'。你去省城想法子找着省党部干事李民魁,出几百块港纸,运动他写封信给梁森,劝梁森不要得罪益庆堂;另外咱们再扔几百块港纸给梁森,这件事就算妥了。——你们第一赤卫队得到了这批军火,再加上从前缴来的旧枪,就可以扩大队伍,而且就真正地武装起来了!"

周炳听得明白,十分高兴。和冼鉴分手之后,他一夜翻来覆去睡不着。天刚亮,他连脸都不洗,早点都不吃,把一包港纸装在衣兜里,就奔向广州。到了广州,才不过九点多钟。他一口气跑到擢甲里,想找那在酒楼饭馆卖唱度日的女孩子阿葵,打听打听有什么门路。找到一家浅浅窄窄的土墙房子门口,他见大门紧闭,迟疑了一下,就举手敲门。敲了半天,没人答应。对门一个老太婆问他是不是要找阿葵姑,他说是。那老人家说:"你挨晚来吧。这会子才睡着呢!"周炳没办法,只好朝官塘街三家巷走。回到家,见着了妈妈和嫂嫂,就问起周榕的情况。原来周榕这次回广州,只在外面走动,也没有回过家。周炳把姚满所听到的、何守仁跟李民魁的阴谋诡计对大家说了一遍。区苏急得一声不响,周杨氏更是急得跑出跑进,不得安生。后来把周泉叫了过来,一道商量。周泉说:"那些人近来跟何家意见不合,只怕不肯去说。就是说了,也只怕嘴巴不响。如今之计,不如去向文娣二姑求个情,让她出面缓和缓和。她也许念起旧情,会答应也不一定。"正忙乱着,周榕忽然穿着一套白斜布大翻领西装衫裤,从白兰树影下走了进来,身上还沾着白兰花的香味儿。大家一见,惊喜欲狂,抱着他,扯着他,把他弄得莫名其妙。后来他脱了外衣,把那一岁多的儿子周贤搁在膝盖上玩耍,一面听周炳的叙述。周炳讲完了,周榕就说:"是。他们是天天都要陷害我们的。这一点,我们既不怀疑,也不害怕。不过他们既然决心两面开弓,一手打蒋介石,一手打我们,那我们当然要严加防范的。看样子,我此后的行踪要更加飘忽,更加隐蔽,回一趟家也不容易了。不过你们放心,他们是奈我不何的。贤仔,跟爸爸说声再见吧:再见。再见。对了,再见!"周榕走了之后,周炳在家吃了午饭,就动手修剪修剪白兰树和枇杷树的枯枝,又在两边都浇了几桶水。一会儿,周泉把国栋、国梁大小两个儿子都哄着睡了,就又走过外家来闲坐。周炳和妈妈、姐姐、嫂嫂一面叙着家常,一面把胡柳、胡杏的苦楚之情和英烈之气对她们说了一遍。三个人一面听着,一面流泪。周妈心慈,又是最爱胡家姊妹的,就说:"看那恶人恶到几时!我不信她俩没有出头之日!"周泉抱着满腔同情说:"胡柳虽然没有知识,可她比我们这些'五四'新女性,勇气大得多了!"区苏赞叹不迭地说:"那杏仔才是呢!哎哟哟,你们看那菩萨一般的脸儿,你们看那佛爷一般的心!论美貌,我们桃仔还可以跟她比一比;论人品,我做姐姐的才敢说,桃仔比她还薄着呢!"大家又惋惜嗟叹了一番。到了太阳越过枇杷树梢,周炳又离开三家巷,来到擢甲里阿葵的门口,见大门虚掩,料想阿葵已经起床,就轻轻敲了两下门,同时故意大声打听道:

"请问,这里是擢甲里二百号么?"

阿葵在屋里一听,不觉打了个愣怔。这是一句开玩笑的话儿,擢甲里根本就没有二百号。但是懂得这句话的人,只有正歧利剪刀铺的打铁仔杜发和周炳,这几年都没听见说了。如今这个人是谁呢?她连忙走出门口看一看,果然是美男子周炳,不觉满心欢喜地往屋里让道:

"内进雅座。内进雅座。三天以前,我就梦见你了,'靓仔炳'!真灵验呢!"

周炳一面往里面走,一面笑道:"有那么好的事儿?我相信不相信?"

到得堂屋,周炳使唤黑如光漆的圆眼睛四围瞟了一下。只见家私陈设,简单干净。正中一张八仙桌子,两边各有一张斗方马杌;南北靠墙,各摆着两张条凳。八仙桌上放着一把大茶壶,几个有耳小茶杯。一幅十年前的时装美女五彩月份牌,挂在普通人家供神像的位置上。此外四壁空空,什么都没有。连尘埃、蛛网、虫屎、水渍,都很难看到。周炳说:"你不敬神么?"阿葵说:"我敬神做什么?"周炳又说:"也不买几个画镜?"阿葵笑着回答道:"这里又不是理发铺子,挂那个干什么?人家又不是来这里看字画来的!"周炳也笑了一笑。他还看见那张长刘海、高领子的时装美女五彩月份牌旁边,挂着一个小镜框,镜框里面嵌着一张站立式的双人全身照片,也看不清是谁。正待打听,阿葵先开口了,她说:"靓仔炳,你是来'打茶围'的,还是来'开厅'的?"周炳也懂得几句行话,知道"打茶围"是坐一坐就走的意思,也知道那所谓"开厅"是吃饭过夜的意思,可是摸不准她是真、是假,不觉满脸绯红起来,连忙解说道:"不,我另外还有一桩要紧事,专门来找你商量。"阿葵望着他那因为害臊而无地自容的魁梧身躯,觉得很可爱,就叹了一口气道:"有事就讲吧!"周炳结里结巴地说:

"我有一个兄弟,在南海县益庆堂手下当差。这回,他运了几条破枪,一箱废子弹,路过九江,叫梁森捡走了。你能不能替我办一办?叫李民魁给梁森写封信就行了。茶钱,自然也是有的。你要知道,那益庆堂是鬼枪益跟大头庆合伙开的。这两个人财雄势大,在江湖上大大有名,得罪了他们,也没有好处!"

阿葵睁大那双热情的眼睛,翘起那个蒜头鼻子,做了个鬼脸道:"靓仔炳,你少来这一套!我不管这些闲事,我不怕鬼枪益、大头庆。他势力再大,也管不着我。我更加不相信你们在广州大城造过反的人,会去给捞家当差。鬼话!"周炳再三恳求,阿葵只是不答应。他急得没法,像小毛驴一样在堂屋里打圈子,一圈……两圈……忽然之间,他发现了那张时装美女五彩月份牌旁边所挂的照片,是阿葵跟自己那亲如手足的打铁伙计杜发合照的。杜发已经在广州起义的时候牺牲了,周炳想不到杜发的知心人却住在这擢甲里二百号!当下他对着杜发的遗容发呆,又悄悄地流着泪。阿葵走过来,拿手捂住小镜框,说:"你怎么随便看人家的东西?不准看!"周炳看见阿葵也在流泪,就问道:"你还想念着他、我那好兄弟?"阿葵点头道:"我天天挨晚的时候,都会想起他来。只有他一个人,对我是真心的!以后就没有了,没有了,永远也没有了!"周炳把拳头打在手掌上,说:

"好!好!你只当这是杜发叫你做的事儿!你只当是替他报仇!"

这么一说,阿葵就浑身发软地跌在马机上,一切都应承了。当天晚上,周炳又回家住了一宿。第二天一早,他再去找那歌女阿葵,果然一切都办得停停当当。李民魁用歪歪扭扭的字体写了一封信给梁森,叫把益庆堂的军火放行。周炳留下的五百块港币,阿葵只给了李民魁二百块,把剩下的一大半还了给周炳。他要拿出一百块来酬谢阿葵,阿葵哪里肯要!周炳又不会说什么感激的话,只悄悄地叫了一声:"葵姐!"两家手拉着手,默默无言而别。

七八 小纠察队员

不知怎么的,一交七月,三家巷就陷在纷乱如麻的情况之中。这种纷乱如麻的情况,只有大革命的时候——省港大罢工、沙基惨案、北伐、广州起义的时候,差不多可以相比。自然,同是乱纷纷,各家的忧心事,各家又是不相同的。周家的周铁、周杨氏、区苏是日日夜夜地在盼望周榕的消息。自从那天周炳回家,周榕也突然回来过之后,就再也没见过周榕的踪影,也没接到过他一个字。周铁拍桌子骂道:"你们养儿子吧,只管多多地养儿子吧!到头来,脸都不跟你做老子的露一露呢!"周妈只和媳妇两人私下商议:既盼望他尽可能地留在广州,又盼望他最好平平安安早回香港;既盼望他天天回家,大家团聚,又盼望他躲在外面不要回家,以免发生危险。何家的何应元、何胡氏、何守仁、陈文娣等人十分谨慎地估计了目前的政局。大家都同意老头子的论断：认为不管陈济棠反对蒋介石是真的也好，是假的也好，是半真半假也好；是成功也好，是失败也好，是既不成功、又不失败也好；将来坐天下的是蒋介石也好，是胡汉民也好，是汪精卫也好；总之不管怎样，他们何家都该采取超然的立场。就是来者不拒，去者不留，对谁都一样，对他们的县长宋以廉也不例外。何五爷十分得意地晓谕大家道："你们懂得什么？从来没有不要官府的绅襟，也没有不要绅襟的官府！"但是对于"逃匿"震南村中，拒不从命的小小的胡杏，他们却是举棋不定。按说从前既然动用团丁、保安队都无济于事，现在除非撒手不干，否则就只有雇用正式军队去把她硬抢回来一法。何胡氏主张雇用军队去强抢；陈文娣认为目前大局不定，不宜小题大做，滋生是非；何守仁虽然也认为时局多变，不宜轻举妄动，但他又认为趁这时候用快刀斩乱麻的手段把事情做了，倒也一劳永逸，人家望大处不望小处，反而不大显眼。何五爷思虑再三，没拿主意，还是决定暂时观望几天。——不过不管周家、何家有多少事情，却都比不上夹在他两家当中的陈家，来得那么动荡不安。

大老爷陈万利今年六十三，实际上已经不管什么事了，但仍然对大家提出警告道：

"你们有没有打醒精神来着？是的，要打醒精神！这回风云险恶，和往日不同。那姓蒋的虽是交易所出身，也有几路板斧，这回只怕也支撑不住。正所谓内忧外患一齐来，说亡国也有点儿像呢！"

果然不久，大姑爷张子豪就从上海来信，说日本人气势汹汹，看来凶多吉少；又说国内主义不行，人心不齐，为政不勤，士气不振，隐约看得出蒋家朝廷日子不好过的模样；最后还说他自己是蒋家一卒，四妹夫宋以廉又是宋家一兵，凡事都要打点打点，风头不对，就要趋避一下，逢凶化吉云云。陈文雄的拜把兄弟、国民党省党部干事李民魁又来向陈文雄请教，政局到底如何发展。他告诉陈文雄，他老婆李刘氏最近和他大闹了一场，劝他不要作恶太多，怕将来要受到报应。对于这种妇人之见，他固然嗤之以鼻，但是时局变化莫测，他也不能忘怀前回广州暴动时的窘态，而不得不预先做一点打算。陈文雄松他的肚子道："你从巍巍然的党部来，还不耻下问于一个商人么？"最后还是掏出两百块西纸来，才把他打发走了。那几天之内，二姑娘陈文娣、三姑娘陈文婕、四姑娘陈文婷，都频频地回娘家来，商议国家大事。陈文娣阐明了何家所持的超然立场。陈万利笑道："有奶便是娘。谁当皇帝，一样纳税。他何家是该采取超然立场的。只不知将来日本天皇君临中国，他是否还采取超然态度？"陈文雄愤世嫉俗地说："封建剥削制度是最腐败、最野蛮、最残酷的制度。对于这种制度，并无真理可言，所以他能采取任何立场！我们可就不同啦！比方说，你今天早上就要把资本投放下去，因此，你就不能不考虑政治动向，不能不考虑市场需要，不能不考虑各种隐藏的风险！"陈文婕诉说广东震南垦殖有限公司赔累太多，周转不灵，而科学试验方面又看不出明显的效果，想在晚造插秧之前，压缩一半的规模，裁减一半的人员，又怕惹起风潮，不知如何是好。陈文婷却诉说她丈夫宋以廉的县长位置机阻不安，风声很大，她说小宋准备万一风声太紧，立刻就走香港，她自己又不愿跟着去做香港寓公，不知如何是好；也不知是否应该把这头婚事干脆离了拉倒。陈万利和陈文雄父子俩贤明是贤明，干练是干练，可是如今谋虑万利进出口公司的千秋大业，谋虑东昌行目前对于东洋货物该采取什么方针这些大事，已经招架不来，哪里还能去管这些姑娘们的玩意儿呢？大家诉说一通，只给彼此增添了一些烦恼，到底依然没个定着。

　　过不了几天，广东震南垦殖有限公司董事会，假座以陈万利名义创办的庚午俱乐部，接连开了三次会议。庚午俱乐部坐落在打铜街一幢古老的三层建筑物里面，外表看来很像一间银行。广州的显赫的资本家们在这里宴会、赌博、打弹子、商量大事,除了少数帮闲、跑腿的不三不四的角色以外,其他的人是轻易进不去的。在第一次董事会上,陈文婕报告了公司的经济状况,李民天报告了科学研究的成果,——这些,董事们都没说什么。大家最感兴趣的,还是南京和广州分裂的时局问题,——其中最吸引人的,是胡汉民会不会被释放,蒋介石会不会下野这两点。后来陈文雄发表了一通议论,认为科学研究应该由国家负责,国家如果不管,光依靠个人投资,是什么事也做不出来的。大家很赞成他的见解,就决定一方面向省政府递呈文,请省政府拨出研究经费;一方面坚决缩小事业规模,裁减一半职工,维持到年底,再做打算。在第二次董事会上,董事们碰到了更加棘手的问题:震南试验农场的工人们为了反对公司裁人,已经开始罢工了。一上来,陈文雄就大声开玩笑道:

"好哇,好哇!他们宣战了,他们正式宣战了!不过说到罢工,咱们大家都是里手。所不同的,是我们的罢工专门用来对付帝国主义者,他们的罢工却用来对付中国人,——对付中国的科学研究!如今日本人在东北的万宝山制造了血腥的惨案;他们却在华南的震南村罢工响应。说他们里应外合,也许不太过分呢!"

后来几经讨论,又做了三项决议:第一,坚决贯彻上次董事会的决议,缩小事业规模,裁减一半职工的方针不变;第二,罢工工人不肯按时下种育秧,另雇临时工人育秧;第三,如果晚造秧苗当真插不下去,就把整个农场解散,公司宣告结束,进行善后清理。对于这第三条,农学家李民天是很不乐意的,可是看见自己的夫人、董事长陈文婕都不怎么热心,也只好由它去了。过了不久,董事会又开第三次会议。因为罢工工人组织了纠察队,阻止农场雇用临时工人育秧,眼看今年晚造,无秧可插,所以董事会又做了决议,授权经理人员,雇用十二名正式军队,驻扎在农场里面,保护公司财产,并且保护临时工人,进行试验品种的育秧工作。会议完了之后,陈文雄不无感慨地对他三妹摇头道:

"你看,连纠察队都组织起来了。简直都跟省港大罢工一模一样了!但是,"但是以后,他用英文插进了几句话,"我的亲爱的三公主,镇静些,勇敢些,这不过是你的成功之路上的第一颗小石子罢了!"随即又换了中文说下去:"我们即便是动用了暴力,也跟别人动用暴力不一样。我们是文明的,别人是野蛮的。我们的权利是合法的,受到宪法的保障的;别人是封建的,不合法的。中国不争气,没有适当的宪法,但是世界各国都有宪法,宪法上都有明文规定:个人的财产神圣不可侵犯!"停了一停,他又加上几句道,"不过在目前这种国事蜩螗,红军越剿越多,日本人越逼越近,自己人越分越裂的局面底下,我跟老头子一个意见,就是为了更加安全起见,把一部分资金及时转移到更有保障的地方去,像香港、澳门、吕宋、新加坡一带去,也不失为明智之举就是了。"

可惜世界上不是个个人都懂得什么是明智之举,什么是个人的财产神圣不可侵犯。像震南试验农场的工人们,他们就不懂得那些道理,而仅仅为了餬口的两餐,就不惜和东家们苦苦纠缠。这几天,大胆好奇的农民们都爱悄悄跑上大帽冈去探头探脑地看热闹。原来驻在大帽冈的一排军队,拨出十二名兵士,进驻了震南试验农场的办事处里,还在办事处的大门口,安上了两名警卫,行人出入,都要经过哨兵检查。隔着一块大草坪,那边就是工人居住的大茅棚,工人纠察队日夜在轮班守卫着,和这边的灰色的军队遥遥对峙。此外,还有流动纠察队在附近所有的通道上巡逻,把整个办事处和那些警卫部队放在事实上的包围和封锁之中。看见过工人纠察队的人,都众口同声地称赞他们气色红润,精神威武,跟那些烟精似的军队整天耸肩膀、打哈欠,又皮黄骨瘦,神志颓唐的,大不相同。这一天半前晌,胡松和区卓这两个年轻人结伴儿在流动纠察队里值勤。他们在各个路口巡逻了几遍,见没有什么动静,又没有什么可疑的人,连一条可疑的狗也没有,就来到草坪上,把各人手里拿着的扁担放在身边,面对面儿坐着歇气。十七岁的区卓拿

眼睛望着胡松那叫太阳晒着的,红光满面、精力旺盛的小脸,忽然感慨地说:

"急脚松,我原先不知道你这么好。要是我早知道,我早就搬来震南村和你一块儿过了!"

胡松觉着十分激动。最近这几个月,他们要好得简直分不开,一个时辰不见面就不自在。这个十九岁的乡下孩子也拿眼睛瞅着区卓那跟区桃一模一样的杏仁脸儿,两个浅浅的笑涡儿,又严肃、又豪爽地说:

"和尚,那怕什么?你就一辈子住在我们乡下好了,别回省城好了,笨七!"

区卓点点头,又摇摇头,笑道:"好是好。就是你们这里有二叔公何不周,不好!有林开泰和郭标,不好!有乡团、保安队和这些灰老鼠,不好!"

胡松急急争辩道:"那怕什么?你们省城还有比二叔公更恶的何五爷呢!还有疯子何守义和阴毒鬼罗吉呢!还有宪兵、警察和洋鬼子兵呢!"

区卓叹口气道:"是呵,是呵!是一样的呵!最好就像省港大罢工的时候一样,要不,就像广州起义的时候一样,办起真正的纠察队、赤卫队来!你知道么?人家是拿真刀真枪的。不比我们光拿铁笔、扁担。有了真刀真枪,你谁都不用怕!……唉,可惜我没进过纠察队、赤卫队,说不清楚……那又有什么法儿呢?我哥哥区细,还有马后炮马有,他们都进去过的,多光荣呀!可惜如今倒开了小差!"

胡松拿有力的手抓了他的肩膀一下,安慰他道:"那怕什么?我们人有的是!就是真刀真枪,我们也有的,不过没拿出来就是了。你别急!"

说罢,两人默默无言地望着广阔无边的天空,做梦般地,尽情地幻想起来。关于在广州大城、公安局大门口分发枪械的故事,他们只听说过,谁也不曾亲眼见过。这时候,这整个的天空,就变成了公安局的大门口。那里有数不清的人,有数不清的马匹,有数不清的大炮,还有数不清的卡车。每辆卡车上,那枪支和子弹,简直堆积如山。人们排着队,等候发枪支的人念自己的名字。胡松和区卓两个小伙子都着了迷,心跳得非常厉害。他们正趴在草地上,拿手中的扁担向办事处门前的国民党兵士瞄准,生怕叫到自己的名字,而自己听不见。果然不错,有人叫他们的名字了:

"胡松!区卓!"

仔细一听,并且还是陶华队长的声音。他们快活得浑身哆嗦,背上出汗,拼命在大海一般的天空里找那叫自己名字的人。那个人又说话了:

"区卓!胡松!你们到底是巡逻呀,还是在这里玩儿呀?"

他们从高高的天空中一下子掉到地面上,梦也醒了。两个人同时一骨碌翻身爬了起来,看见正是队长陶华站在他们后面,连忙问什么事儿。陶华没有回答,只向他们招一招手,回头就走。他们跟着走进工棚,只见其他工友都在干自己的事情:有的在聊天,有的在睡觉,有的在洗衣服,有的在准备接班。他们第一赤卫队那一伙儿却聚集在一个角落里,马明、胡树两个站着,关杰、邵煜、丘照、王通四个蹲着,看样子是在等候他们。人一到齐,陶华就低声向大家宣布:他刚才接到冼鉴的通知,有九条驳壳枪,一大箱子弹,要发给他们赤卫队。目前,运军火的船已经停泊在南渡口,看大家有什么办法把货起回来。起货的时候要想办法通过大帽冈驻军的岗哨,还要想办法不让赤卫队以外的任何人知道。丘照、王通两人一听,就嚷着要去。大家都笑了,说让他俩去,准会跟驻军开火对打起来。关杰、邵煜两人提议把军火接过来之后,不要运回工棚,就像从前埋藏稽查站的枪支一样,在大帽冈找一个僻静无人的地方,刨个坑埋起来。大家合计一下,埋起来虽好,但等使的时候却没得使,也不妥当。后来胡松和区卓唧唧哝哝商量了一下,就向大家提出道:"我们拿一根扁担,抬两个竹箩,里面装些脏被单、破衣服,只当是去槐冲洗衣服的样子,神不知鬼不觉地就把它抬回来了。有什么难处!"大家一听,这办法果然使得,就决定照这么办。东西都是现成的,也好张罗。不久就找到了一根特别粗、特别长的扁担,一对又细密、又结实的竹箩,又从大家的木架床上扯下了那些又黑又烂的蚊帐、被单、衣服、汗巾等等,装满了两大箩。胡松和区卓两人抬着,走在前面,陶华空手,跟在后面,一直朝槐冲的南渡口进发,其余的人都留在工棚里,各人做各人的事情,没有露出一点痕迹。那三个人到了南渡口,果然看见一只小艇,静悄悄地靠着岸。陶华装成过渡的客人般地喊道:"过海呀!"小艇中没人答腔,只探出一个沉着有劲的脑袋来。他正是冼鉴本人。陶华把那些烂脏衣物倒在冲边,提着两个竹箩飞快地跳上了船。一会儿,他捧着一个沉甸甸的竹箩跳上岸;过一会儿,他又捧着另外一个沉甸甸的竹箩跳过来。小艇就开身了。胡松和区卓拿干衣物裹住了那些闪闪发亮的玩意儿,上面盖上一些已经拧干的湿衣服,两个人一前一后,浑身带劲地抬起就跑。陶华折了一根三尺来长的树枝,拿在手里,不远不近地在后面跟着。大帽冈地势平坦,不算太难走,可是那两个小后生不停地拿手指刮着汗。眨眼之间,走到了那一排驻军的宿营地。那是一间破烂的祠堂。那些灰老鼠一堆一堆地在天井里和两廊上打闹着。祠堂门口站着一个卷起裤腿,上身只穿一件运动背心,歪歪倒倒地背着一根步枪的卫兵。他本来无事可干,这时候却伸出手来把胡松、区卓拦住了。"嗨!"他咋呼着,"你们抬的什么东西?"胡松照常走着,说:"洗衣服哇!你自己看不见么?"卫兵无事生非地吆喝道:"胡说!哪有那么重的衣服?站住!检查!"祠堂里的弟兄们听见他这么叽呱大叫,知道他在兜生意,也就不来插手。区卓哪里肯站住!他一面推着胡松往前走,一面反唇相讥道:"你检查个屁!日本人打到万宝山来了,你那么有本事,怎么不去打日本?"卫兵恼了,举起拳头威胁区卓道:"我丢你祖宗!老子爱打日本,就打日本!老子爱检查,就检查!老子爱揍你,就揍你!今天老子一定要揍你!"这时候,陶华刚赶上来。他举起手中的长树枝要往下打似的威胁胡松、区卓道:"打断你们的脚骨!还不赶快给我滚!吃饭你们打冲锋,干活你们肚子痛,斗起嘴来像鸡公!衣服不干,你们今天晚上拿什么给大家穿?"胡松、区卓两人会意,装做怕打似的,撒开腿就跑。陶华走到那卫兵面前,递给他一支香烟,又微笑叹息道:

"现在的民国孩子都是白云山蟋蟀:光会叫,打不得!你真给他们两下,唉,他们只会把脑袋抱起来!晌午上发记喝茶去,我看账。"

到陶华回到工棚的时候,胡松和区卓已经把一切收拾停当,连一点痕迹都看不出来了。陶华问他两个,他两个不说;问其他的人,其他的人都串好了,也不说。但是不用他们说,他自己不久就看出来了。首先,胡松、区卓两个人和别人调换了床位。他们要了两个下铺,又把枕头对着枕头,以便两个脑袋能够贴在一起。换完了床位,两个人就躺在床上交头接耳,窃窃私语,不肯起来;其次,胡松、区卓两个人那眉飞色舞,笑得有牙没眼,嘴巴合不拢来的狂喜之情,简直无法遮盖。他们吃饭不肯同时去,解手也得轮流着,值勤也错成两班,总之,要留一个人守着床铺,不能同时离开;又其次,陶华细心观察他们,见他两个整天趴在窗口,看那边办事处门口的卫兵,又同时平伸着扁担,像一支枪似的朝那两个卫兵瞄准,他就猜出来,那些枪就藏在他们床底下。有一回,陶华瞅着四周没人,快步走到他俩床前,弯下腰,伸出手,好像要摸床铺下面的什么东西。胡松、区卓两个小纠察队员同声喝住他道:"不许动!不许动!"陶华缩回手,连声答应道:"好的,好的!知道了,知道了!"

他俩没法儿,对着他笑道:"哎哟,不干!陶大哥,你真鬼呀!"

从此以后,他俩就无日无夜、尽心尽意地守护着那些宝贝,即使睡熟了,有人走近床前,他们也会立刻惊醒。每当夜静无人的时候,他们就会蹲在床前,伸手到床底下去,尽情抚摩那些无价之宝。抚摩过几遍之后,他们就会回到床上,脑壳顶着脑壳,低声在诉说各自的抱负,在发出各种各样的誓言,在交换充满幻想的密约。

胡松会这样说:"要是我有一支枪,我就要认认真真和它过一辈子!哪怕前面有刀山油锅,哪怕后面有千军万马,也别想能把我们分开!"

区卓会这样说:"要是我呀,我就要带着它穿州过府,打尽人间不平,报尽人们仇恨!什么妻、财、子、禄,什么荣、华、富、贵,我全不放在眼里!"

胡松又会这样说:"到那时候,难道咱们还能不进共产党么?"

区卓也会这样说:"对!我已经跟你说过多少遍了?到那时候,咱们已经进了共产党了!"

就这样,他俩越说越起劲,会说得一直没个完。

七九　终　天　恨

七夕的前一天晚上,李民天、陈文婕夫妇回三家巷来看陈杨氏的病,恰巧陈文娣也过来了,大家说了许多感慨的话儿。陈文婕谈起从前大家做女儿的时候,每逢拜七姐的节令,不知玩得多么热闹,现在有头有主了,都没心思玩儿了。陈文娣也说奇怪,就像她家小姑姑何守礼,如今正在十四五上头,正该埋头埋脑,玩儿得入迷了的,却也不玩儿,好像不知道有这么回事似的。说话之间,陈文娣又告诉他们一个秘密消息道:"他们何家的人说,光许陈家请军队镇压罢工,不许何家请军队逮捕逃妾,难道军队是陈家私家的!他们决定雇用十二名军队——跟你们一样,不多一个,也不少一个,去胡家把阿杏强抢回来呢!"陈文婕冷淡地说:"这怎么能比!

大哥早就说过,我们是合法的,军队应该保护我们;他们——那就是另外一回事了。他们是非法的,不应该用武力去欺负别人。"陈文娣雍容地笑道:"不要对我说这些!合法呀,非法呀,谁爱管这些闲文!我只是担心咱们的周炳。可怜他屈在乡下当猴王,一直怪不得意的。"李民天低声胆怯地问道:"他不得意是不得意,可是有什么值得担心的呢?"陈文娣激动地说:"你自然不担心。可他不是个安分守己的人!他跟农场罢工虽然没牵连,跟胡杏可就老纠缠在一起。听说近来跟乡下那黑炭头又搞得火热,当然更不能置身事外。万一那些野蛮禽兽军队动起武来,我就是担心!"陈文婕不动声色地说:"我道是什么了不起的大事!他明天反正要回农场看看的,让他骑个自行车,跑快一点,先上震光小学找着周炳报个信就完了。他跟咱们那王子在上海一块儿打过流,也算知交,也算同志,也算难友呢。他坐牢的时候,咱们那王子还营救过他呢!"说得大家都乐了。

第二天中午过后不久,周炳刚吃过饭,李民天就来到了震光小学。这种没有先例的突然的拜访,使周炳开头有点愕然。他向那总技师伸出了热情的阔大的手,李民天紧紧地握住它,很久都不放开。周炳觉着十分感动,想起了三年前在上海虬江路口撒传单的大学生,连忙让他坐下,给他倒茶。李民天口渴,一连喝了几杯茶,就问周炳这几年过得怎样,有什么新的想法没有。周炳笑道:"话说起来就长了。你叫我怎么说好呢?总的来说,我的阅历多了,增长了好些知识,信念更加坚定了。统治阶级的残暴达到了极点,但是也快收场了。不是这样的么?"李民天也点头笑道:"是倒是。可是跟你什么相干?你是一个乡下的教书先生,你的职务是按照铃声行动。你的政治空谈,你的冒险幻想,你讨厌虚伪的幸福,你自信是一个有力量的人物,这一切,对你有什么用?"周炳坦然承认道:

"不错。这一切,对于一个真正的人来说,都是必需的!"

李民天满腔热情地说:"猜度、臆测、浮想、幻觉,这是不能长久的呀! 你太过傻了,你太过傻了,简直比三年前更傻了! 你白白丢了一个本来可以得到的上流社会的地位! 你自己不知道,你自己离开那有文化的上流社会已经多远了!"

周炳固执地说:"我永远也不回头! 离得越远,就越接近我的幸福!"

"不,不,好表台!"总技师简直近于哀求了,说,"回来吧! 回来吧! 不要把自己的才能那么慷慨地毁掉! 你从戏剧上用功,前途无可限量,对人类也有真正的贡献! 人家两个阶级在斗争,你插手进去有什么味道?"

周炳愤愤不平地说:"什么人家? 我自己就在里边哪! 想不到一别三年,你还是没有长进! 你说说看,你自己怎样了? 你的研究有结果了么? 你的才能有发展了么? 你的道路走得通了么? 说说你自己,别光说我。"

李民天天真地摇头道:"不成,不成,第三个不成!"

周炳诱导他道:"科学研究跟艺术创造一样,没有政府的支持是不行的! 将来无产阶级夺取了政权,一定会让你办一个规模比现在大十倍的试验农场!"

李民天一只手抚着胸膛说:"但愿如此! 但愿也让你办一个大剧场!"

周炳又乘机提议道:"那么,你现在对你那些农场工人让点步,收回成命,或者说,稍为人道一点,不行么?"

李民天吃了一惊道:"什么? 他们现在对农场工人很不人道么? 我的上帝,那怎么可能呢? 你要知道,一切事情都是你三表姐管的。而你的三表姐,她是个头脑清楚的人,她是个文学家,我完全信任她。可是——如果真有那回事,我该怎么办呢? 我该怎么办呢?"

整整一个下午,他们就在这种气氛的倾谈里度过了。李民天

觉着焦躁,彷徨,心情不安。他原本打算来劝说周炳的,后来倒是周炳反过来劝说他。最后,他迷迷惘惘地站起来和周炳握手告别道:

"事情不是一天两天谈得清楚的。反正一切都不忙于下判断。算了吧!我固然没看见出路,你可也没找到通途,大家好自为之吧!"这样,他就走了,把陈文娣、陈文婕要他给周炳通风报信的使命忘记得干干净净了。

那时候已经是黄昏,是一千九百三十一年八月二十日,也即是阴历辛未年七月初七、牛郎织女天河会那一天的黄昏,有十二个兵士由蛇冈向村子里胡源的住家快步前进。这是震南村驻军从连部派出去的一个特务班。人数是三家巷何福荫堂指定的。他们认为陈家能雇用多少正规军队,何家也能雇用多少正规军队,因此,一个也不许多,一个也不许少。这些兵士虽然没有自己的特点,而且皮黄骨瘦,弯腰驼背,言语污秽,举动下流,全然合乎国民党正规军的规格;但是说老实话,有一多半是冒名顶替,像上边派人来点验的时候所耍的花招一样的,不过外表看不出来罢了。他们既然是正规军队——或者说,既然穿了正规的军衣,那气派跟乡团、保安队就是不一样。他们一脚踏进胡家大门,把门板就撞掉了一扇,中梁也飒飒地落下沙尘来。那为头的只使唤军中的简短语气说了一个字:

"打!"

其他弟兄就一声得令,动起手来。他们打人的打人,摔东西的摔东西,捣灶头的捣灶头,砸水缸的砸水缸,一时乒令乓啷,把胡家打得落花流水,地动山摇。有两个兵夹住胡杏,就想出门,胡柳抓起条凳,朝那两人的背上砍下去。那两人一松手,就来扑胡柳。胡源、胡王氏、胡杏见家业已经毁掉,也就奋起神威,每个人和三四个兵士对打。看看寡不敌众,独力难支,胡杏就尖声叫嚷起来。左邻右里听见胡杏呼援,平时早就恨透了那些横行霸道、无恶不作的丘八的,这时都抄起铁锄、铁锹、竹杠、扁担,一齐杀将过来,和兵士们打成一团。何好、胡执两位大姑娘,心眼儿灵活,一个跑上大帽冈去通知胡树、胡松,一个跑上小帽冈去通知姑爷周炳。在那许多血肉相连的援兵之中,三姑和六婶虽然身上有病,也豁出了性命,拿着菜刀和柴刀,对着敌人猛冲。最骁勇剽悍的是何四伯、胡八叔两个人。他们挥动耕田家伙,横冲直撞,如入无人之境。有几个兵士叫他们打得呵唷直叫,有几个兵士叫他们打得歪三倒四,站不起来。那些豺狼的兽性,总算稍稍压住了一阵。何四伯、胡八叔一面猛冲猛打,一面闪避腾挪,还时时回头照顾胡柳、胡杏姊妹,口里不住地提醒胡柳道:"留心小的!留心小的!"这样,双方僵持了不大一会儿工夫。胡柳忽然瞅见了一个兵士,反扭着胡杏的两条胳膊,正要把胡杏推出门外。她大喝一声:

"谁敢动!"

跟着纵身往外跳。就在这个时候,有一种又重又硬的东西和她的后脑勺撞碰了。她一阵剧痛,一阵昏眩,一阵恶心,脚下打了个趔趄,身体倾斜,便往下倒。她的右手一按,却按在一把柴刀上……她的心登时明白了过来。她用尽全身之力抓紧柴刀,猛一挣扎,整个人跳了起来,追上那抢走胡杏的兵,朝他的胳膊上就是一刀!那个野兽呵唷一声,松开了胡杏,转过身来,朝胡柳心窝狠狠地打了一拳。胡柳跌倒地上,昏了过去。到她悠悠苏醒的时候,她看见另外一个兵,又照样反扭着胡杏的两臂,把她推着往前走,已经离开她家门口有两三丈远的光景,马上就要转出大街。兵士们和左邻右里乡亲们搏斗的场地,也从屋里转移到巷子外面。胡柳不顾一切,紧紧握着柴刀的铁柄,飞身追上前去,又猛力砍了另外那个兵一刀!她砍完了这一刀,既没看清楚那个兵怎么样,也没看清楚胡杏挣脱了没有,只听见近旁有许多人大声呼喊,还没听清喊的什么,她的脊梁已经叫一种沉重的东西撞击了一下。于是她眼前一黑,便觉天旋地转,金星四射,又倒了下去。在昏迷倒地,不省人事的时候,她隐隐约约觉着战场向前移动,许多脚步声打她身边经过,她想动弹一下,但是不成,一点气力也没有。不久,她就听见了胡杏的尖叫声:

"家姐! ——救我! ——"

听到这样的声音,她的感觉恢复了,她的眼睛睁开了,疼痛的折磨消失了,浑身的气力也涌出来了。

"好苦命的妹子呀!"她高声叫了起来。虽然她听不见自己的声音,她依然相信自己是曾经高声叫嚷过。她一手摸摸脸,觉着有些滑滑腻腻的东西,且不去管它;又一手摸摸地上,原来那又厚、又重、又腥、又冷的柴刀还在。于是这位美丽、端庄、肤色赤黑的女英雄一翻身爬了起来,举起柴刀,就向前赶去。果然跑了十丈八丈远,她就看见她的杏仔像一只死羊一样,浑身瘫软,毫不动弹,脸色发青,眼睛紧闭,趴在那率领兽兵的为头的恶汉肩上。那为头的恶汉也无心恋战,扛起抢来的姑娘,朝螺冲桥脚的小铺子走去,看来是想把胡杏先劫回蛇冈连部,再作道理。胡柳看见这种情景,哪里容得他下!只见她迈开赤脚,举起柴刀,飞快地穿过众人,赶上扛着胡杏的恶汉,手起刀落,连衣服带皮肉,在那恶汉肩膀上劈开了一道深沟,鲜血四溅。那恶汉摔下胡杏,把上好膛的步枪对准胡柳的炽热的心窝放了一枪。砰訇一声,火光在黄昏中闪了一闪,人人赞美的胡柳就倒在螺冲桥脚下,一条红色的小溪蜿蜒流进那曾经养育过她的螺冲里面。……

从大帽冈冲下来的陶华、马明、关杰、邵煜、丘照、王通、胡树、胡松、区卓九条大汉,每人手里拿着一支崭新的驳壳枪,衣兜里装满了子弹;后面跟着二三十名见义勇为的农场工人,拿着铁笔、铁锹等长短武器,沿着螺冲南岸压下来。从小帽冈冲下来的周炳,高高地举起曲尺枪,带着一二十名向往革命的穷苦学生,手里拿着竹杠、扁担、木棍、铁尺,从螺冲北岸奔上桥头,那恶汉对着手无寸铁的胡柳开枪的时候,两帮人刚刚赶到。枪声一响,大家的眼睛全红了。周炳和陶华不约而同地高声喊道:"杀呀!杀光那些畜生!"大家一齐开了火。一时枪声砰嘭,火光闪闪,子弹呼啸,嘶嘶作响。那十二名兵士不知道从什么地方来了这许多人,更不明白这许多人到底有多少枪,一时心慌意乱,举起枪乱放一通。那为头的兵士虽然伤了肩膀,到底比较镇定。他一面指挥两个叫胡柳砍伤的兵士押着胡杏先回连部,一面指挥其他的兵士在后掩护,且战且退。周炳被推举做临时指挥,他先吩咐两个学生借了门板、绳索,把胡柳赶快抬回家里,找大夫来医治;又吩咐所有不带枪的农场工人和穷苦学生,暂时停在螺冲桥边,不要前进;自己带着赤卫队的九条好汉,扑倒地上,一面在黑暗中射击,一面穷撵穷追。周炳使出了广州起义时候学来的全套本事,满心想把那些肮脏的敌人一拳打成粉碎,把被抢走的胡杏平平安安地解救出来,但是敌人却死命拦住他们,不肯闪开。他们使劲往前爬几步,敌人的火力就雨点似的洒过来,打得路旁的砖墙咚咚作响;他们爬得慢一些,敌人的枪弹也就稀疏一些。丘照悄悄对王通说:"这样打法,我受不了。你们瞧我的!"他正拱起脊梁,准备往前冲,不料敌人一排子弹扫过来,幸亏王通一手把他拽住,才没受伤。胡松和区卓没打过仗,虽有浑身力量,不知往哪里使,正在暗地里叽咕,恨得像芒刺在背,好不难受!胡树也是新学会使枪的,只管瞄着敌人尽情地打,打了一梭又一梭,别的事全不理会。陶华、马明、关杰、邵煜四个一面打枪,一面暗地商量,好不好分一批人迂回一下,包抄敌人的后路。正商议着,敌人的火力突然密起来。周炳叫胡树回来传话,说估计敌人密集射击以后,可能要退,好不好大家集中在左边墙根下,待敌人火力一落,就沿着墙根向前冲刺。大家一听,都说打过大仗的人,到底有点学问,都十分同意,一个接着一个地向左边墙根运动。果然火力一弱,周炳拿身体靠着墙壁,大叫一声:"冲呀!"迎着敌人猛扑过去。后面众英雄同声响应道:"冲呀! 冲呀! 冲呀!"也一个跟着一个,一直插进敌人的阵地里;又一面冲,一面朝四面八方的敌人开枪。敌人阻挡这一阵子,已经有些伤亡,更想不到农场工人这么勇敢,一下子插进他们的核心,登时惊慌失措起来。为头的见势子不妙,就举起枪托假意顶了两下,大声叫道:

"走哇!"

叫完了,回身就跑。其余的兵士有些跟着跑,有些跳进冲里,有些窜进横巷,都四散奔逃。赤卫队追了一阵子,既抓不到人,又找不到胡杏的踪影,就停下来商议。原来这时候胡杏已经不在蛇冈的连部,却叫那些丘八拿绳子捆了个五花大绑,扔进一只船里,连夜解到省城去了。当时丘照、王通、胡树、胡松、区卓等人,打得兴起,都主张追到蛇冈,索性一不做、二不休,砸了他的连部,救出胡杏再说。丘照拍着胸膛,慷慨陈词道:"没见过乡团打得,保安队打得,稽查站打得,就这连部打他娘不得!"陶华、马明、关杰、邵煜四人商议,觉着事已至此,烂包是烂定了,也没个收手处。陶华甚至这样说:"左家的女儿嫁给左家,左是个左了!不如就此拼了吧!"就差周公没开口。这时候周公的心里,七国也没有那么乱,只沉思着不作声。后来他左想不通,右想不对,却想起了五个月之前,鸿发绸缎庄开张那天,金端同志跟他说的两句话来。他把头抬了起来,望着满天的繁星,望着明亮的天河,复述金端那两句话道:

"……那天晚上,金端同志最后说:'为了马上夺取政权,你们应该避免牺牲,保存力量,以便做一次最后的斗争!不会太久了,是么?'这两句话我记得十分清楚,回来之后,也跟你们谈过的,一点也错不了!"

周炳复述了这两句话之后,他自己那乱蹦乱跳的心情稍为平静了一些,那两条只想往前赶的腿巴子也安定了下来,脑筋也慢慢清明了。其他的人也跟周炳一样,逐渐逐渐地,一个一个地安静下来。周炳又开言道:

"事情已经闹出来了,看来是事前无法控制的。现在,咱们得好好想一想。第一,这回跟咱们干的不是乡团,不是保安队,不是稽查站，却是国民党的正规军队。咱们如果准备往下干，就要准备打一场正式的战争。第二，驻扎在震南村的敌人是一个整整的连，分散在蛇冈、大帽冈、小帽冈三个据点，把咱们包围在当中。咱们只有十个人，十支枪，子弹又不能补充；敌人不论枪支也好，人数也好，即使有许多空额，也要比咱们多十倍。第三，刚才既然打响了，敌人是不会甘休的。他们现在一定已经有了布置，要动手消灭咱们。咱们决定怎么办，就要立刻行动，一分钟也不能迟缓。应该想到，局势是非常急迫，非常危险的！"

大家一听，果然不错，就纷纷问周炳该怎么办。周炳跟陶华、马明两人商量了几句，就转过身来对大家说：

"本来咱们应该忍耐一下，不暴露咱们的力量，最好。但是如今敌人太过残暴，横竖已经打响了，咱们也绝不后悔！当前之计，咱们就必须执行上级的命令：避免牺牲，保存力量！农场是不能回去的。胡家，也是去不得的了。咱们只有各散东西，分头找地方落脚，将来再慢慢联络。依我看来，能投红军的就投红军，能回省城的就回省城，能找个乡下地方的就找个乡下地方避一避。我是这里的教师，可以迟一步走，跟各方面联络联络，也料理料理善后。你们看，敌人已经出动了！再过十五分钟，咱们就没法儿突围了！"

大家顺着周炳的手势一望，果然望见蛇冈上，大帽冈上，小帽冈上，都一样电光闪烁，人影摇曳，从那一片光影中间，又隐约传来喧嚷忙乱的声音。敌人是大举出动无疑了。接着再一商量，胡树、胡松觉着既已无家可归，到省城也人生路不熟，坚决要上北江找冯斗，再找陶华的兄弟陶实，带上枪支，投红军去。其余陶华、马明、关杰、邵煜、丘照、王通、区卓七个弟兄，有上北江的，有上东江的，有去西江的，有去省城的，都坚决要带着枪支，暂时避过一阵风头再说。主意一定，立刻行动。大家都把钞票、银毫，塞给胡家兄弟，又纷纷握手，搂抱，叮咛，盟誓，约定了后会之期，纷纷洒泪而别。霎时间，这里只留下周炳、陶华两人，螺冲岸边变得静悄悄的，寂寞难耐。周炳顿了一顿脚,叹了一口气,就和陶华走回村中,陶华自去何勤家里,带上何娇一道出走。周炳独自一人,奔到胡家,只见人出人进,十分忙乱。那温柔淡定的胡柳,平平静静地躺在进门那张板床上,草席上染着斑斑的鲜血,已经奄奄一息了。胡源和胡王氏两人,呆呆地坐在矮凳上,对着一盏孤灯发愣。左邻右里的人们,穿梭般地来来往往,也不知在做些什么。胡源垂头丧气地说:

"阿柳看来是不中用了!其余的人呢?"

周炳坐在床边,勉强忍住悲伤道:"阿杏没找到。阿树、阿松暂时上别处去躲几天,过一阵子就回来看你们。"

往后,大家都不说话,堂屋里静得可怕,只有小煤油灯噗噗地跳着。周炳俯下身去,把胡柳搂在怀中,就着昏黄的灯光,仔细地看她那眼尾很长,下巴尖尖,颜色黑里泛红的圆脸。看得出来,周炳的心正感觉到一阵紧似一阵的绞痛。他使力咬紧两边牙巴骨子,止住那浑身的颤抖,把声音压得很低,很低,说:

"阿柳,你醒一醒,你望一望我。你太勇敢了!人们会把你的名字编在歌子里面唱,人们会把你的行为一直唱五百年!睁一睁眼,望一望我,哪怕……"

人世间没有见过的奇迹出现了。胡柳当真睁开了眼睛。那眼神还是那样纯洁,多情,看来像冷,实在是热,和三年前他们重逢的时候一模一样。她恬静地指指自己那叫鲜血染红了的心,又指指周炳那阵阵绞痛的心。随后,又拿手指在周炳的掌心里画了一个无形的铁锤,又画了一把无形的镰刀。画完之后,周炳点头,表示会意,她就痴痴地望着周炳,望了好一会儿,脸上似乎浮起了微笑。周炳在她的唇上,眼上,脸上,天堂上,头发上不停地,热烈地吻着。过了一会儿,她又在周炳手心里写了一个无形的、端端正正的"杏"字,嘴唇一动一动地,好像在叫着:

"炳……炳……炳……"

就这样,胡柳在周炳的怀里断了气。震南村这么有名的人物,竟在生命最美好、最绚烂的时刻凋谢了。周炳哭不出来,只使唤干枯的尖声嚎叫着。四个人走过来把他拖开,对他说了数不清的许多劝解的话儿,他连一个字也没听见。正哄闹着,忽然有人在门口大声叫道:

"不好了!源大婶投水了!快来救命呀!"

会水的人都纷纷跑了出去。周炳站起来,两条腿只是发抖,一步也挪不动。后来还是两个人把他搀扶着,慢慢地走到冲边。等他赶到的时候,人们已经把胡王氏救了起来。她全身湿透,一个劲儿在地上打滚,放声痛哭,不肯起来。胡源抹着眼泪,上前劝她道:

"咱欠了人家的债,咱欠了人家的债。欠债就应该还!还说什么呢?回去吧!"

胡王氏哭喊道:"走的走了!抢的抢了!杀的杀了!咱两个老鬼还活什么呵?"

周炳运足了气,当着众人慷慨陈词道:"没有的事儿!没有的事儿!咱没欠人家的!是他们倒欠咱的!他们欠咱的债太多了,太多了,咱们一定要算这笔账,要算清,还得加利息。不是么?我说得对么?"周围站着的人都异口同声地说:"对,对!就是这样,就是这样!"周炳又向大家提议道:"咱们一齐喊几句口号,给胡柳送终吧!"于是他领头喊,大家跟着一齐喊:

"打倒帝国主义!打倒军阀!打倒买办、资本家!打倒土豪、劣绅、封建地主!枪毙杀人凶手!"

这时候,远处响起断断续续的枪声,大概是围捕工人的军队胡乱打枪了。但是这里的群众热血沸腾,喊声震天,使天上难舍难分的牛郎、织女感到惊异,使地下平静无波的螺冲河水受到震荡,使那些杀人的枪声显得苍白、虚弱、渺小……

这时候,周炳的元气已经恢复。他大步走进堂屋,俯身对着胡柳的耳朵边,低声细气地告别道:

"安息吧,阿柳!你跟区桃表姐结个伴儿吧!咱们大家经历过的事儿,咱们永远记……永远……记……"

他的喉咙哽咽着,终于没有把话说完。

八〇 鸟惊心

已经八月底了,天气还是很热。那天早上,吃过早饭之后,何守仁、陈文娣夫妇在自己的房间里展开了一番带有争论性质的谈话。何守仁对于这个世界上发生的事情抱着一种愤恨的态度。他恨目前的政局动荡不定,牵连宋以廉的县长位置和他自己的局长位置都岌岌可危;他恨震南村的农民和农场工人居然敢拿起武器和军队作战,致令兵士一个阵亡,一个重伤,刀砍、棍击的轻伤,个个都有;他恨胡树、胡松两个他所谓的"小杂种"和其他"土匪"潜逃无踪;他恨胡杏虽然已经押解回来,但是顽强不屈,不肯伺候那疯子兄弟,如今只好锁在一个空房间里;最令他痛恨的,就是他主张重新调动军队,像蒋介石围剿苏区一样围剿震南村,但是赞成他的意见的人却寥寥无几!在不赞成他的主张的人物当中,就有他自己的夫人陈文娣。陈文娣虽然也觉着这世道越来越崎岖不平,但是她的人道主义的信念,却是不肯放弃。谈话一开始,何守仁就说气话道:

"好了,好了。你的人道主义,当它蕴藏在你的心中的时候,它才是伟大的,尊贵的,优美的!可是拿到社会上去,那就是另外一回事儿了。蒋介石是个基督教徒,或许是个虔诚的基督教徒,可是他指挥飞机去轰炸苏区的时候,指挥军队去围剿苏区的时候,他能够不杀人么?"

陈文娣不以为然地说:"得了。别扯那么远了。等你哪一天做梦,爬到蒋介石那么高的地位,你就放手杀人吧!如今那些无知无识的耕田佬虽然打死了你的一个兵,打伤了你的几个兵,可是你们打伤的人更多。此外,你还抢回了你的兄弟媳妇,你还打死了我的兄弟媳妇!这笔账怎么算法?你要知道:我的职业是会计。"后来谈了半天,双方还是谈不拢。其实岂止谈不拢呢,恐怕越谈越远了。何守仁皱起眉头,把自己的脸孔弄成个干瘪了的柠檬的样子,自思自想道:"还是衙门好办事。在衙门里,只分官儿大小。官儿大的,拿笔一批,就是铁案如山。官儿小的,活该低着头照办。如果家庭也是这样,那该多好!"心里这么想着,他嘴里就说:"你的人道主义还跟伦理观念搅拌在一块儿,弄成一塌糊涂,那就更难办了!"正在这个时候,他的小姨子、县长夫人陈文婷从外面飘然走了进来。陈文娣一见她,就像得救了一般叫道:"四妹子,你来得正好!我管不住他了。你是他的上峰,你来管管他吧!"陈文婷也不坐下,只扭动着她那苗条的身体,这里站一站,那里挨一挨,问清了情由,就说:

"是这么一回事儿。小宋要我来找你们商量……目前政治的气压很低,震南村的戏还是不要大锣大鼓地唱。张扬了出去,恐怕节外生枝。总而言之,不要小题大做就是了。"

陈文娣听了,心中暗暗得意。何守仁的脸色黑了下来,半响才说:"四妹夫就是胆小怕事,其实问题也不在这里。不,简直可以说,纱帽稳不稳,跟这种事情毫不相干。"陈文婷不理会他这个,却谈起另外一个问题道:

"到底这场冲突,周炳有没有牵连在内呢?我们也研究了这个问题。二姐,你看怎么样?"

何守仁很想说话,但是人家偏不问他,他又不好表现得过于着急,只好不开口。陈文娣拿手指上的钻石戒指轻轻敲着茶杯,说:"我们这位浪子,已经辞掉教员不干,昨天晚上回到家里来了。我还没见着他呢!听别人说,那些野人和野人厮杀的时候,他并不在场。直到那朵'黑牡丹'断了气,他才从学堂赶下来的。这样子,自然沾不着他的边儿了!"

陈文婷高兴极了,用十分任性的口气说:"对着咧,对着咧!二姐,你的断定精彩极了!我就是这样想的!小宋也不敢不支持我的意见!不敢……"

何守仁实在忍耐不住了,就打断她的话道:"我的胆量,兴许比咱们县座稍为大一点。依我看,一切暴乱造反的行为,如果不是那姓周的王子带头,至少也得有他一份儿!不然的话,为什么要丢掉职业,跑回家里来?"

陈文婷立刻嘴唇一歪,发脾气道:"怎么当局长把你当得这么糊涂!如果有他一份儿,他为什么不远走高飞,却跑回家里来,等你诬捏他?"

何守仁叫她驳得无言可答,只是咬着牙齿,把牙巴骨子咬得嘣嘣响。陈文娣也来劝她丈夫道:"去年这个时候,你掉到那大河里面,亏得人家救了你,才不敢与波臣为伍。如此说来,你还欠了人家一点恩呢!"陈文婷一听,正说到项上,立刻就接着说:

"是呀是呀!好姐姐,多亏你公正。那回事儿,我一辈子也感激不尽,我一辈子也忘记不了!人家如今正遭逢不幸,怪可怜的,过两天我一定要去慰问慰问他才好!"

何守仁实在没法儿说话,就使出更大的劲儿咬那牙巴骨子。他们在这边何家谈得热闹,陈文婕和陈文雄在陈家那边也谈得十分起劲。不过他兄妹俩没有什么意见不合之处,也就没有什么争论,倒恰恰相反,谈得十分投机,十分一致:两个人都认为应该立即把农场关掉,公司方面,慢慢进行清理。陈文雄斩钉截铁地说:"农场虽然出了一些可疑的人,但是冲突并不由罢工引起。管他们是激于义愤也罢,是另有政治企图也罢,停办农场的关键,不在这里。我考虑三妹夫的计划,原是一个科学救国的问题。志气可敬,行为可佩。不过这种事情,只能由政府来办,却不能拿企业的方式来经营。"陈文婕冷冰冰地说:"唔,是了,是了。我先前的论点,我自己早就放弃了。说到这个惨案,我倒不是幸灾乐祸……他们对我罢工,我自然不……可是他们跟何家干这一仗,我看倒是必不可少!只是不明白他们怎么会有枪支子弹!"陈文雄老奸巨猾地哈哈大笑道:"凭咱们的财力,如果咱们需要的话,三天就可以装备起整整一个军!敌对的双方尽管打仗,但是双方的军火还是可以自由买卖的。不是这样,仗也可能打不起来。这是国际公认的惯例,国际法也不禁止的。你有何不解?"陈文婕点头道:"哦,原来这样。后来我又替我们那书呆子想了一想:大学农科去年一毕业,立刻就是失业;好容易把一个试验农场背起来,背了两年多,还是得放下。怎么办呢?可怜是怪可怜的。不过我想,凡事也不能过于执拗,就让他在书房里关起门研究吧!至于我自己,科学救国的念头是放弃了,劳资合作的理想还没有消失。垦殖公司不办了,我倒想另外办一间纺织工厂。这里面有三个好处。不,也许好处还多呢!"陈文雄一面在欣赏他妹妹的事业家风度,一面开玩笑道:"三妹,你的脸是事业家的脸,你的心是文学家的心!我听不完你那许多好处了,你先说三样听听吧。"陈文婕于是颇为自负地说出来道:

"第一,可以把过去赔的钱赚回来。第二,科学救国行不通了,可以试验一下实业救国。第三,哦,第三……"她把声音压得很低,说,"我仍然确信阶级界限不是不可超越的鸿沟,我仍然确信劳资两方可以合作。过去……没有……是……没经验!"

陈文雄实在高兴,就用英文简短地表示道:"好主意!"

说着,舅舅杨志朴大夫在楼上给他大姐陈杨氏把完了脉,也走进楼下客厅里,听见陈文雄说了一句英文,就问道:"我不懂你们的'鸡肠',你们在谈什么?"陈文雄把停办农场的事情说了一遍,那老中医就说:"既然如此,把郭掌柜还给我吧。他懂得生草药,可并不懂得什么改良品种。咱们现下吃的都是安南米、暹罗米,其实要改良就该到那边改去。"陈文婕满能干地说:"好舅舅,农场虽然不办,人可不能还你,我还要留他,——也许另有任用呢!"跟着又把自己的雄心壮志说了一遍。杨志朴摸着自己的仁丹胡子说："从前人们有钱,讲究吃、喝、玩、乐;现下的人有钱,讲究办学校,办农场,办工厂。到底讲究哪样更好玩儿些?无他,时世不同就是了!"正谈得有味儿,何守仁、陈文娣、陈文婷三个人也过来了,有如两条大江汇合一起,越发热闹起来。谈到震南村的局势,何守仁一开口就说:

"我恨不得杀他一个寸草不留!"

陈文雄态度鲜明地说:"你要把震南村杀他一个寸草不留也好,你要把震南村怜恤得五谷丰登、丁财两旺也好,总之,我——严、守、中、立!"听了这句话,窗外那满天的乌云,都不及何守仁天堂上的乌云那样厚,那样浓。他正想开腔,却叫舅舅杨志朴抢先说话,把他拦住了。那名医说:"你把震南村杀他一个寸草不留,却叫谁去给你家种地?"教育局长正想回答,大夫又说,"你虽然没回去过,可震南村是你祖祖辈辈生养繁育的地方!别的不念,那几穴祖坟也不念么?外甥哥儿,不是我老大自居,我劝你还是息事宁人吧!"教育局长颓丧已极,就摊开两手对大家恳求道:"我乱了,我乱了,我完全混乱了。你们告诉我,我该怎么办。"杨志朴摸着胡须,脸上露出嘲讽的笑意,没有立即回答。陈文娣、陈文婕、陈文婷三位少妇忽然发现何守仁摊开两手的姿势,完全不像当时最漂亮的电影男明星华伦天奴,却很像那被称为"冷面笑匠"的丑角巴士达·吉顿,就躲在一边,嗤嗤地笑做一团。陈文雄的态度始终严肃,他用教训的口气说话,甚至把何守仁称呼作老弟道:"老弟,依我之见,如今双方都有伤亡,正是半斤八两,况且你抢人的目的已经达到,就该乘机收手,不为已甚!军队方面,你就破一点财,出几文抚恤金,想必也鼓噪不起来了!说句自己人的话,这就是我的中立立场!"何守仁被迫点着头,一会儿又抗声道:

"大哥,我多么憎恶中立这个字眼哪!"

陈文雄心里恼了,脸上可没有恼,反而宽宏大量地微笑道:

"你知道你可以指望得到我的充分的同情。可是老弟,你在养气方面,还得下点功夫才好。憎恶这类字眼,是属于情绪方面的范畴。但是男子汉做事,从来没有拿情绪做指引的。不谈这些了。你知道现在是一个什么时世么?"

何守仁仍然执拗地说:"我不知道。我只知道你们请军队是对的,而我们一请,就错了!省港罢工的时候,你开头站在工人方面,后来站在港督方面,没有守过一天中立;北伐的时候,你没有站在北洋方面,也没有站在共产党方面,却一直站在国民党方面,没有守过一天中立;广州暴动的时候,你没有站在共产党方面,却一直站在帝国主义和军阀这方面,也没有守过一天中立;而现在,你却守起中立来了!"

陈文雄还是不慌不忙地开导他道:"不错。那都是实情。对于事实,人们是应该尊重的。我们请军队,是为了保护自己的财产;你们请军队,是为了强抢别人的女儿;这也是事实,你也应该尊重。不过,不谈这些了吧!重要的,是现在的时世。现在是什么时世了呢?唉,现在是国家快要灭亡的时世!亡给什么人呢?唉,亡给咱们的老朋友共产党!国民党围剿了共产党三次,三次都失败了。这最后的一次,还是咱们大姐夫的校长蒋先生,亲自担任的总司令。他亲自坐镇南昌,带了六七十万兵,有陈诚、罗卓英、赵观涛、卫立煌、蒋鼎文这些大将,还有英国、日本、德国的许多军事顾问,宣誓在三个月内肃清江西红军。结果怎样呢?唉,结果还是败了!陈诚、罗卓英、蒋鼎文叫人家打得落花流水,上官云相、郝梦麟、毛炳文、韩德勤干脆叫人家消灭精光!这不是国民党兵不强,马不壮,这是共产党太厉害了!所以蒋先生曾经十分痛心地说过:'中国亡于帝国主义,我们还能当亡国奴,尚可苟延残喘;若亡于共产党,则纵肯为奴隶,亦不可得。'你们都想想看,究竟中国亡给谁好!老弟,你不要整天记住震南村几个耕田佬,你也想想看,究竟中国亡给谁好!"他这番话说得大家默默无言。倒是老中医杨志朴摸着胡须试探地说:

"怎么……叫作……亡……你说亡给共产党么？共产党也不是中国人么？怎么……说得……"

大家觉着他没有新文化，又不识时世，却学别人谈国家大事，又谈得疙里疙瘩，怪有意思的，都噗嗤一声笑了出来。不过何家众人之中，也不是个个都整天想着杀人的，那十四岁的中学生、小姑娘何守礼就是一个例外。她如今正在周家的神楼底，和她的周炳哥哥谈着另外一些问题。从她的眼光看来，周炳如今二十四岁，比她大十岁，已经是个完完全全的大人。这位大人端端正正地坐在小书桌后面一张方凳上，脸色忧郁，指着另外一张方凳叫她坐下。而她自己呢，她自己认为也够得上一个大人了，但是别人总把她看成是个小孩子，因此她没好意思大模大样地坐下去，只是羞羞怯怯地站着说话儿。她说出她的心迹道：

"我再不能够忍耐下去了！我痛恨我的家庭！我要脱离家庭，坚决革命去！"

对于她这种说话的腔调，周炳是喜欢的。但是不知道因为什么缘故，周炳觉着她的话过于轻率，不大可信。他望着何守礼那条大松辫子，尖尖的、秀丽的嘴脸，宽宽的前额，大大的眼眶，活泼、热情的神态，想找出一些正面的或者反面的证据，但是也没有找着。于是他缓缓说道：

"革命哪有那么容易的？想干就干？想脱离家庭就脱离家庭？危险得很哪！性命都……"

何守礼把头部轻轻扭摆，更加激动地说："不怕！不怕！危险就让它危险！没命就让它没命！能离开这个环境，就什么都好，什么都成！"

周炳叹口气道："嗐，不成。你是一个个人，他们是一个社会。你赤手空拳，什么都没有。他们有乡团、保安队、军队、宪兵、警察、侦缉、稽查、烂仔，又有公安局、法庭、监狱，还有学校、通讯社、报馆、济良所、惩戒场，总之，他们什么都有。你怎么革得动他们？就凭你有关公、张飞、赵子龙那样的本领,也是无济于事!我刚刚吃了这个亏回来。我算是看透了:个人的反抗是毫无用处的!"

何守礼不假思索地说:"那有什么要紧?我跟你一道去革就行了!"

周炳规劝她道:"我看你这样决定之前,最好先仔细想一想。你说一句话,自然很容易,可是你等会子做起来,一阵烟工夫就后悔了!我老实告诉你:革命该怎么个革法,连我也没有摸着门路呢!"

何守礼起先用牙齿咬一咬袖口说:"不信,不信,真不信!"后来又用脚顿着地说:"那怎么办?那怎么办?"

周炳苦笑道:"你要真想革命,就得先有定性。你先回家去,别动声色,好好照看一下胡杏。她是个可怜的孩子,可她是个好孩子。他们把她锁在一个空房间里,要狠狠地折磨她,要她屈服。然而她是不会屈服的!你要保护她。你要破坏他们这种阴谋毒计。你敢不敢?好!你要送点茶水给她,你要送点吃的给她,冷了就给她送点衣服,有什么不幸的事情——马上来告诉我!你该记住:你要革命,她也是要革命的!"何守礼听说胡杏也要革命,虽然有点不痛快,但也都一一应承了,只是还不想走。周炳听见隔壁陈家客厅的挂钟喤喤地打了九下,想起他还有约,就打发何守礼走了,自己也跟着走出惠爱路外面来。他走得极慢,而且看来好像四肢无力。他刚才对何守礼说了个人反抗毫无用处的话,但是现在对于自己说过的话,又觉着很不服气。他右手握着拳头,又用左手去摸摸那个拳头。很显然,那个拳头是巨大的,坚硬的,有力的。如果碰着何守仁那种单料的人,只要一拳,准能把他砸得粉碎。但是现在他觉着有力无处使,因此他就自言自语道:

"失败了,失败了,一切都失败了!从前的失败不说,新碰到的,仍然是失败!唉,可爱的、迷人的、英勇的胡柳死掉了!可怜的、无辜的、倔强的胡杏叫人抢走了!第一赤卫队瓦解了,各散东西了！忠于革命的,沉毅、诚恳的二哥又杳无消息,不知去向！妈妈跟嫂嫂盼望他……也不知忧愁到什么程度！难道说,这一切,都是必然的么？都是不能改变的么？难道说,黑暗就永远统治世界么？光明就永远不回头了么？难道……对,对,对,个人的反抗是终归失败的,可是有组织的反抗为什么也要失败呢？省港大罢工不是有组织的反抗么？广州起义不是有组织的反抗么？第一赤卫队虽然小,不也是有组织的么？这真是……"

的确,那个时候的周炳对于这些问题,实在想不明白,因此感受到一种不比寻常的,极难忍受的痛苦。他拿那只葵扇一般的大手搓着自己的心窝,借以减轻一些痛苦。突然之间,他发现人行路旁的店铺里的时钟,都指着九点半上下,就马上加快了脚步,朝第一公园走去。原来昨天晚上他刚到家不久,黄群的妈妈黄五婶就来告诉他,金端同志约他今天早上十点钟,在第一公园会面。这个消息,好比冰天雪地里面的一声春雷,好比茫茫雾海里面的一盏红灯;是他的唯一的安慰,也是他的唯一的指望！他进了第一公园,什么也没有望见,什么也没有听见,立刻向左拐,直奔约定的地点。在公园的西南角上,那儿是一片柳林。他规规矩矩地坐在一张绿色的靠背长椅上,面对着那一片婀娜多姿的柳树,想起儿童时代的往事来。眼前这一片柳林,就是他在小学念书的时候,有一年清明植树,大伙儿在这里种下的。想不到一过十年,这里已经是绿树成荫了。想着……想着……也不知想了多少辰光。公园里的游客已经逐渐稀少,推想时间,至少也已经是中午,但是金端同志呢,却连影子也没有！他在极端失望当中挣扎着,在心底深处吼叫道:

"这是什么意思！老天爷,你尽管拿别人来折磨吧！"

这时候的天空,也是乌云满脸,愁苦难堪的样子。那一层层的乌云一阵比一阵浓,一阵比一阵密,既不出太阳,也不下雨,不知道想怎么样。金端尽管不来,周炳却是不走。他不顾肚子饿,不顾口里渴,不顾疲倦和危险,只是坐着不动。他隐隐约约觉着自己心里面有一块小小的硬东西。这块东西使他心慌意乱，呼吸困难。他拿拳头轻轻捶打自己的心窝，透出几口大气，企望着也许有什么不可逆料的偶然巧合会突然出现。就这样，他又等着……等着……也不知等过了几多个时辰。最后，天色看来像是黄昏了，雀儿鸟儿在柳梢上吱吱喳喳地叫了，公园里的游客逐渐多起来了，公园旁边的楼房上已经有点灯的了，奇迹终于没有出现，他失望了！他站立起来，跟他头顶上的天空争论道：

"你无非要测验我的韧性，这你不是测验够了么？"

他没想到，他才刚刚一想举步，就整个儿跌倒在椅子上，他的两腿一点气力也没有，并且已经完全麻木了。这时候，他的精神上的痛苦也已经达到了深不可测的地步。无限的悲伤和无限的仇恨在他的心中结成了一块硬块。这块硬块把他的心肝五脏拉在一起，扭成一团，搓也搓不开，捶也捶不散，眼看着就要致人死命。这种不是活人能够忍受的痛苦，周炳以前没有经历过，也不知道应该怎么对付。他用粗大的手指在心窝上抓着、扒着、撕着、扯着，把衣服都扯碎了，仍然无补于事。他的全身蜷曲着，脸上淌汗，呼吸短促，两眼发紫，那张英伟俊俏的脸儿如今皱缩萎黄，像一张干枯的莲叶。只听见一种沙哑难听的声音，上气不接下气地自言自语道：

"唉，要是能够把这个八月从历本上涂掉……可恨的八月呀！"

偏偏在这时候，那些游荡了整整一天的雀儿鸟儿都回来了，在柳梢上七嘴八舌地叫着："几几乎……几几乎……"不知道叫给自己听，还是叫给周炳听。周炳听见了这种声音，非常生气，嘴里骂着："什么几几乎、几几乎的！"随即忍着全身的痛楚，在地上拣了一片瓦碴扔上去。那一群调皮的小家伙飞上半空中，转了一个圆圈，一看，不怕，又回到原来的地方，更加肆无忌惮地聒噪起来。周炳无奈，只好挖出心里的话来，对它们祷告道：

"小把戏呀，你们可怜可怜我吧！你们可怜可怜一个心都碎了的人吧！你们唱歌跳闹，本来有那种权利，无可非议。可是你们不知道,你们叫一叫,我的心就惊一惊,会有多么难受!你们要是见过胡柳,听说这么好的人才夭折了,你们也是唱不出来的!还有二哥跟胡杏,他们都是很好的人,都在受难哪!"

他祷告完了,还是没有效果。他举起胳膊,挥动了一下,那些雀儿鸟儿呼啦啦乱了一阵,又重新唱将起来。但是突然之间,周炳听见一种笑声,比世界上所有最聒噪的声音还要刺耳。原来南海县的县长夫人陈文婷跟他们第一赤卫队的逃兵区细也来到第一公园游逛。陈文婷一面走,一面说话,一面漫不经心地高声大笑。他们两个人离开他,约莫也只有四五丈远。周炳厌恶这种笑声,也不想跟他俩见面,就站立起来,快步走进柳丛中去。那些雀儿鸟儿看见他走近身边,不独不怕他,反而闹得更欢。周炳举起沙煲般大的拳头,对它们威胁道:

"当心!你们当心!你们敢讥笑我么?你们敢对我挑战么?你们敢跟我比韧性么?你们敢说我不如你们么?来吧,你们来试试看!"

雀儿鸟儿连飞都不飞,只是一个劲儿叫着:"几几乎……几几乎……几几乎……"

(第二卷完)

1962年鲁迅诞辰,脱稿于广州红花冈畔。

687